中华国学文库

古文辞类纂 下

〔清〕姚鼐 编
黄鸣 标点

中华书局

赠序类三

古文辞类篹三十四

归熙甫周弦斋寿序 ○

弦斋先生，居昆山之千墩浦上，与吾母家周氏居相近也。异时周氏诸老人，皆有厚德，饶于积聚，为子弟延师，曲有礼意。而先生尝为之师，诸老人无不敬爱。久之，吾诸舅兄弟，无非先生弟子者。

余少时见吾外祖与先生游处，及吾诸舅兄弟之从先生游。今闻先生老，而强壮如昔，往来千墩浦上，犹能步行十馀里。每余见外氏从江南来，言及先生，未尝不思少时之母家之室屋井里，森森如也；周氏诸老人之厚德，浑浑如也；吾外祖之与先生游处，恂恂如也；吾舅若兄弟之从先生游，断断如也。今室屋井里非复昔时矣，吾外祖诸老人无存者矣。舅氏惟长舅存耳，亦先生之弟子也，年七十馀矣。兄弟中，河南行省参知政事子和最贵显，亦已解组而归，方日从先生于桑梓之间。俯仰今昔，览时事之变化，人生之难久长如是，是不可不举觞而为之贺也！

嘉靖丁巳某月日，先生八十之诞辰。子和既有文以发其潜德，余虽不见先生久，而少时所识其淳朴之貌，如在目前。吾弟子静复来言于予，亦以予之知先生也。先生名果，字世高，姓周氏，别号弦斋云。

归熙甫戴素庵七十寿序　○

戴素庵先生，与吾父同入学宫为弟子员，同为增广生，年相次也，皆以明经工于进士之业，数试京闱不得第。予之为弟子员也，于班行中，见先生辈数人，凝然古貌，行坐不敢与之列，有问则拱以对，先生辈亦偃然自处，无不敢当之色。会予以贡入太学，而先生犹为弟子员。又数年，乃与吾父同谒告而归也。

先生家在某所，渡娄江而北，有陂湖之胜，裕州太守龚西野之居在焉。裕州与先生为内外昆弟，然友爱无异亲昆弟。一日无先生，食不甘，寝不安也。先生尝遘危疾，西野行坐视先生而哭之，疾竟以愈，日相从饮酒为欢。盖龚氏之居枕傀儡荡，溯荡而北，重湖相袭，汗漫沈浸，云树围映，乍合乍开，不可穷际，武陵桃源，无以过之。西野既解缨组之累，先生亦释弦诵之负，相得于江湖之外，真可谓肥遁者矣。其后西野既逝，先生落然无所向，然其子上舍君，犹严子弟之礼，事先生如父在时。故先生虽家塘南，而常游湖上为多。

今年先生七十。吾族祖某，先生之子婿也，命予以文，为言先生平生甚详，然皆予之素所知者也。因念往时在乡校中，先生与家君已追道前辈事，今又数年，不能复如先生之时矣。俗日益薄，其间有能如龚裕州之与先生乎？而后知先生潜深伏隩，怡然湖水之滨，年寿乌得而不永也？先生长子某，今为学生，而馀子皆向学，不坠其教云。

归熙甫王母顾孺人六十寿序 ○

王子敬欲寿其母，而乞言于予。予方有腹心之疾，辞不能为，而诸友为之请者数四。则问子敬之所欲言者，而子敬之言曰："吾先人生长太平。吾祖为云南布政使，吾外祖为翰林，为御史，以文章政事，并驰骋于一时。先人在绮纨之间，读书之暇，饮酒博弈，甚乐也。已而吾母病痿，蓐处者十有八年。先人就选，待次天官，卒于京邸。是时执礼生十年，诸姊妹四人皆少，而吾弟执法方在娠。比先人返葬，执法始生，而吾母之疾亦瘳。自是抚抱诸孤，茕茕在疚。今二十年，少者以长，长者以壮，以嫁以娶。向之在娠者，今亦颀然成人矣。盖执礼兄弟知读书，不敢堕先世之训。而执法以岁之正月，冠而受室，吾母适当六十之诞辰。回思二十年前，如梦如寐，如痛之方定，如涉大海，茫洋浩荡，颠顿于洪波巨浪之中，篙橹俱失，舟人束手，相向号呼，及夫风恬浪息，放舟徐行，遵乎洲渚，举酒相酬。此吾母今日得以少安，而执礼兄弟所以自幸者也。"

噫！子敬之言如是，诸友之所以贺，与予之所以言，亦无出于此矣。“恩斯勤斯，鬻子之闵斯。”子敬兄弟其念之哉！

归熙甫顾夫人八十寿序 ○

太保顾文康公，以进士第一人，历事孝、武二朝。今天子由南服入继大统，恭上天地祖考徽号，定郊丘之位，肇九庙，飨明堂，秩百神，稽古礼文，粲然具举。一时议礼之臣，往往拔自庶僚，骤登枢要；而公以宿学元老，侍经幄，备顾问，从容法从，三十馀年，晚乃进拜内阁，参与密勿。会天子南巡湖湘，恭视显陵，付以留钥之重。盖上虽不遽用公，而眷注隆矣。至于居守大事，天下安危所系，非公莫寄也。夫人主之恩如风雨，而怒如雷霆，有莫测其所以然者。士大夫遭际，承藉贵势，恩宠狎至，天下之士，谁不扼腕跂踵而慕艳之？及夫时移事变，有不能自必者，而后知公为天下之全福也。

公薨之后九年，夫人朱氏，年八十，冢孙尚宝君称庆于家，请于其舅上舍梁君，乞一言以纪其盛。盖夫人自笄而从公，与之偕老，寿考则又过之。公之德顺而厚，其坤之所以承乾乎？夫人之德静而久，其恒之所以继咸乎？故曰“天下之全福”也。常以阴阳之数，论女子之致福尤难。自古妇人，不得所偶，有乖人道之常者多矣，况非常之宠渥，重之以康宁寿考乎？

初公为谕德，有安人之诰。为侍读，有宜人之诰。进宫保，有一品夫人之诰。上崇孝养，册上昭圣皇太后，章圣皇太后徽号，夫人于是朝三宫。亲蚕之礼，旷千载不见矣。上考古事，宪周制，举三缫之礼，夫人陪侍翟车。煌煌乎三代之典，岂不盛哉！

有光辱与公家世通姻好，自念初生之年，高大父作高玄嘉庆堂，公时在史馆，实为之记，所以勖我后人者深矣。其后公予告家居，率乡人子弟释菜于学宫，有光亦与其间。丙申之岁，以计偕上春官，公时以大宗伯领太子詹事，拜公于第，留与饮酒，问乡里故旧甚欢。天暑露坐庭中，酒酣乐作，夜分乃散，可以见太平风流宰相。自惟不佞，荏苒岁年，德业无闻，多所自愧。独于文字，少知好之，执笔以纪公之家庆，所不辞云。

归熙甫守耕说 ○

嘉定唐虔伯，与予一再晤，然心独慕爱其为人。吾友潘子实、李浩卿，皆虔伯之友也。二君数为予言虔伯，予因二君盖知虔伯也。虔伯之舅曰沈翁，以诚长者见称乡里，力耕六十年矣，未有子，得虔伯为其女夫。予因虔伯盖知翁也。翁名其居之室曰"守耕"，虔伯因二君使予为说。

予曰：耕稼之事，古之大圣大贤，当其未遇，不惮躬为之。至孔子乃不复以此教人。盖尝拒樊迟之请，而又曰"耕也，馁在其中矣"。谓孔子不耕乎？而钓而弋而猎较，则孔子未尝不耕也。孔子以为如适其时，不惮躬为之矣。

然可以为君子之时，而不可以为君子之学。君子之学，不耕将以治其耕者。故耕者得常事于耕，而不耕者亦无害于不耕。夫其不耕，非晏然逸己而已也。今天下之事，举归于名，独耕者其实存耳。其馀皆晏然逸己而已也。志乎古者，为耕者之实耶？为不耕者之名耶？作《守耕说》。

归熙甫二石说 ○

乐者仁之声，而生气之发也。孔子称"《韶》尽美矣，又尽善也"，在齐闻《韶》，则学之三月，不知肉味。考之《尚书》，自尧"克明峻德"，至舜"重华协于帝"，四岳、九官、十二牧，各率其职。至于蛮夷率服，若予上下草木鸟兽，至仁之泽，洋洋乎被动植矣。故曰"虞宾在位，群后德让"，又曰"庶尹允谐"，"鸟兽跄跄"，"凤凰来仪"，又曰"百兽率舞"。此唐、虞太和之景象，在于宇宙之间，而特形于乐耳。《传》曰："夔始制乐，以赏诸侯。"《吕氏春秋》曰："尧命夔击石，以象上帝玉磬之音，以舞百兽。"击石拊石，夔之所能也。百兽率舞，非夔之所能也。此唐、虞之际，仁治之极也。

颜子学于孔子，"三月不违仁"，而未至于化。孔子告之以为邦，而曰"乐则《韶舞》"，岂骤语以唐、虞之极哉？亦教之礼乐之事，使其行夏之时，乘殷之辂，服周之冕，而歌有虞氏之风。淫声乱色，无以奸其间。是所谓非礼勿视、听、言、动，而为仁之用达矣。虽然，由其道而舞百兽，仪凤凰，岂远也哉？冉求欲富国足民，而以礼乐俟君子。孔子所以告颜子，即冉求所以俟君子也。欲富国足民，而无俟于礼乐，其敝必至于聚敛。子游能以弦歌试于区区之武城，可谓圣人之徒矣。

自秦以来，长人者无意于教化之事，非一世也。江夏吕侯，为青浦令，政成而民颂之。侯名调音，字宗夔，又自号二石。请予为二石之说，予故推本《尚书》、《论语》之义，以达侯之志焉。

归熙甫张雄字说 ○

张雄既冠，请字于余。余辱为宾，不可以辞，则字之曰“子溪”。

闻之《老子》云：“知其雄，守其雌，为天下溪。”“常德不离，复归于婴儿。”此言人有胜人之德，而操之以不敢胜人之心。德处天下之上，而礼居天下之下，若溪之能受，而水归之也。不失其常德，而复归于婴儿，人己之胜心不生，则致柔之极矣。

人居天地之间，其才智稍异于人，常有加于愚不肖之心。其才智弥大，其加弥甚，故愚不肖常至于不胜，而求返之。天下之争，始于愚不肖之不胜，是以古之君子，有高天下之才智，而退然不敢以有所加，而天下卒莫之胜，则其致柔之极也。然则雄必能守其雌，是谓天下之溪。不能守雌，不能为天下溪，不足以称雄于天下。

归熙甫二子字说

予昔游吴郡之西山。西山并太湖，其山曰光福，而仲子生于家，故以福孙名之。其后三年，季子生于安亭，而予在昆山之宣化里，故名曰安孙。

于是福孙且冠娶，予因《尔雅》之义，字福孙以子祜，字安孙以子宁。念昔与其母共处颠危困厄之中，室家欢聚之日盖少，非有昔人之勤劳天下，而弗能子其子也。以是志之，盖出于其母之意云。今母亡久矣，二子能不自伤，而思所以立身行道，求无愧于所生哉？

抑此偶与古之羊叔子、管幼安之名同。二公生于晋、魏之世，高风大节，邈不可及，使孔子称之，亦必以为夷、惠之俦。夫士期以自修其身，至于富贵，非所能必。幼安之隐，叔子之仕，予难以拟其后。若其渊雅高尚，以道素自居，则士诚不可一日而无此。不然，要为流俗之人，苟得爵禄，功名显于世，亦鄙夫也。

方灵皋送王箬林南归序

余与箬林交益笃，在辛卯、壬辰间。前此箬林家金坛，余居江宁，率历岁始得一会合。至是余以《南山集》牵连系刑部狱，而箬林赴公车，间一二日必入视余。每朝餐罢，负手步阶除，则箬林推户而入矣。至则解衣盘薄，谘经诹史，旁若无人。同系者或厌苦，讽余曰：“君纵忘此地为圜土，身负死刑，奈旁观者姗笑何？”然箬林至，则不能遽归，余亦不能畏訾謷而闭所欲言也。余出狱编旗籍，寓居海淀。箬林官翰林，每以事入城，则馆其家。海淀距城往返近六十里，而使问朝夕通。事无细大，必以关，忧喜相闻。每阅月逾时，检箬林手书必寸馀。

戊戌春，忽告余归有日矣。余乍闻，心忡惕，若瞑行驻乎虚空之径，四望而无所归也。箬林曰：“子毋然。吾非不知吾归子无所向，而今不能复顾子。且子为吾计，亦岂宜阻吾行哉？”箬林之归也，秋以为期，而余仲夏出塞门，数附书问息耗，而未得也。今兹其果归乎？吾知箬林抵旧乡，春秋佳日，与亲懿游好，徜徉山水间，酣嘻自适，忽念平生故人，有衰疾远隔幽燕者，必为北乡惆然而不乐也。

方灵皋送刘函三序

道之不明久矣，士欲言中庸之言，行中庸之行，而不牵于俗，亦难矣哉！苏子瞻曰：“古之所谓中庸者，尽万物之理而不过；今之所谓中庸者，循循焉为众人之所为。”夫能为众人之所为，虽谓之反中庸可也。自吾有知识，见世之苟贱不廉，奸欺而病于物者，皆自谓中庸，世亦以中庸目之。其不然者，果自桎焉，而众皆持中庸之论以议其后。

燕人刘君函三，令池阳，困长官诛求，弃而授徒江、淮间。尝语余曰：“吾始不知吏之不可一日以居也。吾百有四十日而去官，食知甘而寝成寐，若昏夜涉江浮海而见其涯，若沈疴之霍然去吾体也。”夫古之君子，不以道徇人，不使不仁加乎其身。刘君所行，岂非甚庸无奇之道哉？而其乡人往往谓君迂怪不合于中庸。与亲暱者，则太息深矉，若哀其行之迷惑不可振救者。

虽然，吾愿君之力行而不惑也。无耳无目之人，贸贸然适于郁栖坑阱之中，有耳目者当其前，援之不克，而从以俱入焉，则其可骇诧也加甚矣。凡务为挠君之言者，自以为智，天下之极愚也。奈何乎不畏古之圣人贤人，而畏今之愚人哉！刘君幸藏吾言于心，而勿以示乡之人，彼且以为诪张颇僻，背于中庸之言也。

方灵皋送左未生南归序

左君未生，与余未相见，而其精神志趋，形貌辞气，早熟悉于刘北固、古塘及宋潜虚。既定交，潜虚、北固各分散，余在京师。及归故乡，惟与未生游处为久长。北固客死江夏，余每戒潜虚，当弃声利，与未生归老浮山，而潜虚不能用，余甚恨之。

辛卯之秋，未生自燕南附漕船东下，至淮阴，始知《南山集》祸作，而余已北发。居常自怼曰：“亡者则已矣，其存者遂相望而永隔乎？”己亥四月，余将赴塞上，而未生至自桐。涖阳范恒庵高其义，为言于驸马孙公，俾偕行以就余。既至上营八日，而孙死，祁君学圃馆焉。每薄暮公事毕，辄与未生执手溪梁间。因念此地出塞门二百里，自今上北巡，建行宫，始二十年前，此盖人迹所罕至也。余生长东南，及暮齿，而每岁至此涉三时，其山川物色，久与吾精神相凭依，异矣！而未生复与余数晨夕于此，尤异矣！盖天假之缘，使余与未生为数月之聚，而孙之死，又所以警未生而速其归也。

夫古未有生而不死者，亦未有聚而不散者。然常观子美之诗，及退之、永叔之文，一时所与游好，其人之精神志趋，形貌辞气，若近在耳目间，是其人未尝亡，而其交亦未尝散也。余衰病多事，不可自敦率。未生归，与古塘各修行著书，以自见于后世，则余所以死而不亡者有赖矣，又何必以别离为戚戚哉？

方灵皋送李雨苍序

永城李雨苍，力学治古文，自诸经而外，遍观周、秦以来之作者而慎取焉。凡无益于世教人心政法者，文虽工弗列也。言当矣，犹必其人之可。故虽扬雄氏无所录，而过以余之文次焉。

余故与雨苍之弟畏苍交。雨苍私论并世之文，舍余无所可，而守选逾年，不因其弟以通也。雍正六年，以建宁守承事来京师，又逾年，终不相闻。余因是意其为人，必笃自信而不苟以悦人者，乃不介而过之，一见如故旧。得余《周官》之说，时辍其所事而手录焉。以行之速，继见之难，固乞余言。

余惟古之为交也，将以求益也。雨苍欲余之有以益也，其何以益余乎？古之治道术者，所学异，则相为蔽而不见其是；所学同，则相为蔽而不见其非。吾愿雨苍好余文而毋匿其非也。

古之人得行其志，则无所为书。雨苍服官，虽历历著声绩，然为天子守大邦，疆域千里，昧爽盥沐，质明而莅事临民，一动一言，皆世教人心政法所由兴坏也。一念之不周，一物之不应，则所学为之亏矣。君其并心于所事，而于文则暂辍可也。高洁。

刘才甫送张闲中序

河流自昔为中国患。禹疏九河，过家门不入，而东南钜野，无溃冒滰没之害者，七百七十馀年。周定王时，河徙砾溪，九河故道，浸以湮灭。自是之后，秦穿漕渠，而汉时河决酸枣、瓠子、馆陶，泛溢淮、泗、兖、豫、梁、楚诸郡，历魏、晋、唐、宋、元、明，数千百载，迄无宁岁。

皇帝御极之元年，命山东按察使齐苏勒，总督河务。吾友张君若矩，以通判河上事，效奔走淮水之南。乃畚乃筑，共职维勤，险阻艰虞，罔敢或避。河督称其能，以荐于天子，使署理兖之泇河。四年冬，题补入觐。而是时河水自河南陕州至江南之宿迁，千有馀里，清可照烛须眉者，凡月馀日不变。可以见太平有道，元首股肱，联为一体，至治翔洽，感格幽冥，天心协而符瑞见，至于此也。

张君既入觐，卒判泇河，将归其官廨。于是吾徒夙与张君有兄弟之好者，各为歌诗以送之。原注：雄直似昌黎。

刘才甫送沈茱园序

去父母，别兄弟妻子而游，既久而犹不欲归，滫瀡阙，定省违。父母有子，如未尝有子焉者；有兄弟，如未尝有兄弟焉者。有夫而其妻独处，有父而其子无怙，此鳏寡孤独穷民之无告者类也。虽幸而取万乘之公相，亦奚以云？

余在京师五年矣。父母年皆逾六十，兄弟四人，在家者尚一兄一弟，幼子三人皆已死，寡妻在室，是亦可以归矣，而不归。嗟乎！余独安能无愧于沈君哉！

沈君杭州人，其在京师亦数年。一日其家人遗之书曰："盍归乎来？"沈君不谋于朋友，秣马束装载道。嗟乎！余独安能无愧于沈君哉！沈君行矣，余于沈君复何言。原注：其来如潮水骤至，顷刻之间，消归无有。此等神境，惟昌黎有之。

刘才甫送姚姬传南归序

古之贤人，其所以得之于天者独全。故生而向学，不待壮而其道已成；既老而后从事，则虽其极日夜之勤劬，亦将徒劳而鲜获。

姚君姬传，甫弱冠，而学已无所不窥，余甚畏之。姬传余友季和之子，其世父则南青也。忆少时与南青游，南青年才二十，姬传之尊府，方垂髫未娶。太夫人仁恭有礼，余至其家，则太夫人必命酒，饮至夜分乃罢。其后余漂流在外，倏忽三十年，归与姬传相见，则姬传之齿，已过其尊府与余游之岁矣。明年，余以经学应举，复至京师。无何，则闻姬传已举于乡而来，犹未娶也。读其所为诗赋古文，殆欲压余辈而上之。姬传之显名当世，固可前知。独余之穷如曩时，而学殖将落，对姬传不能不慨然而叹也。

昔王文成公童子时，其父携至京师。诸贵人见之，谓宜以第一流自待。文成问何为第一流，诸贵人皆曰："射策甲科为显官。"文成莞尔而笑："恐第一流当为圣贤。"诸贵人乃皆大惭。今天既赋姬传以不世之才，而姬传又深有志于古人之不朽。其射策甲科为显官，不足为姬传道；即其区区以文章名于后世，亦非余之所望于姬传。

孟子曰："人皆可以为尧舜。"以尧舜为不足为，谓之悖天；有能为尧舜之资，而自谓不能，谓之慢天。若夫拥旄仗钺，立功青海万里之外，此英雄豪杰之所为，而余以为抑其次也。姬传试于礼部，不售而归，遂书之以为姬传赠。原注：淋漓遒宕，欧公学《史记》之文。

古文辞类篹三十四终

诏令类一

古文辞类篹三十五

秦始皇初并天下议帝号令　○○

秦初并天下，令丞相、御史曰："异日韩王纳地效玺，请为藩臣，已而倍约，与赵、魏合从畔秦，故兴兵诛之，虏其王，寡人以为善，庶几息兵革。赵王使其相李牧来约盟，故归其质子，已而倍盟，反我太原，故兴兵诛之，得其王。赵公子嘉乃自立为代王，故举兵击灭之。魏王始约服入秦，已而与韩、赵谋袭秦，秦兵吏诛，遂破之。荆王献青阳以西，已而畔约，击我南郡，故发兵诛，得其王，遂定其荆地。燕王昏乱，其太子丹乃阴令荆轲为贼，兵吏诛灭其国。齐王用后胜计，绝秦使，欲为乱，兵吏诛虏其王，平齐地。寡人以眇眇之身，兴兵诛暴乱，赖宗庙之灵，六王咸伏其辜，天下大定。今名号不更，无以称成功，传后世。其议帝号。"

汉高帝入关告谕　○

父老苦秦苛法久矣。诽谤者族，耦语者弃市。吾与诸侯约：先入关者王之。吾当王关中。与父老约，法三章耳：杀人者死，伤人，及盗，抵罪。馀悉除去秦法，吏民皆按堵如故。凡吾所以来，为父老除害，非有所侵暴，毋恐！且吾所以军霸上，待诸侯至而定要束耳。

汉高帝二年发使者告诸侯伐楚 ○○

天下立义帝，北面事之。今项羽放杀义帝于江南，大逆无道。寡人亲为发丧，诸侯皆缟素，悉发关中兵，收三河士，南浮江、汉以下，愿从诸侯王击楚之杀义帝者！

汉高帝五年赦天下令 ○○

兵不得休八年，万民与苦甚。今天下事毕，其赦天下殊死以下。

汉高帝令吏善遇高爵诏 ○

七大夫、公乘以上，皆高爵也。诸侯子及从军归者，甚多高爵。吾数诏吏先与田宅，及所当求于吏者，亟与。爵或人君，上所尊礼，久立吏前，曾不为决，甚亡谓也。异日秦民爵公大夫以上，令、丞与亢礼。今吾于爵非轻也，吏独安取此？且法以有功劳，行田宅，今小吏未尝从军者多满，而有功者顾不得，背公立私，守、尉、长吏教训甚不善。其令诸吏善遇高爵，称吾意，且廉问有不如吾诏者，以重论之。

汉高帝六年上太公尊号诏 ○

人之至亲，莫亲于父子。故父有天下，传归于子；子有天下，尊归于父。此人道之极也。前日天下大乱，兵革并起，万民苦殃。朕亲被坚执锐，自帅士卒，犯危难，平暴乱，立诸侯，偃兵息民，天下大安。此皆太公之教训也。诸王、通侯、将军、群卿大夫，已尊朕为皇帝，而太公未有号，今上尊太公曰"太上皇"。

汉高帝十一年求贤诏 ○

盖闻王者莫高于周文，伯者莫高于齐桓，皆待贤人而成名。今天下贤者智能，岂特古之人乎？患在人主不交故也，士奚由进？今吾以天之灵，贤士大夫，定有天下，以为一家。欲其长久世世奉宗庙亡绝也，贤人已与我共平之矣，而不与吾共安利之，可乎？贤士大夫有肯从我游者，吾能尊显之。布告天下，使明知朕意。御史大夫昌下相国，相国酂侯下诸侯王，御史中执法下郡守。其有意称明德者，必身劝，为之驾，遣诣相国府，署行义年。有而弗言，觉，免。年老癃病勿遣。

汉文帝二年议犯法相坐诏 ○○

法者,治之正,所以禁暴而卫善人也。今犯法者已论,而使无罪之父母妻子同产坐之,及收。朕甚弗取,其议。

朕闻之:法正则民悫,罪当则民从。且夫牧民而道之以善者吏也,既不能道,又以不正之法罪之,是法反害于民,为暴者也。朕未见其便,宜孰计之。

汉文帝议振贷诏 ○○○

方春和时,草木群生之物,皆有以自乐,而吾百姓鳏寡孤独穷困之人,或阽于死亡,而莫之省忧。为民父母,将何如?其议所以振贷之。

汉文帝赐南粤王赵佗书 ○○

皇帝谨问南粤王,甚苦心劳思。朕高皇帝侧室之子,弃外,奉北藩于代。道里辽远,壅蔽朴愚,未尝致书。高皇帝弃群臣,孝惠皇帝即世,高后自临事,不幸有疾,日进不衰,以故悖暴乎治。诸吕为变故乱法,不能独制,乃取它姓子,为孝惠皇帝嗣。赖宗庙之灵,功臣之力,诛之已毕。朕以王、侯、吏不释之故,不得不立,今即位。

乃者闻王遗将军隆虑侯书,求亲昆弟,请罢长沙两将军。朕以王书,罢将军博阳侯。亲昆弟在真定者,已遣人存问,修治先人冢。

前日闻王发兵于边,为寇灾不止。当其时,长沙苦之,南郡尤甚,虽王之国,庸独利乎?必多杀士卒,伤良将吏,寡人之妻,孤人之子,独人父母,得一亡十,朕不忍为也。朕欲定地犬牙相入者,以问吏,吏曰:"高皇帝所以介长沙土也。"朕不得擅变焉。吏曰:"得王之地,不足以为大;得王之财,不足以为富。服领以南,王自治之。"虽然,王之号为帝,两帝并立,亡一乘之使,以通其道,是争也。争而不让,仁者不为也。愿与王分弃前患,终今以来,通使如故。故使贾驰谕告王朕意,王亦受之,毋为寇灾矣。

上褚五十衣,中褚三十衣,下褚二十衣,遗王,愿王听乐娱忧,存问邻国。

汉文帝二年除诽谤法诏 ○

古之治天下,朝有进善之旌,诽谤之木,所以通治道而来谏者也。今法有诽谤訞言之罪,是使众臣不敢尽情,而上无由闻过失也,将何以来远方之贤良?其除之。

民或祝诅上,以相约而后相谩,吏以为大逆;其有他言,吏又以为诽谤。此细民之愚,无知抵死,朕甚不取。自今以来,有犯此者,勿听治。以相约者,以、已字通。

汉文帝日食诏 ○

朕闻之：天生民，为之置君以养治之。人主不德，布政不均，则天示之灾，以戒不治。乃十一月晦，日有食之，适见于天，灾孰大焉！朕获保宗庙，以微眇之身，托于士民君王之上，天下治乱，在予一人。唯二三执政，犹吾股肱也。朕下不能治育群生，上以累三光之明，其不德大矣。令至，其悉思朕之过失，及知见之所不及，丐以启告朕。及举贤良方正，能直言极谏者，以匡朕之不逮。因各敕以职任，务省费以便民。朕既不能远德，故憪然念外人之有非，是以设备未息。今纵不能罢边屯戍，又饬兵厚卫，其罢卫将军军。太仆见马遗财足，馀皆以给传置。

汉文帝十三年除肉刑诏 ○○

盖闻有虞氏之时，画衣冠、异章服以为戮，而民弗犯，何治之至也！今法有肉刑三，而奸不止，其咎安在？毋乃朕德之薄，而教不明与？吾甚自愧。故夫训道不纯，而愚民陷焉。《诗》曰："恺弟君子，民之父母。"今人有过，教未施而刑已加焉，或欲改行为善，而道亡繇至。朕甚怜之。夫刑至断支体，刻肌肤，终身不息，何其刑之痛而不德也，岂称为民父母之意哉？其除肉刑，有以易之。

汉文帝十四年增祀无祈诏 ○

朕获执牺牲珪币，以事上帝宗庙，十四年于今。历日弥长，以不敏不明，而久抚临天下，朕甚自愧。其广增诸祀坛场珪币。昔先王远施不求其报，望祀不祈其福，右贤左戚，先民后己，至明之极也。今吾闻祠官祝釐，皆归福于朕躬，不为百姓，朕甚愧之。夫以朕之不德，而专乡独美其福，百姓不与焉，是重吾不德也。其令祠官致敬，无有所祈。

汉文帝后元年求言诏 ○

间者数年比不登，又有水旱疾疫之灾，朕甚忧之。愚而不明，未达其咎，意者朕之政有所失，而行有过与？乃天道有不顺，地利或不得，人事多失和，鬼神废不享与？何以致此？将百官之奉养或费，无用之事或多与？何其民食之寡乏也？夫度田非益寡，而计民未加益，以口量地，其于古犹有馀，而食之甚不足者，其咎安在？无乃百姓之从事于末以害农者蕃，为酒醪以靡谷者多，六畜之食焉者众与？细大之义，吾未能得其中。其与丞相、列侯、吏二千石、博士议之，有可以佐百姓者，率意远思，无有所隐。

汉文帝前六年遗匈奴书 ○

皇帝敬问匈奴大单于无恙。使系虖浅遗朕书云：“愿寝兵休士，除前事，复故约，以安边民，世世平乐。”朕甚嘉之。此古圣王之志也。汉与匈奴约为兄弟，所以遗单于甚厚。背约离兄弟之亲者，常在匈奴。然右贤王事，已在赦前，勿深诛。单于若称书意，明告诸吏，使无负约有信，敬如单于书。使者言单于自将并国有功，甚苦兵事。服：绣袷、绮衣，长襦，锦袍各一，比疏一，黄金饰具带一，黄金犀毗一，绣十匹，锦二十匹，赤绨，绿缯，各四十匹。使中大夫意，谒者令肩，遗单于。

汉文帝后二年遗匈奴书 ○○

皇帝敬问匈奴大单于无恙。使当户、且渠雕渠难，郎中韩辽，遗朕马二匹，已至，敬受。先帝制，长城以北，引弓之国，受令单于。长城以内，冠带之室，朕亦制之。使万民耕织射猎衣食，父子毋离，臣主相安，居无暴虐。今闻渫恶民，贪降其趋，背义绝约，忘万民之命，离两主之欢，然其事已在前矣。书云：“二国已和亲，两主欢说，寝兵休卒养马，世世昌乐，翕然更始。”朕甚嘉之！

圣者日新，改作更始，使老者得息，幼者得长，各保其首领，而终其天年。朕与单于，俱由此道，顺天恤民，世世相传，施之无穷，天下莫不咸嘉使。汉与匈奴邻敌之国，仲冯疑“邻”字上有脱字。鼐意衍“使”字，言与为邻国，是以相恤，遗之物耳。匈奴处北地寒，杀气早降，故诏吏遗单于秫蘖、金帛、绵絮它物，岁有数。今天下大安，万民熙熙，独朕与单于为之父母。朕追念前事，薄物细故，谋臣计失，皆不足以离昆弟之欢。朕闻天不颇覆，地不偏载，朕与单于皆捐细故，俱蹈大道也。堕坏前恶，以图长久，使两国之民，若一家子。元元万民，下及鱼鳖，上及飞鸟，跂行、喙息、蠕动之类，莫不就安利，避危殆。故来者不止，天之道也。俱去前事，朕释逃虏民，单于毋言章尼等。朕闻古之帝王，约分明而不食言。单于留志，天下大安。和亲之后，汉过不先。单于其察之！

汉景帝后二年令二千石修职诏 ○

雕文刻镂，伤农事者也；锦绣纂组，害女红者也。农事伤，则饥之本也；女红害，则寒之原也。夫饥寒并至，而能亡为非者寡矣。朕亲耕，后亲桑，以奉宗庙粢盛祭服，为天下先。不受献，减太官，省繇赋，欲天下务农蚕，素有畜积，以备灾害。强毋攘弱，众毋暴寡，老耆以寿终，幼孤得遂长。

今岁或不登，民食颇寡，其咎安在？或诈伪为吏，吏以货赂为市，渔夺百姓，侵牟万民。县丞，长吏也，奸法与盗盗，甚无谓也。其令二千石各修其职，不事官职秏乱者，丞相以闻，请其罪。布告天下，使明知朕意。

古文辞类篹三十五终

诏令类二　　古文辞类篹三十六

汉武帝元朔元年议不举孝廉者罪诏　○○

公卿大夫，所使总方略，壹统类，广教化，美风俗也。夫本仁祖义，褒德录贤，劝善刑暴，五帝、三王所繇昌也。朕夙兴夜寐，嘉与宇内之士，臻于斯路。故旅耆老，复孝敬，选豪俊，讲文学，稽参政事，祈进民心，深诏执事，兴廉举孝，庶几成风，绍休圣绪。夫十室之邑，必有忠信；三人并行，厥有我师。今或至阖郡而不荐一人，是化不下究，而积行之君子，雍于上闻也。二千石官长，纪纲人伦，将何以佐朕烛幽隐，劝元元，厉蒸庶，崇乡党之训哉！且进贤受上赏，蔽贤蒙显戮，古之道也。其与中二千石，礼官博士，议不举者罪。

汉武帝元狩二年报李广诏　○○○

将军者，国之爪牙也。《司马法》曰："登车不式，遭丧不服，振旅抚师，以征不服。”率三军之心，同战士之力，故怒形则千里竦，威振则万物伏。是以名声暴于夷貉，威稜憺乎邻国。夫报忿除害，捐残去杀，朕之所图于将军也。若乃免冠徒跣，稽颡请罪，岂朕之指哉？将军其率师东辕，弥节白檀，以临右北平。盛秋。

汉武帝元狩六年封齐王策 ○

惟元狩六年，四月乙巳，皇帝使御史大夫汤，庙立子闳为齐王。曰：呜呼小子闳！受兹青社。朕承天序，惟稽古建尔国家，封于东土，世为汉藩辅。呜呼念哉！共朕之诏，惟命不于常。人之好德，克明显光，义之不图，俾君子怠。悉尔心，允执其中，天禄永终。厥有愆不臧，乃凶于乃国，而害于尔躬。呜呼！保国乂民，可不敬与？王其戒之！

汉武帝封燕王策 ○

呜呼小子旦！受兹玄社，建尔国家，封于北土，世为汉藩辅。呜呼！薰鬻氏虐老兽心，以奸巧边氓，朕命将率，徂征厥罪。万夫长，千夫长，三十有二帅，降旗奔师，薰鬻徙域，北州以妥。悉尔心，毋作怨，毋作棐德，毋废乃备，非教士不得从征。王其戒之！

汉武帝封广陵王策 ○

呜呼小子胥！受兹赤社，建尔国家，封于南土，世世为汉藩辅。古人有言曰："大江之南，五湖之间，其人轻心。扬州保疆，三代要服，不及以正。"呜呼！悉尔心，祗祗兢兢，乃惠乃顺。毋桐好逸，毋迩宵人，惟法惟则。《书》云："臣不作福，不作威，靡有后羞。"王其戒之！

汉武帝元鼎六年敕责杨仆书 ○○

将军之功，独有先破石门、寻陿，非有斩将搴旗之实也，乌足以骄人哉！前破番禺，捕降者以为虏，掘死人以为获，是一过也。建德吕嘉，逆罪不容于天下，将军拥精兵不穷追，超然以东越为援，是二过也。士卒暴露连岁，为朝会不置酒，将军不念其勤劳，而造佞巧，请乘传行塞，因用归家，怀银黄，垂三组，夸乡里，是三过也。失期内顾，以道恶为解，失尊尊之序，是四过也。欲请蜀刀，问君贾几何，对曰：率数百。武库日出兵而阳不知，挟伪干君，是五过也。受诏不至兰池宫，明日又不对。假令将军之吏，问之不对，令之不从，其罪何如？推此心以在外，江海之间，可得信乎？今东越深入，将军能率众以掩过不？

汉武帝赐严助书 ○

制诏会稽太守。君厌承明之庐，劳侍从之事，怀故土，出为郡吏。会稽东接于海，南近诸越，北枕大江，间者阔焉。久不闻问，具以《春秋》对，毋以苏秦纵横。

汉武帝元封五年求贤良诏 ○○

盖有非常之功，必待非常之人。故马或奔踶而致千里，士或有负俗之累而立功名。夫泛驾之马，跅弛之士，亦在御之而已。其令州郡察吏民有茂材异等，可为将相，及使绝国者。

汉昭帝赐燕剌王旦玺书 ○

昔高皇帝王天下，建立子弟，以藩屏社稷。先日诸吕阴谋大逆，刘氏不绝若发，赖绛侯等诛讨贼乱，尊立孝文，以安宗庙，非以中外有人，表里相应故耶？樊、郦、曹、灌，携剑推锋，从高皇帝垦菑除害，耘锄海内，当此之时，头如蓬葆，勤苦至矣，然其赏不过封侯。今宗室子孙，曾亡暴衣露冠之劳，裂地而王之，分财而赐之，父死子继，兄终弟及。今王骨肉至亲，敌吾一体，乃与他姓异族，谋害社稷，亲其所疏，疏其所亲，有逆悖之心，无忠爱之义。如使古人有知，当何面目复奉齐酎，见高祖之庙乎？

汉宣帝地节四年子首匿父母等勿坐诏 ○

父子之亲，夫妇之道，天性也。虽有患祸，犹蒙死而存之，诚爱结于心，仁厚之至也，岂能违之哉？自今子首匿父母，妻匿夫，孙匿大父母，皆勿坐。其父母匿子，夫匿妻，大父母匿孙，罪殊死，皆上请。廷尉以闻。

汉宣帝元康二年令二千石察官属诏 ○

狱者，万民之命，所以禁暴止邪，养育群生也。能使生者不怨，死者不恨，则可谓文吏矣。今则不然。用法或持巧心，析律贰端，深浅不平，增辞饰非，以成其罪，奏不如实，上亦亡繇知。此朕之不明，吏之不称，四方黎民，将何仰哉！二千石各察官属，勿用此人，吏务平法。或擅兴繇役，饰厨传，称过使客，越职逾法，以取名誉，譬犹践薄冰以待白日，岂不殆哉！今天下颇被疾疫之灾，朕甚愍之。其令郡国被灾甚者，毋出今年租赋。

汉宣帝神爵三年益小吏禄诏 ○

吏不廉平，则治道衰。今小吏皆勤事，而奉禄薄，欲其毋侵渔百姓，难矣。其益吏百石以下奉十五。

汉元帝议律令诏 ○

夫法令者，所以抑暴扶弱，欲其难犯而易避也。今律令烦多而不约，自典文者不能分明，而欲罗元元之不逮，斯岂刑中之意哉！其议律令可蠲除轻减者条奏，惟在便安万姓而已。

汉元帝建昭四年议封甘延寿陈汤诏 ○

匈奴郅支单于，背畔礼义，留杀汉使者吏士，甚逆道理，朕岂忘之哉！所以优游而不征者，重动师众，劳将率，故隐忍而未有云也。今延寿、汤睹便宜，乘时利，结城郭诸国，擅兴师矫制而征之。赖天地宗庙之灵，诛讨郅支单于，斩获其首，及阏氏、贵人、名王以下千数。虽逾义干法，内不烦一夫之役，不开府库之臧，因敌之粮，以赡军用，立功万里之外，威震百蛮，名显四海，为国除残。兵革之原息，边竟得以安，然犹不免死亡之患，罪当在于奉宪。朕甚闵之，其赦延寿、汤罪勿治，诏公卿议封焉。

汉光武帝赐窦融玺书 ○○

制诏行河西五郡大将军事属国都尉：劳镇守边五郡，兵马精强，仓库有蓄，民庶殷富，外则折挫羌、胡，内则百姓蒙福。威德流闻,虚心相望,道路隔塞,邑邑何已! 长史所奉书献马悉至,深知厚意。

今益州有公孙子阳,天水有隗将军,方蜀汉相攻,权在将军,举足左右,便有轻重。以此言之,欲相厚岂有量哉?诸事具长史所见,将军所知。王者迭兴,千载一会,欲遂立桓、文,辅微国,当勉卒功业;欲三分鼎足,连衡合从,亦宜以时定。天下未并,吾与尔绝域,非相吞之国。今之议者,必有任嚣效尉佗制七郡之计,王者有分土,无分民,自适己事而已。今以黄金二百斤,赐将军,便宜辄言。

汉光武帝建武二十七年报臧宫诏 ○

《黄石公记》曰:“柔能制刚,弱能制强。”柔者,德也;刚者,贼也。弱者,仁之助也;强者,怨之归也。故曰:“有德之君,以所乐乐人;无德之君,以所乐乐身。”乐人者其乐长,乐身者不久而亡。舍近谋远者,劳而无功;舍远谋近者,逸而有终。逸政多忠臣,劳政多乱人。故曰:“务广地者荒,务广德者强。有其有者安,贪人有者残。”残灭之政,虽成必败。今国无善政,灾变不息,百姓惊惶,人不自保,而复欲远事边外乎? 孔子曰:“吾恐季孙之忧,不在颛臾。”且北狄尚强,而屯田警备,传闻之事,恒多失实。诚能举天下之半,以灭大寇,岂非至愿? 苟非其时,不如息人。

古文辞类篹三十六终

诏令类三　　古文辞类篹三十七

司马长卿谕巴蜀檄 ○○○

告巴蜀太守：蛮夷自擅不讨之日久矣，时侵犯边境，劳士大夫。陛下即位，存抚天下，集安中国，然后兴师出兵，北征匈奴，单于怖骇，交臂受事，屈膝请和。康居西域，重译纳贡，稽首来享。移师东指，闽越相诛，右吊番禺，太子入朝。南夷之君，西僰之长，常效贡职，不敢惰怠，延颈举踵，喁喁然，皆乡风慕义，欲为臣妾，道里辽远，山川阻深，不能自致。夫不顺者已诛，而为善者未赏，故遣中郎将往宾之，发巴、蜀之士各五百人，以奉币，卫使者不然，靡有兵革之事，战斗之患。今闻其乃发军兴制，惊惧子弟，忧患长老，郡又擅为转粟运输，皆非陛下之意也。当行者，或亡逃自贼杀，亦非人臣之节也。

夫边郡之士，闻烽举燧燔，皆摄弓而驰，荷兵而走，流汗相属，惟恐居后。触白刃，冒流矢，议不反顾，计不旋踵，人怀怒心，如报私雠。彼岂乐死恶生，非编列之民而与巴、蜀异主哉？计深虑远，急国家之难，而乐尽人臣之道也。故有剖符之封，析圭而爵，位为通侯，居列东第。终则遗显号于后世，传土地于子孙，事行甚忠敬，居位甚安佚，名声施于无穷，功烈著而不灭。是以贤人君子，肝脑涂中原，膏液润埜屮，而不辞也。今奉币役至南夷，即自贼杀，或亡逃抵诛，身死无名，谥为至愚，耻及父母，为天下笑。人之度量相越，岂不远哉！然此非独行者之罪也，父兄之教不先，子弟之率不谨，寡廉鲜耻，而俗不长厚也。其被刑戮，不亦宜乎！

陛下患使者有司之若彼，悼不肖愚民之如此，故遣信使，晓谕百姓以发卒之事，因数之以不忠死亡之罪，让三老、孝弟以不教诲之过。方今田时，重烦百姓，已亲见近县，恐远所溪谷山泽之民不遍闻，檄到，亟下县道，咸谕陛下意。毋忽！

韩退之鳄鱼文 ○○

维年月日，潮州刺史韩愈，使军事衙推秦济，以羊一、猪一，投恶溪之潭水，以与鳄鱼食，而告之曰：

昔先王既有天下，列山泽，罔绳擉刃，以除虫蛇恶物为民害者，驱而出之四海之外。及后王德薄，不能远有，则江、汉之间，尚皆弃之，以与蛮、夷、楚、越，况潮岭、海之间，去京师万里哉！鳄鱼之涵淹卵育于此，亦固其所。

今天子嗣唐位，神圣慈武，四海之外，六合之内，皆抚而有之，况禹迹所掩，扬州之近地，刺史、县令之所治，出贡赋以供天地、宗庙、百神之祀之壤者哉！鳄鱼其不可与刺史杂处此土也。刺史受天子命，守此土，治此民，而鳄鱼睅然不安溪潭，据处食民畜、熊、豕、鹿、獐，以肥其身，以种其子孙，与刺史亢拒，争为长雄。刺史虽驽弱，亦安肯为鳄鱼低首下心，伈伈晛晛，为民吏羞，以偷活于此邪！且承天子命以来为吏，固其势不得不与鳄鱼辨。

鳄鱼有知，其听刺史言：潮之州，大海在其南，鲸、鹏之大，虾、蟹之细，无不容归，以生以食，鳄鱼朝发而夕至也。今与鳄鱼约：尽三日，其率丑类南徙于海，以避天子之命吏。三日不能，至五日；五日不能，至七日；七日不能，是终不肯徙也，是不有刺史听从其言也。不然，则是鳄鱼冥顽不灵，刺史虽有言，不闻不知也。夫傲天子之命吏，不听其言，不徙以避之，与冥顽不灵，而为民物害者，皆可杀。刺史则选材技吏民，操强弓毒矢，以与鳄鱼从事，必尽杀乃止。其无悔！

古文辞类篹三十七终

传状类一

古文辞类篹三十八

鼐按:任彦升《齐竟陵文宣王行状》列题"南徐州南兰陵郡县中都乡中都里萧公年三十五行状",何屺瞻云:《汉书》高祖诏云"诣相国府署行义年"。苏林曰:行状,年纪也。此行状所自始。首行必书年几岁,犹其遗也。柳河东集中此体仅存,韩、李为人所刊削汩乱矣。鼐按:何论太拘。昌黎业以董公乡邑年纪叙入行状之内,则知首行本未题列,非人汩乱也。惟王荆公集内行状三篇,不载人祖父,此必列文前,而雕本者乃妄削去之矣。

韩退之故金紫光禄大夫检校尚书左仆射同中书门下平章事兼汴州刺史充宣武军节度副大使知节度事管内支度营田汴宋亳颍等州观察处置等使上柱国陇西郡开国公赠太傅董公行状 ○

曾祖仁琬皇任梁州博士祖大礼皇赠右散骑常侍父伯良皇赠尚书左仆射

公讳晋,字混成,河中虞乡万岁里人。少以明经上第。宣皇帝居原州,公在原州,宰相以公善为文,任翰林之选闻，召见，拜秘书省校书郎，入翰林为学士。三年，出入左右。天子以为谨愿，赐绯鱼袋，累升为卫尉寺丞。出翰林，以疾辞，拜汾州司马。崔圆为扬州，诏以公为圆节度判官，摄殿中侍御史。以军事如京师朝。天子识之，拜殿中侍御史内供奉。由殿中为侍御史，入尚书省，为主客员外郎，由主客为祠部郎中。

先皇帝时，兵部侍郎李涵如回纥立可敦，诏公兼侍御史，赐紫金鱼袋，为涵判官。回纥之人来曰："唐之复土疆，取回纥力焉。约我为市。马既入，而归我贿不足，我于使人乎取之。"涵惧不敢对，视公。公与之言曰："我之复土疆，尔信有力焉。吾非无马，而与尔为市，为赐不既多乎？尔之马岁至，吾数皮而归赀。边吏请致诘也，天子念尔有劳，故下诏禁侵犯，诸戎畏我大国之尔与也，莫敢校焉。尔之父子宁而畜马蕃者，非我谁使之？"于是其众皆环公拜，既又相率南面序拜，皆两举手曰："不敢复有意大国。"自回纥归，拜司勋郎中，未尝言回纥之事。迁秘书少监，历太府、太常二寺亚卿，为左金吾卫将军。今上即位，以大行皇帝山陵出财赋，拜太府卿。由太府为左散骑常侍，兼御史中丞，知台事三司使。选擢才俊，有威风。始公为金吾。未尽一月，拜太府。九日，又为中丞，朝夕入议事。于是宰相请以公为华州刺史，拜华州刺史、潼关防御镇国军使。朱泚之乱，加御史大夫，诏至于上所，又拜国子祭酒，兼御史大夫，宣慰恒州。于是朱滔自范阳，以回纥之师助乱，人大恐。公既至恒州，恒州即日奉诏出兵，与滔战，大破走之，还至河中。

李怀光反，上如梁州。怀光所率皆朔方兵，公知其谋与朱泚合也，患之，造怀光言曰："公之功，天下无与敌；公之过，未有闻于人。某至上所，言公之情，上宽明，将无不赦宥焉，乃能为朱泚臣乎？彼为臣而背其君，苟得志，于公何有？且公既为太尉矣，彼虽宠公，何以加此？彼不能事君，能以臣事公乎？公能事彼，而有不能事君乎？彼知天下之怒朝夕戮死者也，故求其同罪而与之比，公何所利焉？公之敌彼有馀力，不如明告之绝，而起兵袭取之，清宫而迎天子，庶人服而请罪有司。虽有大过，犹将掩焉，如公则谁敢议？"语已，怀光拜曰："天赐公活怀光之命。"喜且泣，公亦泣。则又语其将卒，如语怀光者，将卒呼曰："天赐公活吾三军之命。"拜且泣，公亦泣。故怀光卒不与朱泚。当是时，怀光几不反。公气仁，语若不能出口，及当事，乃更疏亮捷给。其词忠，其容貌温然，故有言于人，无不信。

明年，上复京师，拜左金吾卫大将军。由大金吾为尚书左丞，又为太常卿，由太常拜门下侍郎平章事。在宰相位凡五年，所奏于上前者，皆二帝三王之道，由秦、汉以降，未尝言。退归，未尝言所言于上者于人。子弟有私问者，公曰："宰相所职系天下，天下安危，宰相之能与否可见。欲知宰相之能与否，如此视之其可。凡所谋议于上前者，不足道也。"故其事卒不闻。以疾病辞于上前者不记，退以表辞者八，方许之，拜礼部尚书。制曰："事上尽大臣之节。"又曰："一心奉公。"于是天下知公之有言于上也。初公为宰相时，五月朔，会朝，天子在位，公卿百执事在廷，侍中赞，百僚贺，中书侍郎平章事窦参摄中书令，当传诏，疾作不能事。凡将大朝会，当事者既受命，皆先日习仪。于时未有诏，公卿相顾。公逡巡进，北面言曰："摄中书令臣某，病不能事，臣请代某事。"于是南面宣致诏词。事已复位，进退甚详。

为礼部四年，拜兵部尚书，入谢，上语问日晏。复有入谢者，上喜曰："董某疾且损矣。"出语人曰："董公且复相。"既二日，拜东都留守，判东都尚书省事，充东都畿汝州都防御使，兼御史大夫，仍为兵部尚书。由留守未尽五月，拜检校尚书左仆射同中书门下平章事、汴州刺史、宣武军节度副大使知节度事，管内支度营田、汴宋亳颍等州观察处置等使。

汴州自大历来，多兵事。刘玄佐益其师至十万，玄佐死，子士宁代之，畋游无度，其将李万荣，乘其畋也逐之。万荣为节度一年，其将韩惟清、张彦林作乱，求杀万荣不克。三年，万荣病风，昏不知事，其子迺，复欲为士宁之故。监军使俱文珍，与其将邓惟恭执之，归京师，而万荣死。诏未至，惟恭权军事。公既受命，遂行，刘宗经、韦弘景、韩愈实从，不以兵卫。及郑州，逆者不至，郑州人为公惧，或劝公止以待。有自汴州出者，言于公曰："不可入。"公不对，遂行，宿圃田。明日，食中牟，逆者至，宿八角。明日，惟恭及诸将至，遂逆以入。及郛，三军缘道欢声，庶人壮者呼，老者泣，妇人啼，遂入以居。初玄佐死，吴凑代之，及巩闻乱归，士宁、万荣皆自为而后命，军士将以为常，故惟恭亦有志。以公之速也，不及谋，遂出逆。既而私其人，观公之所为以告曰："公无为。"惟恭喜，知公之无害己也，委心焉。进见公者，退皆曰："公仁人也。"闻公言者，皆曰："公仁人也。"环以相告，故大和。初，玄佐遇军士厚，士宁惧，复加厚焉。至万荣，如士宁志。及韩、张乱，又加厚以怀之，至于惟恭，每加厚焉。故士卒骄不能御，则置腹心之士，幕于公庭庑下，挟弓执剑以须，日出而入，前者去，日入而出，后者至。寒暑时至，则加劳赐酒肉。公至之明日，皆罢之。贞元十二年七月也。

八月，上命汝州刺史陆长源为御史大夫、行军司马，杨凝自左司郎中为检校吏部郎中、观察判官，杜伦自前殿中侍御史为检校工部员外郎、节度判官，孟叔度自殿中侍御史为检校金部员外郎、支度营田判官。职事修，人俗化，嘉禾生，白鹊集，苍乌来巢，嘉瓜同蒂联实。四方至者，归以告其帅，小大威怀。有所疑，辄使来问；有交恶者，公与平之。累请朝，不许。及有疾，又请之，且曰："人心易动，军旅多虞，及臣之生，计不先定，至于他日，事或难期。"犹不许。十五年二月三日，薨于位。上三日罢朝，赠太傅，使吏部员外郎杨于陵来祭，吊其子，赠布帛米有加。公之将薨也，命其子三日敛，既敛而行，于行之四日，汴州乱。故君子以公为知人。公之薨也，汴州人歌之曰："浊流洋洋，有辟其郛。阗道欢呼，公来之初。今公之归，公在丧车。"又歌曰："公既来止，东人以完。今公殁矣，人谁与安?”

始公为华州,亦有惠爱,人思之。公居处恭,无妾媵,不饮酒,不谄笑,好恶无所偏,与友人交,泊如也。未尝言兵,有问者,曰:“吾志于教化。”享年七十六。阶,累升为金紫光禄大夫。勋,累升为上柱国。爵,累升为陇西郡开国公。娶南阳张氏夫人,后娶京兆韦氏夫人,皆先公终。四子:全道,溪,全素,澥。全道、全素,皆上所赐名。全道为秘书省著作郎,溪为秘书省秘书郎,全素为大理评事,澥为太常寺太祝,皆善士,有学行。谨具历官行事状,伏请牒考功,并牒太常,议所谥;牒史馆,请垂编录。谨状。

韩退之圬者王承福传 ○○

圬之为技,贱且劳者也,有业之,其色若自得者。听其言,约而尽。问之,王其姓,承福其名,世为京兆长安农夫。天宝之乱,发人为兵,持弓矢十三年,有官勋。弃之来归,丧其土田,手镘衣食,馀三十年,舍于市之主人,而归其屋食之当焉。视时屋食之贵贱,而上下其圬之佣以偿之。有馀,则以与道路之废疾饿者焉。

又曰:“粟,稼而生者也。若布与帛,必蚕绩而后成者也。其他所以养生之具,皆待人力而后完也。吾皆赖之。然人不可遍为,宜乎各致其能以相生也。故君者,理我所以生者也;而百官者,承君之化者也。任有大小,惟其所能,若器皿焉。食焉而怠其事,必有天殃,故吾不敢一日舍镘以嬉。夫镘易能，可力焉，又诚有功，取其直，虽劳无愧，吾心安焉。夫力，易强而有功也；心，难强而有智也。用力者使于人，用心者使人，亦其宜也。吾特择其易为而无愧者取焉。嘻！吾操镘以入贵富之家有年矣。有一至者焉，又往过之，则为墟矣；有再至、三至者焉，而往过之，则为墟矣。问之其邻，或曰：'噫！刑戮也。'或曰：'身既死，而其子孙不能有也。'或曰：'死而归之官也。'吾以是观之，非所谓食焉而怠其事，而得天殃者耶？非强心以智而不足，不择其才之称否而冒之者耶？非多行可愧，知其不可而强为之者耶？将富贵难守，薄功而厚飨之者耶？抑丰悴有时，一去一来而不可常者耶？吾之心悯焉，是故择其力之可能者行焉。乐富贵而悲贫贱，我岂异于人哉？"

又曰："功大者，其所以自奉也博。妻与子，皆养于我者也。吾能薄而功小，不有之可也。又吾所谓劳力者，若立吾家而力不足，则心又劳也。一身而二任焉，虽圣者不可能也。"

愈始闻而惑之，又从而思之，盖贤者也，盖所谓独善其身者也。然吾有讥焉，谓其自为也过多，其为人也过少，其学杨、朱之道者耶？杨之道，不肯拔我一毛而利天下，而夫人以有家为劳心，不肯一动其心以畜其妻子，其肯劳其心以为人乎哉？虽然，其贤于世之患不得之而患失之，以济其生之欲，贪邪而亡道以丧其身者，其亦远矣！又其言，有可以警余者，故余为之传而自鉴焉。

柳子厚种树郭橐驼传 ○

郭橐驼，不知始何名。病偻，隆然伏行，有类橐驼者，故乡人号之"驼"。驼闻之曰："甚善，名我固当。"因舍其名，亦自谓"橐驼"云。

其乡曰丰乐乡，在长安西。驼业种树，凡长安豪富人为观游，及卖果者，皆争迎取养视。驼所种树，或移徙，无不活，且硕茂蚤实以蕃。他植者，虽窥伺效慕，莫能如也。

有问之，对曰："橐驼非能使木寿且孳也，能顺木之天，以致其性焉耳。凡植木之性，其本欲舒，其培欲平，其土欲故，其筑欲密。既然已，勿动勿虑，去不复顾。其莳也若子，其置也若弃，则其天者全，而其性得矣。故吾不害其长而已，非有能硕茂之也；不抑耗其实而已，非有能蚤而蕃之也。他植者则不然，根拳而土易，其培之也，若不过焉，则不及焉。有能反是者，则又爱之太恩，忧之太勤，旦视而暮抚，已去而复顾。甚者，爪其肤以验其生枯，摇其本以观其疏密，而木之性日以离矣。虽曰爱之，其实害之；虽曰忧之，其实雠之，故不我若也。吾又何能为哉？"

问者曰："以子之道，移之官理，可乎？"驼曰："我知种树而已，理非吾业也。然吾居乡，见长人者，好烦其令，若甚怜焉，而卒以祸。旦暮吏来而呼曰：'官命促尔耕，勖尔植，督尔获，蚤缫尔绪，蚤织尔缕，字而幼孩，遂而鸡豚。'鸣鼓而聚之，击木而召之。吾小人辍飧饔以劳吏者，且不得暇，又何以蕃吾生而安吾性耶？故病且怠。若是，则与吾业者，其亦有类乎？”

问者嘻曰：“不亦善夫！吾问养树，得养人术。”传其事，以为官戒也。

苏子瞻方山子传 ○○

方山子，光、黄间隐人也。少时慕朱家、郭解为人，闾里之侠皆宗之。稍壮，折节读书，欲以此驰骋当世，然终不遇。晚乃遁于光、黄间，曰岐亭。庵居蔬食，不与世相闻。弃车马，毁冠服，徒步往来山中，人莫识也。见其所着帽，方耸而高，曰：“此岂古方山冠之遗像乎！”因谓之方山子。

余谪居于黄，过岐亭，适见焉。曰：“乌虖！此吾故人陈慥季常也，何为而在此？”方山子亦矍然问余所以至此者。余告之故，俯而不答，仰而笑，呼余宿其家，环堵萧然，而妻子奴婢，皆有自得之意。余既耸然异之，独念方山子少时，使酒好剑，用财如粪土。前十有九年，余在岐山，见方山子从两骑，挟二矢，游西山，鹊起于前，使骑逐而射之，不获。方山子怒马独出，一发得之。因与余马上论用兵，及古今成败，自谓一世豪士。今几日耳，精悍之色，犹见于眉间，而岂山中之人哉！

然方山子世有勋阀，当得官，使从事于其间，今已显闻。而其家在洛阳，园宅壮丽，与公侯等。河北有田，岁得帛千匹，亦足以富乐。皆弃不取，独来穷山中，此岂无得而然哉？

余闻光、黄间多异人，往往佯狂垢污，不可得而见，方山子傥见之与？

王介甫兵部知制诰谢公行状题脱员外郎三字 ○

公讳绛，字希深，其先陈郡阳夏人。以试秘书省校书郎起家，中进士甲科，守太常寺奉礼郎，七迁，至尚书兵部员外郎，以卒。尝知汝之颍阴县，检理秘书，直集贤院，通判常州、河南府，为开封府三司度支判官，与修真宗史，知制诰，判吏部流内铨，最后，以请知邓州，遂葬于邓，年四十六，其卒以宝元二年。

公以文章贵朝廷，藏于家凡八十卷。其制诰，世所谓常、杨、元、白，不足多也。而又有政事材，遇事尤剧，尤若简而有馀。所至，辄大兴学舍。庄懿、明肃太后，起二陵于河南，不取一物于民而足，皆公力也。后河南闻公丧，有出涕者，诸生至今祠公像于学。

邓州有僧某，诱民男女数百人，以昏夜聚为妖，积六七年不发。公至，立杀其首，弛其馀不问。又欲破美阳堰，废职田，复召信臣故渠，以水与民而罢其岁役，以卒故，不就。于吏部所施置为后法。其在朝，大事或谏，小事或以其职言。郭皇后失位，称《诗·白华》以讽，争者贬，公又救之。尝上书，论四民失业，献《大宝箴》，议昭武皇帝不宜配上帝，请罢内作诸奇巧。因灾异，推天所以谴告之意。言时政，又论方士不宜入宫，请追所赐诏。又以为诏令不宜偏出数易，请由中书、密院，然后下。其所尝言甚众，不可悉数。及知制诰，自以其近臣，上一有所不闻，其责今豫我，愈慷慨，欲以论谏为己事。故其葬也，庐陵欧阳公铭其墓，尤叹其不寿，用不极其材云。卒之日，欧阳公入哭其室，椸无新衣；出视其家，库无馀财。盖食者数十人，三从孤弟侄皆在，而治衣栉才二婢。平居宽然，貌不自持，至其敢言自守，矫然壮者也。

谢氏，本姓任，自受氏至汉、魏，无显者，而盛于晋、宋之间。至公再世有名爵于朝，而四人皆以材称于世。先人与公，皆祥符八年进士，而公子景初等，以历官行事来曰："愿有述也，将献之太史。"谨撰次如右。谨状。

古文辞类篹三十八终

传状类二　　古文辞类纂三十九

归熙甫通议大夫都察院左副都御史李公行状 ○

曾祖茂祖聪赠通议大夫都察院左副都御史父玉赠承德郎吏部验封司主事再赠奉政大夫吏部验封司郎中三赠通议大夫都察院左副都御史

公讳宪卿,字廉甫。世居苏州昆山之罗巷村,以耕农为业,通议始入居县城。独生公一子,令从博士学。山阴萧御史鸣凤,奇其姿貌,曰:“是子他日必贵,吾无事阅其卷矣。”先辈吴中英,有知人鉴,每称之以为瑚琏之器。公雅自修饬,好交名俊,视庸辈不屑也。

举应天乡试,试礼部不第。丁通议忧,服阕,再试,中式,赐进士出身。明年,选南京吏部验封司主事,历迁郎中。吏在司者,莫不怀其恩。居九年,冢宰鄞闻公,奉新宋公,皆当世名卿,咸赏识之。升江西布政司左参议。江右田土不相悬,而税入多寡殊绝。如南昌、新建二县,仅百里，多山湖，税粮十六万。广信县六，赣州县十，粮皆六万。南安四县，粮二万。三郡二十县之粮，不及两县。巡抚傅都御史议均之。公在粮储道，为法均派折衷，最为简易。盖国初以次削平僭伪，田赋往往因其旧贯。论者谓苏州田不及淮安半，而吴赋十倍淮阴；松江二县粮，与畿内八府百十七县埒，其不均如此。吴郡异时尝均田，而均止于一郡，且破坏两税，阴有增羡，民病之，不若江右之善，而惜不及行也。

升山东按察司副使，兵备临清。先是虏薄京城，又数声言，从井陉口入掠临清。临清绾漕道，商贾所凑，人情恇惧，公处之宴然。或为公地，欲移任。公曰："讵至于此？"境上屯兵数万，调度有方，虏亦竟不至。师尚诏反河南，至五河，兵败散，独与数骑走莘县，擒获之。在镇三年，商民称其简静。瓯宁李尚书，自吏部罢还，所过颇懈慢。公劳送，礼有加。李公甚喜，叹曰："李君非世人情，吾因以是识其人。"会召还，即日荐升湖广布政司右参政。景王封在汉东，未之国，诏命德安造王府，公董其役。又以承天修祾恩殿，升河南按察司按察使。受命四月，寻擢巡抚湖广、右佥都御史。奏水灾，乞蠲贷，亲行鄂渚、云梦间拊循之。东南用兵御日本，军府檄至，调保靖、容美、桑植、麻寮、镇溪、大剌土兵三万二千，所过牢廪无缺。公因奏，土司各有分守，兵不可多调，且无益，徒縻粮廪。其后土兵还，辄掠内地人口，公檄所至搜阅，悉送归乡里。显陵大水，冲坏二红门黄河便桥，而故邸龙飞、庆云宫殿，多隳挠，奏加修理，建立元祐宫碑亭。是时奉天殿灾，敕命大臣开府江陵，总督湖广川贵，采办大木。工部刘侍郎方受命，以忧去。上特旨升公左副都御史，代其任。

先是天子稽古制，建九庙，而西苑穆清之居，岁有兴造，颇写蜀、荆之材。公至，则近水无复峻干，乃行巴、庸、僰道，转荆、岳，至东南川，往来督责，钩之荒裔中，于是万山之木稍出。然帝室紫宫，旧制瓌瑰，于永乐金柱，围长终不能合。公奏言："臣督率郎中张国珍、李佑，副使张正和、卢孝达，各该守巡。参政游震得、副使周镐、佥事于锦，先后深入永顺、卯峒、梭梭江；参政徐霈，佥事崔都，入容美；副使黄宗器，入施州、金峒；参政靳学颜，入永宁、迤东、兰州、儒溪；副使刘斯洁，入黎州、天全、建昌；董策入乌蒙；参政缪文龙，入播州、真州、酉阳；佥事吴仲礼，入永宁、迤西、落洪、班鸠井、镇雄；程嗣功入龙州；参政张定，入铜仁、省溪；参议王重光，入赤水、猴峒；佥事顾炳，入思南、潮底；汪集入永宁、顺崖；而湖广巡抚、右佥都御史赵炳然，巡按御史吴百朋，各先后亲历荆、岳、辰、常；四川巡抚、右副都御史黄光升，历叙、马、重、夔；巡按御史郭民敬，历邛、雅；贵州巡抚、右副都御史高翀，历思、石、镇、黎；巡按御史朱贤，历永宁、赤水；臣自趋涪州，六月，上泸、叙。而巨材所生，必于深林穷壑，崇冈绝箐，人迹不到之地，经数百年而后至合抱，又鲜不空灌。昔尚书宋礼，及近时尚书樊继祖，侍郎潘鉴，采得逾寻丈者数株而已。今三省见采丈围以上楠杉二千馀，丈四五以上亦一百一十七，视前亦已超绝矣。第所派长巨非常，故围圆难合。臣奉命初，恐搜索未遍，今则深入穷搜，知不可得，而先年营建，亦必别有所处。伏望皇上，敕下该部计议，量材取用，庶臣等专心采办，而大工早集矣。”上允其奏，命求其次者。其后木亦益出，自江、淮至于京师，簰筏相接。而天子犹以皇祖时殿灾，后十年始成，今未六七载，欲待得巨材。故建殿未有期，而西工骤兴，漕下之木，多取以为用。三省吏民，暴露三年，无有休息期。大臣以为言，天子亦自怜之，将作大匠，又能规削胶附，极般、尔之巧，而见材度已足用。公恳乞兴工罢采，以休荆、蜀民，使者相望于道，词旨甚哀。而工部大臣力任其事，天子从之，考卜兴工有日矣。其后漕数，比先所下，多有奇羡，凡得木一万一千二百八十九章。公上最，推功于三巡抚，下至小官，莫不录其劳。今不载，独载其所奏两司涉历采取之地。曰“四川守、巡，督儒溪之木，播州之木，建昌、天全之木，镇雄、乌蒙之木，龙州、蔺州之木；湖广督容美之木，施州之木，永顺、卯峒之木，靖州之木，及督行湖南购木于九嶷，荆南购木于陕西阶州，武昌、汉阳、黄州购木于施州、永顺；贵州则于赤水、猴峒、思南、潮底、永宁、顺崖，其南出云南金沙江”云。大抵荆、楚虽广山木少，采伐险远，必俟雨水而出。而施州石坡乱滩，迂回千里。贵阳穷险，山岭深峭，由川辰大河以达城陵矶。蜀山悬隔千里，排岩批谷，滩急漩险，经时历月，始达会河。而吏民冒犯瘴毒，林木蒙笼，与虺蛇虎豹错行。万人邪许，摧轧崩崒，鸟兽哀鸣，震天岋地。盖出入百蛮之中，穷南纪之地，其艰如此，故附著之，俾后有考焉。昔称雍州南山檀柘，而天水陇西多材木，故丛台、阿房、建章、朝阳之作，皆因其所有。金源氏营汴新宫，采青峰山巨木，犹以为汉、唐之所不能致。公乃获之山童木遁之时，发天地之藏，助成国家亿万年之丕图，其勤至矣。

是岁冬，征还内台。明年，考察天下官。已而病作，请告。病益侵，乞还乡。天子许之。行至东平安山驿而薨，嘉靖四十一年四月乙亥也，年五十有七。

公仕宦二十馀年，未尝一日居家。山东获贼，湖广营建，东南平倭，累有白金文绮之赐。而提督采运之擢，旨从中下，盖上所自简也。祖、考、妣，皆受诰赠。母杜氏，封太淑人。所之官，必迎养，世以为荣。公事太淑人孝谨，每巡行，日遣人问安；还，辄拜堂下。太淑人茹素，公跽以请者数，太淑人不得已，为之进羞膳。平生未尝言人过，其所敬爱，与之甚亲；至其所不屑然，亦无所假借。在江陵，有所使吏迟至，公问其故。言方食市肆中，又无马骑。故事：台所使吏，廪食与马，为荆州夺之。公曰："彼少年欲立名耳。"竟不复问。周太仆还自滇南，公不出候，盖不知也。周公乡里前辈，以礼相责诮，公置酒仲宣楼，深自逊谢而已。为人美姿容，自少衣服鲜好，及贵，益称其志。至京师，大学士严公迎谓之曰："公不独才望逾人，丰采亦足羽仪朝廷矣。"所居官，廉洁不苛。采办银，无虑数百万，先时堆积堂中，公绝不使入台门，苐贮荆州府。募召商胡，尝购过当，人皆怀之。故总督三年，地穷边裔，而民虏不惊，以是为难。是岁奉天殿文武楼告成，上制名曰皇极殿，门曰皇极门，而西宫亦不日而就。天子方加恩臣下，叙任事者之劳绩，而公不逮矣。

娶顾氏，封淑人。子男五：延植，国子生；延节、延芳、延英、延实，县学生。女四：适孟绍颜、管梦周、王世训，其一尚幼。孙男七：世彦，官生；世良、世显、世达；馀未名。孙女六。

余与公少相知，诸子来请撰述，因就其家，得所遗文字，参以所见闻，稍加论次，上之史馆。谨状。

归熙甫归氏二孝子传 ○○○

归氏二孝子，予既列之家乘矣，以其行之卓而身微贱，独其宗亲邻里知之，于是思以广其传焉。

孝子讳钺，字汝威。早丧母，父更娶后妻，生子，孝子由是失爱。父提孝子，辄索大杖与之，曰："毋徒手，伤乃力也。"家贫，食不足以赡。炊将熟，即戋戋罪过孝子。父大怒，逐之，于是母子得以饱食。孝子数困，匍匐道中。比归，父母相与言曰："有子不居家，在外作贼耳。"又复杖之，屡濒于死。方孝子依依户外，欲入不敢，俯首窃泪下，邻里莫不怜也。父卒，母独与其子居，孝子摈不见。因贩盐市中，时私其弟，问母饮食，致甘鲜焉。正德庚午，大饥，母不能自活。孝子往，涕泣奉迎。母内自惭，终感孝子诚恳，从之。孝子得食，先母弟，而己有饥色。弟寻死，终身怡然。

孝子少饥饿，面黄而体瘠小，族人呼为菜大人。嘉靖壬辰，孝子钺无疾而卒。孝子既老且死，终不言其后母事也。

绣，字华伯，孝子之族子，亦贩盐以养母。已又坐市舍中卖麻，与弟纹、纬友爱无间。纬以事坐系，华伯力为营救。纬又不自检，犯者数四。华伯所转卖者，计常终岁无他故，才给蔬食，一经吏卒过门辄耗，终始无愠容。华伯妻朱氏，每制衣，必三袭，令兄弟均平。曰："二叔无室，岂可使君独被完洁耶?"叔某亡，妻有遗子，抚爱之如己出。然华伯，人见之以为市人也。

赞曰：二孝子出没市贩之间，生平不识《诗》、《书》，而能以纯懿之行，自饬于无人之地，遭罹屯变，无恒产以自润而不困折，斯亦难矣！华伯夫妇如鼓瑟，汝威卒变顽嚚，考其终，皆有以自达。由是言之，士之独行而忧寡和者，视此可愧也！

归熙甫筠溪翁传 ○○

余居安亭，一日有来告云："北五六里溪上，草舍三四楹，有筠溪翁居其间。日吟哦，数童子侍侧，足未尝出户外。"余往省之，见翁颀然皙白，延余坐，瀹茗以进。举架上书，悉以相赠，殆数百卷。余谢而还，久之遂不相闻。然余逢人辄问筠溪翁所在。有见之者，皆云："翁无恙。"每展所予书，未尝不思翁也。今年春，张西卿从江上来，言翁居南澥浦，年已七十，神气益清，编摩殆不去手。侍婢生子，方呱呱。西卿状翁貌，如余十年前所见加少，亦异矣哉！

噫！余见翁时岁暮，天风憭栗，野草枯黄。日时晡，余循去径还，家妪、儿子以远客至，具酒，见余挟书还，则皆喜。一二年，妻儿皆亡，而翁与余别，每劳人问死生。余虽不见翁，而独念翁常在宇宙间，视吾家之溘然而尽者，翁殆如千岁人。昔东坡先生为《方山子传》，其事多奇。余以为古之得道者，常游行人间，不必有异，而人自不之见。若筠溪翁，固在吴淞烟水间，岂方山子之谓哉！或曰：筠溪翁非神仙家者流，抑岩处之高士也与？

归熙甫陶节妇传 ○○○

陶节妇方氏，昆山人陶子舸之妻。归陶氏期年，而子舸死。妇悲哀欲自经。或责以姑在，因俯默久之，遂不复言死，而事姑日谨。姑亦寡居，同处一室，夜则同衾而寝，姑、妇相怜甚，然欲死其夫，不能一日忘也。为子舸卜葬地，名清水湾，术者言其不利。妇曰："清水名美，何为不可以葬？"时夫弟之西山买石，议独为子舸穴。妇即自买砖穴其旁。

已而姑病痢六十馀日，昼夜不去侧。时尚秋暑，秽不可闻，常取中裙、厕牏自浣洒之，家人有顾而吐。妇曰："果臭耶？吾日在侧，诚不自觉。"然闻病人溺臭可得生，因自喜。及姑病日殆，度不可起，先悲哭不食者五日。姑死，含殓毕。先是子舸兄弟三人，仲弟子舫亦前死，尚有少弟。

于是诸妇在丧次，子舫妻言："姑亡，不知所以为身计。"妇曰："吾与若，易处耳。独小婶共叔主祭，持陶氏门户，岁月遥遥不可知，此可念也。"因相向悲泣，顷之入室，屑金和水服之，不死。欲投井，井口隘，不能下。夜二鼓，呼小婢随行，至舍西，绐婢还，自投水，水浅，乍沈乍浮。月明中，婢从草间望见之。既死，家人得其尸，以面没水，色如生，两手持茭根，牢甚不可解。

妇年十八嫁子舸，十九丧夫。事姑九年，而与其姑同日死。卒葬之清水湾，在县南千墩浦上。

赞曰：妇以从夫为义，假令节妇遂从子舸死，而世犹将贤之。独濡忍以俟其母之终，其诚孝概之于古人，何愧哉！初妇父玉岗为蕲水令，将之官，时子舸已病，卜嫁之大吉，遂归焉。人特以妇为不幸，卒其所成，为门户之光，岂非所谓吉祥者耶？熙甫与人书云：班孟坚云太史公质而不俚，人亦易晓。柳子厚称马迁之峻，峻字不易知。近作《陶节妇传》，懋俭甚聪明，可并观之。又云：昨为《陶节妇传》，李习之自谓为不在班孟坚、伯喈下也。得求郡中善书者入石，可摹百本送连城，使海内知有此奇节，亦知有此文也。又云：近于舟中作得《陶节妇传》，风雪中读之，一似嚼冰雪也。

归熙甫王烈妇传 ○○

王烈妇陆氏，其夫王土，家昆山之西盆渎村。昆故有薛烈妇，彭节妇，尝居其地。舍旁今有薛冢焉。百六十年间，三烈妇相望也。自烈妇入王土门，其墓园枯竹更青，三年三生芝，皆双茎。比四年，芝已不生，而烈妇死。世谓芝为瑞草，芝之应恒于贵富、寿考、康宁，而于烈妇以死，是可以观天道也已。

时王士病且死，自怜贫无子，难为其妇计。烈妇指心以誓。士目瞑，为绝水浆，家人作糜强进之。烈妇不得已一举，辄颦蹙曰："视吾如此，能食否？"俯视地，喀喀吐出。每涕泣呼天，欲与俱去。家人颇目属私语，然谓新死悲甚，不深疑。更八日，其舅他出，家无人。诸妇女在灶下，烈妇焚楮作礼，俯首窃泪下，暗然向夫语。见漆工涂棺，曰："善为之。"徐步入房，闻阖户声，缢死矣。麻葛重袭，面士尸也。

归子曰：王士之祖父，旧为吾家比邻，世通游好。予髫年从师，士亦来，长与案等耳。不谓其后乃有贤妇，异哉！一女子感慨自决，精通于鬼神。其舅云："新妇，故淑婉仁孝人也。"嗟乎！是固然无疑。然予不暇论，论其大者。

归熙甫韦节妇传 ○

韦节妇，九江德化人。姓许氏，为同县韦起妻。节妇归韦氏八年，夫死，生子甫八月，父母怜之，意欲令改适。然见其悲哀，终不敢言也。夫亡后，有所遗赀复失之。贫甚，几无以自存，而节操愈厉。尤善哭其夫，哭必极哀。盖二十馀年，其哭如初丧之日。以故年四十而衰，发尽白，口中无齿，如七十馀岁人。

初，所生八月儿，多病，死者数矣。节妇谓其姑曰："儿病如此,奈何?吾所以不死,乃以此儿。今如是,悔不从死。"因仰天呼曰:"天乎!不能为韦氏延此一息乎?"儿不食,即节妇亦不食,岁岁如是。至六七岁犹病,后乃得无恙。既长,教之学,名曰必荣。已而为郡学弟子员,始有廪米之养。自未入郡学,无廪米之养,非纺绩不给食也。议者以谓节妇之所处,视他妇人守节者,艰难盖百倍之。至于终身而毁,其诚盖出于天性,尤所难者。节妇既没,必荣以贡廷试,选为苏州嘉定学官。

赞曰:予尝从韦先生游,问洞庭、彭蠡江水所汇处,及庐山白鹿洞,想见昔贤之遗迹。而后乃闻韦夫人之节。然先生恂恂儒者,其夫人之教耶?

归熙甫先妣事略 ○○

先妣周孺人,弘治元年二月十一日生。年十六来归,逾年生女淑静。淑静者,大姊也。期而生有光。又期而生女、子,殇一人,期而不育者一人。又逾年生有尚,妊十二月。逾年生淑顺,一岁又生有功。有功之生也,孺人比乳他子加健,然数颦蹙顾诸婢曰:"吾为多子苦。"老妪以杯水盛二螺进曰:"饮此,后妊不数矣。"孺人举之尽,喑不能言。正德八年五月二十三日,孺人卒。诸儿见家人泣,则随之泣,然犹以为母寝也。伤哉!于是家人延画工画,出二子命之曰:"鼻以上画有光,鼻以下画大姊。"以二子肖母也。

孺人讳桂。外曾祖讳明,外祖讳行,太学生。母何氏。

世居吴家桥，去县城东南三十里。由千墩浦而南直桥，并小港以东，居人环聚，尽周氏也。外祖与其三兄皆以赀雄，敦尚简实，与人姁姁说村中语，见子弟甥侄无不爱。孺人之吴家桥则治木绵，入城则缉纑，灯火荧荧，每至夜分。外祖不二日使人问遗。孺人不忧米盐，乃劳苦若不谋夕。冬月炉火炭屑，使婢子为团，累累暴阶下。室靡弃物，家无闲人。儿女大者攀衣，小者乳抱，手中纫缀不辍，户内洒然。遇僮奴有恩，虽至棰楚，皆不忍有后言。吴家桥岁致鱼蟹饼饵，率人人得食。家中人闻吴家桥人至，皆喜。

有光七岁，与从兄有嘉入学。每阴风细雨，从兄辄留，有光意恋恋不得留也。孺人中夜觉寝，促有光暗诵《孝经》，即熟读无一字龃龉，乃喜。孺人卒，母何孺人亦卒。周氏家有羊狗之痾，舅母卒，四姨归顾氏又卒，死三十人而定，惟外祖与二舅存。

孺人死十一年，大姊归王三接，孺人所许聘者也。十二年，有光补学官弟子，十六年而有妇，孺人所聘者也。期而抱女，抚爱之，益念孺人。中夜与其妇泣，追惟一二，彷佛如昨，馀则茫然矣。世乃有无母之人！天乎，痛哉！

方灵皋白云先生传

张怡，字瑶星，初名鹿徵，上元人也。父可大，明季总兵登莱。会毛文龙将卒反，诱执巡抚孙元化，可大死之。事闻，怡以诸生授锦衣卫千户。甲申，流贼陷京师。遇贼将,不屈,械系将肆掠,其党或义而逸之。久之,始归故里。其妻已前死,独身寄摄山僧舍,不入城市,乡人称白云先生。

当是时,三楚、吴、越耆旧,多立名义,以文术相高。惟吴中徐昭发,宣城沈眉生,躬耕穷乡,虽贤士大夫,不得一见其面,然尚有楮墨流传人间。先生则躬樵汲,口不言诗书,学士词人,无所求取。四方冠盖往来,日至兹山,而不知山中有是人也。先君子与余处士公佩,岁时问起居,入其室,架上书数十百卷,皆所著经说及论述史事。请贰之,弗许,曰:"吾以尽吾年耳。已市二瓮,下棺则并藏焉。"卒年八十有八。平生亲故,夙市良材,为具棺椁。疾将革,闻而泣曰:"昔先将军致命危城,无亲属视含殓。虽改葬,亲身之椑,弗能易也。吾忍乎!"顾视从孙某,趣易棺。定附身衾衣,乃卒。时先君子适归皖桐,反则已渴葬矣。

或曰:"书已入圹。"或曰:"经说有贰,尚存其家。"乾隆三年,诏修三礼,求遗书。其从孙某,以书诣郡。太守命学官集诸生缮写,久之未就。先生之书,余心向之,而惧其无传也久矣。幸其家人自出之,而终不得一寓目焉。故并著于篇,俾乡之后进有所感发,守藏而传布之,毋使遂沈没也。

方灵皋二贞妇传

康熙乙亥,余客涿州。馆于滕氏,见僮某,独自异于群奴，怪之。主人曰："其母方氏，歙人也。美姿容，自入吾家，即涕泣请于主妇曰：'某良家子，不幸夫无藉，凡役之贱且劳者，不敢避也。但使与男子杂居同役，则不能一日以生。'会孺子疾，使在视，兼旬睫不交。所养孺子凡六人，忠勤如始至。自其夫自鬻，即誓不与同寝处，而夫死，疏食终其身。家人重其义，故于其子亦体貌焉。"

戊戌秋，天津朱乾御言："里中节妇任氏，年十七，归符钟奇。逾岁，而钟奇死。姑杨氏，故孀也，阅六月，又死。时任氏仅遗腹一女子，而钟奇弟妹四人皆孩提。任氏保抱携持，为之母，为之师，又以其间修业而息之。凡二十年，各授室有家，而节妇死。族姻皆曰：'亡者而有知也，杨氏可无怼于其死，钟奇可无憾于其亲矣。'"

夫嫠之苦身以勤家，多为其子也。自有任氏，而承夫之义始备焉。妇人委身于夫，而方氏非生绝其夫，不能守其身以芘其子。是皆遭事之变，而曲得其时义，虽圣贤处此，其道亦无以加焉者也。凡士之安常履顺，而自检其身，与所以施于家者，其事未若二妇人之艰难也。而乃苟于自恕，非所谓失其本心者与？

刘才甫樵髯传

樵髯翁，姓程氏，名骏，世居桐城县之西鄙。性疏放，无文饰，而多髭须，因自号曰"樵髯"云。

少读书，聪颖拔出凡辈。于艺术匠巧嬉游之事，靡不涉猎，然皆不肯穷竟其学，曰："吾以自娱而已。"尤嗜弈棋，常与里人弈。翁不任苦思，里人或注局凝神，翁辄颦蹙曰："我等岂真知弈者，聊用为戏耳，乃复效小儿辈强为解事！"时时为人治病，亦不用以为意。诸富家尝与往来者，病作，欲得翁诊视，使僮奴候之，翁方据棋局哓哓然，竟不往也。

翁季父官建宁，翁随至建宁官廨，得以恣情山水，其言武夷九曲幽绝可爱，令人遗弃世事，欲往游焉。

刘子曰：余寓居张氏勺园中，翁亦以医至。余久与翁处，识其性情。翁见余为文，亟求余书其名氏，以传于无穷。余悲之，而作《樵髯传》。原注：写出村野之态，如在目前，而文之高情远韵，自见于笔墨蹊径之外。

刘才甫胡孝子传

孝子胡其爱者，桐城人也。生不识诗书，时时为人力佣，而以其佣之直奉母。母中岁遘罢癃之疾，长卧床褥，而孝子常左右之无违。自卧起以至饮食溲便，皆孝子躬自扶抱，一身而百役，靡不为也。

孝子家无升斗之储，每晨起，为母盥沐烹饪进朝馔，乃敢出佣。其佣地稍远不及炊，则出勺米付邻媪，而叩首以祈其代爨。媪辞叩，则行数里外，遥致其拜焉。至夜必归，归则取母中裙秽污自浣涤之。孝子衣履皆敝垢，而时致鲜肥供母。其在与佣者之家，遇肉食即不食，而请归以遗其母。同列见其然，而分以饷之，辄不受。平生无所取于人，有与之者必报。母又喜出观游，村邻有伶优之剧，孝子每负母以趋，为藉草安坐，候至夜分人散，乃复负而还。时其和霁，母欲往宗亲里党之家，亦如之。孝子以生业之微，遂不娶，惟单独一人，竭力以养终其身。

母陈氏，以雍正八年病，至乾隆二十七年，乃以天年终。盖前后三十馀年，而孝子奉之如一日也。母既没，负土成坟，即坟傍，挂片席而居，凄伤成疾，逾年癸未，孝子胡其爱卒。

赞曰：今之士大夫，游宦数千里外，父母没于家，而不知其时日。岂意乡里佣雇之间，怀笃行深爱之德，有不忍一夕离其亲宿于外，如胡君者哉！胡君，字汝彩，父曰志贤。

又同里有潘元生者，入自外，而其家方火，其母闭在火中。元生奋身入火，取其母以出，头面皆灼烂。此亦人之至情无足异。然愚夫或怯懦不进，则抱终身之痛无及矣。勇如元生，盖亦有足多者，余故为附著之。原注：摹写极真，质而不俚，直逼《史记》。

刘才甫章大家行略

先大父侧室，姓章氏，明崇祯丙子十一月二十七日生。年十八来归，逾年，生女子一人，不育。又十馀年，而大父卒。先大母钱氏，大母早岁无子，大父因娶章大家。三年，大母生吾父，而章大家卒无出。大家生寒族，年少，又无出。及大父卒，家人趣之使行，大家则慷慨号恸不食。时吾父才八岁，童然在侧。大家挽吾父跪大母前，泣曰："妾即去，如此小弱何！"大母曰："若能志夫子之志，亦吾所荷也。"于是与大母同处四十馀年，年八十一而卒。大家事大母尽礼，大母亦善遇之，终身无间言。

櫆幼时，犹及事大母。值清夜，大母倚帘帷坐，櫆侍在侧，大母念往事，忽泪落。櫆见大母垂泪，问何故，大母叹曰："予不幸，汝祖中道弃予。汝祖没时，汝父才八岁。"回首见章大家在室，因指谓櫆曰："汝父幼孤，以养以诲，俾至成人，以得有今日，章大家之力为多。汝年及长，则必无忘章大家。"櫆时虽稚昧，见言之哀，亦知从旁泣。

大家自大父卒，遂丧明，目虽无见，而操作不辍。櫆七岁，与伯兄、仲兄，从塾师在外庭读书。每隆冬阴风积雪，或夜分始归。僮奴皆睡去，独大家煨炉火以待。闻叩门，即应声策杖扶壁行，启门，且执手问曰："若书熟否？先生曾扑责否？"即应以书熟，未曾扑责，乃喜。

大家垂白，吾家益贫，衣食不足以养，而大家之晚节更苦。呜呼！其可痛也夫！原注：真气淋漓，《史记》之文。

韩退之毛颖传附　○○○

毛颖者，中山人也。其先明视，佐禹治东方土，养万物有功，因封于卯地，死为十二神。尝曰："吾子孙神明之后，不可与物同，当吐而生。"已而果然。明视八世孙䨲，世传当殷时，居中山，得神仙之术，能匿光使物，窃姮娥，骑蟾蜍入月，其后代遂隐不仕云。居东郭者曰㕙，狡而善走，与韩卢争能，卢不及。卢怒，与宋鹊谋而杀之，醢其家。

秦始皇时，蒙将军恬南伐楚，次中山，将大猎以惧楚。召左右庶长与军尉，以《连山》筮之，得天与人文之兆。筮者贺曰："今日之获，不角不牙，衣褐之徒，缺口而长鬚，八窍而趺居。独取其髦，简牍是资，天下其同书，秦其遂兼诸侯乎？"遂猎，围毛氏之族，拔其豪，载颖而归，献俘于章台宫，聚其族而加束缚焉。秦皇帝使恬赐之汤沐，而封诸管城，号曰管城子，日见亲宠任事。

颖为人，强记而便敏，自结绳之代以及秦事，无不纂录。阴阳、卜筮、占相，医方、族氏，山经、地志，字书、图画，九流、百家、天人之书，及至浮图、老子、外国之说，皆所详悉。又通于当代之务，官府簿书，市井货钱注记，惟上所使。自秦皇帝，及太子扶苏、胡亥，丞相斯、中车府令高，下及国人，无不爱重。又善随人意，正直、邪曲、巧拙，一随其人。虽见废弃，终默不泄。惟不喜武士，然见请亦时往。

累拜中书令，与上益狎，上尝呼为"中书君"。上亲决事，以衡石自程，虽宫人不得立左右，独颖与执烛者常侍，上休乃罢。颖与绛人陈玄、弘农陶泓及会稽褚先生友善，相推致，其出处必偕。上召颖，三人者不待诏，辄俱往，上未尝怪焉。

后因进见，上将有任使，拂拭之，因免冠谢。上见其发秃，又所摹画，不能称上意。上嘻笑曰："中书君老而秃，不任吾用。吾尝谓君中书，君今不中书耶？"对曰："臣所谓尽心者。”因不复召，归封邑，终于管城。其子孙甚多，散处中国、夷狄，皆冒管城，惟居中山者，能继父祖业。

太史公曰：毛氏有两族。其一姬姓，文王之子封于毛，所谓鲁、卫、毛、聃者也。战国时，有毛公、毛遂。独中山之族，不知其本所出，子孙最为蕃昌。《春秋》之成，见绝于孔子，而非其罪。及蒙将军拔中山之豪，始皇封诸管城，世遂有名，而姬姓之毛无闻。颖始以俘见，卒见任使。秦之灭诸侯，颖与有功。赏不酬劳，以老见疏，秦真少恩哉！

古文辞类篹三十九终

碑志类上编一　　古文辞类纂四十

秦始皇二十八年泰山刻石文 ○

皇帝临位，作制明法，臣下修饬。二十有六年，初并天下，罔不宾服。亲巡远方黎民，登兹泰山，周览东极。从臣思迹，本原事业，祗诵功德。治道运行，诸产得宜，皆有法式。大义休明，垂于后世，顺承勿革。皇帝躬圣，既平天下，不懈于治。夙兴夜寐，建设长利，专隆教诲。训经宣达，远近毕理，咸承圣志。贵贱分明，男女礼顺，慎遵职事。昭隔内外，靡不清净，施于后嗣。化及无穷，遵奉遗诏，永承重戒。

秦始皇琅邪台立石刻文 ○○

维二十六年，皇帝作始，端平法度，万物之纪。以明人事，合同父子，圣智仁义，显白道理。东抚东土，以省卒士，事已大毕，乃临于海。皇帝之功，勤劳本事，上农除末，黔首是富。普天之下，抟心揖志，器械一量，同书文字。日月所照，舟舆所载，皆终其命，莫不得意。应时动事，是维皇帝，匡饬异俗，陵水经地。忧恤黔首，朝夕不懈，除疑定法，咸知所辟。方伯分职，诸治经易，举错必当，莫不如画。皇帝之明，临察四方，尊卑贵贱，不逾次行。奸邪不容，皆务贞良，细大尽力，莫敢怠荒。远迩辟隐，专务肃庄，端直敦忠，事业有常。皇帝之德，存定四极，诛乱除害，兴利致福。节事以时，诸产繁殖，黔首安宁，不用兵革。六亲相保，终无寇贼，欢欣奉教，尽知法式。六合之内，皇帝之土，西涉流沙，南尽北户，东有东海，北过大夏，人迹所至，无不臣者。功盖五帝，泽及牛马，莫不受德，各安其宇。

维秦王兼有天下，立名为皇帝，乃抚东土，至于琅邪。列侯武城侯王离，列侯通武侯王贲，伦侯建成侯赵亥，伦侯昌武侯成，伦侯武信侯冯毋择，丞相隗林，丞相王绾，卿李斯，卿王戊，五大夫赵婴，五大夫杨樛，从，与议于海上。曰：古之帝者，地不过千里，诸侯各守其封域，或朝或否，相侵暴乱，残伐不止，犹刻金石，以自为纪。古之五帝三王，知教不同，法度不明，假威鬼神，以欺远方。实不称名，故不久长，其身未殁，诸侯倍叛，法令不行。今皇帝并一海内，以为郡县，天下和平。昭明宗庙，体道行德，尊号大成。群臣相与诵皇帝功德，刻于金石，以为表经。

秦始皇二十九年之罘刻石文　○

维二十九年,时在中春,阳和方起。皇帝东游,巡登之罘,临照于海。从臣嘉观,原念休烈,追诵本始。大圣作治,建定法度,显著纲纪。外教诸侯,光施文惠,明以义理。六国回辟,贪戾无厌,虐杀不已。皇帝哀众,遂发讨师,奋扬武德。义诛信行,威燀旁达,莫不宾服。烹灭强暴,振救黔首,周定四极。普施明法,经纬天下,永为仪则。大矣哉!宇县之中,承顺圣意。群臣诵功,请刻于石,表垂于常式。

秦始皇东观刻石文　○

维二十九年,皇帝春游,览省远方。逮于海隅,遂登之罘,昭临朝阳。观望广丽,从臣咸念,原道至明。圣法初兴,清理疆内,外诛暴强。武威旁畅,振动四极,禽灭六王。阐并天下,灾害绝息,永偃戎兵。皇帝明德,经理宇内,视听不怠。作立大义,昭设备器,咸有章旗。职臣遵分,各知所行,事无嫌疑。黔首改化,远迩同度,临古绝尤。常职既定,后嗣循业,长承圣治。群臣嘉德,祇诵圣烈,请刻之罘。

秦始皇三十二年刻碣石门　○

遂兴师旅,诛戮无道,为逆灭息。武殄暴逆,文复无罪，庶心咸服。惠论功劳，赏及牛马，恩肥土域。皇帝奋威德，并诸侯，初一泰平。堕坏城郭，决通川防，夷去险阻。地势既定，黎庶无繇，天下咸抚。男乐其畴，女修其业，事各有序。惠被诸产，久并来田，莫不安所。群臣诵烈，请刻此石，垂著仪矩。

秦始皇三十七年会稽立石刻文 ○

皇帝休烈，平一宇内，德惠修长。三十有七年，亲巡天下，周览远方。遂登会稽，宣省习俗，黔首齐庄。群臣诵功，本原事迹，追道高明。秦圣临国，始定刑名，显陈旧章。初平法式，审别职任，以立恒常。六王专倍，贪戾慠猛，率众自强。暴虐恣行，负力而骄，数动甲兵。阴通间使，以事合从，行为辟方。内饰诈谋，外来侵边，遂起祸殃。义威诛之，殄熄暴悖，乱贼灭亡。圣德广密，六合之中，被泽无疆。皇帝并宇，兼听万事，远近毕清。运理群物，考验事实，各载其名。贵贱并通，善否陈前，靡有隐情。饰省宣义，有子而嫁，倍死不贞。防隔内外，禁止淫泆，男女洁诚。夫为寄豭，杀之无罪，男秉义程。妻为逃嫁，子不得母，咸化廉清。大治濯俗，天下承风，蒙被休经。皆遵度轨，安和敦勉，莫不顺令。黔首修洁，人乐同则，嘉保太平。后敬奉法，常治无极，舆舟不倾。从臣诵烈，请刻此石，光垂休铭。

班孟坚封燕然山铭 ○○

惟永元元年秋七月，有汉元舅曰车骑将军窦宪，寅亮圣皇，登翼王室，纳于大麓，惟清缉熙。乃与执金吾耿秉，述职巡御，治兵于朔方。鹰扬之校，螭虎之士，爰该六师，暨南单于，东胡乌桓，西戎氐羌，侯王君长之群，骁骑十万，元戎轻武，长毂四分，雷辎蔽路，万有三千馀乘，勒以八阵，莅以威神。玄甲耀日，朱旗绛天，遂陵高阙，下鸡鹿，经碛卤，绝大漠，斩温禺以衅鼓，血尸逐以染锷。然后四校横徂，星流彗扫，萧条万里，野无遗寇。于是域灭区殚，反旆而旋。考传验图，穷览其山川，遂逾涿邪，跨安侯，乘燕然，蹑冒顿之区落，焚老上之龙庭，将上以摅高、文之宿愤，光祖宗之玄灵，下以安固后嗣，恢拓境宇，振大汉之天声。兹可谓一劳而久逸，暂费而永宁也。乃遂封山刊石，昭铭盛德，其辞曰：

铄王师兮征荒裔，剿凶虐兮截海外。夐其邈兮亘地界，封神丘兮建隆嵑。熙帝载兮振万世。序亦用韵，即琅邪刻石体。

元次山大唐中兴颂有序

天宝十四载，安禄山陷洛阳。明年陷长安。天子幸蜀，太子即位于灵武。明年，皇帝移军凤翔。其年复两京，上皇还京师。於戏！前代帝王，有盛德大业者，必见于歌颂。若今歌颂大业，刻之金石，非老于文学，其谁宜为？颂曰：

噫嘻前朝，孽臣奸骄，为惽为妖。边将骋兵，毒乱国经，群生失宁。大驾南巡，百寮窜身，奉贼称臣。天将昌唐，繄睨我皇，匹马北方。独立一呼，千麾万旟，戎卒前驱。我师其东，储皇抚戎，荡攘群凶。复服指期，曾不逾时，有国无之。事有至难，宗庙再安，二圣重欢。地辟天开，蠲除祆灾，瑞庆大来。凶徒逆俦，涵濡天休，死生堪羞。功劳位尊，忠烈名存，泽流子孙。盛德之兴，山高日升，万福是膺。能令大君，声容沄沄，不在斯文。湘江东西，中直浯溪，石崖天齐。可磨可镌，刊此颂焉，何千万年！

古文辞类篹四十终

碑志类上编二　　古文辞类篹四十一

韩退之平淮西碑 ○○○

天以唐克肖其德，圣子神孙，继继承承，于千万年，敬戒不怠。全付所覆，四海九州，罔有内外，悉主悉臣。高祖、太宗，既除既治；高宗、中、睿，休养生息。至于玄宗，受报收功，极炽而丰，物众地大，孽牙其间。肃宗、代宗，德祖、顺考，以勤以容。大慝适去，稂莠不薅，相臣将臣，文恬武嬉，习熟见闻，以为当然。

睿圣文武皇帝，既受群臣朝，乃考图数贡曰："呜呼！天既全付予有家，今传次在予，予不能事事，其何以见于郊庙？"群臣震慑，奔走率职。明年平夏，又明年平蜀，又明年平江东，又明年平泽、潞。遂定易、定，致魏、博、贝、卫、澶、相，无不从志。皇帝曰："不可究武，予其少息。"

九年，蔡将死。蔡人立其子元济以请，不许。遂烧舞阳，犯叶、襄城，以动东都，放兵四劫。皇帝历问于朝，一二臣外皆曰："蔡帅之不廷授，于今五十年，传三姓四将，其树本坚，兵利卒顽，不与他等。因抚而有，顺且无事。”大官臆决唱声，万口和附，并为一谈，牢不可破。

皇帝曰：“惟天惟祖宗，所以付任予者，庶其在此，予何敢不力！况一二臣同，不为无助。”曰：“光颜！汝为陈、许帅，维是河东、魏博、郃阳三军之在行者，汝皆将之！”曰：“重胤！汝故有河阳、怀，今益以汝，维是朔方、义成、陕、益、凤翔、延、庆七军之在行者，汝皆将之！”曰：“弘！汝以卒万二千，属而子公武往讨之！”曰：“文通！汝守寿，维是宣武、淮南、宣歙、浙西四军之行于寿者，汝皆将之！”曰：“道古！汝其观察鄂岳！”曰：“愬！汝帅唐、邓、随，各以其兵进战！”曰：“度！汝长御史，其往视师！”曰：“度！惟汝予同，汝遂相予，以赏罚用命不用命！”曰：“弘！汝以其节都统诸军！”曰：“守谦！汝出入左右，汝惟近臣，其往抚师！”曰：“度！汝其往衣服饮食予士，无寒无饥。以既厥事，遂生蔡人。赐汝节斧，通天御带，卫卒三百。凡兹廷臣，汝择自从，惟其贤能，无惮大吏。庚申，予其临门送汝！”曰：“御史！予闵士大夫战甚苦，自今以往，非郊庙祠祀，其无用乐！”

颜、胤、武合攻其北，大战十六，得栅城县二十三，降人卒四万。道古攻其东南，八战，降万三千，再入申，破其外城。文通战其东，十馀遇，降万二千。愬入其西，得贼将，辄释不杀，用其策，战比有功。十二年八月，丞相度至师，都统弘责战益急，颜、胤、武合战益用命。元济尽并其众洄曲以备。十月壬申，愬用所得贼将，自文城，因天大雪，疾驰百二十里,用夜半到蔡,破其门,取元济以献,尽得其属人卒。辛巳,丞相度入蔡,以皇帝命,赦其人。淮西平,大飨赉功。师还之日,因以其食赐蔡人。凡蔡卒三万五千,其不乐为兵,愿归为农者十九,悉纵之。斩元济京师。

册功:弘加侍中。愬为左仆射,帅山南东道。颜、胤皆加司空。公武以散骑常侍,帅鄜、坊、丹、延。道古进大夫。文通加散骑常侍。丞相度朝京师,道封晋国公,进阶金紫光禄大夫,以旧官相,而以其副总为工部尚书,领蔡任。

既还奏,群臣请纪圣功,被之金石。皇帝以命臣愈。臣愈再拜稽首,而献文曰:

唐承天命,遂臣万邦。孰居近土?袭盗以狂。往在玄宗,崇极而圮。河北悍骄,河南附起。四圣不宥,屡兴师征。有不能克,益戍以兵。夫耕不食,妇织不裳。输之以车,为卒赐粮。外多失朝,旷不岳狩。百隶怠官,事亡其旧。

帝时继位,顾瞻咨嗟。惟汝文武,孰恤予家?既斩吴、蜀,旋取山东。魏将首义,六州降从。淮、蔡不顺,自以为强。提兵叫讙,欲事故常。始命讨之,遂连奸邻。阴遣刺客,来贼相臣。方战未利,内惊京师。群公上言,莫若惠来。帝为不闻,与神为谋。乃相同德,以讫天诛。

乃敕颜、胤,愬、武、古、通,咸统于弘,各奏汝功。三方分攻,五万其师。大军北乘,厥数倍之。常兵时曲,军士蠢蠢。既翦陵云,蔡卒大窘。胜之邵陵,郾城来降。自夏入秋,复屯相望。兵顿不励,告功不时。帝哀征夫,命相往厘。士饱而歌，马腾于槽。试之新城，贼遇败逃。尽抽其有，聚以防我。西师跃入，道无留者。

頟頟蔡城，其疆千里。既入而有，莫不顺俟。帝有恩言，相度来宣："诛止其魁，释其下人。"蔡之卒夫，投甲呼舞；蔡之妇女，迎门笑语。蔡人告饥，船粟往哺；蔡人告寒，赐以缯布。始时蔡人，禁不往来；今相从戏，里门夜开。始时蔡人，进战退戮；今旰而起，左飧右粥。为之择人，以收馀惫；选吏赐牛，教而不税。蔡人有言：始迷不知，今乃大觉，羞前之为。蔡人有言：天子明圣，不顺族诛，顺保性命。汝不吾信，视此蔡方，孰为不顺，往斧其吭。凡叛有数，声势相倚，吾强不支，汝弱奚恃？其告而长，而父而兄，奔走偕来，同我太平。淮、蔡为乱，天子伐之。既伐而饥，天子活之。

始议伐蔡，卿士莫随。既伐四年，小大并疑。不赦不疑，由天子明。凡此蔡功，惟断乃成。既定淮、蔡，四夷毕来。遂开明堂，坐以治之。茅顺甫云：颂文淋漓纵横，并合绳斧。

韩退之处州孔子庙碑 ○

自天子至郡邑守长，通得祀而遍天下者，惟社稷与孔子为然。而社祭土，稷祭谷，句龙与弃，乃其佐享，非其专主。又其位所，不屋而坛，岂如孔子用王者事，巍然当座，以门人为配，自天子而下，北面跪祭，进退诚敬，礼如亲弟子者？句龙、弃以功，孔子以德，固自有次第哉！自古多有以功德得其位者，不得常祀。句龙、弃、孔子，皆不得位而得常祀，然其祀事，皆不如孔子之盛。所谓生人以来，未有如孔子者，其贤过于尧舜远矣，此其效欤？

郡邑皆有孔子庙，或不能修事。虽设博士弟子，或役于有司，名存实亡，失其所业。独处州刺史邺侯李繁至官，能以为先。既新作孔子庙，又令工改为颜子至子夏十人像，其馀六十子，及后大儒，公羊高、左邱明、孟轲、荀况、伏生、毛公、韩生、董生、高堂生、扬雄、郑玄等数十人，皆图之壁。选博士弟子，必皆其人。又为置讲堂，教之行礼，肄习其中。置本钱廪米，令可继处以守。庙成，躬率吏及博士弟子入学，行释菜礼。耆老叹嗟，其子弟皆兴于学。邺侯尚文，其于古记无不贯达，故其为政，知所先后，可歌也已。乃作诗曰：

惟此庙学，邺侯所作。厥初庳下，神不以宇，生师所处，亦窘寒暑。乃新斯宫，神降其献，讲读有常，不诚用劝。揭揭元哲，有师之尊，群圣严严，大法以存。像图孔肖，咸在斯堂，以瞻以仪，俾不或忘。后之君子，无废成美，琢词碑石，以赞攸始。

韩退之南海神庙碑　○○○

海于天地间，为物最钜。自三代圣王，莫不祀事。考于传记，而南海神次最贵，在北东西三神、河伯之上，号为祝融。天宝中，天子以为古爵莫贵于公侯，故海岳之祝，牺币之数，放而依之，所以致崇极于大神。今王，亦爵也，而礼海岳，尚循公侯之事，虚王仪而不用，非致崇极之意也。由是册尊南海神，为广利王，祝号祭式，与次俱升。因其故庙，易而新之，在今广州治之东南，海道八十里，扶胥之口，黄木之湾。常以立夏气至，命广州刺史行事祠下，事讫，驿闻。

而刺史常节度五岭诸军，仍观察其郡邑，于南方事，无所不统，地大以远，故常选用重人。既贵而富，且不习海事，又当祀时，海常多大风，将往，皆忧戚。既进，观顾怖悸，故常以疾为解，而委事于其副，其来已久。故明宫斋庐，上雨旁风，无所盖障；牲酒瘠酸，取具临时；水陆之品，狼籍笾豆；荐祼兴俯，不中仪式。吏滋不供，神不顾享，盲风怪雨，发作无节，人蒙其害。

元和十二年，始诏用前尚书右丞，国子祭酒鲁国孔公，为广州刺史，兼御史大夫，以殿南服。公正直方严，中心乐易，祗慎所职，治人以明，事神以诚，内外单尽，不为表襮。至州之明年，将夏，祝册自京师至，吏以时告。公乃斋祓视册，誓群有司曰："册有皇帝名，乃上所自署，其文曰：'嗣天子某，谨遣官某敬祭。'其恭且严如是，敢有不承！明日吾将宿庙下，以供晨事。"明日，吏以风雨白，不听。于是州府文武吏士凡百数，交谒更谏，皆揖而退。

公遂升舟，风雨少弛，棹夫奏功，云阴解驳，日光穿漏，波伏不兴。省牲之夕，载旸载阴；将事之夜，天地开除，月星明概。五鼓既作，牵牛正中，公乃盛服执笏，以入即事。

文武宾属，俯首听位，各执其职。牲肥酒香，樽爵静洁，降登有数，神具醉饱。海之百灵秘怪，慌惚毕出，蜿蜿蛇蛇，来享饮食。阖庙旋舻，祥飙送帆，旗纛旄麾，飞扬晻蔼。铙鼓嘲轰，高管嗷噪，武夫奋棹，工师唱和。穹龟长鱼，踊跃后先，乾端坤倪，轩豁呈露。祀之之岁，风灾熄灭，人厌鱼蟹，五谷胥熟。明年祀归，又广庙宫而大之，治其庭坛，改作东西两序，斋庖之房，百用具修。明年其时，公又固往，不懈益虔，岁仍大和，耋艾歌咏。

始公之至，尽除他名之税，罢衣食于官之可去者。四方之使，不以资交，以身为帅。燕享有时，赏与以节，公藏私蓄，上下与足。于是免属州负逋之缗钱廿有四万，米三万二千斛。赋金之州，耗金一岁八百，困不能偿，皆以丐之。加西南守长之俸，诛其尤无良不听令者，由是皆自重慎法。人士之落南不能归者，与流徙之胄百廿八族，用其才良而廪其无告者。其女子可嫁，与之钱财，令无失时。刑德并流，方地数千里，不识盗贼。山行海宿，不择处所。事神治人，其可谓备至耳矣。咸愿刻庙石，以著厥美，而系以诗。乃作诗曰：

南海阴墟，祝融之宅，即祀于旁，帝命南伯。吏惰不躬，正自今公，明用享锡，右我家邦。惟明天子，惟慎厥使，我公在官，神人致喜。海岭之陬，既足既濡，胡不均弘，俾执事枢。公行勿迟，公无遽归，匪我私公，神人具依。

韩退之衢州徐偃王庙碑 ○○

徐与秦俱出柏翳，为嬴姓，国于夏、殷、周世，咸有大功。秦处西偏，专用武胜，遭世衰，无明天子，遂虎吞诸国为雄。诸国既皆入秦为臣属，秦无所取利，上下相贼害，卒偾其国而沈其宗。徐处得地中，文德为治，及偃王诞当国，益除去刑争末事，凡所以君国子民待四方，一出于仁义。当此之时，周天子穆王无道，意不在天下，好道士说，得八龙，骑之西游，同王母宴于瑶池之上，歌讴忘归。四方诸侯之争辩者，无所质正，咸宾祭于徐，贽玉帛死生之物于徐之庭者，三十六国。得朱弓赤矢之瑞。穆王闻之恐，遂称受命，命造父御，长驱而归，与楚连谋伐徐。徐不忍斗其民，北走彭城武原山下，百姓随而从之，万有馀家。偃王死，民号其山为徐山，凿石为室，以祠偃王。偃王虽走死失国，民戴其嗣为君如初。驹王、章禹，祖孙相望。自秦至今，名公巨人，继迹史书，徐氏十望，其九皆本于偃王，而秦后迄兹无闻家。天于柏翳之绪，非偏有厚薄施。仁与暴之报，自然异也。

衢州，故会稽太末也。民多姓徐氏，支县龙邱，有偃王遗庙。或曰："偃王之逃战，不之彭城，之越城之隅，弃玉几研于会稽之水。"或曰："徐子章禹既执于吴，徐之公族子弟散之徐、扬二州间，即其居立先王庙云。"

开元初，徐姓二人，相属为刺史，帅其部之同姓，改作庙屋，载事于碑。后九十年，当元和九年，而徐氏放，复为刺史。放，字达夫，前碑所谓今户部侍郎，其大父也。春行视农，至于龙邱，有事于庙，思惟本原，曰："故制，粗朴下窄，不足以揭虔妥灵。而又梁桷赤白，陊剥不治，图像之威，黮昧就灭，藩拔级夷，庭木秃缺，祈氓日慢，祥庆弗下，州之群支，不获荫庥。余惟遗绍而尸其土，不即不图，以有资聚，罚其可辞?"乃命因故为新。众工齐事，惟月若日，工告讫功，大祠于庙，宗卿咸序。应是岁，州无怪风剧雨，民不夭厉，谷果完实。民皆曰："耿耿祉哉，其不可诬!"乃相与请辞京师，归而镵之于石。辞曰：

秦杰以颠，徐由逊绵，秦鬼久饥，徐有庙存。婉婉偃王，惟道之耽，以国易仁，为笑于顽。自初擅命，其实几姓？历短詈长，有不偿亡，课其利害，孰与王当？姑蔑之墟，太末之里，谁思王恩，立庙以祀？王之闻孙，世世多有，唯临兹邦，庙土寔守。坚、峤之后，达夫廓之，王殁万年，如始祔时。王孙多孝，世奉王庙，达夫之来，先慎诏教。尽惠庙民，不主于神，维是达夫，知孝之元。太末之里，姑蔑之城，庙事时修，仁孝振声。宜宠其人，以及后生，嗟嗟维王，虽古谁亢？王死于仁，彼以暴丧，文追作诔，刻示茫茫。

韩退之柳州罗池庙碑　○○

罗池庙者，故刺史柳侯庙也。柳侯为州，不鄙夷其民，动以礼法。三年，民各自矜奋："兹土虽远京师，吾等亦天氓，今天幸惠仁侯，若不化服，我则非人。”于是老少相教语，莫违侯令。凡有所为于其乡间，及于其家，皆曰：“吾侯闻之，得无不可于意否？”莫不忖度而后从事。凡令之期，民劝趋之，无有后先，必以其时。于是民业有经，公无负租，流逋四归，乐生兴事。宅有新屋，步有新船，池园洁修，猪牛鸭鸡，肥大蕃息。子严父诏，妇顺夫指，嫁娶葬送，各有条法，出相弟长，入相慈孝。先时民贫，以男女相质，久不得赎，尽没为隶。我侯之至，按国之故，以佣除本，悉夺归之。大修孔子庙，城郭巷道，皆治使端正，树以名木。柳民既皆悦喜。

尝与其部将魏忠、谢宁、欧阳翼饮酒驿亭，谓曰：“吾弃于时，而寄于此，与若等好也。明年，吾将死，死而为神，后三年，为庙祀我。”及期而死，三年孟秋辛卯，侯降于州之后堂，欧阳翼等，见而拜之。其夕，梦翼而告曰：“馆我于罗池。”其月景辰庙成，大祭，过客李仪醉酒，慢侮堂上，得疾，扶出庙门，即死。明年春，魏忠、欧阳翼，使谢宁来京师，请书其事于石。余谓柳侯生能泽其民，死能惊动祸福之，以食其土，可谓灵也已。作《迎享送神诗》，遗柳民，俾歌以祀焉，而并刻之。

柳侯，河东人，讳宗元，字子厚。贤而有文章。尝位于朝，光显矣，已而摈不用。其辞曰：

荔子丹兮蕉黄，杂肴蔬兮进侯堂。侯之船兮两旗，度中流兮风泊之，待侯不来兮，不知我悲。侯乘驹兮入庙，慰我民兮，不嚬以笑。鹅之山兮柳之水，桂树团团兮，白石齿齿。侯朝出游兮暮来归，春与猿吟兮，秋鹤与飞。北方之人兮，为侯是非，千秋万岁兮，侯无我违。福我兮寿我，驱厉鬼兮山之左。下无苦湿兮高无乾，粳稌充羡兮，蛇蛟结蟠。我民报事兮无怠，其始自今兮钦于世世。

韩退之袁氏先庙碑 ○

袁公滋既成庙，明岁二月，自荆南以旍节朝京师，留六日，得壬子春分，率宗亲子属，用少牢于三室。既事，退言曰："呜呼远哉！维世传德，袭训集余，乃今有济。今祭既不荐金石音声，使工歌诗，载烈象容，其奚以饬稚昧于长久？唯敬系羊豕幸有石，如具著先人名迹，因为诗系之语下，于义其可。虽然，余不敢，必属笃古而达于词者。"遂以命愈，愈谢非其人，不获命，则谨条袁氏本所以出，与其世系里居，起周历汉、魏、晋、拓拔魏、周、隋入国家以来，高曾祖考所以劬躬燾后，委祉于公，公之所以逢将承应者，有概有详，而缀以诗。其语曰：

周树舜后陈，陈公子有为大夫食国之地袁乡者，其子孙世守不失，因自别为袁氏。春秋世，陈常压于楚，与中国相加尤疏，袁氏犹班班见，可谱。常居阳夏，阳夏至晋，属陈郡，故号陈郡袁氏。博士固，申儒遏黄，唱业于前。至司徒安，怀德于身，袁氏遂大显，连世有人，终汉连魏、晋，分仕南北。始居华阴，为拓拔魏鸿胪。鸿胪讳恭，生周梁州刺史新县孝侯，讳颖。孝侯生隋左卫大将军，讳温，去官居华阴，武德九年，以大耋薨，始葬华州。左卫生南州刺史，讳士政。南州生当阳令，讳伦，于公为曾祖。当阳生朝散大夫，石州司马，讳知玄。司马生赠工部尚书咸宁令讳晔，是为皇考。袁氏旧族，而当阳以通经为儒，位止县令。石州用《春秋》持身治事，为州司马以终。咸宁备学而贯以一，文武随用，谋行功从，出入有立，不爵于朝。比三世宜达而窒，归成后人，数当于公。公惟曾大父、大父、皇考比三世，存不大夫食，殁祭在子孙。惟将相能致备物。世弥远，礼则益不及，在慎德行业治，图功载名，以待上可。无细大，无敢不敬畏；无早夜，无敢不思。成于家，进于外，以立于朝。自侍御史，历工部员外郎，祠部郎中，谏议大夫，尚书右丞，华州刺史、金吾大将军，由卑而钜，莫不官称，遂为宰相，以赞辨章。仍持节将蜀、滑、襄、荆，略苞河山，秩登禄富，以有庙祀，具如其志。又垂显刻，以教无忘，可谓大孝。诗曰：

袁自陈分，初尚蹇连。越秦造汉，博士发论。司徒任德，忍不锢人。收功厥后，五公重尊。晋氏于南，来处华下。鸿胪孝侯，用适操舍。南州勤治，取最不懈。当阳耽经，唯义之畏。石州烈烈，学专《春秋》。懿哉咸宁，不名一休。趋难避成，与时泛浮。是生孝子，天子之宰，出把将符，群州承楷。数以立庙，禄以备器，由曾及考，同堂异置。柏版松楹，其筵肆肆，维袁之庙，孝孙之为。顺势即宜，以诹以龟，以平其巇，屋墙持持。孝孙来享，来拜庙廷，陟堂进室，亲登笾铏。肩臑胎骼，其尊玄清，降登受胙，于庆尔成。维曾维祖，维考之施，于汝孝嗣，以报以祗。凡我有今，非本曷思？刻诗牲系，维以告之。

韩退之乌氏庙碑 ○

元和五年，天子曰："卢从史始立议，用师于恒，乃阴与寇连，夸谩凶骄，出不逊言，其执以来！"其四月，中贵人承璀，即诱而缚之。其下皆甲以出，操兵趋哗。牙门都将乌公重胤，当军门叱曰："天子有命，从有赏，敢违者斩！"于是士皆敛兵还营，卒致从史京师。壬辰，诏用乌公为银青光禄大夫，河阳军节度使，兼御史大夫，封张掖郡开国公。居三年，河阳称治，诏赠其父工部尚书，且曰："其以庙享。"即以其年营庙于京师崇化里。军佐窃议曰："先公既位常伯，而先夫人无加命，号名差卑，于配不宜。"语闻，诏赠先夫人刘氏，沛国太夫人。八年八月，庙成，三室同宇，祀自左领府君而下，作主于第。乙巳，升于庙。

乌氏著于《春秋》，谱于《世本》，列于《姓苑》，在莒者存，在齐有馀枝鸣，皆为大夫。秦有获，为大官。其后世之江南者家鄱阳，处北者家张掖，或入夷狄为君长。唐初，察为左武卫大将军，实张掖人。其子曰令望，为左领军卫大将军。孙曰蒙，为中郎将，是生赠尚书讳承玼字某。乌氏自莒、齐、秦大夫以来，皆以材力显。及武德以来，始以武功为名将家。

开元中，尚书管平卢先锋军，属破奚、契丹，从战捺禄，走可突干。渤海扰海上，至马都山，吏民逃徙失业，尚书领所部兵塞其道，壍原累石，绵四百里，深高皆三丈，寇不得进，民还其居，岁罢运钱三千万馀。黑水、室韦，以骑五千，来属麾下，边威益张。其后与耿仁智谋，说史思明降。思明复叛，尚书与兄承恩谋杀之，事发族夷，尚书独走免。李光弼以闻，诏拜冠军将军，守右威卫将军，检校殿中监，封昌化郡王，石岭军使。积粟厉兵，出入耕战。以疾去职。贞元十一年二月丁巳，薨于华阴告平里，年若干，即葬于其地。二子：大夫为长，季曰重元，为某官。铭曰：

乌氏在唐，有家于初。左武左领，二祖绍居。中郎少卑，属于尚书。不偿其劳，乃相大夫。授我戎节，制有壃墟。数备礼登，以有宗庙。作庙天都，以致其孝。右祖左孙，爰飨其报。云谁无子，其有无孙。克对无羞，乃惟有人。念昔平卢，为艰为瘁。大夫承之，危不弃义。四方其平，士有逭息。来觐来斋，以馈黍稷。

苏子瞻表忠观碑 ○○○

熙宁十年十月戊子，资政殿大学士，右谏议大夫，知杭州军州事，臣抃言："故吴越国王钱氏坟庙，及其父、祖、妃、夫人、子孙之坟，在钱塘者二十有六，在临安者十有一，皆芜废不治，父老过之，有流涕者。

"谨按故武肃王镠，始以乡兵破走黄巢，名闻江淮；复以八都兵破刘汉宏，并越州以奉董昌，而自居于杭。及昌以越叛，则诛昌而并越，尽有浙东西之地。传其子文穆王元瓘，至其孙忠显王仁佐，遂破李景兵，取福州。而仁佐之弟忠懿王俶，又大出兵攻景，以迎周世宗之师，其后卒以国入觐。三世四王，与五代相终始。天下大乱，豪杰蜂起。方是时，以数州之地盗名字者，不可胜数，既覆其族，延及于无辜之民，罔有孑遗。而吴越地方千里，带甲十万，铸山煮海，象犀珠玉之富，甲于天下，然终不失臣节，贡献相望于道。是以其民至于老死，不识兵革，四时嬉游，歌鼓之声相闻，至于今不废，其有德于斯民甚厚。

"皇宋受命，四方僭乱，以次削平。而蜀、江南，负其崄远，兵至城下，力屈势穷，然后束手。而河东刘氏，百战守死，以抗王师，积骸为城，酾血为池，竭天下之力，仅乃克之。独吴越不待告命，封府库，籍郡县，请吏于朝，视去其国，如去传舍，其有功于朝廷甚大。昔窦融以河西归汉，光武诏右扶风修理其父祖坟茔，祠以太牢。今钱氏功德，殆过于融，而未及百年，坟庙不治，行道伤嗟，甚非所以劝奖忠臣、慰答民心之义也。

"臣愿以龙山废佛祠曰妙因院者为观，使钱氏之孙为道士曰自然者居之。凡坟庙之在钱塘者，以付自然；其在临安者，以付其县之净土寺僧曰道微。岁各度其徒一人，使世掌之。籍其地之所入，以时修其祠宇，封殖其草木。有不治者，县令丞察之，甚者易其人，庶几永终不坠，以称朝廷待钱氏之意。臣抃昧死以闻。"

制曰："可。"其妙因院，改赐名曰表忠观。铭曰：

天目之山，苕水出焉，龙飞凤舞，萃于临安。笃生异人，绝类离群，奋梃大呼，从者如云。仰天誓江，月星晦蒙，强弩射潮，江海为东。杀宏诛昌，奄有吴越，金券玉册，虎符龙节。大城其居，包络山川，左江右湖，控引岛蛮。岁时归休，以燕父老，晔如神人，玉带球马。四十一年，寅畏小心，厥篚相望，大贝南金。五朝昏乱，罔堪托国，三王相承，以待有德。既获所归，弗谋弗咨，先王之志，我维行之。天胙忠孝，世有爵邑，允文允武，子孙千亿。帝谓守臣，治其祠坟，毋俾樵牧，愧其后昆。龙山之阳，岿焉新宫，匪私于钱，唯以劝忠。非忠无君，非孝无亲，凡百有位，视此刻文。

古文辞类篹四十一终

碑志类下编一　　古文辞类篹四十二

韩退之曹成王碑　○○

王姓李氏，讳皋，字子兰，谥曰成。其先王明，以太宗子，国曹，绝，复封。传五王，至成王。成王嗣封，在玄宗世，盖于时年十七八。绍爵三年，而河南北兵作，天下震扰。王奉母太妃，逃祸民伍，得间走蜀，从天子。天子念之，自都水使者，拜左领军卫将军，转贰国子秘书。

王生十年而失先王，哭泣哀悲，吊客不忍闻。丧除，痛刮磨豪习，委己于学。稍长，重知人情，急世之要，耻一不通。侍太妃，从天子于蜀，既孝既忠，持官持身，内外斩斩，由是朝廷滋欲试之于民。上元元年，除温州长史，行刺史事。江东新刳于兵，郡旱饥，民交走死无吊。王及州，不解衣，下令掊锁扩门，悉弃仓实与民，活数十万人。奏报，升秩少府。与平袁贼，仍徙秘书，兼州别驾，部告无事。

迁真于衡，法成令修，治出张施，声生势长。观察使噎媢不能出气，诬以过犯，御史助之，贬潮州刺史。杨炎起道州，相德宗，还王于衡，以直前谩。王之遭诬在理，念太妃老，将惊而戚，出则囚服就辩，入则拥笏垂鱼，坦坦施施。即贬于潮，以迁入贺。及是，然后跪谢告实。

初，观察使虐使将国良往戍界，良以武冈叛，戍众万人，敛兵荆、黔、洪、桂，伐之二年，尤张。于是以王帅湖南，将五万士，以讨良为事。王至，则屏兵，投良以书，中其忌讳。良羞畏乞降，狐鼠进退。王即假为使者，从一骑，踔五百里，抵良壁，鞭其门大呼："我曹王来受良降，良今安在？"良不得已，错愕迎拜，尽降其军。

太妃薨，王弃部，随丧之河南葬。及荆，被诏责还。会梁崇义反，王遂不敢辞以还，升秩散骑常侍。

明年，李希烈反，迁御史大夫，授节帅江西，以讨希烈。命至，王出止外舍，禁无以家事关我。裒兵，大选江州，群能著职。王亲教之抟力、勾卒、嬴越之法，曹诛五畀。舰、步二万人，以与贼遌。嘬锋蔡山，踣之，剜蕲之黄梅，大鞣长平，钹广济，掀蕲春，撇蕲水，掇黄冈，筴汉阳，行跐汉川，还大膊蕲水界中，披安三县，拔其州，斩伪刺史，标光之北山，躤随、光化，捁其州，十抽一推，救兵州东北属乡，还，开军受降。大小之战，三十有二，取五州十九县。民老幼妇女不惊，市贾不变，田之果谷下无一迹。加银青光禄大夫、工部尚书，改户部，再换节临荆及襄，真食三百。王之在兵，天子西巡于梁，希烈北取汴、郑，东略宋围陈，西取汝，薄东都。王坐南方，北向落其角距，贼死咋不能入寸尺，亡将卒十万，尽输其南州。

王始政于温，终政于襄，恒平物估，贱敛贵出，民用有经。一吏轨民，使令家听户视，奸宄无所宿，府中不闻急步疾呼。治民用兵，各有条次，世传为法。任马彝、将慎、将锷、将潜，偕尽其力能。薨赠右仆射。元和初，以子道古在朝，更赠太子太师。

道古进士、司门郎，刺利、随、唐、睦，征为少宗正，兼御史中丞，以节督黔中。朝京师，改命观察鄂、岳、蕲、沔、安、黄，提其师以伐蔡。且行，泣曰："先王讨蔡，实取沔、蕲、安、黄，寄惠未亡。今余亦受命有事于蔡，而四州适在吾封，庶其有集。先王薨，于今二十五年，吾昆弟在，而墓碑不刻，无文，其实有待，子无用辞。"乃序而诗之。辞曰：

太支十三，曹于弟季，或亡或微，曹始就事。曹之祖王，畏塞绝迁，零王黎公，不闻仅存。子父易封，三王守名，延延百载，以有成王。成王之作，一自其躬，文被明章，武荐峻功。苏枯弱强，龈其奸猖，以报于宗，以昭于王。王亦有子，处王之所，唯旧之视。蹶蹶陛陛，实取实似。刻诗其碑，为示无止。

韩退之清边郡王杨燕奇碑　○○

公讳燕奇，字燕奇，弘农华阴人也。大父知古，祁州司仓。烈考文诲，天宝中，实为平卢衙前兵马使，位至特进、检校太子宾客，封弘农郡开国伯。世掌诸蕃互市，恩信著明，夷人慕之。

禄山之乱，公年几二十，进言于其父曰：“大人守官，宜不得去，王室在难，某其行矣！”其父为之请于戎帅，遂率诸将校之子弟各一人，间道趋阙，变服诡行，日倍百里。天子嘉之，特拜左金吾卫大将军员外置，赐勋上柱国。

宝应二年春，诏从仆射田公平刘展，又从下河北。大历八年，帅师纳戎帅勉于滑州。九年，从朝于京师。建中二年，城汴州，功劳居多。三年，从攻李希烈，先登。贞元二年，从司徒刘公复汴州。十二年，与诸将执以城叛者，归之于京师，事平，授御史大夫，食实封百户，赐缯彩有加。十四年，年六十一，五月某日，终于家。自始命左金吾大将军，凡十五迁，为御史大夫，职为节度押衙、右厢兵马使，兼马军先锋兵马使，阶为特进，勋为上柱国，爵为清边郡王，食虚邑自三百户，至三千户，真食五百户，终焉。

公结发从军四十馀年，敌攻无坚，城守必完，临危蹈难，歔欷感发，乘机应会，捷出神怪。不畏义死，不荣幸生。故其事君无疑行，其事上无间言。

初，仆射田公，其母隔于冀州，公独请往迎之，经营贼城，出入死地，卒致其母。田公德之，约为父子，故公始姓田氏。田公终，而后复其族焉。

嗣子通王属良祯，以其年十月庚寅，葬公于开封县鲁陵冈，陇西郡夫人李氏祔焉。夫人清夷郡太守佑之孙，渔阳郡长史献之女，柔嘉淑明，先公而殂。有男四人，女三人。后夫人河南郡夫人雍氏，某官之孙，某官之女。有男一人，女二人，咸有至性纯行。夫人同仁均养，亲族不知异焉。君子于是知杨公之德，又行于家也。铭曰：

烈烈大夫，逢时之虞。感泣辞亲，从难于秦。维兹爰始，遂勤其事。四十馀年，或裨或专。攻牢保危，爵位已跻。既明且慎，终老无隳。鲁陵之冈，蔡河在侧。烝烝孝子，思显勋绩。斫石于此，式垂后嗣。

韩退之唐故相权公墓碑 ○

上之元和六年，其相曰权公，讳德舆，字载之。其本出自殷帝武丁，武丁之子降封于权。权，江、汉间国也。周衰入楚为权氏，楚灭徙秦，而居天水略阳。符秦之王中国，其臣有安邱公翼者，有大臣之言。后六世至平凉公文诞，为唐上庸太守，荆州大都督长史，焯有声烈。平凉曾孙讳倕，赠尚书礼部郎中，以艺学与苏源明相善，卒官羽林军录事参军，于公为王父。郎中生赠太子太保讳皋，以忠孝致大名，去官，累以官征不起，追谥贞孝，是实生公。公在相位三年，其后以吏部尚书授节镇山南，年六十以薨，赠尚书左仆射，谥文公。

公生三岁，知变四声，四岁能为诗。七岁而贞孝公卒，来吊哭者，见其颜色声容，皆相谓权氏世有其人。及长，好学，孝敬祥顺。贞元八年，以前江西府监察御史，征拜博士，朝士以得人相庆。改左补阙，章奏不绝，讥排奸幸，与阳城为助。转起居舍人，遂知制诰，凡撰命词九年，以类集为五十卷，天下称其能。十八年，以中书舍人典贡士，拜尚书礼部侍郎。荐士于公者,其言可信,不以其人布衣不用;即不可信,虽大官势人交言,一不以缀意。奏广岁所取进士、明经,在得人,不以员拘。转户兵吏三曹侍郎、太子宾客,复为兵部、迁太常卿,天下愈推为钜人长德。

时天子以为宰相宜参用道德人,因拜礼部尚书、同中书门下平章事。公既谢辞,不许。其所设张举措,必本于宽大。以几教化,多所助与;维匡调娱,不失其正;中于和节,不为声章;因善与贤,不矜主己。以吏部尚书留守东都,东方诸帅有利病不能自请者,公常与疏陈,不以露布。复拜太常,转刑部尚书,考定新旧令式,为三十编,举可长用。其在山南、河南,勤于选付,治以和简,人以宁便。以疾求还,十三年某月甲子,道薨于洋之白草。奏至,天子恫伤,为之不御朝,郎官致赠锡。官居野处,上下吊哭,皆曰:"善人死矣!"其年某月日,葬河南北山,在贞孝东五里。

公由陪属升列,年除岁迁,以至公宰,人皆喜闻,若己与有,无忌嫉者。于頔坐子杀人,失位自囚,亲戚莫敢过门省顾,朝莫敢言者。公将留守东都,为上言曰:"頔之罪既贳不竟,宜因赐宽诏。"上曰:"然。公为吾行谕之。"頔以不忧死。前后考第进士,及庭所策试士,踵相蹑为宰相达官,与公相先后,其馀布处台阁外府,凡百馀人。自始学至疾未病,未尝一日去书不观。公既以能为文辞,擅声于朝,多铭卿大夫功德。然其为家,不视簿书,未尝问有亡,费不偫馀。

公娶清河崔氏女,其父造尝相德宗,号为名臣。既葬,其子监察御史璩，累然服丧来。有请，乃作铭文曰：

权在商、周，世无不存。灭楚徙秦，嬴、刘之间。甘泉始侯，以及安邱。诋呵浮屠，皇极之扶。贞孝之生，凤鸟不至。爵位岂多？半涂以税。寿考岂多？四十而逝。惟其不有，以惠厥后。是生相君，为朝德首。行世祖之，文世师之。流连六官，出入屏毗。无党无雠，举世莫疵。人所惮为，公勇为之。其所竞驰，公绝不窥。孰克知之？德将在斯。刻诗墓碑，以永厥垂。

韩退之赠太尉许国公神道碑铭 ○○○

韩，姬姓，以国氏。其先有自颍川徙阳夏者，其地于今为陈之太康。太康之韩，其称盖久，然自公始大著。公讳弘，公之父曰海，为人魁伟沈塞，以武勇游仕许、汴之间，寡言自可，不与人交，众推以为钜人长者，官至游击将军，赠太师。娶乡邑刘氏女，生公，是为齐国太夫人。夫人之兄曰司徒玄佐，有功建中、贞元之间，为宣武军帅，有汴、宋、亳、颍四州之地，兵士十万人。公少依舅氏，读书习骑射，事亲孝谨，侃侃自将，不纵为子弟华靡遨放事。出入敬恭，军中皆目之。尝一抵京师，就明经试，退曰："此不足发名成业。"复去从舅氏学，将兵数百人，悉识其材鄙怯勇，指付必堪其事。司徒叹奇之，士卒属心，诸老将皆自以为不及。司徒卒，去为宋南城将。比六七岁，汴军连乱不定。贞元十五年，刘逸淮死，军中皆曰："此军司徒所树，必择其骨肉为士卒所慕赖者付之。今见在人莫如韩弘,且其功最大,而材又俊。”即柄授之,而请命于天子,天子以为然。遂自大理评事拜工部尚书,代逸淮为宣武军节度使,悉有其舅司徒之兵与地,众果大悦便之。

当此时,陈、许帅曲环死,而吴少诚反,自将围许,求援于逸淮,啖之以陈归汴,使数辈在馆,公悉驱出斩之,选卒三千人会诸军击少诚许下。少诚失势以走,河南无事。

公曰:“自吾舅没,五乱于汴者,吾苗薅而发栉之几尽。然不一揃刈,不足令震駴。”命刘锷以其卒三百人待命于门,数之以数与于乱,自以为功,并斩之以徇,血流波道。自是讫公之朝京师,廿有一年,莫敢有讙呶叫号于城郭者。

李师古作言起事,屯兵于曹,以吓滑帅,且告假道。公使谓曰:“汝能越吾界而为盗耶?有以相待,无为空言。”滑帅告急,公使谓曰:“吾在此,公无恐。”或告曰:“翦棘夷道,兵且至矣,请备之。”公曰:“兵来不除道也。”不为应。师古诈穷变索,迁延旋军。少诚以牛皮鞋材遗师古,师古以盐资少诚,潜过公界,觉,皆留,输之库曰:“此于法不得以私相馈。”

田弘正之开魏博,李师道使来告曰:“我代与田氏约相保援,今弘正非其族,又首变两河事,亦公之所恶,我将与成德合军讨之,敢告。”公谓其使曰:“我不知利害,知奉诏行事耳。若兵北过河,我即东兵以取曹。”师道惧,不敢动,弘正以济。诛吴元济也,命公都统诸军,曰:“无自行以遏北寇。”公请使子公武以兵万三千人会讨蔡下,归财与粮,以济诸军，卒擒蔡奸。于是以公为侍中，而以公武为鄜、坊、丹、延节度使。

师道之诛，公以兵东下，进围考城，克之，遂进迫曹，曹寇乞降。郓部既平，公曰："吾无事于此，其朝京师。"天子曰："大臣不可以暑行，其秋之待。"公曰："君为仁，臣为恭，可矣。"遂行。既至，献马三千匹，绢五十万匹，他锦纨绮缬又三万，金银器千。

而汴之库厩钱以贯数者尚馀百万，绢亦合百馀万匹，马七千，粮三百万斛，兵械多至不可数。初公有汴，承五乱之后，掠赏之馀，且敛且给，恒无宿储。至是公私充塞，至于露积不垣。

册拜司徒兼中书令，进见上殿，拜跪给扶，赞元经体，不治细微，天子敬之。元和十五年，今天子即位，公为冢宰，又除河中节度使。在镇三年，以疾乞归，复拜司徒中书令。病不能朝，以长庆二年十二月三日，薨于永崇里第，年五十八。天子为之罢朝三日，赠太尉，赐布粟，其葬物有司官给之，京兆尹监护。明年七月某日，葬于万年县少陵原京城东南三十里，楚国夫人翟氏祔。子男二人：长曰肃元，某官；次曰公武，某官。肃元早死。公之将薨，公武暴病先卒，公哀伤之，月馀，遂薨。无子，以公武子孙绍宗为主后。

汴之南则蔡，北则郓，二寇患公居间，为己不利，卑身佞辞，求与公好。荐女请昏，使日月至。既不可得，则飞谋钓谤，以间染我。公先事候情，坏其机牙，奸不得发。王诛以成，最功定次，孰与高下。

公子公武，与公一时俱授弓钺，处藩为将，疆土相望。公武以母忧去镇，公母弟充自金吾代将渭北，公以司徒中书令治蒲。于时弟充，自郑滑节度平宣武之乱，以司空居汴，自唐以来，莫与为比。

公之为治，严不为烦，止除害本，不多教条。与人必信，吏得其职，赋入无所漏失，人安乐之，在所以富。公与人有畛域，不为戏狎，人得一笑语，重于金帛之赐。其罪杀人，不发声色，问法何如，不自为轻重，故无敢犯者。其铭曰：

在贞元世，汴兵五猘。将得其人，众乃一愒。其人为谁？韩姓许公。磔其枭狼，养以雨风。桑谷奋张，厥壤大丰。贞元元孙，命正我宇。公为臣宗，处得地所。河流两堧，盗连为群。雄唱雌和，首尾一身。公居其间，为帝督奸。察其嚬呻，与其睨眴。左顾失视，右顾而跽。蔡先郓钽，三年而墟。槁干四呼，终莫敢濡。常山幽都，孰陪孰扶？天施不留，其讨不逋。许公预焉，其赉何如？悠悠四方，既广既长。无有外事，朝廷之治。许公来朝，车马干戈。相乎将乎，威仪之多。将则是已，相则三公。释师十万，归居庙堂。上之宅忧，公让太宰。养安蒲阪，万邦绝等。有弟有子，提兵守藩。一时三侯，人莫敢扳。生莫与荣，殁莫与令。刻文此碑，以鸿厥庆。观弘本传及李光颜传，载弘以女子间挠光颜事，与志正相反。退之谀墓亦已甚矣！而文则雄伟，首尾无一字懈，精神奕然。

韩退之清河郡公房公墓碣铭 ○○

公讳启，字某，河南人。其大王父融，王父琯，仍父子为宰相。融相天后，事远不大传。琯相玄宗、肃宗，处艰难中，与道进退，薨赠太尉，流声于兹。父乘，仕至秘书少监，赠太子詹事。公胚胎前光，生长食息，不离典训之内，目擩耳染，不学以能。始为凤翔府参军，尚少，人吏迎观，望见，咸曰："真房太尉家子孙也！"不敢弄以事。转同州澄城丞，益自饰理，同官惮伏。卫晏使岭南黜陟，求佐得公，擢擿良奸，南土大喜，还进昭应主簿。裴胄领湖南，表公为佐，拜监察御史，部无遗事。胄迁江西，又以节镇江陵，公一随迁佐胄，累功进至刑部员外郎，赐五品服，副胄使事为上介。上闻其名，征拜虞部员外，在省籍籍。迁万年令，果辩儌绝。

贞元末，王叔文用事，材公之为，举以为容州经略使，拜御史中丞，服佩视三品，管有岭外十三州之地。林蛮洞蜒，守条死要，不相渔劫，税节赋时，公私有馀。削衣贬食，不立资遗，以班亲旧朋友为义。在容九年，迁领桂州，封清河郡公，食邑三千户。中人使授命书，应待失礼，客主违言，征贰太仆。未至，贬虔州长史，而坐使者。以疾卒官，年五十九。其子越，能辑父事无失，谨谨致孝。既葬，碣墓请铭。铭曰：

房氏二相，厥家以闻，条叶被泽，况公其孙。公初为吏，亦以门庇，佐使于南，乃始已致。既办万年，命屏容服，功绪卓殊，氓獠循业。维不顺随，失署亡资，非公之怨，铭以著之。依次纪述，是东汉以来刻石文体，但出韩公手，自然简古清峻，其笔力不可强儿也。

韩退之殿中少监马君墓志铭古者书旌柩前，即谓之铭，故不必有韵之文始可称铭　○○○

君讳继祖，司徒、赠太师、北平庄武王之孙，少府监、赠太子少傅讳畅之子。生四岁，以门功拜太子舍人。积三十四年，五转而至殿中少监，年三十七以卒。有男八人，女二人。

始余初冠，应进士贡，在京师，穷不自存，以故人稚弟，拜北平王于马前。王问而怜之，因得见于安邑里第。王轸其寒饥，赐食与衣。召二子，使为之主，其季遇我特厚，少府监赠太子少傅者也。姆抱幼子立侧，眉眼如画，发漆黑，肌肉玉雪可念，殿中君也。当是时见王于北亭，犹高山深林钜谷，龙虎变化不测，杰魁人也。退见少傅，翠竹碧梧，鸾鹄停峙，能守其业者也。幼子娟好静秀，瑶环瑜珥，兰茁其芽，称其家儿也。

后四五年，吾成进士，去而东游，哭北平王于客舍。后十五六年，吾为尚书都官郎，分司东都，而分府少傅卒，哭之。又十馀年至今，哭少监焉。呜呼！吾未耄老，自始至今，未四十年，而哭其祖、子、孙三世，于人世何如也！人欲久不死，而观居此世者何也？

韩退之尚书库部郎中郑君墓志铭 ○○○

君讳群，字弘之，世为荥阳人。其祖于元魏时，有假封襄城公者，子孙因称以自别。曾祖匡时，晋州霍邑令。祖千寻，彭州九陇丞。父迪，鄂州唐年令，娶河南独孤氏女，生二子，君其季也。

以进士，选吏部考功，所试判为上等，授正字。自鄠县尉，拜监察御史，佐鄂岳使。裴均之为江陵，以殿中侍御史佐其军。均之征也，迁虞部员外郎。均镇襄阳，复以君为襄府左司马，刑部员外郎，副其支度使事。均卒，李夷简代之，因以故职留君。岁馀，拜复州刺史，迁祠部郎中。会衢州无刺史，方选人，君愿行，宰相即以君应诏。治衢五年，复入为库部郎中。行及扬州，遇疾，居月馀，以长庆元年八月二十四日卒，春秋六十。即以其年十一月二十二日，从葬于郑州广武原先人之墓次。

君天性和乐，居家事人，与待交游，初持一心，未尝变节，有所缓急曲直薄厚疏数也。不为翕翕热，亦不为崖岸斩绝之行。俸禄入门，与其所过逢吹笙弹筝，饮酒舞歌，诙调醉呼，连日夜不厌。费尽不复顾问，或分挈以去，一无所爱惜，不为后日毫发计留也。遇其空无时，客至，清坐相看，或竟日不能设食，客主各自引退，亦不为辞谢。与之游者，自少及老，未尝见其言色有若忧叹者，岂列御寇、庄周等所谓近于道者耶？其治官守身，又极谨慎，不挂于过差。去官而人民思之，身死而亲故无所怨议，哭之皆哀，又可尚也。

初娶吏部侍郎京兆韦肇女，生二女一男。长女嫁京兆韦词，次嫁兰陵萧瓒。后娶河南少尹赵郡李则女，生一女二男。其馀男二人，女四人，皆幼。嗣子退思，韦氏生也。铭曰：

再鸣以文进涂辟，佐三府治蔼厥迹。郎官郡守愈著白，洞然浑朴绝瑕谪，甲子一终反玄宅。茅顺甫云：隽才逸兴。

古文辞类纂四十二终

碑志类下编二　古文辞类篹四十三

韩退之柳子厚墓志铭 ○○○

子厚，讳宗元。七世祖庆，为拓跋魏侍中，封济阴公。姜坞先生云：柳庆仕终于宇文，又不为侍中，《周书》本传可考。封平齐公，其封济阴者，乃子厚六世祖旦，庆之子也。旦封济阴公，见柳集，《隋书》本传不载。曾伯祖奭，为唐宰相，与褚遂良、韩瑗，俱得罪武后，死高宗朝。皇考讳镇，以事母弃太常博士，求为县令江南。其后以不能媚权贵，失御史。权贵人死，乃复拜侍御史，号为刚直。所与游，皆当世名人。

子厚少精敏，无不通达。逮其父时，虽少年已自成人，能取进士第，崭然见头角，众谓柳氏有子矣。其后以博学宏辞，授集贤殿正字。俊杰廉悍，议论证据今古，出入经史百子，踔厉风发，率常屈其座人，名声大振。一时皆慕与之交，诸公要人争欲令出我门下，交口荐誉之。

贞元十九年，由蓝田尉拜监察御史。顺宗即位，拜礼部员外郎。遇用事者得罪，例出为刺史。未至，又例贬永州司马。居闲，益自刻苦，务记览、为词章，泛滥停蓄，为深博无涯涘，而自肆于山水间。

元和中，尝例召至京师，又偕出为刺史，而子厚得柳州。既至，叹曰："是岂不足为政耶！"因其土俗，为设教禁，州人顺赖。其俗以男女质钱，约不时赎，子本相侔，则没为奴婢。子厚与设方计，悉令赎归。其尤贫力不能者，令书其佣，足相当，则使归其质。观察使下其法于他州，比一岁，免而归者且千人。衡、湘以南，为进士者，皆以子厚为师。其经承子厚口讲指画，为文词者，悉有法度可观。

其召至京师而复为刺史也，中山刘梦得禹锡，亦在遣中，当诣播州。子厚泣曰："播州非人所居，而梦得亲在堂，吾不忍梦得之穷，无辞以白其大人。且万无母子俱往理。"请于朝，将拜疏，愿以柳易播，虽重得罪，死不恨。遇有以梦得事白上者，梦得于是改刺连州。呜呼！士穷乃见节义。今夫平居里巷相慕悦，酒食游戏相征逐，诩诩强笑语以相取下，握手出肺肝相示，指天日涕泣，誓生死不相背负，真若可信；一旦临小利害，仅如毛发比，反眼若不相识，落陷阱不一引手救，反挤之又下石焉者，皆是也。此宜禽兽夷狄所不忍为，而其人自视以为得计，闻子厚之风，亦可以少愧矣！

子厚前时少年，勇于为人，不自贵重顾藉，谓功业可立就，故坐废退。既退，又无相知有气力得位者推挽，故卒死于穷裔，材不为世用，道不行于时也。使子厚在台省时，自持其身，已能如司马、刺史时，亦自不斥。斥时有人力能举之，且必复用不穷。然子厚斥不久，穷不极，虽有出于人，其文学辞章，必不能自力以致必传于后如今，无疑也。虽使子厚得所愿，为将相于一时，以彼易此，孰得孰失，必有能辨之者。

子厚以元和十四年十一月八日卒，年四十七。以十五年七月十日，归葬万年先人墓侧。子厚有子男二人，长曰周六，始四岁；季曰周七，子厚卒乃生。女子二人，皆幼。其得归葬也，费皆出观察使河东裴君行立。行立有节概，重然诺，与子厚结交，子厚亦为之尽，竟赖其力。葬子厚于万年之墓者，舅弟卢遵。遵，涿人，性谨顺，学问不厌。自子厚之斥，遵从而家焉，逮其死不去。既往葬子厚，又将经纪其家，庶几有始终者。铭曰：

是惟子厚之室，既固既安，以利其嗣人。

韩退之河南令张君墓志铭　○

君讳署，字某，河间人。大父利贞，有名玄宗世，为御史中丞，举弹无所避，由是出为陈留守，领河南道采访处置使，数年卒官。皇考讳郇，以儒学进，官至侍御史。君方质有气，形貌魁硕，长于文词，以进士举博学宏词，为校书郎。自京兆武功尉，拜监察御史，为幸臣所谗，与同辈韩愈、李方叔三人，俱为县令南方。二年，逢恩，俱徙掾江陵。半岁，邕管奏君为判官，改殿中侍御史，不行，拜京兆府司录。诸曹白事，不敢平面视。姜坞先生云：此言署能使诸曹严畏，不敢平视。茅顺甫以为署不得意处，大误。《唐书·孙逖传》载孙简论品秩云："京兆、河南司录及诸府州录事参军事，皆操纪律，正诸曹，与尚书省左、右丞纪纲六曹略等。"又李习之与河南尹论复故事有云："司录入院，诸官于堂上序立，司录揖，然后坐。""八九年来，司录使判司立东廊下，司录于西廊下，得揖，然后就食。"观此是司录之驾于诸曹也。又宋孝武起兵讨元凶时，以颜峻领录事，兼综内外，是州府重任在录事，由来久矣。共食公堂，抑首促促就哺歠。揖起趋去，无敢阑语。县令、丞、尉，畏如严京兆，事以办治。京兆改凤翔尹，以节镇京西，请与君俱，改礼部员外郎，为观察使判官。帅它迁，君不乐久去京师，谢归，用前能拜三原令。岁馀，迁尚书刑部员外郎。守法争议，棘棘不阿。改虔州刺史，民俗相朋党，不诉杀牛，牛以大耗。又多捕生鸟雀鱼鳖，可食与不可食相买卖，时节脱放，期为福祥。君视事，一皆禁督立绝。使通经吏与诸生之旁大郡，学乡饮酒、丧婚礼，张施讲说，民吏观听，从化大喜。度支符州，折民户租，岁征绵六千屯。比郡承命惶怖，立期日，唯恐不及事被罪。君独疏言，治迫岭下，民不识蚕桑。月馀免符下，民相扶携，守州门叫讙为贺。改澧州刺史，民税出杂产物与钱，尚书有经数，观察使牒州，征民钱倍经。君曰："刺史可为法，不可贪官害民。"留噤不肯从，竟以代罢。观察使使剧吏案簿书，十日不得毫毛罪。改河南令，而河南尹适君平生所不好者。君年且老，当日日拜走仰望阶下，不得已就官。数月，大不适，即以病辞免。公卿欲其一至京师，君以再不得意于守、令，恨曰："义不可更辱，又奚为于京师间！"竟闭门死，年六十。

君娶河东柳氏女，二子升奴、胡师，将以某年某月某日葬某所。其兄将作少监昔，请铭于右庶子韩愈。愈前与君为御史被谗，俱为县令南方者也，最为知君。铭曰：

谁之不如，而不公卿？奚养之违，以不久生？唯其颀颀，以世厥声。

韩退之太原王公墓志铭 ○

公讳仲舒，字宏中。少孤，奉其母居江南，游学有名。贞元十年，以贤良方正拜左拾遗，改右补阙礼部考功吏部三员外郎。贬连州司户参军，改夔州司马，佐江陵使，改祠部员外郎，复除吏部员外郎，迁职方郎中知制诰，出为峡州刺史，迁庐州，未至，丁母忧。服阕，改婺州、苏州刺史，征拜中书舍人。既至，谓人曰："吾老，不乐与少年治文书。得一道，有地六七郡，为之三年，贫可富，乱可治，身安功立，无愧于国家可也。"日日语人。丞相闻问语验，即除江南西道观察使，兼御史中丞。至则奏罢榷酒钱九千万，以其利与民。又罢军吏官债五千万，悉焚簿文书。又出库钱二千万，以丐贫民遭旱不能供税者。禁浮屠及老子，五字当衍。为僧道士，不得于吾界内，因山野立浮屠、老子像，以其诳丐渔利，夺编人之产。在官四年，数其蓄积，钱馀于库，米馀于廪。朝廷选公卿于外，将征以为左丞，吏部已用薛尚书代之矣。长庆三年十一月十七日，未命而薨，年六十二。天子为之罢朝，赠左散骑常侍，远近相吊。以四年二月某日葬于河南某县先茔之侧。

公之为拾遗，朝退，天子谓宰相曰："第几人非王某邪？"是时公方与阳城更疏论裴延龄诈妄，士大夫重之。鼐按：此文已开王荆公志铭文法。为考功吏部郎也，下莫敢有欺犯之者。非其人，虽与同列，未尝比数收拾，故遭谗而贬。在制诰，尽力直友人之屈，不以权臣为意，又被谗而出。元和初，婺州大旱，人饿死，户口亡十七八，公居五年，完富如初。按劾群吏，奏其赃罪，州部清整，加赐金紫。其在苏州，治称第一。公所至，辄先求人利害废置所宜，闭阁草奏。又具为科条，与人吏约，事备，一旦张下，民无不忭叫喜悦。或初若小烦，旬岁皆称其便。公所为文章，无世俗气，其所树立，殆不可学。

曾祖讳玄暕，比部员外郎。祖讳景肃，丹阳太守。考讳政，襄、邓等州防御使，鄂州采访使，赠工部尚书。公先妣渤海李氏，赠渤海郡太君。公娶其舅女。有子男七人：初、哲、贞、弘、泰、复、洄。初，进士及第；哲，文学俱善；其馀幼也。长女婿刘仁师，高陵令；次女婿李行修，尚书刑部员外郎。铭曰：

气锐而坚，又刚以严，哲人之常。爱人尽己，不倦以止，乃吏之方。与其友处，顺若妇女，何德之光。墓之有石，我最其迹，万世之藏。

韩退之尚书左仆射右龙武军统军刘公墓志铭 ○○

公讳昌裔,字光后,本彭城人。曾大父讳承庆,朔州刺史。大父巨敖,好读老子、庄周书,为太原晋阳令,再世宦北方,乐其土俗,遂著籍太原之阳曲,曰:“自我为此邑人可也,何必彭城?”父诵,赠右散骑常侍。

公少好学问,始为儿时,重迟不戏,恒若有所思念计画。及壮自试,以开吐蕃说干边将,不售。入三蜀,从道士游。久之,蜀人苦杨琳寇掠,公单船往说,琳感欷。虽不即降,约其徒不得为虐。琳降,公常随琳不去。琳死,脱身亡,沈浮河、朔之间。建中中,曲环招起之,为环檄李纳,指擿切刻,纳悔恐动心,恒、魏皆疑惑气懈。环封奏其本,德宗称焉。环之会下濮州,战白塔,救宁陵、襄邑,击李希烈陈州城下,公常在军间。环领陈、许军,公因为陈、许从事。以前后功劳,累迁检校兵部郎中、御史中丞、营田副使。吴少诚乘环丧,引兵叩城。留后上官说咨公以城守所以,能擒诛叛将为抗拒,令敌人不得其便。围解,拜陈州刺史。韩全义败,引军走陈州,求入保。公自城上揖谢全义曰:“公受命诣蔡,何为来陈?公无恐,贼必不敢至我城下。”明日,领步骑十馀,抵全义营。全义惊喜,迎拜叹息,殊不敢以不见舍望公。改授陈、许军司马。上官说死,拜金紫光禄大夫,检校工部尚书,代说为节度使。命界上吏不得犯蔡州人，曰："俱天子人，奚为相伤？"少诚吏有来犯者，捕得，缚送曰："妄称彼人，公宜自治之。"少诚惭其军，亦禁界上暴者。两界耕桑交迹，吏不何问。封彭城郡开国公，就拜尚书右仆射。

元和七年，得疾，视政不时。八年五月，涌水出他界，过其地，防穿不补，没邑屋，流杀居人。拜疏请去职即罪。诏还京师。即其日，与使者俱西，大热，旦暮驰不息，疾大发，左右手辔止之。公不肯，曰："吾恐不得生谢天子。"上益遣使者劳问，敕无亟行。至则不得朝矣。天子以为恭，即其家拜检校左仆射、右龙武军统军知军事。十一月某甲子薨，年六十二。上为之一日不视朝，赠潞州大都督，命郎吊其家。明年某月某甲子，葬河南某县某乡某原。

公不好音声，不大为居宅，于诸帅中独然。夫人邠国夫人武功苏氏。子四人：嗣子光禄主簿纵，学于樊宗师，士大夫多称之；长子元一，朴直忠厚，便弓马，为淮南军衙门将；次子景阳、景长，皆举进士。葬得日，相与遣使者哭拜阶上，使来乞铭。铭曰：

提将之符，尸我一方。配古侯公，维德不爽。我铭不亡，后人之庆。

韩退之国子监司业窦公墓志铭 ○

国子司业窦公，讳牟，字某。六代祖敬远，尝封西河公。大父同昌司马，比四代仍袭爵名。同昌讳胤，生皇考讳叔向，官至左拾遗、溧水令，赠工部尚书。尚书于大历初，名能为诗文。及公为文，亦最长于诗。孝谨厚重，举进士登第，佐六府五公，八迁至检校虞部郎中。元和五年，真拜尚书虞部郎中，转洛阳令、都官郎中、泽州刺史，以至司业。年七十四，长庆二年二月丙寅，以疾卒。其年八月某日，葬河南偃师先公尚书之兆次。

初公善事继母，家居未出，学问于江东。尚幼也，名声词章，行于京师，人迟其至。及公就进士且试，其辈皆曰："莫先窦生。"于时公舅袁高为给事中，方有重名，爱且贤公，然实未尝以干有司。公一举成名而东，遇其党必曰："非我之才，维吾舅之私。"其佐昭义军也，遇其将死，公权代领以定其危。后将卢从史重公不遣，奏进官职。公视从史益骄不逊，伪疾经年，舆归东都。从史卒败死，公不以觉微避去为贤告人。

公始佐崔大夫纵，留守东都，后佐留守司徒馀庆，历六府、五公，文武细粗不同，自始及终，于公无所悔望，有彼此言者。六府从事，几且百人，有愿奸、易险、贤不肖不同，公一接以和与信，卒莫与公有怨嫌者。其为郎官、令、守，慎法宽惠不刻。教诲于国学也，严以有礼，扶善遏过，益明上下之分，以躬先之，恂恂恺悌，得师之道。

公一兄三弟：常、群、庠、巩。常，进士，水部员外郎、朗夔江抚四州刺史；群，以处士征，自吏部郎中拜御史中丞，出帅黔、容以卒；庠，三佐大府，自奉先令为登州刺史；巩，亦进士，以御史佐淄、青府，皆有材名。公子三人：长曰周馀，好善学文，能谨谨致孝，述父之志，曲而不黩；次曰某、曰某，皆以进士贡。女子三人。

愈少公十九岁，以童子得见，于今四十年，始以师视公，而终以兄事焉。公待我一以朋友，不以幼壮先后致异，公可谓笃厚文行君子矣！其铭曰：

后缗窦逃闵腹子，夏以再家窦为氏。圣愕旋河犊引比，相婴拨汉纳孔轨。后去观津，而家平陵，遥遥厥绪，夫子是承。我敬其人，我怀其德，作诗孔哀，质于幽刻。

韩退之给事中清河张君墓志铭 ○○

张君，名彻，字某，以进士累官至范阳府监察御史。长庆元年，今牛宰相为御史中丞，奏君名迹中御史选，诏即以为御史。其府惜不敢留，遣之，而密奏幽州昌黎盖鄙张宏靖，故没其名。噎暗以为生者，盖即谓之耶？“将父子继续，不廷选且久，今新收，臣又始至，孤怯，须强佐乃济”。发半道，有诏以君还之，仍迁殿中侍御史，加赐朱衣银鱼。

至数日军乱，怨其府从事，尽杀之，而囚其帅，且相约“张御史长者，毋侮辱轹蹙我事，毋庸杀”。置之帅所，居月馀，闻有中贵人自京师至，君谓其帅：“公无负此土人，上使至，可因请见自辩。”幸得脱免归，即推门求出。守者以告其魁，魁与其徒皆骇曰：“必张御史！张御史忠义，必为其帅告此馀人，馀人非畔者党也，恐其以言动之。不如迁之别馆。”即与众出君。君出门骂众曰：“汝何敢反！前日吴元济斩东市，昨日李师道斩军中，同恶者父母妻子皆屠死，肉喂狗、鼠、鸱、鸦。汝何敢反！汝何敢反！”行且骂。众畏恶其言，不忍闻，且虞生变，即击君以死。君抵死，口不绝骂。众皆曰：“义士，义士！”或收瘗之以俟。

事闻，天子壮之，赠给事中。其友侯云长佐郓使，请于其帅马仆射，为之选于军中，得故与君相知张恭、李元实者，使以币请之范阳。范阳人义而归之。以闻，诏所在给船舆，传归其家，赐钱物以葬。长庆四年四月某日，其妻子以君之丧，葬于某州某所。

君弟复，亦进士，佐汴、宋得疾，变易丧心，惊惑不常。君得闲即自视衣褥薄厚，节时其饮食，而匕箸进养之，禁其家无敢高语出声。医饵之药，其物多空青、雄黄诸奇怪物，剂钱至十数万。营治勤剧，皆自君手，不假之人。家贫，妻子常有饥色。

祖某某官，父某某官。妻韩氏，礼部郎中某之孙，汴州开封尉某之女，于余为叔父孙女。君常从余学，选于诸生而嫁与之。孝顺祗修，群女效其所为。男若干人，曰某。女子曰某。铭曰：

呜呼彻也！世慕顾以行，子揭揭也。噎喑以为生，子独割也。为彼不清，作玉雪也。仁义以为兵，用不缺折也。知死不失名，得猛厉也。自申于暗明，莫之夺也。我铭以贞之，不肖者之呾也。

韩退之试大理评事王君墓志铭 ○○

君讳适，姓王氏。好读书，怀奇负气，不肯随人后举选。见功业有道路可指取有，名节可以戾契致，困于无资地，不能自出，乃以干诸公贵人，借助声势。诸公贵人既志得，皆乐熟软媚耳目者，不喜闻生语，一见辄戒门以绝。

上初即位，以四科募天下士。君笑曰："此非吾时邪？"即提所作书缘道歌吟，趋直言试。既至，对语惊人，不中第，益困。久之，闻金吾李将军，年少喜事可撼，乃踏门告曰："天下奇男子王适，愿见将军白事。"一见语合意，往来门下。卢从史既节度昭义军，张甚，奴视法度士，欲闻无顾忌大语。有以君生平告者，即遣客钩致。君曰："狂子不足以共事。"立谢客。李将军由是待益厚，奏为其卫胄曹参军，充引驾仗判官，尽用其言。将军迁帅凤翔，君随往。改试大理评事，摄监察御史、观察判官。栉垢爬痒，民获苏醒。居岁馀，如有所不乐，一旦载妻子入阌乡南山不顾。中书舍人王涯，独孤郁，吏部郎中张惟素，比部郎中韩愈，日发书问讯，顾不可强起，不即荐。明年九月疾病，舆医京师，某月某日卒，年四十四。十一月某日，即葬京城西南长安县界中。

曾祖爽，洪州武宁令。祖微，右卫骑曹参军。父嵩，苏州昆山丞。妻上谷侯氏，处士高女。

高固奇士，自方阿衡太师，世莫能用吾言。再试吏，再怒去，发狂投江水。初处士将嫁其女，惩曰："吾以龃龉穷，一女怜之，必嫁官人，不以与凡子。"君曰："吾求妇氏久矣，惟此翁可人意，且闻其女贤，不可以失。"即谩谓媒妪：吾明经及第，且选即官人，侯翁女幸嫁，若能令翁许我，请进百金为妪谢。诺许白翁，翁曰："诚官人耶？取文书来！"君计穷吐实，妪曰："无苦，翁大人不疑人欺我，得一卷书，粗若告身者，我袖以往，翁见未必取视，幸而听我行其谋。"翁望见文书衔袖，果信不疑，曰："足矣。"以女与王氏。生三子，一男二女，男三岁夭死，长女嫁亳州永城尉姚侹，其季始十岁。铭曰：

鼎也不可以柱车，马也不可使守闾。佩玉长裾，不利走趋。只系其逢，不系巧愚。不谐其须，有衔不祛。钻石埋辞，以列幽墟。茅顺甫云：澹宕多奇。

韩退之孔司勋墓志铭 ○○

昭义节度卢从史，有贤佐曰孔君，讳戡，字君胜。从史为不法，君阴争，不从，则于会肆言以折之。从史羞，面颈发赤，抑首伏气，不敢出一语以对，立为君更令改章辞者，前后累数十。坐则与从史说古今君臣父子，道顺则受成福，逆辄危辱诛死，曰"公当为彼，不当为此"，从史常耸听喘汗。居五六岁，益骄，有悖语。君争，无改悔色，则悉引从事，空一府往争之。从史虽羞，退益甚。君泣语其徒曰："吾所为止于是，不能以有加矣。"遂以疾辞去，卧东都之城东，酒食伎乐之燕不与。当是时，天下以为贤。论士之宜在天子左右者，皆曰"孔君孔君"云。会宰相李公镇扬州，首奏起君，君犹卧不应。从史读诏曰："是故舍我而从人耶？"即诬奏君前在军有某事。上曰："吾知之矣。"奏三上，乃除君卫尉丞、分司东都。诏始下门下，给事中吕元膺封还诏书，上使谓吕君曰："吾岂不知戡也？行用之矣。"明年元和五年正月，将浴临汝之汤泉，壬子，至其县食，方侍郎云：此用《春秋》郑伯髡顽卒于鄵书法，以发疑也。遂卒，年五十七。公卿大夫士相吊于朝，处士相吊于家。君卒之九十六日，诏缚从史送阙下，数以违命，流于日南。遂诏赠君尚书司勋员外郎，盖用尝欲以命君者信其志。其年八月甲申，从葬河南河阴之广武原。

君于为义若嗜欲，勇不顾前后，于利与禄，则畏避退处，如怯夫然。始举进士第，自金吾卫录事为大理评事，佐昭义军。军帅死，从史自其军诸将代为帅，请君曰："从史起此军行伍中，凡在幕府，唯公无分寸私。公苟留，唯公之所欲为。"君不得已留。一岁再奏，自监察御史，至殿中侍御史。从史初听用其言，得不败。后不听信，其恶益闻，君弃去，遂败。

祖某，某官，赠某官。父某，某官，赠某官。君始娶弘农杨氏女，卒。又娶其舅宋州刺史京兆韦屺女，皆有妇道。凡生一男四女，皆幼。前夫人从葬舅姑兆次。卜人曰："今兹岁未可以祔。"从卜人言，不祔。君母兄戣，尚书兵部员外郎；母弟戢，殿中侍御史，以文行称朝廷。将葬，以韦夫人之弟前进士楚材之状授愈，曰：“请为铭。”铭曰：

允义孔君，兹惟其藏。更千万年，无敢坏伤。

古文辞类纂四十三终

碑志类下编三

古文辞类篹四十四

韩退之唐故朝散大夫商州刺史除名徙封州董府君墓志铭

公讳溪，字惟深，丞相赠太师陇西恭惠公第二子。十九岁明两经，获第有司。沈厚精敏，未尝有子弟之过。宾接门下，推举人士，侍侧无虚口。退而见其人，淡若与之无情者。太师贤而爱之，父子间自为知己，诸子虽贤，莫敢望之。太师累践大官，臻宰相，致平治，终始以礼，号称名臣，晨昏之助，盖有赖云。

太师之平汴州，年考益高，挈持维纲，锄削荒颣，纳之太和而已。其囊箧细碎，无所遗漏，繄公之功。上介尚书左仆射陆公长源，齿差太师，标望绝人，闻其所为，每称举以戒其子。杨凝、孟叔度以材德显名朝廷，及来佐幕府，诣门请交，屏所挟为。太师薨，始以秘书郎选参军京兆府法曹，日伏阶下，与大尹争是非，大尹屡黜己见。岁中奏为司录参军，与一府政。以能，拜尚书度支员外郎，迁仓部郎中、万年令。兵诛恒州，改度支郎中，摄御史中丞，为粮料使。兵罢，迁商州刺史。粮料吏有忿争相牵告者，事及于公，因征下御史狱。公不与吏辨，一皆引伏受垢，除名徙封州。元和六年五月十二日死湘中，年四十九。明年立皇太子，有赦令许归葬，其子居中始奉丧归。元和八年十一月甲寅，葬于河南河南县万安山下太师墓左，夫人郑氏祔。

公凡再娶，皆郑氏女。生六子，四男二女。长曰全正，慧而早死。次曰居中，好学，善为诗，张籍称之。次曰从直，曰居敬，尚小。长女嫁吴郡陆畅，其季女后夫人之子。公之母弟全素，孝慈友弟，公坐事，弃同官令归。公殁，比葬三年，哭泣如始丧者，大臣高其行，白为太子舍人。将葬，舍人与其季弟澥问铭于太史氏韩愈，愈则为之铭。辞曰：

物以久弊，或以铄毁，考致要归，孰有彼此？由我者吾，不我者天，斯而以然，其谁使然？

韩退之集贤院校理石君墓志铭 〇

君讳洪，字濬川。其先姓乌石兰，九代祖猛，始从拓跋氏入夏，居河南，遂去“乌”与“兰”，独姓石氏，而官号大司空。后七世，至行褒，官至易州刺史，于君为曾祖。易州生婺州金华令讳怀一，卒葬洛阳北山。金华生君之考讳平，为太子家令，葬金华墓东，而尚书水部郎刘复为之铭。

君生七年丧其母，九年而丧其父，能力学行。去黄州录事参军，则不仕，而退处东都洛上十馀年，行益修，学益进，交游益附，声号闻四海。故相国郑公馀庆留守东都，上言洪可付史笔。李建拜御史，崔周祯为补阙，皆举以让。宣、歙、池之使，与浙东使，交牒署君从事。河阳节度乌大夫重胤，间以币先走庐下，故为河阳得。佐河阳军，吏治民宽，考功奏从事考，君独于天下为第一。元和六年，诏下河南，征拜京兆昭应尉校理集贤御书。明年六月甲午，疾卒，年四十二。

娶彭城刘氏女，故相国晏之兄孙。生男二人：八岁曰壬，四岁曰申。女子二人。顾言曰"葬死所"，七月甲申，葬万年白鹿原。既病，谓其游韩愈曰："子以吾铭。"铭曰：

生之艰，成之又艰。若有以为，而止于斯！

韩退之河南少尹裴君墓志铭 ○

公讳复，字茂绍，河东人。曾大父元简，大理正。大父旷，御史中丞，京畿采访使。父虬，以有气略，敢谏诤，为谏议大夫，引正大疑，有宠代宗朝，屡辞官不肯拜，卒，赠工部尚书。公举贤良，拜同官尉。仆射南阳公开府徐州，召公主书记，三迁至侍御史。入朝，历殿中侍御史，累迁至刑部郎中。疾病，改河南少尹，舆至官，若干日卒，实元和三年四月二十三日，享年五十。夫人博陵崔氏，少府监颋之女。男三人：璟、质皆既冠，其季始六岁，曰充郎。卜葬，得公卒之四月壬寅，遂以其日葬东都芒山之阴杜翟村。

公幼有文，年十四，上《时雨诗》，代宗以为能，将召入为翰林学士。尚书公请免，曰："愿使卒学。"丁后母丧，上使临吊，又诏尚书公曰："父忠而子果孝，吾加赐以厉天下。终丧必且以为翰林。"其在徐州府，能勤而有劳。在朝，以恭俭守其职。居丧必有闻。待诸弟友以善教，馆嫠妹，畜孤甥，能别而有恩。历十一官而无宅于都，无田于野，无遗资以为葬，斯其可铭也已。铭曰：

裴为显姓，入唐尤盛，支分族离，各为大家。惟公之系，德隆位细，曰子曰孙，厥声世继。晋阳之邑，愉愉翼翼，无外无私，幼壮若一。何寿之不遐，而禄之不多？谓必有后，其又信然耶？

韩退之李元宾墓铭 ○○

李观，字元宾，其先陇西人也。始来自江之东，年二十四，举进士，三年登上第。又举博学宏词，得太子校书。一年年二十九，客死于京师。既敛之三日，友人博陵崔宏礼，葬之于国东门之外七里，乡曰庆义，原曰嵩原。友人韩愈，书石以志之。辞曰：

已虖元宾！寿也者吾不知其所慕，夭也者吾不知其所恶。生而不淑，谁谓其寿？死而不朽，谁谓之夭？已虖元宾！才高乎当世，而行出乎古人。已虖元宾！竟何为哉，竟何为哉！

韩退之施先生墓铭 ○

贞元十八年十月十一日，太学博士施先生士丏卒，其寮太原郭伉买石志其墓，昌黎韩愈为之辞，曰：先生明毛、郑《诗》，通《春秋左氏传》，善讲说，朝之贤士大夫从而执经考疑者继于门，太学生习毛、郑《诗》、《春秋左氏传》者，皆其弟子。贵游之子弟，时先生之说二经，来太学，帖帖坐诸生下，恐不卒得闻。先生死，二经生丧其师，仕于学者亡其朋，故自贤士大夫，老师宿儒，新进小生，闻先生之死，哭泣相吊，归衣服货财。先生年六十九，在太学者十九年，由四门助教为太学助教，由助教为博士。太学秩满当去，诸生辄拜疏乞留。或留或迁，凡十九年，不离太学。

祖曰旭，袁州宜春尉。父曰婼，豪州定远丞。妻曰太原王氏，先先生卒。子曰友直，明州鄮县主簿；曰友谅，太庙斋郎。系曰：

先生之祖，氏自施父。其后施常，事孔子以彰。雠为博士，延为太尉。太尉之孙，始为吴人。曰然曰续，亦载其迹。先生之兴，公车是召。纂序前闻，于光有曜。古圣人言，其旨密微。笺注纷罗，颠倒是非。闻先生讲论，如客得归。卑让肫肫，出言孔扬。今其死矣，谁嗣为宗？县曰万年，原曰神禾，高四尺者，先生墓耶！

韩退之南阳樊绍述墓志铭 ○○

樊绍述既卒且葬，愈将铭之。从其家求书，得书号《魁纪公》者三十卷，曰《樊子》者又三十卷，《春秋集传》十五卷，表笺状策书序传记纪志说论今文赞铭凡二百九十一篇，道路所遇及器物门里杂铭二百二十，赋十，诗七百一十九。曰：多矣哉！古未尝有也。然而必出于己，不袭蹈前人一言一句，又何其难也！必出入仁义，其富若生蓄，万物必具，海含地负，放恣横纵，无所统纪，然而不烦于绳削而自合也。呜呼！绍述于斯术，其可谓至于斯极者矣！

生而其家贵富，长而不有其藏一钱，妻子告不足，顾且笑曰："我道盖是也。"皆应曰："然。"无不意满。尝以金部郎中告哀南方，还言某师不治，罢之，以此出为绵州刺史。一年征拜左司郎中，又出刺绛州。绵、绛之人，至今皆曰："于我有德。"以为谏议大夫，命且下，遂病以卒，年若干。

绍述讳宗师。父讳泽，尝帅襄阳、江陵，官至右仆射，赠某官。祖某官，讳泳。自祖及绍述三世，皆以军谋堪将帅，策上第以进。

绍述无所不学，于辞于声，天得也，在众若无能者。尝与观乐，问曰"何如"？曰"后当然"。已而果然。铭曰：

惟古于词必己出，降而不能乃剽贼，后皆指前公相袭，从汉迄今用一律。寥寥久哉莫觉属，神徂圣伏道绝塞。既极乃通发绍述，文从字顺各识职，有欲求之此其躅。

韩退之贞曜先生墓志铭 ○

唐元和九年，岁在甲午。八月己亥，贞曜先生孟氏卒。无子，其配郑氏以告，愈走位哭，且召张籍会哭。明日，使以钱如东都，供葬事，诸尝与往来者，咸来哭吊。韩氏遂以书告兴元尹故相馀庆。闰月，樊宗师使来吊，告葬期征铭。愈哭曰："呜呼！吾尚忍铭吾友也夫！"兴元人以币如孟氏赙，且来商家事。樊子使来速铭，曰："不则无以掩诸幽。"乃序而铭之。

先生讳郊，字东野。父廷玢，娶裴氏女，而选为昆山尉，生先生，及二季酆、郢而卒。先生生六七年，端序则见，长而愈骞，涵而揉之，内外完好，色夷气清，可畏而亲。及其为诗，刿目鉥心，刃迎缕解，钩章棘句，掏擢胃肾，神施鬼设，间见层出。唯其大玩于词，而与世抹摋，人皆劫劫，我独有馀。有以后时开先生者，曰："吾既挤而与之矣，其犹足存耶？"

年几五十，始以尊夫人之命，来集京师，从进士试，既得即去。间四年，又命来，选为溧阳尉，迎侍溧上。去尉二年，而故相郑公尹河南，奏为水陆运从事试协律郎。亲拜其母于门内。母卒五年，而郑公以节领兴元军，奏为其军参谋试大理评事。挈其妻行，之兴元，次于阌乡，暴疾卒，年六十四。买棺以敛，以二人舆归。酆、郢皆在江南。十月庚申，樊子合凡赠赙，而葬之洛阳东其先人墓左，以馀财附其家而供祀。将葬，张籍曰："先生揭德振华，于古有光，贤者故事有易名，况士哉？如曰'贞曜先生'，则姓名字行有载，不待讲说而明。"皆曰"然"，遂用之。

初，先生所与俱学同姓简，于世次为叔父，由给事中观察浙东，曰"生，吾不能举；死，吾知恤其家"。铭曰：

於戏贞曜！维执不猗，维出不訾，维卒不施，以昌其诗。

韩退之唐河中府法曹张君墓碣铭 ○

有女奴抱婴儿来，致其主夫人之语曰："妾，张圆之妻刘也。妾夫常语妾云：'吾常获私于夫子。'且曰：'夫子天下之名能文辞者，凡所言必传世行后。'今妾不幸，夫逢盗，死途中，将以日月葬。妾重哀其生志不就，恐死遂沈泯，敢以其稚子汴见，先生将赐之铭，是其死不为辱，而名永长存，所以盖覆其遗胤子若孙。且死万一能有知，将不悼其不幸于土中矣。"又曰："妾夫在岭南时，尝疾病，泣语曰：'吾志非不如古人，吾才岂不如今人，而至于是，而死于是耶！尔若吾哀，必求夫子铭，是尔与吾不朽也。'"愈既哭吊辞，遂叙次其族世、名字、事始终而铭曰：

君字直之。祖讙，父孝新，皆为官汴、宋间。君尝读书，为文辞有气。有吏才，尝感激欲自奋拔，树功名以见世。初举进士，再不第，因去事宣武军节度使，得官至监察御史。坐事贬岭南，再迁至河中府法曹参军，摄虞乡令，有能名，进摄河东令，又有名，遂署河东从事。绛州阙刺史，摄绛州事，能闻朝廷。元和四年秋，有事适东方，既还，八月壬辰，死于汴城西双邱，年四十有七。明年二月日，葬河南偃师。妻彭城人，世有衣冠。祖好顺，泗州刺史。父泳，卒蕲州别驾。女四人，男一人，婴儿，汴也。是为铭。

韩退之扶风郡夫人墓志铭 ○

夫人姓卢氏，范阳人，亳州城父丞序之孙，吉州刺史彻之女。嫁扶风马氏，为司徒侍中庄武公之冢妇，少府监西平郡王赠工部尚书之夫人。

初司徒与其配陈国夫人元氏，惟宗庙之尊重，继序之不易，贤其子之才，求妇之可与齐者。内外亲戚曰："卢某旧门，承守不失其初，其子女闻教训，有幽闲之德，为公子择妇，宜莫如卢氏。"媒者曰然，卜者曰祥。夫人适年若干，入门而媪御皆喜，既馈而公姑交贺。克受成福，母有多子。为妇为母，莫不法式。天资仁恕，左右媵侍，常蒙假与颜色，人人莫不自在。杖婢使，数未尝过二三，虽有不怿，未尝见声气。

元和五年，尚书薨，夫人哭泣成疾。后二年，亦薨，年四十有六。九年正月癸酉，祔于其夫之封。长子殿中丞继祖，孝友以类，葬有日，言曰："吾父友，惟韩丈人视诸孤，其往乞铭。"以其状来，愈读曰："尝闻乃公言然，吾宜铭。"铭曰：

阴幽坤从，维德之恒，出为辨强，乃匪妇能。淑哉夫人,夙有多誉,来嫔大家,不介母父。有事宾祭,酒食祇饬,协于尊章,畏我侍侧。及嗣内事,亦莫有施,齐其躬心,小大顺之。夫先其归,其室有邱,合葬有铭,壶彝是攸。

韩退之河南府法曹参军卢府君夫人苗氏墓志铭 ○

夫人姓苗氏,讳某,字某,上党人。曾大父袭夔,赠礼部尚书。大父殆庶,赠太子太师。父如兰,仕至太子司议郎、汝州司马。夫人年若干,嫁河南法曹卢府君讳贻,有文章德行,其族世所谓甲乙者,先夫人卒。夫人生能配其贤,殁能守其法。男二人:于陵、浑。女三人,皆嫁为士妻。贞元十九年四月四日,卒于东都敦化里,年六十有九。其年七月某日,祔于法曹府君墓,在洛阳龙门山。其季女婿昌黎韩愈为之志。其词曰:

赫赫苗宗,族茂位尊,或毗于王,或贰于藩。是生夫人,载穆令闻,爰初在家,孝友惠纯。乃及于行,克媲德门,肃其为礼,裕其为仁。法曹之终,诸子实幼,茕茕其哀,介介其守。循道不违,厥声弥劭,三女有从,二男知教。闾里叹息,母妇思效,岁时之嘉,嫁者来宁。累累外孙,有携有婴,扶床坐膝,嬉戏欢争。既寿而康,既备而成,不歉于约,不矜于盈。伊昔淑哲,或图或书,嗟咨夫人,孰与为俦!刻铭置墓,以赞硕休。

韩退之女挐圹铭 ○○

女挐，韩愈退之第四女也，慧而早死。愈之为少秋官，以刑部侍郎称少秋官，徇俗不典，虽昌黎为之，而不足法。言佛夷鬼，其法乱治，梁武事之，卒有侯景之败，可一扫刮绝去，不宜使烂漫。天子谓其言不祥，斥之潮州，汉南海揭扬之地。愈既行，有司以罪人家不可留京师，迫遣之。女挐年十二，病在席，既惊痛与其父诀，又舆致走道撼顿，失食饮节，死于商南层峰驿，即瘗道南山下。五年，愈为京兆，始令子弟与其姆易棺衾，归女挐之骨于河南之河阳韩氏墓葬之。

女挐死，当元和十四年二月二日。其发而归，在长庆三年十月之四日。其葬在十一月之十一日。铭曰：

汝宗葬于是，汝安归之，惟永宁！

柳子厚故襄阳丞赵君墓志 ○

贞元十八年月日，天水赵公矜，年四十二，客死于柳州，官为敛葬于城北之野。元和十三年，孤来章始壮，自襄州徒行，求其葬不得，征书而名其人，皆死，无能知者。来章日哭于野，凡十九日。惟人事之穷，则庶于卜筮。五月甲辰，卜秦誗兆之曰："金食其墨，而火以贵，其墓直丑，在道之右。南有贵神，冢土是守，乙巳于野，宜遇西人，深目而髯，其得实因。七日发之，乃觏其神。"明日求诸野，有叟荷杖而东者，问之，曰：“是故赵丞儿耶？吾为曹信，是迩吾墓。噫！今则夷矣，直社之北，二百举武，吾为子蓹焉。”辛亥，启土，有木焉。发之，绯衣緅衾，凡自家之物皆在。州之人皆为出涕，诚来章之孝，神付是叟，以与龟偶，不然，其协焉如此哉！六月某日，就道。月日，葬于汝州龙城县期城之原。夫人河南源氏，先殁，而祔之。

矜之父曰渐，南郑尉。祖曰倩之，郓州司马。曾祖曰弘安，金紫光禄大夫、国子祭酒。始矜由明经为舞阳主簿，蔡帅反，犯难来归，擢授襄城主簿，赐绯鱼袋，后为襄阳丞。其墓自曾祖以下，皆族以位。时宗元刺柳，用相其事，哀而旌之以铭。铭曰：

詷也挈之，信也蓹之，有朱其绂，神具列之。恳恳来章，神实恫汝，锡之老叟，告以兆语。灵其鼓舞，从而父祖，孝斯有终，宜福是与。百越蓁蓁，羁鬼相望，有子而孝，独归故乡。涕盈其铭，旌尔勿忘。

古文辞类篹四十四终

碑志类下编四　　古文辞类纂四十五

欧阳永叔资政殿学士文正范公神道碑铭 ○○

皇祐四年五月甲子，资政殿学士，尚书户部侍郎，汝南文正公薨于徐州，以其年十有二月壬申，葬于河南尹樊里之万安山下。

公讳仲淹，字希文。五代之际，世家苏州，事吴越。太宗皇帝时，吴越献其地，公之皇考从钱俶朝京师，后为武宁军掌书记以卒。公生二岁而孤，母夫人贫无依，再适长山朱氏。既长，知其世家，感泣，去之南都，入学舍，扫一室，昼夜讲诵。其起居饮食，人所不堪，而公自刻益苦。居五年，大通六经之旨，为文章，论说必本于仁义。祥符八年，举进士，礼部选第一，遂中乙科，为广德军司理参军，始归迎其母以养。及公既贵，天子赠公曾祖苏州粮料判官讳梦龄，为太保，祖秘书监讳赞时，为太傅，考讳墉，为太师，妣谢氏，为吴国夫人。

公少有大节，于富贵贫贱，毁誉欢戚，不一动其心，而慨然有志于天下。常自诵曰："士当先天下之忧而忧，后天下之乐而乐也。"其事上遇人，一以自信，不择利害为趋舍。其所有为，必尽其方，曰："为之自我者当如是，其成与否，有不在我者，虽圣贤不能必，吾岂苟哉！"

天圣中，晏丞相荐公文学，以大理寺丞为秘阁校理。以言事忤章献太后旨，通判河中府。一有"陈州"。久之，上记其忠，召拜右司谏。当太后临朝听政时，以至日大会前殿，上将率百官为寿，有司已具。公上疏，言天子无北面，且开后世弱人主以强母后之渐，其事遂已。又上书，请还政天子，不报。及太后崩，言事者希旨，多求太后时事，欲深治之。公独以谓太后受托先帝，保佑圣躬，始终十年，未见过失，宜掩其小故，以全大德。初，太后有遗命立杨太妃，代为太后。公谏曰："太后母号也，自古无代立者。"由是罢其册命。

是岁大旱蝗，奉使安抚东南。使还，会郭皇后废，率谏官御史伏阁争，不能得，贬知睦州，又徙苏州。岁馀，即拜礼部员外郎，天章阁待制，召还，益论时政阙失，而大臣权幸，多忌恶之。居数月，以公知开封府。开封素号难治，公治有声，事日益简，暇则益取古今治乱安危为上开说。又为百官图以献，曰："任人各以其材而百职修，尧舜之治，不过此也。"因指其迁进迟速次序，曰："如此，而可以为公，可以为私，亦不可以不察。"由是吕丞相怒，至交论上前。公求对辩语切，坐落职，知饶州。明年，吕公亦罢。公徙润州，又徙越州。

而赵元昊反河西，上复召相吕公，乃以公为陕西经略安抚副使，迁龙图阁直学士。是时新失大将，延州危。公请自守鄜延扞贼，乃知延州。元昊遣人遗书以求和，公以谓无事请和难信，且书有僭号，不可以闻，乃自为书，告以逆顺成败之说甚辩。坐擅复书，夺一官，知耀州。未逾月，徙知庆州。既而四路置帅，以公为环庆路经略安抚招讨使，兵马都部署，累迁谏议大夫，枢密直学士。

公为将，务持重，不急近功小利。于延州筑青涧城，垦营田，复承平、永平废寨，熟羌归业者数万户。于庆州城大顺以据要害，一本有“夺贼地而耕之”六字。又城细腰胡芦，于是明珠、灭臧等大族，皆去贼为中国用。自边制久堕，至兵与将常不相识，公始分延州兵为六将，训练齐整，诸路皆用以为法。公之所在，贼不敢犯。人或疑公见敌应变为如何，至其城大顺也，一旦引兵出，诸将不知所向。军至柔远，始号令告其地处，使往筑城，至于版筑之用，大小毕具，而军中初不知。贼以骑三万来争，公戒诸将，战而贼走，追勿过河。已而贼果走，追者不渡，而河外果有伏。贼一有“既”字。失计，乃引去。于是诸将皆服公为不可及。

公待将吏，必使畏法而爱己。所得赐赉，皆以上意分赐诸将，使自为谢。诸蕃质子，纵其出入，无一人逃者。蕃酋来见，召之卧内，屏人彻卫，与语不疑。公居三岁，士勇边实，恩信大洽。乃决策谋取横山，复灵武，而元昊数遣使称臣请和，上亦召公归矣。

初，西人籍为乡兵者十数万，既而黥以为军。惟公所部，但刺其手，公去兵罢，独得复为民。其于两路，既得熟羌为用，使以守边，因徙屯兵就食内地，而纾西人馈挽之劳。其所设施，去而人德之，与守其法不敢变者，至今尤多。

自公坐吕公贬，群士大夫，各持二公曲直。吕公患之，凡直公者皆指为党，或坐窜逐。及吕公复相，公亦再起被用，于是二公欢然相约，戮力平贼。天下之士，皆以此多二公。然朋党之论，遂起而不能止。上既贤公可大用，故卒置群议而用之。

庆历三年春，召为枢密副使，五让，不许，乃就道。既至数月，以为参知政事。每进见，必以太平责之。公叹曰："上之用我者至矣，然事有先后，而革弊于久安，非朝夕可也。"既而上再赐手诏，趣使条天下事。又开天章阁，召见赐坐，授以纸笔，使疏于前。公惶恐避席，始退而条列时所宜先者十数事上之。其诏天下兴学取士，先德行，不专文辞；革磨勘例迁以别能否；减任子之数，而除滥官；用农桑考课守宰等事。方施行，而磨勘、任子之法，侥幸之人皆不便，因相与腾口。而嫉公者，亦幸外有言，喜为之佐佑。会边奏有警，公即请行，乃以公为河东陕西宣抚使。至则上书愿复守边，即拜资政殿学士，知邠州，兼陕西四路安抚使。其知政事才一岁而罢，有司悉奏罢公前所施行，而复其故。言者遂以危事中之，赖上察其忠，不听。是时夏人已称臣，公因以疾请邓州。守邓三岁，求知杭州，又徙青州。公益病，又求知颍州，肩舁至徐，遂不起。享年六十有四。

方公之病，上赐药存问。既薨，辍朝一日。以其遗表无所请，使就问其家所欲，一有“为”。赠以兵部尚书，所以哀恤之甚厚。

公为人外和内刚，乐善泛爱。丧其母时尚贫，终身非宾客，食不重肉。临财好施，意豁如也，及退而视其私，妻子仅给衣食。其为政，所至民多立祠画像。其行己临事，自山林一作“搢绅”。处士，里闾田野之人，外至夷狄，莫不知其名字，而乐道其事者甚众。及其世次、官爵，志于墓，谱于家，藏于有司者，皆不论著。著其系天下国家之大者，亦公之志也与！铭曰：

范于吴越，世实陪臣。俶纳山川，及其士民。范始来北，中间几息。公奋自躬，与时偕逢。事有罪功，言有违从。岂公必能，天子用公。其艰其劳，一其初终。夏童跳边，乘吏怠一作“殆”。安。帝命公往，问彼骄顽。有不听顺，锄其穴根。公居三年，怯勇堕完。儿怜兽扰，卒俾来臣。夏人在廷，其事方议。帝趣公来，以就予治。公拜稽首，兹惟难一作“艰”。哉！初匪其难，在其终之。群言营营，卒坏于成。匪恶其成，惟公是倾。不倾不危，天子之明。存有显荣，殁有赠谥。藏其子孙，宠及后世。惟百有位，可劝无怠。真西山云：按司马文正公《记闻》，景祐中，吕许公执政，范文正公知开封，屡攻吕短，坐落职知饶州。康定元年，复旧职，知永兴。会许公复相，言于仁宗曰：仲淹贤者，朝廷将用之，岂可但除旧职？即除龙图阁直学士，陕西经略安抚副使。上以许公为长者，天下亦以许公不念旧恶。又苏文定公《龙川志》：范文正自饶州还朝，出领西事，恐申公不为之地，无以成功，乃为书自咎解仇而去。故欧阳公作文正碑，有二公晚年欢然相得之语。后生不知，皆咎欧阳公。予见张公安道言之，乃信。又《邵氏闻见录》：当时文正子尧夫不以为然,从欧阳公辨,不可得,则自削去"欢然"、"戮力"等语,公不乐,谓苏明允曰:范公碑为其子弟擅于石本改动文字,令人恨之。故今罗氏本于坐落职知饶州下,无"明年吕公亦罢"六字;为陕西经略安抚副使上,无"上复召相吕公"六字,又无"自公坐吕公贬"已下至"故卒置群议而用之"一段。以此观之,诸家本乃当时定本也。罗氏本,尧夫改本也。今从众而载尧夫所改如此。朱文公答周益公书略云:盖尝窃谓吕公用事之时,举措之不合众心者,盖亦多矣。而又恶忠贤之异己,必力排之,使不得容于朝廷而后已。逮其晚节,知天下之公议,不可以终拂,亦以老病将归,而不复有所畏忌。又虑夫天下之事,或终至于危乱,不可如何,而彼众贤之排去者,或将起而复用,则其罪必归于我,而并及于吾之子孙。是以宁损故怨,以为收之桑榆之计,盖其虑患之意,虽未必尽出于至公,而其补过之善,天下实被其赐,则与世之遂非长恶,力战天下之公议,以贻患于国家者,相去远矣。至若范公之心,则其正大光明,固无宿怨,而惓惓之义,实在国家,故承其善意,起而乐为之用,其自讼之书,所谓相公有汾阳之心之德,仲淹无临淮之才之力者,亦不可不谓之倾倒而无馀矣。此书今不见于集中,恐亦以忠宣刊去而不传也。此最为范公之盛德,而他人之难者,欧阳公亦识其意,而特书之,摭实而言之,但曰吕公前日未免蔽贤之罪,而其后日诚有补过之功,范、欧二公之心,则其终始本末,如青天白日,无一毫之可议。若范公所谓平生无怨恶于一人者,尤足以见其心量之广大高明,可为百世之师表。至于忠宣,则所见虽狭,然亦不害其为守正,则不费词说。而名正言顺,无复可疑矣。

欧阳永叔太尉文正王公神道碑铭 ○

至和二年七月乙未,枢密直学士右谏议大夫王素奏事殿中,已而泣,且言曰:"臣之先臣旦,相真宗皇帝十有八年。今臣素又得待罪侍从之臣,惟是先臣之训,其遗业馀烈,臣实无似,不能显大,而墓碑至今无辞以刻,惟陛下哀怜，不忘先帝之臣，以假宠于王氏，而勖其子孙。”天子曰：“呜呼！惟汝父旦，事我文考真宗，叶德一心，克终厥位，有始有卒，其可谓全德元老矣。汝素以是刻于碑。”素拜稽首泣而出。明日，有诏史馆修撰欧阳修曰：“王旦墓碑未立，汝可以铭。”

臣修谨按故推诚保顺同德守正翊戴功臣，开府仪同三司，守太尉，充玉清昭应宫使，上柱国，太原郡开国公，赠太师尚书令，兼中书令，追封魏国公，谥曰文正。王公讳旦，字子明，大名莘人也。皇曾祖讳言，滑州黎阳令，追封许国公。皇祖讳彻，左拾遗，追封鲁国公。皇考讳祐，尚书兵部侍郎，追封晋国公。皆累赠太师尚书令，兼中书令。曾祖妣姚氏，鲁国夫人。祖妣田氏，秦国夫人。妣任氏，徐国夫人；边氏，秦国夫人。公之皇考，以文章自显汉、周之际，逮事太祖、太宗为名臣，尝谕杜重威使无反汉，拒卢多逊害赵普之谋，以百口明符彦卿无罪，故世多称王氏有阴德。公之皇考，亦自植三槐于庭曰：“吾之后世，必有为三公者。”此其所以志也。

公少好学有文，太平兴国五年，进士及第，为大理评事，知平江县，监潭州银场。再迁著作佐郎，与编《文苑英华》。迁殿中丞，通判郑、濠二州。王禹偁荐其材，任转运使。驿召至京师，辞不受，献其所为文章，得试直史馆，迁右正言知制诰，知淳化三年礼部贡举，迁虞部员外郎，同判吏部流内铨，知考课院。右谏议大夫赵昌言参知政事，公以婿避嫌，求解职，太宗嘉之，改礼部郎中集贤殿修撰。昌言罢，复知制诰，仍兼修撰判院事，召赐金紫。久之，迁兵部郎中，居职。真宗即位，拜中书舍人。数日，召为翰林学士，知审官院通进银台封驳事。

公为人严重，能任大事，避远权势，不可干以私，由是真宗益知其贤。钱若水名能知人，常称公曰："真宰相器也。"若水为枢密副使，罢，召对苑中，问谁可大用者，若水言公可。真宗曰："吾固已知之矣。"咸平三年，又知礼部贡举，居数日，拜给事中，知枢密院事。明年，以工部侍郎参知政事，再迁刑部侍郎。景德元年，契丹犯边，真宗幸澶州，雍王元份留守东京，得暴疾，命公驰自行在，代元份留守。二年，迁尚书左丞。三年，拜工部尚书，同中书门下平章事，集贤殿大学士，监修国史。是时契丹初请盟，赵德明亦纳誓约，愿守河西故地，二边兵罢不用，真宗遂欲以无事治天下。公以谓宋兴三世，祖宗之法具在，故其为相，务行故事，慎所改作，进退能否，赏罚必当。真宗久而益信之，所言无不听，虽他宰相大臣有所请，必曰："王某以谓如何？"事无大小，非公所言不决。

公在相位十馀年，外无夷狄之虞，兵革不用，海内富实，群工百司，各得其职，故天下至今称为贤宰相。公于用人，不以名誉，必求其实。苟贤且材矣，必久其官，众以为宜某职然后迁。其所荐引，人未尝知。寇准为枢密使当罢，使人私公，求为使相。公大惊曰："将相之任，岂可求耶？且吾不受私请。"准深恨之。已而制出，除准武胜军节度使，同中书门下平章事。准入见泣涕曰："非陛下知臣，何以至此！”真宗具道公所以荐准者。准始愧叹，以为不可及。故参知政事李穆子行简，有贤行，以将作监丞居于家。真宗召见慰劳之，迁太子中允。初遣使者召，不知其所止，真宗命至中书问王某，然后人知行简，公所荐也。公自知制诰至为相，荐士尤多。其后公薨，史官修《真宗实录》，得内出奏章，乃知朝廷之士，多公所荐者。

公与人寡言笑。其语虽简，而能以理屈人。默然终日，莫能窥其际。及奏事上前，群臣异同，公徐一言以定。今上为皇太子，太子谕德见公，称太子学书有法。公曰："谕德之职止于是耶？"赵德明言民饥，求粮百万斛，大臣皆曰："德明新纳誓，而敢违，请以诏书责之。"真宗以问公，公请敕有司具粟百万于京师，诏德明来取。真宗大喜。德明得诏书，惭且拜曰："朝廷有人。"大中祥符中，天下大蝗。真宗使人于野得死蝗，以示大臣。明日，他宰相有袖死蝗以进者，曰："蝗实死矣。"请示于朝，率百官贺。公独以为不可。后数日，方奏事，飞蝗蔽天，真宗顾公曰："使百官方贺，而蝗如此，岂不为天下笑邪？"宦官刘承规以忠谨得幸，病且死，求为节度使。真宗以语公曰："承规待此以瞑目。"公执以为不可，曰："他日将有求为枢密使者，奈何？"至今内臣官不过留后。

公任事久，人有谤公于上者，公辄引咎，未尝自辩。至人有过失，虽人主盛怒，可辨者辩之，必得而后已。荣王宫火延前殿，有言非天灾，请置狱劾火事，当坐死者百馀人。公独请见曰："始失火时，陛下以罪己诏天下，而臣等皆上章待罪。今反归咎于人,何以示信?且火虽有迹,宁知非天谴邪?"由是当坐者皆免。日者上书言宫禁事,坐诛,籍其家,得朝士所与往还占问吉凶之说。真宗怒,欲付御史问状。公曰:"此人之常情,且语不及朝廷,不足罪。"真宗怒不解,公因自取常所占问之书进,曰:"臣少贱时,不免为此,必以为罪,愿并臣付狱。"真宗曰:"此事已发,何可免?"公曰:"臣为宰相,执国法,岂可自为之,幸于不发,而以罪人?"真宗意解。公至中书,悉焚所得书。既而真宗悔,复驰取之,公曰:"臣已焚之矣。"由是获免者众。

公累官至太保,以病求罢,入见滋福殿。真宗曰:"朕方以大事托卿,而卿病如此。"因命皇太子拜公。公言皇太子盛德,必任陛下事,因荐可为大臣者十馀人。其后不至宰相者,李及、凌策二人而已,然亦皆为名臣。公屡以疾请,真宗不得已,拜公太尉,兼侍中,五日一朝视事,遇军国大事,不以时入参决。公益惶恐,因卧不起,以疾恳辞。册拜太尉,玉清昭应宫使。自公病,使者存问,日常三四,真宗手自和药赐之。疾亟,遽幸其第,赐以白金五千两,辞不受。以天禧元年九月癸酉,薨于家,享年六十有一。真宗临哭,辍视朝三日,发哀于苑中。其子弟门人故吏,皆被恩泽。即以其年十一月庚申,葬公于开封府开封县新里乡大边村。

公娶赵氏,封荣国夫人,后公五年卒。子男三人:长曰司封郎中雍,次曰赞善大夫冲,次曰素。女四人:长适太子太傅韩亿,次适兵部员外郎直集贤院苏耆,次适右正言范令孙，次适龙图阁直学士兵部郎中吕公弼。诸孙十四人。

公事寡嫂谨，与其弟旭，友悌尤笃，任以家事，一无所问，而务以俭约率励子弟，使在富贵不知为骄侈。兄子睦，欲举进士，公曰："吾常以太盛为惧，其可与寒士争进？"至其薨也，子素犹未官，遗表不求恩泽。有文集二十卷。乾兴元年，诏配享真宗庙庭。

臣修曰：景德、祥符之际盛矣，观公之所以相，而先帝之所以用公者，可谓至哉！是以君明臣贤，德显名尊，生而俱享其荣，殁而长配于庙，可谓有始有卒，如明诏所褒。昔者《烝民》、《江汉》，推大臣下之事，所以见任贤使能之功，虽曰山甫、穆公之诗，实歌宣王之德也。臣谨考国史实录，至于缙绅故老之传，得公终始之节，而录其可纪者，辄为铭诗，以彰先帝之明，以称圣恩褒显王氏，流泽子孙，与宋无极之意。铭曰：

烈烈魏公，相我真宗。真庙翼翼，魏公配食。公相真宗，不言以躬。时有大事，事有大疑。匪卜匪筮，公为蓍龟。公在相位，终日如默。问其夷狄，包裹兵革。问其卿士，百工以职。问其庶民，耕织衣食。相有赏罚，功当罪明。相有黜升，惟否惟能。执其权衡，万物之平。孰不事君，胡能必信？孰不为相，其谁有终？公薨于位，太尉之崇。天子孝思，来荐清庙。侑我圣考，惟时元老。天子念功，报公之隆，春秋从享，万祀无穷。作为诗歌，以诒庙工。

古文辞类篹四十五终

碑志类下编五　　古文辞类篹四十六

欧阳永叔河南府司录张君墓表　○○○

故大理寺丞、河南府司录张君，讳汝士，字尧夫，开封襄邑人也。明道二年八月壬寅，以疾卒于官，享年三十有七。卒之七日，葬洛阳北邙山下，其友人河南尹师鲁志其墓，而庐陵欧阳修为之铭。以其葬之速也，不能刻石，乃得金谷古砖，命太原王顾，以丹为隶书，纳于圹中。嘉祐二年某月某日，其子吉甫、山甫，改葬君于伊阙之教忠乡积庆里。

君之始葬北邙也，吉甫才数岁，而山甫始生。余及送者相与临穴视窆，且封哭而去。今年春，余主试天下贡士，而山甫以进士试礼部，乃来告以将改葬其先君，因出铭以示余。盖君之卒，距今二十有五年矣。

初天圣、明道之间，钱文僖公守河南。公王家子，特以文学仕至贵显，所至多招集文士。而河南吏属，适皆当时贤材知名士，故其幕府号为天下之盛，君其一人也。文僖公善待士，未尝责以吏职。而河南又多名山水，竹林茂树，奇花怪石，其平台清池，上下荒墟草莽之间，余得日从贤人长者，赋诗饮酒以为乐。而君为人，静默修洁，常坐府治事省文书，尤尽心于狱讼。初以辟为其府推官，既罢，又辟司录，河南人多赖之，而守尹屡荐其材。君亦工书喜为诗，闲则从余游，其语言简而有意，饮酒终日不乱，虽醉未尝颓堕。与之居者莫不服其德，故师鲁之志曰："饬身临事，余尝愧尧夫，尧夫不余愧也。"

始君之葬，皆以其地不善，又葬速，其礼不备。君夫人崔氏有贤行，能教其子。而二子孝谨，克自树立，卒能改葬君如吉卜，君其可谓有后矣。自君卒后，文僖公得罪，贬死汉东，吏属亦各引去。今师鲁死且十馀年，王顾者死亦六七年矣，其送君而临穴者，及与君同府而游者，十盖八九死矣。其幸而在者，不老则病且衰，如予是也。呜呼！盛衰生死之际，未始不如是，是岂足道哉？惟为善者能有后，而托于文字者可以无穷。故于其改葬也，书以遗其子，俾碣于墓，且以写余之思焉。

吉甫今为大理寺丞，知缑氏县。山甫始以进士赐出身云。方侍郎云：空朗澄澈，无一滞笔。

欧阳永叔胡先生墓表 ○○

先生讳瑗，字翼之，姓胡氏。其上世为陵州一作"京兆"。人，后为泰州如皋一作"海陵"。人。先生为人师，言行而身化之，使诚明者达，昏愚者励，而顽傲者革。故其为法严而信，为道久而尊。师道废久矣，自明道、景祐以来，学者有师，惟先生暨泰山孙明复、石守道三人，而先生之徒最盛。其在湖州之学，弟子去来常数百人，各以其经转相传授，其教学之法最备。行之数年，东南之士，莫不以仁义礼乐为学。

庆历四年，天子开天章阁，与大臣讲天下事，始慨然诏州县皆立学。于是建太学于京师，而有司请下湖州，取先生之法，以为太学法，至今著为令。后十馀年，先生始来居太学。学者自远而至，太学不能容，取旁官署一作"宇"。以为学舍。礼部贡举，岁所得士，先生弟子十常居四五。其高第者知名当时，或取一作"中"。甲科，居显仕。其馀散在四方，随其人贤愚，皆循循雅饬，其言谈举止，遇之一无二字。不问可知为先生弟子。其学者相语称先生，不问可知为胡公也。

先生初以白衣见天子论乐，拜一有"试"字。秘书省校书郎，辟丹州军事推官，改密州观察推官，丁父忧去职。服除，为保宁军节度推官，遂居湖学。召为诸王宫教授，以疾免。已而以太子中舍致仕，迁殿中丞于家。皇祐中，驿召至京师议乐，复以为大理评事，兼太常寺主簿，又以疾辞。岁馀，为光禄寺丞，国子监直讲，乃居太学，迁大理寺丞，赐绯衣银鱼。嘉祐元年，迁太子中允，充天章阁侍讲，仍居太学。已而病不能朝，天子数遣使者存问，又以太常博士致仕。东归之日，太学之诸生，与朝廷贤士大夫，送之东门，执弟子礼，路人嗟叹以为荣。以四年六月六日，卒于杭州，享年六十有七。以明年十月五日，葬于乌程何山之原。其世次官邑，与其行事，莆阳蔡君谟具一作“且”。志于幽堂。

呜呼！先生之德在乎人，不待表而见于后世。然非此无以慰学者之思，乃揭于其墓之原。

欧阳永叔连处士墓表 ○

连处士，应山人也。以一布衣终于家，而应山之人至今思之。其长老教其子弟，所以孝友恭谨礼让而温仁，必以处士为法，曰：“为人如连公足矣！”其矜寡孤独凶荒饥馑之人，皆曰：“自连公亡，使吾无所告依而生以为恨。”呜呼！处士居应山，非有政令恩威以亲其人，而能使人如此，其所谓行之以躬，不言而信者欤？

处士讳舜宾，字辅之。其先闽人，自其祖光裕，尝为应山令，后为磁、郢二州推官，卒而反葬应山，遂家焉。处士少举《毛诗》，一不中，而其父正以疾废于家，处士供养左右十馀年，因不复仕进。父卒，家故多赀，悉散以赒乡里，而教其二子以学，曰：“此吾赀也。”岁饥，出谷万斛以粜，而市谷之价卒不能增，及旁近县之民皆赖之。盗有窃其牛者，官为捕之甚急。盗穷以牛自归，处士为之愧谢曰：“烦尔送牛。”厚遗以遣之。尝以事之信阳，遇盗于西关，左右告以处士，盗曰：“此长者，不可犯也。”舍之而去。

处士有弟居云梦，往省之，得疾而卒。以其柩归应山，应山之人去县数十里迎哭，争负其柩以还。过县市，市人皆哭，为之罢市三日，曰：“当为连公一作“当与处士”。行丧。”

处士生四子，曰庶、庠、庸、膺。其二子教以学者，后皆举进士及第。今庶为寿春令，庠为宜城令。

处士以天圣八年十二月某日卒，庆历二年某月日，葬于安陆蔽山之阳。自卒至今二十年，应山之长老识处士者，与其县人尝赖以为生者，往往尚皆在。其子弟后生闻处士之风者，尚未远。使更三四世，至于孙、曾，其所传闻，有时而失，则惧应山之人，不复能知处士之详也。乃表其墓，以告于后人。一作“云”。

欧阳永叔集贤校理丁君墓表 ○

君讳宝臣，字元珍，姓丁氏，常州晋陵人也。景祐元年，举进士及第，为峡州军事判官，淮南节度掌书记，杭州观察判官，改太子中允，知剡县，徙知端州，迁太常丞博士。坐海贼侬智高陷城失守，夺一官，徙置黄州。久之，复得太常丞，监湖州酒税，又复博士，知诸暨县，编校秘阁书籍，遂为校理，同知太常礼院。

君为人，外和怡而内谨。立，望其容貌进趍，知其君子人也。居乡里，以文行称。少孤，与其兄笃于友悌。兄亡，服丧三年，曰：“吾不幸幼失其亲，兄，吾父也。”庆历中，诏天下大兴学校，东南多学者，而湖、杭尤盛。君居杭学为教授，以其素所学问而自修于乡里者教其徒，久而学者多所成就。其后天子患馆阁职废，特置编校八员，其选甚精，乃自诸暨召居秘阁。

君治州县，听决精明，赋役有法，民畏信而便安之。其始治剡也，如此。后治诸暨，剡邻邑也，其民闻其来，讙曰："此剡人爱而思之，谓不可复得者也。今吾民乃幸而得之。"而君亦以治剡者治之，由是所至有声。及居阁下，淡然不以势利动其心，未尝走谒公卿，与诸学士群居恂恂，人皆爱亲之。盖其召自诸暨，已以才行选，及在馆阁久，而朝廷益知其贤，英宗每论人物屡称之。

国家自削除僭伪，东南遂无事，偃兵弛备者六十馀年矣，而岭外尤甚。其山海荒阔，列郡数十，皆为下州，朝廷命吏，常以一县视之，故其守无城，其戍无兵。一日智高乘不备陷邕州，杀将吏，有众万馀人，顺流而下，浔、梧、封、康诸小州，所过如破竹，吏民皆望而散走。独君犹率羸卒百馀拒战，杀六七人，既败亦走。初贼未至，君语其下曰："幸得兵数千人伏小湘峡，扼至险以击骄兵，可必胜也。"乃请兵于广州，凡九请不报。又尝得贼觇者一人斩之。贼既平，议者谓君文学，宜居台阁，备侍从，以承顾问，而眇然以一儒者守空城，提百十饥羸之卒，当万人卒至之贼，可谓不幸。而天子亦以谓县官不素设备，而责守吏不以空手捍贼，宜原其情，故一切轻其法。而君以尝请兵不得，又能拒战杀贼，则又轻之。故他失守者皆夺两官，而君夺一官，已而知其贤，复召用。后十馀年，御史知杂苏寀，受命之明日，建言请复治君前事，夺其职而黜之。天子知君贤，不可以一眚废，而先帝已察其罪而轻之矣，又数更大赦，且罪无再坐。然犹以御史新用，故屈君使少避而不伤之也，乃用其挍理岁满所当得者，即以君通判永州。方待阙于晋陵，以治平四年四月某甲子，暴中风眩，一夕卒，享年五十有八。累官至尚书司封员外郎，阶朝奉郎，勋上轻车都尉。

曾祖讳某，祖讳某，皆不仕。父讳某，赠尚书工部侍郎。母张氏，仙游县太君。君娶饶氏，封晋陵县君，先卒。子男四人：曰隅，曰除，曰阶，皆举进士；曰恩儿，才一岁。女一人，适著作佐郎集贤挍理胡宗愈。君既卒，天子悯然，推恩录其子隅，为太庙斋郎。

君之平生履忧患而遭困厄，处之安焉，未尝见戚戚之色。其于穷达寿夭，知有命，固无憾于其心。然知君之贤，哀其志而惜其命止于斯者，不能无恨也。于是相与论著君之大节，伐石纪辞，以表见于后世，庶几以慰其思焉。

欧阳永叔太常博士周君墓表 ○

有笃行君子曰周君者，孝于其亲，友于其兄弟。居父母丧，与其兄某弟某，居于倚庐，不饮酒食肉者三年。其言必戚，其哭必哀，除丧而癯然，不能胜人事者，盖久而后复。

自孔子在鲁，而鲁人不能行三年之丧，其弟子疑以为问，则非鲁而他国可知也。孔子殁，而其后世又可知也。今世之人，知事其亲者多矣，或居丧而不哀者有矣；生能事而死能哀，或不知丧礼者有矣；或知礼，而以谓丧主于哀而已，不必合于礼者有矣。如周君者，事生尽孝，居丧尽哀，而以礼者也。礼之失久矣，丧礼尤废也。今之居丧者，惟仕宦婚嫁听乐不为，此特法令之所禁尔。其衰麻之数，哭泣之节，居处之别，饮食之变，皆莫知夫有礼也。在上位者不以身率其下，在下者无所望于其上，其遂废矣乎？故吾于周君有所取也。

君讳尧卿，字子俞，道州永明县人也。天圣二年，举进士，累官至太常博士。历连、衡二州司理参军，桂州司录，知高安、宁化二县。通判饶州，未行，以庆历五年六月朔日，卒于朝集之舍，享年五十有一。皇祐五年某月日，葬于道州永明县之紫微冈。曾祖讳某，祖讳某，父讳某，赠某官。母唐氏，封某县太君。娶某氏，封某县君。君学长于毛、郑《诗》、《左氏春秋》，家贫不事生产，喜聚书。居官禄虽薄，常分俸以赒宗族朋友。人有慢己者，必厚为礼以愧之。其为吏，所居皆有能政。有文集二十卷。君有子七人：曰谕，鼎州司理参军。曰诜，湖州归安主簿。曰谧，曰讽，曰谭，曰说，曰谊，皆未仕。

呜呼！孝非一家之行也，所以移于事君而忠，仁于宗族而睦，交于朋友而信。始于一乡，推之四海，表于金石，示之后世而劝。考君之所施者，无不可以书也，岂独俾其子孙之不陨也哉！

欧阳永叔石曼卿墓表 ○○○

曼卿讳延年，姓石氏。其上世为幽州人。幽州入于契丹，其祖自成，始以其族间走南归。天子嘉其来，将禄之，不可，乃家于宋州之宋城。父讳补之，官至太常博士。

幽、燕俗劲武，而曼卿少亦以气自豪。读书不治章句，独慕古人奇节伟行，非常之功，视世俗屑屑无足动其意者。自顾不合于时，乃一混于酒，然好剧饮大醉，颓然自放。由是益与时不合，而人之从其游者，皆知爱曼卿落落可奇，而不知其才之有以用也。年四十八，康定二年二月四日，以太子中允秘阁校理，卒于京师。

曼卿少举进士不第，真宗推恩，三举进士，皆补奉职。曼卿初不肯就，张文节公素奇之，谓曰："母老乃择禄耶！"曼卿矍然起就之。迁殿直，久之，改太常寺太祝，知济州金乡县，叹曰："此亦可以为政也！"县有治声。通判乾宁军，丁母永安县君李氏忧。服除，通判永静军，皆有能名。充馆阁校勘，累迁大理寺丞，通判海州，还为校理。庄献明肃太后临朝，曼卿上书请还政天子。其后太后崩，范讽以言见幸，引尝言太后事者，遽得显官，欲引曼卿。曼卿固止之，乃已。

自契丹通中国，德明尽有河南而臣属，遂务休兵养息，天下宴然，内外弛武，三十馀年。曼卿上书言十事不报。已而元昊反，西方用兵，始思其言。召见，稍用其说，籍河北、河东、陕西之民，得乡兵数十万。曼卿奉使籍兵河东，还，称旨，赐绯衣银鱼。天子方思尽其才，而且病矣。既而闻边将有欲以乡兵捍贼者，笑曰："此得吾粗也。夫不教之兵，勇怯相杂，若怯者见敌而动，则勇者亦牵而溃矣。今或不暇教，不若募其敢行者，则人人皆胜兵也。”其视世事蔑若不足为，及听其施设之方，虽精思深虑，不能过也。状貌伟然，喜酒自豪，若不可绳以法度，退而质其平生趣舍大节，无一悖于理者。遇人无贤愚，皆尽忻欢；及可否天下是非善恶，当其意者无几人。其为文章，劲健称其意气。

有子济、滋。天子闻其丧，官其一子，使禄其家。既卒之三十七日，葬于太清之先茔。其友欧阳修表于其墓曰：

呜呼！曼卿宁自混以为高，不少屈以合世，可谓自重之士矣！士之所负者愈大，则其自顾也愈重；自顾愈重，则其合愈难。然欲与共大事，立奇功，非得难合自重之士，不可为也。古之魁雄之人，未始不负高世之志，故宁或毁身污迹，卒困于无闻。或老且死，而幸一遇，犹克少施于世。若曼卿者，非徒与世难合，而不克所施，亦其不幸不得至乎中寿，其命也夫！其可哀也夫！方侍郎云：章法极变化，语亦不蔓。

欧阳永叔永春县令欧君墓表　○

君讳庆，字贻孙，姓欧氏。其上世为韶州曲江人，后徙均州之郧乡，又徙襄州之谷城。乾德二年，分谷城之阴城镇为乾德县，建光化军，欧氏遂为乾德人。修尝为其县令，问其故老乡闾之贤者，皆曰：有三人焉。其一人，曰太傅、赠太师中书令邓文懿公，其一人曰尚书屯田郎中戴国忠，其一人曰欧君也。

三人者，学问出处，未尝一日不同。其忠信笃于朋友，孝悌称于宗族，礼义达于乡闾。乾德之人，初未识学者，见此三人，皆尊礼而爱亲之。既而皆以进士举于乡，而君独黜于有司。后二十年，始以同三礼出身为潭州湘潭主簿，陈州司法参军，监考城酒税，迁彭州军事推官，知泉州永春县事。而邓公已贵显于朝，君尚为州县吏。所至上官多邓公故旧，君绝口不复道前事。至终其去，不知君为邓公友也。

君为吏廉，贫宗族之孤幼者皆养于家。居乡里，有讼者多就君决曲直，得一言遂不复争，人至于今传之。

嗟夫！三人之为道无所不同，至其穷达何其异也！而三人者未尝有动于其心，虽乾德之人，称三人者，亦不以贵贱为异，则其幸不幸，岂足为三人者道哉？然而达者昭显于一时，而穷者泯没于无述，则为善者何以劝，而后世之来者，何以考德于其先？故表其墓以示其子孙。

君有子世英，为邓城县令，世勣举进士。君以天圣七年卒，享年六十有四，葬乾德之西北广节山之原。

欧阳永叔右班殿直赠右羽林军将军唐君墓表 ○○

嘉祐四年冬，天子既受祫享之福，推恩群臣，并进爵秩。既又以及其亲，若在若亡，无有中外远迩。于是天章阁待制、尚书户部员外郎唐君，得赠其皇考骁卫府君为右羽林将军。

府君讳拱，字某。其先晋原人，后徙为钱塘人。曾祖讳休复，唐天复中，举明经，为建威军节度推官。祖讳仁恭，仕吴越王，为唐山县令，累赠谏议大夫。父讳谓，官至尚书职方郎中，累赠礼部尚书。府君以父荫，补太庙斋郎，改三班借职，再迁右班殿直，监舒州孔城镇、澧州酒税，巡检泰州盐场，漳州兵马监押。乾兴元年七月某日，以疾卒于官，享年四十有六。府君孝悌于其家，信义于其朋友，廉让于其乡里。其居于官，名公钜人，皆以为材，而未及用也。享年不永，君子哀之。

有子曰介，字子方，举进士。皇祐中，尝为御史，以言事切直，贬春州别驾。当是时，子方之风竦动天下。已而天子感悟，贬未至而复用之，今列侍从居谏官。自子方为秘书丞，始赠府君为太子右清道率府率。其为尚书主客员外郎，殿中侍御史里行，又赠府君为右监门卫将军。其为尚书工部员外郎，直集贤院，权开封府判官，又赠府君为右屯卫将军。其迁户部员外郎，河东转运使，又赠府君为骁卫将军。盖自登于朝，以至荣显，遇天子有事于天地宗庙，推恩必及焉。

府君初娶博陵崔氏，赠仙游县太君；后娶崔氏，赠清河县太君，皆卫尉卿仁冀之女。生一男，介也。五女：长适太子中舍卢圭；次适欧阳昊，早卒；次适横州推官高定；次适进士陆平仲；次适著作佐郎陈起。

庆历三年八月某日，以府君及二夫人之丧，合葬于江陵龙山之东原。后十有七年，庐陵欧阳修乃表于其墓曰：

呜呼！余于此见朝廷所以褒宠劝励臣子之意，岂不厚哉！又以见士之为善者，虽湮没幽郁，其潜德隐行，必有时而发，而迟速显晦，在其子孙。然则为人之子者，其可不自勉哉！盖古之为子者，禄不逮养，则无以及其亲矣；今之为子者，有克自立，则尚有荣名之宠焉。其所以教人之孝者，笃于古也深矣。子方进用于时，其所以荣其亲者，未知其止也，姑立表以待焉。

欧阳永叔泷冈阡表 ○

呜呼！惟我皇考崇公，卜吉于泷冈之六十年，其子修，始克表于其阡。非敢缓也，盖有待也。

修不幸生四岁而孤。太夫人守节自誓，居贫自力于衣食，以长以教，俾至于成人。太夫人告之曰："汝父为吏廉，而好施与，喜宾客，其俸禄虽薄，常不使有馀，曰：'毋以是为我累。'故其亡也，无一瓦之覆，一垅之植，以庇而为生，吾何恃而能自守邪？吾于汝父，知其一二，以有待于汝也。自吾为汝家妇，不及事吾姑，然知汝父之能养也。汝孤而幼，吾不能知汝之必有立，然知汝父之必将有后也。吾之始归也，汝父免于母丧方逾年，岁时祭祀，则必涕泣曰：'祭而丰，不如养之薄也。'间御酒食，则又涕泣曰：'昔常不足，而今有馀，其何及也！'吾始一二见之，以为新免于丧适然耳。既而其后常然，至其终身未尝不然。吾虽不及事姑，而以此知汝父之能养也。汝父为吏，尝夜烛治官书，屡废而叹。吾问之，则曰：'此死狱也，我求其生，不得尔。'吾曰：‘生可求乎？’曰：‘求其生而不得，则死者与我皆无恨也，矧求而有得邪！以其有得，则知不求而死者有恨也。夫常求其生，犹失之死，而世常求其死也。’回顾乳者，剑汝而立于旁，因指而叹曰：‘术者谓我岁行在戍将死，使其言然，吾不及见儿之立也，后当以我语告之。’其平居教他子弟，常用此语，吾耳熟焉，故能详也。其施于外事，吾不能知；其居于家，无所矜饰，而所为如此，是真发于中者邪！呜呼！其心厚于仁者邪！此吾知汝父之必将有后也。汝其勉之！夫养不必丰，要于孝；利虽不得溥于物，要其心之厚于仁。吾不能教汝，此汝父之志也。”修泣而志之不敢忘。

先公少孤力学。咸平三年，进士及第，为道州判官，泗、绵二州推官，又为泰州判官，享年五十有九，葬沙溪之泷冈。太夫人姓郑氏，考讳德仪，世为江南名族。太夫人恭俭仁爱而有礼，初封福昌县太君，进封乐安、安康、彭城三郡太君。自其家少微时，治其家以俭约，其后常不使过之，曰：“吾儿不能苟合于世，俭薄所以居患难也。”其后修贬夷陵，太夫人言笑自若，曰：“汝家故贫贱也，吾处之有素矣。汝能安之，吾亦安矣。”

自先公之亡二十年，修始得禄而养。又十有二年，列官于朝，始得赠封其亲。又十年，修为龙图阁直学士、尚书吏部郎中，留守南京，太夫人以疾终于官舍，享年七十有二。又八年，修以非才，入副枢密，遂参政事，又七年而罢。自登二府，天子推恩，褒其三世。盖自嘉祐以来，逢国大庆，必加宠锡。皇曾祖府君累赠金紫光禄大夫，太师中书令兼尚书令，曾祖妣累封楚国太夫人；皇祖府君累赠金紫光禄大夫、太师中书令，兼尚书令，祖妣累封吴国太夫人；皇考崇公，累赠金紫光禄大夫、太师中书令，兼尚书令，皇妣累封越国太夫人。今上初郊，皇考赐爵为崇国公，太夫人进号魏国。

于是小子修，泣而言曰："呜呼！为善无不报，而迟速有时，此理之常也。惟我祖考，积善成德，宜享其隆。虽不克有于其躬，而赐爵受封，显荣褒大，实有三朝之锡命，是足以表见于后世，而庇赖其子孙矣。"乃列其世谱，具刻于碑。既又载我皇考崇公之遗训，太夫人之所以教而有待于修者，并揭于阡。俾知夫小子修之德薄能鲜，遭时窃位，而幸全大节，不辱其先者，其来有自。

熙宁三年，岁次庚戌，四月辛酉朔，十有五日乙亥，男推诚保德崇仁翊戴功臣，观文殿学士，特进，行兵部尚书，知青州军州事，兼管内劝农使，充京东东路安抚使，上柱国，乐安郡开国公，食邑四千三百户，食实封一千二百户，修表。

古文辞类纂四十六终

碑志类下编六　　古文辞类纂四十七

欧阳永叔张子野墓志铭 ○○○

吾友张子野既亡之二年，其弟充以书来请曰："吾兄之丧，将以今年三月某日，葬于开封，不可以不铭。铭之莫如子宜。"呜呼！予虽不能铭，然乐道天下之善以传焉，况若吾子野者，非独其善可铭，又有平生之旧，朋友之恩，与其可哀者，皆宜见于予文，宜其来请于予也。

初天圣九年，予为西京留守推官。是时陈郡谢希深，南阳张尧夫，与吾子野，尚皆无恙。于时一府之士，皆魁杰贤豪，日相往来，饮酒欢呼，上下角逐，争相先后，以为笑乐。而尧夫、子野，退然其间，不动声气，众皆指为长者。予时尚少，心壮志得，以为洛阳东西之冲，贤豪所聚者多，为适然耳。其后去洛来京师，南走夷陵，并江、汉，其行万三四千里，山砠水厓，穷居独游，思从曩人，邈不可得。然虽洛人，至今皆以为无如向时之盛，然后知世之贤豪不常聚，而交游之难得，为可惜也。初在洛时，已哭尧夫而铭之；其后六年，又哭希深而铭之；今又哭吾子野而铭。于是又知非徒相得之难，而善人君子，欲使幸而久在于世，亦不可得。呜呼！可哀也已。

子野之世，曰赠太子太师讳某，曾祖也。宣徽北院使、枢密副使，累赠尚书令讳逊，皇祖也。尚书比部郎中讳敏中，皇考也。曾祖妣李氏，陇西郡夫人。祖妣宋氏，昭化郡夫人，孝章皇后之妹也。妣李氏，永安县太君。子野家联后姻，世久贵仕，而被服操履，甚于寒儒。好学自力，善笔札。天圣二年，举进士，历汉阳军司理参军，开封府咸平主簿，河南法曹参军。王文康公、钱思公、谢希深，与今参知政事宋公，咸荐其能，改著作佐郎，监郑州酒税，知阆州阆中县，就拜秘书丞。秩满，知亳州鹿邑县。宝元二年二月丁未，以疾卒于官，享年四十有八。子伸，郊社掌坐；次从，次幼，未名。女五人，一适人矣。妻刘氏，长安县君。

子野为人，外虽愉怡，中自刻苦。遇人浑浑不见圭角，而志守端直，临事果决。平居酒半，脱冠垂头，童然秃且白矣。予固已悲其早衰，而遂止于此，岂其中亦有不自得者邪？

子野讳先，其上世博州高堂人。自曾祖已来，家京师，而葬开封，今为开封人也。铭曰：

嗟夫子野！质厚材良。孰屯其亨？孰短其长？岂其中有不自得，而外物有以戕？开封之原，新里之乡，三世于此，其归其藏。

欧阳永叔徂徕石先生墓志铭 ○○○

徂徕先生姓石氏，名介，字守道，兖州奉符人也。徂徕鲁东山，而先生非隐者也，其仕尝位于朝矣。鲁之人不称其官而称其德，以为徂徕鲁之望，先生鲁人之所尊，故因其所居山，以配其有德之称，曰徂徕先生者，鲁人之志也。

先生貌厚而气完，学笃而志大，虽在畎亩，不忘天下之忧，以谓时无不可为，为之无不至。不在其位，则行其言。吾言用，功利施于天下，不必出乎己；吾言不用，虽获祸咎，至死而不悔。其遇事发愤，作为文章，极陈古今治乱成败以指切当世，贤愚善恶，是是非非，无所讳忌。世俗颇骇其言，由是谤议喧然，而小人尤嫉恶之，相与出力必挤之死。先生安然不惑不变，曰"吾道固如是，吾勇过孟贲矣"。不幸遇疾以卒。既卒，而奸人有欲以奇祸中伤大臣者，犹指先生以起事，谓其诈死而北走契丹矣，请发棺以验。赖天子仁圣，察其诬，得不发棺，而保全其妻子。

先生世为农家，父讳丙，始以仕进，官至太常博士。先生年二十六，举进士甲科，为郓州观察推官，南京留守推官。御史台辟主簿，未至，以上书论赦罢不召。秩满迁某军节度掌书记，代其父官于蜀，为嘉州军事判官。丁内外艰去官，垢面跣足，躬耕徂徕之下，葬其五世未葬者七十丧。服除，召入国子监直讲。

是时兵讨元昊久无功，海内重困，天子奋然思欲振起威德，而进退二三大臣，增置谏官御史，所以求治之意甚锐。先生跃然喜曰："此盛事也。雅、颂吾职，其可已乎？"乃作《庆历圣德诗》，以褒贬大臣，分别邪正，累数百言。诗出，太山孙明复曰："子祸始于此矣！"明复，先生之师友也。其后所谓奸人作奇祸者，乃诗之所斥也。

先生自闲居徂徕，后官于南京，常以经术教授。及在太学，益以师道自居，门人弟子，从之者甚众。太学之兴，自先生始，其所为文章，曰某集者若干卷，曰某集者若干卷。其斥佛、老、时文，则有《怪说》、《中国论》，曰"去此三者，然后可以有为"。其戒奸臣、宦、女，则有《唐鉴》，曰"吾非为一世监也"。其馀喜怒哀乐，必见于文。其辞博辩雄伟，而忧思深远。其为言曰："学者，学为仁义也。惟忠能忘其身，惟笃于自信者，乃可以力行也。"以是行于己，亦以是教于人。所谓尧、舜、禹、汤、文、武、周公、孔子、孟轲、扬雄、韩愈氏者，未尝一日不诵于口。思与天下之士，皆为周、孔之徒，以致其君为尧舜之君，民为尧舜之民，亦未尝一日少忘于心。至其违世惊众，人或笑之，则曰："吾非狂痴者也。"是以君子察其行，而信其言，推其用心而哀其志。

先生直讲岁余，杜祁公荐之天子，拜太子中允。今丞相韩公又荐之，乃直集贤院。又岁馀，始去太学，通判濮州。方待次于徂徕，以庆历五年七月某日，卒于家，享年四十有一。友人庐陵欧阳修哭之以诗，以谓待彼谤焰熄，然后先生之道明矣。

先生既殁，妻子冻馁不自胜。今丞相韩公，与河阳富公，分俸买田以活之。后二十一年，其家始克葬先生于某所。将葬，其子师讷，与其门人姜潜、杜默、徐遁等，来告曰："谤焰熄矣，可以发先生之光矣。敢请铭。"某曰："吾诗不云乎？'子道自能久'也，何必吾铭？"遁等曰："虽然，鲁人之欲也。"乃为之铭曰：

徂徕之岩岩，与子之德兮，鲁人之所瞻。汶水之汤汤，与子之道兮，逾远而弥长。道之难行兮，孔孟亦云遑遑。一世之屯兮，万世之光。曰：吾不有命兮，安在夫桓魋与臧仓？自古圣贤皆然兮，噫子虽毁其何伤！方侍郎云：笔阵酣恣，辞繁而不懈。

欧阳永叔太常博士尹君墓志铭 ○○

君讳源，字子渐，姓尹氏。与其弟洙师鲁，俱有名于当世。其论议文章，博学强记，皆有以过人。而师鲁好辩，果于有为；子渐为人，刚简不矜饰，能自晦藏，与人居久而莫知，至其一有所发，则人必惊伏。其视世事若不干其意，已而摧其情伪，计其成败，后多如其言。其性不能容常人，而善与人交，久而益笃。自天圣、明道之间，予与其兄弟交，其得于子渐者如此。其曾祖讳谊，赠光禄少卿。祖讳文化，官至都官郎中，赠刑部侍郎。父讳仲宣，官至虞部员外郎，赠工部郎中。子渐初以祖荫，补三班借职，稍迁左班殿直。天圣八年，举进士及第，为奉礼郎，累迁太常博士。历知芮城、河阳二县，佥署孟州判官事，又知新郑县，通判泾州、庆州，知怀州。以庆历五年三月十四日，卒于官。

赵元昊寇边，围定川堡，大将葛怀敏，发泾原兵救之。君遗怀敏书曰："贼举其国而来，其利不在城堡，而兵法有不得而救者。且吾军畏法，见敌必赴而不计利害，此其所以数败也。宜驻兵瓦亭，见利而后动。"怀敏不能用其言，遂以败死。刘涣知沧州，杖一卒不服，涣命斩之以闻，坐专杀，降知密州。君上书为涣论直，得复知沧州。范文正公常荐君材可以居馆阁，召试不用，遂知怀州，至期月大治。是时天子用范文正公，与今观文殿学士富公，武康军节度使韩公，欲更置天下事，而权幸小人不便，三公皆罢去，而师鲁与时贤士，多被诬枉得罪。君叹息忧悲发愤，以谓生可厌而死可乐也，往往被酒哀歌泣下，朋友皆窃怪之。已而以疾卒，享年五十。至和元年十有二月十三日，其子材，葬君于河南府寿安县甘泉乡龙洲里。其平生所为文章六十篇，皆行于世。子男四人，曰材、植、机、桴。

呜呼！师鲁常劳其智于事物，而卒蹈忧患以穷死。若子渐者，旷然不有累其心，而无所屈其志，然其寿考亦以不长。岂其所谓短长得失者，皆非此之谓欤！其所以然者，不可得而知欤！铭曰：

有韫于中不以施，一愤乐死其如归。岂其志之将衰？不然世果可嫉其如斯！

欧阳永叔黄梦升墓志铭 ○○○

予友黄君梦升，其先婺州金华人，后徙洪州之分宁。其曾祖讳元吉，祖讳某，父讳中雅，皆不仕。黄氏世为江南大族，自其祖父以来，乐以家赀赈乡里，多聚书以招延四方之士。梦升兄弟皆好学，尤以文章意气自豪。

予少家随州，梦升从其兄茂宗官于随。予为童子立诸兄侧，见梦升年十七八，眉目明秀，善饮酒谈笑。予虽幼，心已独奇梦升。后七年，予与梦升皆举进士于京师。梦升得丙科，初任兴国军永兴主簿，怏怏不得志，以疾去。久之复调江陵府公安主簿。时予谪夷陵令，遇之于江陵。梦升颜色憔悴，初不可识，久而握手嘘嚱，相饮以酒，夜醉起舞，歌呼大噱。予益悲梦升志虽衰，而少时意气尚在也。后二年，予徙乾德令，梦升复调南阳主簿，又遇之于邓。间尝问其平生所为文章几何，梦升慨然叹曰："吾已讳之矣。穷达有命，非世之人不知我，我羞道于世人也。"求之不肯出，遂饮之酒，复大醉起舞歌呼，因笑曰："子知我者。"乃肯出其文。读之博辩雄伟，意气奔放，若不可御。予又益悲梦升志虽困，而文章未衰也。是时谢希深出守邓州，尤喜称道天下士。予因手书梦升文一通，欲以示希深，未及而希深卒，予亦去邓。后之守邓者皆俗吏，不复知梦升。梦升素刚不苟合，负其所有，常怏怏无所施，卒以不得志，死于南阳。

梦升讳注，以宝元二年四月二十五日卒，享年四十有二。其平生所为文曰《破碎集》，《公安集》，《南阳集》，凡三十卷。娶潘氏，生四男二女。将以庆历四年某月某日，葬于董坊之先茔。其弟渭泣而来告曰："吾兄患世之莫吾知，孰可为其铭？"予素悲梦升者，因为之铭曰：

予尝读梦升之文，至于哭其兄子庠之词曰："子之文章，电激雷震，雨雹忽止，阒然灭泯。"未尝不讽诵叹息而不已。嗟夫梦升！曾不及庠，不震不惊，郁塞埋藏。孰予其有，不使其施？吾不知所归咎，徒为梦升而悲。

欧阳永叔孙明复先生墓志铭 ○○

先生讳复，字明复，姓孙氏，晋州平阳人也。少举进士不中，退居泰山之阳，学《春秋》，著《尊王发微》。鲁多学者，其尤贤而有道者石介，自介而下，皆以弟子事之。

先生年逾四十，家贫不娶，李丞相迪，将以其弟之女妻之。先生疑焉。介与群弟子进曰："公卿不下士久矣。今丞相不以先生贫贱，而欲托以子，是高先生之行义也。先生宜因以成丞相之贤名。"于是乃许。孔给事道辅，为人刚直严重，不妄与人，闻先生之风，就见之。介执杖屦侍左右，先生坐则立，升降拜则扶之，及其往谢也，亦然。鲁人既素高此两人，由是始识师弟子之礼，莫不叹嗟之。而李丞相、孔给事，亦以此见称于士大夫。

其后介为学官，语于朝曰："先生非隐者也，欲仕而未得其方也。"庆历二年，枢密副使范仲淹，资政殿学士富弼，言其道德经术，宜在朝廷，召拜校书郎、国子监直讲。尝召见迩英阁说《诗》，将以为侍讲，而嫉之者言其讲说多异先儒，遂止。七年，徐州人孔直温，以狂谋捕治，索其家得诗，有先生姓名，坐贬监处州商税，徙泗州，又徙知河南府长水县，佥署应天府判官公事，通判陵州。翰林学士赵概等十馀人，上言孙某行为世法，经为人师，不宜弃之远方。乃复为国子监直讲。居三岁，以嘉祐二年七月二十四日，以疾卒于家，享年六十有六，官至殿中丞。先生在太学时，为大理评事，天子临幸，赐以绯衣银鱼，及闻其丧，恻然，予其家钱十万。而公卿大夫、朋友、太学之诸生，相与吊哭赙治其丧。于是以其年十月二十七日，葬先生于郓州须城县卢泉乡之北扈原。

先生治《春秋》，不惑传注，不为曲说以乱经，其言简易，明于诸侯大夫功罪，以考时之盛衰，而推见王道之治乱，得于经之本义为多。方其病时，枢密使韩琦，言之天子，选书吏给纸笔，命其门人祖无择，就其家得其书十有五篇，录之藏于秘阁。先生一子大年尚幼。铭曰：

圣既殁经更战焚，逃藏脱乱仅传存。众说乘之汩其原，怪迂百出杂伪真。后生牵卑习前闻，有欲患之寡攻群。往往止燎以膏薪，有勇夫子辟浮云。刮磨蔽蚀相吐吞，日月卒复光破昏。博哉功利无穷垠，有考其不在斯文。

欧阳永叔尹师鲁墓志铭 ○○

师鲁，河南人，姓尹氏，讳洙。然天下之士识与不识，皆称之曰师鲁。盖其名重当世，而世之知师鲁者，或推其文学，或高其议论，或多其材能。至其忠义之节，处穷达，临祸福，无愧于古君子，则天下之称师鲁者，未必尽知之。

师鲁为文章，而有法，博学强记，通知古今，长于《春秋》。其与人言，是是非非，务穷尽道理乃已，不为苟止而妄随，而人亦罕能过也。遇事无难易，而勇于敢为，其所以见称于世者，亦所以取嫉于人，故其卒穷以死。

师鲁少举进士及第，为绛州正平县主簿，河南府户曹参军，邵武军判官。举书判拔萃，迁山南东道掌书记，知伊阳县。王文康公荐其才，召试充馆阁校勘，迁太子中允，天章阁待制。范公贬饶州，谏官御史不肯言，师鲁上书，言"仲淹臣之师友，愿得俱贬"，贬监郢州酒税，又徙唐州。遭父丧，服除，复得太子中允，知河南县。赵元昊反，陕西用兵，大将葛怀敏奏起为经略判官。师鲁虽用怀敏辟，而尤为经略使韩公所深知。其后诸将败于好水，韩公降知秦州，师鲁亦徙通判濠州。久之，韩公奏得通判秦州。迁知泾州，又知渭州，兼泾原路经略部署。坐城水洛，与边将异议，徙知晋州，又知潞州。为政有惠爱，潞州人至今思之。累迁官至起居舍人，直龙图阁。

师鲁当天下无事时，独喜论兵，为《叙燕》、《息戍》二篇行于世。自西兵起凡五六岁，未尝不在其间。故其论议益精密，而于西事尤习其详。其为兵制之说，述战守胜败之要，尽当今之利害，又欲训土兵，代戍卒，以减边用，为御戎长久之策，皆未及施为。而元昊臣，西兵解严，师鲁亦去而得罪矣。然则天下之称师鲁者，于其材能，亦未必尽知之也。

初师鲁在渭州，将吏有违其节度者，欲按军法斩之，而不果。其后吏至京师，上书讼师鲁以公使钱贷部将，贬崇信军节度副使，徙监均州酒税。得疾，无医药，舁至南阳求医。疾革，凭几而坐，顾稚子在前，无甚怜之色，与宾客言，终不及其私。享年四十有六以卒。

师鲁娶张氏，某县君。有兄源，字子渐，亦以文学知名，前一岁卒。师鲁凡十年间，三贬官，丧其父，又丧其兄。有子四人，连丧其三。女一，适人亦卒。而其身终以贬死。一子三岁，四女未嫁，家无馀赀，客其丧于南阳不能归。平生故人无远迩皆往赙之，然后妻子得以其柩归河南，以某年某月某日，葬于先茔之次。余与师鲁兄弟交，尝铭其父之墓矣，故不复次其世家焉。铭曰：

藏之深，固之密。石可朽，铭不灭。

欧阳永叔梅圣俞墓志铭　○○

嘉祐五年，京师大疫。四月乙亥，圣俞得疾，卧城东汴阳坊。明日，朝之贤士大夫往问疾者，驺呼属路不绝。

城东之人，市者废，行者不得往来，咸惊顾相语曰："兹坊所居大人谁耶？何致客之多也？"居八日癸未，圣俞卒。于是贤士大夫又走吊哭如前日益多，而其尤亲且旧者，相与聚而谋其后事，自丞相以下，皆有以赙恤其家。粤六月甲申，其孤增，载其柩南归，以明年正月丁丑，葬于宣州阳城镇双归山。

圣俞，字也，其名尧臣，姓梅氏，宣州宣城人也。自其家世颇能诗，而从父询以仕显，至圣俞遂以诗闻，自武夫、贵戚、童儿、野叟，皆能道其名字。虽妄愚人不能知诗义者，直曰"此世所贵也，吾能得之"，用以自矜。故求者日踵门，而圣俞诗遂行天下。其初喜为清丽闲肆平淡，久则涵演深远，间亦琢刻以出怪巧。然气完力馀，益老以劲。其应于人者多，故辞非一体。至于他文章皆可喜，非如唐诸子号诗人者，僻固而狭陋也。圣俞为人，仁厚乐易，未尝忤于物。至其穷愁感愤，有所骂讥笑谑，一发于诗。然用以为欢，而不怨怼，可谓君子者也。

初在河南，王文康公见其文，叹曰："二百年无此作矣。"其后大臣屡荐宜在馆阁，尝一召试，赐进士出身，馀辄不报。嘉祐元年，翰林学士赵概等十馀人，列言于朝曰："梅某经行修明，愿得留与国子诸生讲论道德，作为雅颂以歌咏圣化。"乃得国子监直讲。三年冬，祫于太庙，御史中丞韩绛，言天子且亲祠，当更制乐章以荐祖考，惟梅某为宜。亦不报。圣俞初以从父荫补太庙斋郎，历桐城、河南、河阳三县主簿，以德兴县令，知建德县，又知襄城县，监湖州盐税，签署忠武、镇安两军节度判官，监永济仓、国子监直讲，累官至尚书都官员外郎。尝奏其所撰《唐载》二十六卷，多补正旧史阙缪，乃命编修《唐书》。书成，未奏而卒，享年五十有九。

曾祖讳远，祖讳邈，皆不仕。父讳让，太子中舍致仕，赠职方郎中。母曰仙游县太君束氏，又曰清河县太君张氏。初娶谢氏，封南阳县君；再娶刁氏，封某县君。子男五人：曰增，曰墀，曰垧，曰龟儿，一早卒。女二人：长适太庙斋郎薛通，次尚幼。

圣俞学长于《毛诗》，为《小传》二十卷，其文集四十卷，注《孙子》十三篇。余尝论其诗曰："世谓诗人少达而多穷，盖非诗能穷人，殆穷者而后工也。"圣俞以为知言。铭曰：

不戚其穷，不困其鸣。不踬于艰，不履于倾。养其和平，以发厥声。震越浑锽，众听以惊。以扬其清，以播其英。以成其名，以告诸冥。

欧阳永叔江邻幾墓志铭 ○○

君讳休复，字邻幾。其为人外若简旷，而内行修饬，不妄动于利欲。其强学博览，无所不通，而不以矜人。至有问辄应，虽好辩者不能穷也，已则默若不能言者。其为文章淳雅，尤长于诗。淡泊闲远，往往造人之不至。善隶书，喜琴弈饮酒。与人交，久而益笃。孝于宗族，事孀姑如母。

天圣中，与尹师鲁、苏子美游，知名当时。举进士及第，调蓝山尉，骑驴赴官，每据鞍读书，至迷失道，家人求得之乃觉。历信、潞二州司法参军，又举书判拔萃，改大理寺丞，知长葛县事，通判阆州，以母丧去职。服除，知天长县事，迁殿中丞，又以父忧。终丧，献其所著书，召试充集贤校理，判尚书刑部。

当庆历时，小人不便大臣执政者，欲累以事去之。君友苏子美，杜丞相婿也，以祠神会饮得罪，一时知名士皆被逐。君坐落职，监蔡州商税。久之，知奉符县事，改太常博士，通判睦州，徙庐州。复得集贤校理，判吏部南曹登闻鼓院，为群牧判官。出知同州，提点陕西路刑狱。入判三司盐铁局院，修起居注，累迁刑部郎中。君于治人，则曰为政所以安民也，无扰之而已，故所至民乐其简易。至辩疑折狱，则或权以术，举无不得，而不常用，亦不自以为能也。

君所著书，号《唐宜鉴》十五卷，《春秋世论》三十卷，文集二十卷。又作《神告》一篇，言皇嗣事，以谓皇嗣，国大事也，臣子以为嫌而难言，或言而不见纳，故假神告祖宗之意，务为深切，冀以感悟。又尝言昭宪太后杜氏子孙宜录用。故翰林学士刘筠无后，而官没其赀，宜为立后，还其赀，刘氏得不绝。君之论议颇多，凡与其游者莫不称其贤，而在上位者久未之用也。自其修起居注，士大夫始相庆，以为在上者知将用之矣，而用君者亦方自以为得，而君亡矣。呜呼！岂非其命哉！

君以嘉祐五年四月乙亥，以疾终于京师，即以其年六月庚申，葬于阳夏乡之原。君享年五十有六。方其无恙时，为《理命》数百言，已而疾且革，其子问所欲言，曰：“吾已著之矣。”遂不复言。

曾祖讳濬，殿中丞，赠驾部员外郎。妣李氏，始平县太君。祖讳日新，驾部员外郎，赠太仆少卿。妣孙氏，富阳县太君。考讳中古，太常博士，赠工部侍郎。妣张氏，仁寿县太君。夫人夏侯氏，永安县君，金部郎中彧之女，先君数月卒。子男三人：长曰懋简，并州司户参军；次曰懋相，太庙斋郎；次曰懋迪。女三人，长适秘书丞钱衮，馀尚幼。

君姓江氏，开封陈留人也。自汉轑阳侯德，居于陈留之圉城，其后子孙分散，而君世至今居圉城不去。自高祖而上七世葬圉南夏冈，由大王父而下三世，乃葬阳夏。铭曰：

彼驰而我后，彼取而我不。岂用力者好先，而知命者不苟。嗟吾邻幾兮，卒以不偶。举世之随兮，君子之守。众人所亡兮，君子之有。其失一世兮，其存不朽。惟其自以为得兮，吾将谁咎？

欧阳永叔湖州长史苏君墓志铭 ○

故湖州长史苏君，有贤妻杜氏，自君之丧，布衣蔬食，居数岁，提君之孤子，敛其平生文章走南京，号泣于其父曰：“吾夫屈于生，犹可伸于死。”其父太子太师以告于予。予为集次其文而序之，以著君之大节，与其所以屈伸得失，以深诮世之君子当为国家乐育贤材者，且悲君之不幸。其妻卜以嘉祐元年十月某日，葬君于润州丹徒县义里乡檀山里石门村，又号泣于其父曰："吾夫屈于人间，犹可伸于地下。"于是杜公及君之子泌，皆以书来乞铭以葬。

君讳舜钦，字子美。其上世居蜀，后徙开封，为开封人。自君之祖讳易简，以文章有名太宗时，承旨翰林为学士，参知政事，官至礼部侍郎。父讳耆，官至工部郎中，直集贤院。君少以父荫补太庙斋郎，调荥阳尉，非所好也。已而锁其厅去，举进士中第，改光禄寺主簿，知蒙城县。丁父忧，服除，知长垣县，迁大理评事，监在京楼店务。君状貌奇伟，慷慨有大志。少好古，工为文章，所至皆有善政。官于京师，位虽卑，数上疏论朝廷大事，敢道人之所难言。范文正公荐君，召试得集贤校理。

自元昊反，兵出无功，而天下殆于久安，尤困兵事。天子奋然用三四大臣，欲尽革众弊以纾民。于是时范文正公，与今富丞相，多所设施，而小人不便，顾人主方信用，思有以撼动，未得其根。以君文正公之所荐，而宰相杜公婿也，乃以事中君，坐监进奏院祠神，奏用市故纸钱会客，为自盗除名。君名重天下，所会客皆一时贤俊，悉坐贬逐。然后中君者喜曰："吾一举网尽之矣。"其后三四大臣，相继罢去，天下事卒不复施为。

君携妻子居苏州，买水石作沧浪亭，日益读书，大涵肆于六经，而时发其愤闷于歌诗，至其所激，往往惊绝。又喜行草书，皆可爱。故其虽短章醉墨，落笔争为人所传。天下之士，闻其名而慕，见其所传而喜，往揖其貌而竦，听其论而惊以服，久与其居，而不能舍以去也。居数年，复得湖州长史。庆历八年十二月某日，以疾卒于苏州，享年四十有一。

君先娶郑氏，后娶杜氏。三子：长曰泌，将作监主簿；次曰液，曰激。二女：长适前进士陈纮，次尚幼。

初君得罪时，以奏用钱为盗，无敢辩其冤者。自君卒后，天子感悟，凡所被逐之臣复召用，皆显列于朝，而至今无复为君言者，宜其欲求伸于地下也！宜予述其得罪以死之详，而使后世知其有以也。既又长言以为之辞，庶几并写予之所以哀君者。其辞曰：

谓为无力兮，孰击而去之？谓为有力兮，胡不反子之归？岂彼能兮此不为。善百誉而不进兮，一毁终世以颠挤，荒孰问兮杳难知。嗟子之中兮，有韫而无施。文章发耀兮，星日交辉。虽冥冥以掩恨兮，不昭昭其永垂。

欧阳永叔大理寺丞狄君墓志铭 ○○

距长沙县西三十里新阳乡梅溪村，有墓曰狄君之墓者，乃予所记《谷城孔子庙碑》所谓狄君栗者也。始君居谷城有善政，尝已见于予文。及其亡也，其子遵谊泣而请曰："愿卒其详而铭之，以终先君死生之赐。"呜呼！予哀狄君者，其寿止于五十有六，其官止于一卿丞。盖其生也，以不知于世而止于是，若其殁而又无传，则后世遂将泯没，而为善者何以劝焉？此予之所欲铭也。

君字仲庄，世为长沙人。幼孤事母，乡里称其孝。好学自立，年四十，始用其兄棐荫补英州真阳主簿，再调安州应城尉，能使其县终君之去无一人为盗。荐者称其材任治民，乃迁谷城令。汉旁之民，惟邓、谷为富县，尚书铨吏，常邀厚赂以售贪令，故省中私语，以一二数之，惜为奇货。而二邑之民，未尝得廉吏，其豪猾习以赇賄污令而为自恣。至君一切以法绳之，奸民大吏不便君之政者，往往诉于其上，虽按覆率不能夺君所为。其州所下文符有不如理，必辄封还。州吏亦切齿，求君过失不可得，君益不为之屈。其后民有讼田而君误断者，诉之，君坐被劾。已而县籍强壮为兵，有告讼田之民隐丁以规避者，君笑曰："是尝诉我者，彼冤民能自伸，此令之所欲也，吾岂挟此而报以罪邪？"因置之不问。县民繇是知君为爱我。

是岁西北初用兵，州县既大籍强壮，而讹言相惊，云当驱以备边，县民数万聚邑中。会秋大雨霖，米踊贵绝粒，君发常平仓赈之。有司劾君擅发仓廪，君即具伏。事闻，朝廷亦原之。又为其民正其税籍之失，而吏得岁免破产之患。逾年政大洽，乃修孔子庙，作礼器，与其邑人春秋释奠而兴于学。时予为乾德令，尝至其县，与其民言，皆曰："吾邑不幸，有生而未识廉吏者，而长老之民所记才一人，而继之者，今君也。"问其"一人"者，曰："张及也。"推及之岁至于君，盖三十馀年，是谓一世矣。呜呼！使民更一世而始得一良令，吏其可不慎择乎？君其可不惜其殁乎？其政之善者，可遗而不录乎？

君用谷城之绩,迁大理寺丞,知新州,至则丁母夫人郑氏忧。服除,赴京师,道病,卒于宿州,实庆历五年七月二十四日也。曾祖讳崇谦,连州桂阳令。祖讳文蔚,全州清湘令。父讳杞,不仕。君娶荥阳郑氏,生子男二人:遵谊、遵微,皆举进士。女四人:长适进士胡纯臣,其三尚幼。铭曰:

强而仕,古之道。终中寿,不为夭。善在人,宜有后。铭于石,著不朽。茅顺甫云:逸调。

欧阳永叔蔡君山墓志铭 ○

予友蔡君谟之弟曰君山,为开封府太康主簿。时予与君谟皆为馆阁校勘,居京师,君山数往来其兄家,见其以县事决于其府。府尹吴遵路,素刚,好以严惮下吏。君山年少位卑,能不慑屈,而得尽其事之详。吴公独喜,以君山为能。予始知君山敏于为吏,而未知其他也。明年,君谟南归拜其亲。夏,京师大疫,君山以疾卒于县。其妻程氏,一男二女皆幼。县之人哀其贫,以钱二百千为其赙。程氏泣曰:“吾家素以廉为吏,不可以此污吾夫。”拒而不受。于是又知君山能以惠爱其县人,而以廉化其妻妾也。

君山间尝语予曰:“天子以六科策天下士,而学者以记问应对为事,非古取士之意也。吾独不然。”乃昼夜自苦为学。及其亡也,君谟发其遗稿,得十数万言,皆当世之务。其后逾年,天子与大臣讲天下利害为条目,其所改更,于君山之稿十得其五六,于是又知君山果天下之奇才也。

君山景祐中举进士，初为长溪县尉。县媪二子渔于海而亡，媪指某氏为仇，告县捕贼。县吏难之，皆曰："海有风波，岂知其不水死乎？且虽果为仇所杀，若尸不得，则于法不可理。"君山独曰："媪色有冤，吾不可不为理。"乃阴察仇家得其迹，与媪约曰："吾与汝宿海上，期十日不得尸，则为媪受捕贼之责。"凡宿七日，海水潮，二尸浮而至，验之皆杀也，乃捕仇家伏法。民有夫妇偕出，而盗杀其守舍子者。君山亟召里民毕会，环坐而熟视之，指一人曰："此杀人者也。"讯之果伏，众莫知其以何术得也。长溪人至今喜道君山事多如此，曰："前史所载能吏，号如神明，不过此也。"自天子与大臣条天下事，而屡下举吏之法，尤欲官无小大，必得其材，方求天下能吏，而君山死矣。此可为痛惜者也。

君山讳高，享年二十有八，以某年某月某日卒。今年君谟又归迎其亲，自太康取其柩以归，将以某年某月某日葬于某所。且谓余曰："吾兄弟始去其亲而来京师，欲以仕宦为亲荣。今幸还家，吾弟独以柩归。甚矣老者之爱其子也，何以塞吾亲之悲？子能为我铭君山乎？"乃为之铭曰：

呜呼！吾闻仁义之行于天下也，可使父不哭子，老不哭幼。嗟夫君山，不得其寿！父母七十，扶行送柩。退之有言，死孰谓夭？子墓予铭，其传不朽。庶几以此，慰其父母。

欧阳永叔集贤院学士刘公墓志铭 ○

公讳敞，字仲原父，姓刘氏，世为吉州临江人。自其皇祖以尚书郎有声太宗时,遂为名家。其后多闻人,至公而益显。公举庆历六年进士,中甲科,以大理评事通判蔡州,丁外艰。服除,召试学士院,迁太子中允,直集贤院判登闻鼓院,吏部南曹尚书考功。于是夏英公既薨,天子赐谥曰"文正"。公曰:"此吾职也。"即上疏言:"谥者有司之事也。且竦行不应法,今百司各得守其职,而陛下侵臣官。"疏凡三上,天子嘉其守,为更其谥曰"文庄"。公曰:"姑可以止矣。"权判三司开拆司,又权度支判官,同修起居注。至和元年九月,召试,迁右正言,知制诰。宦者石全彬,以劳迁宫苑使,领观察使,意不满,退而愠有言。居三日,正除观察使,公封还辞头不草制,其命遂止。

二年八月,奉使契丹。公素知虏山川道里,虏人道自古北口,回曲千馀里,至柳河。公问曰:"自古松亭趋柳河甚直而近,不数日可至中京,何不道彼而道此?"盖虏人常故迂其路,欲以国地险远夸使者,且谓莫习其山川。不虞公之问也,相与惊顾羞愧,即吐其实,曰"诚如公言"。时顺州山中,有异兽如马,而食虎豹,虏人不识,以问,公曰:"此所谓驳也。"为言其形状声音皆是,虏人益叹服。三年,使还,以亲嫌求知扬州。岁馀,迁起居舍人,徙知郓州,兼京东西路安抚使。居数月,召还,纠察在京刑狱,修玉牒,知嘉祐四年贡举,称为得人。

是岁天子卜以孟冬祫,既廷告,丞相用故事,率文武官加上天子尊号。公上书言:"尊号非古也。陛下自宝元之郊,止群臣毋得以请,迨今二十年无所加,天下皆知甚盛德，奈何一旦受虚名而损实美？”上曰：“我意亦谓当如此。”遂不允群臣请。而礼官前祫，请祔郭皇后于庙，自孝章以下四后在别庙者，请毋合食。事下议，议者纷然。公之议曰：“《春秋》之义，不薨于寝，不称夫人，而郭氏以废薨。按景祐之诏，许复其号，而不许其谥与祔，谓宜如诏书。”又曰：“礼于祫，未毁庙之主皆合食，而无帝后之限，且祖宗以来用之。《传》曰：‘祭从先祖。’宜如故。”于是皆如公言。

公既骤屈廷臣之议，议者已多仄目。既而又论吕溱过轻而责重，与台谏异，由是言事者亟攻之。公知不容于时矣，会永兴阙守，因自请行，即拜翰林侍读学士，充永兴军路安抚使，兼知永兴军府事。长安多富人右族，豪猾难治，犹习故都时态。公方发大姓范伟事，狱未具而公召。由是狱屡变，连年吏不能决。至其事闻，制取以付御史台乃决，而卒如公所发也。

公为三州，皆有善政。在扬州，夺发运使冒占雷塘田数百顷予民，民至今以为德。其治郓、永兴，皆承旱歉，所至必雨雪，蝗辄飞去，岁用丰稔，流亡来归，令行民信，盗贼禁止，至路不拾遗。

公于学博，自六经、百氏、古今传记，下至天文、地理、卜医、数术、浮屠、老庄之说，无所不通，其为文章尤敏赡。尝直紫微阁，一日追封皇子公主九人，公方将下直，为之立马却坐，一挥九制数千言，文辞典雅，各得其体。公知制诰七年，当以次迁翰林学士者数矣，久而不迁。

及居永兴岁馀,遂以疾闻。八年八月,召还,判三班院太常寺。

公在朝廷,遇事多所建明。如古渭州可弃,孟阳河不可开,枢密使狄青,宜罢以保全之之类,皆其语在士大夫间者。若其规切人主,直言逆耳,至于从容进见,开导聪明,贤否人物,其事不闻于外廷者,其补益尤多。故虽不合于世,而特被人主之知。方嘉祐中,嫉者众而攻之急,其虽危而得无害者,仁宗深察其忠也。及侍英宗讲读,不专章句解诂,而指事据经,因以讽谏,每见听纳,故尤奇其材。已而复得惊眩疾,告满百日,求便郡。上曰:"如刘某者,岂易得也?"复赐以告。上每宴见诸学士,时时问公少间否,赐以新橙五十,劳其良苦。疾少间,复求外补,上怅然许之。出知卫州,未行,徙汝州。治平三年,召还,以疾不能朝,改集贤院学士,判南京留司御史台。熙宁元年四月八日,卒于官舍,享年五十。

呜呼!以先帝之知公,使其不病,其所以用之者,岂一翰林学士而止哉!方公以论事忤于时也,又有构为谤语以怒时相者。及归自雍,丞相韩公,方欲还公学士,未及而公病,遂止于此,岂非其命也夫!

公累官至给事中,阶朝散大夫,勋上轻车都尉,爵开国彭城公,邑户二千一百,实食者三百。曾祖讳琪,赠大理评事。祖讳式,尚书工部员外郎,赠户部尚书。考讳立之,尚书主客郎中,赠工部尚书。公再娶伦氏,皆侍御史程之女。前夫人先公早卒,后夫人以公贵,累封河南郡君。子男四人：长定国，郊社掌座，早卒；次奉世，大理寺丞；次当时，大理评事；次安上，太常寺太祝。女三人：长适大理评事韩宗直，二尚幼。公既卒，天子推恩，录其两孙望、旦，一族子安世，皆试将作监主簿。

公为人磊落明白，推诚自信，不为防虑。至其屡见侵害，皆置而不较，亦不介于胸中。居家不问有无，喜赒宗族。既卒，家无馀财。与其弟攽，友爱尤笃。有文集六十卷，其为《春秋》之说，曰《传》，曰《权衡》，曰《说例》，曰《文权》，曰《意林》，合四十一卷，又有《七经小传》五卷，《弟子记》五卷。而《七经小传》，今盛行于学者。二年十月辛酉，其弟攽，与其子奉世等，葬公于祥符县魏陵乡，祔于先墓，以来请铭。乃为之铭曰：

呜呼！惟仲原父，学强而博，识敏而明。坦其无疑一以诚，见利如畏义必争。触机履险危不倾，畜大不施夺其龄。惟其文章粲日星，虽欲有毁知莫能。维古圣贤皆后亨，有如不信考斯铭。

欧阳永叔翰林侍读学士给事中梅公墓志铭 ○

翰林侍读学士、给事中梅公既卒之明年，其孤及其兄之子尧臣，来请铭以葬，曰："吾叔父病且亟矣，犹卧而使我诵子之文，今其葬，宜得子铭以藏。"公之名在人耳目五十馀年，前卒一岁，予始拜公于许。公虽衰且病，其言谈词气，尚足动人，嗟予不及见其壮也。然尝闻长老道公咸平、景德之初，一遇真宗，言天下事合意，遂以人主为知己。当时搢绅之士，望之若不可及，已而摈斥流离四十年间，白首翰林，卒老一州。嗟夫！士果能自为材邪？惟世用不用尔！故予记公终始，至于咸平、景德之际，尤为详焉，良以悲其志也。

公讳询，字昌言，世家宣城。年二十六，进士及第，试校书郎，利丰监判官，迁将作监丞，知杭州仁和县，又迁著作佐郎，举御史台推勘官，时亦未之奇也。咸平三年，与考进士于崇政殿，真宗过殿庐中，一见以为奇材，召试中书，直集贤院，赐绯衣银鱼。

是时契丹数寇河北，李继迁急攻灵州，天子新即位，锐于为治。公乃上书，请以朔方授潘罗支，使自攻取，是谓以蛮夷攻蛮夷。真宗然其言，问谁可使罗支者？公自请行。天子惜之，不欲使蹈兵间。公曰："苟活灵州而罢西兵，何惜一梅询！"天子壮其言，因遣使罗支。未至，而灵州没于贼。召还，迁太常丞，三司户部判官，数访时事，于是屡言西北事。时边将皆守境不能出师，公请大臣临边督战，募游兵击贼；论曹玮、马知节才可用；又论傅潜、杨琼败绩当诛，而田绍斌、王荣等，可责其效以赎过。凡数十事，其言甚壮，天子益器其材，数欲以知制诰，宰相有言不可者乃已。其后继迁卒为潘罗支所困，而朝廷以两镇授德明，德明顿首谢罪。河西平，天子亦再幸澶渊盟契丹，而河北之兵解，天下无事矣。

公既见疏不用，初坐断田讼失实，通判杭州，徙知苏州。又徙两浙转运使，还判三司开拆司，迁太常博士，用封禅恩，迁祠部员外郎。又坐事出知濠州，以刑部员外郎。为荆湖北路转运使，坐擅给驿马与人奔丧而马死，夺一官，通判襄州，徙知鄂州，又徙苏州。天禧元年，复为刑部员外郎，陕西转运使。灵州弃已久，公与秦州曹玮得胡芦河路，可出兵，无沙行之阻，而能径趋灵州，遂请玮居环庆，以图出师。会玮入为宣徽使，不克而止。迁工部郎中，坐朱能反，贬怀州团练副使，再贬池州。天圣元年，拜度支员外郎，知广德军，徙知楚州，迁兵部员外郎，知寿州，又知陕府。六年，复直集贤院，又迁工部郎中，改直昭文馆，知荆南府。召为龙图阁待制，纠察在京刑狱，判流内铨，改龙图阁直学士，知并州。未行，迁兵部郎中，枢密直学士以往，就迁右谏议大夫，入知通进银台司，复判流内铨，改翰林侍读学士，群牧使，迁给事中，知审官院，以疾出知许州。康定二年六月某日，卒于官。

公好学有文，尤喜为诗。为人严毅修洁，而材辩敏明，少能慷慨见奇真宗。自初召试，感激言事，自以谓君臣之遇。已而失职逾二十年，始复直于集贤。比登侍从，而门生故吏，曩时所考进士，或至宰相，居大官。故其视时人，常以先生长者自处，论事尤多发愤。其在许昌，继迁之孙，复以河西叛，朝廷出师西方，而公已老，不复言兵矣。享年七十有八以终。

梅氏远出梅伯，世久而谱不明。公之皇曾祖讳超，皇祖讳远，皆不仕。父讳邈，赠刑部侍郎。夫人刘氏，彭城县君。子五人：长曰鼎臣，官至殿中丞，次曰宝臣，皆先公卒；次曰得臣，太子中舍；次曰辅臣，前将作监丞；次曰清臣，大理评事。公之卒，天子赠赙优恤，加得臣殿中丞，清臣卫尉寺丞。明年八月某日，葬公宣州之某县某乡某原。铭曰：

士之所难，有蕴无时。伟欤梅公，人主之知。勇无不敢，惟义之为。困于翼飞，中垂以敛。一失其途，进退而坎。理不终穷，既晚而通。惟其寿考，福禄之隆。

欧阳永叔尚书都官员外郎欧阳公墓志铭 ○

公讳晔，字日华。于检校工部尚书讳托，彭城县君刘氏之室，为曾孙。武昌县令讳郴，兰陵夫人萧氏之室，为孙。赠太仆少卿讳偃，追封潘原县太君李氏之室，为第三子，于修为叔父。修不幸幼孤，依于叔父而长焉。尝奉太夫人之教曰："尔欲识尔父乎？视尔叔父，其状貌起居言笑，皆尔父也。"修虽幼，已能知太夫人言为悲，而叔父之为亲也。

欧阳氏世家江南，伪唐李氏时，为庐陵大族。李氏亡，先君昆弟同时而仕者四人，独先君早世，其后三人皆登于朝以殁。公咸平三年举进士甲科，历南雄州判官，随、阆二州推官，江陵府掌书记，拜太子中允，太常丞博士，尚书屯田、都官二员外郎，享年七十有九，最后终于家，以庆历四年三月十日，葬于安州应城县高风乡彭乐村。于其葬也，其素所养兄之子修，泣而书曰：呜呼！叔父之亡，吾先君之昆弟无复在者矣。其长养教育之恩，既不可报，而至于状貌起居言笑之可思慕者，皆不得而见焉矣。惟勉而纪吾叔父之可传于世者，庶以尽修之志焉。

公以太子中允，监兴国军盐酒税，太常丞，知汉州雒县，博士知端州桂阳监，屯田员外郎，知黄州，迁都官、知永州，皆有能政。坐举人夺官，复以屯田通判歙州，以本官分司西京，许家于随。复迁都官于家，遂致仕。景祐四年四月九日卒。

公为人严明方质，尤以洁廉自持。自为布衣，非其义不辄受人之遗。少而所与亲旧，后或甚贵，终身不造其门。其莅官临事，长于决断。初为随州推官，治狱之难决者三十六。大洪山奇峰寺，聚僧数百人，转运使疑其积物多，而僧为奸利，命公往籍之。僧以白金千两馈公，公笑曰："吾安用此！然汝能听我言乎？今岁大凶，汝有积谷六七万石，能尽以输官而赈民，则吾不籍汝。"僧喜曰："诺。"饥民赖以全活。陈尧咨以豪贵自骄，官属莫敢仰视，在江陵用私钱，诈为官市黄金，府吏持帖，强僚佐署，公呵吏曰："官市金，当有文符。"独不肯署。尧咨虽惮而止，然讽转运使出公，不使居府中。鄂州崇阳，素号难治，乃徙公治之。至则决滞狱百馀事。县民王明，与其同母兄李通，争产累岁，明不能自理，至贫为人赁舂。公折之一言，通则具伏，尽取其产钜万归于明，通退而无怨言。桂阳民有争舟而相殴至死者，狱久不决。公自临其狱，出囚坐庭中，去其桎梏而饮食之。食讫，悉劳而还于狱，独留一人于庭。留者色动惶顾,公曰:“杀人者汝也。”因不知所以然,公曰:“吾视食者皆以右手持匕,而汝独以左。今死者伤在右肋,此汝杀之明也。”因即涕泣曰:“我杀也,不敢以累他人。”公之临事明辩,有古良吏决狱之术多如此。所居人皆爱思之。

公娶范氏,封福昌县君。子男四人:长曰宗颜,次曰宗闵,其二早亡。女一人,适张氏,亦早亡。铭曰:

公之明足以决于事,爱足以思于人,仁足以施其族,清足以洁其身,而铭之以此,足以遗其子孙。

欧阳永叔尚书职方郎中分司南京欧阳公墓志铭 ○○

公讳颍,字孝叔。咸平三年举进士中第,初任峡州军事判官,有能名,即州拜秘书省著作佐郎,知建宁县。未半岁,峡路转运使薛颜,巡部至万州,逐其守之不治者。以谓继不治,非尤善治者不能,因奏自建宁县往代之,以治闻。由万州相次九领州,而治之一再至曰鄂州。二辞不行,初彭州,以母夫人老不果行,最后嘉州,以老告不行,实治七州。州大者繁广,小者俗恶而奸,皆世指为难治者。其尤甚曰歙州,民习律令,性喜讼,家家自为簿书。凡闻人之阴私,毫发坐起语言日时皆记之,有讼则取以证。其视入狴牢,就桎梏,犹冠带偃箦,恬如也。盗有杀其民董氏于市,三年捕不获,府君至,则得之以抵法。又富家有盗夜入启其藏者,有司百计捕之甚急,且又大购之,皆不获,有司苦之。公曰:“勿捕与购。”独召富家二子,械付狱鞫之。州之吏民皆曰:“是素良子也。”大怪之,更疑互谏。公坚不回,鞫愈急,二子服。然吏民犹疑其不胜而自诬,及取其所盗某物于某所皆是,然后谨曰:“公神明也。”其治尤难者若是,其易可知也。

公刚果有气,外严内明,不可犯,以是施于政,亦以是持其身。初皇考侍郎为许田令,时丁晋公尚少,客其县,皇考识之曰:“贵人也。”使与之游,待之极厚。及公佐峡州,晋公荐之,遂拜著作。其后晋公居大位用事,天下之士往往因而登荣显,而公屏不与之接。故其仕也,自著作佐郎,秘书丞,太常博士,尚书屯田、都官、职方三员外郎郎中,皆以岁月考课次第,升知万、峡、鄂、歙、彭、鄂、阆、饶、嘉州,皆所当得。及晋公败,士多不免,惟公不及。明道二年,以老乞分司,有田荆南,遂归焉。以景祐元年,正月二十六日,终于家,年七十有三。祖讳某,赠某官。皇妣李氏,赠某县君。夫人曾氏,某县君,先亡。

公平生强力少疾病,居家忽晨起,作遗戒数纸,以示其嗣子景昱曰:“吾将终矣。”后三日乃终。而嗣子景昱,能守其家如其戒。

欧氏出于禹。禹之后有越王句践,句践之后有无强者,为楚威王所灭。无强之子皆受楚封,封之乌程欧阳亭者,为欧阳氏。汉世有仕为涿郡守者,子孙遂北。有居冀州之渤海,有居青州之千乘,而欧阳仕汉世为博士,所谓欧阳《尚书》者也。渤海之欧阳,有仕晋者曰建,所谓“渤海赫赫，欧阳坚石”者也。建遇赵王伦之乱，其兄子质南奔长沙。自质十二世生询。询生通，仕于唐，皆为长沙之欧阳，而犹以渤海为封。通又三世而生琮。琮为吉州刺史，子孙家焉。自琮八世生万，万生雅，雅生高祖讳效，高祖生曾祖讳托，曾祖生皇祖武昌令讳郴，皇祖生公之父、赠户部侍郎讳仿，皆家吉州，又为吉州之欧阳。及公遂迁荆南，且葬焉，又为荆南之欧阳。呜呼！公于修叔父也。铭其叔父，宜于其世尤详。铭曰：

寿孰与之？七十而老。禄则自取，于取犹少。扶身以方，亦以从公。不变其初，以及其终。

欧阳永叔南阳县君谢氏墓志铭 ○

庆历四年秋，予友宛陵梅圣俞，来自吴兴，出其哭内之诗而悲，曰："吾妻谢氏亡矣！"丐我以铭而葬焉。予诺之未暇作。居一岁中，书七八至，未尝不以谢氏铭为言。且曰："吾妻故太子宾客讳涛之女，希深之妹也。希深父子为时闻人，而世显荣，谢氏生于盛族，年二十以归吾，凡十七年而卒。卒之夕，敛以嫁时之衣。甚矣，吾贫可知也！然谢氏怡然处之，治其家有常法，其饮食器皿，虽不及丰侈，而必精以旨；其衣无故新，而浣濯缝纫必洁以完；所至官舍虽卑陋，而庭宇洒扫必肃以严；其平居语言容止，必从容以和。吾穷于世久矣，其出而幸与贤士大夫游而乐，人则见吾妻之怡怡而忘其忧。使吾不以富贵贫贱累其心者，抑吾妻之助也。吾尝与士大夫语,谢氏多从户屏窃听之,间则尽能商榷其人才能贤否,及时事之得失,皆有条理。吾官吴兴,或自外醉而归,必问曰:‘今日孰与饮而乐乎?’闻其贤者也,则悦,否则叹曰:‘君所交皆一时贤俊,岂其屈己下之邪?惟以道德焉,故合者尤寡。今与是人饮而欢邪?’是岁南方旱,仰见飞蝗而叹曰:‘今西兵未解,天下重困,盗贼暴起于江淮,而天旱且蝗如此。我为妇人,死而得君葬我幸矣!’其所以能安居贫而不困者,其性识明而知道理多此类。呜呼!其生也迫吾之贫,而没也又无以厚焉。谓惟文字可以著其不朽,且其平生尤知文章为可贵,殁而得此,庶几以慰其魂,且塞予悲。此吾所以请铭于子之勤也。”若此,予忍不铭?

夫人享年三十七,用夫恩封南阳县君,二男一女。以其年七月七日,卒于高邮。梅氏世葬宛陵,以贫不能归也,某年某月某日,葬于润州之某乡某原。铭曰:

高崖断谷兮,京口之原。山苍水深兮,土厚而坚。居之可乐兮,卜者曰然。骨肉归土兮,魂气则天。何必故乡兮,然后为安。

欧阳永叔北海郡君王氏墓志铭 ○

太常丞致仕吴君之夫人,曰北海郡君王氏,潍州北海人也。皇考讳汀,举明经不中,后为本州助教。夫人年二十三,归于吴氏。天圣元年六月二日,以疾卒,享年三十有七。

夫人为人，孝顺俭勤。自其幼时，凡于女事，其保傅皆曰："教而不劳。"组𬘘织纴，其诸女皆曰："巧莫可及。"其归于吴氏也，其母曰："自吾女适人，吾之内事无所助。"而吴氏之姑曰："自吾得此妇，吾之内事不失时。"及其卒也，太常君曰："举吾里中有贤女者莫如王氏。"于是娶其女弟以为继室，而今夫人戒其家曰："凡吾吴氏之内事，惟吾女兄之法是守。"至今而不敢失。

夫人有贤子曰奎，字长文。初举明经，为殿中丞。后举贤良方正，直言极谏。今为翰林学士，尚书兵部员外郎，知制诰。夫人初用子恩，追封福昌县君。其后长文贵显，以夫人为请，天子曰："近臣吾所宠也，有请其可不从？"乃特追封夫人为北海郡君。长文号泣顿首曰："臣奎不幸，窃享厚禄，不得及其母。而天子宠臣以此，俾以报其亲，臣奎其何以报！"当是时，朝廷之士大夫，吴氏之乡党邻里，皆咨嗟叹息曰："吴氏有子矣！"

嘉祐四年冬，长文请告于朝，将以明年正月丁酉，葬夫人于郓州之鱼山，以书来乞铭。夫人生三男：曰奎、奄、胃。今夫人生一男，曰参。女三人。孙男女九人。曾孙女二人，铭曰：

奎显矣，奄早亡。胃与参，仕方强。以一子，荣一乡。生虽不及殁有光，孙曾多有后愈昌。

古文辞类篹四十七

碑志类下编七　　古文辞类篹四十八

王介甫虞部郎中赠卫尉卿李公神道碑　○

嘉祐八年六月某甲子，制曰："朕初即位，大赉群臣，升朝者及其父母。具官某，父具官某，率德蹈义，不躬荣禄，能教厥子，并为才臣，加赐名命，序诸卿位，所以劝天下之为人父者，岂特以慰孝子之心哉！可特赠卫尉卿。"翌日某甲子，中书下其书告第，又副其书赐宽等以待墓焚。宽等受书，焚其副墓上。乃撰次卫尉官世行治始卒，来请曰："先人赖天子庆施，赐之官三品矣，而墓碑未刻。惟德善可以有辞于后世者，夫子实闻知。"某曰："然。卫尉公墓隧，宜得铭久矣。"于是为序而铭焉。序曰：

公姓李氏，故陇西人。七世祖讳某，始迁于光山。五世祖讳某，以其郡人王闽，从之，始为建安人。曾祖讳某，祖讳某，皆不仕。考讳某，尝仕江南李氏，稍显矣，江南国除，又举进士，中等，以殿中丞致仕。有学行，名能知人。赠其父大理评事，而己亦以子贵，赠至吏部尚书。游豫章，乐其湖山，曰：“吾必终于此。”于是又始为豫章人。尚书之子，伯曰虚己，官至尚书工部侍郎，以才能闻天下。其季则公也。

公讳某，字公济。少笃学，读书兼昼夜不息。一以进士举，不中，即以兄荫为郊社斋郎。再选福州闽清，洪州靖安县尉，有能名。迁饶州余干县令，至则毁淫祠，取其材以为孔子庙，率县人之秀者兴于学。豪宗大姓，敛手不敢犯法。州将、部使者，奏乞与京官，移之剧县，不报，而坐不觉狱卒杀人以免。当是时，侍郎方以分司就第。公曰：“吾兄老矣，我得朝夕从之游，以洒扫先人庐冢，尚何求而仕？”遂止不复言仕。侍郎之卒也，天子以公试秘书省校书郎，知江州德安县事，辞不就。后尝一至京师，大臣交口劝说，欲官之，终以其不可强也。而晏元献公为公请，乃除太子洗马致仕。

初尚书未老，弃其官以归。至侍郎，及公之退也，亦皆未老。自尚书至公，再世皆有子，而皆以严治其家如吏治。江西士大夫慕其世德，称其家法。盖近世士多外自藩饰为声名，而内实罕能治其家。及老，往往顾利冒耻，不知休息。公独父子兄弟能如此。呜呼！其可谓贤于人也已！

公事亲孝，比遭大丧，庐墓六年然后已。事兄与其寡姊，衣食药物，必躬亲之。及公老矣，二子就养，如公之为子弟也。宽，尝为江、浙等路提点铸钱坑冶，又尝提点江南西路刑狱。定，亦再为洪州官，不去左右者十二年。皆以才能，为世闻人。以恩，迁公官至尚书虞部郎中，阶至朝奉郎，勋至护军。以嘉祐四年七月某甲子，卒于豫章之第室，年八十九。

夫人长寿县君赵氏，先公卒八年，既葬矣。五年某月某甲子，以公葬于夫人之墓左曰雷冈，在新建县之桃花乡新里。夫人故衢州人，某官湘之女。湘有文行，尚书与为友，故为公娶其女。子三人：宽、定、实。实守秘书省正字，早世。于公之葬也，宽为尚书司勋员外郎，定为尚书库部员外郎。女子二人，已嫁。孙二十有一人，曾孙十有五人，皆率公教，无违者。公既葬，而二子以恩，赠公卫尉卿云。铭曰：

李世大家，陇西其先。于唐之季，再世光山。移遁于闽，岭海之间。乃生尚书，节行有伟。始来江南，考室章水。绳绳二子，隐显兼荣。孰多厚禄？其季维卿。幼壮躬孝，唯君之践。能不尽用，止于一县。退以德义，厘身于家。外内肃雍，人不疵嗟。亦有二子，维天子使。父曰往矣，致而臣身。子曰归哉，以宁吾亲。以率其妇，左右恂恂。以官就侍，天子之仁。既具祉福，考终大耋。追荣于幽，乃赐卿号。伐石西山，作为螭龟。营之墓上，勒此铭诗。鼐按：《挥麈录》载，李定，一扬州人，倾苏子瞻者；一洪州人，字仲求，欲与赛神会，苏子美拒之，致兴大狱者。然则此卫尉卿盖仲求之父，此碑文作于嘉祐五年，即宝元元年。后七年，为庆历五年，乃有赛神会之事，宜荆公尚为作文也。又按李虚己传，卫尉之名虚舟，其父名寅，又载定官为司农少卿，为吏有能名，而不及其倾子美事。意《宋史》亦取志状之类为之传，而不复考定耳。

王介甫广西转运使孙君墓碑 ○○

君少学问勤苦，寄食浮屠山中，步行借书数百里，升楼诵之，而去其阶。盖数年而具众经，后遂博极天下之书。属文操笔布纸，谓为方思，而数百千言已就。以天圣五年，同学究出身，补滁州来安县主簿，洪州右司理。再举进士甲科，迁大理寺丞，知常州晋陵县，移知浔州。浔当是时，人未趋学，乃改作庙学，召吏民子弟之秀者，亲为据案讲说，诱劝以文艺。居未几，旁州士皆来学，学者由此遂多。以选，通判耀州，兵士有讼财而不直者，安抚使以为直，君争之不得，乃奏决于大理。大理以君所争为是，而用君议编于敕。

庆历二年，擢为监察御史里行，于是奏弹狄青不当沮败刘沪水洛城事。又因日食言阴盛，以后宫为戒。仁宗大猎于城南，卫士不及整而归以夜。明日将复出，有雉陨于殿中。君奏疏，即是夜，有诏止猎。蛮唐和寇湖南，以君安抚，奏事有所不合，因自劾，乃知复州。又通判金州，知汉阳军吉州，稍迁至尚书都官员外郎，提点江南西路刑狱。有言常平岁凶，当稍贵其粟以利籴本者，诏从之。君言此非常平本意也，诏又从之。侬智高反，君即出兵二千于岭，以助英、韶。会除广西转运使，驰至所部，而智高方煽，天子出大臣、部诸将兵数万击之。君驱散亡残败之吏民，转刍米于惶扰卒急之间，又以馀力督守吏，治城壍，修器械。属州多完，而师饱以有功，君劳居多。以劳，迁尚书司封员外郎。初，君请斩大将之北者，发骑军以讨贼。及后贼所以破灭，皆如君计策。军罢而人重困，方恃君绥抚，君乘险阻，冒瘴毒，经理出入，启居无时。以嘉祐二年二月七日卒于治所，年五十六。官至尚书工部郎中，散官至朝奉郎，勋至上轻车都尉。

君所为州，整齐其大体，阔略其细故。与宾客谈说，弦歌饮酒，往往终日。而能听用佐属，尽其力，事以不废。在御史言事，计曲直利害如何，不顾望大臣，以此无助。所为文，自少及终，以类集之，至百卷。天德、地业、人事之治，掇拾贯穿，无所不言，而诗为多。

君讳抗，字和叔，姓孙氏，得姓于卫，得望于富春。其在黟县，自君之高祖，弃广陵以避孙儒之乱。至君曾大父讳师睦，以善治生致富。岁饥，贱出米谷，以斗升付粜者，得欢心于乡里。大父讳旦，始尽弃其产，而能招士以教子。父讳遂良，当终时，君始十馀岁，后以君故赠尚书职方员外郎。君初娶张氏，又娶吴氏，又娶舒氏，封太康县君，五男子：適、邈、迪、适、遘。適尝从予游，年十四，论议著书，足以惊人，终永州军事推官。邈，今潞州上党县令，亦好学能文。状君行以求铭者，邈也。君之卒也，天子以适试秘书省校书郎。二女子：一嫁试秘书省校书郎一本作“太庙斋郎”。李简夫；一尚幼。一本作“嫁进士郑安平”。以其卒之年十二月二十五日，葬黟县怀远乡上林村。

歙之为州，在山岭涧谷崎岖之中。自去五代之乱百年，名士大夫，亦往往而出，然不能多也。黟尤僻陋，中州能人贤士之所不至。君孤童子,徒步宦学,终以就立,为朝廷显用。论次终始,作为铭诗,岂特以显孙氏而慰其子孙,乃亦以诒其乡里。铭曰:

在仁宗世,蛮跳不制。馈师牧民,实有肤使。践艰乘危,条变画奇。瘭毒既除,膏熨以治。方迁既陨,哀暨山夷。维此肤使,文优以仕。禄则不殖,其书满笥。书藏于家,铭在墓前。以告黟人,孙氏之阡。

王介甫宝文阁待制常公墓表 ○○

右正言、宝文阁待制、特赠右谏议大夫汝阴常公,以熙宁十年二月己酉卒,以五月壬申葬。临川王某志其墓曰:

公学不期言也,正其行而已;行不期闻也,信其义而已。所不取也,可使贪者矜焉,而非雕斫以为廉;所不为也,可使弱者立焉,而非矫抗以为勇。官之而不事,召之而不赴,或曰必退者也,终此而已矣。及为今天子所礼,则出而应焉。于是天子悦其至,虚己而问焉,使莅谏职以观其迪己也,使董学政以观其造士也。公所言乎上者无传,然皆知其忠而不阿;所施乎下者无助,然皆见其正而不苟。《诗》曰:“胡不万年?”惜乎既病而归死也!自周道隐,观学者所取舍,大抵时所好也。违俗而适己,独行而特起,呜呼!公贤远矣。传载公久,莫如以石。石可磨也,亦可泐也,谓公且朽,不可得也。秩为谏臣,无所献替,荆公以所亲厚为之饰词,然文特峻而曲。

王介甫处士征君墓表 ○

淮之南有善士三人，皆居于真州之扬子。

杜君者，寓于医，无贫富贵贱，请之辄往。与之财，非义，辄谢而不受。时时穷空，几不能以自存，而未尝有不足之色。盖善言性命之理，而其心旷然无累于物。而予尝与之语，久之而不厌也。

徐君，忠信笃实，遇人至谨，虽疾病，召筮，不正衣巾不见。寓于筮，日得百数十钱则止，不更筮也。能为诗，亦好属文，有集若干卷。两人者以医筮，故多为贤士大夫所知，而征君独不闻于世。

征君者，讳某，字某，事其母夫人至孝。于乡里，恂恂恭谨，乐振人之穷急，而未尝与人校曲直。好蓄书，能为诗。有子五人，而教其三人为进士。某今为某官，某今为某官，某亦再贡于乡。征君与两人者相为友，至欢而莫逆也。两人者，皆先征君以死，而征君以某年某月某甲子终于家，年七十七。

噫！古者一乡之善士，必有以贵于一乡；一国之善士，必有以贵于一国。此道亡也久矣。余独私爱夫三人者，而乐为好事者道之。而征君之子，又以请，于是书以遗之，使之镵诸墓上。杜君讳婴，字太和。徐君讳仲坚，字某。

古文辞类篹四十八

碑志类下编八　　古文辞类篹四十九

王介甫给事中孔公墓志铭　○○○

宋故朝请大夫，给事中，知郓州军州事，兼管内河堤，劝农同群牧使，上护军，鲁郡开国侯，食邑一千六百户，实封二百户，赐紫金鱼袋，孔公者，尚书工部侍郎，赠尚书吏部侍郎，讳勖之子。兖州曲阜县令，袭封文宣公，赠兵部尚书，讳仁玉之孙。兖州泗水县主簿，讳光嗣之曾孙，而孔子之四十五世孙也。其仕当今天子天圣、宝元之间，以刚毅谅直，名闻天下。尝知谏院矣，上书请明肃太后，归政天子，而廷奏枢密使曹利用，上御药罗崇勋罪状。当是时，崇勋操权利，与士大夫为市，而利用悍强不逊，内外惮之。尝为御史中丞矣，皇后郭氏废，引谏官、御史伏閤以争，又求见上，皆不许，而固争之，得罪然后已。盖公事君之大节如此。此其所以名闻天下，而士大夫多以公不终于大位，为天下惜者也。

公讳道辅，字厚济。初以进士释褐，补宁州军事推官。

年少耳,然断狱议事,已能使老吏惮惊。遂迁大理寺丞,知兖州仙源县事,又有能名。其后尝直史馆,待制龙图阁,判三司理欠凭由司,登闻检院,吏部流内铨,纠察在京刑狱,知许、徐、兖、郓、泰五州,留守南京,而兖、郓、御史中丞皆再至。所至官治,数以争职不阿,或绌或迁,而公持一节以终身,盖未尝自绌也。

其在兖州也,近臣有献诗百篇者,执政请除龙图阁直学士。上曰:"是诗虽多,不如孔某一言。"乃以公为龙图阁直学士。于是人度公为上所思,且不久于外矣,未几果复召以为中丞。而宰相使人说公稍折节以待迁,公乃告以不能。于是又度公且不得久居中,而公果出。初,开封府吏冯士元坐狱,语连大臣数人,故移其狱御史。御史劾士元罪,止于杖,又多更赦。公见上,上固怪士元以小吏与大臣交私,污朝廷,而所坐如此,而执政又以谓公为大臣道地,故出知郓州。

公以宝元二年如郓,道得疾,以十二月壬申,卒于滑州之韦城驿,享年五十四。其后诏追复郭皇后位号,而近臣有为上言公明肃太后时事者,上亦记公平生所为,故特赠公尚书工部侍郎。

公夫人金城郡君尚氏,尚书都官员外郎讳宾之女。生二男子:曰淘,今为尚书屯田员外郎;曰宗翰,今为太常博士。皆有行治世其家,累赠公金紫光禄大夫、尚书兵部侍郎,而以嘉祐七年十月壬寅,葬公孔子墓之西南百步。

公廉于财,乐振施,遇故人子,恩厚尤笃,而尤不好鬼神祝祥事。在宁州，道士治真武像，有蛇穿其前，数出近人，人传以为神。州将欲视验以闻，故率其属往拜之，而蛇果出，公即举笏击蛇杀之，自州将以下皆大惊，已而又皆大服，公由此始知名。然余观公数处朝廷大议，视祸福无所择，其智勇有过人者，胜一蛇之妖，何足道哉！世多以此称公者，故余亦不得而略也。铭曰：

展也孔公，维志之求。行有险夷，不改其辀。权强所忌，谗谄所雠。考终厥位，宠禄优优。维皇好直，是锡公休。序行纳铭，为识诸幽。茅顺甫云：荆公第一首志铭，须看他顿挫纡徐，往往序事中伏议论，风神萧飒处。又云：于序事中一一点缀，而风韵焕发，若顺江流而看两岸之山，古人所谓应接不暇。

王介甫太子太傅田公墓志铭 ○○

田氏故京兆人，后迁信都。晋乱，公皇祖太傅入于契丹。景德初，契丹寇澶州，略得数百人，以属皇考太师。太师哀怜之，悉纵去，因自脱归中国，天子以为廷臣，积官至太子率府率以终。为人沈悍笃实，不苟为笑语。生八男子，多知名，而公为长子。

公少卓荦有大志，好读书，书未尝去手，无所不读，盖亦无所不记。其为文章，得纸笔立成，而闳博辨丽称天下。初举进士，赐同学究出身，不就。后数年，遂中甲科，补江宁府观察推官，以母英国太夫人丧罢去。除丧，补楚州团练判官，用举者监转般仓，迁秘书省著作佐郎。又对贤良方正策为第一，迁太常丞，通判江宁府。数上书言事，召还，将以为谏官。

方是时，赵元昊反，夏英公、范文正公经略陕西，言臣等才力薄，使事恐不能独办，请得田某自佐。以公为其判官，直集贤院、参都总管军事。自真宗弭兵，至是且四十年，诸老将尽死，为吏者不知兵法，师数陷败，士民震恐。二公随事镇抚，其为世所善，多公计策。大将有欲悉数路兵出击贼者，朝廷许之矣，公极言其不可，乃止。又言所以治边者十四事，多听用。还为右正言，判三司理欠凭由司，权修起居注，遂知制诰，判国子监。于是陕西用兵未已，人大困，以公副今宰相枢密副使韩公宣抚。自宣抚归判三班院，而河北告兵食阙，又以公往视。而保州兵士杀通判，闭城为乱，又以公为龙图阁直学士，知成德军，真定府、定州安抚使，往执杀之。论功，迁起居舍人，又移秦凤路都总管经略安抚使，知秦州。

遭太师丧，辞起复者久之，上使中贵人手敕趣公，公不得已，则乞归葬然后起。既葬，托边事求见上曰："陛下以孝治天下，方边鄙无事，朝廷不为无人，而区区犬马之心，尚不得自从，臣即死，知不瞑矣。"因泫然泣数行下。上视其貌甚瘠，又闻其言悲之，乃听终丧。盖帅臣得终丧自公始。

服除，以枢密直学士为泾原路兵马都总管，经略安抚使知渭州，遂自尚书礼部郎中，迁右谏议大夫，知成都府，充蜀、梓、利、夔路兵马钤辖。西南夷侵边，公严兵惮之，而诱以恩信，即皆稽颡。蜀自王均、李顺再乱，遂号为易动，往者得便宜决事，而多擅杀以为威，至虽小罪，犹并妻子迁出之蜀,流离颠顿,有以故死者。公拊循教诲,儿女子畜其人,至有甚恶,然后绳以法。蜀人爱公以继张忠定,而谓公所断治,为未尝有误。岁大凶,宽赋减徭,发廪以救之,而无饿者。事闻,赐书奖谕,迁给事中,以守御史中丞,充理检使。召焉,未至,以为枢密直学士权三司使,既而又以为龙图阁学士、翰林学士,又迁尚书礼部侍郎,正其使号。

自景德会计,至公始复钩考财赋,尽知其出入。于是入多景德矣,岁所出,乃或多于入。公以为厚敛疾费如此,不可以持久。然欲有所扫除变更,兴起法度,使百姓得完其蓄积,而县官亦以有馀,在上与执政所为,而主计者不能独任也。故为《皇祐会计录》上之,论其故,冀以寤上。上固恃公欲以为大臣,居顷之,遂以为枢密副使,又以检校太傅充枢密使。公自常选数年,遂任事于时,及在枢密,为之使,又超其正,天下皆以为宜。顾尚有恨公得之晚者。

公行内修,于诸弟尤笃。为人宽厚长者,与人语款款若恐不得当其意。至其有所守,人亦不能移也。自江宁归,宰相私使人招之,公谢不往。及为谏官,于小事近功,有所不言,独常从容为上言为治大方而已。范文正公等,皆士大夫所望以为公卿,而其位未副。公得间,辄为上言之,故文正公等,未几皆见用。当是时,上数以天下事责大臣,慨然欲有所为,盖其志多自公发。公所设施,事趣可,功期成,因能任善,不必己出,不为独行异言,以峙声名,故功利之在人者多,而事迹可记者止于如此。

嘉祐三年十二月，暴得疾，不能兴。上闻悼骇，敕中贵人、太医问视，疾加损辄以闻。公即辞谢求去位，奏至十四五，犹不许。而公求之不已，乃以为尚书右丞，观文殿学士，翰林侍读学士，提举景灵宫事，而公求去位终不已，于是遂以太子少傅致仕。致仕凡五年，疾遂笃，以八年二月乙酉薨于第，享年五十九。号推诚保德功臣，阶特进，勋上柱国，爵开国京兆郡公，食邑三千五百户，实封八百户，诏赠公太子太傅，而赙赐之甚厚。

公讳况，字元均。皇曾祖讳祐，赠太保。皇祖讳行周，赠太傅。皇考讳延昭，赠太师。妻富氏，封永嘉郡夫人，今宰相河南公之女弟也。无男子，以弟之子至安为主后。女子一人，尚幼。田氏自太师始占其家开封，而葬阳翟，故今以公从太师葬阳翟之三封乡西吴里。于是公弟右赞善大夫洵来曰："卜葬公，利四月甲午，请所以志其圹者。"盖公自佐江宁以至守蜀，在所辄兴学，数亲临之以进诸生。某少也与公弟游，而公所进以为可教者也，知公为审。铭曰：

田室于姜，卒如龟祥。后其孙子，旷不世史，于宋继显，自公攸始。奋其华蕤，配实之美，乃发帝业，深宏卓炜。乃兴佐时，宰饪调胹，文驯武克，内外随施。亦有厚仕，孰无众毁，公独使彼，若荣豫己。维昔皇考，敢于活人，传祉在公，不集其身。公又多誉，公宜难老，胡此殆疾，不终寿考。掩诗于幽，为告永久。海峰先生云：直序作一气奔泻之势，而中有提掇起伏，故情事屈曲，而气势直达。

王介甫荆湖北路转运判官尚书屯田郎中刘君墓志铭并序 ○

治平元年五月六日，荆湖北路转运判官、尚书屯田郎中刘君，年五十四，以官卒。三年，卜十月某日，葬真州扬子县蜀冈，而子洙以武宁章望之状，来求铭。噫！余故人也。为序而铭焉。序曰：

君讳牧，字先之。其先杭州临安县人。君曾大父讳彦琛，为吴越王将有功，刺衢州，葬西安，于是刘氏又为西安人。当太宗时，尝求诸有功于吴越者录其后，而君大父讳仁祚，辞以疾。及君父讳知礼，又不仕，而乡人称为君子。后以君故，赠官至尚书职方郎中。

君少则明敏，年十六，求举进士不中，曰："有司岂枉我哉!"乃多买书，闭户治之。及再举，遂为举首。起家饶州军事推官，与州将争公事，为所挤，几不免。及后将范文正公至，君大喜曰："此吾师也!"遂以为师。文正公亦数称君，勉以学。君论议仁恕，急人之穷，于财物无所顾计，凡以慕文正公故也。弋阳富人，为客所诬，将抵死，君得实，以告。文正公未甚信，然以君故，使吏杂治之。居数日，富人得不死。文正公由此愈知君，任以事。岁终，将举京官，君以让其同官有亲而老者。文正公为叹息许之，曰："吾不可以不成君之善。"及文正公安抚河东，乃始举君可治剧，于是君为兖州观察推官。又学《春秋》于孙复，与石介为友。州旱蝗,奏便宜十馀事。其一事请通登、莱盐商,至今以为赖。

改大理寺丞,知大名府馆陶县。中贵人随契丹使往来多扰县,君视遇有理,人吏以无所苦。先是多盗,君用其党推逐,有发辄得,后遂无为盗者。诏集强壮刺其手为义勇,多惶怖,不知所为,欲走。君谕以诏意,为言利害,皆就刺,欣然曰:“刘君不吾欺也。”留守称其能,虽府事,往往咨君计策。用举者通判广信军,以亲老不行,通判建州。当是时,今河阳宰相富公,以枢密副使使河北,奏君掌机宜文字。保州兵士为乱,富公请君抚视,君自长垣乘驿至其城下,以三日,会富公罢出,君乃之建州。方并属县诸里,均其徭役,人大喜,而遭职方君丧以去。通判青州,又以母夫人丧罢。又通判庐州。朝廷弛茶榷,以君使江西,议均其税,盖期年而后反。客曰:“平生闻君敏而敢为,今濡滞若此何故也?”君笑曰:“是固君之所能易也,而我则不能。且是役也,朝廷岂以为他?亦曰爱人而已。今不深知其利害,而苟简以成之,君虽以吾为敏,而人必有不胜其弊者。”及奏事皆听,人果便之。除广南西路转运判官,于是修险厄,募丁壮,以减戍卒,徙仓便输,考摄官功次,绝其行赇。居二年,凡利害无所不兴废。乃移荆湖北路,至逾月卒。家贫无以为丧,自棺椁诸物,皆荆南士人为具。

君娶江氏,生五男二女。男曰:洙、沂、汶,为进士。洙以君故,试将作监主簿,馀尚幼。

初君为范、富二公所知,一时士大夫争誉其材,君亦慨然自以当得意。已而迍邅流落，抑没于庸人之中。几老矣，乃稍出为世用。若将有以为也，而既死。此爱君者所为恨惜，然士之赫赫为世所愿者可睹矣。以君始终得丧相除，亦何负彼之有？铭曰：

嗟乎刘君！宜寿而显。何畜之久，而施之浅？虽或止之，亦或使之。唯其有命，故止于斯。

王介甫泰州海陵县主簿许君墓志铭 ○○

君讳平，字秉之，姓许氏。余尝谱其世家，所谓今泰州海陵县主簿者也。

君既与兄元相友爱称天下，而自少卓荦不羁，善辨说，与其兄俱以智略为当世大人所器。宝元时，朝廷开方略之选，以招天下异能之士，而陕西大帅范文正公、郑文肃公，争以君所为书以荐。于是得召试为太庙斋郎，已而选泰州海陵县主簿。贵人多荐君有大才，可试以事，不宜弃之州县。君亦常慨然自许，欲有所为，然终不得一用其智能以卒。噫！其可哀也已。

士固有离世异俗，独行其意，骂讥、笑侮、困辱而不悔。彼皆无众人之求，而有所待于后世者也，其龃龉固宜。若夫智谋功名之士，窥时俯仰，以赴势物之会，而辄不遇者，乃亦不可胜数。辨足以移万物，而穷于用说之时；谋足以夺三军，而辱于右武之国。此又何说哉？嗟乎！彼有所待而不悔者，其知之矣。

君年五十九，以嘉祐某年某月某甲子，葬真州之扬子县甘露乡某所之原。夫人李氏。子男瑰，不仕；璋，真州司户参军；琦，太庙斋郎；琳，进士。女子五人，已嫁二人，进士周奉先，泰州泰兴令陶舜元。铭曰：

有拔而起之，莫挤而止之。呜呼许君！而已于斯，谁或使之？海峰先生云：以议论行序事，而感叹深挚，跌荡昭朗。荆公此等志文最可爱。鼐按：《宋史·许元传》元固趋势之士，平盖亦非君子，故介甫语含讥刺。

王介甫王深甫墓志铭 ○○

吾友深父，书足以致其言，言足以遂其志，志欲以圣人之道为己任，盖非至于命弗止也。故不为小廉曲谨，以投众人耳目，而取舍、进退、去就，必度于仁义。世皆称其学问文章行治，然真知其人者不多，而多见谓迂阔，不足趣时合变。嗟乎！是乃所以为深父也。令深父而有以合乎彼，则必无以同乎此矣。

尝独以谓天之生夫人也，殆将以寿考成其才，使有待而后显，以施泽于天下。或者诱其言以明先王之道，觉后世之民。呜呼！孰以为道不任于天，德不酬于人？而今死矣！甚哉圣人君子之难知也！以孟轲之圣，而弟子所愿止于管仲、晏婴，况馀人乎？至于扬雄，尤当世之所贱简，其为门人者，一侯芭而已。芭称雄书以为胜《周易》，《易》不可胜也，芭尚不为知雄者。而人皆曰：古之人生无所遇合，至其没久而后世莫不知。若轲、雄者，其没皆过千岁，读其书，知其意者甚少，则后世所谓知者，未必真也。夫此两人以老而终，幸能著书，书具在，然尚如此。嗟乎深父！其智虽能知轲，其于为雄，虽几可以无悔，然其志未就，其书未具，而既早死，岂特无所遇于今，又将无所传于后。天之生夫人也而命之如此，盖非余所能知也。

深父讳回，本河南王氏。其后自光州之固始，迁福州之侯官，为侯官人者三世。曾祖讳某，某官。祖讳某，某官。考讳某，尚书兵部员外郎。兵部葬颍州之汝阴，故今为汝阴人。深父尝以进士补亳州卫真县主簿，岁馀自免去。有劝之仕者，辄辞以养母。其卒以治平二年七月二十八日，年四十三。于是朝廷用荐者，以为某军节度推官，知陈州南顿县事，书下而深父死矣。夫人曾氏，先若干日卒。子男一人，某。女二人，皆尚幼。诸弟以某年某月某日，葬深父某县某乡某里，以曾氏祔。铭曰：

呜呼深父！维德之仔肩，以迪祖武。厥艰荒遐，力必践取。莫吾知庸，亦莫吾侮。神则尚反，归形此土。

王介甫建安章君墓志铭 ○○

君讳友直，姓章氏。少则卓越自放不羁，不肯求选举，然有高节大度过人之材。其族人郇公为宰相，欲奏而官之，非其好不就也。自江淮之上，海岭之间，以至京师，无不游。将相大人豪杰之士，以至闾巷庸人小子，皆与之交际，未尝有所忤，莫不得其欢心。卒然以是非利害加之，而莫能见其喜愠。视其心，若不知富贵贫贱之可以择而取也，颓然而已矣。昔列御寇、庄周，当文、武末世，哀天下之士，沈于得丧，陷于毁誉，离性命之情，而自托于人伪，以争须臾之欲，故其所称述，多所谓天之君子。若君者似之矣。

君读书通大指，尤善相人，然讳其术，不多为人道之。知音乐、书画、弈棋，皆以知名于一时。皇祐中，近臣言君文章，善篆，有旨召试，君辞焉。于是太学篆石经，又言君善篆，与李斯、阳冰相上下，又召君，君即往。经成，除试将作监主簿，不就也。嘉祐七年十一月甲子，以疾卒于京师，年五十七。娶辛氏，生二男：存、孺为进士。五女子：其长嫁常州晋陵县主簿侍其畴，早卒，畴又娶其中女；次适苏州吴县黄元；二人未嫁。

君家建安者五世，其先则豫章人也。君曾祖考讳某，仕江南李氏，为建州军事推官。祖考讳某，皇著作佐郎，赠工部尚书。考讳某，京兆府节度判官。君以某年某月某甲子，葬润州丹阳县金山之东园。铭曰：

弗缋弗雕，弗跂以为高。俯以狎于野，仰以游于朝。中则有实，视铭其昭。海峰先生云：其来如春水之骤至，故佳。

王介甫孔处士墓志铭 ○

先生讳旼，字宁极，睦州桐庐县尉讳询之曾孙，赠国子博士讳延滔之孙，尚书都官员外郎讳昭亮之子。自都官而上至孔子，四十五世。

先生尝欲举进士，已而悔曰："吾岂有不得已于此邪？"遂居于汝州之龙兴山，而上葬其亲于汝。汝人争讼之不可平者，不听有司，而听先生之一言；不羞犯有司之刑，而以不得于先生为耻。庆历七年，诏求天下行义之士，而守臣以先生应诏。于是朝廷赐之米帛，又敕州县除其杂赋。嘉祐二年，近臣多言先生有道德可用，而执政度以为不肯屈，除守秘书省校书郎致仕。四年，近臣又多以为言，乃召以为国子监直讲。先生辞，乃除守光禄寺丞致仕。五年，大臣有请先生为其属县者，于是天子以知汝州龙兴县事。先生又辞，未听，而六月某日，先生终于家，年六十七。大臣有为之请命者，乃特赠太常丞。至七年月日，弟旼葬先生于尧山都官之兆，而以夫人李氏祔。李氏故大理评事昌符之女，生一女，嫁为士人妻，而先物故。

先生事父母至孝，居丧如礼。遇人恂恂，虽仆奴不忍以辞气加焉。衣食与田桑有馀，辄以赒其乡里，贷而后不能偿者，未尝问也。未尝疑人，人亦以故不忍欺之。而世之传先生者多异，学士大夫有知而能言者，盖先生孝弟忠信，无求于世，足以使其乡人畏服之如此，而先生未尝为异也。先生博学，尤喜《易》，未尝著书，独《大衍》一篇传于世。考其行治，非有得于内，其孰能致此耶？

当汉之东徙，高守节之士，而亦以故成俗，故当世处士之闻，独多于后世。乃至于今，知名为贤而处者，盖亦无有几人。岂世之所不尚，遂湮没而无闻？抑士之趋操，亦有待于世邪？若先生固不为有待于世，而卓然自见于时，岂非所谓豪杰之士者哉！其可铭也已。铭曰：

有人而不出，以身易物；有往而不反，以私其佚。呜呼先生！好洁而无尤，匪佚之为私，维志之求。

王介甫秘阁校理丁君墓志铭 ○○

朝奉郎、尚书司封员外郎，充秘阁校理、新差通判永州军州，兼管内劝农事，上轻车都尉、赐绯鱼袋，晋陵丁君卒。临川王某曰："噫！吾僚也。方吾少时，辅我以仁义者。"乃发哭吊其孤，祭焉，而许以铭。越三月，君婿以状至，乃叙铭赴其葬。

叙曰：君讳宝臣，字元珍。少与其兄宗臣，皆以文行称乡里，号为"二丁"。景祐中，皆以进士起家。君为峡州军事判官，与庐陵欧阳公游，相好也。又为淮南节度掌书记。或诬富人以博，州将，贵人也，猜而专，吏莫敢议，君独力争正其狱。又为杭州观察判官，用举者，兼州学教授，又用举者，迁太子中允，知越州剡县。盖其始至，流大姓一人，而县遂治，卒除弊兴利甚众，人至今言之。于是再迁为太常博士，移知端州。侬智高反，攻至其治所。君出战，能有所捕斩，然卒不胜，乃与其州人皆去而避之，坐免一官，徙黄州。会恩，除太常丞，监湖州酒。又以大臣有解举者，迁博士，就差知越州诸暨县。其治诸暨如剡，越人滋以君为循吏也。英宗即位，以尚书屯田员外郎，编校秘阁书籍，遂为校理，同知太常礼院。

君直质自守，接上下以恕。虽贫困，未尝言利。于朋友故旧，无所不尽。故其不幸废退，则人莫不怜；少进也，则皆为之喜。居无何，御史论君尝废矣，不当复用，遂出通判永州，世皆以咎言者谓为不宜。夫驱未尝教之卒，临不可守之城，以战虎狼百倍之贼，议今之法，则独可守死尔；论古之道，则有不去以死，有去之以生。吏方操法以责士，则君之流离穷困，几至老死，尚以得罪于言者，亦其理也。

君以治平三年，待阙于常州，于是再迁尚书司封员外郎，以四年四月四日卒，年五十八。有文集四十卷。明年二月二十九日，葬于武进县怀德北乡郭庄之原。

君曾祖讳辉，祖讳谅，皆弗仕。考讳柬之，赠尚书工部侍郎。夫人饶氏，封晋陵县君，前死。子男隅，太庙斋郎；除、阶为进士；其季恩儿尚幼。女嫁秘书省著作佐郎、集贤校理同县胡宗愈，其季未嫁，嫁胡氏者亦又死矣。铭曰：

文于辞为达，行于德为充。道于古为可，命于今为穷。呜呼已矣！卜此新宫。

王介甫叔父临川王君墓志铭 ○

孔子论天子、诸侯、卿大夫、士、庶人之孝，固有等矣。至其以事亲为始，而能竭吾才，则自圣人至于士，其可以无憾焉一也。

余叔父讳师锡，字某。少孤则致孝于其母，忧悲愉乐，不主于己，以其母而已。学于他州，凡被服、饮食、玩好之物，苟可以惬吾母而力能有之者，皆聚以归，虽甚劳窘，终不废。丰其母以及其昆弟、姑姊妹，不敢爱其力之所能得；约其身以及其妻子，不敢慊其意之所欲为。其外行，则自乡党邻里，及其尝所与游之人，莫不得其欢心。其不幸而蚤死也，则莫不为之悲伤叹息。夫其所以事亲能如此，虽有不至，其亦可以无憾矣。

自庠序聘举之法坏，而国论不及乎闺门之隐，士之务本者，常诎于浮华浅薄之材，故余叔父之卒，年三十七，数以进士试于有司，而犹不得禄赐以宽一日之养焉。而世之论士也，以苟难为贤，而余叔父之孝，又未有以过古之中制也，以故世之称其行者亦少焉。盖以叔父自为，则由外至者，吾无意于其间可也。自君子之在势者观之，使为善者不得职而无以成名，则中材何以勉焉？悲夫！

叔父娶朱氏。子男一人，某。女子一人，皆尚幼。其葬也，以至和四年，祔于真州某县某乡铜山之原，皇考谏议公之兆。为铭，铭曰：

天孰为之？穷孰为之？为吾能为，已矣无悲！

王介甫兵部员外郎马君墓志铭 ○○

马君讳遵，字仲涂，世家饶州之乐平。举进士，自礼部至于廷，书其等皆第一。守秘书省校书郎，知洪州之奉新县，移知康州。当是时，天子更置大臣，欲有所为，求才能之士,以察诸路,而君自大理寺丞,除太子中允,福建路转运判官。以忧不赴。忧除,知开封县,为江淮、荆湖、两浙制置发运判官。于是君为太常博士,朝廷方尊宠其使事以监六路,乃以君为监察御史,又以为殿中侍御史,遂为副使。已而还之台,以为言事御史。至则弹宰相之为不法者,宰相用此罢,而君亦以此出知宣州。至宣州一日,移京东路转运使,又还台为右司谏,知谏院。又为尚书礼部员外郎,兼侍御史,知杂事,同判流内诠。数言时政,多听用。

始君读书,即以文辞辨丽称天下。及出仕,所至号为办治。论议条鬯,人反覆之而不能穷。平居颓然,若与人无所谐。及遇事有所建,则必得其所守。开封常以权豪请托不可治,客至有所请,君辄善遇之无所拒。客退视其事,一断以法。居久之,人知君之不可以私属也,县遂无事。及为谏官御史,又能如此。于是士大夫叹曰:“马君之智,盖能时其柔刚以有为也。”

嘉祐二年,君以疾求罢职以出,至五六,乃以为尚书吏部员外郎,直龙图阁,犹不许其出。某月某甲子,君卒,年四十七。天子以其子某官某为某官,又官其兄子持国某官,夫人某县君郑氏。以某年某月某甲子,葬君信州之弋阳县归仁乡襄沙之原。

君故与余善,余尝爱其智略,以为今士大夫,多不能如。惜其不得尽用,亦其不幸早世,不终于贵富也。然世方惩尚贤任智之弊,而操成法以一天下之士,则君虽寿考,且终于贵富，其所畜亦岂能尽用哉？呜呼！可悲也已。

既葬，夫人与其家人谋，而使持国来以请曰："愿有纪也，使君为死而不朽。"乃为之论次而系之以辞曰：

归以才能兮，又予以时。投之远涂兮，使骤而驰。前无御者兮，后有推之，忽税不驾兮，其然奚为？哀哀茕妇兮，孰慰其思？墓门有石兮，书以余辞。海峰先生云：序次与田太傅同一机法。

王介甫赠光禄少卿赵君墓志铭 ○○

侬智高反广南，攻破诸州，州将之以义死者二人，而康州赵君，余尝知其为贤者也。

君用叔祖荫，试将作监主簿，选许州阳翟县主簿，潭州司法参军。数以公事抗转运使，连劾奏君，而州将为君讼于朝，以故得无坐。用举者为温州乐清县令，又用举者就除宁海军节度推官，知衢州江山县。断治出己，当于民心，而吏不能得民一钱，弃物道上，人无敢取者。余尝至衢州，而君之去江山盖已久矣，衢人尚思君之所为，而称说之不容口。又用举者改大理寺丞知徐州彭城县。祀明堂恩，改太子右赞善大夫，移知康州。至二月而侬智高来攻，君悉其卒三百以战，智高为之少却。至夜，君顾夫人取州印佩之，使负其子以匿，曰"明日贼必大至，吾知不敌，然不可以去，汝留死无为也"。明日战不胜，遂抗贼以死。于是君年四十二。兵马监押马贵者，与卒三百人亦皆死，而无一人亡者。初君战时，马贵惶扰，至不能食饮，君独饱如平时。至夜，贵卧不能著寝，君即大鼾，比明而后寤。夫死生之故亦大矣，而君所以处之如此。呜呼！其于义与命，可谓能安之矣。

君死之后二日，而州司理谭必始为之棺敛。又百日而君弟至，遂护其丧归葬。至江山，江山之人，老幼相携扶祭哭，其迎君丧有数百里者。而康州之人，亦请于安抚使，而为君置屋以祠。安抚使以君之事闻天子，赠君光禄少卿，官其一子觐右侍禁，官其弟子试将作监主簿，又以其弟润州录事参军师陟，为大理寺丞，签书泰州军事判官厅公事。

君讳师旦，字潜叔，其先单州之成武人。曾祖讳晟，赠太师。祖讳和，尚书比部郎中，赠光禄少卿。考讳应言，太常博士，赠尚书屯田郎中。自君之祖，始去成武而葬楚州之山阳，故今为山阳人。而君弟以嘉祐五年正月十六日，葬君山阳上乡仁和之原。于是夫人王氏亦卒矣，遂举其丧以祔。铭曰：

可以无祸，有功于时。玩君安荣，相顾莫为。谁其视死，高蹈不疑？呜呼康州！铭以昭之。茅顺甫云：此篇如秋水可掬。又云：王公文敛散曲折处有法，皆得之天授，非人所及。

王介甫大理丞杨君墓志铭　○

君讳忱，字明叔，华阴杨氏子。少卓荦，以文章称天下。治《春秋》，不守先儒传注，资他经以佐其说，其说超厉卓越，世儒莫能难也。及为吏，披奸发伏，振擿利害，大人之以声名权势骄士者，常逆为君自绌。盖君有以过人如此。然峙其能，奋其气，不治防畛以取通于世，故终于无所就以穷。

初君以父荫守将作监主簿，数举进士不中。数上书言事，其言有众人所不敢言者。丁文简公且死，为君求职，君辞焉。复用大臣荐，召君试学士院，又久之不就。积官至朝奉郎，行大理寺丞，通判河中府事，飞骑尉。而坐小法，绌监蕲州酒税，未赴，而以嘉祐七年四月辛巳，卒于河南，享年三十九。顾言曰："焚吾所为书无留也，以柩从先人葬。"八年四月辛卯，从其父葬河南府洛阳县平乐乡张封村。

君曾祖讳津。祖讳守庆，坊州司马，赠尚书左丞。父讳偕，翰林侍读学士，以尚书工部侍郎致仕，特赠尚书兵部侍郎。娶丁氏，清河县君，尚书右丞度之女。子男两人：景略，守太常寺太祝，好书学能自立；景彦，早卒。君有文集十卷，又别为《春秋正论》十卷，《微言》十卷，《通例》二十卷。铭曰：

芒乎其孰始，以有厥美？昧乎其孰止，以终于此？纳铭幽宫，以慰其子。

古文辞类纂四十九终

碑志类下编九　　古文辞类篹五十

王介甫尚书屯田员外郎仲君墓志铭 ○

君仲氏，讳讷，字朴翁，广济军定陶人。曾祖讳环，祖讳祚，皆弗仕。而至君父讳尹，始仕至曹州观察支使，赠右赞善大夫。

君景祐元年进士，起家莫州防御推官。年少初官，然上下无敢易者。时传契丹且大扰边，朝廷使中贵人来问，知州张崇俊未知所对。君策契丹无他为，具奏论之。崇俊喜曰："朝廷必知非吾能为此，然亦当善我能听用君也。"又权博州防御判官，以母夫人丧去。去三年，复权明州节度推官。县送海贼数十人，狱具矣，君独疑而辨之，数十人者皆得雪。用举者改大理寺丞，知大名府清平、邛州临溪两县，又通判解州。于是三迁为尚书屯田员外郎，而以皇祐五年十二月二十一日卒，年五十五。

君厚重有大志，不妄言笑，喜读书，为古文章，晚而尤好为诗，诗尤称于世。所在有声绩，然直道自信，于权贵人不肯有所屈，故好者少，然亦多知其非常人也。其在越、蜀，士多从之学。当宝元、康定间，言者喜论兵，然计不过攻守而已，君独推《书》所谓“食哉惟时，柔远能迩，惇德允元，而难任人，蛮夷率服”，为《御戎议》二篇。嗟乎！此流俗所羞以为迂而弗言者也，非明于先王之义，则孰知夫中国安富尊强之为必出于此？君知此矣，则其自信不屈，宜以有所负而然，惜乎其未试也。

君初娶王氏，尚书驾部郎中兰之女。又娶李氏，尚书虞部员外郎宋卿之女。三男子：伯达为太常博士，次伯适、伯同为进士。三女子：嫁殿中丞任庾，并州交城县尉崔绛，兴元府户曹参军任膺。博士以熙宁元年十一月二十一日，葬君于定陶之闵邱县，而以余之闻君也，来求铭。铭曰：

於戏朴翁，天偶人觭。翔其德音，而踬于时。

王介甫广西转运使苏君墓志铭 ○

庆历五年，河北都转运使、龙图阁直学士信都欧阳修，以言事切直，为权贵人所怒，因其孤甥女子有狱，诬以奸利事。天子使三司户部判官、太常博士武功苏君，与中贵人杂治。当是时，权贵人连内外诸怨恶修者，为恶言，欲倾修锐甚。天下汹汹，必修不能自脱。苏君卒白上曰：“修无罪，言者诬之耳。”于是权贵人大怒，诬君以不直，绌使为殿中丞，泰州监税。然天子遂寤，言者不得意，而修等皆无恙。苏君以此名闻天下。嗟乎！以忠为不忠，而诛不当于有罪,人主之大戒。然古之陷此者相随属,以有左右之谗,而无如苏君之救,是以卒至于败亡而不寤。然则苏君一动,其功于天下岂小也哉!苏君既出逐,权贵人更用事。凡五年之间,再赦,而君六徙,东西南北,水陆奔走辄万里。其心恬然,无有怨悔。遇事强果,未尝少屈。盖孔子所谓刚者,殆苏君矣。

君又尝通判陕府。当葛怀敏之败,边告急,枢密使使取道路戍还之卒,再戍仪、渭。于是延州还者千人,至陕,闻再戍,大恐,即讙,聚谋为变。吏白闭城,城中无一人敢出。君徐以一骑出卒间,谕慰止之,而以便宜还使者。戍卒喜曰:“微苏君,吾不得生。”陕人曰:“微苏君,吾其掠死矣。”有令刺陕西之民以为兵,敢亡者死。既而亡者得,有司治之以死,而君辄纵去,言上曰:“令民以死者,为事不集也。事集矣,而亡者犹不赦,恐其众相聚而为盗。惟朝廷幸哀怜愚民,使得自反。”天子以君言为然,而三十州之亡者皆不死。其后知坊州,州税赋之无归者,里正代为之输,岁弊大家数十,君悉钩治使归其主。坊人不忧为里正,自苏君始也。

苏君讳安世,字梦得。其先武功人。后徙蜀,蜀亡,归于京师,今为开封人也。曾大考讳进之,率府副率。大考讳继,殿直。考讳咸熙,赠都官郎中。君以进士起家三十二年,方侍郎云:起家,自家起而尊用也。自荆公误用,而明代人遂有云以《尚书》起家,以《毛诗》起家者。鼐按:在家曰居,出仕曰起,非必尊用也。曰起家三十二年,犹言仕三十二年,尔义自可通。不可以明人之误,而追贬荆公也。其卒年五十九。为广西转运使,而官止于屯田员外郎者，以君十五年不求磨勘也。君娶南阳郭氏，又娶清河某氏。子四人：台文，永州推官；祥文，太庙斋郎；炳文，试将作监主簿；彦文，未仕。女子五人：适进士会稽江松，单州鱼台县尉江山赵扬，三人尚幼。君既卒之三年，嘉祐二年十月庚午，其子葬君扬州之江都东兴宁乡马坊村。而太常博士知常州军州事临川王安石，为之铭曰：

皇有四极，周绥以福。使维苏君，奠我南服。亢亢苏君，不圆其方，不晦其明，君子之刚。其枉在人，我得吾直。谁怼谁愠？衹天之役。日月有丘，其下冥冥，昭君无穷，安石之铭。王铚《默记》云：欧阳文忠庆历中为谏官，锐意言事，大忤权贵，除修起居注，知制诰，未几以龙图阁直学士，为河北部运，令内侍供奉官王昭明同往相度河事。公言侍从出使，故事无内臣同行之理，臣实耻之。朝廷从之。会公孙张氏幼孤，鞠育于家，嫁侄晟，与仆陈谏犯奸，事发，鞠于开封府右军巡院。张惧罪，图自解免，语引及公。军巡判官著作佐郎孙揆止勘张与谏通事，不复枝蔓。宰相闻之，怒，再命太常博士三司户部判官苏安世勘之，又差王昭明者监勘。盖以公前事，欲令释憾也。昭明至狱，见安世所勘案牍，骇曰："昭明在官家左右，无三日不说欧阳修，今省判所勘，乃迎合宰相意，加以大恶，异日昭明吃剑不得。"安世闻之，大惧，竟不易揆所勘，但劾欧公用张氏赀买田产立户事，奏之。宰相大怒，公既降知制诰，知滁州，而安世坐牒三司取录问人吏不闻奏，降殿中丞、泰州监税，昭明降寿春监税。其后王荆公为苏安世埋铭，盛称能回此狱，而世殊不知揆守之于前，昭明主之于后，使安世不能有变改迎合也。则二人可谓奇士矣！

王介甫临川吴子善墓志铭 ○

临川吴氏，有子兴宗，字子善。年二十丧母，而其父以生事付之，则先日出以作，后日入以息。日午矣，家一人未饭，其夫妇必尚空腹；天寒矣，家一人未纩，其夫妇必尚单衣。盖如此者二十年，而父终，三十年而已死。凡嫁五妹，办数丧，又以其筋力之馀，及于乡党。苟有故，必我劳人佚，先往后归。而尤笃于友爱，见弟有过，则颜色愈温，须饮酒欢极之间，乃微示以意。既而即泣下，曰："吾亲属我以汝，吾所以不避艰险者，保汝而已。"其弟终感悟悔改为善士，以文学名于世。此待其弟乃尔，若于他人，则绝口不涉其非。然里中少年闻其謦欬之音，往往逃匿，若匿不及，则俯首恐愧。而尝有所绁，一至讼庭，及着械，同绁数十人，为之皆哭，掌狱者惊起白守，守立免焉，其见畏爱多此类。某谓其父为诸舅，甚知其所为，故于其弟子经孝宗之求志以葬也，为道而不辞。

子善尝应进士举，后专于耕养，遂不复应。其死以治平四年八月九日，而十二月十五日，与其母黄氏，共葬于灵源村父墓之域中。父讳偃，亦有行义，用疾弗仕。祖讳表微，尚书屯田员外郎。曾相讳英，殿中丞。初妻姓王氏，一男良弼，皆前卒。再娶杨氏，生荛、适、枉，荛始九岁。而四女，幼者一岁云。

王介甫葛兴祖墓志铭　○

许州长社县主簿葛君，讳良嗣，字兴祖。其先处州之丽水人，而兴祖之父，徙居明州之鄞，兴祖葬其父润州之丹徒，故今又为丹徒人矣。曾大父讳遇，不仕。大父讳旴，赠尚书都官郎中。父讳源，以尚书度支郎中，终仁宗时。度支君三子，当天圣、景祐之间，以文有声，赫然进士中。先人尝受其挚，阅之终篇，而屡叹葛氏之多子也。既而三子者，伯、仲皆蚤死，独其季在，即兴祖。

兴祖博知多能，数举进士，角出其上。而刻励修洁，笃于亲友，慨然欲有所为以效于世者也。年四十馀，始以进士出仕州县。馀十年，而卒穷于无所遇以死。嗟乎！命不可控引，而才之难恃以自见盖久矣。然兴祖于仕未尝苟，闻人疾苦，欲去之如在己。其临视虽细故，人不以属耳目者，必皆致其心。论者多怪之，曰兴祖且老矣，弊于州县，而服勤如此。余曰："是乃吾所欲于兴祖。夫大仕之则奋，小仕之则怠忽以不治，非知德者也。"兴祖闻之，以余之言为然。

兴祖娶胡氏，又娶郑氏，其卒年五十三，实治平二年三月辛巳。其葬以胡氏祔，在丹徒之长乐乡显扬村，即其年十一月某甲子也。兴祖，三男子：蘩、蕴皆有文学，蘩许州临颍县主簿，蕴邓州穰县主簿，蘋尚幼也。四女子，皆未嫁云。铭曰：

蹇于仕以为人尤，不慭施以年，孰主孰谋？无大憾于德，又将何求？

王介甫金溪吴君墓志铭　○

君和易罕言，外如其中，言未尝极人过失。至论前世善恶，其国家存亡、治乱、成败所繇，甚可听也。尝所读书甚众，尤好古而学其辞，其辞又能尽其议论。年四十三，四以进士试于有司，而卒困于无所就。其葬也，以皇祐六年某月日，抚州之金溪县归德乡石廪之原，在其舍南五里。当是时，君母夫人既老，而子世隆、世范皆尚幼。三女子，其一卒，其二未嫁云。

呜呼！以君之有，与夫世之贵富而名闻天下者计焉，其独歉彼耶？然而不得禄以行其意，以祭以养以遗其子孙以卒，此其士友之所以悲也。夫学者将以尽其性，尽性而命可知也。知命矣，于君之不得意，其又何悲耶？铭曰：

蕃君名，字彦弼，氏吴其先自姬出。以儒起家世冕黻，独成之难幽以折，厥铭维甥订君实。

王介甫仙源县太君夏侯氏墓碣 ○

仙源县太君夏侯氏，济州钜野人。尚书驾部员外郎讳晟之子，翰林侍读学士、尚书户部侍郎谯公讳峤之孙，赠太子太师讳浦之曾孙，尚书兵部员外郎、知制诰、知邓州军州事阳夏公谢氏讳绛之夫人，太常博士、通判汾州军州事景初之母，年二十三卒。后五年，葬杭州之富阳。于是时，阳夏公为太常丞秘阁校理，博士生五岁矣，而其女兄一人亦幼。又十五年康定二年，博士举夫人如邓，以合于阳夏公之墓，而临川王某书其碣曰：

夫人以顺为妇，而交族亲以谨；以严为母，而抚媵御以宽。阳夏公之名，天下莫不闻，而曰“吾不以家为恤六年于此者，夫人之相我也”。故于其卒，闻者欲其有后，而夫人之子果以才称于世。呜呼！阳夏公之事在太史，虽无刻石，吾知其不朽矣。若夫夫人之善，不有以表之隧上，其能与公之烈相久而传乎？此博士所以属予之意也。予读《诗》，惟周士大夫侯公之妃，修身饬行，动止以礼，能辅佐劝勉其君子，而王道赖以成，盖其法度之教非一日，而其习俗不得不然也。及至后世，自当世所谓贤者，于其家不能以独化，而夫人卓然如此，惜乎其蚤世也。顾其行治，虽列之于风以为后世观，岂愧也哉！

王介甫曾公夫人万年太君黄氏墓志铭 ○

夫人江宁黄氏，兼侍御史知永安场讳某之子，南丰曾氏赠尚书，水部员外郎讳某之妇，赠谏议大夫讳某之妻。凡受县君封者四：萧山、江夏、遂昌、雒阳。受县太君封者二：会稽、万年。男子四，女子三。以庆历四年某月日，卒于抚州，寿九十有二。明年某月，葬于南丰之某地。

夫人十四岁无母，事永安府君至孝，修家事有法。二十三岁归曾氏，不及舅水部府君之养，以事永安之孝事姑陈留县君，以治父母之家治夫家。事姑之党，称其所以事姑之礼。事夫与夫之党，若严上然。视子慈，视子之党若子然。每自戒不处白人善否。有问之曰：“顺为正，妇道也，吾勤此而已。处白人善否，靡靡然为聪明，非妇人宜也。”以此为女与妇，其传而至于没，与为女妇时弗差也。故内外亲，无老幼疏近，无智不能，尊者皆爱，辈者皆附，卑者皆慕之。为女妇在其前者，多自叹不及，后来者皆曰可矜法也。其言色在视听，则皆得所欲，其离别则涕洟不能舍。有疾皆忧，及丧来吊哭，皆哀有馀。於戏！夫人之德如是，是宜有铭者。铭曰：

女子之德，煦願疑“愿”。愉愉。教堕弗行，妇妾乘夫，趋为亢厉，励之颛愚。猗嗟夫人，惟德之经，媚于族姻，柔色淑声。其究女初，不倾不盈，谁疑不信？来监于铭。

王介甫仙居县太君魏氏墓志铭 ○

临川王某曰：俗之坏久矣。自学士大夫，多不能终其节，况女子乎？当是时，仙居县太君魏氏，抱数岁之孤，专屋而闲居，躬为桑麻以取衣食。穷苦困厄久矣，而无变志。卒就其子以能有家，受封于朝，而为里贤母。呜呼！其可铭也。于其葬，为序而铭焉。序曰：

魏氏其先江宁人。太君之曾祖讳某，光禄寺卿。祖讳某，池州刺史。考讳某，太子谕德，皆江南李氏时也。李氏国除，而谕德易名居中，退居于常州。以太君为贤，而选所嫁，得江阴沈君讳某，曰“此可以与吾女矣”。于是时太君年十九，归沈氏。归十年，生两子，而沈君以进士甲科，为广德军判官以卒。太君亲以《诗》、《论语》、《孝经》教两子。两子就外学时，数岁耳，则已能诵此三经矣。其后子迥为进士，子遵为殿中丞，知连州军州，而太君年六十有四，以终于州之正寝，时皇祐二年六月庚辰也。嘉祐二年十二月庚申，两子葬太君江阴申港之西怀仁里。于是遵为太常博士，通判建州军州事，而沈君赠官至太常博士。铭曰：

山朝于跻，其下惟谷。缵我博士，夫人之淑。其淑维何？博士其家。二子翼翼，萼跗其华。诜诜诸孙，其实其葩。孰云其昌？其始萌芽。皇有显报，曰维在后。硕大蕃衍，刲牲以告。视铭考施，夫人之效。

王介甫郑公夫人李氏墓志铭 ○

尚书祠部郎中、赠户部侍郎安陆郑公讳纾之夫人，追封汝南郡太君李氏者，尚书驾部郎中、赠卫尉卿文蔚之子也，光州仙居县令，赠工部员外郎讳岵之孙。以祥符九年嫁，至天圣九年，年三十二，以八月壬辰，卒于其夫为安州应城县主簿之时。后三十七年，为熙宁元年八月庚申，祔于其夫安陆太平乡进贤里之墓。于是夫人两子：獬为秘书丞，知潭州攸县；獬为翰林学士，尚书兵部员外郎，知制诰。一女子，嫁郊社斋郎张蒙山。

夫人敏于德，详于礼，事皇姑称孝，内谐外附，上下裕如。郑公大姓，尝以其富主四方之游士。至侍郎则始贫而专于学，夫人又故富家，尽其资以助宾祭。补纫浣濯，饎爨朝夕。人有不任其劳苦，夫人欢终日，如未尝贫。故侍郎亦以自安于困约之时，如未尝富。郑氏盖将日显矣，而夫人不及其显禄。呜呼！良可悲也。于其葬，临川人王某为铭曰：

于嗟夫人！归孔时兮。窈其为德，婉有仪兮。命云如何，壮则萎兮。烝烝令子，悲慕思兮。有严葬祔，祭配祇兮。告哀无穷，铭此诗兮。

古文辞类篹五十终

碑志类下编十

古文辞类篹五十一

归熙甫亡友方思曾墓表 ○○

余友方思曾之殁，适岛夷来寇，权厝于某地。已而其父长史公官四方，子升幼，不克葬。某年月日，始祔于其祖侍御府君之墓。来请其墓上之文，亦以葬未有期，不果为。至是始畀其子升，俾勒之于石。

盖天之生材甚难，其所以成就之尤难。夫其生之者，率数千百人之中得一人而已耳。其一人者果出于数千百人之中，则其所处必有以自异，而不肯同于数千百人之为。而其所值又有以激之，是以不克安居徐行以遽入于中庸之道，则天之所以成材者其果尤难也。思曾少负奇逸之姿，年二十馀，以《礼经》为经闱首荐。既一再试春官不利，则自叱而疑曰："吾所为以为至矣，而又不得，彼必有出于吾术之外者。"则使人具书币走四方，求尝已得高第者，与夫邑里之彦，悉致之于家而馆饩之。其人亦有为显官以去者，然思曾自负其才，顾彼之术实不能有加于吾，亦遂厌弃不能以久。方其试而未得也，则愤憾而有不屑之志。其后每偕计吏行，时时绝大江，徘徊北岸，辄返棹登金、焦二山，徜徉以归，与其客饮酒放歌，绝不与豪贵人通。间与之相涉，视其龌龊，必以气陵之。闻为佛之学于临安者，思曾往师之，作礼赞叹，求其解说。自是遇禅者，虽其徒所谓堕龙哑羊之流，即跪拜施舍，冀得真乘焉。而人遂以思曾果溺于佛之说，不知其有所不得志而肆意于此。以是知古之毁服童发逃山林而不处，未必皆积志于其教，亦有所愤而为之者耶？以思曾之材，有以置之，使之无愤憾之气，其果出于是耶？然使假之以年以至于今，又安知愤憾不益甚，而将不出于是耶？抑彼其道，空荡翛然不与世竞，而足以消其愤憾之气耶？抑将平其气无待于外，安居徐行而至于中庸之涂也？此吾所以叹天之成材为难也。

思曾讳元儒，后更曰钦儒。曾祖曰麟，赠承德郎礼部主事。祖曰凤，朝列大夫、广东佥事、前监察御史。父曰筑，今为唐府长史。侍御与兄鹏，同年举进士，侍御以忤权贵出，而兄为翰林春坊至太常卿，亦罢归。思曾后起，谓必光显于前之人，而竟不得位以殁，时嘉靖某年月日也，春秋四十。娶朱氏，福建都转运盐使司判官希阳之女。男一人：升。女三人，皆侧出。

思曾少善余。余与今李中丞廉甫，晚步城外隍桥，每望其庐，怅然而返，其相爱慕如此。后余同为文会，又同举于乡，思曾治园亭田野中，至梅花开时，辄使人相召，予多不至。而思曾时乘肩舆过安亭江上，必尽醉而归。尝以余文示上海陆詹事子渊，有过奖之语，思曾陵晓乘船来告。余非求知于世者，而亦有以见思曾爱余之深也。思曾之葬也，陈吉甫既为铭，余独痛思曾之材，使不得尽其所至，亦为之致憾于天而已矣。海峰先生云：学荆公为文，折旋有气。

归熙甫赵汝渊墓志铭 ○

宋熙陵九王子，其八为周恭肃王元俨。恭肃王生定王允良，定王生安康郡王宗绛，安康郡王生南阳侯仲纩，南阳侯生处州兵马钤辖士翮，士翮始迁严陵。士翮生保义郎不玷，又自严陵徙浦江。不玷生三观使武经郎善近，善近生武翼郎汝侱，汝侱生崇傒。自定王以后至崇傒，始失其官为士庶。崇傒生必俊，必俊生良仁，始自浦江徙吴，今长洲之金庄也。良仁生友端，友端生季永，季永生同芳，同芳生巇。巇生四子：濂、潜、深、滨。潜者，汝渊讳也。汝渊于兄弟次在二，授室于昆山真义里朱氏。汝渊年六十有六，卒嘉靖四十二年十二月某日。朱孺人年五十五，卒嘉靖三十八年正月某日。生子男一人：世贞。孙男四人：和平、和顺、和德皆夭，最后生和敬。孙女一人。其葬以隆庆二年十二月某日，墓在长洲之某乡。

宋自青城之难，王子三千馀人，尽为北俘。其散处四方，仅仅有存者，若周王之后。以诗书世其家，故谱系颇可考。其在长洲，同鲁其贤者也。同鲁于汝渊为再从父。汝渊夫妇孝敬，修士人之行，世贞方将以进士起其家。世贞于余先妻魏氏，内外兄弟也，故属余铭。铭曰：

宋失维城，宗沦于朔。哀哉重昏，鼎折覆𫗧。不仁之殃，追其九族。存者孑遗，逃窜而延。惟恭肃王，当世称贤。宜其孙子，百叶以传。宜君宜王，今为士庶。亦修于家，鱼菽以祭。曷以铭之？不愧其世。

归熙甫沈贞甫墓志铭 ○

自余初识贞甫时，贞甫年甚少，读书马鞍山浮屠之偏。及余娶王氏，与贞甫之妻为兄弟，时时过内家相从也。余尝入邓尉山中，贞甫来共居，日游虎山、西崦，上下诸山，观太湖七十二峰之胜。嘉靖二十年，余卜居安亭。安亭在吴淞江上，界昆山、嘉定之壤，沈氏世居于此。贞甫是以益亲善，以文字往来无虚日。以余之穷于世，贞甫独相信，虽一字之疑，必过余考订，而卒以余之言为然。盖余屏居江海之滨，二十年间，死丧忧患，颠顿狼狈，世人之所嗤笑，贞甫了不以人之说而有动于心，以与之上下。至于一时富贵翕赫，众所观骇，而贞甫不余易也。嗟夫！士当不遇时，得人一言之善，不能忘于心。余何以得此于贞甫邪？此贞甫之殁，不能不为之恸也！

贞甫为人伉厉，喜自修饬，介介自持，非其人未尝假以辞色。遇事激昂，僵仆无所避。尤好观古书，必之名山及浮屠、老子之宫。所至扫地焚香，图书充几。闻人有书，多方求之，手自抄写，至数百卷。今世有科举速化之学，皆以通经学古为迂。贞甫独于书知好之如此，盖方进于古而未已也。不幸而病，病已数年，而为书益勤。余甚畏其志，而忧其力之不继，而竟以病死。悲夫！

初余在安亭无事，每过其精庐，啜茗论文，或至竟日。及贞甫殁，而余复往，又经兵燹之后，独徘徊无所之，益使人有荒江寂莫之叹矣。

贞甫讳果，字贞甫。娶王氏，无子，养女一人。有弟曰善继、善述。其殁以嘉靖三十四年七月日，年四十有二。即以是年某月日，葬于某原之先茔。可悲也已！铭曰：天乎命乎？不可知。其志之勤，而止于斯！

归熙甫归府君墓志铭 ○

府君姓归氏，讳椿，字天秀。大父讳仁，父讳祚，母徐氏。嘉靖十五年正月初八日卒，年七十一。娶曹氏，父讳永太，母高氏，嘉靖十年三月十九日卒，年六十八。子男三：雷、霆、电。女一，适钱操。孙男五：谏县学生，谟、训皆国学生；让幼。女三。曾孙男六。以嘉靖二十六年十二月庚申日，合葬于马泾实渎泾。

按归氏，出春秋胡子，后灭于楚，其子孙在吴，世为吴中著姓。至唐宣公，仍世贵显，封爵官序，具载唐史。宋湖州判官罕仁，居太仓。其别子居常熟之白茆，居白茆已数世矣，由湖州而下，差以昭穆。府君，我曾大父城武公兄弟行也。

府君初为农，已乃延礼师儒，教训诸孙，彬彬向文学矣。府君少时，亦尝学书，后弃之，夫妇晨夜力作。白茆在江海之堧，高仰瘠卤，浦水时浚时淤，无善田。府君相水远近，通溪置闸，用以灌溉。其始居民鲜少，茅舍历落数家而已。府君长身古貌，为人倜傥好施舍，田又日垦，人稍稍就居之，遂为庐舍市肆，如邑居云。晚年，诸子悉用其法，其治数千亩如数十亩，役属百人如数人。吴中多利水田，府君家独以旱田。诸富室争逐肥美，府君选取其硗者，曰“顾我力可不可，田无不可耕者”，人以此服府君之精。

盖古之王者之于田功勤矣，下至保介、田畯、遂师、遂大夫、县正、里宰、司稼，设官用人，如是悉也。汉二千石遣令、长、三老力田，及里父老善田者，受田器，学耕种养苗状。时赵过、蔡癸之徒，皆以好农为大官。今天下田，独江南治耳。中原数千里，三代畎浍之迹未有复也。议者又欲放前元海口万户之法，治京师濒海萑苇之田，以省漕壮国本。兹事行之实便，而久不行，岂不以任事者难其人邪？或往往叹事功之不立，谓世无其人，若府君岂非世之所须也？铭曰：

昔在颛顼，曰惟我祖。绵绵汝、颍，蹙于荆楚。迄唐而昌，鸣玉接武。湖州来东，海鱼为伍。亦有别子，居白茆浦。旷肰江海，寂无烟火。孰生聚之？府君之抚。府君颀颀，才无不可。实圳亩之，终古泻卤。黍稷嶷嶷，有万斯亩。曷不虎符？藏于兹土。叙为田处极酣恣，似《货殖传》。

归熙甫女二二圹志

女二二，生之年月，戊戌戊午，其日时又戊戌戊午，予以为奇。

今年予在光福山中，二二不见予，辄常常呼予。一日予自山中还，见长女能抱其妹，心甚喜。及予出门，二二尚跃入予怀中也。既到山数日，日将晡，予方读《尚书》，举首忽见家奴在前。惊问曰："有事乎？"奴不即言，第言他事。徐却立曰："二二今日四鼓时已死矣。"盖生三百日而死，时为嘉靖己亥三月丁酉。予既归为棺敛，以某月日瘗于城武公之墓阴。呜呼！予自乙未以来多在外，吾女生既不知，而死又不及见。可哀也已！

归熙甫女如兰圹志

须浦先茔之北累累者，故诸殇冢也。坎方封有新土者，吾女如兰也。死而埋之者，嘉靖乙未中秋日也。

女生逾周，能呼予矣。呜呼！母微而生之又艰，予以其有母也，弗甚加抚，临死乃一抱焉，天果知其如是，而生之奚为也？

归熙甫寒花葬志 ○

婢，魏孺人媵也。嘉靖丁酉五月四日死，葬虚邱。事我而不卒，命也夫！

婢初媵时，年十岁，垂双鬟，曳深绿布裳。一日天寒，热火煮荸荠熟，婢削之盈瓯。余入自外，取食之，婢持去不与，魏孺人笑之。孺人每令婢倚几旁饭，即饭，目眶冉冉动，孺人又指余以为笑。回思是时，奄忽便已十年。吁！可悲也已！

方灵皋杜苍略先生墓志铭

先生姓杜氏，讳岕，字苍略，号些山，湖广黄冈人。明季为诸生，与兄濬，避乱居金陵，即世所称茶村先生也。二先生行身略同，而趣各异。茶村先生峻廉隅，孤特自遂，遇名贵人，必以气折之，于众人未常接语言，用此丛忌嫉。然名在天下，诗每出，远近争传诵之。先生则退然一同于众人，所著诗歌古文，虽子弟弗示也。方壮丧妻，遂不复娶。所居室漏且穿，木榻敝帷，数十年未尝易。室中终岁不扫除。有子教授里巷间，窭艰，每日中不得食，男女啼号。客至，无水浆，意色间无几微不自适者。间过戚友，坐有盛衣冠者，即默默去之。行于途，尝避人，不中道与人语，虽儿童厮舆，惟恐有伤也。

初余大父与先生善，先君子嗣从游，苞与兄百川亦获侍焉。先生中岁道仆遂跛，而好游，非雨雪常独行，徘徊墟莽间。先君子暨苞兄弟暇则追随，寻花莳，玩景光，藉草而坐，相视而嘻，冲然若有以自得，而忘身世之有系牵也。辛未、壬申间，苞兄弟客游燕、齐，先生悄然不怡，每语先君子曰："吾思二子，亦为君惜之。"

先生生于明万历丁巳四月初九日，卒于康熙癸酉七月十九日，年七十有七，后茶村先生凡七年，而得年同。所著《些山集》藏于家。其子掞以某年月日，卜葬某乡某原，来征辞。铭曰：

蔽其光，中不息也。虚而委蛇，与时适也。古之人与？此其的也。有逸气，望溪集中所罕见。

方灵皋李抑亭墓志铭

雍正十年冬十月朔，后九日，过吾友抑亭，遂赴海淀。次日归，闻抑亭蹶而喑，日再往视，越六日而死。

始余见君于其世父文贞公所，终日温温，非有问不言。及供事蒙养斋，始习而慕焉，期月而后，无贵贱、老少、背面，皆曰："李君，君子人也。"其后余移武英殿领修书事，首举君自助，殿中无贵贱老少，称之如蒙养斋。君自入翰林，再充顺天乡试同考官，典试云南，士论翕然。视学江西，高安朱相国每曰："百年中无或并也。"按察司李兰，以咨革诸生，君常难之，劾君牵制有司之法，而弹章亦具列其廉明。余自获交文贞，习于李氏族姻，及泉、漳间士大夫，其私论乡人各有向背，而信君无异辞。君被劾，当降补国子监丞，群士日夜望君之至。既受职，长官相庆，而莅事未弥月。用此六馆之士，尤深痛焉。

往者岁在戊申，君弟钟旺蹶而喑，卒于君寓，余既哭而铭之。君在江西，丧其良子清江，又为之铭，以塞君悲。而今复见君之死。古者亲旧相与宴乐，而乐歌之辞乃曰“死丧无日，无几相见”，有以也。君在蒙养斋及殿中，与余共晨夕各一二年，返自江西，无兼旬不再三见者。辛亥春，余益病衰，凡公事必私引君自助，无旬日不再三见者。一日不见而君疾，一言不接而君死，故每欲铭君，则怆然不能举其辞。丧归有日矣，乃力疾而就之。

君讳钟侨，字世邠，福建泉州安溪县人。康熙壬午举于乡，壬辰成进士，年五十有四。所著《论语孟子讲蒙》十卷、《诗经测义》十卷、《易解》八卷，藏于家。《尚书》、《周官》，皆有说未就。父讳鼎征，康熙庚申举人，户部主事，诰授奉直大夫。母庄氏，赠宜人。兄弟五人，四举甲乙科。兄天宠，自入翰林十馀年，与君相依，皆不取室人自随。痛两弟羇死，乃引疾送君之丧以归。君娶黄氏，敕封孺人。子五人，四举甲乙科。长清载，庚戌进士，兵部武选司额外主事；次清芳，癸卯举人，拣选知县；次清江，癸卯举人，拣选知县；次清恺，壬子副榜贡生；次清时，壬子举人，世父抚为己子。女一，适士族。以某年月日，葬于某乡某原。铭曰：

蓄之也深，而施者微；将踵武于儒先，而年命摧。悼余生之无成，犹有望者夫人，而今谁与归？

刘才甫舅氏杨君权厝志

舅氏杨君讳绍奭，字稚棠，于书无所不读。少工为科举之文，而郁不得志。既困无所合，而读书益奋发不衰。年已老，头白且秃，犹依灯火坐读《礼经》，至城上三鼓不辍。盖君之于书，自其天性，而非以求名声利禄也。舅氏性刚直，于寻常人未尝苟有所酬答。与乡人处，虽贵显有不善，即面责无少依阿。临财廉，执事果，可谓好学有道君子者也。娶邱氏，累生男不育，而舅氏遂无子。以康熙六十年六月二十七日，病痈而卒。呜呼！可痛也。

舅氏于诸甥中，尤爱怜櫆，尝抚予指吾父而言曰："此子殆能大刘氏之门，然未知吾及见之否。"平居设酒食，召櫆与饮，舅氏自提觞行趣令醉。櫆谢已醉不能饮，舅氏笑曰："予性嗜饮，每过从人家饮酒，主饮者不趣予饮，吾意辄不乐，以此度人意皆然。乃者舅氏实饮汝酒，当不使甥意不乐也。"酒半，仰首歔欷，徐顾谓櫆曰："予穷于世，今老旦暮且死，然未有子息。汝读书能为古文辞，其传于后世无疑，当为我作传，则吾虽无子，犹有子焉。"櫆受命而退，未及为，而舅氏遂舍予以卒。悲夫！

君既卒之七日，其兄子某，以君之柩权厝于县城北月山之麓，櫆涕泣而为之志。

古文辞类纂五十一终

杂记类一　　古文辞类篹第五十二

韩退之郓州溪堂诗并序　○○○

宪宗之十四年，始定东平，三分其地，以华州刺史、礼部尚书兼御史大夫扶风马公，为郓、曹、濮节度、观察等使，镇其地。既一年，褒其军号曰“天平军”。上即位之二年，召公入，且将用之，以其人之安公也，复归之镇。

上之三年，公为政于郓、曹、濮也适四年矣，治成制定，众志大固，恶绝于心，仁形于色，竱心一力，以供国家之职。于时沂、密始分而残其帅，其后幽、镇、魏不悦于政，相扇继变，复归于旧，徐亦乘势逐帅自置，同于三方。惟郓也截然中居，四邻望之，若防之制水，恃以无恐。然而皆曰：郓为虏巢且六十年，将强卒武。曹、濮于郓，州大而近，军所根柢，皆骄以易怨。而公承死亡之后，掇拾之馀，剥肤椎髓，公私扫地赤立，新旧不相保持，万目睽睽。公于此时能安以治之，其功为大。若幽、镇、魏徐之乱，不扇而变，此功反小，何也？公之始至，众未熟化，以武则忿以憾，以恩则横而肆，一以为赤子，一以为龙蛇，惫心罢精，磨以岁月，然后致之，难也。及教之行，众皆戴公为亲父母，夫叛父母，从仇雠，非人之情，故曰易。

于是天子以公为尚书右仆射，封扶风县开国伯，以褒嘉之。公亦乐众之和，知人之悦，而侈上之赐也。于是为堂于其居之西北隅，号曰“溪堂”，以飨士大夫，通上下之志。既飨，其从事陈曾谓其众言：“公之畜此邦，其勤不亦至乎？此邦之人，累公之化，惟所令之，不亦顺乎？上勤下顺，遂济登兹，不亦休乎？昔者人谓斯何？今者人谓斯何？虽然，斯堂之作，意其有谓，而喑无诗歌，是不考引公德，而接邦人于道也。”乃使来请。其诗曰：

帝奠九壥，有叶有年，有荒不条，河岱之间。及我宪考，一收正之，视邦选侯，以公来尸。公来尸之，人始未信，公不饮食，以训以徇。孰饥无食，孰呻孰叹，孰冤不问，不得分愿。孰为邦蟊，节根之螟，羊很狼贪，以口覆城。吹之煦之，摩手拊之，箴之石之，膊而磔之。凡公四封，既富以强，谓公吾父，孰违公令？可以师征，不宁守邦。公作溪堂，播播流水，浅有蒲莲，深有蒹苇，公以宾燕，其鼓骇骇。公燕溪堂，宾校醉饱，流有跳鱼，岸有集鸟，既歌以舞，其鼓考考。公在溪堂，公御琴瑟，公暨宾赞，稽经诹律，施用不差，人用不屈。溪有蕢苽，有龟有鱼，公在中流，右《诗》左《书》。无我斁遗，此邦是庥。

韩退之蓝田县丞厅壁记 ○○

丞之职所以贰令，于一邑无所不当问，其下主簿、尉。主簿、尉乃有分职，丞位高而逼，例以嫌，不可否事。文书行，吏抱成案诣丞，卷其前，钳以左手，右手摘纸尾，雁鹜行以进，平立睨丞曰："当署。"丞涉笔占位署惟谨，目吏问"可不可"，吏曰"得"，则退，不敢略省，漫不知何事。官虽尊，力势反出主簿、尉下。谚数慢必曰"丞"，至以相訾謷。丞之设岂端使然哉！

博陵崔斯立，种学绩文，以蓄其有，泓涵演迤，日大以肆。贞元初，挟其能，战艺于京师，再进，再屈千人。元和初，以前大理评事言得失黜官，再转而为丞兹邑。始至，喟曰："官无卑，顾材不足塞职。"既噤不得施用，又喟曰："丞哉丞哉！余不负丞，而丞负余。"则尽枿去牙角，一蹑故迹，破崖岸而为之。

丞厅故有记，坏漏污不可读，斯立易桷与瓦，墁治壁，悉书前任人名氏。庭有老槐四行，南墙钜竹千梃，俨立若相持，水虢虢循除鸣。斯立痛扫溉，对树二松，日哦其间。有问者，辄对曰："余方有公事，子姑去。"

考功郎中、知制诰韩愈记。

韩退之新修滕王阁记 ○

愈少时，则闻江南多临观之美，而滕王阁独为第一，有瑰伟绝特之称。及得三王所为序、赋、记等，王勃作游阁序，王绪作赋，今中丞王公为从事日，作修阁记，并题在阁也。壮其文辞，益欲往一观而读之，以忘吾忧。系官于朝，愿莫之遂。

十四年，以言事，斥守揭阳，便道取疾以至海上，又不得过南昌，而观所谓滕王阁者。其冬，以天子进大号，加恩区内，移刺袁州。袁于南昌为属邑，私喜幸自语，以为当得躬诣大府，受约束于下执事，及其无事且还，倘得一至其处，窃寄目偿所愿焉。至州之七月，诏以中书舍人太原王公为御史中丞，观察江南西道，洪、江、饶、虔、吉、信、抚、袁，悉属治所。八州之人，前所不便，及所愿欲而不得者，公至之日，皆罢行之。大者驿闻，小者立变，春生秋杀，阳开阴闭，令修于庭户数日之间，而人自得于湖山千里之外。吾虽欲出意见，论利害，听命于幕下，而吾州乃无一事可假而行者，又安得舍己所事，以勤馆人？则滕王阁，又无因而至焉矣。

其岁九月，人吏浃和，公与监军使燕于此阁。文武宾士，皆与在席，酒半，合辞言曰："此屋不修且坏，前公为从事此邦，适理新之，公所为文，实书在壁。今三十年，而公来为邦伯，适及期月，公又来燕于此，公乌得无情哉？"公应曰："诺。"于是栋楹梁桷板槛之腐黑挠折者，盖瓦级砖之破缺者，赤白之漫漶不鲜者，治之则已。无侈前人，无废后观。

工既讫功，公以众饮，而以书命愈曰："子其为我记之。"愈既以未得造观为叹，窃喜载名其上，词列三王之次，有荣耀焉，乃不辞而承公命。其江山之好，登望之乐，虽老矣，如获从公游，尚能为公赋之。

韩退之燕喜亭记 ○○

太原王弘中，在连州，与学佛人景常、元慧游。异日，从二人者，行于其居之后，邱荒之间，上高而望，得异处焉。斩茅而嘉树列，发石而清泉激，辇粪壤，燔椔翳。却立而视之，出者突然成邱，陷者呀然成谷，洼者为池，而缺者为洞，若有鬼神异物阴来相之。自是弘中与二人者，晨往而夕忘归焉，乃立屋以避风雨寒暑。

既成，愈请名之。其邱曰"俟德之邱"，蔽于古而显于今，有俟之道也。其石谷曰"谦受之谷"，瀑曰"振鹭之瀑"，谷言德，瀑言容也。其土谷曰"黄金之谷"，瀑曰"秩秩之瀑"，谷言容，瀑言德也。洞曰"寒居之洞"，志其入时也。池曰"君子之池"，虚以钟其美，盈以出其恶也。泉之源曰"天泽之泉"，出高而施下也。合而名之以屋，曰"燕喜之亭"，取《诗》所谓"鲁侯燕喜"者颂也。于是州民之老，闻而相与观焉，曰"吾州之山水名天下，然而无与燕喜者比"。经营于其侧者相接也，而莫直其地。凡天作而地藏之，以遗其人乎？

弘中自吏部郎贬秩而来，次其道途所经，自蓝田入商、洛，涉淅、湍，临汉水，升岘首，以望方城。出荆门，下岷江，过洞庭，上湘水，行衡山之下。繇郴逾岭，猿狖所家，鱼龙所宫，极幽遐瑰诡之观，宜其于山水饫闻而厌见也。今其意乃若不足,《传》曰:“知者乐水,仁者乐山。”弘中之德,与其所好,可谓协矣。智以谋之,仁以居之,吾知其去是而羽仪于天朝也不远矣。遂刻石以记。

韩退之河南府同官记 ○

永贞元年,愈自阳山移江陵法曹参军,获事河东公。公尝与其从事言:建中初,天子始纪年更元,命官司举贞观、开元之烈,群臣惕栗奉职,命材登良,不敢私违。当时自齿朝之士而上,以及下百执事,官阙一人,将补,必取其良。然而河南同时于天下称多,独得将相五人,故于府之参军,则得我公;于河南主簿,则得故相国范阳卢公;于汜水主簿,则得故相国今太子宾客荥阳郑公;于陆浑主簿,则得相国今吏部侍郎天水赵公;于登封主簿,则得故吏部尚书东都留守吴郡顾公。卢公去河南为右补阙,其后由尚书左丞至宰相;郑公去汜水为监察御史,佐山南军,其后由工部侍郎至宰相,罢而又为;赵公去陆浑为右拾遗,其后由给事中为宰相;顾公去登封为监察御史,其后由京兆尹至吏部尚书东都留守;我公去府为长水尉,其后由膳部郎中,为荆南节度行军司马,遂为节度使,自工部尚书至吏部尚书。三相国之劳在史册。顾吏部慎职小心,于时有声。我公愿洁而沈密,开亮而卓伟,行茂于宗,事修于官,嗣绍家烈,不违其先。作帅荆南,厥闻休显,武志既扬,文教亦熙,登槐赞元,其庆且至。故好语故事者,以为五公之始迹也同,其后进而偕大也亦同,其称名臣也又同。官职虽分,而功德有巨细,其有忠劳于国家也同。有若将同其后,而先同其初也。有闻而问者,于是焉书。

既五年,始立石刻其语河南府参军舍庭中。于是河东公为左仆射、宰相,出藩大邦,开府汉南;郑公以工部尚书留守东都;赵公以吏部尚书镇江陵。汉南地连七州,戎士十万,其官宰相也。留守之官,居禁省中,岁时出旌旗,序留司文武百官于宫城门外而衙之。江陵,故楚都也,戎士五万。三公同时,千里相望,可谓盛矣。河东公名均,姓裴氏。姜坞先生云:记中卢公者,卢迈;赵公者,赵宗儒;顾公者,顾少连;郑公当即郑馀庆,《新书》不载其为汜水主簿,及留守东都。公《送郑涵校理序》云为郎于都官,事相公于居守,涵即馀庆子,更名浣者也,此馀庆为留守之证。方侍郎云:四番叙述,不觉其冗。

韩退之汴州东西水门记 ○

贞元十四年,正月戊子,陇西公命作东西水门。越三月辛巳朔,水门成。三日癸未,大合乐,设水嬉,会监军军司马宾佐僚属,将校熊罴之士,肃四方之宾客以落之。士女和会,阗郭溢郛。既卒事,其从事昌黎韩愈,请纪成绩。其词曰:

维汴州河水自中注,厥初距河为城,其不合者,诞置联锁于河,宵浮昼湛,舟不潜通。然其襟抱亏疏,风气宣泄,邑居弗宁,讹言屡腾。历载已来,孰究孰思?皇帝御天下十有八载,此邦之人,遭逢疾威,嚚童嗷呼,劫众阻兵,懔懔栗栗，若坠若覆。时维陇西公受命作藩，爰自洛京，单车来临。遂拯其危，遂去其疵；弗肃弗厉，薰为太和；神应祥福，五谷穰熟。既庶而丰，人力有馀，监军是咨，司马是谋；乃作水门，为邦之郛；以固风气，以闬寇偷。黄流浑浑，飞阁渠渠，因而饰之，匪为观游。天子之武，惟陇西公是布；天子之文，惟陇西公是宣。河之沄沄，源于昆仑；天子万祀，公多受祉。乃伐山石，刻之日月，尚俾来者，知作之所始。

韩退之画记 ○○○

杂古今人物小画共一卷：骑而立者五人，骑而被甲载兵立者十人，一人骑执大旗前立，骑而被甲载兵，行且下牵者十人，骑且负者二人，骑执器者二人，骑拥田犬者一人，骑而牵者二人，骑而驱者三人，执羁靮立者二人，骑而下倚马臂隼而立者一人，骑而驱涉者二人，徒而驱牧者二人，坐而指使者一人，甲胄手弓矢、𫓧钺植者七人，甲胄执帜植者十人，负者七人，偃寝休者二人，甲胄坐睡者一人，方涉者一人，坐而脱足者一人，寒附火者一人，杂执器物役者八人，奉壶矢者一人，舍而具食者十有一人，挹且注者四人，牛牵者二人，驴驱者四人，一人杖而负者，妇人以孺子载而可见者六人，载而上下者三人，孺子戏者九人。凡人之事，三十有二，为人大小百二十有三，而莫有同者焉。

马大者九匹。于马之中，又有上者，下者，行者，牵者，涉者，陆者，翘者，顾者，鸣者，寝者，讹者，立者，人立者，龁者，饮者，溲者，陟者，降者，痒磨树者，嘘者，嗅者，喜相戏者，怒相踶啮者，秣者，骑者，骤者，走者，载服物者，载狐兔者。凡马之事，二十有七，为马大小八十有三，而莫有同者焉。

牛大小十一头，橐驼三头，驴如橐驼之数，而加其一焉，隼一，犬、羊、狐、兔、麋鹿共三十，旃车三两，杂兵器弓矢、旌旗、刀剑、矛楯、弓服、矢房、甲胄之属，瓶、盂、簦、笠、筐、筥、锜、釜饮食服用之器，壶矢、博弈之具，二百五十有一，皆曲极其妙。

贞元甲戌年，余在京师，甚无事。同居有独孤生申叔者，始得此画，而与余弹棋，余幸胜而获焉。意甚惜之，以为非一工人之所能运思，盖蘩集众工人之所长耳，虽百金不愿易也。明年出京师，至河阳，与二三客论画品格，因出而观之。座有赵侍御者，君子人也，见之戚然若有感然，少而进曰："噫！余之手摸也，亡之且二十年矣！余少时，常有志乎兹事，得国本，绝人事而摸得之，游闽中而丧焉。居闲处独，时往来余怀也，以其始为之劳，而夙好之笃也。今虽遇之，力不能为已，且命工人存其大都焉。"余既甚爱之，又感赵君之事，因以赠之。而记其人物之形状与数，而时观之，以自释焉。方侍郎云：周人以后，无此种格力。欧公自谓不能为，所谓晓其深处，而东坡以所传为妄，于此见知言之难。

韩退之题李生壁 ○○

余始得李生于河中，今相遇于下邳，自始及今十四年矣。始相见，吾与之皆未冠，未通人事，追思多有可笑者，与生皆然也。今者相遇，皆有妻子。昔时无度量之心，宁复可有是。生之为交，何其近古人也！是来也，余黜于徐州，将西居于洛阳。泛舟于清泠池，泊于文雅台下，西望商邱，东望修竹园，入微子庙，求邹阳、枚叔、司马相如之故文，久立于庙陛间，悲《那颂》之不作于是者已久。陇西李翱、太原王涯、上谷侯喜，实同与焉。贞元十六年，五月十四日，昌黎韩愈书。

古文辞类纂五十二终

杂记类二

古文辞类篹五十三

柳子厚游黄溪记 ○○○

北之晋，西适豳，东极吴，南至楚、越之交，其间名山水而州者以百数，永最善。环永之治百里，北至于浯溪，西至于湘之源，南至于泷泉，东至于黄溪、东屯，其间名山水而村者以百数，黄溪最善。

黄溪距州治七十里。由东屯南行六百步，至黄神祠。祠之上，两山墙立，如丹碧之华叶骈植，与山升降，其缺者为崖峭岩窟。水之中，皆小石平布。黄神之上，揭水八十步，至初潭，最奇丽，殆不可状。其略若剖大瓮，侧立千尺，溪水积焉。黛蓄膏渟，来若白虹，沈沈无声，有鱼数百尾，方来会石下。南去，又行百步，至第二潭。石皆巍然，临峻流，若颏颔断腭。其下大石离列，可坐饮食。有鸟赤首乌翼，大如鹄，方东向立。鼐按：朱子谓《山海经》所纪异物有云东西向者，盖以其有图画在前故也，此言最当。子厚不悟，作山水记效之，盖无谓也。后人又有以子厚此等为工而效法者，益失之矣。自是又南数里，地皆一状,树益壮,石益瘦,水鸣皆锵然。又南一里,至大冥之川,山舒水缓,有土田。始黄神为人时,居其地。

传者曰:“黄神王姓,莽之世也。莽既死,神更号黄氏,逃来,择其深峭者潜焉。”始莽尝曰:“余黄虞之后也。”故号其女曰黄皇室主。黄与王声相迩,而又有本,其所以传焉者益验。神既居是,民咸安焉。以为有道,死乃俎豆之,为立祠。后稍徙近乎民。今祠在山阴溪水上。元和八年,五月十六日,既归为记,以启后之好游者。

柳子厚永州万石亭记 ○

御史中丞、清河男崔公来莅永州,闲日登城北墉,临于荒野藂翳之隙,见怪石特出,度其下必有殊胜,步自西门,以求其墟。伐竹披奥,攲仄以入,绵谷跨溪,皆大石林立,涣若奔云,错若置棋,怒者虎斗,企者鸟厉。抉其穴,则鼻口相呀;搜其根,则蹄股交峙。环行卒愕,疑若搏噬。于是刳辟朽壤,翦焚榛薉,决浍沟,导伏流,散为疏林,洄为清池,寥廓泓渟,若造物者始判清浊,效奇于兹地,非人力也。乃立游亭,以宅厥中。直亭之西,石若掖分,可以眺望。其上青壁斗绝,沈于渊源,莫究其极。自下而望,则合乎攒峦,与山无穷。

明日州邑耋老,杂然而至曰:“吾侪生是州,艺是野,眉厖齿鲵,未尝知此。岂天坠地出,设兹神物,以彰我公之德欤!”既贺而请名。公曰:“是石之数,不可知也。以其多,而命之曰万石亭。”耋老又言曰：“懿夫公之名亭也，岂专状物而已哉！公尝六为二千石，既盈其数。然而有道之士，咸恨公之嘉绩，未洽于人，敢颂休声，祝公于明神。汉之三公，秩号万石，我公之德，宜受兹锡。汉有礼臣，惟万石君，我公之化，始于闺门，道合于古，祐之自天。野夫献词，公寿万年。”

宗元尝以笺奏隶尚书，敢专笔削，以附零陵故事。时元和十年正月五日记。

柳子厚始得西山宴游记 ○○

自余为僇人，居是州，恒惴栗。其隟也，则施施而行，漫漫而游。日与其徒上高山，入深林，穷回溪，幽泉怪石，无远不到。到则披草而坐，倾壶而醉。醉则更相枕以卧，意有所极，梦亦同趣。觉而起，起而归。以为凡是州之山有异态者，皆我有也，而未始知西山之怪特。

今年九月二十八日，因坐法华西亭，望西山，始指异之。遂命仆过湘江，缘染溪，斫榛莽，焚茅茷，穷山之高而止。攀援而登，箕踞而遨，则凡数州之土壤，皆在衽席之下。其高下之势，岈然洼然，若垤若穴，尺寸千里，攒蹙累积，莫得遁隐。萦青缭白，外与天际，四望如一，然后知是山之特出，不与培塿为类。悠悠乎与灏气俱，而莫得其涯，洋洋乎与造物者游，而不知其所穷。引觞满酌，颓然就醉，不知日之入，苍然暮色，自远而至。至无所见，而犹不欲归。心凝形释，与万化冥合，然后知吾向之未始游，游于是乎始，故为之文以志。是岁元和四年也。

柳子厚钴鉧潭记 ○○○

钴鉧潭在西山西。其始盖冉水自南奔注，抵山石，屈折东流。其颠委势峻，荡击益暴，啮其涯，故旁广而中深，毕至石乃止。流沫成轮，然后徐行。其清而平者且十亩，有树环焉，有泉悬焉。

其上有居者，以予之亟游也，一旦款门来告曰："不胜官租私券之委积，既芟山而更居，愿以潭上田贸财以缓祸。"

予乐而如其言。则崇其台，延其槛，行其泉于高者坠之潭，有声潨然。尤与中秋观月为宜，于以见天之高，气之迥。孰使予乐居夷而忘故土者？非兹潭也欤！

柳子厚钴鉧潭西小邱记 ○○○

得西山后八日，寻山口西北道二百步，又得钴鉧潭。潭西二十五步，当湍而浚者为鱼梁。梁之上有邱焉，生竹树。其石之突怒偃蹇，负土而出，争为奇状者，殆不可数。其嵚然相累而下者，若牛马之饮于溪；其冲然角列而上者，若熊罴之登于山。邱之小不能一亩，可以笼而有之。问其主，曰："唐氏之弃地，货而不售。"问其价，曰："止四百。"

余怜而售之。李深源,元克己,时同游,皆大喜,出自意外。即更取器用,铲刈秽草,伐去恶木,烈火而焚之。嘉木立,美竹露,奇石显。由其中以望,则山之高,云之浮,溪之流,鸟兽鱼之遨游,举熙熙然,回巧献技,以效兹丘之下。枕席而卧,则清泠之状与目谋,瀯瀯之声与耳谋,悠然而虚者与神谋,渊然而静者与心谋。不匝旬而得异地者二,虽古好事之士,或未能至焉。

噫!以兹邱之胜,致之沣、镐、鄠、杜,则贵游之士争买者,日增千金,而愈不可得。今弃是州也,农夫渔父过而陋之,价四百,连岁不能售。而我与深源、克己,独喜得之,是其果有遭乎?书于石,所以贺兹邱之遭也。

柳子厚至小邱西小石潭记 ○○○

从小邱西行百二十步,隔篁竹,闻水声,如鸣佩环,心乐之。伐竹取道,下见小潭,水尤清洌。全石以为底,近岸卷石底以出,为坻为屿,为嵁为岩。青树翠蔓,蒙络摇缀,参差披拂。

潭中鱼可百许头,皆若空游无所依。日光下澈,影布石上,佁然不动。俶尔远逝,往来翕忽,似与游者相乐。

潭西南而望,斗折蛇行,明灭可见。其岸势犬牙差互,不可知其源。坐潭上,四面竹树环合,寂寥无人,凄神寒骨,悄怆幽邃。以其境过清,不可久居,乃记之而去。

同游者:吴武陵龚古,余弟宗玄。隶而从者,崔氏二小生：曰恕已，曰奉壹。

柳子厚袁家渴记 ○○

由冉溪西南水行十里，山水之可取者五，莫若钴鉧潭。由溪口而西，陆行，可取者八九，莫若西山。由朝阳岩东南，水行至芜江，可取者三，莫若袁家渴，皆永中幽丽奇处也。

楚、越之间，方言谓水之支流者为渴，音若衣褐之褐。渴上与南馆高嶂合，下与百家濑合。其中重洲小溪，澄潭浅渚，间厕曲折，平者深黑，峻者沸白。舟行若穷，忽又无际。有小山出水中，山皆美石，石上生青丛，冬夏常蔚然。其旁多岩洞，其下多白砾，其树多枫、楠、石楠、楩、槠、樟、柚，草则兰芷。又有异卉，类合欢而蔓生，轇轕水石。每风自四山而下，振动大木，掩苒众草，纷红骇绿，蓊葧香气，冲涛旋濑，退贮溪谷，摇飏葳蕤，与时推移。其大都如此，余无以穷其状。永之人未尝游焉，余得之，不敢专也，出而传于世。其地世主袁氏，故以名焉。

柳子厚石渠记 ○○

自渴西南行不能百步，得石渠。民桥其上，有泉幽幽然，其鸣乍大乍细。渠之广，或咫尺，或倍尺，其长可十许步。其流抵大石，伏出其下，逾石而往，有石泓，菖蒲被之，青鲜环周。又折西行,旁陷岩石下,北堕小潭。潭幅员减百尺,清深多鯈鱼。又北曲行纡馀,睨若无穷,然卒入于渴。其侧皆诡石怪木,奇卉美箭,可列坐而庥焉。风摇其颠,韵动崖谷,视之既静,其听始远。

予从州牧得之,揽去翳朽,决疏土石,既崇而焚,既酾而盈。惜其未始有传焉者,故累记其所属,遗之其人,书之其阳,俾后好事者求之得以易。

元和七年正月八日,蠲渠至大石,十月十九日,逾石得石泓小潭。渠之美于是始穷也。茅顺甫云:清冽。

柳子厚石涧记 ○○○

石渠之事既穷,上由桥西北,下土山之阴,民又桥焉。其水之大,倍石渠三之。亘石为底,达于两涯,若床若堂,若陈筵席,若限阃奥。水平布其上,流若织文,响若操琴。揭跣而往,折竹,扫陈叶,排腐木,可罗胡床十八九居之。交络之流,触激之音,皆在床下;翠羽之木,龙鳞之石,均荫其上。古之人其有乐于此邪?后之来者,有能追余之践履邪?得意之日,与石渠同。

由渴而来者,先石渠,后石涧。由百家濑上而来者,先石涧,后石渠。涧之可穷者,皆出石城村东南,其间可乐者数焉。其上深山幽林逾峭险,道狭不可穷也。

柳子厚小石城山记 ○○○

自西山道口径北，逾黄茅岭而下，有二道。其一西出，寻之无所得；其一少北而东，不过四十丈，土断而川分，有积石横当其垠。其上为睥睨梁欐之形，其旁出堡坞，有若门焉。窥之正黑，投以小石，洞然有水声，其响之激越，良久乃已。环之可上，望甚远，无土壤，而生嘉树美箭，益奇而坚。其疏数偃仰，类智者所施设也。

噫！吾疑造物者之有无久矣，及是愈以为诚有。又怪其不为之于中州，而列是夷狄，更千百年，不得一售其伎，是固劳而无用，神者傥不宜如是。则其果无乎？或曰："以慰夫贤而辱于此者。"或曰："其气之灵，不为伟人，而独为是物。故楚之南，少人而多石。"是二者，余未信之。

柳子厚柳州东亭记 ○

出州南谯门左行二十六步，有弃地在道南。南值江，西际垂杨传置。东曰东馆，其内草木猥奥，有崖谷倾亚缺圮，豕得以为囿，蛇得以为薮，人莫能居。至是始命披刜蠲疏，树以竹箭、松、柽、桂、桧、柏、杉，易为堂亭，峭为杠梁。下上回翔，前出两翼，冯空拒江，江化为湖，众山横环，嶛阔瀴湾，当邑居之剧，而忘乎人间，斯亦奇矣。乃取馆之北宇，右辟之以为夕室；取传置之东宇，左辟之以为朝室；又北辟之以为阴室；作屋于北牖下，以为阳室；作斯亭于中，以为中室。朝室以夕居之，夕室以朝居之，中室日中而居之，阴室以违温风焉，阳室以违凄风焉。若无寒暑也，则朝夕复其号。

既成，作石于中室，书以告后之人，庶勿坏。元和十二年九月某日，柳宗元记。

柳子厚柳州山水近治可游者记 ○○○

古之州治，在浔水南山石间，今徙在水北，直平四十里，南北东西皆水汇。

北有双山，夹道崭然，曰背石山。有支川，东流入于浔水。浔水因是北而东，尽大壁下，其壁曰龙壁，其下多秀石可砚。南绝水，有山无麓，广百寻，高五丈，下上若一，曰甑山。山之南皆大山，多奇。又南且西，曰驾鹤山，壮耸环立，古州治负焉。有泉在坎下，恒盈而不流，南有山正方而崇，类屏者曰屏山。其西曰四姥山。皆独立不倚，北流浔水濑下。李穆堂云：北流浔水濑下，流字当作枕。又西曰仙弈之山。山之西可上，其上有穴，穴有屏、有室、有宇。其宇下有流石成形，如肺肝，如茄房；或积于下，如人如禽，如器物，甚众。东西九十尺，南北少半。东登入于小穴，常有四尺，则廓然甚大，无窍正黑，烛之高仅见其宇，皆流石怪状。由屏南室中入小穴，倍常而上，始黑，已而大明，为上室。由上室而上，有穴北出，出之，乃临大野，飞鸟皆视其背。其始登者，得石枰于上，黑肌而赤脉，十有八道，可弈，故以云。其山多柽，多槠，多篔筜之竹，多橐吾，多橐吾，穆堂改“多蘘荷”。伯父姜坞先生云：《尔雅》菟奚、颗冻注：款冬也。邢疏：《本草》款冬，一名橐吾。其鸟多秭归。

石鱼之山全石，无大草木。山小而高，其形如立鱼。在多秭归西，有穴类仙弈。入其穴东，出其西北，灵泉在东趾下，有麓环之。泉大类毂，雷鸣西奔二十尺，有洄在石涧，因伏无所见。多绿青之鱼，多石鲫，多鲦。

雷山两崖皆东西，雷山两崖皆东西，鼐疑西字当作面。雷水出焉，蓄崖中曰雷塘，能出云气作雷雨，变见有光，祷用俎鱼、豆彘修形、糈稌、阴酒，方侍郎云：形当作刑，铏，羹也。见《周官》内外饔职。虔则应。

在立鱼南，其间多美山，无名而深。峨山在野中，无麓，峨水出焉，东流入于浔水。

古文辞类纂五十三终

杂记类三

古文辞类篹五十四

柳子厚零陵郡复乳穴记 ○○

石钟乳，饵之最良者也，楚、越之山多产焉，于连、于韶者，独名于世。连之人告尽焉者五载矣，以贡则买诸他郡。

今刺史崔公至逾月，穴人来，以乳复告。邦人悦是祥也，杂然谣曰："甿之熙熙，崔公之来。公化所彻，土石蒙烈。以为不信，起视乳穴。"穴人笑之曰："是恶知所谓祥邪？向吾以刺史之贪戾嗜利，徒吾役而不吾货也，吾是以病而绐焉。今吾刺史令明而志洁，先赖而后力，欺诬屏息，信顺休洽，吾以是诚告焉。且夫乳穴必在深山穷林，冰雪之所储，豺虎之所庐。由而入者，触昏雾，扞龙蛇，束火以知其物，縻绳以志其返。其勤若是，出又不得吾直，吾用是安得不以尽告？今而乃诚吾告故也，何祥之为？"士闻之曰："谣者之祥也，乃其所谓怪者也；笑者之非祥也，乃其所谓真祥者也。君子之祥也，以政不以怪。诚乎物而信乎道，人乐用命，熙熙然以效其有，斯其为政也，而独非祥也欤！”伯父姜坞先生云：崔简以刺连州，为州人所讼，流死驩州，即子厚亦云饵五石，病疡且乱，又书与之论石钟乳，则此记盖誉其姻连，不得谓为信辞矣。零陵郡当作连山郡，文安礼尝论及之。

柳子厚零陵三亭记 ○

邑之有观游，或者以为非政，是大不然。夫气烦则虑乱，视壅则志滞。君子必有游息之物，高明之具，使之清宁平夷，恒若有馀，然后理达而事成。

零陵县东有山麓，泉出石中，沮洳污涂，群畜食焉。墙藩以蔽之，为县者积数十人，莫知发视。河东薛存义，以吏能闻荆、楚间，潭部举之，假湘源令。会零陵政厖赋扰，民讼于牧，推能济弊，来莅兹邑。遁逃复还，愁痛笑歌；逋租匿役，期月辨理；宿蠹藏奸，披露首服。民既卒税，相与欢归道涂，迎贺里闾，门不施胥吏之席，耳不闻鼛鼓之召，鸡豚糗醑，得及宗族。州牧尚焉，旁邑仿焉。

然而未尝以剧自挠，山水鸟鱼之乐，澹然自若也。乃发墙藩，驱群畜，决疏沮洳，搜剔山麓，万石如林，积坳为池。爰有嘉木美卉，垂水藂峰，珑瓏萧条，清风自生，翠烟自留，不植而遂。鱼乐广闲，鸟慕静深，别孕巢穴，沈浮啸萃，不蓄而富。伐木坠江，流于邑门，陶土以埴，亦在署侧。人无劳力，工得以利。乃作三亭，陟降晦明，高者冠山颠，下者俯清池。更衣膳饔，列置备具，宾以燕好，旅以馆舍，高明游息之道，具于是邑，由薛为首。

在昔裨谌谋野而获，宓子弹琴而理，乱虑滞志，无所容入，则夫观游者，果为政之具欤？薛之志，其果出于是欤？及其弊也，则以玩替政，以荒去理。使继是者，咸有薛之志，则邑民之福，其可既乎！余爱其始，而欲久其道，乃撰其事以书于石。薛拜手曰："吾志也。"遂刻之。

柳子厚馆驿使壁记 ○

凡万国之会，四夷之来，天下之道途，毕出于邦畿之内。奉贡输赋，修职于王都者，入于近关，则皆重足错毂，以听有司之命。征令赐予，布政于下国者，出于甸服，而后按行成列，以就诸侯之馆。故馆驿之制，于千里之内尤重。

自万年至于渭南，其驿六，其蔽曰华州，其关曰潼关。自华而北，界于栎阳，其驿七，其蔽曰同州，其关曰蒲津。自灞而南，至于蓝田，其驿六，其蔽曰商州，其关曰武关。自长安至于盩厔，其驿十有一，其蔽曰洋州，其关曰华阳。自武功西，至于好峙，其驿三，其蔽曰凤翔府，其关曰陇关。自渭而北，至于华原，其驿九，其蔽曰方州。方州盖坊州之误。自咸阳而西，至于奉天，其驿六，其蔽曰邠州。由四海之内，总而合之，以至于关；由关之内，束而会之，以至于王都。华人、夷人，往复而授馆者，旁午而至。传吏奉符而阅其数，县吏执牍而书其物。告至告去之役，不绝于道；寓望迎劳之礼，无旷于日。而春秋朝陵之邑，皆有传馆，其饮饫、饩馈，咸出于丰给；缮完筑复，必归于整顿。列其田租，布其货利，权其入而用其积。于是有出纳奇赢之数，勾会考校之政。

大历十四年，始命御史为之使，俾考其成，以质于尚书。季月之晦，必合其簿书，以视其等列，而校其信宿，必称其制。有不当者，反之于官。尸其事者有劳焉，则复于天子，而优升之。劳大者增其官，其次者降其调之数，又其次，犹异其考绩。官有不职，则以告而罪之。故月受俸二万于太府，史五人，承符者二人，皆有食焉。

先是假废官之印而用之。贞元十九年，南阳韩泰告于上，始铸使印，而正其名。然其嗣当斯职，未尝有记之者。追而求之，盖数岁而往则失之矣。今余为之记，遂以韩氏为首，且曰修其职，故首之也。鼐按：子厚在御史礼部时，文往往摹效《国语》，而蹊径不化，辞颇蹇塞。若《飨军堂》、《江运》二记皆然。此文较为明净雅饬，然尚不及永、柳以后所为也。

柳子厚陪永州崔使君游讌南池序　○

零陵城南，环以群山，延以林麓，其崖谷之委会，则泓然为池，湾然为溪。其上多枫、楠、竹箭，哀鸣之禽，其下多芡、芰、蒲蕖，腾波之鱼。韬涵太虚，澹滟里闾，诚游观之佳丽者已。

崔公既来，其政宽以肆，其风和以廉，既乐其人，又乐其身。于暮之春，征贤合姻，登舟于兹水之津。连山倒垂，万象在下，浮空泛景，荡若无外，横碧落以中贯，陵太虚而径度。羽觞飞翔，匏竹激越，熙然而歌，婆然而舞，持颐而笑，瞪目而倨，不知日之将暮。则于向之物者，可谓无负矣！昔之人知乐之不可常，会之不可必也，当欢而悲者有之。况公之理行，宜去受厚锡，而席之贤者，率皆在官蒙泽，方将脱鳞介，生羽翮，夫岂趑趄湘中，为憔悴客耶？

余既委废于世，恒得与是山水为伍，而悼兹会不可再也，故为文志之。

柳子厚序饮 ○○

买小邱一日锄理，二日洗涤，遂置酒溪石上。向之为记所谓牛马之饮者，离坐其背，实觞而流之，接取以饮。乃置监史而令曰："当饮者举筹之十寸者三，逆而投之，能不洄于洑，不止于坻，不沈于底者，过不饮；而洄、而止、而沈者，饮如筹之数。"既或投之，则旋眩滑汩，若舞若跃。速者，迟者，去者，住者，众皆据石注视，欢忭以助其势。突然而逝，乃得无事。于是或一饮，或再饮。客有娄生图南者，其投之也，一洄、一止、一沈，独三饮，众乃大笑欢甚。余病痞不能食酒，至是醉焉，遂损益其令，以穷日夜而不知归。

吾闻昔之饮酒者，有揖让酬酢百拜以为礼者，有叫号屡舞如沸如羹以为极者，有裸裎袒裼以为达者，有资丝竹金石之乐以为和者，有以促数纠逖而为密者。今则举异是焉。故舍百拜而礼，无叫号而极，不袒裼而达，非金石而和，去纠逖而密。简而同，肆而恭，衎衎而从容，相以合山水之乐，成君子之心，宜也。作《序饮》，以贻后之人。

柳子厚序棋 ○○

房生直温，与予二弟游，皆好学。予病其确也，思所以休息之者，得木局，隆其中而规焉。其下方以直，置棋二十有四，贵者半，贱者半。贵曰上，贱曰下，咸自第一至十二，下者二乃敌一，用朱墨以别焉。房于是取二毫如其第书之。

既而抵戏者二人，则视其贱者而贱之，贵者而贵之。其使之击触也，必先贱者。不得已而使贵者，则皆栗焉昏焉，亦鲜克以中。其获也，得朱焉则若有馀，得墨焉则若不足。

余谛睨之以思，其始则皆类也，房子一书之，而轻重若是。适近其手而先焉，非能择其善而朱，否而墨之也。然而上焉而上，下焉而下，贵焉而贵，贱焉而贱，其易彼而敬此，遂以远焉。然则若世之所以贵贱人者，有异房之贵贱兹棋者欤？无亦近而先之耳。有果能择其善否者欤？其敬而易者，亦从而动心矣。有敢议其善否者欤？其得于贵者，有不气扬而志荡者欤？其得于贱者，有不貌慢而心肆者欤？其所谓贵者，有敢轻而使之击触者欤？所谓贱者，有敢避其使之击触者欤？彼朱而墨者，相去千万且不啻，有敢以二敌其一者欤？

余墨者徒也，观其始与末，有似棋者，故叙。

李习之来南录 ○

元和三年十月，翱既受岭南尚书公之命，四年正月己丑，自旌善第，以妻子上船于漕。乙未，去东都，韩退之、石濬川假舟送予。明日，及故洛东，吊孟东野，遂以东野行。濬川以妻疾，自漕口先归。黄昏，到景云山居，诘朝，登上方，南望嵩山，题姓名记别。既食，韩、孟别予西归。戊戌，予病寒，饮葱酒以解表，暮宿于巩。庚子，出洛下河，止汴梁口，遂泛汴流通河于淮。辛丑，及河阴。乙巳，次汴州，疾又加，召医察脉，使人入卢义。二月丁未朔，宿陈留。戊申，庄人自卢义来，宿雍邱。乙酉，次宋州，疾渐瘳。壬子，至永城。甲寅，至埇口。丙辰，次泗州，见刺史假舟，转淮上河，如扬州。庚申，下汴渠，入淮，风帆及盱眙。风逆，天黑色，水波激，顺潮入新浦。壬戌，至楚州。丁卯，至扬州。戊辰，上栖灵浮图。辛未，济大江，至润州。戊寅，至常州。壬午，至苏州。癸未，如虎邱之山，息足千人石，窥剑池，宿望海楼，观走砌石。将游报恩，水涸，舟不通，无马道，不果游。乙酉，济松江。丁亥，官艘隙，水溺，舟败。戊子，至杭州。己丑，如武林之山，临曲波，观轮辖，登石桥，宿高亭，晨望平湖，孤山江涛，穷竹道，上新堂，周眺群峰，听松风，召灵山，永吟叫猿，山童学反舌声。癸巳，驾涛江，逆波至富春。丙申，七里滩至睦州。庚子，上杨盈川亭。辛丑，至衢州，以妻疾止行，居开元佛寺临江亭后。三月丁未朔，翱在衢州。甲子，女某生。四月丙子朔，翱在衢州，与侯高宿石桥。丙戌，去衢州。戊子，自常山上岭至玉山。庚寅，至信州。甲午，望弋阳山，怪峰直耸似华山。丙申，上干越亭。己亥，直渡担石湖。辛丑，至洪州，遇岭南使，游徐孺亭，看荷华。五月壬子，至吉州。壬戌，至虔州。己丑，与韩泰安平渡江，游灵应山居。辛未，上大庾岭。明日，至浈昌。癸酉，上灵屯西岭，见韶石。甲戌，宿灵鹫山居。六月乙亥朔，至韶州。丙子，至始兴公室。戊寅，入东荫山，看大竹笋如婴儿，过浈阳峡。己卯，宿清远峡山，癸未，至广州。

自东京至广州，水道出衢、信，七千六百里。出上元、西江，七千一百有三十里。自洛川下黄河、汴梁，过淮，至淮阴，一千八百有三十里，顺流。自淮阴至邵伯，三百有五十里，逆流。自邵伯至江九十里。自润州至杭州八百里，渠有高下，水皆不流。自杭州至常山，六百九十有五里，逆流，多惊滩，以竹索引船，乃可上。自常山至玉山八十里，陆道，谓之玉山岭。白玉山至湖，七百有一十里，顺流，谓之高溪。自湖至洪州，一百有一十八里，逆流。自洪州至大庾岭，一千有八百里，逆流，谓之章江。自大庾岭至浈昌，一百有一十里，陆道，谓之大庾岭。自浈昌至广州，九百有四十里，顺流，谓之浈江，出韶州，谓之韶江。

古文辞类篹五十四终

杂记类四

古文辞类篹五十五

欧阳永叔仁宗御飞白记 ○○○

治平四年，夏五月，余将赴亳，假道于汝阴，因得阅书于子履之室，姜坞先生云：陆经字子履，洛阳人，官集贤修撰。而云章烂然，辉映日月，为之正冠肃容再拜，而后敢仰视。盖仁宗皇帝之御飞白也。曰："此宝文阁之所藏也，《宋史·职官志》：宝文阁在天章之东西序，群玉、蘂珠殿之北，英宗即位，诏以仁宗御书御集藏于阁。胡为于子之室乎？"子履曰："曩者天子宴从臣于群玉，而赐以飞白，余幸得与赐焉。予穷于世久矣，少不悦于时人，流离窜斥，十有馀年，而得不老死江湖之上者，盖以遭时清明，天子向学，乐育天下之材，而不遗一介之贱，使得与群贤并游于儒学之馆。而天下无事，岁时丰登，民物安乐，天子优游清闲，不迩声色，方与群臣从容于翰墨之娱。而余于斯时窃获此赐，非惟一介之臣之荣遇，亦朝廷一时之盛事也。子其为我志之。"

余曰："仁宗之德泽涵濡于万物者，四十馀年，虽田夫野老之无知，犹能悲歌思慕于垅亩之间，而况儒臣学士，得望清光，蒙恩宠，登金门而上玉堂者乎！”于是相与泫然流涕而书之。

夫石韫玉而珠藏渊，其光气常见于外也。故山辉而白虹，水变而五色者，至宝之所在也。今赐书之藏于子室也，吾知将有望气者，言荣光起而烛天者，必赐书之所在也。茅顺甫云：文不用意处，却有一片浑雄冲淡精神。

欧阳永叔襄州谷城县夫子庙记 ○○

释奠、释菜，祭之略者也。古者士之见师，以菜为贽，故始入学者，必释菜以礼其先师。其学官四时之祭，乃皆释奠。释奠有乐无尸，而释菜无乐，则其又略也，故其礼亡焉。而今释奠幸存，然亦无乐，又不遍举于四时，独春秋行事而已。

《记》曰：“释奠必有合，有国故则否。”谓凡有国，各自祭其先圣先师，若唐虞之夔、伯夷，周之周公，鲁之孔子。其国之无焉者，则必合于邻国而祭之。然自孔子没，后之学者，莫不宗焉，故天下皆尊以为先圣，而后世无以易。学校废久矣，学者莫知所师，又取孔子门人之高弟曰颜回者而配焉，以为先师。

隋、唐之际，天下州县皆立学，置学官生员，而释奠之礼，遂以著令。其后州县学废，而释奠之礼，吏以其著令，故得不废。学废矣，无所从祭，则皆庙而祭之。荀卿子曰：

"仲尼,圣人之不得势者也。"然使其得势,则为尧舜矣。不幸无时而没,特以学者之故,享弟子春秋之礼。而后之人不推所谓释奠者,徒见官为立祠,而州县莫不祭之,则以为夫子之尊,由此为盛。甚者乃谓生虽不得位,而没有所享,以为夫子荣,谓有德之报,虽尧舜莫若,何其谬论者欤!

祭之礼以迎尸酌鬯为盛,释奠,荐馔直奠而已,故曰祭之略者。其事有乐舞授器之礼,今又废,则于其略者又不备焉。然古之所谓吉凶乡射宾燕之礼,民得而见焉者,今皆废失。而州县幸有社稷释奠,风雨雷师之祭,民犹得以识先王之礼器焉。其牲酒器币之数,升降俯仰之节,吏又多不能习。至其临事,举多不中,而色不庄,使民无所瞻仰。见者怠焉,因以为古礼不足复用,可胜叹哉!

大宋之兴,于今八十年,天下无事,方修礼乐,崇儒术,以文太平之功。以谓王爵未足以尊夫子,又加至圣之号,以褒崇之。讲正其礼,下于州县,而吏或不能谕上意,凡有司簿书之所不责者,谓之不急,非师古好学者,莫肯尽心焉。

谷城令狄君栗,为其邑未逾时,修文宣王庙,易于县之左,大其正位。为学舍于其旁,藏九经书,率其邑之子弟兴于学。然后考制度,为俎豆、笾篚、樽爵、簠簋凡若干,以与其邑人行事。谷城县政久废,狄君居之,期月称治。又能载国典,修礼兴学,急其有司所不责者,諰諰然惟恐不及,可谓有志之士矣。

欧阳永叔有美堂记 ○○

嘉祐二年，龙图阁直学士、尚书吏部郎中梅公，出守于杭。于其行也，天子宠之以诗，于是始作有美之堂，盖取赐诗之首章而名之，鼒按：宋仁庙赐梅挚守杭州诗止一首，云"地有吴山美，东南第一州"。欧公云赐诗首章者，《左传》以"耆定尔功"，为《武》之卒章，则首句得称首章。以为杭人之荣。然公之甚爱斯堂也，虽去而不忘。今年自金陵遣人走京师，命予志之，其请至六七而不倦。予乃为之言曰：夫举天下之至美，与其乐，有不得而兼焉者多矣。故穷山水登临之美者，必之乎宽闲之野，寂寞之乡，而后得焉；览人物之盛丽，夸都邑之雄富者，必据乎四达之冲，舟车之会，而后足焉。盖彼放心于物外，而此娱意于繁华。二者，各有适焉，然其为乐，不得而兼也。

今夫所谓罗浮、天台、衡岳、庐阜、洞庭之广，三峡之险，号为东南奇伟秀绝者，乃皆在乎下州小邑，僻陋之邦。此幽潜之士、穷愁放逐之臣之所乐也。若乃四方之所聚，百货之所交，物盛人众，为一都会，而又能兼有山水之美，以资富贵之娱者，惟金陵、钱塘，然二邦皆僭窃于乱世。及圣宋受命，海内为一，金陵以后服见诛，今其江山虽在，而颓垣废址，荒烟野草，过而览者，莫不为之踌躇而凄怆。独钱塘，自五代时，知尊中国，效臣顺。及其亡也，顿首请命，不烦干戈。今其民幸富完安乐，又其俗习工巧，邑屋华丽，盖十馀万家。环以湖山，左右映带，而闽商海贾，风帆浪舶，出入于江涛浩渺烟云杳霭之间，可谓盛矣。而临是邦者，必皆朝廷公卿大臣，若天子之侍从，又有四方游士，为之宾客，故喜占形胜，治亭榭，相与极游览之娱。然其于所取，有得于此者，必有遗于彼。独所谓有美堂者，山水登临之美，人物邑居之繁，一寓目而尽得之。盖钱塘兼有天下之美，而斯堂者，又尽得钱塘之美焉。宜乎公之甚爱而难忘也！

梅公，清慎好学君子也。视其所好，可以知其人焉。姜坞先生云：文虽宋世格调，然势随意变，风韵溢于行布，诵之锵然。

欧阳永叔岘山亭记 ○○○

岘山临汉上，望之隐然，盖诸山之小者，而其名特著于荆州者，岂非以其人哉！其人谓谁？羊祜叔子、杜预元凯是已。方晋与吴以兵争，常倚荆州以为重，而二子相继于此，遂以平吴，而成晋业，其功烈已盖于当世矣。至于风流馀韵，蔼然被于江汉之间者，至今人犹思之，而于思叔子也尤深。盖元凯以其功，而叔子以其仁，二子所为虽不同，然皆足以垂于不朽，余颇疑其反自汲汲于后世之名者何哉？

传言叔子尝登兹山，慨然语其属，以谓此山常在，而前世之士，皆已湮灭于无闻，因自顾而悲伤，然独不知兹山待己而名著也。元凯铭功于二石，一置兹山之上，一投汉水之渊。是知陵谷有变，而不知石有时而磨灭也。岂皆自喜其名之甚，而过为无穷之虑欤？将自待者厚，而所思者远欤？

山故有亭，世传以为叔子之所游止也。故其屡废而复兴者，由后世慕其名而思其人者多也。熙宁元年，余友人史君中辉，以光禄卿来守襄阳。明年，因亭之旧，广而新之，既周以回廊之壮，又大其后轩，使与亭相称。君知名当世，所至有声，襄人安其政，而乐从其游也。因以君之官，名其后轩，为光禄堂。又欲纪其事于石，以与叔子、元凯之名，并传于久远。君皆不能止也，乃来以记属于余。

余谓君知慕叔子之风，而袭其遗迹，则其为人，与其志之所存者，可知矣。襄人爱君，而安乐之如此，则君之为政于襄者，又可知矣。此襄人之所欲书也。若其左右山川之胜势，与夫草木云烟之杳霭，出没于空旷有无之间，而可以备诗人之登高，写《离骚》之极目者，宜其览者自得之。至于亭屡废兴，或自有记，或不必求其详者，皆不复道也。鼐按：欧公此文，神韵缥缈，如所谓吸风饮露，蝉蜕尘壒者，绝世之文也。而“其人谓谁”二句，则实近俗调，为文之颣。刘海峰欲删此二句，而易下“二子相继于此”为“羊叔子、杜元凯相继于此”。

欧阳永叔游鯈亭记　○○○

禹之所治大水七，岷山导江，其一也。江出荆州，合沅、湘，合汉、沔，以输之海。其为汪洋诞漫，蛟龙水物之所凭，风涛晦冥之变怪，壮哉是为勇者之观也！

吾兄晦叔，为人慷慨，喜义勇，而有大志，能读前史，识其盛衰之迹。听其言，豁如也。困于位卑，无所用以老，然其胸中亦已壮矣。夫壮者之乐，非登崇高之邱，临万里之流，不足以为适。今吾兄家荆州，临大江，舍汪洋诞漫壮哉勇者之所观，而方规地为池，方不数丈，治亭其上，反以为乐，何哉？盖其击壶而歌，解衣而饮，陶乎不以汪洋为大，不以方丈为局，则其心岂不浩然哉！

夫视富贵而不动，处卑困而浩然其心者，真勇者也。然则水波之涟漪，游鱼之上下，其为适也，与夫庄周所谓“惠施游于濠梁之乐”何以异？乌用蛟龙变怪之为壮哉？故名其亭曰游鯈亭。景祐五年四月二日舟中记。鼒按：景祐仅四年，次年即宝元元年。是年仁宗以十月祀天地于圜邱，故改元也。作文在四月，故尚称景祐五年尔。

欧阳永叔丰乐亭记 ○○

修既治滁之明年夏，始饮滁水而甘。问诸滁人，得于州南百步之近。其上丰山，耸然而特立；下则幽谷，窈然而深藏；中有清泉，滃然而仰出。俯仰左右，顾而乐之。于是疏泉凿石，辟地以为亭，而与滁人往游其间。

滁于五代干戈之际，用武之地也。昔太祖皇帝，尝以周师破李景兵十五万于清流山下，生擒其将皇甫晖、姚凤于滁东门之外，遂以平滁。修尝考其山川，按其图记，升高以望清流之关，欲求晖、凤就擒之所，而故老皆无在者，盖天下之平久矣。自唐失其政，海内分裂，豪杰并起而争，所在为敌国者，何可胜数。及宋受天命，圣人出而四海一，向之凭恃险阻，刬削消磨，百年之间，漠然徒见山高而水清，欲问其事，而遗老尽矣。今滁介于江、淮之间，舟车商贾、四方宾客之所不至。民生不见外事，而安于畎亩衣食，以乐生送死，而孰知上之功德，休养生息，涵煦百年之深也？

修之来此，乐其地僻而事简，又爱其俗之安闲。既得斯泉于山谷之间，乃日与滁人，仰而望山，俯而听泉。掇幽芳而荫乔木，风霜冰雪，刻露清秀，四时之景，无不可爱。又幸其民乐其岁物之丰成，而喜与予游也。因为本其山川，道其风俗之美，使民知所以安此丰年之乐者，幸生无事之时也。夫宣上恩德，以与民共乐，刺史之事也，遂书以名其亭焉。

欧阳永叔菱溪石记 ○○

菱溪之石有六，其四为人取去。其一差小而尤奇，亦藏民家。其最大者，偃然僵卧于溪侧，以其难徙，故得独存。每岁寒霜落，水涸而石出，溪傍人见其可怪，往往祀以为神。

菱溪，按图与经，皆不载。唐会昌中，刺史李渍为《荇溪记》，云水出永阳岭西，经皇道山下。以地求之，今无所谓荇溪者。询于滁州人，曰："此溪是也。"杨行密有淮南，淮人为讳其嫌名，以荇为菱，理或然也。

溪傍若有遗址，云故将刘金之宅，石即刘氏之物也。金，伪吴时贵将，与行密共起合肥，号三十六英雄，金其一也。金本武夫悍卒，而乃能知爱赏奇异，为儿女子之好，岂非遭逢乱世，功成志得，骄于富贵之佚欲而然邪？想其陂池台榭，奇木异草，与此石称，亦一时之盛哉！今刘氏之后，散为编氓，尚有居溪傍者。

余感夫人物之废兴，惜其可爱而弃也，乃以三牛曳置幽谷。又索其小者，得于白塔民朱氏，遂立于亭之南北。亭负城而近，以为滁人岁时嬉游之好。

夫物之奇者，弃没于幽远则可惜，置之耳目，则爱者不免取之而去。嗟夫！刘金者，虽不足道，然亦可谓雄勇之士，其生平志意，岂不伟哉？及其后世，荒堙零落，至于子孙泯没而无闻，况欲长有此石乎？用此可为富贵者之戒。而好奇之士，闻此石者，可以一赏而足，何必取而去也哉？

姜坞先生云：刘金，吴时为濠、滁二州刺史，长子仁规，次即刘仁赡也。公于《五代史记》中刘仁赡传内亦具之，而此记云子孙泯灭无闻，岂忽忘之耶？

欧阳永叔真州东园记 ○○

真为州当东南之水会，故为江淮、两浙、荆湖发运使之治所。龙图阁直学士施君正臣，侍御史许君子春之为使也，得监察御史里行马君仲涂为其判官。三人者，乐其相得之欢，而因其暇日，得州之监军废营以作东园，而日往游焉。

岁秋八月，子春以其职事走京师，图其所谓东园者来以示余曰："园之广百亩，而流水横其前，清池浸其右，高台起其北。台吾望以拂云之亭，池吾俯以澄虚之阁，水吾泛以画舫之舟。敞其中以为清讌之堂，辟其后以为射宾之圃。芙蕖、芰荷之的历，幽兰、白芷之芬芳，与夫佳花美木，列植而交阴，此前日之苍烟白露而荆棘也；高甍巨桷，水光日景，动摇而下上，其宽闲深靓，可以答远响而生清风，此前日之颓垣断堑而荒墟也；嘉时令节，州人士女，啸歌而管弦，此前日之晦冥风雨，鼪鼯鸟兽之嗥音也。吾于是信有力焉。凡图之所载，盖其一二之略也。若乃升于高，以望江山之远近；嬉于水，而逐鱼鸟之浮沈，其物象意趣，登临之乐，览者各自得焉。凡工之所不能画者，吾亦不能言也。其为我书其大概焉。"

又曰："真，天下之冲也，四方之宾客往来者，吾与之共乐于此，岂独私吾三人者哉！然而池台日益以新，草树日益以茂，四方之士，无日而不来，而吾三人者，有时而皆去也，岂不眷眷于是哉？不为之记，则后孰知其自吾三人者始也？"

予以谓三君子之材贤，足以相济，而又协于其职，知所后先。使上下给足，而东南六路之人，无辛苦愁怨之声，然后休其馀闲，又与四方之贤士大夫共乐于此，是皆可嘉也。乃为之书。施君为施昌言，许君为许元，马君为马遵。

欧阳永叔浮槎山水记　○○

浮槎山在慎县南三十五里，或曰浮阇山，或曰浮、巢二山，其事出于浮图、老子之徒，荒怪诞幻之说。其上有泉，自前世论水者皆弗道。余尝读《茶经》，爱陆羽善言水。后得张又新《水记》，载刘伯刍、李季卿所列水次第，以为得之于羽。然以《茶经》考之，皆不合。又新妄狂险谲之士，其言难信，颇疑非羽之说。及得浮槎山水，然后益以羽为知水者。浮槎与龙池山，皆在庐州界中，较其水味，不及浮槎远甚。而又新所记以龙池为第十，浮槎之水，弃而不录，以此知其所失多矣。羽则不然，其论曰："山水上，江次之，井为下。山水，乳泉石池漫流者上。"其言虽简，而于论水尽矣。

浮槎之水，发自李侯。嘉祐二年，李侯以镇东军留后出守庐州，因游金陵，登蒋山，饮其水。既又登浮槎，至其山上，有石池，涓涓可爱，盖羽所谓乳泉漫流者也。饮之而甘，乃考图记，问于故老，得其事迹，因以其水遗余于京师。予报之曰：

李侯可谓贤矣！夫穷天下之物，无不得其欲者，富贵者之乐也。至于荫长松，藉丰草，听山溜之潺湲，饮石泉之滴沥，此山林者之乐也。而山林之士，视天下之乐，不一动其心；或有欲于心，顾力不可得而止者，乃能退而获乐于斯。彼富贵者之能致物矣，而其不可兼者，惟山林之乐尔。惟富贵者而不得兼，然后贫贱之士，有以自足而高世。其不能两得，亦其理与势之然欤？今李侯生长富贵，厌于耳目，又知山林之为乐，至于攀缘上下，幽隐穷绝，人所不及者，皆能得之。其兼取于物者，可谓多矣。

李侯折节好学，喜交贤士，敏于为政，所至有能名。凡物不能自见，而待人以彰者有矣；其物未必可贵，而因人以重者亦有矣。故予为志其事，俾世知斯泉发，自李侯始也。茅顺甫云：风韵修然。姜坞先生云：曹能始《名胜志》引此记云："李不疑为郡守。"不疑未详何人。某按：李端愿，仁宗时邢州观察使，镇东军留后，知邓、襄二州，移庐州，不疑盖端愿也。端愿，遵勖之子。遵勖尚万寿长公主，太宗女也，故记有生长富贵之语。端愿字公谨，一字不疑，欧公集中《浮槎寺八记诗》跋及与李简牍，言李遗水及作记事，简中数称其字。

欧阳永叔李秀才东园亭记　○○

修友李公佐，有亭在其居之东园。今年春，以书抵洛，命修志之。

李氏世家随。随春秋时称汉东大国。鲁桓之后，楚始盛，随近之，常与为斗国相胜败。然怪其山川土地，既无高深壮厚之势，封域之广，与郧、蓼相介，才一二百里，非有古强诸侯制度，而为大国何也？其春秋世，未尝通中国盟会朝聘。僖二十年，方见于经，以伐见书。哀之元年，始约列诸侯一会而罢。其后乃希见。僻居荆夷，盖于蒲骚、郧、蓼小国之间，特大而已。故于今虽名藩镇，而实下州。山泽之产无美材，土地之贡无上物。朝廷达官大人，自闽陬岭徼出而显者，往往皆是，而随近在天子千里内，几百年间，未闻出一士。岂其痹贫薄陋自古然也？

予少从江南就食居之，能道其风土。地既瘠枯，民急生不舒愉，虽丰居大族厚聚之家，未尝有树林池沼之乐，以为岁时休暇之嬉。独城南李氏为著姓，家多藏书，训子孙以学。予为童子，与李氏诸儿戏其家，见李氏方治东园，佳木美草,一一手植,周视封树,日日去来园间甚勤。李氏寿终,公佐嗣家,又构亭其间,益修先人之所为。予亦壮,不复至其家。已而去客汉、沔,游京师,久而乃归,复行城南,公佐引予登亭上,周寻童子时所见,则树之蘖者抱,昔之抱者枿,草之茁者丛,荄之甲者,今果矣。问其游儿,则有子如予童子之岁矣。相与逆数昔时,则于今七闰矣,然忽忽如前日事,因叹嗟徘徊不能去。

噫!予方仕宦奔走,不知再至城南,登此亭,复几闰?幸而再至,则东园之物,又几变也?计亭之梁木其蠹,瓦甓之溜,石物其泐乎?随虽陋,非予乡。然予之长也,岂能忘情于随哉?

公佐好学有行,乡里推之,与予友善。明道二年十月十二日记。

欧阳永叔樊侯庙灾记 ○○

郑之盗,有入樊侯庙,刳神象之腹者。既而大风雨雹,近郑之田,麦苗皆死。人咸骇曰:“侯怒而为之也。”

余谓樊侯,本以屠狗立军功,佐沛公,至成皇帝,位为列侯,邑食舞阳,剖符传封,与汉长久,《礼》所谓“有功德于民则祀之”者欤?舞阳距郑既不远,又汉、楚常苦战荥阳、京、索间,亦侯平生提戈斩级所立功处,故庙而食之宜矣。

方侯之参乘沛公,事危鸿门,振目一顾,使羽失气,其勇力足有过人者。故后世言雄武称樊将军,宜其聪明正直，有遗灵矣。然当盗之剚刃腹中，独不能保其心腹肾肠，而反移怒于无罪之民，以骋其恣睢何哉？岂生能万人敌，而死不能庇一躬耶？岂其灵不神于御盗，而反神于平民，以骇其耳目邪？风霆雨雹，天之所以震耀威罚，宜有司者，而侯又得以滥用之邪？

盖闻阴阳之气，怒则薄而为风霆，其不和之甚者，凝结而为雹。方今岁且久旱，伏阴不兴，壮阳刚燥，疑有不和而凝结者，岂其适会民之自灾也邪？不然，则喑呜叱咤，使风驰霆击，则侯之威灵暴矣哉！

欧阳永叔丛翠亭记 ○

九州皆有名山以为镇，而洛阳天下中，周营汉都，自古常以王者制度临四方，宜其山川之势雄深伟丽，以壮万邦之所瞻。由都城而南以东，山之近者，阙塞、万安、轘辕、缑氏，以连嵩少，首尾盘屈逾百里。从城中因高以望之，众山靡迤，或见或否，惟嵩最远，最独出。其崭岩耸秀，拔立诸峰上，而不可掩蔽。盖其名在祀典，与四岳俱备天子巡狩望祭，其秩甚尊，则其高大殊杰当然。

城中可以望而见者，若巡检署之居洛北者为尤高。巡检使内殿崇班李君，始入其署，即相其西南隅而增筑之，治亭于上，敞其南，北向以望焉。见山之连者、峰者、岫者，络绎联亘，卑相附，高相摩，亭然起，崒然止，来而向，去而背。倾崖怪壑，若奔若蹲，若斗若倚，世所谓嵩阳三十六峰者，皆可以坐而数之。因取其苍翠丛列之状，遂以丛翠名其亭。

亭成，李君与宾客以酒食登而落之，其古所谓居高明而远眺望者欤？既而欲记其始造之岁月，因求修辞而刻之云。

古文辞类篹五十五终

杂记类五

古文辞类篹五十六

曾子固宜黄县学记 ○○○

古之人，自家至于天子之国，皆有学。自幼至于长，未尝去于学之中。学有《诗》、《书》六艺，弦歌洗爵，俯仰之容，升降之节，以习其心体、耳目、手足之举措；又有祭祀、乡射、养老之礼，以习其恭让；进材、论狱、出兵、授捷之法，以习其从事。师友以解其惑，劝惩以勉其进，戒其不率，其所以为具如此。而其大要，则务使人人学其性，不独防其邪僻放肆也。虽有刚柔缓急之异，皆可以进之于中，而无过不及。使其识之明，气之充于其心，则用之于进退语默之际，而无不得其宜；临之以祸福死生之故，而无足动其意者。为天下之士，为所以养其身之备如此，则又使知天地事物之变，古今治乱之理，至于损益废置，先后终始之要，无所不知。其在堂户之上，而四海九州之业，万世之策皆得。及出而履天下之任，列百官之中，则随所施为，无不可者。何则？其素所学问然也。

盖凡人之起居、饮食、动作之小事，至于修身为国家天下之大体，皆自学出，而无斯须去于教也。其动于视听四支者，必使其洽于内；其谨于初者，必使其要于终。驯之以自然，而待之以积久。噫！何其至也。故其俗之成，则刑罚措；其材之成，则三公百官得其士；其为法之永，则中材可以守；其入人之深，则虽更衰世而不乱。为教之极至此，鼓舞天下，而人不知其从之，岂用力也哉？

及三代衰，圣人之制作尽坏，千馀年之间，学有存者，亦非古法。人之体性之举动，唯其所自肆，而临政治人之方，固不素讲。士有聪明朴茂之质，而无教养之渐，则其材之不成，夫疑固。然。盖以不学未成之材，而为天下之吏，又承衰敝之后，而治不教之民。呜呼！仁政之所以不行，盗贼刑罚之所以积，其不以此也欤！

宋兴几百年矣。庆历三年，天子图当世之务，而以学为先，于是天下之学乃得立。而方此之时，抚州之宜黄，犹不能有学，士之学者，皆相率而寓于州，以群聚讲习。其明年，天下之学复废，士亦皆散去，而春秋释奠之事，以著于令，则常以庙祀孔氏，庙废不复理。皇祐元年，会令李君详至，始议立学，而县之士某某，与其徒皆自以谓得发愤于此，莫不相励而趋为之。故其材不赋而羡，匠不发而多。其成也，积屋之区若干，而门序正位，讲艺之堂，栖士之舍，皆足。积器之数若干，而祀饮寝食之用皆具。其像孔氏而下，从祭之士，皆备。其书经史百氏，翰林子墨之文章，无外求者。其相基会作之本末，总为日若干而已，何其周且速也！

当四方学废之初，有司之议，固以谓学者人情之所不乐。及观此学之作，在其废学数年之后，唯其令之一唱，而四境之内，响应而图之，如恐不及。则夫言人之情不乐于学者，其果然也欤？

宜黄之学者，固多良士。而李君之为令，威行爱立，讼清事举，其政又良也。夫及良令之时，而顺其慕学发愤之俗，作为宫室教肄之所，以至图书器用之须，莫不皆有以养其良材之士。虽古之去今远矣，然圣人之典籍皆在，其言可考，其法可求。使其相与学而明之，礼乐节文之详，固有所不得为者。若夫正心修身，为国家天下之大务，则在其进之而已。使一人之行修，移之于一家，一家之行修，移之于乡邻族党，则一县之风俗成，人材出矣。教化之行，道德之归，非远人也，可不勉欤！

县之士来请曰："愿有记。"故记之。十二月某日也。

曾子固筠州学记 ○○

周衰，先王之迹熄。至汉，六艺出于秦火之馀，士学于百家之后。言道德者，矜高远而遗世用；语政理者，务卑近而非师古。刑名、兵家之术，则狃于暴诈。惟知经者为善矣，又争为章句训诂之学，以其私见妄穿凿为说。故先王之道不明，而学者靡然溺于所习。当是时，能明先王之道者，杨雄而已。而雄之书，世未知好也。然士之出于其时者，皆勇于自立，无苟简之心，其取与、进退、去就，必度于礼义。及其已衰，而搢绅之徒，抗志于强暴之间，至于废锢杀戮，而其操愈厉者，相望于先后。故虽有不轨之臣，犹低徊没世，不敢遂其篡夺。

自此至于魏晋以来，其风俗之弊，人材之乏久矣。以迄于今，士乃有特起于千载之外，明先王之道，以寤后之学者。世虽不能皆知其意，而往往好之。故习其说者，论道德之旨，而知应务之非近；议政理之体，而知法古之非迂。不乱于百家，不蔽于传疏。其所知者若此，此汉之士所不能及。然能尊而守之者，则未必众也。故乐易惇朴之俗微，而诡欺薄恶之习胜。其于贫富贵贱之地，则养廉远耻之意少，而偷合苟得之行多。此俗化之美，所以未及于汉也。夫所闻或浅，而其义甚高，与所知有馀，而其守不足者，其故何哉？由汉之士，察举于乡闾，故不得不笃于自修。至于渐摩之久，则果于义者，非强而能也。今之士选用于文章，故不得不笃于所学。至于循习之深，则得于心者，亦不自知其至也。由是观之，则上所好，下必有甚者焉，岂非信欤？令汉与今有教化开导之方，有庠序养成之法，则士于学行，岂有彼此之偏，先后之过乎？夫《大学》之道，将欲诚意正心修身以治其国家天下，而必本于先致其知，则知者固善之端，而人之所难至也。以今之士，于人所难至者既几矣，则上之施化，莫易于斯时，顾所以导之如何尔。

筠为州，在大江之西，其地僻绝。当庆历之初，诏天下立学，而筠独不能应诏，州之士以为病。至治平三年，盖二十有三年矣，始告于知州事、尚书都官郎中董君仪。董君乃与通判州事、国子博士郑君蒨，相州之东南，得亢爽之地，筑宫于其上。斋祭之室，诵讲之堂，休息之庐，至于庖湢库厩，各以序为。经始于其春，而落成于八月之望。既而来学者，常数十百人。二君乃以书走京师请记于予。

予谓二君之于政，可谓知所务矣。使筠之士，相与升降乎其中，讲先王之遗文以致其知。其贤者，超然自信而独立，其中材勉焉，以待上之教化，则是宫之作，非独使夫来者玩思于空言，以干世取禄而已。故为之著予之所闻者以为记，而使归刻焉。鼐按：《宜黄》、《筠州》二记，论学之指皆精甚。然宜黄记随笔曲注，而浑雄博厚之气郁然纸上，故最为曾文之盛者。筠州记体势方幅，而气脉亦稍弱矣。

曾子固徐孺子祠堂记 ○

汉元兴以后，政出宦者，小人挟其威福，相煽为恶，中材顾望，不知所为。汉既失其操柄，纪纲大坏。然在位公卿大夫，多豪杰特起之士，相与发愤同心，直道正言，分别是非白黑，不少屈其意，至于不容。而织罗钩党之狱起，其执弥坚，而其行弥厉，志虽不就，而忠有馀。故及其既殁，而汉亦以亡。当是之时，天下闻其风、慕其义者，人人感慨奋激，至于解印绶，弃家族，骨肉相勉，趋死而不避。百馀年间，擅强大、觊非望者相属，皆逡巡而不敢发。汉能以亡为存，盖其力也。

孺子于时，豫章太守陈蕃，太尉黄琼，辟皆不就。举有道，拜太原太守，安车备礼，召皆不至。盖忘己以为人，与独善于隐约，其操虽殊，其志于仁一也。在位士大夫，抗其节于乱世，不以死生动其心，异于怀禄之臣远矣，然而不屑去者，义在于济物故也。孺子尝谓郭林宗曰："大木将颠，非一绳所维，何为栖栖不皇宁处？"此其意，亦非自足于邱壑，遗世而不顾者也。孔子称颜回："用之则行，舍之则藏，惟我与尔有是夫。"孟子亦称孔子：可以进则进，可以止则止，乃所愿则学孔子。而《易》于君子小人消长进退，择所宜处，未尝不惟其时则见，其不可而止，此孺子之所以未能以此而易彼也。

孺子姓徐，名稚，孺子其字也，豫章南昌人。按图记：章水北径南昌城，西历白社，其西有孺子墓。又北历南塘，其东为东湖，湖南小洲上有孺子宅，号孺子台。吴嘉禾中，太守徐熙，于孺子墓隧种松，太守谢景，于墓侧立碑。晋永安中，太守夏侯嵩，于碑旁立思贤亭，世世修治，至拓跋魏时，谓之聘君亭。今亭尚存，而湖南小洲，世不知其尝为孺子宅，又尝为台也。予为太守之明年，始即其处结茆为堂，图孺子像，祠以中牢，率州之宾属拜焉。汉至今且千岁，富贵堙灭者，不可称数。孺子不出闾巷，独称思至今，则世之欲以智力取胜者非惑欤？孺子墓失其地，而台幸可考而知，祠之，所以视邦人以尚德，故并采其出处之意为记焉。

曾子固襄州宜城县长渠记 ○

荆及康狼，楚之西山也。水出二山之间，东南而流，春秋之世曰鄢水，左丘明《传》：鲁桓公十有三年，楚屈瑕伐罗，“及鄢乱次以济”是也。其后曰夷水，《水经》所谓“汉水又南过宜城县东，夷水注之”是也。又其后曰蛮水，郦道元所谓“夷水避桓温父名，改曰蛮水”是也。秦昭王二十八年，使白起将攻楚，去鄢百里，立堨，壅是水为渠，以灌鄢。鄢，楚都也，遂拔之。秦既得鄢以为县，汉惠帝三年，改曰宜城。宋孝武帝永初元年，筑宜城之大堤为城，今县治是也，而更谓鄢曰故城。鄢入秦，而白起所为渠因不废，引鄢水以灌田，田皆为沃壤，今长渠是也。

长渠至宋至和二年，久隳不治，而田数苦旱，川饮者无所取。令孙永曼叔率民田渠下者，理渠之坏塞，而去其浅隘，遂完故堨，使水还渠中。自二月丙午始作，至三月癸未而毕，田之受渠水者，皆复其旧。曼叔又与民为约束，时其蓄泄，而止其侵争，民皆以为宜也。

盖鄢水之出西山，初弃于无用，及白起资以祸楚，而后世顾赖其利。郦道元以谓溉田三千馀顷，至今千有馀年，而曼叔又举众力而复之，使并渠之民，足食而甘饮，其馀粟散于四方。盖水出于西山诸谷者其源广，而流于东南者其势下，至今千有馀年，而山川高下之形势无改，故曼叔得因其故迹，兴于既废。使水之源流，与地之高下，一有易于古，则曼叔虽力，亦莫能复也。

夫水莫大于四渎，而河盖数徙，失禹之故道。至于济水，又疑“及”。王莽时而绝，况于众流之细，其通塞岂得而常？而后世欲行水溉田者，往往务蹑古人之遗迹，不考夫山川形势，古今之同异，故用力多而收功少，是亦其不思也欤？

初，曼叔之复此渠，白其事于知襄州事张瓌唐公。唐公听之不疑，沮止者不用，故曼叔能以有成。则渠之复，自夫二人者也。方二人者之有为，盖将任其职，非有求于世也。及其后，言渠堨者蜂出，然其心盖或有求，故多诡而少实。独长渠之利较然，而二人者之志愈明也。

熙宁六年，余为襄州，过京师，曼叔时为开封，访余于东门，为余道长渠之事，而诿余以考其约束之废举。余至而问焉，民皆以谓贤君之约束，相与守之，传数十年如其初也。余为之定著令，上司农。八年，曼叔去开封为汝阴，始以书告之。而是秋大旱，独长渠之田无害也。夫宜知其山川与民之利害者，皆为州者之任，故余不得不书以告后之人，而又使之知夫作之所以始也。

曾子固越州赵公救菑记 ○

熙宁八年夏，吴越大旱。九月，资政殿大学士、右谏议大夫知越州赵公，前民之未饥，为书问属县：菑所被者几乡？民能自食者有几？当廪于官者几人？沟防构筑，可僦民使治之者几所？库钱仓粟，可发者几何？富人可募出粟者几家？僧道士食之羡粟书于籍者，其几具存？使各书以对，而谨其备。

州县吏录民之孤老疾弱不能自食者二万一千九百馀人以告。故事：岁廪穷人，当给粟三千石而止。公敛富人所输，及僧道士食之羡者，得粟四万八千馀石，佐其费。使自十月朔，人受粟日一升，幼小半之。忧其众相蹂也，使受粟者，男女异日，而人受二日之食。忧其且流亡也，于城市郊野，为给粟之所，凡五十有七，使各以便受之，而告以去其家者勿给。计官为不足用也，取吏之不在职而寓于境者，给其食而任以事。不能自食者，有是具也；能自食者，为之告富人，无得闭粜。又为之出官粟，得五万二千馀石，平其价予民。为粜粟之所凡十有八，使籴者自便如受粟。又僦民完城四千一百丈，为工三万八千，计其佣与钱，又与粟再倍之。民取息钱者，告富人纵予之，而待熟，官为责其偿。弃男女者，使人得收养之。明年春，大疫，为病坊处疾病之无归者，募僧二人，属以视医药饮食，令无失所时。凡死者，使在处随收瘗之。法廪穷人，尽三月当止，是岁尽五月而止。事有非便文者，公一以自任，不以累其属。有上请者，或便宜多辄行。公于此时，蚤夜惫心力不少懈，事细钜，必躬亲。给病者药食，多出私钱。民不幸罹旱、疫，得免于转死，虽死得无失敛埋，皆公力也。

是时旱、疫被吴越，民饥馑疾疠死者殆半，菑未有钜于此也。天子东向忧劳，州县推布上恩，人人尽其力。公所拊循，民尤以为得其依归。所以经营绥辑先后终始之际，委曲纤悉，无不备者。其施虽在越，其仁足以示天下；其事虽行于一时，其法足以传后。盖菑沴之行，治世不能使之无，而能为之备。民病而后图之，与夫先事而为计者，则有间矣。不习而有为，与夫素得之者，则有间矣。余故采于越，得公所推行，乐为之识其详，岂独以慰越人之思，将使吏之有志于民者，不幸而遇岁之菑，推公之所已试，其科条，可不待顷而具，则公之泽，岂小且近乎！

公元丰二年，以大学士加太子少保致仕，家于衢。其直道正行，在于朝廷，岂弟之实，在于身者。此不著，著其荒政可师者，以为《越州赵公救菑记》云。

曾子固拟岘台记 ○○

尚书司门员外郎晋国裴君，治抚之二年，因城之东隅，作台以游，而命之曰拟岘台，谓其山溪之形拟乎岘山也。数与其属与州之寄客者游，而间独求记于余。

初州之东，其城因大邱，其隍因大溪，其隅因客土，以出溪上。其外连山高陵，野林荒墟，远近高下，壮大闳廓，怪奇可喜之观，环抚之东南者，可坐而见也。然而雨隳潦毁，盖藏弃委于榛藂茀草之间，未有即而爱之者也。君得之而喜，增甓与土，易其破缺，去榛与草，发其亢爽，缭以横槛，覆以高甍，因而为台，以脱埃氛，绝烦嚣，出云气，而临风雨。然后溪之平沙漫流，微风远响，与夫浪波汹涌，破山拔木之奔放，至于高桅劲橹，沙禽水兽，下上而浮沈者，皆出乎履舄之下。山之苍颜秀壁，巅崖拔出，挟光景而薄星辰。至于平冈长陆，虎豹踞而龙蛇走，与夫荒蹊聚落，树阴晻暧，游人行旅，隐见而断续者，皆出乎衽席之内。若夫云烟开敛，日光出没，四时朝暮，雨旸明晦，变化之不同，则虽览之不厌，而虽有智者，亦不能穷其状也。或饮者淋漓，歌者激烈，或靓观微步，旁皇徙倚，则得于耳目，与得之于心者，虽所寓之乐有殊，而亦各适其适也。

抚非通道，故贵人富贾之游不至。多良田，故水旱螟螣之菑少。其民乐于耕桑以自足，故牛马之牧于山谷者不收，五谷之积于郊野者不垣，而晏然不知枹鼓之警，发召之役也。君既因其土俗，而治以简静，故得以休其暇日，而寓其乐于此。州人士女，乐其安且治，而又得游观之美，亦将得同其乐也，故予为之记。其成之年月日，嘉祐二年之九月九日也。

曾子固广德军重修鼓角楼记 ○

熙宁元年冬，广德军作新门鼓角楼成，太守合文武宾属以落之，既而以书走京师属巩曰："为我记之。"巩辞不能，书反覆至五六，辞不获，乃为其文曰：

盖广德居吴之西疆，故障之墟，境大壤沃，食货富穰，人力有馀，而狱讼赴诉，财贡输入，以县附宣，道路回阻，众不便利，历世久之。太宗皇帝在位四年，乃按地图，因县立军，使得奏事专决，体如大邦。自是以来，田里辨争，岁时税调，始不勤远，人用宜之。而门闳隘庳，楼观弗饰，于以纳天子之命，出令行化，朝夕吏民，交通四方，览示宾客，弊在简陋，不中度程。

治平四年，尚书兵部员外郎、知制诰钱公辅守是邦，始因丰年，聚材积土，将改而新之。会尚书驾部郎中朱公寿昌来继其任，明年政成，封内无事，乃择能吏，揆时庀徒，以畚以筑，以绳以削。门阿是经，观阙是营，不督不期，役者自劝。自冬十月甲子始事，至十二月甲子卒功。崇墉崛兴，复宇相瞰，壮不及僭，丽不及奢。宪度政理，于是出纳；士吏宾客，于是驰走。尊施一邦，不失宜称。至于伐鼓鸣角，以警昏昕，下漏数刻，以节昼夜，则又新是四器，列而栖之。邦人士女，易其听观，莫不悦喜，推美诵勤。

夫礼有必隆，不得而杀；政有必举，不得而废。二公于是兼而得之，宜刻金石，以书美实，使是邦之人，百世之下，于二公之德，尚有考也。

曾子固学舍记 ○

予幼则从先生受书，然是时，方乐与家人童子，嬉戏上下，未知好也。十六七时，窥六经之言，与古今文章，有过人者，知好之，则于是锐意欲与之并。而是时家事亦滋出。自斯以来，西北，则行陈、蔡、谯、苦，睢、汴、淮、泗，出于京师；东方，则绝江舟漕河之渠，逾五湖，并封禺、会稽之山，出于东海上；南方，则载大江，临夏口，而望洞庭，转彭蠡，上庾岭，繇真阳之泷，至南海上。此予之所涉世而奔走也。蛟鱼汹涌湍石之川，巅崖莽林貙虺之聚，与夫雨旸寒燠，风波雾毒，不测之危，此予之所单游远寓，而冒犯以勤也。衣食药物，庐舍器用，箕筥碎细之间，此予之所经营以养也。天倾地坏，殊州独哭，数千里之远，抱丧而南，积时之劳，乃毕大事，此予之所遘祸而忧艰也。太夫人所志，与夫弟婚妹嫁，四时之祠，与夫属人外亲之问，王事之输，此予之所皇皇而不足也。予于是力疲意耗，而又多疾，言之所序，盖其一二之粗也。得其闲时，挟书以学，于夫为身治人，世用之损益，考观讲解，有不能至者，故不得专力尽思，琢雕文章，以载私心难见之情，而追古今之作者为并，以足予之所好慕，此予之自视而嗟也。

今天子至和之初，予之侵扰多事故益甚，予之力无以为，乃休于家，而即其旁之草舍以学。或疾其卑，议其隘者，予顾而笑曰："是予之宜也。予之劳心困形，以役于事者，有以为之矣。予之卑巷穷庐，冗衣砻饭，芑苋之羹，隐约而安者，固予之所以遂其志而有待也。予之疾，则有之，可以进于道者，学之有不至。至于文章，平生所好慕，为之有不暇也。若夫土坚木好，高大之观，固世之聪明豪隽，挟长而有恃者所得为。若予之拙，岂能易而志彼哉？"遂历道其少长出处，与夫好慕之心，以为学舍记。

曾子固齐州二堂记 ○

齐滨泺水，而初无使客之馆。使客至，则常发民调材木为舍以寓，去则彻之，既费且陋。乃为徙官之废屋，为二堂于泺水之上以舍客，因考其山川而名之。

盖《史记·五帝纪》，谓“舜耕历山，渔雷泽，陶河滨，作什器于寿邱，就时于负夏。”郑康成释历山在河东，雷泽在济阴，负夏卫地。皇甫谧释寿邱在鲁东门之北。河滨，济阴定陶西南陶邱亭是也。以予考之，耕稼陶渔，皆舜之初，宜同时，则其地不宜相远。二家所释雷泽、河滨、寿邱、负夏，皆在鲁、卫之间，地相望，则历山不宜独在河东也。孟子又谓舜东夷之人，则陶渔在济阴，作什器在鲁东门，就时在卫，耕历山在齐，皆东方之地，合于《孟子》。按图记，皆谓《禹贡》所称雷首山在河东，妫水出焉。而此山有九号，历山其一号也。予观《虞书》及《五帝纪》，盖舜娶尧之二女，乃居妫汭，则耕历山盖不同时，而地亦当异。世之好事者，乃因妫水出于雷首，迁就附益，谓历山为雷首之别号，不考其实矣。由是言之，则图记皆谓齐之南山为历山，舜所耕处，故其城名历城，为信然也。今泺上之北堂，其南则历山也，故名之曰历山之堂。

按图：泰山之北，与齐之东南诸谷之水，西北汇于黑水之湾，又西北汇于柏崖之湾，而至于渴马之崖。盖水之来也众，其北折而西也，悍疾尤甚，及至于崖下，则泊然而止。而自崖以北，至于历城之西，盖五十里，而有泉涌出，高或至数尺，其旁之人，名之曰趵突之泉。齐人皆谓尝有弃糠于黑水之湾者，而见之于此。盖泉自渴马之崖，潜流地中，而至此复出也。趵突之泉冬温，泉旁之蔬甲，经冬常荣，故又谓之温泉。其注而北，则谓之泺水，达于清河，以入于海，舟之通于齐者，皆于是乎出也。齐多甘泉，冠于天下，其显名者以十数，而色味皆同，以予验之，盖皆泺水之旁出者也。泺水尝见于《春秋》：鲁桓公十有八年，公及齐侯会于泺。杜预释在历城西北入济。济水自王莽时，不能被河南，而泺水之所入者清河也，预盖失之。今泺上之南堂，其西南则泺水之所出也，故名之曰泺源之堂。

夫理使客之馆，而辨其山川者，皆太守之事也，故为之识，使此邦之人尚有考也。熙宁六年二月己丑记。

曾子固墨池记 ○○

临川之城东，有地隐然而高，以临于溪，曰新城。新城之上有池，洼然而方以长，曰王羲之之墨池者，荀伯子《临川记》云也。羲之尝慕张芝，临池学书，池水尽黑，此为其故迹，岂信然邪？

方羲之之不可强以仕，而尝极东方，出沧海，以娱其意于山水之间，岂其徜徉肆恣而又尝自休于此邪？羲之之书晚乃善，则其所能，盖亦以精力自致者，非天成也。然后世未有能及者，岂其学不如彼邪？则学固岂可以少哉？况欲深造道德者邪？

墨池之上，今为州学舍。教授王君盛，恐其不章也，书“晋王右军墨池”之六字于楹间以揭之，又告于巩曰：“愿有记。”

推王君之心，岂爱人之善，虽一能不以废，而因以及乎其迹邪？其亦欲推其事以勉其学者邪？夫人之有一能，而使后人尚之如此，况仁人庄士之遗风馀思，被于来世者如何哉！

曾子固序越州鉴湖图 ○

鉴湖，一曰南湖，南并山，北属州城漕渠，东西距江，汉顺帝永和五年，会稽太守马臻之所为也，至今九百七十有五年矣。其周三百五十有八里，凡水之出于东南者皆委之。州之东，自城至于东江。其北堤，石楗二，阴沟十有九，通民田。田之南属漕渠，北、东、西属江者皆溉之。州之东六十里，自东城至于东江。其南堤，阴沟十有四，通民田。田之北抵漕渠，南并山，西并堤，东属江者皆溉之。州之西三十里，曰柯山斗门，通民田。田之东并城，南并堤，北滨漕渠，西属江者皆溉之。总之溉山阴、会稽两县十四乡之田九千顷。非湖能溉田九千顷而已，盖田之至江者尽于九千顷也。其东曰曹娥斗门，曰槁口斗门，水之循南堤而东者，由之以入于东江。其西曰广陵斗门，曰新径斗门，水之循北堤而西者，由之以入于西江。其北曰朱储斗门，去湖最远。盖因三江之上，两山之间，疏为二门，而以时视田中之水，小溢则纵其一，大溢则尽纵之，使入于三江之口。所谓湖高于田丈馀，田又高海丈馀。水少则泄湖溉田，水多则泄田中水入海，故无荒废之田，水旱之岁者也。

由汉以来几千载，其利未尝废也。

宋兴，民始有盗湖为田者。祥符之间，二十七户，庆历之间二户，为田四顷。当是时，三司转运司犹下书切责州县，使复田为湖。然自此吏益慢法，而奸民浸起，至于治平之间，盗湖为田者，凡八千馀户，为田七百馀顷，而湖废几尽矣。其仅存者，东为漕渠，自州至于东城六十里，南通若耶溪。自樵风泾至于桐鸣十里，皆水广不能十馀丈，每岁少雨，田未病，而湖盖已先涸矣。

自此以来，人争为计说。蒋堂则谓宜有罚以禁侵耕，有赏以开告者。杜杞则谓盗湖为田者，利在纵湖水，一雨，则放声以动州县，而斗门辄发。故为之立石则水，一在五云桥，水深八尺有五寸，会稽主之；一在跨湖桥，水深四尺有五寸，山阴主之。而斗门之钥，使皆纳于州，水溢则遣官视则，而谨其闭纵。又以谓宜益理堤防斗门，其敢田者，拔其苗，责其力以复湖，而重其罚。犹以为未也，又以谓宜加两县之长以提举之名，课其督察，而为之殿赏。吴奎则谓每岁农隙，当僦人浚湖，积其泥涂，以为邱阜，使县主役，而州与转运使、提点刑狱督摄赏罚之。张次山则谓湖废仅有存者，难卒复，宜益广漕路，及他便利处，使可漕，及注民田，里置石柱以识之，柱之内禁敢田者。刁约则谓宜斥湖三之一与民为田，而益堤使高一丈，则湖可不开，而其利自复。范师道，施元长，则谓重侵耕之禁，犹不能使民无犯，而斥湖与民，则侵者孰御？又以湖水较之，高于城中之水，或三尺有六寸，或二尺有六寸，而益堤壅水使高，则水之败城郭庐舍可必也。张伯玉则谓日役五千人浚湖，使至五尺，当十五岁毕，至三尺，当九岁毕。然恐工起之日，浮议外摇，役夫内溃，则虽有智者，犹不能必其成。若日役五千人益堤，使高八尺，当一岁毕，其竹木费，凡九十二万有三千，计越之户二十万有六千，赋之而复其租，其势易足。如是，则利可坐收，而人不烦弊。陈宗言，赵诚，复以水势高下难之，又以谓宜从吴奎之议，以岁月复湖。当是时，都水善其言，又以谓宜增赏罚之令。其为说如此，可谓博矣。

朝廷未尝不听用，著之于法。故罚有自钱三百至于千，又至于五万；刑有杖百，至于徒二年，其文可谓密矣。然而田者不止，而日愈多；湖不加浚，而日愈废，其故何哉？法令不行，而苟且之俗胜也。

昔谢灵运从宋文帝求会稽回踵湖为田，太守孟顗不听，又求休崲湖为田，顗又不听，灵运至以语诋之。则利于请湖为田，越之风俗旧矣。然南湖由汉历吴、晋以来接于唐，又接于钱镠父子之有此州，其利未尝废者。彼或以区区之地当天下，或以数州为镇，或以一国自王，内有供养禄廪之须，外有贡输问馈之奉，非得晏然而已也。故强水土之政，以力本利农，亦皆有数，而钱镠之法最详，至今尚多传于人者，则其利之不废有以也。

近世则不然。天下为一，而安于承平之故，在位者，重举事而乐因循。而请湖为田者，其言语气力往往足以动人。至于修水土之利，则又费财动众，从古所难。故郑国之役，以谓足以疲秦，而西门豹之治邺渠，人亦以为烦苦。

其故如此，则吾之吏，孰肯任难当之怨，来易至之责，以待未然之功乎？故说虽博而未尝行，法虽密而未尝举，田者之所以日多，湖之所以日废，由是而已。故以为法令不行，而苟且之俗胜者，岂非然哉！夫千岁之湖，废兴利害，较然易见。然自庆历以来，三十馀年，遭吏治之因循，至于既废，而世犹莫寤其所以然，况于事之隐微，难得而考者，由苟简之故。而弛坏于冥冥之中，又可知其所以然乎？

今谓湖不必复者，曰湖田之入既饶矣，此游谈之士，为利于侵耕者言之也。夫湖未尽废，则湖下之田旱，此方今之害，而众人之所睹也。使湖尽废，则湖下之为田亦旱矣，此将来之害，而众人所未睹者。故曰此游谈之士，为利于侵耕者言之，而非实知利害者也。谓湖不必浚者，曰益堤壅水而已，此好辩之士，为乐闻苟简者言之也。夫以地势较之，壅水使高，必败城郭，此议者之所已言也。以地势较之，浚湖使下，然后不失其旧，不失其旧，然后不失其宜，此议者之所未言也。又山阴之石则，为四尺有五寸，会稽之石则，几倍之。壅水使高，则会稽得尺，山阴得半，地之洼隆不并，则益堤未为有补也。故曰此好辩之士，为乐闻苟简者言之，而又非实知利害者也。二者既不可用，而欲禁侵耕开告者，则有赏罚之法矣；欲谨水之蓄泄，则有闭纵之法矣；欲痛绝敢田者，则拔其苗，责其力以复湖，而重其罚，又有法矣；或欲任其责于州县，与运使、提点刑狱，或欲以每岁农隙浚湖，或欲禁田石柱之内者，又皆有法矣。欲知浚湖之浅深，用工若干，为日几何；欲知增堤，竹木之费几何,使之安出;欲知浚湖之泥涂,积之何所,又已计之矣。欲知工起之日,或浮议外摇,役夫内溃,则不可以必其成,又已论之矣。诚能收众说,而考其可否,用其可者,而以在我者润泽之,令言必行,法必举,则何功之不可成,何利之不可复哉?

巩初蒙恩,通判此州,问湖之废兴于人,求有能言利害之实者。及到官,然后问图于两县,问书于州与河渠司,至于参核之而图成,熟究之而书具,然后利害之实明。故为论次,庶夫计议者有考焉。熙宁二年冬卧龙斋。

古文辞类篹五十六终

杂记类六

古文辞类篹五十七

苏明允木假山记　○○

木之生，或蘖而殇，或拱而夭。幸而至于任为栋梁则伐，不幸而为风之所拔，水之所漂，或破折或腐。幸而得不破折不腐，则为人之所材，而有斧斤之患。其最幸者，漂沈汩没于湍沙之间，不知其几百年，而其激射啮食之馀，或仿佛于山者，则为好事者取去，强之以为山，然后可以脱泥沙而远斧斤。而荒江之濆，如此者几何？不为好事者所见，而为樵夫野人所薪者，何可胜数！则其最幸者之中，又有不幸者焉。

予家有三峰，予每思之，则疑其有数存乎其间。且其蘖而不殇，拱而不夭，任为栋梁而不伐，风拔水漂而不破折不腐，不破折不腐，而不为人所材，以及于斧斤，出于湍沙之间，而不为樵夫野人之所薪，而后得至乎此，则其理似不偶然也。

然予之爱之，则非徒爱其似山，而又有所感焉；非徒爱之，而又有所敬焉。予见中峰，魁岸踞肆，意气端重，若有以服其旁之二峰。二峰者，庄栗刻峭，凛乎不可犯，虽其势服于中峰，而岌然无阿附意。吁！其可敬也夫！其可以有感也夫！

苏明允张益州画像记 ○○

至和元年秋，蜀人传言，有寇至边。军夜呼，野无居人，妖言流闻，京师震惊。方命择帅，天子曰："毋养乱，毋助变。众言朋兴，朕志自定。外乱不作，变且中起，不可以文令，又不可以武竞。惟朕一二大吏，孰为能处兹文武之间，其命往抚朕师？"乃惟疑"推"。曰："张公方平其人。"天子曰"然"，公以亲辞，不可，遂行。

冬十一月至蜀。至之日，归屯军，撤守备，使谓郡县："寇来在吾，无尔劳苦。"明年正月朔旦，蜀人相庆如他日，遂以无事。又明年正月，相告留公像于净众寺，公不能禁。

眉阳苏洵言于众曰："未乱易治也，既乱易治也。有乱之萌，无乱之形，是谓将乱。将乱难治，不可以有乱急，亦不可以无乱弛。惟是元年之秋，如器之攲，未坠于地，惟尔张公，安坐于其旁，颜色不变，徐起而正之。既正，油然而退，无矜容。为天子牧小民不倦，惟尔张公，尔繄以生，惟尔父母。且公尝为我言：'民无常性，惟上所待。人皆曰："蜀人多变。"于是待之以待盗贼之意，而绳之以绳盗贼之法。重足屏息之民，而以砧斧令，于是民始忍以其父母妻子之所仰赖之身，而弃之于盗贼，故每每大乱。夫约之以礼，驱之以法，惟蜀人为易。至于急之而生变，虽齐、鲁亦然。吾以齐、鲁待蜀人，而蜀人亦自以齐、鲁之人待其身。若夫肆意于法律之外，以威劫齐民，吾不忍为也。'呜呼！爱蜀人之深，待蜀人之厚，自公而前，吾未始见也。"皆再拜稽首，曰"然"。

苏洵又曰："公之恩在尔心，尔死在尔子孙，其功业在史官，无以像为也。且公意不欲，如何？"皆曰："公则何事于斯？虽然，于我心有不释焉。今夫平居闻一善，必问其人之姓名，与乡里之所在，以至于其长短大小美恶之状。甚者，或诘其平生所嗜好，以想见其为人。而史官亦书之于其传，意使天下之人，思之于心，则存之于目。存之于目，故其思之于心也固。由此观之，像亦不为无助。"苏洵无以诘，遂为之记。

公南京人，慷慨有节，以度量容天下。天下有大事，公可属。系之以诗曰：

天子在阼，岁在甲午。西人传言，有寇在垣。庭有武臣，谋夫如云。天子曰嘻，命我张公。公来自东，旗纛舒舒。西人聚观，于巷于涂。谓公暨暨，公来于于。公谓西人："安尔室家，无敢或讹。讹言不详，往即尔常。春尔条桑，秋尔涤场。"西人稽首："公我父兄。"公在西囿，草木骈骈。公宴其僚，伐鼓渊渊。西人来观，祝公万年。有女娟娟，闺闼闲闲。有童哇哇，亦既能言。昔公未来，期汝弃捐。禾麻芃芃，仓庾崇崇。嗟我妇子，乐此岁丰。公在朝廷，天子股肱。天子曰归，公敢不承？作堂严严，有庑有庭。公像在中，朝服冠缨。西人相告："无敢逸荒。公归京师，公像在堂。"

苏子瞻石钟山记 ○○○

《水经》云："彭蠡之口，有石钟山焉。"郦元以为"下临深潭，微风鼓浪，水石相搏，声如洪钟"。是说也，人常疑之。今以钟磬置水中，虽大风浪，不能鸣也，而况石乎？至唐李渤，始访其遗踪，得双石于潭上。扣而聆之，南声函胡，北音清越，枹止响腾，馀韵徐歇，自以为得之矣。然是说也，余尤疑之。石之铿然有声者，所在皆是也，而此独以钟名何哉？

元丰七年，六月丁丑，余自齐安舟行适临汝，而长子迈，将赴饶之德兴尉，送之至湖口，因得观所谓"石钟"者。寺僧使小童持斧于乱石间，择其一二扣之，硿硿然，余固笑而不信也。至其夜月明，独与迈乘小舟至绝壁下。大石侧立千尺，如猛兽奇鬼，森然欲搏人，而山上栖鹘，闻人声亦惊起，磔磔云霄间。又有若老人欬且笑于山谷中者，或曰："此鹳鹤也。"余方心动欲还，而大声发于水上，噌吰如钟鼓不绝，舟人大恐。徐而察之，则山下皆石穴罅，不知其浅深，微波入焉，涵澹澎湃而为此也。舟回至两山间，将入港口，有大石当中流，可坐百人，空中而多窍，与风水相吞吐，有窾坎镗鞳之声，与向之噌吰者相应，如乐作焉。因笑谓迈曰："汝识之乎？噌吰者，周景王之无射也；窾坎镗鞳者，魏献子之歌钟也。古之人不余欺也。"

事不目见耳闻，而臆断其有无可乎？郦元之所见闻，殆与余同，而言之不详。士大夫终不肯以小舟夜泊绝壁之下，故莫能知；而渔工水师，虽知而不能言，此世所以不传也。而陋者乃以斧斤考击而求之，自以为得其实。余是以记之，盖叹郦元之简，而笑李渤之陋也。

苏子瞻超然台记 ○

凡物皆有可观。苟有可观，皆有可乐，非必怪奇伟丽者也。铺糟啜醨，皆可以醉；果蔬草木，皆可以饱。推此类也，吾安往而不乐？

夫所为求福而辞祸者，以福可喜而祸可悲也。人之所欲无穷，而物之可以足吾欲者有尽。美恶之辨战乎中，而去取之择交乎前，则可乐者常少，而可悲者常多，是谓求祸而辞福。夫求祸而辞福，岂人之情也哉？物有以盖之矣。彼游于物之内，而不游于物之外。物非有大小也，自其内而观之，未有不高且大者也。彼挟其高大以临我，则我常眩乱反覆，如隙中之观斗，又乌知胜负之所在？是以美恶横生，而忧乐出焉，可不大哀乎！

余自钱塘移守胶西，释舟楫之安，而服车马之劳；去雕墙之美，而庇采椽之居；背湖山之观，而行桑麻之野。始至之日，岁比不登，盗贼满野，狱讼充斥，而斋厨索然，日食杞菊，人固疑余之不乐也。处之期年，而貌加丰，发之白者，日以反黑。余既乐其风俗之淳，而其吏民亦安余之拙也。于是治其园圃，洁其庭宇，伐安邱、高密之木，以修补破败，为苟完之计。而园之北因城以为台者旧矣，稍葺而新之，时相与登览，放意肆志焉。南望马耳、常山，出没隐见，若近若远，庶几有隐君子乎？而其东则卢山，秦人卢敖之所从遁也。西望穆陵，隐然如城郭，师尚父、齐桓公之遗烈，犹有存者。北俯潍水，慨然太息，思淮阴之功，而吊其不终。台高而安，深而明，夏凉而冬温。雨雪之朝，风月之夕，余未尝不在，客未尝不从。撷园蔬，取池鱼，酿秫酒，瀹脱粟而食之。曰：乐哉游乎！

方是时，予弟子由，适在济南，闻而赋之，且名其台曰"超然"，以见余之无所往而不乐者，盖游于物之外也。

苏子瞻游桓山记 ○○

元丰二年，正月己亥晦，春服既成，从二三子游于泗之上。登桓山，入石室，使道士戴日祥，鼓雷氏之琴，操《履霜》之遗音。曰："噫嘻！悲夫！此宋司马桓魋之墓也。"

或曰："鼓琴于墓，礼欤？"曰："礼也。季武子之丧，曾点倚其门而歌。仲尼日月也，而魋以为可得而害也。且死为石椁，三年不成，古之愚人也。余将吊其藏，而其骨毛爪齿，既已化为飞尘，荡为冷风矣，而况于椁乎？况于从死之臣妾,饭含之贝玉乎?使魋而无知也,余虽鼓琴而歌可也;使魋而有知也,闻余鼓琴而歌,知哀乐之不可常,物化之无日也,其愚岂不少瘳乎!”

二三子喟然而叹,乃歌曰:“桓山之上,维石嵯峨兮,司马之恶,与石不磨兮。桓山之下,维水弥弥兮,司马之藏,与水皆逝兮。”歌阕而去。

从游者八人:毕仲孙,舒焕,寇昌朝,王适,王遹,王肄,轼之子迈,焕之子彦举。

苏子瞻醉白堂记 ○

故魏国忠献韩公,作堂于私第之池上,名之曰“醉白”,取乐天《池上》之诗,以为醉白堂之歌,意若有羡于乐天而不及者。天下之士,闻而疑之,以为公既已无愧于伊、周矣,而犹有羡于乐天,何哉?轼闻而笑曰:公岂独有羡于乐天而已乎?方且愿为寻常无闻之人,而不可得者。天之生是人也,将使任天下之重,则寒者求衣,饥者求食。凡不获者求得,苟有以与之,将不胜其求。是以终身处乎忧患之域,而行乎利害之涂,岂其所欲哉!夫忠献公既已相三帝,安天下矣,浩然将归老于家,而天下共挽而留之莫释也。当是时,其有羡于乐天,无足怪者。

然以乐天之平生,而求之于公,较其所得之厚薄浅深,孰有孰无,则后世之论,有不可欺者矣。文致太平,武定乱略,谋安宗庙,而不自以为功;急贤才,轻爵禄,而士不知其恩;杀伐果敢,而六军安之;四夷八蛮,想闻其风采,而天下以其身为安危。此公之所有,而乐天之所无也。乞身于强健之时,退居十有五年,日与其朋友赋诗饮酒,尽山水园池之乐;府有馀帛,廪有馀粟,而家有声伎之奉。此乐天之所有,而公之所无也。忠言嘉谋,效于当时,而文采表于后世,死生穷达,不易其操,而道德高于古人,此公与乐天之所同也。公既不以其所有自多,亦不以其所无自少,将推其同者,而自托焉。方其寓形于一醉也,齐得丧,忘祸福,混贵贱,等贤愚,同乎万物,而与造物者游,非独自比于乐天而已。

古之君子,其处己也厚,其取名也廉,是以实浮于名,而世颂其美不厌。以孔子之圣,而自比于老彭,自同于丘明,自以为不如颜渊。后之君子,实则不至,而皆有侈心焉。臧武仲自以为圣,白圭自以为禹,司马长卿自以为相如,扬雄自以为孟轲,崔浩自以为子房,然世终莫之许也。由此观之,忠献公之贤于人也远矣。

昔公尝告其子忠彦,将求文于轼以为记,而未果。既葬,忠彦以告轼,以为义不得辞也,乃泣而书之。

苏子瞻灵璧张氏园亭记 ○

道京师而东,水浮浊流,陆走黄尘,陂田苍莽,行者倦厌,凡八百里,始得灵璧张氏之园于汴之阳。其外,修竹森然以高,乔木蓊然以深。其中,因汴之馀浸,以为陂池;取山之怪石，以为岩阜。蒲苇莲芡，有江湖之思；椅桐桧柏，有山林之气；奇花美草，有京洛之态；华堂夏屋，有吴、蜀之巧。其深可以隐，其富可以养，果蔬可以饱邻里，鱼鳖笋茹，可以馈四方之宾客。余自彭城，移守吴兴，由宋登舟，三宿而至其下。肩舆叩门，见张氏之子硕。硕求余文以记之。

维张氏世有显人，自其伯父殿中君，与其先人通判府君，始家灵璧，而为此园，作兰皋之亭，以养其亲。其后出仕于朝，名闻一时，推其馀力，日增治之，于今五十馀年矣。其木皆十围，岸谷隐然，凡园之百物，无一不可人意者，信其用力之多且久也。

古之君子，不必仕，不必不仕。必仕则忘其身，必不仕则忘其君。譬之饮食，适于饥饱而已。然士罕能蹈其义，赴其节，处者安于故而难出，出者狃于利而忘返，于是有违亲绝俗之讥，怀禄苟安之弊。今张氏之先君，所以为其子孙之计虑者远且周，是故筑室艺园于汴、泗之间，舟车冠盖之冲，凡朝夕之奉，燕游之乐，不求而足。使其子孙开门而出仕，则跬步市朝之上；闭门而归隐，则俯仰山林之下。于以养生治性，行义求志，无适而不可。故其子孙，仕者皆有循吏良能之称，处者皆有节士廉退之行，盖其先君子之泽也。

余为彭城二年，乐其土风，将去不忍，而彭城之父老，亦莫余厌也，将买田于泗水之上而老焉。南望灵璧，鸡犬之声相闻，幅巾杖屦，岁时往来于张氏之园，以与其子孙游，将必有日矣。元丰二年三月二十七日记。

苏子由武昌九曲亭记 ○○

子瞻迁于齐安，庐于江上。齐安无名山，而江之南武昌诸山，陂陁蔓延，涧谷深密，中有浮图精舍，西曰西山，东曰寒溪，依山临壑，隐蔽松枥，萧然绝俗，车马之迹不至。每风止日出，江水伏息，子瞻杖策载酒，乘渔舟，乱流而南。山中有二三子，好客而喜游，闻子瞻至，幅巾迎笑，相携徜徉而上，穷山之深，力极而息。扫叶席草，酌酒相劳，意适忘反，往往留宿于山上。以此居齐安三年，不知其久也。

然将适西山，行于松柏之间，羊肠九曲，而获少平，游者至此必息。倚怪石，荫茂木，俯视大江，仰瞻陵阜，旁瞩溪谷，风云变化，林麓向背，皆效于左右。有废亭焉，其遗址甚狭，不足以席众客。其旁古木数十，大皆百围千尺，不可加以斤斧。子瞻每至其下，辄睥睨终日。一旦大风雷雨拔去其一，斥其所据，亭得以广。子瞻与客入山视之，笑曰："兹欲以成吾亭邪？"遂相与营之。亭成，而西山之胜始具，子瞻于是最乐。

昔余少年，从子瞻游，有山可登，有水可浮，子瞻未始不褰裳先之。有不得至，为之怅然移日。至其翩然独往，逍遥泉石之上，撷林卉，拾涧实，酌水而饮之，见者以为仙也。盖天下之乐无穷，而以适意为悦。方其得意，万物无以易之。及其既厌，未有不洒然自笑者也。譬之饮食，杂陈于前，要之一饱，而同委于臭腐，夫孰知得失之所在？惟其无愧于中，无责于外，而姑寓焉，此子瞻之所以有乐于是也。

苏子由东轩记 ○

余既以罪谪监筠州盐酒税，未至，大雨，筠水泛溢，蔑南市，登北岸，败刺史府门。盐酒税治舍，俯江之漘，水患尤甚。既至，敝不可处，乃告于郡，假部使者府以居。郡怜其无归也，许之。岁十二月，乃克支其欹斜，补其圮缺，辟听事堂之东为轩，种杉二本，竹百个，以为宴休之所。然盐酒税旧以三吏共事，余至，其二人者，适皆罢去，事委于一。昼则坐市区，鬻盐沽酒税豚鱼，与市人争寻尺以自效。莫归，筋力疲废，辄昏然就睡，不知夜之既旦。旦则复出营职，终不能安于所谓东轩者。每旦暮出入其旁，顾之，未尝不哑然自笑也。

余昔少年读书，窃尝怪以颜子箪食瓢饮，居于陋巷，人不堪其忧，颜子不改其乐。私以为虽不欲仕，然抱关击柝，尚可自养，而不害于学，何至困辱贫窭自苦如此？及来筠州，勤劳米盐之间，无一日之休。虽欲弃尘垢，解羁絷，自放于道德之场，而事每劫而留之，然后知颜子之所以甘心贫贱，不肯求升斗之禄以自给者，良以其害于所学故也。

嗟夫！士方其未闻大道，沈酣势利，以玉帛子女自厚，自以为乐矣。及其循理以求道，落其华而收其实，从容自得，不知夫天地之为大，与死生之为变，而况其下者乎！故其乐也，足以易穷饿而不怨，虽南面之王，不能加之，盖非有德不能任也。余方区区欲磨洗浊污，晞圣贤之万一，自视缺然，而欲庶几颜氏之福，宜其不可得哉。若夫孔子周行天下，高为鲁司寇，下为乘田委吏，惟其所遇，无所不可。彼盖达者之事，而非学者之所望也。

余既以谴来此，虽知桎梏之害，而势不得去，独幸岁月之久，世或哀而怜之，使得归伏田里，治先人之敝庐，为环堵之室而居之。然后追求颜氏之乐，怀思东轩，优游以忘其老，然而非所敢望也。

古文辞类篹五十七终

杂记类七

古文辞类篹五十八

王介甫慈溪县学记 ○○

天下不可一日而无政教，故学不可一日而亡于天下。古者井天下之田，而党庠、遂序、国学之法，立乎其中。乡射饮酒，春秋合乐，养老劳农，尊贤使能，考艺选言之政，至于受成、献馘、讯囚之事，无不出于学。于此，养天下智仁圣义忠和之士，以至一偏一技一曲之学，无所不养。而又取士大夫之材行完洁，而其施设已尝试于位而去者，以为之师。释奠、释菜，以教不忘其学之所自。迁徙逼逐，以勉其怠而除其恶。则士朝夕所见所闻，无非所以治天下国家之道。其服习必于仁义，而所学必皆尽其材。一日取以备公卿大夫百执事之选，则其材行皆已素定。而士之备选者，其施设亦皆素所见闻而已，不待阅习而后能者也。古之在上者，事不虑而尽，功不为而足，其要如此而已。此二帝、三王所以治天下国家，而立学之本意也。

后世无井田之法，而学亦或存或废。大抵所以治天下国家者，不复皆出于学。而学之士，群居族处，为师弟子之位者，讲章句，课文字而已。至其陵夷之久，则四方之学者废而为庙，以祀孔子于天下。斫木抟土，如浮屠、道士法，为王者象。州县吏春秋帅其属释奠于其堂，而学士者或不与焉。盖庙之作出于学废，而近世之法然也。

今天子即位若干年，颇修法度，而革近世之不然者。当此之时，学稍稍立于天下矣，犹曰州之士满二百人，乃得立学。于是慈溪之士，不得有学，而为孔子庙如故，庙又坏不治。令刘君在中言于州，使民出钱，将修而作之，未及为而去，时庆历某年也。后林君肇至，则曰："古之所以为学者，吾不得而见，而法者，吾不可以毋循也。虽然，吾之人民，于此不可以无教。"即因民钱作孔子庙，如今之所云，而治其四旁，为学舍讲堂其中，帅县之子弟，起先生杜君醇为之师，而兴于学。噫！林君其有道者邪！夫吏者无变今之法，而不失古之实，此有道者之所能也。林君之为，其几于此矣。

林君固贤令，而慈溪小邑，无珍产、淫货，以来四方游贩之民。田桑之美，有以自足，无水旱之忧也。无游贩之民，故其俗一而不杂；有以自足，故人慎刑而易治。而吾所见其邑之士，亦多美茂之材易成也。杜君者，越之隐君子，其学行宜为人师者也。夫以小邑得贤令，又得宜为人师者为之师，而以修醇一易治之俗，而进美茂易成之材，虽拘于法，限于势，不得尽如古之所为，吾固信其教化之将行，而风俗之成也。夫教化可以美风俗，虽然，必久而后至于善。

而今之吏，其势不能以久也。吾虽喜且幸其将行，而又忧夫来者之不吾继也，于是本其意以告来者。

王介甫度支副使厅壁题名记 ○○○

三司副使，不书前人名姓。嘉祐五年，尚书户部员外郎吕君冲之，始稽之众史，而自李纮已上，至查道，得其名，自扬偕已上，得其官，自郭劝已下，又得其在事之岁时，于是书石而镵之东壁。

夫合天下之众者财，理天下之财者法，守天下之法者吏也。吏不良，则有法而莫守；法不善，则有财而莫理。有财而莫理，则阡陌闾巷之贱人，皆能私取予之势，擅万物之利，以与人主争黔首，而放其无穷之欲，非必贵强桀大而后能。如是而天子犹为不失其民者，盖特号而已耳。虽欲食蔬衣敝，憔悴其身，愁思其心，以幸天下之给足而安吾政，吾知其犹不得也。然则善吾法，而择吏以守之，以理天下之财，虽上古尧舜，犹不能毋以此为先急，而况于后世之纷纷乎？

三司副使，方今之大吏，朝廷所以尊宠之甚备。盖今理财之法有不善者，其势皆得以议于上，而改为之，非特当守成法、吝出入以从有司之事而已。其职事如此，则其人之贤不肖，利害施于天下如何也？观其人，以其在事之岁时，以求其政事之见于今者，而考其所以佐上理财之方，则其人之贤不肖，与世之治否，吾可以坐而得矣。此盖吕君之志也。

王介甫游褒禅山记 ○○

褒禅山，亦谓之华山，唐浮图慧褒，始舍于其址，而卒葬之，以故其后名之曰“褒禅”。今所谓慧空禅院者，褒之庐冢也。距其院东五里，所谓华阳洞者，以其在华山之阳名之也。距洞百馀步，有碑仆道，其文漫灭，独其为文犹可识曰“花山”。今言“华”如“华实”之“华”者，盖音谬也。

其下平旷，有泉侧出，而记游者甚众，所谓前洞。由山以上五六里，有穴窈然，入之甚寒，问其深，则虽好游者不能穷也，谓之后洞。余与四人拥火以入，入之愈深，其进愈难，而其见愈奇。有怠而欲出者，曰“不出火且尽”，遂与之俱出。盖予所至，比好游者尚不能十一，然视其左右，来而记之者已少。盖其又深，则其至又加少矣。方是时，予之力尚足以入，火尚足以明也。既其出则或咎其欲出者，而予亦悔其随之，而不得极夫游之乐也。

于是予有叹焉。古人之观于天地、山川、草木、虫鱼、鸟兽，往往有得，以其求思之深而无不在也。夫夷以近，则游者众；险以远，则至者少。而世之奇伟、瑰怪、非常之观，常在于险远，而人之所罕至焉。故非有志者，不能至也。有志矣，不随以止也，然力不足者，亦不能至也。有志与力，而又不随以怠，至于幽暗昏惑，而无物以相之，亦不能至也。然力足以至焉而不至，于人为可讥，而在己为有悔。

尽吾志也，而不能至者，可以无悔矣，其孰能讥之乎？此予之所得也。

余于仆碑又以悲夫古书之不存，后世之谬其传，而莫能名者，何可胜道也哉！此所以学者不可以不深思而慎取之也。

四人者：庐陵萧君圭君玉，长乐王回深父，予弟安国平父，安上纯父。

至和元年七月某日临川王某记。茅顺甫云：逸兴满眼，馀音不绝。

王介甫芝阁记 ○○

祥符时，封泰山以文天下之平，四方以芝来告者万数。其大吏，则天子赐书以宠嘉之，小吏若民，辄赐金帛。方是时，希世有力之大臣，穷搜而远采。山农野老，攀缘狙杙，以上至不测之高，下至涧溪壑谷，分崩裂绝，幽穷隐伏，人迹之所不通，往往求焉。而芝出于九州四海之间，盖几于尽矣。

至今上即位，谦让不德，自大臣不敢言封禅，诏有司以祥瑞告者皆勿纳。于是神奇之产，销藏委翳于蒿藜榛莽之间，而山农野老，不复知其为瑞也。则知因一时之好恶，而能成天下之风俗，况于行先王之治哉？

太邱陈君，学文而好奇。芝生于庭，能识其为芝，惜其可献而莫售也，故阁于其居之东偏，掇取而藏之，盖其好奇如此。

噫！芝一也，或贵于天子，或贵于士，或辱于凡民，夫岂不以时乎哉？士之有道，固不役志于贵贱，而卒所以贵贱者，何以异哉？此予之所以叹也。

王介甫伤仲永 ○

金溪民方仲永，世隶耕。鼐按：隶耕字本《晋语》。隶，农夫也。仲永生五年，未尝识书具，忽啼求之。父异焉。借旁近与之，即书诗四句，并自为其名。其诗以养父母、收族为意，传一乡秀才观之。自是指物作诗立就，其文理皆有可观者。邑人奇之，稍稍宾客其父，或以钱币乞之。父利其然也，日扳仲永环谒于邑人，不使学。

余闻之也久。明道中，从先人还家，于舅家见之，十二三矣。令作诗，不能称前时之闻。又七年，还自扬州，复到舅家问焉，曰“泯然众人矣”。

王子曰：仲永之通悟，受之天也。其受之天也，贤于材人远矣。卒之为众人，则其受于人者不至也。彼其受之天也，如此其贤也；不受之人，且为众人。今夫不受之天，固众人，又不受之人，得为众人而已邪？

晁无咎新城游北山记 ○○

去新城之北三十里，山渐深，草木泉石渐幽。初犹骑行石齿间,旁皆大松,曲者如盖,直者如幢,立者如人,卧者如虬。松下草间,有泉,沮洳伏见,堕石井,锵然而鸣。松间藤数十尺,蜿蜒如大蚖。其上有鸟,黑如鸲鹆,赤冠长喙,俯而啄,磔然有声。稍西一峰高绝,有蹊介然,仅可步。系马石觜,相扶携而上,篁筱仰不见日。如四五里,乃闻鸡声。有僧布袍蹑履来迎。与之语,瞿而顾,如麋鹿不可接。顶有屋数十间,曲折依崖壁为栏楯,如蜗鼠缭绕,乃得出门牖相值。既坐,山风飒然而至,堂殿铃铎皆鸣。二三子相顾而惊,不知身之在何境也。

且暮皆宿。于时九月,天高露清,山空月明,仰视星斗,皆光大,如适在人上。窗间竹数十竿,相摩戛,声切切不已。竹间梅、棕,森然如鬼魅离立突鬓之状,二三子又相顾魄动而不得寐。迟明皆去。既还家数日,犹恍惚若有遇,因追记之。后不复到,然往往想见其事也。

古文辞类篹五十八终

杂记类八

古文辞类篹五十九

归熙甫项脊轩记 ○○○

项脊轩，旧南阁子也。室仅方丈，可容一人居。百年老屋，尘泥渗漉，雨泽下注，每移案顾视，无可置者。又北向不能得日，日过午已昏。余稍为修葺，使不上漏，前辟四窗，垣墙周庭，以当南日，日影反照，室始洞然。又杂植兰桂竹木于庭，旧时栏楯，亦遂增胜。借书满架，偃仰啸歌，冥然兀坐，万籁有声。而庭阶寂寂，小鸟时来啄食，人至不去。三五之夜，明月半墙，桂影斑驳，风移影动，珊珊可爱。

然余居于此，多可喜，亦多可悲。先是庭中通南北为一，迨诸父异爨，内外多置小门墙，往往而是。东犬西吠，客逾庖而宴，鸡栖于厅。庭中始为篱，已为墙，凡再变矣。家有老妪，尝居于此。妪先大母婢也，乳二世，先妣抚之甚厚。室西连于中闺，先妣尝一至，妪每谓予曰："某所而母立于兹。"妪又曰："汝姊在吾怀，呱呱而泣。娘以指叩门扉曰:‘儿寒乎?欲食乎?’吾从板外相为应答。”语未毕,余泣,妪亦泣。

余自束发读书轩中,一日大母过余曰:“吾儿久不见若影,何竟日默默在此,大类女郎也?”比去,以手阖扉,自语曰:“吾家读书久不效,儿之成,则可待乎?”顷之,持一象笏至,曰:“此吾祖太常公,宣德间执此以朝,他日汝当用之。”瞻顾遗迹,如在昨日,令人长号不自禁。

轩东故尝为厨,人往从轩前过。余扃牖而居,久之,能以足音辨人。轩凡四遭火得不焚,殆有神护者。

项脊生曰:蜀清守丹穴,利甲天下,其后秦皇帝筑女怀清台。刘玄德与曹操争天下,诸葛孔明起陇中。方二人之昧昧于一隅也,世何足以知之?余区区处败屋中,方扬眉瞬目,谓有奇景。人知之者,其谓与坎井之蛙何异?

余既为此志,后五年,余妻来归。时至轩中,从余问古事,或凭几学书。吾妻归宁,述诸小妹语曰:“闻姊家有阁子,且何谓阁子也?”其后六年,吾妻死,室坏不修。其后二年,余久卧病无聊,乃使人复葺南阁子,其制稍异于前。然自后余多在外,不常居。庭有枇杷树,吾妻死之年所手植也,今已亭亭如盖矣。

归熙甫思子亭记 ○○

震泽之水,蜿蜒东流,为吴淞江,二百六十里入海。嘉靖壬寅,余始携吾儿来居江上,二百六十里水道之中也。

江至此欲涸，萧然旷野，无辋川之景物，阳羡之山水，独自有屋数十楹，中颇弘邃，山池亦胜，足以避世。

余性懒出，双扉昼闭，绿草满庭，最爱吾儿与诸弟游戏穿走长廊之间。儿来时九岁，今十六矣，诸弟少者三岁、六岁、九岁。此余平生之乐事也。十二月己酉，携家西去，余岁不过三四月居城中，儿从行绝少，至是去而不返。每念初八之日，相随出门，不意足迹随履而没。悲痛之极，以为大怪，无此事也。盖吾儿居此七阅寒暑，山池草木，门阶户席之间，无处不见吾儿也。

葬在县之东南门。守冢人俞老，薄暮见儿衣绿衣，在享堂中。吾儿其不死邪？因作思子之亭。徘徊四望，长天寥阔，极目于云烟杳霭之间，当必有一日见吾儿翩然来归者。于是刻石亭中，其词曰：

天地运化，与世而迁，生气日漓，曷如古先？浑敦梼杌，天以为贤；矬陋瘟躄，天以为妍。跖年必永，回寿必悭，噫嘻吾儿，敢觊其全？今世有之，死固宜焉。闻昔郗超，殁于贼间，遗书在笥，其父舍旃。胡为吾儿，愈思愈妍？爰有贫士，居海之边，重趼来哭，涕泪潺湲。王公大人，死则无传，吾儿孱弱，何以致然？人自胞胎，至于百年，何时不死，死者万千。如彼死者，亦奚足言！有如吾儿，真为可怜。我庭我庐，我简我编，髧彼两髦，翠眉朱颜。宛其绿衣，在我之前，朝朝暮暮，岁岁年年。似邪非邪，悠悠苍天！腊月之初，儿坐阁子，我倚栏杆，池水弥弥。日出山亭，万鸦来止，竹树交满，枝垂叶披。如是三日，予以为祉。岂知斯祥,兆儿之死!儿果为神,信不死矣。是时亭前,有两山茶。影在石池,绿叶朱花。儿行山径,循水之涯,从容笑言,手撷双葩。花容照映,烂然云霞。山花尚开,儿已辞家,一朝化去,果不死邪?汉有太子,死后八日,周行万里,苏而自述。倚尼渠余,白璧可质。大风疾雷,俞老战栗,奔走来告,人棺已失。儿今起矣,宛其在室。吾朝以望,及日之昳;吾夕以望,及日之出。西望五湖之清泌,东望大海之荡潏。寥寥长天,阴云四密,俞老不来,悲风萧瑟。宇宙之变,日新日茁,岂曰无之?吾匪怪谲。父子重欢,兹生已毕。于乎天乎,鉴此诚壹!

归熙甫见村楼记 ○○

昆山治城之隍,或云即古娄江。然娄江已湮,以隍为江,未必然也。吴淞江自太湖西来,北向,若将趋入县城,未二十里,若抱若折,遂东南入于海。江之将南折也,背折而为新洋江。新洋江东数里,有地名罗巷村,亡友李中丞先世居于此,因自号为罗村云。

中丞游宦二十馀年,幼子延实,产于江右南昌之官廨。其后每迁官辄随。历东兖、汴、楚之境,自岱岳、嵩、少、匡庐、衡山、潇湘、洞庭之渚,延实无不识也。独于罗巷村者,生平犹昧之。

中丞既谢世,延实卜居县城之东南门内金潼港。有楼翼然出于城闉之上。前俯隍水,遥望三面,皆吴淞江之野。

塘浦纵横，田塍如画，而村墟远近映带。延实日焚香洒扫，读书其中，而名其楼曰见村。

余间过之，延实为具飦。念昔与中丞游，时时至其故宅所谓南楼者，相与饮酒论文。忽忽二纪，不意遂已隔世。今独对其幼子飦，悲怅者久之。城外有桥，余尝与中丞出郭，造故人方思曾。时其不在，相与凭槛，尝至暮，怅然而返。今两人者皆亡，而延实之楼，即方氏之故庐，余能无感乎？中丞自幼携策入城，往来省墓，及岁时出郊嬉游，经行术径，皆可指也。孔子少不知父葬处，有挽父之母知而告之，余可以为挽父之母乎？

延实既能不忘其先人，依然水木之思，肃然桑梓之怀，怆然霜露之感矣。自古大臣子孙蚤孤而自树者，史传中多其人，延实在勉之而已。

归熙甫野鹤轩壁记　○○

嘉靖戊戌之春，余与诸友会文于野鹤轩。吾昆之马鞍山，小而实奇。轩在山之麓，旁有泉，芳冽可饮。稍折而东，多磐石，山之胜处，俗谓之东崖，亦谓刘龙洲墓，以宋刘过葬于此。墓在乱石中，从墓间仰视，苍碧嶙峋，不见有土，惟石壁旁有小径，蜿蜒出其上，莫测所往，意其间有仙人居也。

始慈溪杨子器名父创此轩。令能好文爱士，不为俗吏者称名父，今奉以为名父祠。嗟夫名父！岂知四十馀年之后,吾党之聚于此邪? 时会者六人,后至者二人。潘士英自嘉定来,汲泉煮茗,翻为主人。余等时时散去,士英独与其徒处。烈风暴雨,崖崩石落,山鬼夜号,可念也。

归熙甫畏垒亭记 ○○

自昆山城水行七十里,曰安亭,在吴淞江之旁。盖图志有安亭江,今不可见矣。土薄而俗浇,县人争弃之。余妻之家在焉。余独爱其宅中闲靓,壬寅之岁,读书于此。宅西有清池古木,垒石为山。山有亭,登之,隐隐见吴松江,环绕而东,风帆时过于荒墟树杪之间,华亭九峰,青龙镇古刹浮屠,皆直其前。亭旧无名,余始名之曰"畏垒"。

庄子称庚桑楚得老聃之道,居畏垒之山。其臣之画然知者去之,其妾之挈然仁者远之。拥肿之与居,鞅掌之为使。三年,畏垒大熟。畏垒之民,尸而祝之,社而稷之。而余居于此,竟日闭户。二三子或有自远而至者,相与讴吟于荆棘之中。予妻治田四十亩,值岁大旱,用牛挽车,昼夜灌水,颇以得谷,酿酒数石。寒风惨栗,木叶黄落,呼儿酌酒,登亭而啸,忻忻然,谁为远我而去我者乎? 谁与吾居而吾使者乎? 谁欲尸祝而社稷我者乎? 作《畏垒亭记》。

归熙甫吴山图记 ○

吴、长洲二县,在郡治所,分境而治。而郡西诸山,皆在吴县。其最高者，穹窿、阳山、邓尉、西脊、铜井，而灵岩吴之故宫在焉，尚有西子之遗迹。若虎邱、剑池，及天平、尚方、支硎，皆胜地也。而太湖汪洋三万六千顷，七十二峰沈浸其间，则海内之奇观矣。

余同年友魏君用晦为吴县，未及三年，以高第召入为给事中。君之为县有惠爱，百姓扳留之不能得，而君亦不忍于其民。由是好事者，绘《吴山图》以为赠。夫令之于民诚重矣。令诚贤也，其地之山川草木，亦被其泽而有荣也；令诚不贤也，其地之山川草木，亦被其殃而有辱也。君于吴之山川，盖增重矣。异时吾民将择胜于岩峦之间，尸祝于浮屠、老子之宫也固宜。而君则亦既去矣，何复惓惓于此山哉！

昔苏子瞻称韩魏公，去黄州四十馀年，而思之不忘，至为思黄州诗，子瞻为黄人刻之于石。然后知贤者于其所至，不独使其人之不忍忘，而已亦不能自忘于其人也。

君今去县已三年矣。一日与余同在内廷，出示此图，展玩太息，因命余记之。噫！君之于吾吴，有情如此，如之何而使吾民能忘之也！

归熙甫长兴县令题名记　○

长兴为县，始于晋太康三年。初名长城，唐武德四年、五年为绥州、雉州，七年，复为长城。梁开平元年，为长兴。元元贞二年，县为州。洪武二年，复为县，县常为吴兴属。

隋开皇、仁寿之间，一再属吾苏州。丁酉之岁，国兵克长兴，耿侯以元帅即今治开府者十馀年。既灭吴，耿侯始去，而长兴复专为县，至今若干年矣。溯县之初，建为长城，若干年矣。长城为长兴，又若干年矣。旧未有题名之碑，余始考图志，取洪武以来为县者列之。

呜呼！彼其受百里之命，其志亦欲以有所施于民，以不负一时之委任者盖有矣，而文字缺轶，遂不见于后世。幸而存者，又其书之之略，可慨也。抑其传于后世者，既如彼，而是非毁誉之在于当时，又岂尽出于三代直道之民哉？夫士发愤以修先圣之道，而无闻于世则已矣。余之书此，以为后之承于前者，其任宜尔，亦非以为前人之欲求著其名氏于今也。

归熙甫遂初堂记 ○

宋尤文简公，尝爱孙兴公《遂初赋》，而以“遂初”名其堂，崇陵书扁赐之，在今无锡九龙山之下。公十四世孙质，字叔野，求其遗址，而莫知所在，自以其意规度于山之阳，为新堂，仍以“遂初”为扁，以书来求余记之。

按兴公尝隐会稽，放浪山水，有高尚之志，故为此赋。其后涉历世涂，违其夙好，为桓温所讥。文简公历仕三朝，受知人主，至老而不得去，而以“遂初”为况，若有不相当者。昔伊尹、傅说、吕望之徒，起于胥靡耕钓，以辅相商、周之主，终其身无复隐处之思。古之志得道行者，固如此也。

惟召公告老，而周公留之曰："汝明勖偶王，在亶乘兹大命，惟文王德，丕承无疆之恤。"当时君臣之际可知矣。后之君子，非复昔人之遭会，而义不容于不仕。及其已至贵显，或未必尽其用，而势不能以遽去。然其中之所谓介然者，终不肯随世俗而移易，虽三公之位，万钟之禄，固其心不能一日安也。则其高世遐举之志，宜其时见于言语文字之间，而有不能自已者。当宋皇祐、治平之时，欧阳公位登两府，际遇不为不隆矣。今读其《思颍》之诗，《归田》之录，而知公之不安其位也。况南渡之后，虽孝宗之英毅，光宗之总揽，远不能望盛宋之治。而崇陵末年，疾病恍惚，宫闱戚畹，干预朝政，时事有不可胜道者矣。虽然，二公之言，已行于朝廷，当世之人主，不可谓不知之，而终不能默默以自安，盖君子之志如此。

公殁至今四百年，而叔野能修复其旧，遗构宛然。无锡，南方士大夫入都孔道，过之者，登其堂，犹或能想见公之仪刑，而读余之言，其亦不能无慨于中也已。

刘才甫浮山记

浮山，自东南路入，曰华岩寺。寺在平旷中，竹树殆以万计，而石壁环寺之背，削立千尺入天，其色绀碧相错杂如霞。春夏以往，岚光照游者衣袂。逾寺东行，循九曲涧，登山之半，曰金谷岩。大石中空，上下五十尺，东西百有二十尺。装岩为殿，架石为楼，凿壁为石佛，而栖丈六金像于其中。其石宇覆荫佛阁，而宇之峻削直上者犹二丈馀，望之如丹障，四时檐溜滴沥。其左为僧厨，厨亦在岩石之中。岩之北壁有洞，窥之甚黑，以火烛之，深邃殆不可穷。丹障之西，障垂欲尽，石拆而水出，小桥跨之，过桥而巨石塞其口。沿涧曲折，循石罅以入。至其中则廓然甚广而圆，如覆大瓮，如蜗螺旋折而上。上有复阁，其顶开圆窍见天，飞流从中直下数十尺，如喷珠然。岩底四周皆石岸，可容百人，可步、可环坐而观焉。以石击其壁，响处处殊。燃火炮于其中，则如崖崩石裂，声闻十里外。其中承溜为石池，溢而至于岩口，则伏而不见，此所谓滴珠之岩也。若时值冬寒雨雪，或凝为冰柱，屹立岩石之下，尤为瑰丽奇绝，然不常有，盖数十年乃一得之云。

自滴珠西转，是为闻虚之峰，绿萝岩在焉。峭壁倚天，古藤盘结，石楠、女贞相与攲侧被之，无寸土而坚。而壁石中拆一罅，水从罅中出，注而为垂虹之井。出金谷而左陟其肩，有大石穹起当道，两枨中虚，如植玉环而埋其半于地。自远望之，天光见其下，如弦月焉。其旁怪石森列，如狮、如象、如鹦鹉甚众，不可名状。而首楞岩在狮石口吻内。其中凿石为几榻，可弈、可饮，可以望江南九华诸峰，如在宇下。自首楞缘仄径西行，有泉滴沥不断者，上方岩也。往时泉漫流，悬注金谷之额。自岩僧凿石连枧，引其水入厨，而金谷之檐溜微矣。自上方复西行，有圩陂，广可数亩，其形如漏卮，其口则滴珠之飞流所自来也。

自华严之寺西行，径山麓田野中，至松坪入之甚深而隐，背金谷而当山之豁者，会胜岩也。岩纵三十尺，横五十尺，即岩内为殿，而架阁于其右。一日坐阁上，值大雷雨，云雾窈冥，阁前老松数十株，隐见云际，森然如群龙欲上腾之状。自岩左拾级而上，为堂三间，曰九带之堂，石三而抱之。门外植四松，松下则会胜之檐溜也。会胜之右，有岩曰松涛，有洞曰三曲。洞中乳石成柱，委宛覆折，而古木苍藤，蔽亏掩映，冬夏常蔚然。有泉泠然出其下，南流入峡中。而朝旸洞在峡西石壁之半，梯之以登，至亭午日景始去。自会胜左出，石壁西向，岩洞鳞次，曰栖真，曰栖隐，曰翠华，曰枕流。而五云岩在翠华之上，望之如层楼。至壁之将尽，则嵌石覆出如廊，廊西乳石下垂，如象蹄，对峙为柱者二，如辟三门焉。金谷岩洞类宫廷，会胜廊成列肆。自三门南出，有石龙蜿蜒南行数百丈，人亭其上，左右皆俯临大壑，群木覆之，溪水自阴翳中流去，锵然有声。自三门左转，一径甚狭，垂泉为帘者，雷公洞也。中有石池，以闽人雷鲤读书于此，故名。自会胜迤西而北，入石门，则山之顶也。其上平旷，天池出焉。有大小三天池，菰蒲被之，鰕鱼群戏于其中。又有大石坦夷，上可立千人。石理成芙蕖，经雨则红艳如绘。石尽则菜畦麦陇弥望，如在原野。畦陇尽则又出石骨坡陀，其侧可以俯瞰连云之峡，而危险不可下。

连云峡在会胜石龙之西，峡三方皆石壁如城，而阙其西南一面。有岩在峡口之右，石罅如蜂房。架石为寺，凿石为磴而登之。冬时得南日最暖。自寺左行，有崖巍然高覆，其承雨溜者，岁久正黑，雨所不到，石色犹赭，赭黑相间，斑驳不可状。崖腹有岩曰野同。自野同又左，崖檐有泉悬注，侧足循危径以行，人在悬泉之内。至峡之将尽，有岩石理凹凸纤密，如浮沤，如浪波之沄沄。而崖檐之泉，铿訇击越，如闻风涛之声，名之曰海岛。

出连云之峡，又西北行，有岩曰壁立之岩。即岩内为殿，而于其前架楼以居。其上有重岩，曰石楼，其下有井不涸。其前有石台，台之下有洞曰鼎炉。其右有泉自峡而出，曰桃花之涧。跨涧为桥。涧以全石为底，雨后泉穿桥而堕。游其下者，自鼎炉以趋桃花之洞，则必越涧之委，仰见飞流如喷雪，其声轰然，人语不能相闻也。逾桥而西，有岩，石壁陡立不可入。乃穴石为门，架石为楼而居之，名之曰啸月。循其西壁而转，有小洞。洞内石穴如蜂房，其数盖百有八，名之曰总岩。壁立之右，有岩曰半月。折而北，有岩高敞曰西封。旧有大石，可罗百席，石工采其石以去，既久而洼，积水深二丈焉。旁岩三，不知其名，皆可游。又其西，则云锦廊也。自壁立之左南出，石壁峭削不可攀。好事者凿石为磴，磴才受足，凡百馀级，五折而上，名之曰绕云之梯。自壁立来者，上梯以瞷天池；自会胜来者，下梯以趋壁立。绕云之南，有岩曰披云。登其梯之半，其旁有洞曰戛玉。

浮山在桐城县治之东九十里。登山而望之，盖东西南北皆水汇，而山石巑岏空虚，几欲乘风而去，故名之曰浮山。是山也，自樯山迤逦而来，北起而为黄鹄峰。峰之西，石壁削立千尺，上丰而下敛，其势欲倾。有洞在其上曰金鸡，大如车轮，四分石壁，而金鸡高得其三，崭绝不可登。当其蹙然下敛，有二岩曰毕陶，临水而幽，曰晚翠，日西夕则岩受之，盖与朝旸之洞平分一日云。黄鹄之南，有岩曰摘星，地峻而险，其径不容足。岩之前有绝涧横焉，游者皆苦其难至。自摘星而下，其右有瓮岩，其口隘而其腹甚广。其左有两石屹立，高数丈，中距二尺许，若人斧以斯之者，名之曰夹桅之石。石之右，断虹峡也。峡中有洞曰涵苍，曰横云。

自黄鹄东南复起而为妙高峰。妙高者，浮山之最高处也。峰之半有岩曰凌霄，登之则飞鸟皆在其下。自妙高之凌霄折而下，至西北直上，又得醉翁之岩。下临平原，其岩石覆压欲坠，有僧构而居之，窗棂皆如支拄然。中有泉，甘洌异于他水，其旁有关岩。他岩三面石，而此独四面，一户一牖，皆石以为之。

自妙高东南再起而为馀莱峰。馀莱之南，则华严之背，所谓石壁削立千尺者也。壁有洞二：曰定心，曰宝藏。自定心、宝藏而东，有洞二：曰长虹，曰剑谷。登妙高、馀莱之巅，其间多大石皆奇。有一石直立馀莱峰上，当额一孔如秦碑，而其下方石整立，如连屏折叠，烺然可数。

自黄鹄北迤，是为翠微峰。翠微峰之西南壑中，其水流而为胡麻溪。由石龙之左，循溪以入，其石壁之洞有三：曰深遥，曰石驻，曰蛾眉。折而南，有小峡，峡有岩曰谈玄。出峡而北，有石梁二，相并而跨于溪上。溪以全石为底，而仰承二梁为一石，名之曰仙人之桥。雨则登桥而下见溪水之奔流，霁则桥下可通往来，可罗几榻而居之。

自翠微之东别起而为抱龙峰。抱龙与馀莱并峙金谷之前，金谷则黄鹄之东面也。登抱龙之颠有大石，上平如砥，曰露台，四望无所蔽，而风自远来甚劲，立其上则人辄欲仆。台之后，有洞穹然跨峰之脊，左右豁达。自东入，则西见山之林壑；自西入，则东见野之原隰。台前有老松，松干虬曲，盖千岁物云。

自翠微西衍，是为翠盖峰。自翠盖转而西南，则会胜、连云、壁立、啸月诸岩也。自啸月而更西北，浮山之西面也。从其西以望之，山如石几正方，而丹丘、一掌二岩，并立方几之下。山之北，戴土无岩洞。而山中有青鸟，其声百啭，独时时往来于白云、原注：桐城山名，东去浮山二十里。金谷之间，他山未之见也。又有鸟状类博劳，日将入则鸣，其声如木鱼。原注：此篇全学《禹贡》章法。浮山胜境凡五处：一曰华岩寺，二曰金谷岩，三曰会胜岩，四曰连云峡，五曰壁立岩。文直叙此五处在前，如《禹贡》前并列九州也。后叙诸峰脉络次第，一曰黄鹄峰，二曰妙高峰，三曰馀莱峰，四曰翠微峰，五曰抱龙峰，如《禹贡》之有导山导水也。其岩洞之在五胜境前后左右者，即附在本境之后；其不在五胜境之内而见于诸峰之上下者，附在诸峰之后。有与前相关，复为点次，如九州既有壶口、碣石，而导山导水复见之，非复乱也。浮山所在及其所以名，叙在中间，亦奇。

刘才甫窦祠记

桐城县治之西北有窦祠，邑之人所建以祀蜀人窦成者也。明之亡,流贼将破桐城,成有救城功,故邑人戴其德,而建祠以祀之也。

当是时,贼攻城甚急,城坚不可卒下,贼时去时来。巡抚安庆等处部将廖应登,率蜀兵三千人为防御。时贼不在,应登将兵往庐州,经舒城,方解鞍憩息,而贼骑突至,遂劫应登去。贼顾谓应登曰:"今欲诱降桐城,汝卒中谁可遣者?"应登曰:"宜莫如窦成。"贼问成:"若能往否?"成许之,无难色。贼遂以二卒持兵夹成,拥至城下,使登高阜呼城守而告之。成谛视,见所与相识者,乃大呼曰:"我廖将军麾下窦成也!贼胁我诱若令降,若必无降!若谨守若城,且急使人请援。贼今穿洞,洞皆石骨不可穿,计穷且去矣!"夹成之二卒,卒出不意,相顾惊愕,遂以刀劈其头,脑出而死。自是守兵始无降贼意,益昼夜谨护城,而密使人之安庆请援,援至而城赖以全。

当明之季世,流贼横行,江之北鲜完邑焉,而桐以蕞尔,独坚守得全,虽天命,岂非人力哉!成本武夫悍卒,然能知大义,不为贼屈,捐一身之死,以卒全一邑数万之生灵,有功德于民,则庙而食之宜矣。彼其受专城之寄、百里之命,君父之恩至深且渥也,贼未至,而开门迎揖者,独何心欤!夫以一卒之微,而使一邑之缙绅大夫,莫不稽首跪拜其前,岂非以义邪?又况士君子之杀身以成仁者哉!

吾观有明之治,常贵士而贱民。诵读草茅之中,一日列名荐书,已安富而尊荣矣。系官于朝,则其尊至于不可指,而百姓独辛苦流亡,无所控诉。然卒亡明之天下者,百姓也。后之为人君者，可以鉴矣。

刘才甫游凌云图记

知者乐水，仁者乐山，非山水之能娱人，而知者仁者之心，常有以寓乎此也。天子神圣，天下无事，百僚庶司，咸称厥职。乃以莅政之馀暇，翛然自适于山岨水涯，所以播国家之休风，鸣太平之盛事，施广誉于无穷者也。

南方故山水之奥区，而巴蜀峨眉，尤为怪伟奇绝。昔苏子瞻浮云轩冕，而愿得出守汉嘉，以为凌云之游。古之杰魁之士，其纵恣倘佯，而不可羁縻以事者，类如此与?

吾友卢君抱孙，以进士令蜀之洪雅，地小而僻，政简而明，民安其俗，从容就理。于是携童幼，挈壶觞，逶迤而来，攀缘以登，坐于崇冈积石之间，超然远瞩，邈然澄思，飘飘乎遗世之怀，浩浩乎如在三古以上，于时极乐。既归里闲居，延请工画事者，画卢公载酒游凌云也。

古今人不相及矣。昔之人所尝有事者，今人未必能追步之也。乃子瞻之有志焉而未毕者，至卢君而遂能见之行事，则夫卢君之施泽于民，其亦有类于古人之为之邪？于是为之记。

古文辞类篹五十九终

箴铭类

古文辞类篹六十

扬子云州箴十二首

鼐按：子云本传云：箴莫善于《虞箴》，作《州箴》。《艺文志》以《州箴》列于儒家，此本录从《艺文类聚》，别无善本，盖多舛误。子云文尚奇诡，而《赵充国颂》及此文独平易，盖箴颂之体宜尔也。汉武帝元封五年，初置刺史部十三州。《晋书·地志》以冀、幽、并、兖、徐、青、扬、荆、豫、益、凉，及朔方、交趾，是为十三部。而田仁于天汉、大始之间，尝刺举三河，又在十三部之外。其后征和四年，置司隶校尉，又其后，罢所领兵而使察三辅、三河、弘农，于是无三河刺史而有司隶，是武帝时共十四部也。昭帝初，以河内属冀州，河东属并州，则司隶但有三辅、弘农、河南。其后成帝罢刺史，置州牧，哀帝始复刺史，而卒又改为州牧焉。司隶之官，成帝时省，哀帝时复，然哀帝虽复其官，但属大司空，比于司直，故本纪谓之正司直。司隶盖自是佐三公，举朝廷不法者而已，不复如成帝以前之督部诸郡三辅也。故自成帝省司隶，后总为十三部，其时司隶所部，必分属于豫、凉二州矣，但史言之不详耳。至平帝元始三年，始更十二州名，分界郡国所属，其州名，史亦不详，独赖子云是箴而知之尔。盖设雍州以易凉州，而朔方所部，归于并州，而交趾谓之交州。王莽奏改州名云：汉家十三州，州名及界多不应经。此箴首必引《禹贡》，所谓应经也。平帝元始二年，黄支国献犀牛，其交州箴内亦述及焉，然则其文必平帝时作，当时王莽既改州名，颇张其事，盖使人定为地理之书。今《汉书·地理志》所本者是也。故《地理志》书户口，独举元始二年，知其与《州箴》同时有也。《志》内每郡国必曰"属某州"，而三辅、弘农、河东、武都、陇西、金城、天水十馀郡，独不著所属，此其旧书必曰"属雍州"也。班氏以雍州乃王莽专擅时所置之名，故刊除之尔，其实《志》内某郡属某州，大抵皆莽所定，而汉平帝以前，郡国分属诸州之制，莽所云不应经者，皆不复可详也。自是迄莽之亡，皆十二部。建武中兴，改雍州为司隶，而复设凉州，乃复为十三部。○○

冀州牧箴

洋洋冀州，鸿原大陆。岳阳是都，岛夷皮服。潺湲河流，夹以碣石。三后攸降，列为侯伯。降周之末，赵、魏是宅。冀州麋沸，炫沄如汤。更盛更衰，载纵载横。陪臣擅命，天王是替。赵、魏相反，秦拾其敝。北筑长城，恢夏之场。汉兴定制，改列藩王。仰览前世，厥力孔多。初安如山，后崩如崖。故治不忘乱，安不忘危。周宗自怙，云焉有予隳？六国奋矫，渠绝其维。牧臣司冀，敢告在阶。

扬州牧箴

矫矫杨州，江、汉之浒。彭蠡既猪，阳鸟攸处。橘柚羽贝，瑶琨篠簜。闽越北垠，沅湘攸往。犷矣淮夷，蠢蠢荆蛮。翩彼昭王，南征不旋。人咸蹎于垤，莫蹎于山。咸跌于污，莫跌于川。明哲不云我昭，童蒙不云我昏。汤武圣而师伊、吕，桀纣悖而诛逄、干。盖迩不可不察，远不可不亲。靡有孝而逆父，罔有义而忘君。泰伯逊位，基吴绍类。夫差一误，泰伯无祚。周室不匡，句践入霸。当周之隆，越裳重译。春秋之末，侯甸畔逆。元首不可不思，股肱不可不孳。尧崇屡省,舜盛钦谋。牧臣司扬,敢告执筹。

荆州牧箴

幽幽巫山,在荆之阳。江、汉朝宗,其流汤汤。夏君遭泽,荆、衡是调。云梦涂泥,包匦菁茅。金玉砥砺,象齿元龟。贡篚百物,世世以饶。战战栗栗,至桀荒溢。曰我在帝位,若天有日。不顺庶国,孰敢予夺!亦有成汤,果秉其钺。放之南巢,号之以桀。南巢茫茫,包楚与荆。风慓以悍,气锐以刚。有道后服,无道先强。世虽安平,无敢逸豫。牧臣司荆,敢告执御。

青州牧箴

茫茫青州,海岱是极。盐铁之地,铅松怪石。群水攸归,莱夷作牧。贡篚以时,莫怠莫违。昔在文武,封吕于齐。厥土涂泥,在邱之营。五侯九伯,是讨是征。马殆其衔,御失其度。周室荒乱,小白以霸。诸侯佥服,复尊京师。小白既没,周卒陵迟。嗟兹天王,附命下土。失其法度,丧其文武。牧臣司青,敢告执矩。

徐州牧箴

海岱伊淮,东海是渚。徐州之土,邑于海宇。大野既潴,有羽有蒙。孤桐玭珠,泗、沂攸同。实列藩蔽,侯卫东方。民好农蚕,大野以康。帝癸及辛,不祗不恪,沈湎于酒,而忘其东作。天命汤武,剿绝其绪祚。降周任姜,镇于琅琊。姜氏绝苗，田氏攸都。事由细微，不虑不图。祸如邱山，本在萌芽。牧臣司徐，敢告仆夫。

兖州牧箴

悠悠济河，兖州之寓。九河既道，雷夏攸处。草繇木条，漆丝絺纻。济漯既通，降邱宅土。成汤五徙，卒都于亳。盘庚北渡，牧野是宅。丁感雊雉，祖己伊忠。爰正厥事，遂绪高宗。厥后陵迟，颠覆厥绪。西伯戡黎，祖伊奔走。致天威命，不恐不震。妇言是用，牝鸡是晨。三仁既知，武果戎殷。牧野之禽，岂复能耽？甲子之朝，岂复能笑？有国虽久，必畏天咎。有民虽长，必惧人殃。箕子欷歔，厥居为墟。牧臣司兖，敢告执书。

豫州牧箴

郁郁荆山，伊雒是经。荥播枲漆，惟用攸成。田田相拏，庐庐相距。夏、殷不都，成周攸处。豫野所居，爰在鹑墟。四隩咸宅，寓内莫如。陪臣执命，不虑不图。王室陵迟，丧其爪牙。靡哲靡圣，捐失其正。方伯不维，韩卒擅命。文武孔纯，至厉作昏。成康孔宁，至幽作倾。故有天下者，毋曰我大，莫或余败；毋曰我强，靡克余亡。夏宅九州，至于季世，放于南巢。成康太平，降及周微，带蔽屏营。屏营不起，施于孙子。至赧为极，实绝周祀。牧臣司豫，敢告柱史。

雍州牧箴

黑水西河，横截昆仑。邪指闾阖，画为雍垠。上侵积石，下碍龙门。自彼氐、羌，莫敢不来庭，莫敢不来匡。每在季主，常失厥绪。侯纪不贡，荒侵其宇。陵迟衰微，秦据以戾。兴兵山东，六国颠沛。上帝不宁，命汉作京。陇山以徂，列为西荒。南排劲越，北启强胡。并连属国，一护攸都。盖安不忘危，盛不讳衰。牧臣司雍，敢告缀衣。

益州牧箴

岩岩岷山，古曰梁州。华阳西极，黑水南流。茫茫洪波，鲧堙降陆。于时八都，厥民不隩。禹导江、沱，岷、嶓启乾。远近底贡，磬错砮丹。丝麻条畅，有粳有稻。自京徂畛，民攸温饱。帝有桀纣，湎沈颇僻。遏绝苗民，灭夏、殷绩。爰周受命，复古之常。幽、厉夷业，破绝为荒。秦作无道，三方溃叛。义兵征暴，遂国于汉。拓开疆宇，恢梁之野。列为十二，光羡虞、夏。牧臣司梁，是职是图。经营盛衰，敢告士夫。

幽州牧箴

荡荡平川，惟冀之别。北厄幽州，戎、夏交逼。伊昔唐、虞，实为平陆。周末荐臻，迫于獯鬻。晋失其陪，周使不徂。六国擅权，燕、赵本都。东限獩貊，羡及东胡。强秦北排，蒙公城墁。大汉初定，介狄之荒。元戎屡征，如风之腾。义兵涉漠,偃我边萌。既定且康,复古虞、唐。盛不可不图,衰不可或忘。堤溃蚁穴,器漏针芒。牧臣司幽,敢告侍旁。

并州牧箴

雍别朔方,河水悠悠。北辟獯鬻,南界泾流。画兹朔土,正直幽方。自昔何为,莫敢不来贡,莫敢不来王。周穆遐征,犬戎不享。爰貊伊德,侵玩上国。宣王命将,攘之泾北。宗周罔职,日用爽蹉。既不俎豆,又不干戈。犬戎作难,毙于骊阿。太上曜德,其次曜兵。德兵俱颠,靡不悴荒。牧臣司并,敢告执纲。

交州牧箴

交州荒裔,水与天际。越裳是南,荒国之外。爰自开辟,不羁不绊。周公摄祚,白雉是献。昭王陵迟,周室是乱。越裳绝贡,荆楚逆叛。四国内侵,蚕食周宗。臻于季赧,遂入灭亡。大汉受命,中国兼该。南海之宇,圣武是恢。稍稍受羁,遂臻黄支。杭海三万,来牵其犀。盛不可不忧,隆不可不惧。顾瞻陵迟,而忘其规摹。亡国多逸豫,而存国多难。泉竭中虚,池竭濒干。牧臣司交,敢告执宪。

扬子云酒箴 ○○

子犹瓶矣。观瓶之居,居井之眉。处高临深,动常近危。酒醪不入口，藏水满怀。不得左右，牵于纆徽。一旦叀碍，为瓽所轠，身提黄泉，骨月为泥。自用如此，不如鸱夷。鸱夷滑稽，腹如大壶。尽日盛酒，人复借酤。常为国器，托于属车。出入两宫，经营公家。繇是言之，酒何过乎？

崔子玉座右铭　○

无道人之短，无说己之长。施人慎勿念，受施慎勿忘。世誉不足慕，唯仁为纪纲。隐心而后动，谤议庸何伤？勿使名过实，守愚圣所臧。在涅贵不淄，暧暧内含光。柔弱生之徒，老氏戒刚强。行行鄙夫志，悠悠故难量。慎言节饮食，知足胜不祥。行之苟有恒，久久自芬芳。

张孟阳剑阁铭　○○

岩岩梁山，积石峨峨。远属荆、衡，近缀岷、嶓。南通邛、僰，北达褒、斜。狭过彭、碣，高逾嵩、华。惟蜀之门，作固作镇。是曰剑阁，壁立千仞。穷地之险，极路之峻。世浊则逆，道清斯顺。闭由往汉，开自有晋。秦得百二，并吞诸侯。齐得十二，田生献筹。矧兹狭隘，土之外区。一人荷戟，万夫趑趄。形胜之地，匪亲勿居。昔在武侯，中流而喜。山河之固，见屈吴起。兴实在德，险亦难恃。洞庭、孟门，二国不祀。自古迄今，天命不易。凭阻作昏，鲜不败绩。公孙既灭，刘氏衔璧。覆车之轨，无或重迹。勒铭山阿，敢告梁、益。

韩退之五箴并序　○○

人患不知其过，既知之不能改，是无勇也。余生三十有八年，发之短者日益白，齿之摇者日益脱，聪明不及于前时，道德日负于初心，其不至于君子，而卒为小人也昭昭矣。作《五箴》以讼其恶云。

游箴

余少之时，将求多能，早夜以孜孜。余今之时，既饱而嬉，蚤夜以无为。呜呼余乎，其无知乎？君子之弃，而小人之归乎？

言箴

不知言之人，乌可与言？知言之人，默焉而其意已传。幕中之辨，人反以汝为叛；台中之评，人反以汝为倾。汝不惩邪，而呶呶以害其生邪！

行箴

行与义乖，言与法违。后虽无害，汝可以悔。行也无邪，言也无颇。死而不死，汝悔而何？宜悔而休，汝恶曷瘳？宜休而悔，汝善安在？悔不可追，悔不可为。思而斯得,汝则勿思。

好恶箴

无善而好,不观其道。无悖而恶,不详其故。前之所好,今见其尤。从也为比,舍也为讎。前之所恶,今见其臧。从也为愧,舍也为狂。维讎维比,维狂维愧。于身不祥,于德不义。不义不祥,维恶之大。几如是为,而不颠沛? 齿之尚少,庸有不思,今其老矣,不慎胡为!

知名箴

内不足者,急于人知。霈焉有馀,厥闻四驰。今日告汝,知名之法:勿病无闻,病其晔晔。昔者子路,唯恐有闻。赫然千载,德誉愈尊。矜汝文章,负汝言语。乘人不能,掩以自取。汝非其父,汝非其师。不请而教,谁云不欺? 欺以贾憎,掩以媒怨。汝曾不悟,以及于难。小人在辱,亦克知悔。及其既宁,终莫能戒。既出汝心,又铭汝前。汝如不顾,祸亦宜然。

李习之行己箴 ○

人之爱我,我度于义。义则为朋,否则为利。人之恶我,我思其由。过宁不改,否又何仇? 仇实生怨,利实害德。我如不思,乃陷于惑。内省不足,愧形于颜。中心无他,曷畏多言? 惟咎在躬,若市于戮。慢虐自他,匪汝之辱。昔者君子，惟礼是持。自小及大，曷莫从斯？苟远于此，其何不为？事之在人，昧者亦知。迁焉及己，则莫之思。造次不戒，祸焉可期。书之在侧，以作我师。

张子西铭 ○○

乾称父，坤称母，予兹藐焉，乃混然中处。故天地之塞吾其体，天地之帅吾其性，民吾同胞，物吾与也。大君者，吾父母宗子，其大臣，宗子之家相也。尊高年，所以长其长；慈孤弱，所以幼其幼。圣其合德，贤其秀也。凡天下疲癃残疾，茕独鳏寡，皆吾兄弟之颠连而无告者也。于时保之，子之翼也。乐且不忧，纯乎孝者也。违曰悖德，害仁曰贼，济恶者不才，其践形惟肖者也。知化则善述其事，穷神则善继其志。不愧屋漏为无忝，存心养性为匪懈。恶旨酒，崇伯子之顾养；育英才，颍封人之锡类。不弛劳而底豫，舜其功也；无所逃而待烹，申生其恭也。体其受而归全者，参乎！勇于从而顺令者，伯奇也。富贵福泽，将厚吾之生也；贫贱忧戚，庸玉汝于成也。存吾顺事，没吾宁也。

苏子瞻徐州莲华漏铭 ○○

故龙图阁直学士、礼部侍郎燕公肃，以创物之智，闻于天下，作莲华漏，世服其精。凡公所临必为之，今州郡往往而在，虽有巧者莫能损益。而徐州独用瞽人卫朴所造，废法而任意，有壶而无箭，自以无目而废天下之视，使守者伺其满，则决之而更注，人莫不笑之。国子博士傅君裼，公之外曾孙，得其法为详，其通守是邦也，实始改作，而请铭于轼。铭曰：

人之所信者，手足耳目也。目识多寡，手知重轻。然人未有以手量而目计者，必付之度量与权衡，岂不自信而信物？盖以为无意无我，然后得万物之情。故天地之寒暑，日月之晦明，昆仑旁薄于三十八万七千里之外，而不能逃于三尺之箭，五斗之瓶。虽疾雷霾风、雨雪昼晦，而迟速有度，不加亏赢。使凡为吏者，如瓶之受水，不过其量；如水之浮箭，不失其平；如箭之升降也，视时之上下，降不为辱，升不为荣。则民将靡然而心服，而寄我以死生矣。

苏子瞻九成台铭 ○

韶阳太守狄咸，新作九成台，玉局散吏苏轼为之铭曰：

自秦并天下，灭礼乐，《韶》之不作，盖千三百二十有三年。其器存，其人亡，则《韶》既已隐矣，而况于人器两亡而不传！虽然，《韶》则亡矣，而有不亡者存，盖尝与日月寒暑，晦明风雨，并行于天地之间。世无南郭子綦，则耳未尝闻地籁也，而况得闻天籁？使耳闻天籁，则凡有形有声者，皆吾羽旄干戚，管磬匏弦。尝试与子登夫韶石之上，舜峰之下，望苍梧之眇莽，九疑之联绵，览观江山之吐吞，草木之俯仰，鸟兽之鸣号，众窍之呼吸，往来唱和，非有度数而均节自成者，非《韶》之大全乎？上方立极以安天下，人和而气应，气应而乐作，则夫所谓《箫韶》九成，来凤鸟而舞百兽者，既已灿然毕陈于前矣。

古文辞类篹六十

颂赞类

古文辞类篹六十一

扬子云赵充国颂　○

明灵惟宣，戎有先零，先零猖狂，侵汉西疆。汉命虎臣，惟后将军，整我六师，是讨是震。既临其域，喻以威德，有守矜功，谓之弗克。请奋其旅，于罕之羌，天子命我，从之鲜阳。营平守节，屡奏封章，料敌制胜，威谋靡亢。遂克西戎，还师于京，鬼方宾服，罔有不庭。昔周之宣，有方有虎，诗人歌功，乃列于《雅》。在汉中兴，充国作武，赳赳桓桓，亦绍厥后。

韩退之子产不毁乡校颂　○○

我思古人，伊郑之侨。以礼相国，人未安其教。游于乡之校，众口嚣嚣。或谓子产，毁乡校则止。曰何患焉，可以成美。夫岂多言，亦各其志。善也吾行，不善吾避，维善维否，我于此视。川不可防，言不可弭，下塞上聋，邦其倾矣。既乡校不毁,而郑国以理。在周之兴,养老乞言,及其已衰,谤者使监,成败之迹,昭哉可观。维是子产,执政之式,维其不遇,化止一国。诚率是道,相天下君,交畅旁达,施及无垠。于虖四海,所以不理,有君无臣。谁其嗣之?我思古人。

柳子厚伊尹五就桀赞 ○

伊尹五就桀,或疑曰:汤之仁闻且见矣,桀之不仁闻且见矣,夫胡去就之亟也?柳子曰:恶!是吾所以见伊尹之大者也。彼伊尹,圣人也。圣人出于天下,不夏、商其心,心乎生民而已,曰"孰能由吾言?由吾言者为尧舜,而吾生人尧舜人矣"。退而思曰:"汤诚仁,其功迟。桀诚不仁,朝吾从而暮及于天下可也。"于是就桀。桀果不可得,反而从汤。既而又思曰:"尚可十一乎使斯人蚤被其泽也。"又往就桀。桀不可,而又从汤,以至于百一、千一、万一,卒不可,乃相汤伐桀,俾汤为尧舜,而人为尧舜之人。是吾所以见伊尹之大者也。仁至于汤矣,四去之;不仁至于桀矣,五就之,大人之欲速其功如此。不然,汤、桀之辨,一恒人尽之矣,又奚以憧憧圣人之足观乎?吾观圣人之急生人,莫若伊尹。伊尹之大,莫若于五就桀。作《伊尹五就桀赞》:

圣有伊尹,思德于民。往归汤之仁,曰仁则仁矣,非久不亲。退思其速之道,宜夏是因,就焉不可,复反亳殷。犹不忍其迟，亟往以观，庶狂作圣，一日胜残。至千万冀一，卒无其端，五往不疲，其心乃安。遂升自陑，黜桀尊汤，遗民以完。大人无形，与道为偶，道之为大，为人父母。大矣伊尹，惟圣之首，既得其仁，犹病其久。恒人所疑，我之所大。呜乎远哉！志以为诲。

苏子瞻韩幹画马赞 ○○

韩幹之马四：其一在陆，骧首奋鬣，若有所望，顿足而长鸣。其一欲涉，尻高首下，择所由济，局蹐而未成。其二在水，前者反顾，若以鼻语，后者不应，欲饮而留行。以为厩马也，则前无羁络，后无棰策；以为野马也，则隅目耸耳，丰臆细尾，皆中度程，萧然如贤大夫、贵公子，相与解带脱帽，临水而濯缨。遂欲高举远引，友麋鹿而终天年，则不可得矣。盖优哉游哉，聊以卒岁而无营。

苏子瞻文与可飞白赞 ○

呜呼哀哉！与可，岂其多好，好奇也与？抑其不试故艺也？始予见其诗与文，又得见其行草篆隶也，以为止此矣。既没一年，而复见其飞白，美哉多乎！其尽万物之态也，霏霏乎其若轻云之蔽月，翻翻乎其若长风之卷旆也；猗猗乎其若游丝之萦柳絮，袅袅乎其若流水之舞荇带也；离离乎其远而相属，缩缩乎其近而不隘也。其工至于如此，而余乃今知之，则余之知与可者固无几，而其所不知者，盖不可胜计也。呜呼哀哉！

古文辞类篹六十一

辞赋类一

古文辞类篹六十二

淳于髡讽齐威王　○○○

威王八年，楚大发兵加齐。齐王使淳于髡之赵请救兵，赍金百斤，车马十驷。淳于髡仰天大笑，冠缨索绝。王曰："先生少之乎？"髡曰："何敢。"王曰："笑岂有说乎？"髡曰："今者臣从东方来，见道旁有禳田者，操一豚蹄，酒一盂，祝曰：'瓯窭满篝，污邪满车，五谷蕃熟，穰穰满家。'臣见其所持者狭，而所欲者奢，故笑之。"于是齐威王乃益赍黄金千镒，白璧十双，车马百驷。髡辞而行，至赵，赵王与之精兵十万，革车千乘。楚闻之，夜引兵而去。

威王大说，置酒后宫，召髡赐之酒。问曰："先生能饮几何而醉？"髡对曰："臣饮一斗亦醉，一石亦醉。"威王曰："先生饮一斗而醉，恶能饮一石哉？其说可得闻乎？"髡曰："赐酒大王之前，执法在旁，御史在后，髡恐惧俯伏而饮，不过一斗，径醉矣。若亲有严客，髡帣鞲鞠䐹，侍酒于前，时赐馀沥，奉觞上寿，数起，饮不过二斗，径醉矣。若朋友交游，久不相见，卒然相睹，欢然道故，私倩相语，饮可五六斗，径醉矣。若乃州闾之会，男女杂坐，行酒稽留，六博投壶，相引为曹，握手无罚，目眙不禁，前有堕珥，后有遗簪，髡窃乐此，饮可八斗，而醉二参。日莫酒阑，合尊促坐，男女同席，履舄交错，杯盘狼籍，堂上烛灭，主人留髡而送客，罗襦襟解，微闻芗泽。当此之时，髡心最欢，能饮一石。故曰酒极则乱，乐极则悲，万事尽然。言不可极，极之而衰，以讽谏焉。”齐王曰“善”，乃罢长夜之饮，以髡为诸侯主客，宗室置酒，髡尝在侧。

屈原离骚 ○○○

帝高阳之苗裔兮，朕皇考曰伯庸。摄提贞于孟陬兮，惟庚寅吾以降。皇览揆余于初度兮，肇锡余以嘉名。名余曰正则兮，字余曰灵均。

纷吾既有此内美兮，又重之以修能。扈江蓠与辟芷兮，纫秋兰以为佩。汩余若将不及兮，恐年岁之不吾与。朝搴阰之木兰兮，夕揽洲之宿莽。日月忽其不淹兮，春与秋其代序。惟草木之零落兮，恐美人之迟暮。不抚壮而弃秽兮，何不改乎此度也？乘骐骥以驰骋兮，来吾导夫先路！

昔三后之纯粹兮，固众芳之所在。杂申椒与菌桂兮，岂惟纫夫蕙茝？彼尧舜之耿介兮，既遵道而得路。何桀纣之昌披兮，夫惟捷径以窘步。惟党人之偷乐兮，路幽昧以险隘。岂余身之惮殃兮，恐皇舆之败绩。忽奔走以先后兮，及前王之踵武。荃不察余之中情兮，反信谗而齐怒。余固知謇謇之为患兮，忍而不能舍也。指九天以为正兮，夫惟灵修之故也。初既与余成言兮，后悔遁而有他。余既不难夫离别兮，伤灵修之数化。

余既滋兰之九畹兮，又树蕙之百亩。畦留夷与揭车兮，杂杜蘅与芳芷。冀枝叶之峻茂兮，愿俟时乎吾将刈。虽萎绝其亦何伤兮，哀众芳之芜秽。以上言以道事君，见疑而不改。

众皆竞进以贪婪兮，凭不厌乎求索。羌内恕己以量人兮，各兴心而嫉妒。忽驰骛以追逐兮，非余心之所急。老冉冉其将至兮，恐修名之不立。朝饮木兰之坠露兮，夕餐秋菊之落英。苟余情其信姱以练要兮，长顑颔亦何伤？擥木根以结茝兮，贯薜荔之落蕊。矫菌桂以纫蕙兮，索胡绳之𫄨𫄨。謇吾法夫前修兮，非时俗之所服。虽不周于今之人兮，愿依彭咸之遗则。长太息以掩涕兮，哀人生之多艰。二句疑误倒，盖涕与替为韵，《齐东野语》已有此说。

余虽好修姱以鞿羁兮，謇朝谇而夕替。既替余以蕙纕兮，又申之以揽茝。亦余心之所善兮，虽九死其犹未悔。怨灵修之浩荡兮，终不察夫人心。众女嫉余之蛾眉兮，谣诼谓余以善淫。固时俗之工巧兮，偭规矩而改错。背绳墨以追曲兮，竞周容以为度。忳郁邑余侘傺兮，吾独穷困乎此时也！宁溘死以流亡兮，余不忍为此态也。鸷鸟之不群兮，自前代而固然。何方圆之能周兮，夫孰异道而相安。屈心而抑志兮，忍尤而攘诟。伏清白以死直兮，固前圣之所厚。以上言谗人之害，而将挤于死。

悔相道之不察兮，延伫乎吾将反。回朕车以复路兮，及行迷之未远。步余马于兰皋兮，驰椒邱且焉止息。进不入以离尤兮，退将复修吾初服。制芰荷以为衣兮，集芙蓉以为裳。不吾知其亦已兮，苟余情其信芳。高余冠之岌岌兮，长余佩之陆离。芳与泽其杂糅兮，唯昭质其犹未亏。忽反顾以游目兮，将往观乎四荒。佩缤纷其繁饰兮，芳菲菲其弥章。言吾挟此德美，将适四方乎？若居楚国，芳菲弥章，安能使人之不忌乎？人生各有所乐兮，余独好修以为常。常当作恒，避汉讳改。虽体解吾犹未变兮，岂余心之可惩。以上言欲退隐不涉世患，而不能也。此段即《渔父》篇之义，又扬子云《反离骚》所云弃由、聃之所珍者。屈子于此已解其难。

女媭之婵媛兮，申申其詈予。曰："鲧婞直以亡身兮，终然夭乎羽之野。汝何博謇而好修兮，纷独有此姱节？薋菉葹以盈室兮，判独离而不服。众不可户说兮，孰云察余之中情？世并举而好朋兮，夫何茕独而不予听？"以上设为女媭辞，所谓慎毋为善也。

依前圣以节中兮，喟凭心而历兹。济沅、湘以南征兮，就重华而陈辞。启《九辩》与《九歌》兮，夏康娱以自纵。"启《九辩》"下十六句，皆言失道君之致祸。"汤禹"四句，皆言得道君之致福。启之失道，载《逸书·武观篇》，《墨子》所引是也。屈子以与浇并斥为康娱，王逸误以夏康连读，解为太康。伪作古文者遂有太康尸位之语，其失始于《逸》也。不顾难以图后兮，五子用失乎家巷。羿淫游以佚田兮，又好射夫封狐。固乱流其鲜终兮，浞又贪夫厥家。浇身被服强圉兮，纵欲而不忍。日康娱而自忘兮，厥首用夫颠陨。夏桀之常违兮，乃遂焉而逢殃。后辛之菹醢兮，殷宗用而不长。汤禹严而祗敬兮，周论道而莫差。举贤而授能兮，循绳墨而不颇。皇天无私阿兮，览民德焉错辅。夫维圣哲以茂行兮，苟得用此下土。瞻前而顾后兮，相观民之计极。夫孰非义而可用兮，孰非善而可服？阽余身而危死兮，览余初其犹未悔。不量凿而正枘兮，固前修以菹醢。曾歔欷余郁悒兮，哀朕时之不当。揽茹蕙以掩涕兮，沾余襟之浪浪。以上言以此心正于舜而无愧，又安能不为善也。

跪敷衽以陈辞兮，耿吾既得此中正。驷玉虬以乘鹥兮，溘埃风余上征。此下承“往观乎四荒”极言之，而卒归于不可。所谓发乎情，止乎理义。朝发轫于苍梧兮，夕余至乎县圃。欲少留此灵琐兮，日忽忽其将暮。吾令羲和弭节兮，望崦嵫而勿迫。路漫漫其修远兮，吾将上下而求索。饮余马于咸池兮，总余辔乎扶桑。折若木以拂日兮，聊须臾以相羊。前望舒使先驱兮，后蜚廉使奔属。鸾皇为余先戒兮，雷师告余以未具。吾令凤鸟飞腾兮，又继之以日夜。飘风屯其相离兮，帅云霓而来御。纷总总其离合兮，班陆离其上下。吾令帝阍开关兮，倚阊阖而望予。时暧暧其将罢兮，结幽兰而延伫。世溷浊而不分兮，好蔽美而嫉妒。

朝吾将济于白水兮，登阆风而绁马。忽反顾以流涕兮，哀高邱之无女。溘吾游此春宫兮，折琼枝以继佩。及荣华之未落兮，相下女之可贻。吾令丰隆乘云兮，求虙妃之所在。解佩纕以结言兮，吾令蹇修以为理。纷总总其离合兮，忽纬繣其难迁。夕归次于穷石兮，朝濯发乎洧盘。

保厥美以骄傲兮，日康娱以淫游。虽信美而无礼兮，来违弃而改求。虙妃者，盖后羿之妻，《天问》所谓“妻彼洛嫔”者是也。言方令蹇修为理，而彼乃难于迁而归我，而反适无道之羿，相从于骄傲无礼，何足顾耶？羿自锄迁于穷石，穷石是羿国，凡《淮南子》、《山海经》之类，多依楚词，妄为附会，皆不足据。上言相下女，故虙妃、有娀、二姚，皆下土女，非谓神也。览相观于四极兮，周流乎天余乃下。望瑶台之偃蹇兮，见有娀之佚女。吾令鸩为媒兮，鸩告余以不好。雄鸠之鸣逝兮，余犹恶其佻巧。心犹豫而狐疑兮，欲自适而不可。凤鸟既受诒兮，恐高辛之先我。欲远集而无所止兮，聊浮游以逍遥。及少康之未家兮，留有虞之二姚。理弱而媒拙兮，恐导言之不固。时溷浊而嫉贤兮，好蔽美而称恶。闺中既以邃远兮，哲王又不寤。怀朕情而不发兮，余焉能忍与此终古！以上言将以此中正适于兹世，其于楚也，则如天阍之不通，是哲王不寤也。其于异国，则世无贤君，相从骄傲。或有贤而非我偶，如佚女之不可求，是闺中邃远也。

索琼茅以筳篿兮，命灵氛为余占之。曰两美其必合兮，孰信修而慕之？思九州之博大兮，岂唯是其有女？曰勉远逝而无狐疑兮，孰求美而释汝？何所独无芳草兮，尔何怀乎故宇？世幽昧以昡曜兮，孰云察余之美恶？人好恶其不同兮，惟此党人其独异。户服艾以盈要兮，谓幽兰其不可佩。览察草木其犹未得兮，岂珵美之能当？苏粪壤以充帏兮，谓申椒其不芳。以上皆灵氛之词。

欲从灵氛之吉占兮，心犹豫而狐疑。巫咸将夕降兮，怀椒糈而要之。百神翳其备降兮，九疑缤其并迎。皇剡剡其扬灵兮，告余以吉故。曰勉升降以上下兮，求矩矱之所同。汤、禹俨而求合兮，挚、咎繇而能调。苟中情其好修兮，何必用夫行媒。说操筑于傅岩兮，武丁用而不疑。吕望之鼓刀兮，遭周文而得举。宁戚之讴歌兮，齐桓闻以该辅。及年岁之未晏兮，时亦犹其未央。恐鹈鴂之先鸣兮，使百草为之不芳。

何琼佩之偃蹇兮，众薆然而蔽之。惟此党人之不亮兮，恐嫉妒而折之。时缤纷其变易兮，又何可以淹留！兰芷变而不芳兮，荃蕙化而为茅。何昔日之芳草兮，今直为此萧艾也？岂其有他故兮，莫好修之害也！灵氛第言世之幽昧而已，巫咸则言党人之害益深，中材畏而从之矣。是既无复同志之人而居此，则必遭其折害而死，其势益危矣。余以兰为可恃兮，羌无实而容长。委厥美以从俗兮，苟得列乎众芳。椒专佞以慢謟兮，榝又欲充其佩帏。既干进而务入兮，又何芳之能祗？固时俗之从流兮，又孰能无变化？览椒兰其若兹兮，又况揭车与江离。惟兹佩之可贵兮，委厥美而历兹。芳菲菲而难亏兮，芬至今犹未沬。和调度以自娱兮，聊浮游而求女。及余饰之方壮兮，周流观乎上下。以上皆巫咸之词。

灵氛既告余以吉占兮，言承灵氛，则巫咸在其内矣。历吉日乎吾将行。折琼枝以为羞兮，精琼爢以为粻。为余驾飞龙兮，杂瑶象以为车。何离心之可同兮，吾将远逝以自疏。上虙妃有娀一节，犹言求女。灵氛、巫咸二节，亦以求女为言，欲其择君而事也。至此节，则知求女之必不可矣，姑远逝以自疏，遨游娱乐，如《远游》一篇之旨，而卒亦不忍，则死从彭咸焉而已也。

邅吾道夫昆仑兮，路修远以周流。扬云霓之晻蔼兮，鸣玉鸾之啾啾。朝发轫于天津兮，夕余至乎西极。凤皇翼其承旂兮，高翱翔之翼翼。忽吾行此流沙兮，遵赤水而容与。麾蛟龙使梁津兮，诏西皇使涉予。路修远以多艰兮，腾众车使径待。路不周以左转兮，指西海以为期。屯余车其千乘兮，齐玉轪而并驰。驾八龙之婉婉兮，载云旗之委移。抑志而弭节兮，神高驰之邈邈。奏《九歌》而舞《韶》兮，聊假日以媮乐。陟升皇之赫戏兮，忽临睨夫旧乡。仆夫悲余马怀兮，蜷局顾而不行。

乱曰：已矣哉！国无人莫我知兮，又何怀乎故都！既莫足与为美政兮，吾将从彭咸之所居。

屈原九章

惜诵　○○○

惜诵以致愍兮，发愤以抒情。所非忠而言之兮，指苍天以为正。令五帝以折中兮，戒六神与向服。俾山川以备御兮，命咎繇使听直。竭忠诚以事君兮，反离群而赘疣。忘儇媚以背众兮，待明君其知之。言与行其可迹兮，情与貌其不变。故相臣莫若君兮，所以证之不远。吾谊先君而后身兮，羌众人之所仇也。专惟君而无他兮，又众兆之所雠也。壹心而不豫兮，羌不可保也。疾亲君而无他兮，有招祸之道也。

思君其莫我忠兮，忽忘身之贱贫。事君而不贰兮，迷不知宠之门。忠何辜以遇罚兮，亦非余之所志也。行不群以颠越兮，又众兆之所咍也。纷逢尤以离谤兮，謇不可释也。情沈抑而不达兮，又蔽而莫之白也。心郁邑余侘傺兮，又莫察余之中情。固烦言不可结而诒兮，愿陈志而无路。退静默而莫余知兮，进号呼又莫吾闻。申侘傺之烦惑兮，中闷瞀之忳忳。

昔余梦登天兮，魂中道而无杭。吾使厉神占之兮，曰有志极而无旁。终危独以离异兮，曰君可思而不可恃。故众口其铄金兮，初若是而逢殆。惩热羹而吹齑兮，何不变此志也？欲释阶而登天兮，犹有曩之态也。众骇遽以离心兮，又何以为此伴也？同极而异路兮，又何以为此援也？晋申生之孝子兮，父信谗而不好。行婞直而不豫兮，鲧功用而不就。

吾闻作忠以造怨兮，忽谓之过言。九折臂而成医兮，吾至今乃知其信然。矰弋机而在上兮，罻罗张而在下。设张辟以娱君兮，愿侧身而无所。欲儃佪以干傺兮，恐重患而离尤。欲高飞而远集兮，君罔谓女何之。欲横奔而失路兮，盖坚志而不忍。背膺牉以交痛兮，心郁结而纡轸。捣木兰以矫蕙兮，糳申椒以为粮。播江蓠与滋菊兮，愿春日以为糗芳。恐情质之不信兮，故重著以自明。矫兹媚以私处兮，愿曾思而远身。鼐疑此篇与《离骚》同时作，故有重著之语。

涉江　○○○

余幼好此奇服兮，年既老而不衰。带长铗之陆离兮，冠切云之崔嵬。被明月兮佩宝璐，世溷浊而莫余知兮，吾方高驰而不顾。驾青虬兮骖白螭，吾与重华游兮瑶之圃。登昆仑兮食玉英，与天地兮比寿，与日月兮齐光。哀南夷之莫吾知兮，旦余济乎江湘。

乘鄂渚而反顾兮，欸秋冬之绪风。步余马兮山皋，邸余车兮方林。乘舲船余上沅兮，齐吴榜以击汰。船容与而不进兮，淹回水而疑滞。朝发枉渚兮，夕宿辰阳。苟余心其端直兮，虽僻远其何伤！

入溆浦余儃佪兮，迷不知吾所如。深林杳以冥冥兮，乃猿狖之所居。山峻高而蔽日兮，下幽晦以多雨。霰雪纷其无垠兮，云霏霏而承宇。哀吾生之无乐兮，幽独处乎山中。吾不能变心而从俗兮，固将愁苦而终穷。

接舆髡首兮，桑扈臝行。忠不必用兮，贤不必以。伍子逢殃兮，比干菹醢。与前世而皆然兮，吾又何怨乎今之人！余将董道而不豫兮，固将重昏而终身。

乱曰：鸾鸟凤皇，日以远兮。燕雀乌鹊，巢堂坛兮。露申辛夷，死林薄兮。腥臊并御，芳不得薄兮。阴阳易位，时不当兮。怀信侘傺，忽乎吾将行兮。

哀郢　○○

皇天之不纯命兮，何百姓之震愆！民离散而相失兮，方仲春而东迁。去故乡而就远兮，遵江夏以流亡。出国门而轸怀兮，甲之鼂吾以行。发郢而去闾兮，怊荒忽其焉极。楫齐扬以容与兮，哀见君而不再得。望长楸而太息兮，涕淫淫其若霰。过夏首而西浮兮，顾龙门而不见。心婵媛而伤怀兮，眇不知余所跖。顺风波而流从兮，焉洋洋而为客。凌阳侯之泛滥兮，忽翱翔之焉薄。心絓结而不解兮，思蹇产而不释。将运舟而下浮兮，上洞庭而下江。

去终古之所居兮，今逍遥而来东。羌灵魂之欲归兮，何须臾而忘反！背夏浦而西思兮，哀故都之日远。登大坟以远望兮，聊以舒吾忧心。哀州土之平乐兮，悲江介之遗风。

当陵阳之焉至兮，鼐疑怀王时放屈子于江南，在今江西饶、信，地处郢之东，盖作《哀郢》时也。顷襄再迁之，乃在辰、湘之间，处郢之南，作《涉江》时也。《招魂》曰："路贯庐江兮左长薄。"庐江古即彭蠡之水，故山曰庐山。汉初，庐江郡犹在江南，后乃移郡江北。地志云：庐江出陵阳东南，北入江。盖彭蠡东源出今饶州东界者，古陵阳界及此。故屈子曰当陵阳之焉至，言不意其忽至此也。其后陵阳南界乃益狭，乃仅有今南陵铜陵县耳。运舟下浮者，乘流下也。上洞庭下江者，言其处地之上下，非屈子是时已南入洞庭也。淼南度之焉如？曾不知夏之为丘兮，孰两东门之可芜？心不怡之长久兮，忧与忧其相接。惟郢路之辽远兮，江与夏之不可涉。忽若去不信兮，至今九年而不复。惨郁郁而不通兮，蹇侘傺而含戚。

外承欢之汋约兮，谌荏弱而难持。忠湛湛而愿进兮，妒披离而鄣之。彼尧舜之抗行兮，瞭杳杳其薄天。众谗人之嫉妒兮，被以不慈之伪名。憎愠惀之修美兮，好夫人之慷慨。众踥蹀而日进兮，美超远而逾迈。

乱曰：曼余目以流观兮，冀壹反之何时？鸟飞反故乡兮，狐死必首丘。信非吾罪而弃逐兮，何日夜而忘之！

抽思 ○○○

心郁郁之忧思兮，独永叹乎增伤。思蹇产之不释兮，曼遭夜之方长。悲秋风之动容兮，何回极之浮浮。数惟荪之多怒兮，伤余心之懮懮。愿遥赴而横奔兮，览民尤以自镇。结微情以陈辞兮，矫以遗夫美人。

昔君与我成言兮，曰黄昏以为期。羌中道而回畔兮，反既有此他志。憍吾以其美好兮，览余以其修姱。与余言而不信兮，盖为余而造怒。愿承间而自察兮，心震悼而不敢。悲夷犹而冀进兮，心怛伤之憺憺。历兹情以陈辞兮，荪详聋而不闻。固切人之不媚兮，众果以我为患。初吾所陈之耿著兮，岂至今其庸亡？言所陈成败得失，无不耿著。其言犹在，而至今不已验乎？何独乐斯之謇謇兮，愿荪美之可完。望三五以为像兮，指彭咸以为仪。夫何极而不至兮，故远闻而难亏。善不由外来兮，名不可以虚作。孰无施而有报兮，孰不实而有获？

少歌曰：与美人抽怨兮，并日夜而无正。憍吾以其美好兮，敖朕辞而不听。

倡曰：有鸟自南兮，来集汉北。好姱佳丽兮，牉独处此异域。既茕独而不群兮，又无良媒在其侧。道逴远而日忘兮，愿自申而不得。望南山而流涕兮，临流水而太息。望孟夏之短夜兮，何晦明之若岁！惟郢路之辽远兮，魂一夕而九逝。此承上文，言我初陈言，明知施报之不爽，而君乃不听，安得无祸乎？怀王入秦，渡汉而北，故托言有鸟而悲，伤其南望郢而不得反也。故曰虽流放，眷顾楚国，系心怀王，不忘欲返。曾不知路之曲直兮，南指月与列星。愿径逝而不得兮，魂识路之营营。何灵魂之信直兮，人之心不与吾心同。理弱而媒不通兮，尚不知余之从容。言怀王以信直而为秦欺矣，又无行理为通一言，王尚不知余之心，所谓以此见怀王之终不悟也。怀王昔者所任用，盖皆小人为利者耳。一旦主遭忧辱，则弃而忘之，冀如瑕生之于晋惠，子展、子鲜之推挽卫献者，安可得哉！屈子所以痛心于理弱也，与《离骚》之理弱，托意异矣。

乱曰：长濑湍流，泝江潭兮。狂顾南行，聊以娱心兮。轸石崴嵬，蹇吾愿兮。超回志度，行隐进兮。低佪夷犹，宿北姑兮。烦冤瞀容，实沛徂兮。愁叹苦神，灵遥思兮。路远处幽，又无行媒兮。道思作颂，聊自救兮。怀王之事不可追矣。聊作颂为戒，以救襄王，尚可及矣。故曰：冀幸君之一悟。此篇悲伤怀王之拘困于秦，其辞致为凄切。既自抒忠爱，亦所以厉顷襄报仇之心。而是时君臣方耽逸乐，恶闻国耻，此令尹子兰所以闻之大怒也。忧心不遂，斯言谁告兮？

怀沙　○○○

滔滔孟夏兮，草木莽莽。伤怀永哀兮，汩徂南土。眴兮杳杳，孔静幽默。郁结纡轸兮，离慜而长鞠。抚情效志兮，冤屈而自抑。

刓方以为圜兮，常度未替。易初本迪兮，君子所鄙。章画志墨兮，前图未改。内直质重兮，大人所晠。巧倕不斵兮，孰察其揆正？玄文处幽兮，矇谓之不章。离娄微睇兮，瞽以为无明。变白以为黑兮，倒上以为下。凤皇在笯兮，鸡鹜翔舞。同糅玉石兮，一概而相量。夫惟党人之鄙固兮，羌不知余之所臧。

任重载盛兮，陷滞而不济。怀瑾握瑜兮，穷不知所示。邑犬群吠兮，吠所怪也。非俊疑桀兮，固庸态也。文质疏内兮，众不知余之异采。材朴委积兮，莫知余之所有。重仁袭义兮，谨厚以为丰。重华不可逻兮，孰知余之从容？古固有不并兮，岂知其故也？汤禹久远兮，邈不可慕也。惩违改忿兮，抑心而自强。离慜而不迁兮，愿志之有像。进路北次兮，日昧昧其将莫。舒忧娱哀兮，限之以大故。

乱曰：浩浩沅、湘，分流汩兮。修路幽拂，道远忽兮。曾吟恒悲，永叹喟兮。世既莫吾知，人心不可谓兮。怀情抱质，独无匹兮。伯乐既没，骥将焉程兮！民生禀命，各有所错兮。定心广志，余何畏惧兮？知死不可让，愿勿爱兮。明告君子，吾将以为类兮。

橘颂　○

后皇嘉树，橘徕服兮。受命不迁，生南国兮。深固难徙，更壹志兮。绿叶素荣，纷其可喜兮。曾枝剡棘，圜实抟兮；青黄杂糅，文章烂兮。精色内白，类任道兮。纷缊宜修，姱而不丑兮。

嗟尔幼志，有以异兮。独立不迁，岂不可喜兮！深固难徙，廓其无求兮。苏世独立，横而不流兮。闭心自慎，终不过失兮。秉德无私，参天地兮。愿岁并谢，与长友兮。淑离不淫，梗其有理兮。年岁虽少，可师长兮。行比伯夷，置以为像兮。鼐疑此篇尚在怀王朝初被谗时所作，故首言后皇，末言年岁虽少，与《涉江》年既老之时异矣。而闭心自慎之语，又若以辨释上官所云“每一令出，平伐其功”之为诬也。

悲回风 ○

悲回风之摇蕙兮,心冤结而内伤。物有微而陨性兮,声有隐而先倡。夫何彭咸之造思兮,暨志介而不忘!万变其情岂可盖兮,孰虚伪之可长!鸟兽鸣以号群兮,草苴比而不芳。鱼葺鳞以自别兮,蛟龙隐其文章。故荼荠不同亩兮,兰茝幽而独芳。惟佳人之永都兮,更统世以自况。眇远志之所及兮,怜浮云之相羊。介眇志之所惑兮,窃赋诗之所明。

惟佳人之独怀兮,折芳椒以自处。曾歔欷之嗟嗟兮,独隐伏而思虑。涕泣交而凄凄兮,思不眠以至曙。终长夜之曼曼兮,掩此哀而不去。寤从容以周流兮,聊逍遥以自恃。伤太息之愍怜兮,气于邑而不可止。纠思心以为纕兮,编愁苦以为膺。折若木以蔽光兮,随飘风之所仍。存仿佛而不见兮,心踊跃其若汤。抚佩衽以案志兮,超惘惘而遂行。岁曶曶其若颓兮,时亦冉冉而将至。薠蘅槁而节离兮,芳已歇而不比。怜思心之不可惩兮,证此言之不可聊。宁溘死而流亡兮,不忍此心之常愁。孤子吟而抆泪兮,放子出而不还。孰能思而不隐兮,昭彭咸之所闻。

登石峦以远望兮,路眇眇之默默。入景响之无应兮,闻省想而不可得。愁郁郁之无快兮,居戚戚而不可解。心鞿羁而不开兮,气缭转而自缔。穆眇眇之无垠兮,莽芒芒之无仪。声有隐而相感兮,物有纯而不可为。藐蔓蔓之不可量兮,缥绵绵之不可纡。愁悄悄之常悲兮,翩冥冥之不可娱。陵大波而流风兮，托彭咸之所居。

上高岩之峭岸兮，处雌霓之标颠。据青冥而攄虹兮，遂倏忽而扪天。吸湛露之浮凉兮，漱凝霜之雰雰。依风穴以自息兮，忽倾寤以婵媛。冯昆仑以瞰雾兮，隐岷山之清江。惮涌湍之磕磕兮，听波声之汹汹。纷容容之无经兮，罔芒芒之无纪。轧洋洋之无从兮，驰委移之焉止。飘幡幡其上下兮，翼遥遥其左右。泛潏潏其前后兮，伴张弛之信期。观炎气之相仍兮，窥烟液之所积。悲霜雪之俱下兮，听潮水之相击。

借光景以往来兮，施黄棘之枉策。求介子之所存兮，见伯夷之放迹。心调度而不去兮，刻著志之无适。曰吾怨往昔之所冀兮，悼来者之悐悐。浮江淮而入海兮，从子胥而自适。望大河之洲渚兮，悲申徒之抗迹。骤谏君而不听兮，任重石之何益！心絓结而不解兮，思蹇产而不释。

思美人 ○○

思美人兮，揽涕而伫眙。媒绝路阻兮，言不可结而诒，蹇蹇之烦冤兮，陷滞而不发。申旦以舒中情兮，志沉菀而莫达。愿寄言于浮云兮，遇丰隆而不将。因归鸟而致辞兮，羌迅高而难当。

高辛之灵晟兮，遭玄鸟而致诒。欲变节以从俗兮，愧易初而屈志。独历年而离愍兮，羌冯心犹未化。宁隐闵而寿考兮，何变易之可为！知前辙之不遂兮，未改此度。车既覆而马颠兮，蹇独怀此异路。勒骐骥而更驾兮，造父为我操之。迁逡次而勿驱兮，聊假日以须时。指嶓冢之西隈兮，与纁黄以为期。

开春发岁兮，白日出之悠悠。吾将荡志而愉乐兮，遵江夏以娱忧。揽大薄之芳茝兮，搴长洲之宿莽。惜吾不及古人兮，吾谁与玩此芳草？解萹薄与杂菜兮，备以为交佩。佩缤纷以缭转兮，遂萎绝而离异。吾且儃佪以娱忧兮，观南人之变态。窃快在中心兮，扬厥凭而不俟。芳与泽其杂糅兮，羌芳华自中出。纷郁郁其远蒸兮，满内而外扬。情与质信可保兮，羌居蔽而闻章。令薜荔以为理兮，惮举趾而缘木。因芙蓉以为媒兮，惮褰裳而濡足。登高吾不说兮，入下吾不能。固朕形之不服兮，然容与而狐疑。广遂前画兮，未改此度也。命则处幽吾将罢兮，愿及白日之未莫也。独茕茕而南行兮，思彭咸之故也。

惜往日 ○

惜往日之曾信兮，受命诏以昭时。奉先功以照下兮，明法度之嫌疑。国富强而法立兮，属贞臣而日娭。秘密事之载心兮，虽过失犹弗治。心纯厖而不泄兮，遭谗人而嫉之。君含怒以待臣兮，不清澄其然否。蔽晦君之聪明兮，虚惑误又以欺。弗参验以考实兮，远迁臣而弗思。信谗谀之溷浊兮，盛气志而过之。

何贞臣之无罪兮，被离谤而见尤。惭光景之诚信兮，身幽隐而备之。临江、湘之玄渊兮，遂自忍而沈流。卒没身而绝名兮，惜壅君之不昭。君无度而弗察兮，使芳草为薮幽。焉舒情而抽信兮，恬死亡而不聊。独鄣廱而蔽隐兮，使贞臣而无由。

闻百里之为虏兮，伊尹烹于庖厨。吕望屠于朝歌兮，宁戚歌而饭牛。不逢汤武与桓、缪兮，世孰云而知之？吴信谗而弗味兮，子胥死而后忧。介子忠而立枯兮，文君寤而追求。封介山而为之禁兮，报大德之优游。思久故之亲身兮，因缟素而哭之。或忠信而死节兮，或訑谩而不疑。弗省察而按实兮，听谗人之虚辞。芳与泽其杂糅兮，孰申旦而别之？何芳草之早夭兮，微霜降而下戒。谅聪不明而蔽廱兮，使谗谀而日得。

自前世之嫉贤兮，谓蕙若其不可佩。妒佳冶之芬芳兮，嫫母姣而自好。虽有西施之美容兮，谗妒人以自代。愿陈情以白行兮，得罪过之不意。情冤见之日明兮，如列宿之错置。乘骐骥而驰骋兮，无辔衔而自载；乘泛泭以下流兮，无舟楫而自备。背法度而心治兮，辟与此其无异。宁溘死而流亡兮，恐祸殃之有再。不毕辞而赴渊兮，惜廱君之不识。

古文辞类篹六十二

辞赋类二

古文辞类篹六十三

屈原远游 ○○○

悲时俗之迫厄兮，愿轻举而远游。质菲薄而无因兮，焉托乘而上浮？遭沈浊之污秽兮，独菀结其谁语？夜耿耿而不寐兮，魂营营而至曙。惟天地之无穷兮，哀人生之长勤。往者余弗及兮，来者吾不闻。步徙倚而遥思兮，怊惝怳而永怀。意荒忽而流荡兮，心愁凄而增悲。神倏忽而不反兮，形枯槁而独留。内惟省以端操兮，求正气之所由。

漠虚静以恬愉兮，澹无为而自得。闻赤松之清尘兮，愿承风乎遗则。贵至人之休德兮，美往世之登仙。与化去而不见兮，名声著而日延。奇傅说之托辰星兮，羡韩众之得一。形穆穆以寖远兮，离人群而遁逸。因气变而遂曾举兮，忽神奔而鬼怪。时仿佛以遥见兮，精皎皎以往来。绝氛埃而淑邮兮，终不反其故都。免众患而不惧兮，世莫知其所如。

恐天时之代序兮，曜灵晔而西征。微霜降而下沦兮，悼芳草之先零。聊仿佯而逍遥兮，永历年而无成！谁可与玩斯遗芳兮，长乡风而舒情。高阳邈以远兮，余将焉所程？重曰：春秋忽其不淹兮，奚久留此故居？轩辕不可攀援兮，吾将从王乔而娱戏。餐六气而饮沆瀣兮，漱正阳而含朝霞。保神明之清澄兮，精气入而粗秽除。

顺凯风以从游兮，至南巢而壹息。见王子而宿之兮，审壹气之和德。曰道可受兮而不可传，其小无内兮，其大无垠。无淈而魂兮，彼将自然。壹气孔神兮，于中夜存。虚以待之兮，无为之先。庶类以成兮，此德之门。闻至贵而遂徂兮，忽乎吾将行。仍羽人于丹邱兮，留不死之旧乡。朝濯发于汤谷兮，夕晞余身兮九阳。吸飞泉之微液兮，怀琬琰之华英。玉色頩以脕颜兮，精醇粹而始壮。质销铄以汋约兮，神要眇以淫放。

嘉南州之炎德兮，丽桂树之冬荣。山萧条而无兽兮，野寂漠其无人。载营魄而登霞兮，掩浮云而上征。命天阍其开关兮，排阊阖而望予。召丰隆使先导兮，问太微之所居。集重阳入帝宫兮，造旬始而观清都。朝发轫于太仪兮，夕始临乎于微闾。屯余车之万乘兮，纷容与而并驰。驾八龙之婉婉兮，载云旗之逶蛇。建雄虹之采旄兮，五色杂而炫耀。服偃蹇以低昂兮，骖连蜷以骄骜。骑胶葛以杂乱兮，班曼衍而方行。撰余辔而正策兮，吾将过乎句芒。历太皓以右转兮，前飞廉以启路。阳杲杲其未光兮，陵天地以径度。风伯为余先驱兮，氛埃辟而清凉。凤皇翼其承旂兮，遇蓐收乎西皇。擥彗星以为旍兮，举斗柄以为麾。

叛陆离其上下兮，游惊雾之流波。时暧曃其曭莽兮，召玄武而奔属。后文昌使掌行兮，选署众神以并毂。路曼曼其修远兮，徐弭节而高厉。左雨师使径侍兮，右雷公以为卫。欲度世以忘归兮，意恣睢以揭挢。内欣欣而自美兮，聊媮娱以淫乐。

涉青云以泛滥兮，忽临睨夫旧乡。仆夫怀余心悲兮，边马顾而不行。思旧故以想像兮，长太息而掩涕。泛容与而遐举兮，聊抑志而自弭。指炎帝而直驰兮，吾将往乎南疑。览方外之荒忽兮，沛罔瀁而自浮。祝融戒而跸御兮，腾告鸾鸟迎虙妃。张《咸池》奏《承云》兮，二女御，《九韶》歌。使湘灵鼓瑟兮，令海若舞冯夷。列蟠象而并进兮，形蟉虬而逶蛇。雌霓便娟以曾挠兮，鸾鸟轩翥而翔飞。音乐博衍无终极兮，焉乃逝以裴回。舒并节以驰骛兮，逴绝垠乎寒门。轶迅风于清源兮，从颛顼乎增冰。历玄冥以邪径兮，乘间维以反顾。召黔赢而见之兮，为余先乎平路。经营四荒兮，周流六漠。上至列缺兮，降望大壑。下峥嵘而无地兮，上寥廓而无天。视倏忽而无见兮，听惝怳而无闻。超无为以至清兮，与太初而为邻。

屈原卜居　○○○

屈原既放，三年，不得复见。竭智尽忠，蔽鄣于谗，心烦意乱，不知所从。乃往见太卜郑詹尹曰：“余有所疑，愿因先生决之。”詹尹乃端策拂龟曰：“君将何以教之？”

屈原曰:"吾宁悃悃款款朴以忠乎?将送往劳来斯无穷乎?宁诛锄草茅以力耕乎?将游大人以成名乎?宁正言不讳以危身乎?将从俗富贵以偷生乎?宁超然高举以保真乎?将呢訾栗斯、喔咿嚅唲以事妇人乎?宁廉洁正直以自清乎?将突梯滑稽、如脂如韦以絜楹乎?宁昂昂若千里之驹乎?将泛泛若水中之凫,与波上下,偷以全吾躯乎?宁与骐骥抗轭乎?将随驽马之迹乎?宁与黄鹄比翼乎?将与鸡鹜争食乎?此孰吉孰凶?何去何从?世混浊而不清,蝉翼为重,千钧为轻;黄钟毁弃,瓦釜雷鸣;谗人高张,贤士无名。吁嗟默默兮,谁知吾之廉贞!"

詹尹乃释策而谢曰:"夫尺有所短,寸有所长,物有所不足,智有所不明,数有所不逮,神有所不通。用君之心,行君之意,龟策诚不能知此事。"

屈原渔父 ○○

屈原既放,游于江潭,行吟泽畔,颜色憔悴,形容枯槁。渔父见而问之曰:"子非三闾大夫与?何故至于斯?"

屈原曰:"世人皆浊,我独清;众人皆醉,我独醒,是以见放。"渔父曰:"圣人不凝滞于万物,而能与世推移。世人皆浊,何不淈其泥而扬其波?众人皆醉,何不餔其糟而歠其釃?何故深思高举,自令放为?"屈原曰:"吾闻之,新沐者必弹冠,新浴者必振衣。安能以身之察察,受物之汶汶者乎!宁赴湘流,葬于江鱼之腹中,安能以皓皓之白,蒙世之尘埃乎！”

渔父莞尔而笑，鼓枻而去。乃歌曰：“沧浪之水清兮，可以濯我缨；沧浪之水浊兮，可以濯我足！”遂去，不复与言。

终

辞赋类三

古文辞类篹六十四

宋玉九辩

悲哉秋之为气也！萧瑟兮草木摇落而变衰，憭栗兮若在远行，登山临水兮送将归。泬寥兮天高而气清，宗漻兮收潦而水清。憯凄增欷兮，薄寒之中人；怆怳懭悢兮，去故而就新。坎壈兮贫士失职而志不平，廓落兮羁旅而无友生，惆怅兮而私自怜。燕翩翩其辞归兮，蝉寂寞而无声；雁廱廱而南游兮，鹍鸡啁哳而悲鸣。独申旦而不寐兮，哀蟋蟀之宵征。时亹亹而过中兮，蹇淹留而无成。　○○○

悲忧穷蹙兮独处廓，有美一人兮心不绎，去乡离家兮来远客，超逍遥兮今焉薄？专思君兮不可化，君不知兮可奈何！蓄怨兮积思，心烦憺兮忘食事。愿一见兮道余意，君之心兮与余异。车驾兮朅而归，不得见兮心悲。倚结軨兮太息，涕潺湲兮沾轼。慷慨绝兮不得，中瞀乱兮迷惑。私自怜兮何极？心怦怦兮谅直。　○○

皇天平分四时兮，窃独悲此凛秋。白露既下降百草兮，奄离披此梧楸。去白日之昭昭兮，袭长夜之悠悠。离芳蔼之方壮兮，余委约而悲愁。秋既先戒以白露兮，冬又申之以严霜。收恢台之孟夏兮，然坎傺而沈藏。叶烟邑而无色兮，枝烦挐而交横。颜淫溢而将罢兮，柯彷佛而委黄。萷櫹椮之可哀兮，形销铄而瘀伤。惟其纷糅而将落兮，恨其失时而无当。擥騑辔而下节兮，聊逍遥以相羊。岁忽忽而遒尽兮，恐余寿之弗将。悼余生之不时兮，逢此世之俇攘。澹容与而独倚兮，蟋蟀鸣此西堂。心怵惕而震荡兮，何所忧之多方！仰明月而太息兮，步列星而极明。○○

窃悲夫蕙华之曾敷兮，纷旖旎乎都房。何曾华之无实兮，从风雨而飞飏。以为君独服此蕙兮，嗟无以异于众芳。闵奇思之不通兮，将去君而高翔。心闵怜之惨凄兮，愿一见而有明。重无怨而生离兮，中结轸而增伤。岂不郁陶而思君兮，君之门以九重。猛犬狺狺而迎吠兮，关梁闭而不通。皇天淫溢而秋霖兮，后土何时而得乾？块独守此无泽兮，仰浮云而永叹。○○

何时俗之工巧兮，背绳墨而改错。却骐骥而不乘兮，策驽骀而取路。当世岂无骐骥兮，诚莫之能善御。见执辔者非其人兮，故駶跳而远去。凫雁皆唼夫粱藻兮，凤愈飘翔而高举。圜凿而方枘兮，吾固知其鉏铻而难入。众鸟皆有所登栖兮，凤独遑遑而无所集。愿衔枚而无言兮，尝被君之渥洽。太公九十乃显荣兮，诚未遇其匹合。谓骐骥兮安归？谓凤凰兮安栖？变古易俗兮世衰，今之相者兮举肥。骐骥伏匿而不见兮，凤凰高飞而不下。鸟兽犹知怀德兮,何云贤士之不处? 骥不骤进而求服兮,凤亦不贪餧而安食。君弃远而不察兮,虽愿忠其焉得? 欲寂寞而绝端兮,窃不敢忘初之厚德。独悲愁其伤人兮,冯郁郁其何极!

霜露惨凄而交下兮,心尚幸其弗济。霰雪雰糅其增加兮,乃知遭命之将至。愿徼幸而有待兮,泊莽莽兮与壄草同死。愿自直而径往兮,路壅绝而不通。欲循道而平驱兮,又未知其所从。然中路而迷惑兮,自厌按而学诵。性愚陋以褊浅兮,信未达乎从容。窃美申包胥之气晟兮,恐时世之不固。何时俗之工巧兮,灭规矩而改凿。独耿介而不随兮,愿慕先圣之遗教。处浊世而显荣兮,非余心之所乐。与其无义而有名兮,宁穷处而守高。食不偷而为饱兮,衣不苟而为温。窃慕诗人之遗风兮,愿托志乎素餐。蹇充倔而无端兮,泊莽莽而无垠。无衣裘以御冬兮,恐溘死而不得见乎阳春。

靓杪秋之遥夜兮,心缭悷而有哀。春秋逴逴而日高兮,然惆怅而自悲。四时递来而卒岁兮,阴阳不可与俪偕。白日晼晚其将入兮,明月销铄而减毁。岁忽忽而遒尽兮,老冉冉而愈弛。心摇悦而日幸兮,然怊怅而无冀。中憯恻之凄怆兮,长太息而增欷。年洋洋以日往兮,老嵺廓而无处。事亹亹而觊进兮,蹇淹留而踌躇。

何泛滥之浮云兮,猋壅蔽此明月。忠昭昭而愿见兮,然霠曀而莫达。愿皓日之显行兮,云蒙蒙而蔽之。窃不自料而愿忠兮,或黕点而污之。尧舜之抗行兮,瞭冥冥而薄天。何险巇之嫉妒兮，被以不慈之伪名？彼日月之照明兮，尚黯黮而有瑕。何况一国之事兮，亦多端而胶加。被荷裯之晏晏兮，然潢洋而不可带。既骄美而伐武兮，负左右之耿介。憎愠惀之修美兮，好夫人之慷慨。众踥蹀而日进兮，美超远而逾迈。农夫辍耕而容与兮，恐田野之芜秽。事绵绵而多私兮，窃悼后之危败。世雷同而炫曜兮，何毁誉之昧昧！今修饰而窥镜兮，后尚可以窜藏。愿寄言夫流星兮，羌倏忽而难当。卒壅蔽此浮云兮，下暗漠而无光。

尧舜皆有所举任兮，故高枕而自适。谅无怨于天下兮，心焉取此怵惕？乘骐骥之浏浏兮，驭安用夫强策？谅城郭之不足恃兮，虽重介之何益？邅翼翼而无终兮，忳惛惛而愁约。生天地之若过兮，功不成而无效。愿沈滞而不见兮，尚欲布名乎天下。然潢洋而不遇兮，直怐愗而自苦。莽洋洋而无极兮，忽翱翔之焉薄？国有骥而不知乘兮，焉皇皇而更索？宁戚讴于车下兮，桓公闻而知之。无伯乐之善相兮，今谁使乎訾之？罔流涕以聊虑兮，惟著意而得之。纷忳忳之愿忠兮，妒被离而鄣之。愿赐不肖之躯而别离兮，放游志乎云中。乘精气之抟抟兮，骛诸神之湛湛；骖白霓之习习兮，历群灵之丰丰。左朱雀之茇茇兮，右苍龙之躣躣。属雷师之阗阗兮，道飞廉之衙衙。前轻辌之锵锵兮，后辎乘之从从。载云旗之委蛇兮，扈屯骑之容容。计专专之不可化兮，愿遂推而为臧。赖皇天之厚德兮，还及君之无恙。

宋玉风赋 ○○○

楚襄王游于兰台之宫，宋玉、景差侍。有风飒然而至，王乃披襟而当之，曰："快哉此风！寡人所与庶人共者邪？"宋玉对曰："此独大王之风耳，庶人安得而共之？"

王曰："夫风者，天墜之气，溥畅而至，不择贵贱高下而加焉。今子独以为寡人之风，岂有说乎？"宋玉对曰："臣闻于师：枳句来巢，空穴来风。其所托者然，则风气殊焉。"

王曰："夫风始安生哉？"宋玉对曰："夫风生于地，起于青蘋之末，侵淫溪谷，盛怒于土囊之口。缘太山之阿，舞于松柏之下，飘忽淜滂，激扬熛怒。耾耾雷声，回穴错迕。蹶石伐木，梢杀林莽。至其将衰也，被丽披离，冲孔动楗，眴涣粲烂，离散转移。故其清凉雄风，则飘举升降，乘陵高城，入于深宫。邸华叶而振气，徘徊于桂椒之间，翱翔于激水之上，将击芙蓉之精，猎蕙草，离秦蘅，概新夷，被荑杨，回穴冲陵，萧条众芳。然后徜徉中庭，北上玉堂，跻于罗帏，经于洞房，乃得为大王之风也。故其风中人状，直憯凄惏栗，清凉增欷，清清泠泠，愈病析酲，发明耳目，宁体便人。此所谓大王之雄风也。"

王曰："善哉论事！夫庶人之风，岂可闻乎？"宋玉对曰："夫庶人之风，塕然起于穷巷之间，堀堁扬尘，勃郁烦冤，冲孔袭门，动沙堁，吹死灰，骇溷浊，扬腐馀，邪薄入瓮牖，至于室庐。故其风中人状，直憞溷郁邑，殴温致湿，中心惨怛，生病造热，中唇为胗，得目为蔑，啖齰嗽嚄，死生不卒。此所谓庶人之雌风也。”

宋玉高唐赋 ○○

昔者楚襄王与宋玉游于云梦之台，望高唐之观。其上独有云气，崒兮直上，忽兮改容，须臾之间，变化无穷。王问玉曰：“此何气也？”玉对曰：“所谓朝云者也。”王曰：“何谓朝云？”玉曰：“昔者先王，尝游高唐，怠而昼寝，梦见一妇人，曰：‘妾巫山之女也，为高唐之客。闻君游高唐，愿荐枕席。’王因幸之。去而辞曰：‘妾在巫山之阳，高丘之岨，旦为朝云，莫为行雨。朝朝莫莫，阳台之下。’旦朝视之如言，故为立观，号曰‘朝云’。”王曰：“朝云始出，状若何也？”玉对曰：“其始出也，𣜥兮若松榯。其少进也，晰兮若姣姬，扬袂鄣日，而望所思。忽兮改容，偈兮若驾驷马，建羽旗。湫兮如风，凄兮如雨。风止雨霁，云无处所。”王曰：“寡人方今可以游乎？”玉曰：“可。”王曰：“其何如矣？”玉曰：“高矣显矣，临望远矣。广矣普矣，万物祖矣。上属于天，下见于渊。珍怪奇伟，不可称论。”王曰：“试为寡人赋之！”玉曰：“唯唯。”

惟高唐之大体兮，殊无物类之可仪比。巫山赫其无畴兮，道互折而曾累。登巉岩而下望兮，临大阺之稸水。遇天雨之新霁兮，观百谷之俱集。濞汹汹其无声兮，溃淡淡而并入。滂洋洋而四施兮，蓊湛湛而不止。长风至而波起兮，若丽山之孤亩。势薄岸而相击兮，隘交引而却会。崪中怒而特高兮，若浮海而望碣石。砾磥磥而相摩兮，巆震天之礚礚。巨石溺溺之瀺灂兮，沫潼潼而高厉。水淡淡而盘纡兮，洪波淫淫之溶㵝。奔扬踊而相击兮，云兴声之霈霈。猛兽惊而跳骇兮，妄奔走而驰迈。虎豹豺兕，失气恐喙，雕鹗鹰鹞。飞扬伏窜，股战胁息，安敢妄挚。

于是水虫尽暴，乘渚之阳。鼋鼍鳣鲔，交积纵横。振鳞奋翼，蜲蜲蜿蜿。中阪遥望，玄木冬荣。煌煌荧荧，夺人目精。烂兮若列星，曾不可殚形。榛林郁盛，葩叶覆盖。双椅垂房，纠枝还会。徙靡澹淡，随波暗蔼。东西施翼，猗狔丰沛。绿叶紫裹，朱茎白蒂。纤条悲鸣，声似竽籁。清浊相和，五变四会。感心动耳，回肠伤气。孤子寡妇，寒心酸鼻。长吏隳官，贤士失志。愁思无已，叹息垂泪。

登高远望，使人心瘁。盘岸巑岏，裖陈硙硙。磐石险峻，倾崎崖隤。岩岖参差，纵横相追。陬互横牾，背穴偃跖。交加累积，重叠增益。状似砥柱，在巫山之下。仰视山巅，肃何芊芊，炫耀虹霓。俯视峥嵘，窐寥窈冥。不见其底，虚闻松声。倾岸洋洋，立而熊经。久而不去，足尽汗出。悠悠忽忽，怊怅自失。使人心动，无故自恐。贲育之断，不能为勇。卒愕异物，不知所出。縰縰莘莘，若生于鬼，若出于神。状似走兽，或象飞禽。谲诡奇伟，不可究陈。上至观侧，地盖底平。箕踵漫衍，芳草罗生。秋兰茝蕙，江蓠载菁。青荃、夜干，揭车苞并。薄草靡靡，联延夭夭。越香掩掩，众雀嗷嗷。雌雄相失，哀鸣相号。王雎鹂黄，正冥楚鳩。姊归思妇，垂鸡高巢。其鸣喈喈，当羊遨游。更唱迭和，赴曲随流。

有方之士，羡门高溪。上成郁林，公乐聚谷。进纯牺，祷璇室。醮诸神，礼太一。传祝已具，言辞已毕。王乃乘玉舆，驷苍螭。垂旒旌，旆合谐。紬大弦而雅声流，洌风过而增悲哀。于是调讴，令人惏悷憯凄，胁息增欷。于是乃纵猎者，基址如星。传言羽猎，衔枚无声。弓弩不发，罘罕不倾。涉漭漭，驰苹苹。飞鸟未及起，走兽未及发。弭节奄忽，蹄足洒血。举功先得，获车已实。

王将欲往见之，必先斋戒，差时择日。简舆玄服，建云旆，霓为旌，翠为盖。风起雨止，千里而逝。盖发蒙，往自会。思万方，忧国害。开贤圣，辅不逮。九窍通郁精神察滞，延年益寿千万岁。

宋玉神女赋 ○○○

楚襄王与宋玉游于云梦之浦，使玉赋高堂之事。其夜玉寝，梦与神女遇，其状甚丽。玉异之，明日以白王。王曰："其梦若何？"玉对曰："晡夕之后，精神恍忽，若有所喜，纷纷扰扰，未知何意。目色仿佛，乍若有记。见一妇人，状甚奇异。寐而梦之，寤不自识。罔兮不乐，怅尔失志。于是抚心定气，复见所梦。"王曰："状何如也？"玉曰："茂矣美矣，诸好备矣。盛矣丽矣，难测究矣。上古既无，世所未见。瑰姿玮态，不可胜赞。其始来也，耀乎若白日初出照屋梁;其少进也,皎若明月舒其光。须臾之间,美貌横生。晔兮如花,温乎如莹。五色并驰,不可殚形。详而视之,夺人目精。其盛饰也,则罗纨绮缋盛文章,极服妙采照万方。振绣衣,被袿裳,秾不短,纤不长,步裔裔兮曜殿堂。忽兮改容,婉若游龙乘云翔。嫷被服,侻薄装。沐兰泽,含若芳。性和适,宜侍旁。顺序卑,调心肠。"王曰:"若此盛矣,试为寡人赋之。"玉曰:"唯唯。"

夫何神女之姣丽兮,含阴阳之渥饰。被华藻之可好兮,若翡翠之奋翼。其象无双,其美无极。毛嫱鄣袂,不足程式;西施掩面,比之无色。近之既妖,远之有望。骨法多奇,应君之相。视之盈目,孰者克尚。私心独悦,乐之无量。交希恩疏,不可尽畅。他人莫睹,王览其状。其状峨峨,何可极言。貌丰盈以庄姝兮,苞温润之玉颜。眸子炯其精朗兮,瞭多美而可观。眉联娟以蛾扬兮,朱唇的其若丹。素质干之醲实兮,志解泰而体闲。既姽婳于幽静兮,又婆娑乎人间。宜高殿以广意兮,翼放纵而绰宽。动雾縠以徐步兮,拂墀声之珊珊。

望余帷而延视兮,若流波之将澜。奋长袖以正衽兮,立踯躅而不安。澹清静其愔嫕兮,性沈详而不烦。时容与以微动兮,志未可乎得原。意似近而既远兮,若将来而复旋。褰余帱而请御兮,愿尽心之惓惓。怀贞亮之洁清兮,卒与我乎相难。陈嘉辞而云对兮,吐芬芳其若兰。精交结以来往兮,心凯康以乐欢。神独亨而未结兮,魂茕茕以无端。含然诺其不分兮,喟扬音而哀叹。頩薄怒以自持兮,曾不可乎犯干。

于是摇珮饰，鸣玉鸾。整衣服，敛容颜。顾女师，命太傅。欢情未接，将辞而去。迁延引身，不可亲附。似逝未行，中若相首。目略微眄，精彩相授。志态横出，不可胜记。意离未绝，神心怖覆。礼不遑讫，辞不及究。愿假须臾，神女称遽。徊肠伤气，颠倒失据。暗然而冥，忽不知处。情独私怀，谁者可语？惆怅垂涕，求之至曙。

宋玉登徒子好色赋 ○○

大夫登徒子侍于楚襄王，短宋玉曰："玉为人体貌闲丽，口多微辞，又性好色，愿王勿与出入后宫。"王以登徒子之言问于宋玉，玉曰："体貌闲丽，所受于天也；口多微辞，所学于师也；至于好色，臣无有也。"王曰："子不好色，亦有说乎？有说则止，无说则退。"

玉曰："天下之佳人，莫若楚国；楚国之丽者，莫若臣里；臣里之美者，莫若臣东家之子。臣东家之子，增之一分则太长，减之一分则太短；著粉则太白，施朱则太赤。眉如翠羽，肌如白雪，腰如束素，齿如含贝。嫣然一笑，惑阳城，迷下蔡。然此女登墙窥臣三年，至今未许也。登徒子则不然。其妻蓬头挛耳，齞唇历齿，旁行踽偻，又疥且痔。登徒子悦之，使有五子。王孰察之，谁为好色者矣。"

是时秦章华大夫在侧，因进而称曰："今夫宋玉盛称邻之女，以为美色愚乱之邪？臣自以为守德，谓不如彼矣。言玉之意,以为美色必能愚乱人邪,臣之守德尚不至如彼所虑也。且夫南楚穷巷之妾,焉足为大王言乎?若臣之陋,目所曾睹者,未敢云也。"王曰:"试为寡人说之。"

大夫曰:"唯唯。臣少曾远游,周览九土,足历五都,出咸阳,熙邯郸,从容郑、卫、溱、洧之间。是时向春之末,迎夏之阳,鸧鹒喈喈,群女出桑。此郊之姝,华色含光,体美容冶,不待饰装。臣观其丽者,因称诗曰:'遵大路兮揽子祛。'赠以芳华辞甚妙。于是处子恍若有望而不来,忽若有来而不见。意密体疏,俯仰异观,含喜微笑,窃视流眄。复称诗曰:'寤春风兮发鲜荣,洁斋俟兮惠音声,赠我如此兮不如无生。'因迁延而辞避。盖徒以微辞相感动,精神相依凭,目欲其颜,心顾其义。扬诗守礼,终不过差,故足称也。"

于是楚王称善,宋玉遂不退。

宋玉对楚王问 ○○○

楚襄王问于宋玉曰:"先生其有遗行与?何士民众庶不誉之甚也?"宋玉对曰:"唯,然,有之。愿大王宽其罪,使得毕其辞。

"客有歌于郢中者。其始曰《下里》、《巴人》,国中属而和者数千人;其为《阳阿》、《薤露》,国中属而和者数百人;其为《阳春》、《白雪》,国中属而和者不过数十人;引商刻羽,杂以流徵,国中属而和者,不过数人而已。是其曲弥高，其和弥寡。

“故鸟有凤而鱼有鲲。凤凰上击九千里，绝云霓，负苍天，足乱浮云，翱翔乎杳冥之上。夫藩篱之鷃，岂能与之料天地之高哉？鲲鱼朝发昆仑之墟，暴鬐于碣石，暮宿于孟诸。夫尺泽之鲵，岂能与之量江海之大哉？

“故非独鸟有凤，而鱼有鲲也，士亦有之。夫圣人瑰意琦行，超然独处，世俗之民，又安知臣之所为哉？”

楚人以弋说顷襄王 ○○○

楚人有好以弱弓微缴加归雁之上者。顷襄王闻召而问之。对曰：“小臣之好射鶀雁罗鸗，小矢之发也，何足为大王道也。且称楚之大，因大王之贤，所弋非直此也。昔者三王以弋道德，五霸以弋战国。故秦、魏、燕、赵者，鶀雁也；齐、鲁、韩、卫者，青首也；邹、费、郯、邳者，罗鸗也；外其馀则不足射者。见鸟六双，以王何取？王何不以圣人为弓，以勇士为缴，时张而射之？此六双者，可得而囊载也。其乐非特朝夕之乐也，其获非特凫雁之实也。王朝张弓而射魏之大梁之南，加其右臂，而径属之于韩，则中国之路绝，而上蔡之郡坏矣。还射圉之东，解魏左肘，而外击定陶，则魏之东外弃，而大宋、方与二郡者举矣。且魏断二臂，颠越矣，膺击郯国，大梁可得而有也。王绮缴兰台，饮马西当作“南”。河，定魏大梁，此一发之乐也。若王之于弋，诚好而不厌，则出宝弓，碆新缴，射噣鸟于东海，还盖长城以为防。朝射东莒，夕发浿邱，夜加即墨，顾据午道，则长城之东收，而太山之北举矣。西结境于赵，而北达于燕，三国布𢫬，则从不待约而可成也。北游目于燕之辽东，而南登望于越之会稽，此再发之乐也。若夫泗上十二诸侯，左萦而右拂之，可一旦而尽也。今秦破韩以为长忧，得列城而不敢守也；伐魏而无功，击赵顾病，则秦、魏之勇力屈矣。楚之故地汉中、析、郦，可得而复有也。王出宝弓，碆新缴，涉鄳塞，而待秦之倦也，山东、河内，可得而一也，劳民休众，南面称王矣。故曰秦为大鸟，负海内而处，东面而立，左臂据赵之西南，右臂傅楚鄢、郢，膺击韩、魏，垂头中国，处既形便，势有地利，奋翼鼓𢫬，方三千里，则秦未可得独招而夜射也。"欲以激怒襄王，故对以此言，襄王因召与语，遂言曰："夫先王为秦所欺而客死于外，怨莫大焉。今以匹夫有怨，尚有报万乘，白公、子胥是也。今楚之地方五千里，带甲百万，犹足以踊跃中野也，而坐受困，臣窃为大王弗取也。"于是顷襄王遣使于诸侯，复为从，欲以伐秦。

庄辛说襄王 ○○

庄辛谓楚襄王曰："君王左州侯，右夏侯，辇从鄢陵君，与寿陵君，专淫泆侈靡，不顾国政，郢都必危矣。"襄王曰："先生老悖乎？将以为楚国妖祥乎？"庄辛曰："臣诚见其必然者也，非敢以为国妖祥也。君王卒幸四子者不衰，楚国必亡矣。臣请避于赵，淹留以观之。"

庄辛去之赵，留五月，秦果举鄢、郢、巫、上蔡、陈之地，襄王流掩于城阳。于是使人发驺，征庄辛于赵。庄辛曰：“诺。”庄辛至，襄王曰：“寡人不能用先生之言，今事至于此，为之奈何？”

庄辛对曰：‘臣闻鄙语曰：‘见兔而顾犬，未为晚也；亡羊而补牢，未为迟也。’臣闻昔汤武以百里昌，桀纣以天下亡。今楚国虽小，绝长续短，犹以数千里，岂特百里哉！

“王独不见夫蜻蛉乎？六足四翼，飞翔乎天地之间，俯啄蚉虻而食之，仰承甘露而饮之，自以为无患，与人无争也。不知夫五尺童子，方将调饴胶丝，加己乎四仞之上，而下为蝼蚁食也。

“夫蜻蛉其小者也，黄雀因是以俯噣白粒，仰栖茂树，鼓翅奋翼，自以为无患，与人无争也。不知夫公子王孙，左挟弹，右摄丸，将加己乎十仞之上，以其类为招。昼游乎茂树，夕调乎酸咸，倏忽之间，坠于公子之手。

“夫黄雀其小者也，黄鹄因是以游乎江海，淹乎大沼，俯噣鳝鲤，仰啮蔆衡，奋其六翮而凌清风，飘飖乎高翔，自以为无患，与人无争也。不知夫射者，方将修其碆卢，治其缯缴，将加己乎百仞之上，被礛磻，引微缴，折清风而抎矣。故昼游乎江湖，夕调乎鼎鼐。

“夫黄鹄其小者也，蔡灵侯之事，因是以南游乎高陂，北游乎巫山，饮茹溪之流，食湘波之鱼，左抱幼妾，右拥嬖女，与之驰骋乎高蔡之中，而不以国家为事。不知夫子发方受命乎灵王，系己以朱丝而见之也。

"蔡灵侯之事其小者也，君王之事，因是以左州侯，右夏侯，辇从鄢陵君，与寿陵君，饭封禄之粟，而载方府之金，与之驰骋乎云梦之中，而不以天下国家为事。而不知夫穰侯方受命乎秦王，填黾塞之内，而投己乎黾塞之外！"

襄王闻之，颜色变作，身体战栗，于是乃以执珪而授之为阳陵君，与淮北之地。鼐按：以弋说襄王，及庄辛篇，此与《渔父》、宋玉对楚王、东方《客难》同类，并是设辞。乃太史公、褚先生、刘子政悉载叙之，以为事实，为失其旨已。

古文辞类纂六十四

辞赋类四

古文辞类篹六十五

贾生惜誓 ○○

惜余年老而日衰兮，岁忽忽而不反。登苍天而高举兮，历众山而日远。观江河之纡曲兮，离四海之沾濡。攀北极而一息兮，吸沆瀣以充虚。飞朱鸟使先驱兮，驾太乙之象舆。苍龙蚴虬于左骖兮，白虎骋而为右騑。建日月以为盖兮，载玉女于后车。驰骛于杳冥之中兮，休息虖昆仑之墟。乐穷极而不厌兮，愿从容乎神明。涉丹水而驰骋兮，右大夏之遗风。

黄鹄之一举兮，知山川之纡曲；再举兮，睹天地之圜方。临中国之众人兮，托回飙乎尚羊。乃至少原之壄兮，赤松、王乔皆在旁。二子拥瑟而调均兮，予因称乎清商。澹然而自乐兮，吸众气而翱翔。念我长生而久仙兮，不如反予之故乡。黄鹄后时而寄处兮，鸱枭群而制之。神龙失水而陆居兮，为蝼蚁之所裁。夫黄鹄神龙犹如此兮，况贤者之逢乱世哉！

寿冉冉而日衰兮，固儃回而不息。俗流从而不止兮，众枉聚而矫直。或偷合而苟进兮，或隐居而深藏。苦称量之不审兮，同权概而就衡。或推移而苟容兮，或直言之谔谔。伤诚是之不察兮，并纫茅丝以为索。方世俗之幽昏兮，眩白黑之美恶。放山渊之龟玉兮，相与贵夫砾石。梅伯数谏而至醢兮，来革顺志而用国。悲仁人之尽节兮，反为小人之所贼。比干忠谏而剖心兮，箕子被发而佯狂。水背流而源竭兮，木去根而不长。非重躯以虑难兮，惜伤身之无功。

已矣哉！独不见夫鸾凤之高翔兮，乃集大皇之壄。循四极而回周兮，见盛德而后下。彼圣人之神德兮，远浊世而自藏。使麒麟可得羁而系兮，又何以异乎犬羊！

贾生鹏鸟赋有序　○○○

谊为长沙王傅三年，有鹏鸟飞入谊舍，止于坐隅。鹏似鸮，不祥鸟也。谊既以谪居长沙，长沙卑湿，谊自伤悼，以为寿不得长，乃为赋以自广。其辞曰：

单阏之岁兮，四月孟夏。庚子日斜兮，鹏集予舍。止于坐隅兮，貌甚闲暇。异物来萃兮，私怪其故。发书占之兮，谶言其度，曰“野鸟入室，主人将去”。请问子鹏：“予去何之？吉乎告我，凶言其灾。淹速之度兮，语余其期。”鹏乃叹息，举首奋翼，口不能言，请对以臆。

曰：万物变化兮，固无休息。斡流而迁兮，或推而还。

形气转续兮，变化而嬗。沕穆无穷兮，胡可胜言。祸兮福所倚，福兮祸所伏。忧喜聚门兮，吉凶同域。彼吴强大兮，夫差以败；越栖会稽兮，句践霸世。斯游遂成兮，卒被五刑；傅说胥靡兮，乃相武丁。夫祸之与福兮，何异纠缠？命不可说兮，孰知其极？水激则旱兮，矢激则远。万物回薄兮，振荡相转。云蒸雨降兮，纠错相纷。大钧播物兮，坱圠无垠。天不可预虑兮，道不可预谋。迟速有命兮，焉识其时？

且夫天地为炉兮，造化为工；阴阳为炭兮，万物为铜。合散消息兮，安有常则？千变万化兮，未始有极。忽然为人兮，何足控抟？化为异物兮，又何足患？小智自私兮，贱彼贵我；达人大观兮，物无不可。贪夫徇财兮，烈士徇名。夸者死权兮，品庶每生。怵迫之徒兮，或趋西东；大人不曲兮，意变齐同。愚士系俗兮，窘若囚拘；至人遗物兮，独与道俱。众人惑惑兮，好恶积亿；真人恬漠兮，独与道息。释智遗形兮，超然自丧；寥廓忽荒兮，与道翱翔。乘流则逝兮，得坻则止；纵躯委命兮，不私与己。其生兮若浮，其死兮若休。澹乎若深渊之静，泛乎若不系之舟。不以生故自宝兮，养空而游；德人无累兮，知命不忧。细故蒂芥兮，何足以疑！

枚叔七发　○○

楚太子有疾，而吴客往问之，曰：“伏闻太子玉体不安，亦少间乎？”太子曰：“惫，谨谢客。”客因称曰：“今时天下安宁，四宇和平，太子方富于年。意者久耽安乐，日夜无极，邪气袭逆，中若结轖。纷屯澹淡，嘘唏烦酲，惕惕怵怵，卧不得瞑。虚中重听，恶闻人声。精神越渫，百病咸生。聪明眩曜，悦怒不平。久执不废，大命乃倾。太子岂有是乎？”太子曰：“谨谢客。赖君之力，时时有之，然未至于是也。”

客曰：“今夫贵人之子，必宫居而闺处，内有保母，外有傅父，欲交无所。饮食则温淳甘膬，脭醲肥厚；衣裳则杂遝曼暖，燂烁热暑。虽有金石之坚，犹将销铄而挺解也，况其在筋骨之间乎哉？故曰纵耳目之欲，恣支体之安者，伤血脉之和。且夫出舆入辇，命曰蹶痿之机；洞房清宫，命曰寒热之媒；皓齿蛾眉，命曰伐性之斧；甘脆肥脓，命曰腐肠之药。今太子肤色靡曼，四支委随，筋骨挺解，血脉淫濯，手足惰窳。越女侍前，齐姬奉后，往来游讌，纵恣乎曲房隐间之中。此甘餐毒药，戏猛兽之爪牙也。所从来者至深远，淹滞永久而不废，虽令扁鹊治内，巫咸治外，尚何及哉！今如太子之病者，独宜世之君子，博见强识，承间语事，变度易意，常无离侧，以为羽翼。淹沈之乐，浩唐之心，遁佚之志，其奚由至哉！”太子曰：“诺。病已，请事此言。”客曰：“今太子之病，可无药石针刺灸疗而已，可以要言妙道说而去也，不欲闻之乎？”太子曰：“仆愿闻之。”

客曰：“龙门之桐，高百尺而无枝。中郁结之轮菌，根扶疏以分离。上有千仞之峰，下临百丈之溪。湍流溯波，又澹淡之。其根半死半生。冬则烈风、漂霰、飞雪之所激也,夏则雷霆、霹雳之所感也。朝则鹂黄、鳱鴠鸣焉,暮则羁雌、迷鸟宿焉。独鹄晨号乎其上,鹍鸡哀鸣翔乎其下。于是背秋涉冬,使琴挚斫斩以为琴,野茧之丝以为弦,孤子之钩以为隐,九寡之珥以为约。使师堂操《畅》,伯子牙为之歌。歌曰:'麦秀蔪兮雉朝飞,向虚壑兮背槁槐,依绝区兮临回溪。'飞鸟闻之翕翼而不能去,野兽闻之垂耳而不能行,蚑蟜蝼蚁闻之柱喙而不能前。此亦天下之至悲也,太子能强起听之乎?"太子曰:"仆病未能也。"

客曰:"犓牛之腴,菜以笋蒲。肥狗之和,冒以山肤。楚苗之实,安胡之饭,抟之不解,一啜而散。于是使伊尹煎熬,易牙调和。熊蹯之臑,勺药之酱。薄耆之炙,鲜鲤之绘。秋黄之苏,白露之茹。兰英之酒,酌以涤口。山梁之餐,豢豹之胎。小饭大歠,如汤沃雪。此亦天下之至美也,太子能强起尝之乎?"太子曰:"仆病未能也。"

客曰:"钟、岱之牡,齿至之车,前似飞鸟,后类距虚。穱麦服处,躁中烦外。羁坚辔,附易路。于是伯乐相其前后,王良、造父为之御,秦缺、楼季为之右。此两人者,马佚能止之,车覆能起之。于是使射千镒之重,争千里之逐。此亦天下之至骏也,太子能强起乘之乎?"太子曰:"仆病未能也。"

客曰:"既登景夷之台,南望荆山,北望汝海,左江右湖,其乐无有。于是使博辩之士,原本山川,极命草木,比物属事,离辞连类。浮游览观,乃下置酒于虞怀之宫。连廊四注，台城层构，纷纭玄绿，辇道邪交，黄池纡曲。溷章白鹭，孔雀鹍鹄，鹓雏鸡鹔，翠鬣紫缨。螭龙德牧，邕邕群鸣。阳鱼腾跃，奋翼振鳞。漃漻薵蓼，蔓草芳苓。女桑河柳，素叶紫茎。苗松豫章，条上造天。梧桐、并榈，极望成林。众芳芬郁，乱于五风。从容猗靡，消息阳阴。列坐纵酒，荡乐娱心。景春佐酒，杜连理音。滋味杂陈，肴糅错该。练色娱目，流声悦耳。于是乃发《激楚》之结风，扬郑、卫之皓乐，使先施、征舒、阳文、段干、吴娃、闾娵、傅予之徒，杂裾垂髾，目窕心与。揄流波，杂杜若，蒙清尘，被兰泽，嬿服而御。此亦天下之靡丽皓侈广博之乐也，太子能强起游乎？"太子曰："仆病未能也。"

客曰："将为太子驯骐骥之马，驾飞軨之舆，乘牡骏之乘，右夏服之劲箭，左乌号之雕弓。游涉乎云林，周驰乎兰泽，弭节乎江浔。掩青蘋，游清风。陶阳气，荡春心。逐狡兽，集轻禽。于是极犬马之才，困野兽之足，穷相御之智巧。恐虎豹，慑鸷鸟。逐马鸣镳，鱼跨麋角。履游麕兔，蹈践麖鹿，汗流沫坠，冤伏陵窘。无创而死者，固足充后乘矣。此校猎之至壮也，太子能强起游乎？"太子曰："仆病未能也。"然阳气见于眉宇之间，侵淫而上，几满大宅。客见太子有悦色也，遂推而进之曰："冥火薄天，兵车雷运；旌旗偃蹇，羽旄肃纷；驰骋角逐，慕味争先。徼墨广博，望之有圻。纯粹全牺，献之公门。"太子曰："善。愿复闻之。"客曰："未既。于是榛林深泽，烟云暗莫，兕虎并作。毅武孔猛，袒裼身薄。白刃硙硙，矛戟交错。收获掌功，赏赐金帛。掩薠肆若，为牧人席。旨酒嘉肴，羞炰脍炙，以御宾客。涌觞并起，动心惊耳。诚必不悔，决绝以诺。贞信之色，形于金石。高歌陈唱，万岁无斁。此真太子之所喜也，能强起而游乎？”太子曰：“仆甚愿从，直恐为诸大夫累耳。”然而有起色矣。

客曰：“将以八月之望，与诸侯远方交游兄弟，并往观涛乎广陵之曲江。至则未见涛之形也，徒观水力之所到，则恤然足以骇矣。观其所驾轶者，所擢拔者，所扬汩者，所温汾者，所涤汔者，虽有心略辞给，固未能缕形其所由然也。怳兮忽兮，聊兮栗兮，混汩汩兮，忽兮慌兮，俶兮傥兮，浩汇瀁兮，慌旷旷兮。秉意乎南山，通望乎东海，虹洞兮苍天，极虑乎崖涘。流揽无穷，归神日母。汩乘流而下降兮，或不知其所止。或纷纭其流折兮，忽缪往而不来。临朱汜而远逝兮，中虚烦而益怠。莫离散而发曙兮，鼐按：暮离散者，晚潮去也。发曙者，早潮来也。内存心而自持。于是澡概胸中，洒练五藏，澹澉手足，颒濯发齿。揄弃恬怠，输写淟浊，分决狐疑，发皇耳目。当是之时，虽有淹病滞疾，犹将伸伛起躄，发瞽披聋而观望之也，况直眇小烦懑、酲醲病酒之徒哉！故曰发蒙解惑，不足以言也。”太子曰：“善。然则涛何气哉？”

客曰：“不记也。然闻于师曰，似神而非者三：疾雷闻百里；江水逆流，海水上潮；山出内云，日夜不止。衍溢漂疾，波涌而涛起。其始起也，洪淋淋焉，若白鹭之下翔。其少进也，浩浩溰溰，如素车白马帷盖之张。其波涌而云乱，扰扰焉如三军之腾装。其旁作而奔起也，飘飘焉如轻车之勒兵。六驾蛟龙，附从太白。纯驰浩霓，前后络绎。颙颙卬卬，椐椐强强，莘莘将将。壁垒重坚，沓杂似军行。訇隐匈磕，轧盘涌裔，原不可当。观其两旁，则滂渤怫郁，暗漠感突，上击下硉，有似勇壮之卒，突怒而无畏。蹈壁冲津，穷曲随隈，逾岸出追，遇者死，当者坏。初发乎或围之津涯，荄轸谷分。回翔青篾，衔枚檀桓。弭节伍子之山，通厉胥母之场。凌赤岸，彗扶桑，横奔似雷行。诚奋厥武，如振如怒。沌沌浑浑，状如奔马。混混庉庉，声如雷鼓。发怒庢沓，清升逾跇，侯波奋振，合战于藉藉之口。鸟不及飞，鱼不及回，兽不及走，纷纷翼翼，波涌云乱。荡取南山，背击北岸，覆亏丘陵，平夷西畔。险险戏戏，崩坏陂池，决胜乃罢。瀄汩潺湲，披扬流洒，横暴之极，鱼鳖失势，颠倒偃侧。沋沋湲湲，蒲伏连延。神物怪疑，不可胜言。直使人踣焉，洄暗凄怆焉。此天下怪异诡观也，太子能强起观之乎？”太子曰：“仆病未能也。”

客曰：“将为太子奏方术之士有资略者，若庄周、魏牟、杨朱、墨翟、便蜎、詹何之伦，使之论天下之精微，理万物之是非。孔、老览观，孟子持筹而算之，万不失一。此亦天下要言妙道也。太子岂欲闻之乎？”于是太子据几而起曰：“涣乎若一听圣人辩士之言。”涊然汗出，霍然病已。

汉武帝秋风辞 ○○○

秋风起兮白云飞，草木黄落兮雁南归。兰有秀兮菊有芳，怀佳人兮不能忘。泛楼船兮济汾河，横中流兮扬素波，箫鼓鸣兮发棹歌。欢乐极兮哀情多，少壮几时兮奈老何！

汉武帝瓠子歌 ○○

瓠子决兮将奈何？浩浩洋洋，虑殚为河！殚为河兮，地不得宁，功无已时兮吾山平。吾山平兮钜野溢，鱼弗郁兮柏冬日。正道弛兮离常流，蛟龙骋兮放远游。归旧川兮神哉沛，不封禅兮安知外？皇谓河伯兮何不仁，泛滥不止兮愁吾人？啮桑浮兮淮泗满，久不反兮水维缓。

河汤汤兮激潺湲，北渡回兮迅流难。搴长茭兮湛美玉，河伯许兮薪不属。薪不属兮卫人罪，烧萧条兮噫乎何以御水！隤林竹兮揵石菑，宣防塞兮万福来。

淮南小山招隐士

王逸以为淮南小山之辞，盖《艺文志》所云淮南王群臣赋也。《文选》直题为淮南王安作，鼒疑昭明之世，容有班固、贾逵所解楚词，或据异说题之 ○○○

桂树丛生兮山之幽，偃蹇连卷兮枝相缭。山气巃嵸兮石嵯峨，溪谷崭岩兮水曾波。猿狖群啸兮虎豹嗥，攀援桂枝兮聊淹留。王孙游兮不归，春草生兮萋萋。岁莫兮不自聊，蟪蛄鸣兮啾啾。块兮轧，山曲岪，心淹留兮恫荒忽。罔兮沕，憭兮栗，虎豹穴，丛薄深林兮人上栗。嵚岑碕礒兮碅磈礭硊，树轮相纠兮林木茷骫。青莎杂树兮薠草靃靡，白鹿麏麚兮或腾或倚。状貌崟崟兮峨峨，凄凄兮漇漇。猕猴兮熊罴，慕类兮以悲。攀援桂枝兮聊淹留，虎豹斗兮熊罴咆，禽兽骇兮亡其曹。王孙兮归来！山中兮不可以久留。

东方曼倩客难 ○○

客难东方朔曰："苏秦、张仪，一当万乘之主，而都卿相之位，泽及后世。今子大夫修先王之术，慕圣人之义，讽诵《诗》、《书》百家之言，不可胜记，著于竹帛，唇腐齿落，服膺而不释。好学乐道之效，明白甚矣。自以智能海内无双，则可谓博闻辩智矣。然悉力尽忠以事圣帝，旷日持久，官不过侍郎，位不过执戟，意者尚有遗行邪？同胞之徒，无所容居，其故何也？"

东方先生喟然长息，仰而应之曰："是固非子之所能备。彼一时也，此一时也，岂可同哉？夫苏秦、张仪之时，周室大坏，诸侯不朝，力政争权，相禽以兵，并为十二国，未有雌雄，得士者强，失士者亡，故谈说行焉。身处尊位，珍宝充内，外有廪仓，泽及后世，子孙长享。今则不然。圣帝流德，天下震慑，诸侯宾服，连四海之外以为带，安于覆盂。天下平均，合为一家。动发举事，犹运之掌。贤不肖何以异哉？遵天之道，顺地之理，物无不得其所。故绥之则安，动之则苦；尊之则为将，卑之则为虏；抗之则在青云之上，抑之则在深泉之下；用之则为虎，不用则为鼠。虽欲尽节效情，安知前后？夫天地之大，士民之众，竭精谈说，并进辐凑者，不可胜数。悉力募之，困于衣食，或失门户。使苏秦、张仪与仆并生于今之世，曾不得掌故，安敢望常侍郎乎？传曰：‘天下无害菑，虽有圣人，无所施才；上下和同，虽有贤者，无所立功。’故曰时异事异。

“虽然，安可以不务修身乎哉？《诗》曰：‘鼓钟于宫，声闻于外。鹤鸣于九皋，声闻于天。’苟能修身，何患不荣？太公体行仁义，七十有二，乃设用于文、武，得信厥说，封于齐七百岁而不绝。此士所以日夜孳孳修学敏行而不敢怠也。辟若鹡鸰，飞且鸣矣。传曰：‘天不为人之恶寒而辍其冬，地不为人之恶险而辍其广，君子不为小人之匈匈而易其行。天有常度，地有常形，君子有常行。君子道其常，小人计其功。《诗》云：“礼义之不愆，何恤人之言？”’上既云当修身矣，而东方行事乃如有遗行者，故此下复言己之修身，乃在大德，而不拘小节，但求自得本心之安而已，故世尤不能识之。故曰：水至清则无鱼，人至察则无徒。冕而前旒，所以蔽明；黈纩充耳，所以塞聪。明有所不见，聪有所不闻。举大德，赦小过，无求备于一人之义也。‘枉而直之，使自得之；优而柔之，使自求之；揆而度之，使自索之。’盖圣人之教化如此，欲其自得之。自得之，则敏且广矣。何屺瞻云：本望武帝知之不尽。反言明有所遗者，君道固然。

“今世之处士，魁然无徒，廓然独居。上观许由，下察接舆，计同范蠡，忠合子胥，天下和平，与义相扶，寡耦少徒，固其宜也。子何疑于予哉？若夫燕之用乐毅，秦之任李斯，郦食其之下齐，说行如流，曲从如环。所欲必得，功若丘山，海内定，国家安，是遇其时也。子又何怪之邪？

“语曰：以管窥天，以蠡测海，以莛撞钟。岂能通其条贯，考其文理，发其音声哉？繇是观之，譬犹鼱鼩之袭狗，孤豚之咋虎，至则靡耳，何功之有？今以下愚而非处士，虽欲勿困，固不得已。此适足以明其不知权变，而终惑于大道也。”姜坞先生云：瑰迈宏放之气，如蕎云而上驰。

东方曼倩非有先生论 ○

非有先生仕于吴，进不称往古以厉主意，退不能扬君美以显其功，默然无言者三年矣。吴王怪而问之曰：“寡人获先人之功，寄于众贤之上，夙兴夜寐，未尝敢怠也。今先生率然高举，远集吴地，将以辅治寡人，诚窃嘉之。体不安席，食不甘味，目不视靡曼之色，耳不听钟鼓之音，虚心定志，欲闻流议者，三年于兹矣。今先生进无以辅治，退不扬主誉，窃不为先生取之也。盖怀能而不见，是不忠也；见而不行，主不明也。意者寡人殆不明乎？”非有先生伏而唯唯。吴王曰：“可以谈矣，寡人将竦意而览焉。”

先生曰：“於戏！可乎哉？可乎哉？谈何容易！夫谈有悖于目，拂于耳，谬于心，而便于身者；或有说于目，顺于耳，快于心，而毁于行者。非有明王圣主，孰能听之？”吴王曰：“何为其然也？中人以上，可以语上也。先生试言，寡人将听焉。”

先生对曰：“昔者关龙逢深谏于桀，而王子比干直言于纣。此二臣者，皆极虑尽忠，闵主泽不下流，而万民骚动。故直言其失，切谏其邪者，将以为君之荣，除主之祸也。今则不然，反以为诽谤君之行，无人臣之礼，果纷然伤于身，蒙不辜之名，戮及先人，为天下笑。故曰'谈何容易'。是以辅弼之臣瓦解，而邪谄之人并进。及蜚廉、恶来革等，二人皆诈伪，巧言利口以进其身，阴奉雕瑑刻镂之好，以纳其心，务快耳目之欲，以苟容为度，遂往不戒，身没被戮，宗庙崩阤，国家为虚，放戮圣贤，亲近谗夫。《诗》不云乎：'谗人罔极，交乱四国。'此之谓也。故卑身贱体，说色微辞，愉愉呴呴，终无益于主上之治，则志士仁人，不忍为也。将俨然作矜严之色，深言直谏，上以拂主之邪，下以损百姓之害，则忤于邪主之心，历于衰世之法。故养寿命之士，莫肯进也。遂居深山之间，积土为室，编蓬为户，弹琴其中，以咏先王之风，亦可以乐而忘死矣。是以伯夷、叔齐避周，饿于首阳之下，后世称其仁。如是邪主之行，固足畏也。故曰'谈何容易'。"

于是吴王惧然易容，捐荐去几，危坐而听。先生曰："接舆避世，箕子被发佯狂，此二人者，皆避浊世以全其身者也。使遇明王圣主，得清燕之闲，宽和之色，发愤毕诚，图画安危，揆度得失，上以安主体，下以便万民，则五帝、三王之道，可几而见也。故伊尹蒙耻辱、负鼎俎，和五味以干汤，太公钓于渭之阳，以见文王，心合意同，谋无不成，计无不从，诚得其君也。深念远虑，引义以正其身，推恩以广其下。本仁祖义，褒有德，禄贤能，诛恶乱，总远方，一统类，美风俗，此帝王所由昌也。上不变天性，下不夺人伦，则天地和洽，远方怀之，故号圣王。臣子之职既加矣，于是裂地定封，爵为公侯，传国子孙，名显后世，民到于今称之，以遇汤与文王也。太公、伊尹以如此，龙逢、比干独如彼，岂不哀哉？故曰'谈何容易'。"

于是吴王穆然，俯而深惟，仰而泣下交颐，曰："嗟乎！余国之不亡也，绵绵连连，殆哉世之不绝也。"于是正明堂之朝，齐君臣之位。举贤材，布德惠，施仁义，赏有功。躬节俭，减后宫之费，损车马之用。放郑声，远佞人，省庖厨，去侈靡，卑宫馆，坏苑囿，填池堑，以予贫民无产业者。开内藏，振贫穷，存耆老，恤孤独，薄赋敛，省刑辟。行此三年，海内晏然，天下大治，阴阳和调，万物咸得其宜。国无灾害之变，民无饥寒之色，家给人足，畜积有馀，囹圄空虚，凤凰来集，麒麟在郊，甘露既降，朱草萌芽，远方异俗之人，乡风慕义，各奉其职而来朝贺。

故治乱之道，存亡之端，若此易见，而君人者莫肯为也，臣愚窃以为过。故《诗》云："王国克生，惟周之桢。济济多士，文王以宁。"此之谓也。

古文辞类纂六十五终

辞赋类五

古文辞类篹六十六

司马长卿子虚赋　○○○

楚使子虚使于齐，王悉发车骑，与使者出畋。畋罢，子虚过姹乌有先生，亡是公存焉。坐定，乌有先生问曰："今日畋乐乎？"子虚曰："乐。""获多乎？"曰："少。""然则何乐？"对曰："仆乐齐王之欲夸仆以车骑之众，而仆对以云梦之事也。"曰："可得闻乎？"

子虚曰："可。王驾车千乘，选徒万骑，畋于海滨，列卒满泽，罘网弥山，掩兔辚鹿，射麋脚麟，骛于盐浦，割鲜染轮，射中获多，矜而自功，顾谓仆曰：'楚亦有平原广泽游猎之地，饶乐若此者乎？楚王之猎，孰与寡人乎？'仆下车对曰：'臣，楚国之鄙人也。幸得宿卫十有馀年，时从出游，游于后园，览于有无，然犹未能遍睹也，又焉足以言其外泽乎？'齐王曰：'虽然，略以子之所闻见而言之。'仆对曰：'唯唯。'

"'臣闻楚有七泽，尝见其一，未睹其馀也。臣之所见，盖特其小小者耳，名曰云梦。云梦者，方九百里，其中有山焉。其山则盘纡岪郁，隆崇嵂崒，岑崟参差，日月蔽亏。交错纠纷，上干青云；罢池陂陁，下属江河。其土则丹青赭垩，雌黄白坿，锡碧金银，众色炫耀，照烂龙鳞。其石则赤玉玫瑰，琳瑉昆吾，瑊玏玄厉，碝石碔砆。其东则有蕙圃，衡兰芷若，芎藭菖蒲，茳蓠蘪芜，诸柘巴苴。其南则有平原广泽，登降陁靡，案衍坛曼，缘以大江，限以巫山。其高燥则生葴菥苞荔，薛莎青薠；其埤湿则生藏莨蒹葭，东蘠雕胡，莲藕觚芦，庵闾轩于。众物居之，不可胜图。其西则有涌泉清池，激水推移，外发芙蓉菱华，内隐钜石白沙。其中则有神龟蛟鼍，玳瑁鳖鼋。其北则有阴林巨树，楩楠豫章，桂椒木兰，蘗离朱杨，樝梨梬栗，橘柚芬芳。其上则有鹓雏孔鸾，腾远射干；其下则有白虎玄豹，蟃蜒貙犴。

"'于是乎乃使专诸之伦，手格此兽。楚王乃驾驯驳之驷，乘雕玉之舆，靡鱼须之桡旃，曳明月之珠旗，建干将之雄戟，左乌号之雕弓，右夏服之劲箭。阳子骖乘，纤阿为御，案节未舒，即陵狡兽，蹴蛩蛩，辚距虚，轶野马，軎騊駼，乘遗风，射游骐。倏眒倩浰，雷动猋至，星流霆击，弓不虚发，中必决眦，洞胸达掖，绝乎心系。获若雨兽，掩草蔽地。于是楚王乃弭节徘徊，翱翔容与，览乎阴林，此即其北之阴林。观壮士之暴怒，与猛兽之恐惧，徼谻受诎，殚睹众物之变态。

"'于是郑女曼姬，被阿緆，揄纻缟，杂纤罗，垂雾縠。襞積褰绉，纡徐委曲，郁桡溪谷。衯衯裶裶，扬袘戌削，蜚襳垂髾。扶舆猗靡，翕呷萃蔡。下摩兰蕙，上拂羽盖。错翡翠之葳蕤，缪绕玉绥。眇眇忽忽，若神仙之仿佛。于是乃相与獠于蕙圃，此即东之蕙圃。媻姗勃窣，上乎金堤。掩翡翠，射鵔鸃，微矰出，孅缴施。弋白鹄，连駕鹅，双鸧下，玄鹤加。怠而后发，游于清池。此即西之涌泉清池。浮文鹢，扬旌栧，张翠帷，建羽盖。罔玳瑁，钩紫贝。摐金鼓，吹鸣籁。榜人歌，声流喝。水虫骇，波鸿沸，涌泉起，奔扬会。礧石相击，琅琅礚礚，若雷霆之声，闻乎数百里之外。将息獠者，击灵鼓，起烽燧，车按行，骑就队，缅乎淫淫，般乎裔裔。

"'于是楚王乃登云阳之台，云阳在巫山下，此即至其南也。怕乎无为，憺乎自持，勺药之和具而后御之。不若大王终日驰骋，曾不下舆，脟割轮焠，自以为娱。臣窃观之，齐殆不如。'于是齐王无以应仆也。"

乌有先生曰："是何言之过也！足下不远千里，来贶齐国。王悉发境内之士，备车骑之众，与使者出畋，乃欲戮力致获，以娱左右，何名为夸哉？问楚地之有无者，愿闻大国之风烈，先生之馀论也。今足下不称楚王之德厚，而盛推云梦以为高，奢言淫乐而显侈靡，窃为足下不取也。必若所言，固非楚国之美也；无而言之，是害足下之信也。彰君恶，伤私义，二者无一可，而先生行之，必且轻于齐而累于楚矣！且齐，东陼钜海，南有琅邪，观乎成山，射乎之罘，浮渤澥，游孟诸。邪与肃慎为邻，右以汤谷为界。秋田乎青丘，傍徨乎海外，吞若云梦者八九，于其胸中，曾不蒂芥。若乃俶傥瑰玮，异方殊类，珍怪鸟兽，万端鳞崒，充牣其中，不可胜记，禹不能名，卨不能计。然在诸侯之位，不敢言游戏之乐，苑囿之大。先生又见客，是以王辞不复，何为无以应哉？”

司马长卿上林赋 ○○○

亡是公听然而笑曰：“楚则失矣，而齐亦未为得也。夫使诸侯纳贡者，非为财币，所以述职也；封疆画界者，非为守御，所以禁淫也。今齐列为东藩，而外私肃慎，捐国逾限，越海而田，其于义固未可也。且二君之论，不务明君臣之义，正诸侯之礼，徒事争游戏之乐，苑囿之大，欲以奢侈相胜，荒淫相越，此不可以扬名发誉，而适足以贬君自损也。

“且夫齐、楚之事，又乌足道乎！君未睹夫巨丽也，独不闻天子之上林乎？左苍梧，右西极，丹水更其南，紫渊径其北。终始灞、浐，出入泾、渭，酆、镐、潦、潏，纡馀委蛇，经营乎其内，荡荡乎八川分流，相背而异态。东西南北，驰骛往来，出乎椒丘之阙，行乎洲淤之浦，经乎桂林之中，过乎泱漭之壄。汩乎混流，顺阿而下，赴隘狭之口。触穹石，激堆埼，沸乎暴怒，汹涌彭湃。滭弗宓汩，逼侧泌瀄，横流逆折，转腾潎洌。滂濞沆溉，穹隆云桡，宛潬胶盭，逾波趋浥，莅莅下濑。批岩冲拥，奔扬滞沛，临坻注壑，瀺灂霣坠。沈沈隐隐，砰磅訇礚，潏潏淈淈，湁潗鼎沸。驰波跳沫，汩急漂疾。悠远长怀，寂漻无声，肆乎永归。然后灏溔潢漾，安翔徐回，翯乎滈滈，东注太湖，衍溢陂池。

“于是乎蛟龙赤螭，䱭鰽渐离，鰅鳙鰬魠，禺禺魼鳎，揵鳍掉尾，振鳞奋翼，潜处乎深岩。鱼鳖欢声，万物众夥，明月珠子，的皪江靡，蜀石黄碝，水玉磊砢。磷磷烂烂，采色澔汗，藂积乎其中。鸿鹔鹄鸨，駕鹅属玉，交精旋目，烦鹜庸渠，箴疵鵁卢，群浮乎其上。汎淫泛滥，随风澹淡，与波摇荡，奄薄水渚，唼喋菁藻，咀嚼菱藕。

“于是乎崇山矗矗，巃嵸崔巍，深林巨木，崭岩嵾嵳。九嵕巀嶭，南山峨峨，岩陁甗锜，摧崣崛崎。振溪通谷，蹇产沟渎，谽呀豁閜，阜陵别隝，崴磈嵔廆，丘虚堀礨，隐辚郁𡾰，登降施靡，陂池貏豸，沇溶淫鬻，散涣夷陆，亭皋千里，靡不被筑。掩以绿蕙，被以江蓠，糅以蘼芜，杂以留夷。布结缕，攒戾莎，揭车衡兰，槁本射干，茈姜蘘荷，葴持若荪，鲜支黄砾，蒋苎青薠，布濩闳泽，延曼太原。离靡广衍，应风披靡，吐芳扬烈，郁郁菲菲。众香发越，肸蠁布写，晻薆咇茀。

“于是乎周览泛观，缜纷轧芴，芒芒恍忽，视之无端，察之无崖，日出东沼，入乎西陂。其南则隆冬生长，涌水跃波。其兽则獑旄貘牦，沈牛麈麋，赤首圜题，穷奇象犀。其北则盛夏含冻裂地，涉冰揭河。其兽则麒麟角端，騊駼橐驼，蛩蛩驒騱，駃騠驴骡。

“于是乎离宫别馆，弥山跨谷，高廊四注，重坐曲阁，华榱璧珰，辇道纚属，步櫚周流，长途中宿。夷嵕筑堂，累台增成，岩窔洞房。俯杳眇而无见，仰𬨎橑而扪天，奔星更于闺闼，宛虹拖于楯轩。青龙蚴蟉于东箱，象舆婉僤于西清。灵圄燕于闲馆，偓佺之伦，暴于南荣。醴泉涌于清室，通川过乎中庭。磐石裖崖，嵚岩倚倾，嵯峨嶕嶫，刻削峥嵘。玫瑰碧琳，珊瑚丛生，瑉玉旁唐，玢豳文鳞。赤瑕驳荦，杂臿其间，晁采琬琰，和氏出焉。

“于是乎卢橘夏熟，黄甘橙楱，枇杷橪柿，亭柰厚朴，梬枣杨梅，樱桃蒲陶，隐夫薁棣，荅遝离支，罗乎后宫，列乎北园。貤丘陵，下平原，扬翠叶，扤紫茎，发红华，垂朱荣，煌煌扈扈，照曜钜野。沙棠栎槠，华枫枰栌，留落胥邪，仁频并闾。欃檀木兰，豫章女贞，长千仞，大连抱，夸条直畅，实叶葰楙。攒立丛倚，连卷欐佹，崔错癹骫，抗衡閜砢，垂条扶疏，落英幡纚。纷溶萷蔘，猗狔从风。蔢莅芔歙，盖象金石之声，管籥之音。偨池茈虒，旋还乎后宫，杂袭累辑，被山缘谷，循阪下隰，视之无端，究之无穷。

“于是乎玄猿素雌，蜼玃飞蠝，蛭蜩蠼猱，獑胡縠蛫，栖息乎其间。长啸哀鸣，翩幡互经，夭蟜枝格，偃蹇杪颠。逾绝梁，腾殊榛，捷垂条，掉希间，牢落陆离，烂漫远迁。若此者数百千处，娱游往来，宫宿馆舍，庖厨不徙，后宫不移，百官备具。

“于是乎背秋涉冬，天子校猎。乘镂象，六玉虬，拖蜺旌，靡云旗，前皮轩，后道游。孙叔奉辔，卫公骖乘，扈从横行，出乎四校之中。鼓严簿，纵猎者。江河为陆，泰山为橹。车骑雷起，殷天动地，先后陆离，离散别追，淫淫裔裔，缘陵流泽，云布雨施。生貔豹，搏豺狼，手熊罴，足壄羊。蒙鹖苏，绔白虎，鼐按：《续书·舆服志》云：武冠环缨无蕤，以青系为绲，加双鹖尾。五官左右虎贲羽林中郎将、羽林左右监皆冠鹖冠，虎贲将虎文绔。

襄邑岁献织成虎文，此乃所云蒙鹖苏、绔白虎也。孟康注鹖，鹖尾也，苏析羽也，盖得之。而善注谬甚，郭景纯以绔为绊，亦失之。被班文，跨壄马。凌三嵕之危，下碛历之坻，径峻赴险，越壑厉水。推蜚廉，弄獬豸，格虾蛤，鋋猛氏，罥騕袅，射封豕。箭不苟害，解脰陷脑；弓不虚发，应声而倒。

“于是乎乘舆弭节徘徊，翱翔往来，睨部曲之进退，览将帅之变态。然后侵淫促节，倏夐远去，流离轻禽，蹴履狡兽。轊白鹿，捷狡兔，轶赤电，遗光耀。追怪物，出宇宙，弯蕃弱，满白羽。射游枭，栎蜚遽。择肉而后发，先中而命处。弦矢分，艺殪仆。然后扬节而上浮，凌惊风，历骇猋，乘虚无，与神俱。躏玄鹤，乱昆鸡，遒孔鸾，促鵔鸃，拂翳鸟，捎风皇，捷鹓雏，掩焦明。道尽涂殚，回车而还。招摇乎襄羊，降集乎北纮，率乎直指，晻乎反乡。蹶石阙，历封峦，过鳷鹊，望露寒，下棠梨，息宜春。西驰宣曲，濯鹢牛首，登龙台，掩细柳。观士大夫之勤略，均猎者之所得获，徒车之所轥轹，步骑之所蹂若，人臣之所蹈藉，与其穷极倦𠜳，惊惮詟伏，不被创刃而死者，他他藉藉，填坑满谷，掩平弥泽。

“于是乎游戏懈怠，置酒乎颢天之台，张乐乎胶葛之寓。撞千石之钟，立万石之虡，建翠华之旗，树灵鼍之鼓，奏陶唐氏之舞，听葛天氏之歌。千人唱，万人和，山陵为之震动，川谷为之荡波。巴、渝、宋、蔡，淮南《干遮》，文成、颠歌，族居递奏，金鼓迭起，铿枪闛鞈，洞心骇耳。荆、吴、郑、卫之声，《韶》、《濩》、《武》、《象》之乐，阴淫案衍之音，鄢、郢缤纷，《激楚》、《结风》，俳优侏儒，狄鞮之倡，所以娱耳目乐心意者，丽靡烂漫于前，靡曼美色。若夫青琴宓妃之徒，绝殊离俗，妖冶娴都，靓妆刻饰，便嬛绰约，柔桡嫚嫚，妩媚孅弱。曳独茧之褕绁，眇阎易以恤削。便姗嫳屑，与俗殊服。芬芳沤郁，酷烈淑郁。皓齿粲烂，宜笑的皪。长眉连娟，微睇绵藐，色授魂与，心愉于侧。

"于是酒中乐酣，天子芒然而思，似若有亡，曰：'嗟乎！此大奢侈！朕以览听馀闲，无事弃日，顺天道以杀伐，时休息于此，恐后叶靡丽，遂往而不返，非所以为继嗣创业垂统也。'于是乎乃解酒罢猎，而命有司曰：'地可垦辟，悉为农郊，以赡萌隶。隤墙填堑，使山泽之人得至焉。实陂池而勿禁，虚宫馆而勿仞。发仓廪以救贫穷，补不足，恤鳏寡，存孤独。出德号，省刑罚，改制度，易服色，革正朔，与天下为更始。'

"于是历吉日以斋戒，袭朝服，乘法驾，建华旗，鸣玉鸾，游乎六艺之囿，驰骛乎仁义之涂，览观《春秋》之林，射《狸首》，兼《驺虞》，弋玄鹤，舞干戚，载云罕，掩群雅，悲《伐檀》，乐乐胥。修容乎《礼》园，翱翔乎《书》圃，述《易》道，放怪兽，登明堂，坐清庙，次群臣，奏得失。四海之内，靡不受获，于斯之时，天下大说，乡风而听，随流而化，卉然兴道而迁义，刑错而不用。德隆于三王，而功羡于五帝。若此，故猎乃可喜也。若夫终日驰骋，劳神苦形，罢车马之用，抏士卒之精，费府库之财，而无德厚之恩。务在独乐，不顾众庶。忘国家之政，贪雉兔之获，则仁者不由也。从此观之，齐、楚之事，岂不哀哉！地方不过千里，而囿居九百，是草木不得垦辟，而民无所食也。夫以诸侯之细，而乐万乘之所侈，仆恐百姓被其尤也。”

于是二子愀然改容，超若自失，逡巡避席曰：“鄙人固陋，不知忌讳。乃今日见教，谨受命矣。”

古文辞类纂六十六终

辞赋类六

古文辞类篹六十七

司马长卿哀二世赋 ○

登陂阤之长阪兮，坌人曾宫之嵯峨。临曲江之隑州兮，望南山之参差。岩岩深山之谾谾兮，通谷䠶乎谽谺。汩淢噏习以永逝兮，注平皋之广衍。观众树之塕薆兮，览竹林之榛榛。东驰土山兮，北揭石濑。弥节容与兮，历吊二世。持身不谨兮，亡国失势。信谗不寤兮，宗庙灭绝。呜呼哀哉！操行之不得兮，坟墓芜秽而不修兮，魂无归而不食。夐邈绝而不齐兮，弥久远而愈佅。精罔阆而飞扬兮，拾九天而永逝。呜呼哀哉！

司马长卿大人赋 ○○○

世有大人兮，在于中州。宅弥万里兮，曾不足以少留。悲世俗之迫隘兮，朅轻举而远游。垂绛幡之素霓兮，载云气而上浮。建格泽之长竿兮，总光耀之采旄。垂旬始以为幓兮，曳彗星而为髾。掉指挢以偃蹇兮，又旖旎以招摇。揽欃枪以为旌兮，靡屈虹而为绸。红杳渺以眩湣兮，猋风涌而云浮。驾应龙象舆之蠖略逶丽兮，骖赤螭青虬之蚴蟉蜿蜒。低卬夭蟜，据以骄骜兮，诎折隆穷，蠼以连卷。沛艾赳螑，仡以佁儗兮，放散畔岸，骧以孱颜。跮踱輵辖，容以逶丽兮，绸缪偃蹇，怵臭以梁倚。纠蓼叫奡，蹋以艐路兮，蔑蒙踊跃，腾而狂趡。莅飒卉翕，熛至电过兮，焕然雾除，霍然云消。

邪绝少阳而登太阴兮，与真人乎相求。互折窈窕以右转兮，横厉飞泉以正东。悉征灵圉而选之兮，部署众神于瑶光。使五帝先导兮，反太一而从陵阳。左玄冥而右含雷兮，前陆离而后潏湟。厮征伯侨而役羡门兮，属岐伯使尚方。祝融警而跸御兮，清气氛而后行。屯余车其万乘兮，綷云盖而树华旗。使句芒其将行兮，吾欲往乎南嬉。

历唐尧于崇山兮，过虞舜于九疑。纷湛湛其差错兮，杂遝胶葛以方驰。骚扰冲苁其相纷挐兮，滂濞泱轧洒以林离。钻罗列聚丛以茏茸兮，衍曼流烂坛以陆离。径入雷室之砰磷郁律兮，洞出鬼谷之崫礨嵬磈。遍览八纮而观四荒兮，朅度九江而越五河。经营炎火而浮弱水兮，杭绝浮渚而涉流沙。奄息总极泛滥水嬉兮，使灵娲鼓瑟而舞冯夷。时若薆薆将混浊兮，召屏翳诛风伯而刑雨师。西望昆仑之轧沕洸忽兮，直径驰乎三危。排阊阖而入帝宫兮，载玉女而与之归。舒阆风而摇集兮，亢乌腾而一止。低回阴山翔以纡曲兮，吾乃今目睹西王母。暠然白首戴胜而穴处兮，亦幸有三足乌为之使。必长生若此而不死兮,虽济万世不足以喜。

回车朅来兮,绝道不周,会食幽都。呼吸沆瀣兮餐朝霞,噍咀芝英兮叽琼华。嬐侵浔而高纵兮,纷鸿涌而上厉。贯列缺之倒景兮,涉丰隆之滂沛。驰游道而修降兮,骛遗雾而远逝。迫区中之隘陕兮,舒节出乎北垠。遗屯骑于玄阙兮,轶先驱于寒门。下峥嵘而无地兮,上寥廓而无天。视眩眠而无见兮,听惝恍而无闻。乘虚无而上假兮,超无友而独存。鼒按:此赋多取于《远游》。《远游》先访求中国仙人之居,乃上至天帝之宫,又下周览天地之间,自于微闾以下,分东西南北四段。此赋自横厉飞泉以正东以下,分东南西北四段,而求仙人之居意即载其间。末六句与《远游》语同,然屈子意在远去世之沉浊,故云至清而与太初为邻;长卿则谓帝若果能为仙人,即居此无闻无见无友之地,亦胡乐乎此邪?与屈子语同而意别矣。

司马长卿长门赋有序　○○○

孝武皇帝陈皇后,时得幸,颇妒。别在长门宫,愁闷悲思。闻蜀郡成都司马相如,天下工为文,奉黄金百斤,为相如、文君取酒,因于解悲愁之辞,而相如为文以悟主上,陈皇后复得亲幸。其辞曰:

夫何一佳人兮,步逍遥以自虞?魂逾佚而不返兮,形枯槁而独居。言我朝往而暮来兮,饮食乐而忘人。心慊移而不省故兮,交得意而相亲。

伊予志之慢愚兮,怀贞悫之欢心。愿赐问而自进兮,得尚君之玉音。奉虚言而望诚兮,期城南之离宫。修薄具而自设兮，君曾不肯乎幸临。廓独潜而专精兮，天飘飘而疾风。

登兰台而遥望兮，神怳怳而外淫。浮云郁而四塞兮，天窈窈而昼阴。雷殷殷而响起兮，声象君之车音。飘风回而赴闺兮，举帷幄之襜襜。桂树交而相纷兮，芳酷烈之訚訚。孔雀集而相存兮，玄猿啸而长吟。翡翠胁翼而来萃兮，鸾凤飞而北南。心凭噫而不舒兮，邪气壮而攻中。

下兰台而周览兮，步从容于深宫。正殿块以造天兮，郁并起而穹崇。间徙倚于东厢兮，观夫靡靡而无穷。挤玉户以撼金铺兮，声噌吰而似钟音。刻木兰以为榱兮，饰文杏以为梁。罗丰茸之游树兮，离楼梧而相撑。施瑰木之欂栌兮，委参差以槺梁。时仿佛以物类兮，象积石之将将。五色炫以相曜兮，烂耀耀而成光。致错石之瓴甓兮，象瑇瑁之文章。张罗绮之幔帷兮，垂楚组之连纲。抚柱楣以从容兮，览曲台之央央。

白鹤噭以哀号兮，孤雌跱于枯杨。日黄昏而望绝兮，怅独托于空堂。悬明月以自照兮，徂清夜于洞房。援雅琴以变调兮，奏愁思之不可长。按流徵以却转兮，声幼妙而复扬。贯历览其中操兮，意慷慨而自卬。左右悲而垂泪兮，涕流离而纵横。舒息悒而增欷兮，蹝履起而彷徨。揄长袂以自翳兮，数昔日之諐殃。无面目之可显兮，遂颓思而就床。

抟芬若以为枕兮，席荃兰而茝香。忽寝寐而梦想兮，魄若君之在旁。惕寤觉而无见兮,魂迋迋若有亡。众鸡鸣而愁予兮,起视月之精光。观众星之行列兮,毕、昴出于东方。望中庭之蔼蔼兮,若季秋之降霜。夜曼曼其若岁兮,怀郁郁其不可再更。澹偃蹇而待曙兮,荒亭亭而复明。妾人窃自悲兮,究年岁而不敢忘。

司马长卿难蜀父老 ○○

汉兴七十有八载,德茂存乎六世,威武纷纭,湛恩汪濊,群生沾濡,洋溢乎方外。于是乃命使西征,随流而攘,风之所被,罔不披靡。因朝冉从駹,定笮存邛,略斯榆,举苞蒲,结轶还辕,东乡将报,至于蜀都。

耆老大夫、荐绅先生之徒二十有七人,俨然造焉。辞毕,因进曰:"盖闻天子之于夷狄也,其义羁縻勿绝而已。今罢三郡之士,通夜郎之涂,三年于兹,而功不竟,士卒劳倦,万民不赡。今又接以西夷,百姓力屈,恐不能卒业,此亦使者之累也。窃为左右患之。且夫邛、莋、西僰之与中国并也,历年兹多,不可记已。仁者不以德来,强者不以力并,意者其殆不可乎!今割齐民以附夷狄,弊所恃以事无用,鄙人固陋,不识所谓。"

使者曰:"乌谓此邪?必若所云,则是蜀不变服,而巴不化俗也。余尚恶闻若说。然斯事体大,固非观者之所觏也。余之行急,其详不可得闻已,请为大夫粗陈其略。

"盖世必有非常之人,然后有非常之事;有非常之事,然后有非常之功。夫非常者,固常人之所异也。故曰:非常之原,黎民惧焉。及臻厥成,天下晏如也。昔者鸿水浡出,泛滥溢溢,民人登降移徙,崎岖而不安。夏后氏戚之,乃堙鸿水,决江疏河,漉沈赡菑,东归之于海,而天下永宁。当斯之勤,岂惟民哉?心烦于虑,而身亲其劳。躬胝无胈,肤不生毛。故休烈显乎无穷,声称浃乎于兹。

"且夫贤君之践位也,岂特委琐握龊,拘文牵俗,循诵习传,当世取说云尔哉!必将崇论闳议,创业垂统,为万世规。故驰骛乎兼容并包,而勤思乎参天贰地。且《诗》不云乎?'普天之下,莫非王土;率土之滨,莫非王臣。'是以六合之内,八方之外,浸浔衍溢,怀生之物,有不浸润于泽者,贤君耻之。今封疆之内,冠带之伦,咸获嘉祉,靡有阙遗矣。而夷狄殊俗之国,辽绝异党之地,舟舆不通,人迹罕至,政教未加,流风犹微。内之则犯义侵礼于边境,外之则邪行横作,放弑其上,君臣易位,尊卑失序,父兄不辜,幼孤为奴。虏系累号泣,内向而怨,曰:'盖闻中国有至仁焉,德洋而恩普,物靡不得其所,今独曷为遗已?'举踵思慕,若枯旱之望雨。盭夫为之垂涕,况乎上圣,又恶能已?故北出师以讨强胡,南驰使以诮劲越。四面风德,二方之君,鳞集仰流,愿得受号者以亿计。故乃关沫、若,徼牂牁,镂灵山,梁孙原,创道德之涂,垂仁义之统,将博恩广施,远抚长驾,使疏逖不闭曶爽,暗昧得耀乎光明,以偃甲兵于此,而息诛伐于彼。遐迩一体,中外禔福,不亦康乎?夫拯民于沈溺,奉至尊之休德,反衰世之陵迟,继周氏之绝业,斯乃天子之急务也。百姓虽劳,又恶可以已哉?

"且夫王事,固未有不始于忧勤,而终于佚乐者也。然则受命之符,合在于此矣。方将增泰山之封,加梁父之事,鸣和鸾,扬乐颂,上咸五,下登三。观者未睹指,听者未闻音,犹鹪明已翔乎寥廓,而罗者犹视乎薮泽,悲夫!"

于是诸大夫芒然丧其所怀来,而失厥所以进,喟然并称曰:"允哉汉德!此鄙人之所愿闻也。百姓虽劳,请以身先之。"敞罔靡徙,因迁延而辞避。

司马长卿封禅文 ○○

伊上古之初肇,自昊穹生民。历选列辟,以迄乎秦。率迩者踵武,逖听者风声。纷纶威蕤,堙灭而不称者,不可胜数。继《韶》、《夏》,崇号谥,略可道者,七十有二君。罔若淑而不昌,畴逆失而能存。

轩辕之前,遐哉邈乎,其详不可得闻已。五三、《六经》载籍之传,惟见可观也。《书》曰:"元首明哉!股肱良哉!"因斯以谈,君莫盛于唐尧,臣莫贤于后稷。后稷创业于唐,公刘发迹于西戎,文王改制,爰周郅隆。大行越成,伯父姜坞先生云:成即成王也。下云躡梁父、登泰山,即《管子》所云成王封泰山,禅社首。而后陵迟衰微,千载亡声,岂不善始善终哉!然无异端,慎所由于前,谨遗教于后耳。故轨迹夷易,易遵也;湛恩庬洪,易丰也;宪度著明,易则也;垂统理顺,易继也。是以业隆于襁褓,而崇冠乎二后,揆厥所元,终都攸卒，未有殊尤绝迹可考于今者也。鼐按：此处文则狭小成王而夸汉，实则谓古圣谨慎之道易遵易继，今舍之而更为浩侈，则难以遵继。古圣所未为，而今欲过之，可乎？然犹蹑梁父，登太山，建显号，施尊名。大汉之德，逢涌原泉，沕潏曼羡，旁魄四塞，云布雾散，上畅九垓，下溯八埏。怀生之类，沾濡浸润，协气横流，武节猋逝，尔狭游原，迥阔泳末，首恶郁没，暗昧昭晰，昆虫闿怿，回首面内。然后囿驺虞之珍群，徼麋鹿之怪兽，导一茎六穗于庖，牺双觡共抵之兽，获周馀放龟于岐，招翠黄乘龙于沼。鬼神接灵圉，宾于闲馆。奇物谲诡，俶傥穷变。钦哉！符瑞臻兹，犹以为德薄，不敢道封禅。盖周跃鱼陨杭，休之以燎。微夫斯之为符也，以登介丘，不亦恧乎？进攘之道，何其爽与！

于是大司马进曰："陛下仁育群生，义征不谌，诸夏乐贡，百蛮执贽，德牟往初，功无与二，休烈浃洽，符瑞众变，期应绍至，不特创见。意者太山、梁父，设坛场，望幸盖，伯父姜坞先生云：师古曰：盖，发语辞。予谓当如《考工记》轮人为盖之盖。号以况荣，上帝垂恩储祉，将以荐成，陛下谦让而弗发也。挈三神之欢，缺王道之仪，群臣恧焉。或谓且天为质，伯父姜坞先生云：《周颂》"匪且有且"，《毛传》云：且，此也。暗示珍符，固不可辞；若然辞之，是泰山靡记而梁父罔几也。亦各并时而荣，咸济厥世而屈，说者尚何称于后，而云七十二君哉？夫修德以锡符，奉符以行事，不为进越也。故圣王弗替，而修礼地祇，谒款天神，勒功中岳，以章至尊。舒盛德，发号荣，受厚福，以浸黎民。皇皇哉斯事，天下之壮观，王者之丕业，不可贬也，愿陛下全之。而后因杂缙绅先生之略术，使获曜日月之末光绝炎，以展采错事。犹兼正列其义，祓饰厥文，作《春秋》一艺。将袭旧六为七，摅之无穷，俾万世得激清流，扬微波，蜚英声，腾茂实，前圣之所以永保鸿名，而常为称首者用此，宜命掌故悉奏其仪而览焉。"

于是天子沛然改容曰："俞乎，朕其试哉！"乃迁思回虑，总公卿之议，询封禅之事，诗大泽之博，广符瑞之富。

遂作颂曰：

自我天覆，云之油油。甘露时雨，厥壤可游。滋液渗漉，何生不育？嘉谷六穗，我穑曷蓄？匪唯雨之，又润泽之；匪唯濡之，泛布护之。万物熙熙，怀而慕思。名山显位，望君之来。君乎君乎，侯不迈哉？

般般之兽，乐我君囿。白质黑章，其仪可嘉。旼旼穆穆，君子之态。盖闻其声，今视其来。

厥途靡从，天瑞之征。兹尔于舜，虞氏以兴。

濯濯之麟，游彼灵畤。孟冬十月，君徂郊祀。驰我君舆，帝用享祉。三代之前，盖未尝有。

宛宛黄龙，兴德而升。采色炫耀，焕炳辉煌。正阳显见，觉寤黎烝。于传载之，云受命所乘。厥之有章，不必谆谆。依类托寓，谕以封峦。

披艺观之，天人之际已交，上下之情允洽。圣王之德，兢兢翼翼。故曰：于兴必虑衰，安必思危。是以汤武至尊严，不失肃祗，舜在假典，顾省厥遗，此之谓也。伯父姜坞先生云：封禅文，相如创为之，体兼赋颂，其设意措辞，皆翔蹑虚无，非如扬、班之徒诞妄贡谀，为跖实之文也。通体结构若无畔岸，如云兴水溢，一片浑茫骏邈之气。观扬、班之作，而后知相如文句句欲活。

古文辞类篹六十七

辞赋类七

古文辞类篹六十八

扬子云甘泉赋 ○○○

孝成帝时，客有荐雄文似相如者，上方郊祠甘泉泰畤、汾阴后土，以求继嗣，召雄待诏承明之庭。正月，从上甘泉，还，奏《甘泉赋》以风。其辞曰：

惟汉十世，将郊上玄，定泰畤，雍神休，尊明号，同符三皇，录功五帝，恤胤锡羡，拓迹开统。于是乃命群僚，历吉日，协灵辰，星陈而天行。诏招摇与太阴兮，伏钩陈使当兵。属堪舆以壁垒兮，梢夔魖而抶獝狂。八神奔而警跸兮，振殷辚而军装。蚩尤之伦带干将而秉玉戚兮，飞蒙茸而走陆梁。齐总总以撙撙其相胶轕兮，猋骇云迅奋以方攘。骈罗列布鳞以杂沓兮，柴虒参差鱼颉而鸟肵。翕赫曶霍雾集而蒙合兮，半散照烂粲以成章。

于是乘舆乃登夫凤皇兮而翳华芝，驷苍螭兮六素虬，蠖略蕤绥，漓虖襂缅。帅尔阴闭，霅然阳开，腾清霄而轶浮景兮，夫何旟旐郅偈之旖旎也！流星旄以电爥兮，咸翠盖而鸾旗。屯万骑于中营兮，方玉车之千乘。声駍隐以陆离兮，轻先疾雷而馺遗风。凌高衍之嵱嵸兮，超纡谲之清澄。登椽栾而羾天门兮，驰阊阖而入凌兢。

是时未臻夫甘泉也，乃望通天之绎绎。下阴潜以惨懔兮，上洪纷而相错。直峣峣以造天兮，厥高庆而不可乎弥度。平原唐其坛曼兮，列新雉于林薄。攒并闾与茇葀兮，纷被丽其亡鄂。崇丘陵之駊騀兮，深沟嵚岩而为谷。迣迣离宫般以相爥兮，封峦石关䢌靡乎延属。于是大厦云谲波诡，摧嗺而成观。仰挢首以高视兮，目冥眴而亡见。正浏滥以弘惝兮，指东西之漫漫。徒徊徊以徨徨兮，魂固眇眇而昏乱。据軨轩而周流兮，忽坱圠而亡垠。翠玉树之青葱兮，璧马犀之瞵瑞。金人仡仡其承钟虡兮，嵌岩岩其龙鳞。扬光曜之燎爥兮，垂景炎之炘炘。配帝居之悬圃兮，象泰壹之威神。洪台崛其独出兮，檄北极之嶟嶟。列宿乃施于上荣兮，日月才经于柍桭。雷郁律于岩窔兮，电倏忽于墙藩。鬼魅不能自逮兮，半长途而下颠。历倒景而绝飞梁兮，浮蠛蠓而撇天。

左欃枪而右玄冥兮，前熛阙而后应门。荫西海与幽都兮，涌醴汩以生川。蛟龙连蜷于东厓兮，白虎敦圉乎昆仑。览樛流于高光兮，溶方皇于西清。前殿崔巍兮，和氏珑玲。抗浮柱之飞榱兮，神莫莫而扶倾。闶阆阆其寥廓兮，似紫宫之峥嵘。骈交错而曼衍兮，㠑嶵隗乎其相婴。乘云阁而上下兮，纷蒙笼以棍成。曳红采之流离兮，飏翠气之宛延。袭琁室与倾宫兮，若登高眇远，亡国“亡国”字，《汉书》无，无是。

肃乎临渊。

回猋肆其砀骇兮，翍桂椒而郁栘杨。香芬茀以穹隆兮，击薄栌而将荣。芗呹肸以棍批兮，声駍隐而历钟。排玉户而飏金铺兮，发兰蕙与芎䓖。帷弸彋其拂汩兮，稍暗暗而靓深。阴阳清浊穆羽相和兮，若夔、牙之调琴。般、倕弃其剞劂兮，王尔投其钩绳。虽方征侨与偓佺兮，犹仿佛其若梦。

于是事变物化，目骇耳回。盖天子穆然珍台闲馆，琁题玉英，蜵蜎蠖濩之中，惟夫所以澄心清魂，储精垂恩，感动天地，逆釐三神者，乃搜逑索偶，皋、伊之徒，冠伦魁能，函甘棠之惠，挟东征之意，相与齐乎阳灵之宫。靡薜荔而为席兮，折琼枝以为芳。噏清云之流瑕兮，饮若木之露英。集乎礼神之囿，登乎颂祇之堂。建光耀之长旓兮，昭华覆之威威。攀琁玑而下视兮，行游目乎三危。陈众车于东坑兮，肆玉轪而下驰。漂龙渊而还九垠兮，窥地底而上回。风傱傱而扶辖兮，鸾凤纷其衔蕤。梁弱水之濎濙兮，蹑不周之逶蛇。想西王母欣然而上寿兮，屏玉女而却宓妃。玉女亡所眺其清胪兮，宓妃曾不得施其蛾眉。方揽道德之精刚兮，侔神明与之为资。

于是钦柴宗祈，燎薰皇天，招摇泰壹。举洪颐，树灵旗。樵蒸昆上，配藜四施。东爥沧海，西耀流沙，北熿幽都，南炀丹厓。玄瓒觩䚟，秬鬯泔淡，肸蚃丰融，懿懿芬芬。炎感黄龙兮，熛讹硕麟。选巫咸兮叫帝阍，开天庭兮延群神。傧暗蔼兮降清坛，瑞穰穰兮委如山。

于是事毕功弘，回车而归，度三峦兮偈棠梨。天阃决兮地垠开，八荒协兮万国谐。登长平兮雷鼓礚，天声起兮勇士厉。云飞扬兮雨滂沛，于胥德兮丽万世。

乱曰：崇崇圜丘，隆隐天兮。登降峛崺，单埢垣兮。增宫参差，骈嵯峨兮。岭巆嶙峋，洞无厓兮。上天之縡，杳旭卉兮。圣皇穆穆，信厥对兮。徕祇郊禋，神所依兮。徘徊招摇，灵迟迡兮。辉光眩耀，降厥福兮。子子孙孙，长无极兮。

扬子云河东赋 ○○

其三月，将祭后土，上乃帅群臣，横大河，凑汾阴。既祭，行游介山，回安邑，顾龙门，览盐池。登历观，陟西岳以望八荒，迹殷、周之虚，眇然以思唐、虞之风。雄以为临川羡鱼，不如归而结罔，还，上《河东赋》，以劝。其辞曰：

伊年暮春，将瘗后土，礼灵祇，谒汾阴于东郊。因兹以勒崇垂鸿，发祥隤祉，钦若神明者，盛哉铄乎，越不可载已！于是命群臣，齐法服，整灵舆，乃抚翠凤之驾，六先景之乘，掉奔星之流旃，彏天狼之威弧。张耀日之玄旄，扬左纛，被云梢，奋电鞭，骖雷辎，鸣洪钟，建五旗。羲和司日，颜伦奉舆，风发飙拂，神腾鬼趡。千乘霆乱，万骑屈桥，嘻嘻旭旭，天地稠嶅。簸丘跳峦，涌渭跃泾。秦神下詟，跖魂负沴。河灵矍踢，爪华蹈襄。颜监云：爪，古掌字。鼐按：《说文》爪亦丮也，从反爪，诸两切。丮，持也，故苏林注此赋云：掌，据之，是即持丮之义，不得谓即掌字也。《水经·河水下》郦注引掌华蹈襄,盖以音近而相承失读久矣。襄,《汉书》作衰,然《郊祀志》及《史记·封禅书》并作襄山,此文与矍踢协韵,故知作襄为正,衰字误也。遂臻阴宫,穆穆肃肃,蹲蹲如也。灵祇既乡,五位时叙,絪缊玄黄,将绍厥后。于是灵舆安步,周流容与,以览虖介山。嗟文公而愍推兮,勤大禹于龙门。洒沈菑于豁渎兮,播九河于东濒。登历观而遥望兮,聊浮游以经营。乐往昔之遗风兮,喜虞氏之所耕。瞰帝唐之嵩高兮,脈隆周之大宁。汩低回而不能去兮,行睨陔下与彭城。濊南巢之坎坷兮,易豳、岐之夷平。乘翠龙而超河兮,陟西岳之峣崝。云霏霏而来迎兮,泽渗漓而下降。郁萧条其幽蔼兮,滃泛沛以丰隆。叱风伯于南北兮,呵雨师于西东。参天地而独立兮,廓荡荡其亡双。

遵逝虖归来,以函夏之大汉兮,彼曾何足与比功?建《乾》、《坤》之贞兆兮,将悉总之以群龙。丽钩芒与骖蓐收兮,服玄冥及祝融。敦众神使式道兮,奋六经以摅颂。隃于穆之缉熙兮,过《清庙》之雍雍。轶五帝之遐迹兮,蹑三皇之高踪。既发轫于平盈兮,谁谓路远而不能从?《上林》之末,有游乎六艺之囿及翱翔书圃之语,此文法之。借行游为喻,言以天道为车马,以六经为容,行乎帝王之途,何必巡历山川以为观览乎?

扬子云羽猎赋

羽猎,《汉书》注家不甚详,惟《晋语》却虎被羽先升,韦昭注云:羽,鸟羽,系于背,若今军将负眊矣。鼒疑负眊盖汉以后制,恐古人无此,韦说非也。大司马职郑注:号名者,徽识所以相别,在军象其制为之,被之以备死事。《东京赋》薛综注：挥为肩上绛帜，如燕尾者也，以在肩上，故曰负。《韩诗外传》子路曰：白羽如月，赤羽如朱。然则羽者，徽帜耳，以其似羽，非真鸟羽也。赋内羽骑营，营旿分殊事，则其取相别识之义明矣。　○○

其十二月羽猎，雄从。以为昔在二帝三王，宫馆台榭，沼池苑囿，林麓薮泽，财足以奉郊庙，御宾客，充庖厨而已，不夺百姓膏腴谷土桑柘之地。女有馀布，男有馀粟，国家殷富，上下交足。故甘露零其庭，醴泉流其唐，凤凰巢其树，黄龙游其沼，麒麟臻其囿，神爵栖其林。昔者禹任益虞，而上下和，草木茂。成汤好田，而天下用足。文王囿百里，民以为尚小；齐宣王囿四十里，民以为大，裕民之与夺民也。武帝广开上林，东南至宜春、鼎湖、御宿、昆吾，旁南山，西至长杨、五柞，北绕黄山，滨渭而东，周袤数百里。穿昆明池，象滇河，营建章、凤阙，神明、馺娑，渐台、泰液，象海水，周流方丈、瀛洲、蓬莱。游观侈靡，穷妙极丽。虽颇割其三垂以赡齐民，然至羽猎，甲车戎马，器械储偫，禁籞所营，尚泰奢丽夸诩，非尧、舜、成汤、文王三驱之意也。又恐后世复修前好，不折中以泉台，故聊因校猎，赋以风之。其辞曰：

或称羲、农，岂或帝王之弥文哉？论者云否，各亦并时而得宜，奚必同条而共贯？则泰山之封，焉得七十而有二仪？是以创业垂统者，俱不见其爽，遐迩五三，孰知其是非？遂作颂曰：丽哉神圣，处于玄宫，富既与地乎侔訾，贵正与天乎比崇。齐桓曾不足使扶毂，楚严未足以为参乘。狭三王之厄僻，峤高举而大兴。历五帝之寥廓，陟三皇之登闳。建道德以为师，友仁义与之为朋。

于是玄冬季月，天地隆烈，万物权舆于内，徂落于外，帝将惟田，于灵之囿，开北垠，受不周之制，以终始颛顼、玄冥之统。乃诏虞人典泽，东延昆邻，西驰闾阖。储积共偫，戍卒夹道，斩丛棘，夷野草，御自汧、渭，经营酆、镐，章皇周流，出入日月，天与地沓。尔乃虎落三嵕，以为司马，围经百里，而为殿门。外则正南极海，邪界虞渊，鸿濛沆茫，碣以崇山。营合围会，然后先置乎白杨之南，昆明灵沼之东。贲、育之伦，蒙盾负羽，杖镆邪而罗者以万计，其馀荷垂天之罼，张竟壄之罘，靡日月之朱竿，曳彗星之飞旗。青云为纷，虹霓为缳，属之乎昆仑之墟，涣若天星之罗，浩如涛水之波，淫淫与与，前后要遮，欃枪为闉，明月为候，荧惑司命，天弧发射，鲜扁陆离，骈衍佖路。徽车轻武，鸿絧緁猎，殷殷轸轸，被陵缘岅，穷夐极远者，相与迾虖高原之上。羽骑营营，昈分殊事，缤纷往来，轠轳不绝，若光若灭者，布乎青林之下。

于是天子乃以阳晁始出乎玄宫，撞鸿钟，建九旒，六白虎，载灵舆，蚩尤并毂，蒙公先驱。立历天之旂，曳捎星之旃，霹雳列缺，吐火施鞭。萃傱沇溶，淋离廓落，戏八镇而开关。鼐按：将猎时，先已合围，天子至，乃复开关入之，然后纵猎。飞廉、云师，吸嚊潚率，鳞罗布列，攒以龙翰。秋秋跄跄，入西园，切神光，望平乐，径竹林，蹂蕙圃，践兰唐。举烽烈火，辔者施技，方驰千驷，狡骑万帅。虓虎之陈，从横胶轕，猋拉雷厉，驞駍駖磕，汹汹旭旭，天动地岋。羡漫半散，萧条数千里外。

若夫壮士慷慨，殊乡别趣，东西南北，骋耆奔欲。拖苍豨，跋犀牦，蹶浮麋。斫巨狿，搏玄猿，腾空虚，距连卷，踔夭蟜，娭涧间，莫莫纷纷，山谷为之风猋，林丛为之生尘。及至获夷之徒，蹶松柏，掌蒺藜。猎蒙茏，辚轻飞。屦般首，带修蛇，钩赤豹，摼象犀。跐峦坑，超唐陂。车骑云会，登降暗蔼，泰华为旒，熊耳为缀。木仆山还，漫若天外，储与乎大浦，聊浪乎宇内。

于是天清日晏，逢蒙列眦，姜坞先生云：易列其夤，列即今裂字。羿氏控弦。皇车幽輵，光纯天地，望舒弥辔，翼乎徐至于上兰。移围徙阵，浸淫蹴部，曲队坚重，各按行伍。壁垒天旋，神抶电击，逢之则碎，近之则破。鸟不及飞，兽不得过，军惊师骇，刮野扫地。及至罕车飞扬，武骑聿皇，蹈飞豹，羂嘄阳。追天宝，出一方。应駍声，击流光。野尽山穷，囊括其雌雄，沇沇溶溶，遥噱乎纮中。三军芒然，穷冘阏与，亶观夫剽禽之绁隃，犀兕之抵触，熊罴之挐攫，虎豹之凌遽，徒角枪题注，蹴竦詟怖，魂亡魄失，触辐关脰。妄发期中，进退履获，创淫轮夷，丘累陵聚。

于是禽殚中衰，相与集于靖冥之馆，以临珍池。灌以岐、梁，溢以江、河，东瞰目尽，西畅亡厓，随珠和氏，焯烁其陂。玉石嶜崟，眩耀青荧，汉女水潜，怪物暗冥，不可殚形。玄鸾孔雀，翡翠垂荣，王雎关关，鸿雁嘤嘤，群娭乎其中。噍噍昆鸣，凫鹥振鹭，上下砰磕，声若雷霆。乃使文身之技，水格鳞虫，凌坚冰，犯严渊，探岩排碕，薄索蛟螭，蹈獱獭，据鼋鼍，抾灵蠵。入洞穴，出苍梧，乘钜鳞，骑京鱼。浮彭蠡，目有虞。方椎夜光之流离，剖明月之珠胎，鞭洛水之宓妃，饷屈原与彭、胥。

于兹乎鸿生钜儒，俄轩冕，杂衣裳，修唐典，匡《雅》、《颂》，揖让于前。昭光振耀，蠁曶如神，仁声惠于北狄，武谊动于南邻。是以旃裘之王，胡貉之长，移珍来享，抗手称臣。前入围口，后陈卢山。群公常伯，杨朱、墨翟之徒，喟然并称曰："崇哉乎德，虽有唐、虞、大夏、成周之隆，何以侈兹！太古之觐东岳，禅梁基，舍此世也，其谁与哉？"

上犹谦让而未俞也，方将上猎三灵之流，下决醴泉之滋，发黄龙之穴，窥凤凰之巢，临麒麟之囿，幸神爵之林。奢云梦，侈孟诸，非章华，是灵台，罕徂离宫而辍观游。土事不饰，木功不雕，丞民乎农桑，劝之以弗怠，侪男女使莫违。恐贫穷者不遍被洋溢之饶，开禁苑，散公储，创道德之囿，弘仁惠之虞，驰弋乎神明之囿，览观乎群臣之有亡。放雉兔，收罝罘，麋鹿刍荛，与百姓共之，盖所以臻兹也。于是醇洪鬯之德，丰茂世之规，加劳三皇，勖勤五帝，不亦至乎！乃祗庄雍穆之徒，立君臣之节，崇贤圣之业，未遑苑囿之丽，游猎之靡也。因回轸还衡，背阿房，反未央。

扬子云长杨赋有序

明年，上将大夸胡人以多禽兽。秋，命右扶风发民入南山，西自褒斜，东至弘农，南驱汉中，张罗网罝罘，捕熊罴、豪猪、虎豹、狖玃、狐兔、麋鹿，载以槛车，输长杨射熊馆。以网为周阹，纵禽兽其中，令胡人手搏之，自取其获，上亲临观焉。是时农民不得收敛。雄从至射熊馆，还，上《长杨赋》，聊因笔墨之成文章，故藉翰林以为主人，子墨为客卿以风。其辞曰：

子墨客卿问于翰林主人曰："盖闻圣主之养民也，仁沾而恩洽，动不为身。今年猎长杨，先命右扶风，左太华而右褒斜，椓巀嶭而为弋，纡南山以为罝，罗千乘于林莽，列万骑于山隅，帅军踤阹，锡戎获胡。扼熊罴，拖豪猪，木拥枪累，以为储胥，此天下之穷览极观也。虽然，亦颇扰于农人。三旬有馀，其廑至矣，而功不图。恐不识者，外之则以为娱乐之游，内之则不以为乾豆之事，岂为民乎哉？且人君以玄默为神，澹泊为德。今乐远出以露威灵，数摇动以罢车甲，本非人主之急务也，蒙窃惑焉。"

翰林主人曰："吁，客何谓兹邪？若客所谓知其一，未睹其二，见其外，不识其内也。仆尝倦谈，不能一二其详，请略举其凡，而客自览其切焉。"客曰："唯唯。"

主人曰："昔有强秦，封豕其士，窫窳其民，凿齿之徒，相与磨牙而争之，豪俊麋沸云扰，群黎为之不康，于是上帝眷顾高祖。高祖奉命，顺斗极，运天关，横钜海，漂昆仑，提剑而叱之，所过麾城摲邑，下将降旗，一日之战，不可殚记。当此之勤，头蓬不暇疏，饥不及餐，鞮鍪生虮虱，介胄被沾汗，以为万姓请命乎皇天。乃展民之所诎，振民之所乏，规亿载，恢帝业，七年之间，而天下密如也。

"逮至圣文，随风乘流，方垂意于至宁。躬服节俭，绨衣不敝，革鞜不穿，大厦不居，木器无文。于是后宫贱玳瑁而疏珠玑，却翡翠之饰，除雕琢之巧，恶丽靡而不近，斥芬芳而不御，抑止丝竹晏衍之乐，憎闻郑、卫幼眇之声，是以玉衡正而太阶平也。

“其后熏鬻作虐，东夷横畔，羌戎睚眦，闽越相乱，遐氓为之不安，中国蒙被其难。于是圣武勃怒，爰整其旅，乃命骠卫，汾沄沸渭，云合电发，猋腾波流，机骇蜂轶，疾如奔星，击如震霆。碎轒辒，破穹庐，脑沙幕，髓余吾。遂躐乎王庭，驱橐驼，烧熐蠡，分剺单于，磔裂属国。夷坑谷，拔卤莽，刊山石，蹂尸舆厮，系累老弱。吮铤瘢耆，金镞淫夷者，数十万人，皆稽颡树颔，扶服蛾伏。二十馀年矣，尚不敢惕息。夫天兵四临，幽都先加，回戈邪指，南越相夷，靡节西征，羌僰东驰。是以遐方疏俗，殊邻绝党之域，自上仁所不化，茂德所不绥，莫不蹻足抗手，请献厥珍，使海内澹然，永亡边城之灾，金革之患。

“今朝廷纯仁，遵道显义，并包书林，圣风云靡。英华沈浮，洋溢八区，普天所覆，莫不沾濡。士有不谈王道者，则樵夫笑之。意者以为事罔隆而不杀，物靡盛而不亏，故平不肆险，安不忘危。乃时以有年出兵，整舆竦戎，振师五莋，习马长杨，简力狡兽，校武票禽。乃萃然登南山，瞰乌弋，西厌月𩎟，东震日域。又恐后代迷于一时之事，常以此为国家之大务，淫荒田猎，陵夷而不御也。是以车不安轫，日未靡旃，从者彷佛，骫属而还。亦所以奉太尊之烈，遵文、武之度，复三王之田，反五帝之虞。使农不辍耰，工不下机，婚姻以时，男女莫违。出恺悌，行简易，矜劬劳，休力役，见百年，存孤弱，帅与之同苦乐。然后陈钟鼓之乐，鸣鼗磬之和，建碣磍之虡，拮隔鸣球，掉八列之舞。酌允铄，肴乐胥，听庙中之雍雍，受神人之福祜。歌投颂，吹合雅。其勤若此，故真神之所劳也。方将俟元符，以禅梁甫之基，增泰山之高，延光于将来，比荣乎往号。岂徒欲淫览浮观，驰骋粳稻之地，周流梨栗之林，蹂践刍荛，夸诩众庶，盛狖玃之收，多麋鹿之获哉！且盲者不见咫尺，而离娄烛千里之隅。客徒爱胡人之获我禽兽，曾不知我亦已获其王侯。"

言未卒，墨客降席再拜稽首曰："大哉体乎！允非小人之所能及也。乃今日发矇，廓然已昭矣。"此篇效《难蜀父老》。

扬子云解嘲 ○○○

客嘲扬子曰："吾闻上世之士，人纲人纪，不生则已，生则上尊人君，下荣父母。析人之珪，儋人之爵，怀人之符，分人之禄，纡青拖紫，朱丹其毂。今子幸得遭明盛之世，处不讳之朝，与群贤同行，历金门，上玉堂，有日矣，曾不能画一奇，出一策，上说人主，下谈公卿，目如耀星，舌如电光，一从一横，论者莫当。顾默而作《太玄》五千文，枝叶扶疏，独说十馀万言，深者入黄泉，高者出苍天，大者含元气，细者入无伦。然而位不过侍郎，擢才给事黄门。意者玄得无尚白乎？何为官之拓落也？"

扬子笑而应之曰："客徒欲朱丹吾毂，不知一跌将赤吾之族也！往者周网解结，群鹿争逸，离为十二，合为六七，四分五剖，并为战国。士无常君，国无定臣，得士者富，失士者贫。矫翼厉翮，恣意所存。故士或自盛以橐，或凿坏以遁。是故邹衍以颉颃而取世资，孟轲虽连蹇，犹为万乘师。

“今大汉，左东海，右渠搜，前番禺，后陶涂，东南一尉，西北一候。徽以纠墨，制以锧铁，散以礼乐，风以《诗》、《书》，旷以岁月，结以倚庐。天下之士，雷动云合，鱼鳞杂袭，咸营于八区。家家自以为稷、契，人人自以为皋陶，戴縰垂缨而谈者，皆拟于阿衡，五尺童子，羞比晏婴与夷吾。当涂者升青云，失路者委沟渠，旦握权则为卿相，夕失势则为匹夫。譬若江湖之崖，渤澥之岛，乘雁集不为之多，双凫飞不为之少。昔三仁去而殷虚，二老归而周炽，子胥死而吴亡，种、蠡存而越霸，五羖入而秦喜，乐毅出而燕惧，范雎以折摺而危穰侯，蔡泽以噤吟而笑唐举。故当其有事也，非萧、曹、子房，平、勃、樊、霍，则不能安。当其无事也，章句之徒，相与坐而守之，亦无所患。故世乱，则圣哲驰骛而不足；世治，则庸夫高枕而有馀。

“夫上世之士，或解缚而相，或释褐而傅；或倚夷门而笑，或横江潭而渔；或七十说而不遇，或立谈间而封侯；或枉千乘于陋巷，或拥帚彗而先驱。是以士颇得信其舌而奋其笔，窒隙蹈瑕，而无所诎也。当今县令不请士，郡守不迎师，群卿不揖客，将相不俯眉。言奇者见疑，行殊者得辟。是以欲谈者卷舌而同声，欲步者拟足而投迹。乡使上世之士处乎今，策非甲科，行非孝廉，举非方正，独可抗疏时道是非，高得待诏，下触闻罢，又安得青紫？

"且吾闻之，炎炎者灭，隆隆者绝。观雷观火，为盈为实，天收其声，地藏其热。高明之家，鬼瞰其室。攫拿者亡，默默者存。位极者宗危，自守者身全。是故知玄知默，守道之极；爰清爰静，游神之庭；惟寂惟寞，守德之宅。世异事变，人道不殊，彼我易时，未知何如。今子乃以鸱枭而笑凤皇，执蝘蜓而嘲龟龙，不亦病乎？子徒笑我玄之尚白，吾亦笑子病甚，不遭臾跗、扁鹊，悲夫！"

客曰："然则靡玄无所成名乎？范、蔡以下，何必玄哉？"扬子曰："范雎，魏之亡命也。折胁拉髂，免于徽索，翕肩蹈背，扶服入橐。激卬万乘之主，界泾阳，抵穰侯而代之，当也。蔡泽，山东之匹夫也。顉颐折頞，涕唾流沫，西揖强秦之相，扼其咽，炕其气，拊其背，而夺其位，时也。天下已定，金革已平，都于洛阳，娄敬委辂脱挽，掉三寸之舌，建不拔之策，举中国徙之长安，适也。五帝垂典，三王传礼，百世不易，叔孙通起于枹鼓之间，解甲投戈，遂作君臣之仪，得也。《吕刑》靡敝，秦法酷烈，圣汉权制，而萧何造律，宜也。故有造萧何律于唐虞之世，则谆矣；有作叔孙通仪于夏、殷之时，则惑矣；有建娄敬之策于成周之世，则缪矣；有谈范、蔡之说于金、张、许、史之间，则狂矣。夫萧规曹随，留侯画策，陈平出奇，功若泰山，响若阺隤，虽其人之赡智哉，亦会其时之可为也。故为可为于可为之时，则从；为不可为于不可为之时，则凶。若夫蔺先生收功于章台，四皓采荣于南山，公孙创业于金马，骠骑发迹于祁连，司马长卿窃资于卓氏，东方朔割名于细君，仆诚不能与此数子者并，故默然独守吾《太玄》。”伯父姜坞先生云：雄伟瑰丽，后人于此，不能复加恢奇矣。鼐按：此文前半以取爵位富贵为说，后半以有所建立于世成名为说，故范雎、蔡泽、萧、曹、留侯，前后再言之而义别，非重复也。末数句言人之取名，有建功于世者，有高隐者，又有以放诞之行使人惊异，若司马长卿、东方朔，亦所以致名也。今进不能建功，退不能高隐，又不肯失于放诞之行，是不能与数子者并，惟著书以成名耳。响若阺隤者，以状其声名之盛。《文选》及《说文》引之，并作响，《汉书》作向，古字通也。《说文》巴蜀名山，岸胁之旁著欲落㙞者曰氏，氏崩，声闻数百里，而阜部又有阺，曰秦谓陵阪曰阺，然则此字作氏，音承旨切，或作阺，音丁礼切，皆本《说文》，义皆可通。

扬子云解难 ○○

客难扬子曰：“凡著书者，为众人之所好也，美味期乎合口，工声调于比耳。今吾子乃抗辞幽说。闳意眇指，独驰骋于有亡之际，而陶冶大炉，旁薄群生，历览者兹年矣，而殊不寤。亶费精神于此，而烦学者于彼。譬画者画于无形，弦者放于无声，殆不可乎？”

扬子曰：“俞。若夫闳言崇议，幽微之涂，盖难与览者同也。昔人有观象于天，视度于地，察法于人者，天丽且弥，地普而深，昔人之辞，乃玉乃金。彼岂好为艰难哉？势不得已也。独不见夫翠虬绛螭之将登虖天，必耸身于苍梧之渊。不阶浮云，翼疾风，虚举而上升，则不能撠胶葛，腾九闳。日月之经不千里，则不能烛六合，耀八纮；泰山之高不嶕峣，则不能浡滃云而散歊烝。是以宓牺氏之作《易》

也，绵络天地，经以八卦，文王附六爻，孔子错其象而彖其辞，然后发天地之臧，定万物之基。《典》、《谟》之篇，《雅》、《颂》之声，不温纯深润，则不足以扬鸿烈而章缉熙。盖胥靡为宰，寂寞为尸；大味必淡，大音必希；大语叫叫，大道低回。是以声之眇者，不可同于众人之耳；形之美者，不可棍于世俗之目；辞之衍者，不可齐于庸人之听。今夫弦者，高张急徽，追趋逐耆，则坐者不期而附矣。试为之施《咸池》，揄《六茎》，发《萧韶》，咏《九成》，则莫有和也。是故锺期死，伯牙绝弦破琴，而不肯与众鼓；獿人亡，则匠石辍斤而不敢妄斫。师旷之调钟，俟知音者之在后也；孔子作《春秋》，几君子之前睹也。老聃有遗言：'贵知我者希。'此非其操与！"

扬子云反离骚 ○○

有周氏之蝉嫣兮，或鼻祖于汾隅。灵宗初谍伯侨兮，流于末之杨侯。淑周、楚之丰烈兮，超既离虖皇波。因江潭而淮记兮，钦吊楚之湘累。

惟天轨之不辟兮，何纯洁而离纷！纷累以其淟涊兮，暗累以其缤纷。汉十世之阳朔兮，招摇纪于周正。正皇天之清则兮，度后土之方贞。图累承彼洪族兮，又览累之昌辞。带钩矩而佩衡兮，履欃枪以为綦。累初贮厥丽服兮，何文肆而质𩟐？资娵娃之珍髢兮，鬻九戎而索赖。

凤皇翔于蓬陼兮，岂鴽鷃之能捷！骋骅骝以曲躟兮，驴骡连蹇而齐足。枳棘之榛榛兮，猿貁拟而不敢下。灵修既信椒、兰之唼佞兮，吾累忽焉而不蚤睹？

衿芰茄之绿衣兮，被夫容之朱裳。芳酷烈而莫闻兮，固不如襞而幽之离房。闺中容竞淖约兮，相态以丽佳。知众嫭之嫉妒兮，何必飏累之蛾眉？

懿神龙之渊潜兮，俟庆云而将举。亡春风之被离兮，孰焉知龙之所处？愍吾累之众芬兮，飏熠熠之芳苓。遭季夏之凝霜兮，庆夭悴而丧荣。

横江、湘以南湚兮，云走乎彼苍梧。驰江潭之泛溢兮，将折衷虖重华。舒中情之烦或兮，恐重华之不累与。陵阳侯之素波兮，岂吾累之独见许？

精琼靡与秋菊兮，将以延夫天年。临汨罗而自陨兮，恐日薄于西山。解扶桑之总辔兮，纵令之遂奔驰。鸾皇腾而不属兮，岂独飞廉与云师！

卷薜芷与若蕙兮，临湘渊而投之。棍申椒与菌桂兮，赴江湖而沤之。费椒稰以要神兮，又勤索彼琼茅。违灵氛而不从兮，反湛身于江皋。

累既𠦁夫傅说兮，奚不信而遂行？徒恐鷤鴂之将鸣兮，顾先百草为不芳！

初累弃彼虙妃兮，更思瑶台之逸女。抨雄鸩以作媒兮，何百离而曾不壹耦！乘云霓之旖柅兮，望昆仑以樛流。览四荒而顾怀兮，奚必云女彼高丘？

既亡鸾车之幽蔼兮，焉驾八龙之委蛇？临江濒而掩涕兮，何有《九招》与《九歌》？夫圣哲之不遭兮，固时命之所有。虽增欷以于邑兮，吾恐灵修之不累改。昔仲尼之去鲁兮，斐斐迟迟而周迈。终回复于旧都兮，何必湘渊与涛濑！溷渔父之餔歠兮，洁沐浴之振衣。弃由、聃之所珍兮，跖彭咸之所遗！凄怆呜咽，望溪宗伯所论，最得子云用意深处。

古文辞类纂六十八

辞赋类八

古文辞类篹六十九

班孟坚两都赋并序伯父姜坞先生云：凡所举典于建国之规，皆得其要，赡而不秽，详而有体，即班氏之史材也。　○○

或曰：赋者，古诗之流也。昔成、康没而颂声寝，王泽竭而诗不作。大汉初定，日不暇给。至于武、宣之世，乃崇礼官，考文章，内设金马、石渠之署，外兴乐府、协律之事，以兴废继绝，润色鸿业。是以众庶悦豫，福应尤盛，《白麟》、《赤雁》、《芝房》、《宝鼎》之歌，荐于郊庙。神爵、五凤、甘露、黄龙之瑞，以为年纪。故言语侍从之臣，若司马相如、虞邱寿王、东方朔、枚皋、王褒、刘向之属，朝夕论思，日月献纳；而公卿大臣御史大夫倪宽，太常孔臧，大中大夫董仲舒，按汉武帝前，本有中大夫，此是在省中官也。大中大夫必中大夫之巨者，故称大也。中大夫武帝后改为光禄大夫，其秩比二千石，则董生为大中大夫时，其秩或中二千石，或比二千石也。其后大中大夫盖不复内侍，但属光禄勋，其秩仅千石，反小于光禄大夫矣。此必昭、宣以后之制，《百官表》未详言其升降，但云秩千石，则非公卿大臣。而贾生自大中大夫为长沙傅，亦何为降黜乎？此实非旧制，据孟坚此序，足知《表》之漏阙矣。又《仲舒传》但云为中大夫，不云为大中大夫，亦是漏也。宗正刘德，太子太傅萧望之等，时时间作。或以抒下情而通讽谕，或以宣上德而尽忠孝，雍容揄扬，著于后嗣，抑亦《雅》、《颂》之亚也。故孝成之世，论而录之，盖奏御者千有馀篇，而后大汉之文章，炳焉与三代同风。且夫道有夷隆，学有粗密，因时而建德者，不以远近易则。故皋陶歌虞，奚斯颂鲁，同见采于孔氏，列于《诗》、《书》，其义一也。稽之上古则如彼，考之汉室又如此。斯事虽细，然先臣之旧式，国家之遗美，不可缺也。臣窃见海内清平，朝廷无事，京师修宫室，浚城隍，起苑囿，以备制度。西土耆老，咸怀怨思，冀上之眷顾，而盛称长安旧制，有陋洛邑之议。故臣作《两都赋》，以极众人之所眩曜，折以今之法度。其辞曰：

有西都宾问于东都主人曰："盖闻皇汉之初经营也，尝有意乎都河、洛矣。辍而弗康，实用西迁，作我上都。主人闻其故而睹其制乎？"主人曰："未也。愿宾摅怀旧之蓄念，发思古之幽情。博我以皇道，弘我以汉京。"

宾曰："唯唯。汉之西都，在于雍州，实曰长安。左据函谷、二崤之阻，表以太华、终南之山。右界褒斜、陇首之险，带以洪河、泾、渭之川。众流之隈，汧涌其西。华实之毛，则九州之上腴焉；防御之阻，则天地之隩区焉。是故横被六合，三成帝畿。周以龙兴，秦以虎视。及至大汉受命而都之也，仰悟东井之精，俯协《河图》之灵。奉春建策，留侯演成。天人合应，以发皇明。乃眷西顾，实惟作京。于是睎秦岭，睋北阜。挟沣灞，据龙首。图皇基于亿载，度宏规而大起。肇自高而终平，世增饰以崇丽。历十二之延祚，故穷泰而极侈。

“建金城之万雉，呀周池而成渊。披三条之广路，立十二之通门。内则街衢洞达，闾阎且千。九市开场，货别隧分。人不得顾，车不得旋。阗城溢郭，旁流百廛。红尘四合，烟云相连。于是既庶且富，娱乐无疆。都人士女，殊异乎五方。游士拟于公侯，列肆侈于姬、姜。乡曲豪举，游侠之雄。节慕原、尝，名亚春、陵。连交合众，骋骛乎其中。

“若乃观其四郊，浮游近县，则南望杜、霸，北眺五陵。名都对郭，邑居相承。英俊之域，绂冕所兴。冠盖如云，七相五公。与乎州郡之豪杰，五都之货殖。三选七迁，充奉陵邑。盖以强干弱枝，隆上都而观万国也。

“封畿之内，厥土千里。卓荦诸夏，兼其所有。其阳则崇山隐天，幽林穹谷。陆海珍藏，蓝田美玉。商、洛缘其隈，鄠、杜滨其足。源泉灌注，陂池交属。竹林果园，芳草甘木。郊野之富，号为近蜀。其阴则冠以九嵕，陪以甘泉，乃有灵宫，起乎其中。秦汉之所极观。渊、云之所颂叹，于是乎存焉。下有郑、白之沃，衣食之源。提封五万，疆埸绮分。沟塍刻镂，原隰龙鳞。决渠降雨，荷插成云。五谷垂颖，桑麻铺菜。东郊则有通沟大漕，溃渭洞河。泛舟山东，控引淮、湖，与海通波。西郊则有上囿禁苑，林麓薮泽陂池连乎蜀、汉，缭以周墙，四百馀里。离宫别馆，三十六所。神池灵沼，往往而在。其中乃有九真之麟，大宛之马。黄支之犀，条枝之鸟。逾昆仑，越巨海。殊方异类，至于三万里。

“其宫室也，体象乎天地，经纬乎阴阳。据坤灵之正位，仿太、紫之圆方。树中天之华阙，丰冠山之朱堂。因瑰材而究奇，抗应龙之虹梁。列棼橑以布翼，荷栋桴而高骧。雕玉瑱以居楹，裁金璧以饰珰。发五色之渥彩，光焰朗以景彰。于是左墄右平，重轩三阶。闺房周通，门闼洞开。列钟虡于中庭，立金人于端闱。仍增崖而衡阈，临峻路而启扉。徇以离宫别寝，承以崇台闲馆。焕若列宿，紫宫是环。清凉宣温，神仙长年。金华玉堂，白虎麒麟。区宇若兹，不可殚论。增盘崔嵬，登降炤烂。殊形诡制，每各异观。乘茵步辇，惟所息宴。后宫则有掖庭、椒房，后妃之室。合欢增城，安处常宁。茝若椒风，披香发越。兰林蕙草，鸳鸾飞翔之列。昭阳特盛，隆乎孝成。屋不呈材，墙不露形。裛以藻绣，络以纶连。随侯明月，错落其间。金釭衔璧，是为列钱。翡翠火齐，流耀含英。悬黎垂棘，夜光在焉。于是玄墀扣砌，玉阶彤庭。碝碱彩致，琳珉青荧。珊瑚碧树，周阿而生。红罗飒纚，绮组缤纷。精曜华爛，俯仰如神。后宫之号，十有四位。窈窕繁华，更盛迭贵。处乎斯列者，盖以百数。左右庭中朝堂百僚之位，周时天子诸侯朝皆在廷，不在堂。惟《考工记》云：外有九室九卿朝焉。此通言治事之所曰朝耳。汉时议事，亦在廷中，与古同。异于古者，皆坐而非立也。其朝堂盖本为大臣所次止，略如古之九室。《前汉书》内不见朝堂事，如《霍光传》议立帝，固在廷也。至后汉则陈球议窦太后事，袁安议北单于事，并在朝堂矣，而熹平四年议历，则又在司徒府廷中。似议人少则在堂，人多则在廷耶？以东京之事推之，西都或亦然耶？此朝堂盖亦南向，在殿廷外偏东，故《西京赋》云：朝堂承东。非如后世朝房之制也。而班云左右廷中者，自指百僚位言之，非朝堂有左右。萧、曹、魏、邴，谋谟乎其上。佐命则垂统，辅翼则成化。流大汉之恺悌，荡亡秦之毒螫。故令斯人扬乐和之声，鼐按：此用王襄令王褒作《中和乐职宣布诗》事，善注引《孔丛子》“功善者其乐和”，非也。作画一之歌。功德著乎祖宗，膏泽洽乎黎庶。又有天禄、石渠，典籍之府。命夫惇诲故老，名儒师傅，讲论乎六艺，稽合乎同异。又有承明、金马，著作之庭，大雅宏达，于兹为群。元元本本，殚见洽闻。启发篇章，校理秘文。周以钩陈之位，卫以严更之署。总礼官之甲科，群百郡之廉孝。鼐按：此二句乃赋郎署。《儒林传》以博士弟子甲科为郎中，故云总礼官之甲科也。其廉孝一途，则若王吉、京房，俱以孝廉为郎是也。郎选略尽于此二句。虎贲赘衣，赘衣，即缀衣，古称也。其在汉则少府侍中之职。阉尹阍寺。陛戟百重，各有典司。周庐千列，钩陈之位，郎卫也。周庐千列，卒位也。徼道绮错。辇路经营，修除飞阁。自未央而连桂宫，北弥明光而亘长乐。陵墱道而超西墉，掍建章而连外属。设璧门之凤阙，上觚棱而栖金爵。内则别风嶕峣，眇丽巧而耸擢。张千门而立万户，顺阴阳以开阖。尔乃正殿崔嵬层构，厥高临乎未央。经骀荡而出馺娑，洞枍诣以与天梁。上反宇以盖戴，激日景而纳光。神明郁其特起，遂偃蹇而上跻。轶云雨于太半，虹霓回带于棼。虽轻迅与僄狡，犹愕眙而不能阶。攀井幹而未半，目眩转而意迷。舍棂槛而却倚，若颠坠而复稽。魂恍恍以失度，巡回涂而下低。既惩惧于登望，降周流以彷徨。步甬道以萦纡，又杳窱而不见阳。排飞闼而上出，若游目于天表，似无依而洋洋。前唐中而后太液，览沧海之汤汤。扬波涛于碣石，激神岳之嶈嶈。滥瀛洲与方壶，蓬莱起乎中央。于是灵草冬荣，神木丛生。岩峻崷崒，金石峥嵘。抗仙掌以承露，擢双立之金茎。轶埃壒之混浊，鲜颢气之清英。骋文成之丕诞，驰五利之所刑。庶松、乔之群类，时游从乎斯庭。实列仙之攸馆，非吾人之所宁。

“尔乃盛娱游之壮观，奋大武乎上囿。因兹以威戎夸狄，耀威灵而讲武事。命荆州使起鸟，诏梁野而驱兽。毛群内阗，飞羽上覆。接翼侧足，集禁林而屯聚。水衡虞人，修其营表。种别群分，部曲有署。罘网连纮，笼山络野。列卒周匝，星罗云布。于是乘銮舆，备法驾，帅群臣。披飞廉，入苑门。遂绕酆、鄗，历上兰。六师发逐，百兽骇殚。震震爚爚，雷奔电激。草木涂地，山渊反覆。蹂躏其十二三，乃拗怒而少息。尔乃期门佽飞，列刃钻镞，要趹追踪。鸟惊触丝，兽骇值锋。机不虚掎，弦不再控。矢不单杀，中必叠双。飑飑纷纷，矰缴相缠。风毛雨血，洒野蔽天。平原赤，勇士厉，猿狖失木，豺狼慑窜。尔乃移师趋险，并蹈潜秽。穷虎奔突，狂兕触蹷。许少施巧，秦成力折。掎僄狡，扼猛噬。脱角挫脰，徒搏独杀。挟师豹，拖熊螭。曳犀牦，顿象罴。超洞壑，越峻崖。蹶崭岩，巨石隤，松柏仆，丛林摧。草木无馀，禽兽殄夷。于是天子乃登属玉之馆，历长杨之榭。览山川之体势，观三军之杀获。原野萧条，目极四裔。禽相镇压，兽相枕藉。然后收禽会众，论功赐胙。陈轻骑以行炰，腾酒车以斟酌。割鲜野食，举燧命爵。飨赐毕，劳逸齐。大辂鸣銮，容与徘徊。集乎豫章之宇，临乎昆明之池。左牵牛而右织女，似云汉之无涯。茂树荫蔚，芳草被堤。兰茝发色，晔晔猗猗。若摛锦布绣，烛耀乎其陂。玄鹤白鹭，黄鹄䴔䴖。鸧鸹鸨鶂，凫鹥鸿雁。朝发河、海，夕宿江、汉。沈浮往来，云集雾散。于是后宫乘輚辂，登龙舟，张凤盖，建华旗。祛黼帷，镜清流。靡微风，澹淡浮。棹女讴，鼓吹震。声激越，謍厉天。鸟群翔，鱼窥渊。招白闲，下双鹄。揄文竿，出比目。抚鸿罿，御矰缴。方舟并骛，俯仰极乐。

“遂乃风举云摇，浮游溥览。前乘秦岭，后越九嵕。东薄河、华，西涉岐、雍。宫馆所历，百有馀区，行所朝夕，储不改供。礼上下而接山川，究休祐之所用。采游童之欢谣，第从臣之嘉颂。

“于斯之时，都都相望，邑邑相属。国藉十世之基，家承百年之业。士食旧德之名氏，农服先畴之畎亩。鼐按：《王嘉传》仓氏、库氏，则仓库吏之后也。商循族世之所鬻，工用高、曾之规矩。粲乎隐隐，各得其所。若臣者，徒观迹于旧墟，闻之乎故老。十分未得其一端，故不能遍举也。”

东都主人喟然而叹曰：“痛乎风俗之移人也！子实秦人，矜夸馆室，保界河山，信识昭、襄而知始皇矣，乌睹大汉之云为乎？夫大汉之开元也，奋布衣以登皇位，由数期而创万世，盖六籍所不能谈，前圣靡得而言焉。当此之时，功有横而当天，计有逆而顺民。故娄敬度势而献其说，萧公权宜而拓其制。时岂泰而安之哉？计不得以已也。吾子曾不是睹，顾曜后嗣之末造，不亦暗乎？今将语子以建武之治，永平之事。监于太清，以变子之惑志。

"往者王莽作逆，汉祚中缺。天人致诛，六合相灭。于时之乱，生民几亡，鬼神泯绝。壑无完柩，郛罔遗室。原野厌人之肉，川谷流人之血。秦、项之灾，犹不克半，书契以来，未之或纪。故下民号而上诉，上帝怀而降监，乃致命乎圣皇。于是圣皇乃握乾符，阐坤珍。披皇图，稽帝文。赫然发愤，应若兴云。霆击昆阳，凭怒雷震。遂超大河，跨北岳。立号高邑，建都河、洛。绍百王之荒屯，因造化之荡涤。体元立制，继天而作。系唐统，接汉绪。茂育群生，恢复疆宇。勋兼乎在昔，事勤乎三、五。岂特方轨并迹，纷纶后辟，治近古之所务，蹈一圣之险易云尔哉？且夫建武之元，天地革命。四海之内，更造夫妇，肇有父子。君臣初建，人伦实始。斯乃伏牺氏之所以基皇德也。分州土，立市朝，作舟舆，造器械，斯乃轩辕氏之所以开帝功也。龚行天罚，应天顺民，斯乃汤武之所以昭王业也。迁都改邑，有殷宗中兴之则焉；即土之中，有周成、隆平之制焉。不阶尺土一人之柄，同符乎高祖。克己复礼，以奉终始，允恭乎孝文。宪章稽古，封岱勒成，仪炳乎世宗。按六经而校德，眇古昔而论功，仁圣之事既该，而帝王之道备矣。

"至于永平之际，重熙而累洽。盛三雍三雍，字见《后汉书·赵熹传》。之上仪，修衮龙之法服。铺鸿藻，信景铄。扬世庙，正予乐。人神之和允洽，群臣之序既肃。乃动大辂，遵皇衢。省方巡狩，穷览万国之有无。考声教之所被，散皇明以燭幽。然后增周旧，修洛邑。扇巍巍，显翼翼。光汉京于诸夏，总八方而为之极。于是皇城之内，宫室光明，阙庭神丽。奢不可逾，俭不能侈。

“外则因原野以作苑，顺流泉而为沼。发蘋藻以潜鱼，丰圃草以毓兽。制同乎梁邹，谊合乎灵囿。若乃顺时节而蒐狩，简车徒以讲武。则必临之以《王制》，考之以《风》、《雅》。历《驺虞》，览《驷驖》。嘉《车攻》，采《吉日》。礼官整仪，乘舆乃出。于是发鲸鱼，铿华钟。登玉辂，乘时龙。凤盖棽丽，和銮玲珑。天官景从，寝威盛容。山灵护野，属御方神。雨师泛洒，风伯清尘。千乘雷起，万骑纷纭。元戎竟野，戈鋋彗云。羽旄扫霓，旌旗拂天。焱焱炎炎，扬光飞文。吐焰生风，喝野喷山。日月为之夺明，邱陵为之摇震。遂集乎中囿，陈师按屯。骈部曲，列校队。勒三军，誓将帅。然后举烽伐鼓，申令三驱。輶车霆激，骁骑电骛。由基发射，范氏施御。弦不睼禽，辔不诡遇。飞者不及翔，走者未及去。指顾倏忽，获车已实。乐不极盘，杀不尽物。马踠馀足，士怒未泄。先驱复路，属车案节。

“于是荐三牺，效五牲。礼神祇，怀百灵。觐明堂，临辟雍。扬缉熙，宣皇风。登灵台，考休征。俯仰乎乾坤，参象乎圣躬。目中夏而布德，瞰四裔而抗棱。西荡河源，东澹海漘。北动幽崖，南耀朱垠。殊方别区，界绝而不邻。自孝武之所不征，孝宣之所未臣。莫不陆詟水栗，奔走而来宾。遂绥哀牢，开永昌。春王三朝，会同汉京。是日也，天子受四海之图籍，膺万国之贡珍。内抚诸夏，外绥百蛮。

尔乃盛礼兴乐，供帐置乎云龙之庭。陈百寮而赞群后，究皇仪而展帝容。于是庭实千品，旨酒万钟。列金罍，班玉觞。嘉珍御，太牢飨。尔乃食举《雍》彻，太师奏乐。陈金石，布丝竹。钟鼓铿鍧，管弦晔煜。抗五声，极六律。歌九功，舞八佾。《韶》、《武》备，泰古毕。四夷间奏，德广所及。《僸》、《侏》、《兜离》，罔不具集。万乐备，百礼暨。皇欢浃，群臣醉。降烟煴，调元气。然后撞钟告罢，百寮遂退。

“于是圣上睹万方之欢娱，又沐浴于膏泽，惧其侈心之将萌，而怠于东作也，乃申旧章，下明诏。命有司，班宪度。昭节俭，示太素。去后宫之丽饰，损乘舆之服御。抑工商之淫业，兴农桑之盛务。遂令海内弃末而反本，背伪而归真。女修织纴，男务耕耘。器用陶匏，服尚素玄。耻纤靡而不服，贱奇丽而不珍。捐金于山，沈珠于渊。于是百姓涤瑕荡秽，而镜至清。形神寂漠，耳目不营。嗜欲之源灭，廉耻之心生。莫不优游而自得，玉润而金声。是以四海之内，学校如林，庠序盈门。献酬交错，俎豆莘莘。下舞上歌，蹈德咏仁。登降饫宴之礼既毕，因相与嗟叹玄德，谠言弘说。咸含和而吐气，颂曰：盛哉乎斯世！

“今论者但知诵虞、夏之《书》，咏殷、周之《诗》。讲羲、文之《易》，论孔氏之《春秋》。罕能精古今之清浊，究汉德之所由。唯子颇识旧典，又徒驰骋乎末流。温故知新已难，而知德者鲜矣！且夫僻界西戎，险阻四塞，修其防御，孰与处乎土中，平夷洞达，万方辐凑？秦岭、九嵕，泾、渭之川，曷若四渎、五岳，带河泝洛，图书之渊？建章、甘泉，馆御列仙，孰与灵台、明堂，统和天人？太液、昆明，鸟兽之囿，曷若辟雍海流，道德之富？游侠逾侈，犯义侵礼，孰与同履法度，翼翼济济也？子徒习秦阿房之造天，而不知京洛之有制也；识函谷之可关，而不知王者之无外也。”

主人之辞未终，西都宾矍然失容，逡巡降阶，惵然意下，捧手欲辞。主人曰：“复位，今将授子以五篇之诗。”宾既卒业，乃称曰：“美哉乎斯诗，义正乎扬雄，事实乎相如。匪唯主人之好学，盖乃遭遇乎斯时也。小子狂简，不知所裁。既闻正道，请终身而诵之。”其诗曰：

于昭明堂，明堂孔阳。圣皇宗祀，穆穆煌煌。上帝宴飨，五位时序。谁其配之？世祖光武。普天率土，各以其职。猗与缉熙，允怀多福。

乃流辟雍，辟雍汤汤。圣皇莅止，造舟为梁。皤皤国老，乃父乃兄。抑抑威仪，孝友光明。于赫太上，示我汉行。洪化惟神，永观厥成。

乃经灵台，灵台既崇。帝勤时登，爰考休征。三光宣精，五行布序。习习祥风，祁祁甘雨。百谷蓁蓁，庶草蕃庑。屡惟丰年，于皇乐胥。

岳修贡兮川效珍，吐金景兮歊浮云。宝鼎见兮色纷缊，焕其炳兮被龙文。登祖庙兮享圣神，昭灵德兮弥亿年。

启灵篇兮披瑞图，获白雉兮效素乌。嘉祥阜兮集皇都。发皓羽兮奋翘英，容洁朗兮于淳精。彰皇德兮侔周成，永延长兮膺天庆。

傅武仲舞赋 ○○

楚襄王既游云梦,使宋玉赋高唐之事。将置酒宴饮,谓宋玉曰:“寡人欲觞群臣,何以娱之?”玉曰:“臣闻歌以咏言,舞以尽意。是以论其诗不如听其声,听其声不如察其形。《激楚》、《结风》、《阳阿》之舞,材人之穷观,天下之至妙。噫!可以进乎?”王曰:“其如郑何?”玉曰:“小大殊用,郑、雅异宜,弛张之度,圣哲所施。是以《乐》记干戚之容,《雅》美蹲蹲之舞,《礼》设三爵之制,《颂》有醉归之歌。夫《咸池》、《六英》,所以陈清庙、协神人也。郑、卫之乐,所以娱密坐、接欢欣也。馀日怡荡,非以风民也,其何害哉?”王曰:“试为寡人赋之。”玉曰:“唯唯。”

夫何皎皎之闲夜兮,明月烂以施光。朱火晔其延起兮,耀华屋而熺洞房。黼帐袪而结组兮,铺首炳以焜煌。陈茵席而设坐兮,溢金罍而列玉觞。腾觚爵之斟酌兮,漫既醉其乐康。严颜和而怡怿兮,幽情形而外扬。文人不能怀其藻兮,武毅不能隐其刚。简惰跳踃,般纷挐兮。渊塞沈荡,改恒常兮。

于是郑女出进,二八徐侍。姣服极丽,姁媮致态。貌嫽妙以妖蛊兮,红颜晔其扬华。眉连娟以增绕兮,目流睇而横波。珠翠的皪而炤耀兮,华袿飞髾而杂纤罗。顾形影,自整装。顺微风,挥若芳。动朱唇,纡清扬。亢音高歌,为乐之方。

歌曰：摅予意以弘观兮，绎精灵之所束。弛紧急之弦张兮，慢末事之委曲。舒恢炱之广度兮，阔细体之苛缛。嘉《关雎》之不淫兮，哀《蟋蟀》之局促。启泰贞之否隔兮，超遗物而度俗。扬《激徵》，骋《清角》。赞舞操，奏均曲。形态和，神意协。从容得，志不劫。

于是蹑节鼓陈，舒意自广。游心无垠，远思长想。其始兴也，若俯若仰，若来若往。雍容惆怅，不可为象。其少进也，若翱若行，若竦若倾。兀动赴度，指顾应声。罗衣从风，长袖交横。骆驿飞散，飒擖合并。鶣鷅燕居，拉揩鹄惊。绰约闲靡，机迅体轻。姿绝伦之妙态，怀悫素之洁清。修仪操以显志兮，独驰思乎杳冥。在山峨峨，在水汤汤。与志迁化，容不虚生。明诗表指，喟息激昂。气若浮云，志若秋霜。观者增叹，诸工莫当。

于是合场递进，案次而俟。埒材角妙，夸容乃理。轶态横出，瑰姿谲起。眄般鼓则腾清眸，吐哇咬则发皓齿。摘齐行列，经营切儗。彷佛神动，回翔竦峙。击不致策，蹈不顿趾。翼尔悠往，暗复辍已。及至回身还入，迫于急节。浮腾累跪，跗蹋摩跌。纡形赴远，漼似摧折。纤縠蛾飞，纷猋若绝。超逾鸟集，纵弛殟殁。蝼蛇姌袅，云转飘曶。体如游龙，袖如素霓。瞟睞而拜，曲度究毕。迁延微笑，退复次列。观者称丽，莫不怡悦。

于是欢洽宴夜，命遣诸客。扰躟就驾，仆夫正策。车骑并狎，巃嵸逼迫。良骏逸足，跄捍凌越。龙骧横举，扬镳飞沫。马材不同，各相倾夺。或有逾埃赴辙，霆骇电灭。

跖地远群，暗跳独绝。或有宛足郁怒，般桓不发。后往先至，遂为逐末。或有矜容爱仪，洋洋习习。迟速承意，控御缓急。车音若雷，骛骤相及。骆漠而归，云散城邑。天王燕胥，乐而不溢。娱神遗老，永年之术。优哉游哉，聊以永日。

古文辞类篹六十九终

辞赋类九

古文辞类篹七十

张平子二京赋 ○○○

有凭虚公子者，心奓体忲，雅好博古，学乎旧史氏，是以多识前代之载。言于安处先生，曰："夫人在阳时则舒，在阴时则惨，此牵乎天者也。处沃土则逸，处瘠土则劳，此系乎地者也。惨则鲜于欢，劳则褊于惠，能违之者寡矣。小必有之，大亦宜然。故帝者因天地以致化，兆民承上教以成俗。化俗之本，有与推移。何以核诸？秦据雍而强，周即豫而弱，高祖都西而泰，光武处东而约。政之兴衰，恒由此作。先生独不见西京之事与？请为吾子陈之。

"汉氏初都，在渭之涘，秦里其朔，实为咸阳。左有崤函重险、桃林之塞，缀以二华，巨灵赑屃，高掌远跖，以流河曲，厥迹犹存。右有陇坻之隘，隔阂华、戎，岐、梁、汧、雍，陈宝鸣鸡在焉。于前则终南、太一，隆崛崔崒，隐辚郁律，连冈乎嶓冢，抱杜含鄠，喝沣吐镐，爰有蓝田珍玉，是之自出。于后则高陵平原，据渭踞泾，澶漫靡迤，作镇于近。其远则有九嵏、甘泉，涸阴冱寒。日北至而含冻，此焉清暑。尔乃广衍沃野，厥田上上，实为地之奥区神皋。昔者大帝悦秦缪公而觐之，飨以钧天广乐，帝有醉焉，乃为金策，锡用此土，而翦诸鹑首。是时也，并为强国者有六，然而四海同宅西秦，岂不诡哉？

“自我高祖之始入也，五纬相汁以旅于东井。娄敬委辂，干非其议，天启其心，人基之谋。及帝图时，意亦有虑乎神祇，宜其可定以为天邑，岂伊不虔思于天衢？岂伊不怀归于枌榆？天命不滔，畴敢以渝？

“于是量径轮，考广袤，经城洫，营郭郛，取殊裁于八都，岂稽度于往旧？尔乃览秦制，跨周法，狭百堵之侧陋，增九筵之迫胁，正紫宫于未央，表峣阙于阊阖。疏龙首以抗殿，状巍峨以岌嶪，亘雄虹之长梁，结棼橑以相接。蒂倒茄于藻井，披红葩之狎猎，饰华榱与璧珰，流景曜之韡晔。雕楹玉碣，绣栭云楣，三阶重轩，镂槛文棍，右平左墄，青琐丹墀。刊层平堂，设砌厓隒，坻崿鳞眴，眴，胡绢切。栈齴巉崄，襄岸夷涂，修路陵险。重门袭固，奸宄是防。仰福帝居，阳曜阴藏，洪钟万钧，猛虡趪趪，负笋业而馀怒，乃奋翅而腾骧。朝堂承东，温调延北，西有玉台，联以昆德，嵯峨𡸣嶫，罔识所则。

“若夫长年、神仙，宣室、玉堂，麒麟、朱鸟，龙兴、含章，譬众星之环极，叛赫戏以辉煌。正殿路寝，用朝群辟，大夏耽耽，鼒按：路寝谓长乐宫正殿，其殿名大夏。《董卓传》注引《三辅旧事》云：汉置铜人长乐宫大夏殿前。九户开辟，嘉木树庭，芳草如积。

高门有闶，列坐金狄。内有常侍、谒者，常侍与谒者皆士人。《息夫躬传》有中常侍宋弘，《董贤传》有中常侍王闳，薛综注谓阉官，误矣。阉官中常侍，后汉之制耳。谒者，后汉选孝廉为之，前汉无定制，其寺人之谒者，若《高后纪》中谒者张释卿是也。然灌婴亦名中谒者，则士人为常侍、谒者，并可加中字。颜监谓加中字为阉，亦非也。奉命当御；外有兰台、金马，递宿迭居；次有天禄、石渠校文之处，重以虎威、章沟严更之署。徼道外周，千庐内附，卫尉八屯，警夜巡昼，植铩悬瞂，用戒不虞。

"后宫则昭阳、飞翔，增成、合欢，兰林、披香，凤凰、鸳鸾，群窈窕之华丽，嗟内顾之所观。故其馆室次舍，采饰纤缛，裛以藻绣，文以朱绿，翡翠火齐，络以美玉，流悬黎之夜光，缀随珠以为烛。金戺玉阶，彤庭辉辉，珊瑚琳碧，瓀珉璘彬。珍物罗生，焕若昆仑。虽厥裁之不广，侈靡逾乎至尊。

"于是钩陈之外，阁道穹隆，属长乐与明光，径北通乎桂宫。命般、尔之巧匠，尽变态乎其中。于是后宫不移，乐不徙悬，门卫供帐，官以物辨。恣意所幸，下辇成燕，穷年忘归，犹弗能遍，瑰异日新，殚所未见。以上赋城内宫殿，以下赋城外离宫，独举甘泉、建章者，以帝常居此也。

"惟帝王之神丽，惧尊卑之不殊。虽斯宇之既坦，心犹凭而未摅。思比象于紫微，恨阿房之不可庐。觑往昔之遗馆，获林光于秦馀，处甘泉之爽垲，乃隆崇而弘敷。既新作于迎风，增露寒与储胥。托乔基于山冈，直墆霓以高居。通天訬以竦峙，径百常而茎擢。上辨华以交纷，下刻陗其若削。翔鹍仰而不逮，况青鸟与黄雀。伏棂槛而俯听，闻雷霆之相激。

“柏梁既灾，越巫陈方，建章是经，用厌火祥。营宇之制，事兼未央。圜阙竦以造天，若双碣之相望。凤骞翥于甍标，咸溯风而欲翔。阊阖之内，别风嶕峣，何工巧之瑰玮，交绮豁以疏寮。干云雾而上达，状亭亭以岧岧。神明崛其特起，井幹叠而百增。峙游极于浮柱，结重栾以相承。累层构而遂隮，望北辰而高兴。消雰埃于中宸，集重阳之清瀓。瞰宛虹之长鬐，察云师之所凭。上飞闼而仰眺，正睹瑶光与玉绳。将乍往而未半，怵悼栗而耸兢。非都卢之轻趫，孰能超而究升？驺娑、骀荡，焘奡桔桀，枍诣、承光，睽罛庨豁。增桴重棼，锷锷列列，反宇业业，飞檐巘巘，流景内照，引曜日月。天梁之宫，实开高闱，旗不脱扃，结驷方蕲，栎辐轻骛，容于一扉。长廊广庑，连阁云蔓，闬庭诡异，门千户万。重闺幽闼，转相逾延，望窋窱以径廷，眇不知其所返。既乃珍台蹇产以极壮，墱道逦倚以正东，似阆风之遐坂，横西洫而绝金墉。城尉不弛柝，而内外潜通。

“前开唐中，弥望广潒，顾临太液，沧池漭沆。渐台立于中央，赫昈昈昈，乎古切。以弘敞。清渊洋洋，神山峨峨，列瀛洲与方丈，夹蓬莱而骈罗。上林岑以罍嵬，下崭岩以岩龉。长风激于别隯，起洪涛而扬波，浸石菌于重涯，濯灵芝以朱柯。海若游于玄渚，鲸鱼失流而蹉跎。于是采少君之端信，庶栾大之贞固，立修茎之仙掌，承云表之清露，屑琼蕊以朝餐，必性命之可度。美往昔之松、乔，要羡门乎天路，想升龙于鼎湖，岂时俗之足慕？若历世而长存，何遽营乎陵墓？

“徒观其城郭之制，以下城市风俗。则旁开三门，参涂夷庭，方轨十二，街衢相经，廛里端直，甍宇齐平。北阙甲第，当道直启，程巧致功，期不陁陊，木衣绨锦，土被朱紫，武库禁兵，设在兰锜。匪石匪董，畴能宅此？尔乃廓开九市，通阛带阓，旗亭五重，俯察百隧，周制大胥，今也惟尉。瑰货方至，鸟集鳞萃，鬻者兼赢，求者不匮。尔乃商贾百族，裨贩夫妇，鬻良杂苦，蚩眩边鄙。何必昏于作劳，邪赢优而足恃。彼肆人之男女，丽美奢乎许、史。若夫翁伯、浊、质、张里之家，击钟鼎食，连骑相过，东京公侯，壮何能加！都邑游侠，张、赵之伦，齐志无忌，拟迹田文。轻死重气，结党连群，实蕃有徒，其从如云。茂陵之原，阳陵之朱，趫悍虓豁，如虎如貙，睚眦虿芥，尸僵路隅。丞相欲以赎子罪，阳石污而公孙诛。若其五县游丽辩论之士，街谈巷议，弹射臧否，剖析毫厘，擘肌分理，所好生毛羽，所恶成创痏。郊甸之内，乡邑殷赈，五都货殖，既迁既引。商旅联槅，隐隐展展，冠带交错，方辕接轸，封畿千里，统以京尹。

“郡国宫馆，以下补叙诸离宫苑囿。百四十五，右极盩厔，并卷酆、鄠，左暨河、华，遂至虢土。善注：右扶风有虢县。非是，此当引《地志》：弘农郡陕县，故虢国。《左传》“东尽虢略”是也。上林禁苑，跨谷弥阜，东至鼎湖，斜界细柳。掩长杨而联五柞，绕黄山而款牛首，缭垣绵联，四百馀里。植物斯生，动物斯止，众鸟翩翻，群兽駓騃。散似惊波，聚似京峙，伯益不能名，隶首不能纪。林麓之饶，于何不有？木则枞栝棕楠，梓棫楩枫，嘉卉灌丛，蔚若邓林。郁蓊薆薱，橚爽櫹槮，吐葩飏荣，布叶垂阴。草则葴、莎、菅、蒯，薇、蕨、荔、苀，王、蒭、茵、台，戎葵、怀羊，苯䔿、蓬茸，弥皋被冈。筱簜敷衍，编町成篁，山谷原隰，泱漭无疆。乃有昆明灵沼，黑水玄阯。周以金堤，树以柳杞，豫章珍馆，揭焉中峙，牵牛立其左，织女处其右，日月于是乎出入，象扶桑与濛汜。其中则有鼋鼍巨鳖，鳣、鲤、鱮、鲖，鲔、鲵、鲿、鲨，修额短项，大口折鼻，诡类殊种。鸟则鹔鷞、鸹、鸨，駕鹅、鸿、鶤，上春候来，季秋就温，南翔衡阳，北栖雁门。奋隼归凫，沸卉軿訇，众形殊声，不可胜论。

“于是孟冬作阴，以下田猎。寒风肃杀，雨雪飘飘，冰霜惨烈，百卉具零，刚虫搏挚。尔乃振天维，衍地络，荡川渎，簸林薄，鸟毕骇，兽咸作，草伏木栖，寓居穴托，起彼集此，霍绎纷泊。在彼灵囿之中，前后无有垠锷，虞人掌焉，为之营域。焚莱平场，柞木翦棘，结罝百里，迒杜蹊塞。麀鹿麌麌，骈田逼仄。天子乃驾雕轸，六骏驳，戴翠帽，倚金较，璇弁玉缨，薛注：弁，马冠也。鼐按：马冠自名鍐耳。《左传》子玉自为琼弁玉缨，赋正用此，言服皮弁以猎耳，岂马冠乎？遗光倏爚。建玄弋，树招摇，何义门改弋为戈，云《史记》杓头有两星，一内为矛招摇，一外为盾天锋。晋杓云外远北斗也，一名玄戈，然玄弋又见马融《广成颂》，似非误。栖鸣鸢，曳云梢，弧旌枉矢，虹旃蜺旄。华盖承辰，天毕前驱，千乘雷动，万骑龙趋，属车之箧，载猃、猲獢。匪惟玩好，乃有秘书，小说九百，本自虞初，从容之求，实俟实储。于是蚩尤秉钺，奋鬣被般，禁御不若，以知神奸，螭魅魍魉，莫能逢斿。鼐按：此六句谓旌头。陈虎旅于飞廉，正垒壁乎上兰。结部曲，整行伍，燎京薪，駴雷鼓，纵猎徒，赴长莽，迾卒清候，武士赫怒，缇衣韎韐，睢盱拔扈。光炎爥天庭，嚣声振海浦，河渭为之波荡，吴岳为之陁堵。百禽㥄遽，骙瞿奔触，丧精亡魂，失归忘趋。投轮关辐，不邀自遇。飞罕潚箾，流镝㩧㩧。矢不虚舍，铤不苟跃，当足见蹍，值轮被轹，僵禽毙兽，烂若碛砾。但观罝罗之所羂结，竿殳之所揘毕，叉蔟之所挽捔，徒搏之所撞㧊，白日未及移其晷，已狝其什七八。若夫游鷮高翚，绝坑逾斥，毚兔联猭，陵峦超壑，比诸东郭，莫之能获。乃有迅羽轻足，寻景追括，鸟不暇举，兽不得发，青骹挚于韝下，韩卢噬于绦末。及其猛毅髬髵，隅目高眶，威慑兕虎，莫之敢伉。乃使中黄之士，育、获之俦，朱鬘鬠髽，植发如竿，袒裼戟手，奎踽盘桓。鼻赤象，圈巨狿，摣狒猬，批窳狻，揩枳落，突棘藩，梗林为之靡拉，朴丛为之摧残。轻锐僄狡趫捷之徒，赴洞穴，探封狐，陵重巘，猎昆駼，杪木末，擭獑猢，超殊榛，摕飞鼯。是时后宫嬖人，昭仪之伦，常亚于乘舆。慕贾氏之如皋，乐北风之同车，盘于游畋，其乐只且。

“于是鸟兽殚，目观穷，迁延邪睨，集乎长杨之宫。息行夫，展车马，收禽举胔，数课众寡。置互摆牲，颁赐获卤。割鲜野飨，犒勤赏功，三军六师，千列百重，酒车酌醴，方驾授饔，升觞举燧，既釂鸣钟，膳夫驰骑，察贰廉空。炙炰夥，清酤䝧，皇恩溥，洪德施，徒御悦，士忘罢。巾车命驾，回斾右移。以下水嬉。相羊乎五柞之馆，旋憩乎昆明之池。

登豫章，简矰红，蒲且发，弋高鸿，挂白鹤，联飞龙，磻不特絓，往必加双。于是命舟牧，为水嬉，浮鷁首，翳云芝，垂翟葆，建羽旗。齐栧女，纵棹歌，发引和，校鸣葭。奏淮南，度《阳阿》，感河冯，怀湘娥，惊蝄蜽，惮蛟蛇。然后钓魴鳢，缅鰋鲉，摭紫贝，搏耆龟，扼水豹，馽潜牛，泽虞是滥，何有春秋？擿漻澥，搜川渎，布九罭，设罜麗，摷鲲鲕，殄水族，蘧藕拔，蜃蛤剥。逞欲畋魰，效获麑麌，摎蓼浶浪，干池涤薮，上无逸飞，下无遗走，擭胎拾卵，蚳蝝尽取，取乐今日，遑恤我后？

“既定且宁，焉知倾陁？以下陈百戏。大驾幸乎平乐，张甲乙而袭翠被。攒珍宝之玩好，纷瑰丽以奓靡，临回望之广场，程角抵之妙戏。乌获扛鼎，都卢寻撞，冲狭燕濯，胸突铦锋。跳丸剑之挥霍，走索上而相逢。华岳峨峨，冈峦参差，神木灵草，朱实离离，总会仙倡，戏豹舞罴，白虎鼓瑟，苍龙吹篪。女娥坐而长歌，声清畅而蜲蛇，洪涯立而指麾，被毛羽之襳褷。度曲未终，云起雪飞，初若飘飘，后遂霏霏。复陆重阁，转石成雷，礔礰激而增响，磅磕象乎天威。巨兽百寻，是为曼延。神山崔巍，欻从背见，熊虎升而拏攫，猨狖超而高援。怪兽陆梁，大爵踆踆，白象行孕，垂鼻辚囷。海鳞变而成龙，状蜿蜿以蝹蝹。舍利飏飏，化为仙车，骊驾四鹿，芝盖九葩，蟾蜍与龟，水人弄蛇。奇幻倏忽，易貌分形，吞刀吐火，云雾杳冥，画地成川，流渭通泾。东海黄公，赤刀粤祝，冀厌白虎，卒不能救，挟邪作蛊，于是不售。尔乃建戏车，树修旃，侲僮逞材，上下翩翻，突倒投而踉绊，譬殒绝而复联。百马同辔，骋足并驰，橦末之伎，态不可弥。弯弓射乎西羌，又顾发乎鲜卑。

“于是众变尽，心醒醉，以下燕游声色。盘乐极，怅怀萃。阴戒期门，微行要屈，降尊就卑，怀玺藏绂，便旋闾阎，周观郊遂。若神龙之变化，彰后皇之为贵。

“然后历掖庭，适欢馆，捐衰色，从嫿婉，促中堂之狭坐，羽觞行而无算。秘舞更奏，妙材骋伎，妖蛊艳夫夏姬，美声畅于虞氏。始徐进而羸形，似不任乎罗绮，嚼清商而却转，增婵娟以跐豸。纷纵体而迅赴，若惊鹤之群罢，振朱屣于盘樽，奋长袖之飒缅。要绍修态，丽服飏菁，眳藐流眄，一顾倾城，展季桑门，谁能不营？列爵十四，竞媚取荣，盛衰无常，惟爱所丁。卫后兴于鬒发，飞燕宠于体轻。

“尔乃逞志究欲，穷欢极娱，鉴戒《唐》诗，他人是媮。自君作故，何礼之拘？增昭仪于婕妤，贤既公而又侯，许赵氏以无上，思致董于有虞，王闳争于坐侧，汉载安而不渝。

“高祖创业，继体承基，暂劳永逸，无为而治。耽乐是从，何虑何思？多历年所，二百馀期。徒以地沃野丰，百物殷阜，岩险周固，襟带易守。得之者强，据之者久，流长则难竭，柢深则难朽。故奢泰肆情，馨烈弥茂。鄙生生乎三百之外，传闻于未闻之者，曾仿佛其若梦，未一隅之能睹。此何异于殷人屡迁，前八而后五？居相、圮、耿，不常厥土。盘庚作诰，帅人以苦。方今圣上，同天号于帝皇，掩四海而为家，富有之业，莫我大也。徒恨不能以靡丽为国华，独俭啬以龌龊，忘《蟋蟀》之谓何？岂欲之而不能，将能之而不欲与？蒙窃惑焉，愿闻所以辩之之说也。”

安处先生于是似不能言者，怃然有间，乃莞尔而笑曰：“若客所谓末学肤受，贵耳而贱目者也。苟有胸而无心，不能节之以礼，宜其陋今而荣古矣。由余以西戎孤臣，而悝缪公于宫室，如之何其以温故知新，研核是非，近于此惑也？

“周姬之末，不能厥政，政用多僻，始于宫邻，卒于金虎。嬴氏搏翼，择肉西邑。是时也，七雄并争，竞相高以奢丽。楚筑章华于前，赵建丛台于后，秦政利觜长距，终得擅场，思专其侈，以莫己若。乃构阿房，起甘泉，结云阁，冠南山。征税尽，人力殚，然后收以太半之赋，威以参夷之刑。其遇民也，若薙氏之芟草，既蕴崇之，又行火焉！悚悚黔首，岂徒局高天蹐厚地而已哉？乃救死于其颈。驱以就役，惟力是视，百姓不能忍，是用息肩于大汉，欣戴高祖。

“高祖膺箓受图，顺天行诛，杖朱旗而建大号，而所推必亡，所存必固。扫项军于垓下，绁子婴于轵涂，因秦宫室，据其府库，作洛之制，我则未暇。是以西匠营宫，目玩阿房，规摹逾溢，不度不臧。损之又损，然尚过于周堂，观者狭而谓之陋，帝已讥其泰而弗康。且高既受命建家，造我区夏矣；文又躬自菲薄，治致升平之德；武有大启土宇，纪禅肃然之功；宣重威以抚和戎狄，呼韩来享。咸用纪宗存主，西汉本以高帝为太祖，文帝为太宗，武帝为世宗，及光武建武十九年，又尊宣帝曰中宗，故并曰纪宗存主。飨祀不辍，铭勋彝器，历世弥光。今舍纯懿而论爽德，以《春秋》所讳而为美谈，宜无嫌于往初，故蔽善而扬恶，只吾子之不知言也。必以肆奢为贤，则是黄帝合宫，有虞总期，固不如夏癸之瑶台，殷辛之琼室也，汤武谁革而用师哉？盍亦观东京之事以自寤乎？

“且夫天子有道，守在海外。守位以仁，不恃隘害。苟民志之不谅，何云岩险与襟带？秦负阻于二关，卒开项而受沛，彼偏据而规小，岂如宅中而图大。

“昔先王之经邑也，掩观九隩，靡地不营，土圭测景，不缩不盈，总风雨之所交，然后以建王城。审曲面势，溯洛背河，左伊右瀍，西阻九阿。东门于旋，盟津达其后，太谷通其前，回行道乎伊阙，邪径捷乎轘辕。太室作镇，揭以熊耳，底柱辍流，镡以大岯。温液汤泉，黑丹石缁，王鲔岫居，能鳖三趾。虙妃攸馆，神用挺纪，龙图授羲，龟书畀姒。召伯相宅，卜惟洛食，周公初基，其绳则直。苌弘、魏舒，是廓是极，经途九轨，城隅九雉。度堂以筵，度室以几。京邑翼翼，四方所视。

“汉初弗之宅，故宗绪中圮。巨猾间衅，窃弄神器，历载三六，偷安天位。于时蒸民，罔敢或贰，其取威也重矣。我世祖忿之，乃龙飞白水，凤翔参墟。授钺四七，共工是除，欃枪旬始，群凶靡馀。区宇乂宁，思和求中，睿哲玄览，都兹洛宫。曰止曰时，昭明有融。既光厥武，仁洽道丰。登岱勒封，与黄比崇。

“逮至显宗，六合殷昌，乃新崇德，遂作德阳。崇德殿在南宫，见《蔡邕传》注。光武时本有，故曰新德阳殿，在北宫，见《灵纪》。明帝始立，故曰作南北宫，相距三里。薛综注乃云崇德宫在东，德阳宫在西，相去五十步，殆是误也。启南端之特闱，立应门之将将。昭仁惠于崇贤，抗义声于金商。飞云龙于春路，屯神虎于秋方。建象魏之两观，旌六典之旧章。其内则含德、章台，天禄、宣明，温饬、迎春，寿安、永宁，飞阁神行，莫我能形。濯龙、芳林，《续汉志》：濯龙，园名，近北宫。善注谓池名，按池固名濯龙，然赋乃指谓园。九谷八溪，芙蓉覆水，秋兰被涯，渚戏跃鱼，渊游龟蠵。永安离宫，《续汉志》：永安，北宫东北别小宫名，有园观。修竹冬青，阴池幽流，玄泉洌清。鹎鶋秋栖，鹘鸼春鸣，鵙鸠、丽黄，关关嘤嘤。于南则前殿、云台，和欢、安福，謻门曲榭，邪阻城洫，奇树珍果，钩盾所职。西登少华，亭候修勑，九龙之内，实曰嘉德。西南其户，匪雕匪刻，我后好约，乃宴斯息。

“于东则洪池洪池，《后汉书》纪传作鸿池。清籞，以下皆洛阳城外。渌水澹澹，内阜川禽，外丰葭菼。献鳖蜃与龟鱼，供蜗蠯与菱芡。其西则有平乐都场，示远之观，龙雀蟠蜿，天马半汉，瑰异谲诡，灿烂炳焕。奢未及侈，俭而不陋，规遵王度，动中得趣。于是观礼，礼举仪具。经始勿亟，成之不日，犹谓为之者劳，居之者逸，慕唐虞之茅茨，思夏后之卑室。乃营三宫，布教颁常，三宫皆在平城门外。平城门，洛阳南门也。复庙重屋，八达九房。规天矩地，授时顺乡，造舟清池，惟水泱泱。左制辟雍，右立灵台，因进距衰，表贤简能，冯相观祲，祈褫禳灾。

“于是孟春元日，群后旁戾，百僚师师，于斯胥洎。藩国奉聘，要荒来质。具惟帝臣，献琛执贽，当觐乎殿下者，盖数万以二。尔乃九宾重，胪人列，崇牙张，镛鼓设，郎将司阶，虎戟交铩，龙辂充庭，云旗拂霓。夏正三朝，庭燎哲哲。撞洪钟，伐灵鼓。旁震八鄙，軯磕隐訇，若疾霆转雷而激迅风也。是时称警跸已，下雕辇于东厢，鼐按：天子下辇于东厢前者，乃谒陵礼。若朝，则《叔孙通传》固云辇出房也。此厢字必房字之误，而薛、李注皆未辩之。冠通天，佩玉玺。纡皇组，要干将，负斧扆，次席纷纯，左右玉几，而南面以听矣。然后百辟乃入，司仪辨等，尊卑以班。璧羔皮帛之贽既奠，天子乃以三揖之礼礼之，穆穆焉，皇皇焉，济济焉，将将焉，信天下之壮观也。乃羡公侯卿士，登自东除，访万几，询朝政，勤恤民隐，而除其眚。人或不得其所，若已纳之于隍，荷天下之重任，匪怠皇以宁静。鼐意作宁静以怠皇，则于韵协。

"发京仓，散禁财，赉皇僚，逮舆台。命膳夫以大飨，饔饩浃乎家陪。春醴惟醇，燔炙芬芬，君臣欢康，具醉熏熏。千品万官，已事而踆。勤屡省，懋乾乾，清风协于玄德，淳化通于自然。宪先灵而齐轨，必三思以顾愆。招有道于侧陋，开敢谏之直言。聘邱园之耿洁，旅束帛之戋戋。上下通情，式宴且盘。

"及将祀天郊，报地功，祈福乎上玄，思所以为虔。肃肃之仪尽，穆穆之礼殚。然后以献精诚，奉禋祀，曰'允矣，天子也'，乃整法服，正冕带，珩紞纮綖，玉笄綦会，火龙黼黻，藻繂鞶厉。结飞云之袷辂，树翠羽之高盖，建辰旒之太常，纷焱悠以容裔，六玄虬之奕奕，齐腾骧而沛艾。龙辀华轙，金鍐镂钖，方釳方釳，薛注：语不分明。刘昭注：《舆服志》引蔡邕《独断》云：铁广数寸，在马鬃后。后有三孔，插翟尾其中。又许慎《说文》云：乘舆马头上防釳，插以翟尾，铁翮象角，所以防纲罗釳去之。鼐按：蔡、许二说合，其制乃明，而《独断》马鬃后之后字，盖前字，或上字之误。所云翟尾，盖以铁为其形耳。赋内方字，宜读作防。左纛，钩膺玉瓖，銮声哕哕，和铃鉠鉠。重轮贰辖，疏毂飞軨，羽盖葳蕤，葩瑵曲茎。顺时服而设副，咸龙旂而繁缨，立戈迤戛，农舆辂木。属车九九，乘轩并毂，璡弩重旃，朱旄青屋。奉引既毕，先辂乃发，鸾旗皮轩，通帛绛旆。云罕九斿，阘戟轇輵，髶髦被绣，虎夫戴鹖。驸承华之蒲梢，飞流苏之骚杀。总轻武于后陈，奏严鼓之嘈囋。戎士介而扬挥，戴金钲而建黄钺。清道案列，天行星陈，肃肃习习，隐隐辚辚，殿未出乎城阙，旆已回乎郊畛。盛夏后之致美，爰恭敬于明神。尔乃孤竹之管，云和之瑟，雷鼓鼝鼝，六变既毕，冠华秉翟，列舞八佾。元祀惟称，群望咸秩。飏槱燎之炎炀，致高烟乎太一。神歆馨而顾德，祚灵主以元吉。然后宗上帝于明堂，推光武以作配。辨方位而正则，五精帅而来摧，尊赤氏之朱光，四灵懋而允怀。

“于是春秋改节，四时迭代，蒸蒸之心，感物增思，躬追养于庙祧，奉蒸尝与禴祠。物牲辩省，设其楅衡，毛炰豚胉，亦有和羹。涤濯静嘉，礼仪孔明，万舞奕奕，钟鼓喤喤。灵祖皇考，来顾来飨，神具醉止，降福穰穰。

“及至农祥晨正，土膏脉起，乘銮辂而驾苍龙，介驭闲以剡耜，躬三推于天田，修帝籍之千亩。供禘郊之粢盛，必致思乎勤己。兆民劝于疆埸，感懋力以耘耔。

“春日载阳，合射辟雍，设业设虡，宫悬金镛，鼖鼓路鼗，树羽幢幢。于是备物，物有其容，伯夷起而相仪，后夔坐而为工。张大侯，制五正，设三乏，厞司旌，并夹既设，储乎广庭。于是皇舆夙驾，輂于东阶以须，《说文》輂，连车也，一曰却车，抵堂为輂。消启明，扫朝霞，登天光于扶桑。天子乃抚玉辂，时乘六龙，发鲸鱼，铿华钟，大丙弭节，风后陪乘，摄提运衡，徐至于射宫。礼事展，乐物具，《王夏》阕，《驺虞》奏，决拾既次，雕弓斯彀。达馀萌于暮春，昭诚心以远喻。进明德而崇业，涤饕餮之贪欲。仁风衍而外流，谊方激而遐骛。

“日月会于龙狵，恤民事之劳疚。因休力以息勤，致欢忻于春酒，执銮刀以袒割，奉觞豆于国叟。降至尊以训恭，送迎拜乎三寿。敬慎威仪，示民不偷。我有嘉宾，其乐愉愉，声教布濩，盈溢天区。

“文德既昭，武节是宣，三农之隙，曜威中原。岁惟仲冬，大阅西园。虞人掌焉，先期戒事。悉率百禽，鸠诸灵囿。兽之所同，是惟告备。乃御小戎，抚轻轩，中畋四牡，既佶且闲。戈矛若林，牙旗缤纷，迄于上林，结徒为营。次和树表，司铎授钲，坐作进退，节以军声。三令五申，示戮斩牲，陈师鞠旅，教达禁成。火烈具举，武士星敷，鹅鹳、鱼丽，箕张翼舒，轨尘掩迒，匪疾匪徐。驭不诡遇，射不翦毛，升献六禽，时膳四膏。马足未极，舆徒不劳。成礼三驱，解罘放麟，不穷乐以训俭，不殚物以昭仁，慕天乙之弛罟，因教祝以怀民，仪姬伯之渭阳，失熊罴而获人。泽浸昆虫，威振八寓，好乐无荒，允文允武。薄狩于敖，既琐琐焉，岐阳之蒐，又何足数。

“尔乃卒岁大傩，驱除群疠，方相秉钺，巫觋操茢。侲子万童，丹首玄制，桃弧棘矢，所发无臬。飞砾雨散，刚瘅必毙，煌火驰而星流，逐赤疫于四裔。然后凌天池，绝飞梁，捎魑魅，斫獝狂，斩蜲蛇，脑方良，囚耕父于清泠，溺女魃于神潢，残夔魖于罔像，殪野仲而歼游光。八灵为之震慑，况鬾蜮与毕方。度朔作梗，守以郁垒，神荼副焉，对操索苇，目察区陬，司执遗鬼，京室密清，罔有不韪。

“于是阴阳交和，庶物时育，卜征考祥，终然允淑。乘舆巡乎岱岳，劝稼穑于原陆。同衡律而壹轨量，齐急舒于寒燠。省幽明以黜陟，乃反旆而回复。望先帝之旧墟，慨长思而怀古。俟阊风而西遐，致恭祀乎高祖。既春游以发生，启诸蛰于潜户。度秋豫以收成，观丰年之多稌。嘉田畯之匪懈，行致赉于九扈。左瞰旸谷，右睨玄圃，眇天末以远期，规万世而大摹。且归来以释劳，膺多福以安悆。

“总集瑞命，备致嘉祥。圉林氏之驺虞，扰泽马与腾黄，鸣女床之鸾鸟，舞丹穴之凤皇。植华平于春圃，丰朱草于中唐。惠风广被，泽洎幽荒，北燮丁令，南谐越裳，西包大秦，东过乐浪，重舌之人九译，佥稽首而来王。

“是故论其迁邑易京，则同规乎殷盘；改奢即俭，则合美乎《斯干》；登封降禅，则齐德乎黄轩。为无为，事无事，永有民以孔安。遵节俭，尚素朴，思仲尼之克己，履老氏之常足，将使心不乱其所在，目不见其可欲。贱犀象，简珠玉，藏金于山，抵璧于谷。翡翠不裂，玳瑁不蔟，所贵惟贤，所宝惟谷。民去末而反本，咸怀忠而抱悫。于斯之时，海内同悦，曰：‘吁！汉帝之德，侯其袆而！’盖蓂荚为难莳也，故旷世而不覯，惟我后能殖之以至和平，方将数诸朝阶。然则道胡不怀，化胡不柔？声与风翔，泽从云游。万物我赖，亦又何求？德寓天覆，辉烈光烛。狭三王之趢趗，轶五帝之长驱，踵二皇之遐武，谁谓驾迟而不能属？东京之懿未罄，值余有犬马之疾，不能究其精详，故粗为宾言其梗概如此。若乃流遁忘反，放心不觉，乐而无节，后离其戚，一言几于丧国，我未之学也。

“且夫挈瓶之智，守不假器，况纂帝业而轻天位。瞻仰二祖，厥庸孔肆，常翘翘以危惧，若乘奔而无辔。白龙鱼服，见困豫且，虽万乘之无惧，犹怵惕于一夫。终日不离其辎重，独微行其焉如？夫君人者，黈纩塞耳，车中不内顾，珮以制容，銮以节涂，行不变玉，驾不乱步。却走马以粪车，何惜騕褭与飞兔？方其用财取物，常畏生类之殄也；赋政任役，常畏人力之尽也。取之以道，用之以时，山无槎枿，畋不麑胎，草木蕃庑，鸟兽阜滋，民忘其劳，乐输其财。百姓同于饶衍，上下共其雍熙。洪恩素蓄，民心固结，执义顾主，夫怀贞节。此应首纯懿。忿奸慝之干命，怨皇统之见替，玄谋设而阴行，合二九而成谲。登圣皇于天阶，章汉祚之有秩。若此，故王业可乐焉。今公子苟好剿民以媮乐，此应首爽德。忘民怨之为仇也。好殚物以穷宠，忽下叛而生忧也。夫水所以载舟，亦所以覆舟。坚冰作于履霜，寻木起于蘖栽。昧旦丕显，后世犹怠，况初制于甚泰，服者焉能改裁？故相如壮上林之观，扬雄骋羽猎之辞，虽系以颓墙填壍，乱以收置解罘，卒无补于风规，只以昭其愆尤。臣济爹以陵君，忘经国之长基，故函谷击柝于东，西朝颠覆而莫持。鼒按：西朝颠覆，指王莽篡弑之事。薛注失之。凡人心是所学，体安所习，鲍肆不知其臭，玩其所以先入。《咸池》不齐度于蛙咬，而众听或疑，能不惑者，其惟子野乎？”

客既醉于大道，饱于文义，劝德畏戒，喜惧交争，罔然若酲，朝罢夕倦，夺气褫魄之为者，忘其所以为谈，失其所以为夸。良久乃言曰：“鄙哉予乎！习非而遂迷也，幸见指南于吾子。若仆所闻，华而不实；先生之言，信而有征。鄙夫寡识，而今而后，乃知大汉之德馨，咸在于此。昔常恨三坟五典既泯，仰不睹炎帝帝魁之美。得闻先生之馀论，则大庭氏何以尚兹？走虽不敏。庶斯达矣！”鼒按：西京雄丽，欲掩孟坚。东京则气不足举其辞，不若东都之简当。惟末章讽戒挚切处为胜。

张平子思玄赋　○

仰先哲之玄训兮，虽弥高而弗违。匪仁里其焉宅兮，匪义迹其焉追？潜服膺以永靖兮，绵日月而不衰。伊中情之信修兮，慕古人之贞节。竦余身而顺止兮，遵绳墨而不跌。志抟抟以应悬兮，诚心固其如结。旌性行以制佩兮，佩夜光与琼枝。绣幽兰之秋华兮，又缀之以江蓠。美襞襀以酷烈兮，允尘邈而难亏。既姱丽而鲜双兮，非是时之攸珍。奋余荣而莫见兮，播余香而莫闻。幽独守此仄陋兮，敢怠皇而舍勤。幸二八之遌虞兮，嘉傅说之生殷；尚前良之遗风兮，恫后辰而无及。何孤行之茕茕兮，孑不群而介立？感鸾鹥之特栖兮，悲淑人之希合。

彼无合而何伤兮，患众伪之冒真。旦获讟于群弟兮，启金縢而后信。览蒸民之多僻兮，畏立辟以危身。增烦毒以迷惑兮，羌孰可为言已？私湛忧而深怀兮，思缤纷而不理。愿竭力以守谊兮，虽贫穷而不改。执雕虎而试象兮，阽焦原而跟趾。庶斯奉以周旋兮，要既死而后已。俗迁渝而事化兮，泯规矩之员方。宝萧艾于重笥兮，谓蕙茝之不香。斥西施而弗御兮，絷騕袅以服箱。行颇僻而获志兮，循法度而离殃。惟天地之无穷兮，何遭遇之无常！

不抑操而苟容兮，譬临河而无航。欲巧笑以干媚兮，非余心之所尝。袭温恭之黻衣兮，被礼义之绣裳。辫贞亮以为鞶兮，杂伎艺以为珩。昭彩藻与雕瑑兮，璜声远而弥长。淹栖迟以恣欲兮，耀灵忽其西藏。恃已知而华予兮，鶗鴂鸣而不芳。冀一年之三秀兮，遒白露之为霜。时亹亹而代序兮，畴可与乎比伉？咨妒嫮之难并兮，想依韩以流亡。恐渐冉而无成兮，留则蔽而不彰。

心犹豫而狐疑兮，即岐阯而胪情。文君为我端蓍兮，利飞遁以保名。历众山以周流兮，翼迅风以扬声。二女感于崇岳兮，或冰拆而不营。天盖高而为泽兮，谁云路之不平？勔自强而不息兮，蹈玉阶之峣峥。惧筮氏之长短兮，钻东龟以观祯。遇九皋之介鸟兮，怨素意之不逞。游尘外而瞥天兮，据冥翳而哀鸣。雕鹗竞于贪婪兮，我修洁以益荣。子有故于玄鸟兮，归母氏而后宁。

占既吉而无悔兮，简元辰而俶装。旦余沐于清源兮，以下东方。晞余发于朝阳。漱飞泉之沥液兮，咀石菌之流英。翾鸟举而鱼跃兮，将往走乎八荒。过少皞之穷野兮，问三邱于句芒。何道真之淳粹兮，去秽累而飘轻。登蓬莱而容与兮，鳌虽抃而不倾。留瀛洲而采芝兮，聊且以乎长生。凭归云而遐逝兮，夕余宿乎扶桑。饮青岑之玉醴兮，餐沆瀣以为粻。发昔梦于木禾兮，谷昆仑之高冈。朝吾行于旸谷兮，从伯禹乎稽山。嘉群神之执玉兮，疾防风之食言。

指长沙之邪径兮，存重华乎南邻。以下南方。哀二妃之未从兮，翩缤处彼湘滨。流目眺夫衡阿兮，睹有黎之圮坟。痛火正之无怀兮，托山陂以孤魂。愁郁郁以慕远兮，越卬州而游遨。跻日中于昆吾兮，憩炎火之所陶。扬芒熛而绛天兮，水泫沄而涌涛。温风翕其增热兮，惄郁悒其难聊。

顝羁旅而无友兮，余安能乎留兹？以下西方。顾金天而叹息兮，吾欲往乎西嬉。前祝融使举麾兮，缅朱鸟以承旗。躔建木于广都兮，摭若华而踌躇。超轩辕于西海兮，跨汪氏之龙鱼。闻此国之千岁兮，曾焉足以娱余？思九土之殊风兮，从蓐收而遂徂。欻神化而蝉蜕兮，朋精粹而为徒。

蹶白门而东驰兮，云台行乎中野。以下中央。乱弱水之潺湲兮，逗华阴之湍渚。号冯夷俾清津兮，棹龙舟以济予。会帝轩之未归兮，怅徜徉而延伫。恫河林之蓁蓁兮，伟《关雎》之戒女。黄灵詹而访命兮，樛天道其焉如。曰近信而远疑兮，六籍阙而不书。神逵昧其难覆兮，畴克谋而从诸？牛哀病而成虎兮，虽逢昆其必噬。鳖令殪而尸亡兮，取蜀禅而引世。死生错其不齐兮，虽司命其不晰。窦号行于代路兮，后膺祚而繁庑。王肆侈于汉庭兮，卒銜恤而绝绪。尉厖眉而郎潜兮，逮三叶而遘武。董弱冠而司衮兮，设王隧而弗处。夫吉凶之相仍兮，恒反仄而靡所。穆届天以悦牛兮，竖乱叔而幽主。文断袪而忌伯兮，阉谒贼而宁后。通人暗于好恶兮，岂昏惑而能剖？嬴擿谶而戒胡兮，备诸外而发内。或辇贿而违车兮，孕行产而为对。慎、灶显以言天兮，占水火而妄讯。梁叟患夫黎邱兮，丁厥子而剚刃。亲所睼而弗识兮，矧幽冥之可信。毋绵挛以涬己兮，思百忧以自疹。彼天监之孔明兮，用棐忱而祐仁。汤蠲体以祷祈兮，蒙厖褫以拯民。景三虑以营国兮，荧惑次于他辰。魏颗亮以从治兮，鬼亢回以毙秦。咎繇迈而种德兮，树德懋于英、六。桑末寄夫根生兮，卉既凋而已育。有无言而不酬兮，又何往而不复？盍远迹以飞声兮，孰谓时之可蓄？

仰矫首以遥望兮，魂惝惘而无俦。逼区中之隘陋兮，以下北方。将北度而宣游。行积冰之硙硙兮，清泉冱而不流。寒风凄其永至兮，拂穹岫之骚骚。玄武缩于壳中兮，腾蛇蜿而自纠。鱼矜鳞而并凌兮，鸟登木而失条。坐太阴之屏室兮，慨含欷而增愁。怨高阳之相寓兮，伷颛顼而宅幽。庸织路于四裔兮，斯与彼其何瘳？望寒门之绝垠兮，纵余绁乎不周。以下入地。迅猋潚其媵我兮，骛翩飘而不禁。越谽嘲之洞穴兮，漂通川之硹硹。经重㫋乎寂寞兮，慜坟羊之深潜。

追荒忽于地底兮，轶无形而上浮。出石密之暗野兮，不识蹊之所由。以下仙居。速烛龙令执炬兮，过钟山而中休。瞰瑶溪之赤岸兮，吊祖江之见刘。聘王母于银台兮，羞玉芝以疗饥。戴胜慭其既欢兮，又诮余之行迟。载太华之玉女兮，召洛浦之宓妃。咸姣丽以蛊媚兮，增嫮眼而蛾眉。舒訬婧之纤腰兮，扬杂错之袿徽。离朱唇而微笑兮，颜的砾以遗光。献环琨与琛缡兮，申厥好以玄黄。虽色艳而赂美兮，志浩荡而不嘉。双材悲于不纳兮，并咏诗而清歌。歌曰："天地烟煴，百卉含葩。鸣鹤交颈，雎鸠相和。处子怀春，精魂回移。如何淑明，忘我实多。"

将答赋而不暇兮，爰整驾而亟行。瞻昆仑之巍巍兮，临萦河之洋洋。伏灵龟以负坻兮，亘螭龙之飞梁。登阆风之层城兮，构不死而为床。屑琼蕊以为糇兮，斟白水以为浆。抨巫咸以占梦兮，乃贞吉之元符。滋令德于正中兮，含嘉秀以为敷。既垂颖而顾本兮，亦要思乎故居。安和静而随时兮，姑纯懿之所庐。

戒庶僚以夙会兮，佥供职而并迓。丰隆軯其震霆兮，以下登天。列缺晔其照夜。云师䨏以交集兮，涷雨沛其洒涂。轙雕舆而树葩兮，扰应龙以服辂。百神森其备从兮，屯骑罗而星布。振余袂而就车兮，修剑揭以低昂。冠岩岩其映盖兮，佩綝缡以辉煌。仆夫俨其正策兮，八乘腾而超骧。氛旄溶以天旋兮，霓旌飘以飞扬。抚軨轵而还眺兮，心勺藻其若汤。羡上都之赫戏兮，何迷故而不忘？左青雕以揵芝兮，右素威以司钲。前长离使拂羽兮，委水衡乎玄冥。属箕伯以函风兮，澄淟涊而为清。曳云旗之离离兮，鸣玉鸾之譻譻。涉清霄而升遐兮，浮蠛蠓而上征。纷翼翼以徐戾兮，飙回回其扬灵。叫帝阍使辟扉兮，觌天皇于琼宫。聆《广乐》之九奏兮，展泄泄以彤彤。考治乱于律均兮，意建始而思终。惟般逸之无斁兮，惧乐往而哀来。素女抚弦而馀音兮，太容吟曰念哉！既防溢而靖志兮，迨我暇以翱翔。出紫宫之肃肃兮，集太微之阆阆。命王良掌策驷兮，逾高阁之将将。建罔车之幕幕兮，猎青林之芒芒。弯威弧之拔刺兮，射嶓冢之封狼。观壁垒于北落兮，伐河鼓之磅硠。乘天潢之泛泛兮，浮云汉之汤汤。倚招摇、摄提以低徊剹流兮，察二纪、五纬之绸缪遹皇。偃蹇夭矫娩以连卷兮，杂沓丛悴飒以方骧。臧汩飕汨沛以罔象兮，烂漫丽靡藐以迭逖。凌惊雷之硠磕兮，弄狂电之淫裔。逾庬鸿于宕冥兮，贯倒景而高厉。廓荡荡其无涯兮，乃今窥乎天外。

据开阳而俯视兮，临旧乡之暗蔼。悲离居之劳心兮，情悁悁而思归。魂眷眷而屡顾兮，马倚辀而徘徊。虽游娱以媮乐兮，岂愁慕之可怀！出阊阖兮降天途，乘焱忽兮驰虚无。云菲菲兮绕余轮，风眇眇兮震余旍。缤连翩兮纷暗暧，倏眩眃兮反常闾。

收畴昔之逸豫兮，卷淫放之遐心。修初服之娑娑兮，长余佩之参参。文章奂以灿烂兮，美纷纭以从风。御六艺之珍驾兮，游道德之平林。结典籍而为罟兮，驱儒、墨而为禽。玩阴阳之变化兮，咏《雅》、《颂》之徽音。嘉曾氏之《归耕》兮，慕历阪之嵚崟。恭夙夜而不贰兮，固终始之所服。夕惕若厉以省愆兮，惧余身之未敕。苟中情之端直兮，莫吾知而不恧。默无为以凝志兮，与仁义乎逍遥。不出户而知天下兮，何必历远以劬劳？

系曰：天长地久岁不留，俟河之清祇怀忧。愿得远度以自娱，上下无常穷六区。超逾腾跃绝世俗，飘遥神举逞所欲。天不可阶仙夫稀，柏舟悄悄吝不飞。松、乔高跱孰能离？结精远游使心携。回志朅来从玄諆，获我所求夫何思！

古文辞类纂七十终

辞赋类十

古文辞类篹七十一

王子山鲁灵光殿赋有序　○○

鲁灵光殿者，盖景帝程姬之子恭王馀之所立也。初，恭王始都下国，好治宫室，遂因鲁僖基兆而营焉。遭汉中微，盗贼奔突，自西京未央、建章之殿，皆见隳坏，而灵光岿然独存。意者岂非神明依凭支持，以保汉室者也？然其规矩制度，上应星宿，亦所以永安也。予客自南鄙，观艺于鲁，睹斯而眙，曰："嗟乎！诗人之兴，感物而作。故奚斯颂僖，歌其路寝，而功绩存乎辞，德音昭乎声。物以赋显，事以颂宣，匪赋匪颂，将何述焉？"遂作赋曰：

粤若稽古，帝汉祖宗，浚哲钦明。殷五代之纯熙，绍伊唐之炎精。荷天衢以元亨，廓宇宙而作京。敷皇极以创业，协神道而大宁。于是百姓昭明，九族敦序，乃命孝孙，俾侯于鲁。锡介珪以作瑞，宅附庸而开宇。乃立灵光之秘殿，配紫微而为辅。承明堂于少阳，昭列显于奎之分野。

瞻彼灵光之为状也，则嵯峨嶵嵬，峞巍巋嵲。吁可畏乎其骇人也！迢峣倜傥，丰丽博敞，洞轇轕乎其无垠也。邈希世而特出，羌瑰谲而鸿纷。屹山峙以纡郁，隆崛岉乎青云。郁坱圠以嶒崚，崱缯绫而龙鳞。汩硙硙以璀璨，赫燡燡而爥坤。状若积石之锵锵，又似乎帝室之威神。崇墉冈连以岭属，朱阙岩岩而双立。高门拟于阊阖，方二轨而并入。

于是乎乃历夫太阶以造其堂。俯仰顾盼，东西周章。彤彩之饰，徒何为乎？澔澔涆涆，流离烂漫。皓壁皜曜以月照，丹柱歙赩而电烻。霞驳云蔚，若阴若阳。瀖濩磷乱，炜炜煌煌。隐阴夏以中处，霐寥窲以峥嵘。鸿爌炾以爣阆，飋萧条而清泠。动滴沥以成响，殷雷应其若惊。耳嘈嘈以失听，目矎矎而丧精。骈密石与琅玕，齐玉珰与璧英。

遂排金扉而北入，霄蔼蔼而晻暧。旋室㛹娟以窈窕，洞房叫窱而幽邃。西厢踟蹰以闲宴，东序重深而奥秘。屹𥉂瞑以勿罔，屑㵾翳以懿濞。魂悚悚其惊斯，心猥猥而发悸。

于是详察其栋宇，观其结构。规矩应天，上宪觜陬。倔佹云起，嵚崟离楼。三间四表，八维九隅。万楹丛倚，磊砢相扶。浮柱岧嵽以星悬，漂峣岘而枝柱。飞梁偃蹇以虹指，揭蘧蘧而腾凑。层栌磥佹以岌峨，曲枅要绍而环句。芝栭攒罗以戢孴，枝牚杈枒而斜据。傍夭蟜以横出，互黝纠而搏负。下弟蔚以璀错，上崎嶬而重注。捷猎鳞集，支离分赴。纵横骆驿，各有所趣。

尔乃悬栋结阿，天窗绮疏。圆渊方井，反植荷蕖。发秀吐荣，菡萏披敷。绿房紫菂，窋咤垂珠。云楶藻棁，龙桷雕镂。飞禽走兽，因木生姿。奔虎攫拿以梁倚，仡奋亹而轩鬐。虬龙腾骧以蜿蟺，颔若动而躨跜。朱鸟舒翼以峙衡，腾蛇蟉虬而绕榱。白鹿孑蜺于欂栌，蟠螭宛转而承楣，狡兔跧伏于柎侧，猿狖攀椽而相追。玄熊蚺蛟以断断，却负戴而蹲跠。齐首目以瞪眄，徒眡眡以狋狋。胡人遥集于上楹，俨雅跽而相对。仡欺猥以雕䀗，䫜顤顟而睽睢。状若悲愁于危处，憯嚬蹙而含悴。神仙岳岳于栋间，玉女窥窗而下视。忽瞟眇以响像，若鬼神之仿佛。

图画天地，品类群生。杂物奇怪，山神海灵。写载其状，托之丹青。千变万化，事各缪形。随色象类，曲得其情。上纪开辟，遂古之初。五龙比翼，人皇九头。伏羲鳞身，女娲蛇躯。鸿荒朴略，厥状睢盱。焕炳可观，黄帝、唐、虞。轩冕以庸，衣裳有殊。下及三后，淫妃乱主。忠臣孝子，烈士贞女。贤愚成败，靡不载叙。恶以诫世，善以示后。

于是乎连阁承宫，驰道周环。阳榭外望，高楼飞观。长途升降，轩槛曼延。渐台临池，层曲九成。屹然特立，的尔殊形。高径华盖，仰看天庭。飞陛揭孽，缘云上征。中坐垂景，俯视流星。千门相似，万户如一。岩突洞出，逶迤诘屈。周行数里，仰不见日。

何宏丽之靡靡，咨用力之妙勤。非夫通神之俊才，谁能克成乎此勋？据坤灵之宝势，承苍昊之纯殷。包阴阳之变化，含元气之烟煴。玄醴腾涌于阴沟，甘露被宇而下臻。朱桂黝倏于南北，兰芝阿那于东西。祥风翕习以飒洒，激芳香而常芬。神灵扶其栋宇，历千载而弥坚。永安宁以祉福，长与大汉而久存。实至尊之所御，保延寿而宜子孙。苟可贵其若斯，孰亦有云而不珍？

乱曰：彤彤灵宫，岿嶵穹崇，纷厖鸿兮。崱岁巆嵚，岑崟崰嶷，骈巃嵸兮。连拳偃蹇，仑菌踡嶙，傍欹倾兮。歇欻幽蔼，云覆霮䨴，洞杳冥兮。葱翠紫蔚，礧碨瑰玮，含光晷兮。穷奇极妙，栋宇已来，未之有兮。神之营之，瑞我汉室，永不朽兮。

王仲宣登楼赋 ○○

登兹楼以四望兮，聊假日以销忧。览斯宇之所处兮，实显敞而寡俦。挟清漳之通浦兮，倚曲沮之长洲。背坟衍之广陆兮，临皋隰之沃流。北弥陶牧，西接昭邱。华实蔽野，黍稷盈畴。虽信美而非吾土兮，曾何足以少留！

遭纷浊而迁逝兮，漫逾纪以迄今。情眷眷而怀归兮，孰忧思之可任？凭轩槛以遥望兮，向北风而开襟。平原远而极目兮，蔽荆山之高岑。路逶迤而修迥兮，川既漾而济深。悲旧乡之壅隔兮，涕横坠而弗禁。昔尼父之在陈兮，有归与之叹音。锺仪幽而楚奏兮，庄舄显而越吟。人情同于怀土兮，岂穷达而异心！

唯日月之逾迈兮，俟河清其未极。冀王道之一平兮，假高衢而骋力。惧匏瓜之徒悬兮，畏井渫之莫食。步栖迟以徙倚兮，白日忽其将匿。风萧瑟而并兴兮，天惨惨而无色。

兽狂顾以求群兮，鸟相鸣而举翼。原野阒其无人兮，征夫行而未息。心凄怆以感发兮，意忉怛而憯恻。循阶除而下降兮，气交愤于胸臆。夜参半而不寐兮，怅盘桓以反侧。

张茂先鹪鹩赋有序　○

鹪鹩，小鸟也。生于蒿莱之间，长于藩篱之下，翔集寻常之内，而生生之理足矣。色浅体陋，不为人用，形微处卑，物莫之害。繁滋族类，乘居匹游，翩翩然有以自乐也。彼鹫鹗鹍鸿，孔雀翡翠，或凌赤霄之际，或托绝垠之外，翰举足以冲天，觜距足以自卫，然皆负矰婴缴，羽毛入贡，何者？有用于人也。夫言有浅而可以托深，类有微而可以喻大，故赋之云尔。

何造化之多端兮，播群形于万类？惟鹪鹩之微禽兮，亦摄生而受气。育翩翩之陋体，无玄黄以自贵。毛弗施于器用，肉弗登于俎味。鹰鹯过犹俄翼，尚何惧于罿罻。翳荟蒙茏，是焉游集。飞不飘飏，翔不翕习。其居易容，其求易给。巢林不过一枝，每食不过数粒。栖无所滞，游无所盘。匪陋荆棘，匪荣茝兰。动翼而逸，投足而安。委命顺理，与物无患。

伊兹禽之无知，何处身之似智？不怀宝以贾害，不饰表以招累。静守约而不矜，动因循以简易。任自然以为资，无诱慕于世伪。雕鹖介其觜距，鹄鹭轶于云际。鹍鸡窜于幽险，孔翠生乎遐裔。彼晨凫与归雁，又矫翼而增逝。

咸美羽而丰肌，故无罪而皆毙。徒衔芦以避缴，终为戮于此世。苍鹰鸷而受绁，鹦鹉惠而入笼。屈猛志以服养，块幽絷于九重。变音声以顺旨，思摧翮而为庸。恋钟、代之林野，慕陇坻之高松。虽蒙幸于今日，未若畴昔之从容。

海鸟鶢鶋，避风而至。条枝巨雀，逾岭自致。提挈万里，飘飖逼畏。夫惟体大妨物，而形瑰足玮也。阴阳陶蒸，万品一区。巨细舛错，种繁类殊。鹪螟巢于蚊睫，大鹏弥乎天隅。将以上方不足，而下比有馀。普天壤以遐观，吾又安知小大之所如？

潘安仁秋兴赋有序 ○

晋十有四年，余春秋三十有二，始见二毛，以太尉掾兼虎贲中郎将，寓直于散骑之省。高阁连云，阳景罕曜，珥蝉冕而袭纨绮之士，此焉游处。仆野人也，偃息不过茅屋茂林之下，谈话不过农夫田父之客，摄官承乏，猥厕朝列，夙兴晏寝，匪遑底宁，譬犹池鱼笼鸟，有江湖山薮之思。于是染翰操纸，慨然而赋。于时秋也，故以《秋兴》名篇。其辞曰：

四运忽其代序兮，万物纷以回薄。览花莳之时育兮，察盛衰之所托。感冬索而春敷兮，嗟夏茂而秋落。虽末士之荣悴兮，伊人情之美恶。善乎宋玉之言曰："悲哉秋之为气也！萧瑟兮草木摇落而变衰。憀栗兮若在远行，登山临水送将归。"夫送归怀慕徒之恋兮，远行有羁旅之愤。临川感流以叹逝兮，登山怀远而悼近。彼四戚之疚心兮，遭一涂而难忍。嗟秋日之可哀兮，谅无愁而不尽。野有归燕，隰有翔隼。游氛朝兴，槁叶夕陨。

于是乃屏轻箑，释纤絺。藉莞蒻，御袷衣。庭树槭以洒落兮，劲风戾而吹帷。蝉嘒嘒以寒吟兮，雁飘飘而南飞。天晃朗以弥高兮，日悠扬而浸微。何微阳之短晷兮，觉凉夜之方永。月朣胧以含光兮，露凄清以凝冷。熠耀粲于阶闼兮，蟋蟀鸣乎轩屏。听离鸿之晨吟兮，望流火之馀景。宵耿介而不寐兮，独展转于华省。悟时岁之遒尽兮，慨俯首而自省。斑鬓髟以承弁兮，素发飒以垂领。仰群俊之逸轨兮，攀云汉以游骋。登春台之熙熙兮，珥金貂之炯炯。苟趣舍之殊涂兮，庸讵识其躁静。闻至人之休风兮，齐天地于一指。彼知安而忘危兮，固出生而入死。行投趾于容迹兮，殆不践而获底。阙侧足以及泉兮，虽猴猿而不履。龟祀骨于宗祧兮，思反身于绿水。

且敛衽以归来兮，忽投绂以高厉。耕东皋之沃壤兮，输黍稷之馀税。泉涌湍于石间兮，菊扬芳于崖澨。澡秋水之涓涓兮，玩游鯈之潎潎。逍遥乎山川之阿，放旷乎人间之世。优哉游哉，聊以卒岁。

潘安仁笙赋　○

河汾之宝，有曲沃之悬匏焉；邹鲁之珍，有汶阳之孤篠焉。若乃绵蔓纷敷之丽，浸润灵液之滋，隅隈夷险之势，禽鸟翔集之嬉，固众作者之所详，余可得而略之也。

徒观其制器也，则审洪纤，面短长。剫生簳，裁熟簧。设宫分羽，经徵列商。泄之反谧，厌焉乃扬。管攒罗而表列，音要妙而含清。各守一以司应，统大魁以为笙。基黄钟以举韵，望凤仪以擢形。写皇翼以插羽，摹鸾音以厉声。如鸟斯企，翾翾歧歧。明珠在味，若衔若垂。修樹内辟，馀箫外逶。骈田猎攦，鉀鍱参差。

于是乃有始泰终约，前荣后悴。激愤于今贱，永怀乎故贵。众满堂而饮酒，独向隅以掩泪。援鸣笙而将吹，先嗢哕以理气。初雍容以安暇，中佛郁以怫愲。终嵬峨以蹇愕，又飒遝而繁沸。罔浪孟以惆怅，若欲绝而复肆。懰檄籴以奔邀，似将放而中匮。愀怆恻淢，虺蘸煜熠。沈淫泛艳，雪晔岌岌。或案衍夷靡，或竦踊剽急。或既往不反，或已出复入。徘徊布濩，涣衍葺袭。舞既蹈而中辍，节将抚而弗及。乐声发而尽室欢，悲音奏而列坐泣。擨纤翮以震幽簧，越上筒而通下管。应吹噏以往来，随抑扬以虚满。勃慷慨以憀亮，顾踌躇以舒缓。辍《张女》之哀弹，流《广陵》之名散。咏《园桃》之夭夭，歌《枣下》之纂纂。歌曰：“枣下纂纂，朱实离离。宛其落矣，化为枯枝。人生不能行乐，死何以虚谥为?”尔乃引《飞龙》，鸣《鹍鸡》。《双鸿》翔，《白鹤》飞。子乔轻举，明君怀归。荆王喟其长吟，楚妃叹而增悲。夫其凄唳辛酸，嘤嘤关关，若离鸿之鸣子也；含嘲啴谐，雍雍喈喈，若群雏之从母也。郁捊劫悟，泓宏融裔。哇咬嘲哳，壹何察惠。诀厉悄切，又何磬折。

若夫时阳初暖，临川送离。酒酣徒扰，乐阕日移。疏客始阑，主人微疲。弛弦韬籥，彻埙屏篪。尔乃促中筵，携友生。解严颜，擢幽情。披黄包以授甘，倾缥瓷以酌酃。光歧俨其偕列，双凤嘈以和鸣。晋野悚而投琴，况齐瑟与秦筝。新声变曲，奇韵横逸。萦缠歌鼓，网罗钟律。烂熠爚以放艳，郁蓬勃以气出。《秋风》咏于燕路，《天光》重乎《朝日》。大不逾宫，细不过羽。唱发《章》、《夏》，导扬《韶》、《武》。协和陈、宋，混一齐、楚。迩不逼而远无携，声成文而节有叙。

彼政有失得，而化以醇薄。乐所以移风于善，亦所以易俗于恶。故丝竹之器未改，而桑、濮之流已作。惟簧也能研群声之清，惟笙也能总众清之林。卫无所措其邪，郑无所容其淫。非天下之和乐不易之德音，其孰能与于此乎！

潘安仁射雉赋有序　○○

余徙家于琅邪，其俗实善射，聊以讲肄之馀暇，而习媒翳之事，遂乐而赋之也。

涉青林以游览兮，乐羽族之群飞。聿采毛之英丽兮，有五色之名翚。厉耿介之专心兮，奓雄艳之姱姿。巡邱陵以经略兮，画坟衍而分畿。

于是青阳告谢，朱明肇授。靡木不滋，无草不茂。初茎蔚其曜新，陈柯槭以改旧。天泱泱以垂云，泉涓涓而吐溜。麦渐渐以擢芒，雉鷕鷕而朝雊。眄箱笼以揭骄，睨骁媒之变态。奋劲骹以角槎，瞵悍目以旁睞。莺绮翼而赪挝，灼绣颈而衮背。郁轩翥以馀怒，思长鸣以效能。

尔乃擘场拄翳，停僮葱翠。绿柏参差，文翮鳞次。萧森繁茂，婉转轻利。衷料戾以彻鉴，表厌蹑以密致。恐吾游之晏起，虑原禽之罕至。甘疲心于企想，分倦目以寓视。何调翰之乔桀，邈畴类而殊才。候扇举而清叫，野闻声而应媒。褰微罟以长眺，已踉蹡而徐来。摛朱冠之赩赫，敷藻翰之陪鳃。首药绿素，身拖黼绘。青秋莎靡，丹臆兰綷。或蹶或啄，时行时止。斑尾扬翘，双角特起。

良游呃喔，引之规里。应叱愕立，擢身竦峙。捧黄间以密彀，属刚罫以潜拟。倒禽纷以迸落，机声振而未已。山鹫悍害，猋迅已甚。越壑凌岑，飞鸣薄廪。擎牙低镞，心平望审。毛体摧落，霍若碎锦。逸群之俊，擅场挟两。栎雌妒异，倏来忽往。忌上风之餮切，畏映日之傥朗。屏发布而累息，徒心烦而技懩。伊义鸟之应机，啾擭地以厉响。彼聆音而径进，忽交距以接壤。彤盈窗以美发，纷首颓而臆仰。

或乃崇坟夷靡，农不易垅。稊菽丛糅，翳荟菶茸。鸣雄振羽，依于其冢。捫降丘以驰敌，虽形隐而草动。瞻挺穟之倾掉，意淴跃以振踊。暾出苗以入场，愈情骇而神悚。望麋合而翳皛，雉胦肩而旋踵。欣余志之精锐，拟青颅而点项。亦有目不步体，邪眺旁剔。靡闻而惊，无见自鷩。周环回复，缭绕磐辟。戾翳旋把，萦随所历。彳亍中辍，馥焉中镝。前剔重膺，傍截叠翮。

若夫多疑少决，胆劣心狷。内无固守，出不交战。来若处子，去如激电。窥閻蘛叶，幎历乍见。于是算分铢，商远迩。揆悬刀，骋绝技。如轊如轩，不高不埤。当咮值胸，裂嗉破觜。夷险殊地，驯粗异变。昃不暇食，夕不告倦。昔贾氏之如皋，始解颜于一箭。丑夫为之改貌，憾妻为之释怨。彼游田之致获，咸乘危以驰骛。何斯艺之安逸，羌禽从其已豫。清道而行，择地而住。尾饰镳而在服，肉登俎而永御。岂惟皂隶，此焉君举！

若乃耽槃流遁，放心不移。忘其身恤，司其雄雌。乐而无节，端操或亏。此则老氏之所诫，而君子之所不为。

刘伯伦酒德颂 ○○

有大人先生，以天地为一朝，万期为须臾。日月为扃牖，八荒为庭衢。行无辙迹，居无室庐。幕天席地，纵意所如。止则操卮执觚，动则挈榼提壶。惟酒是务，焉知其馀。

有贵介公子，搢绅处士。闻吾风声，议其所以。乃奋袂攘襟，怒目切齿。陈说礼法，是非锋起。

先生于是方捧罂承槽，衔杯漱醪。奋髯箕踞，枕曲藉糟。无思无虑，其乐陶陶。兀然而醉，豁尔而醒。静听不闻雷霆之声，孰视不睹泰山之形。不觉寒暑之切肌，利欲之感情。俯观万物，扰扰焉如江汉之载浮萍。二豪侍侧，焉如蜾蠃之与螟蛉。

陶渊明归去来辞 ○○

归去来兮，田园将芜，胡不归！既自以心为形役，奚惆怅而独悲？悟已往之不谏，知来者之可追。实迷途其未远，觉今是而昨非。舟遥遥以轻飏，风飘飘而吹衣。问征夫以前路，恨晨光之熹微。乃瞻衡宇，载欣载奔。僮仆欢迎，稚子候门。三径就荒，松菊犹存。携幼入室，有酒盈樽。引壶觞以自酌，眄庭柯以怡颜。倚南窗以寄傲，审容膝之易安。园日涉以成趣，门虽设而常关。策扶老以流憩，时矫首而遐观。云无心以出岫，鸟倦飞而知还。景翳翳以将入，抚孤松而盘桓。

归去来兮，请息交以绝游。世与我而相遗，复驾言兮焉求！悦亲戚之情话，乐琴书以消忧。农人告余以春及，将有事乎西畴。或命巾车，或棹孤舟。既窈窕以寻壑，亦崎岖而经邱。木欣欣以向荣，泉涓涓而始流。善万物之得时，感吾生之行休。

已矣乎！寓形宇内复几时？曷不委心任去留，胡为遑遑欲何之？富贵非吾愿，帝乡不可期。怀良辰以孤往，或植杖而耘耔。登东皋以舒啸，临清流而赋诗。聊乘化以归尽，乐夫天命复奚疑！

鲍明远芜城赋 ○○

沵迤平原，南驰苍梧、涨海，北走紫塞、雁门。拖以漕渠，轴以昆冈。重江复关之隩，四会五达之庄。当昔全盛之时，车挂轊，人驾肩。廛闬扑地，歌吹沸天。孳货盐田，铲利铜山。才力雄富，士马精妍。故能奓秦法，佚周令。划崇墉，刳浚洫，图修世以休命。

是以板筑雉堞之殷，井幹烽橹之勤。格高五岳，袤广三坟。崒若断岸，矗似长云。制磁石以御冲，糊赪壤以飞文。观基扃之固护，将万祀而一君。出入三代五百馀载，竟瓜剖而豆分！

泽葵依井，荒葛罥途。坛罗虺蜮，阶斗麏鼯。木魅山鬼，野鼠城狐。风嗥雨啸，昏见晨趋。饥鹰厉吻，寒鸱吓雏。伏虣藏虎，乳血餐肤。

崩榛塞路，峥嵘古馗。白杨早落，塞草前衰。棱棱霜气，蔌蔌风威。孤蓬自振，惊砂坐飞。灌莽杳而无际，丛薄纷其相依。通池既已夷，峻隅又已颓。直视千里外，惟见起黄埃。凝思寂听，心伤已摧。

若夫藻扃黼帐，歌堂舞阁之基。琁渊碧树，弋林钓渚之馆。吴、蔡、齐、秦之声，鱼龙爵马之玩。皆熏歇烬灭，光沈响绝。东都妙姬，南国佳人。蕙心纨质，玉貌绛唇。莫不埋魂幽石，委骨穷尘。岂忆同舆之愉乐，离宫之苦辛哉！

天道如何？吞恨者多！抽琴命操，为《芜城》之歌。歌曰：

边风急兮城上寒，井径灭兮丘陇残。千龄兮万代，共尽兮何言！驱迈苍凉之气，惊心动魄之词，皆赋家之绝境也。

古文辞类篹七十一终

辞赋类十一　　古文辞类篹七十二

韩退之讼风伯 ○

维兹之旱兮，其谁之由？我知其端兮，风伯是尤。山升云兮泽上气，雷鞭车兮电摇帜。雨寖寖兮将坠，风伯怒兮云不得止。暘乌之仁兮念此下民，闷其光兮不斗其神。

嗟风伯兮其独谓何？我于尔兮岂有其他？求其时兮修祀事，羊甚肥兮酒甚旨，食足饱兮饮足醉，风伯之怒兮谁使？云屏屏兮吹使醨之，气将交兮吹使离之，铄之使气不得化，寒之使云不得施。嗟尔风伯兮，欲逃其罪又何辞！

上天孔明兮有纪有纲，我今上讼兮其罪谁当？天诛加兮不可悔，风伯虽死兮人谁汝伤？

韩退之进学解 ○○○

国子先生，晨入太学，招诸生立馆下，诲之曰："业精于勤，荒于嬉；行成于思，毁于随。方今圣贤相逢，治具毕张。拔去凶邪，登崇畯良。占小善者率以录，名一艺者无不庸。爬罗剔抉，刮垢磨光，盖有幸而获选，孰云多而不扬？诸生业患不能精，无患有司之不明；行患不能成，无患有司之不公。”

言未既，有笑于列者曰：“先生欺予哉！弟子事先生，于兹有年矣。先生口不绝吟于六艺之文，手不停披于百家之编，记事者必提其要，纂言者必钩其玄。贪多务得，细大不捐，焚膏油以继晷，恒兀兀以穷年。先生之业，可谓勤矣。抵排异端，攘斥佛、老，补苴罅漏，张皇幽渺。寻坠绪之茫茫，独旁搜而远绍；障百川而东之，回狂澜于既倒。先生之于儒，可谓有劳矣。沈浸醲郁，含英咀华，作为文章，其书满家。上规姚、姒，浑浑无涯，周《诰》殷《盘》，佶屈聱牙。《春秋》谨严，左氏浮夸；《易》奇而法，《诗》正而葩。下逮《庄》、《骚》，太史所录，子云、相如，同工异曲。先生之于文，可谓闳其中而肆其外矣。少始知学，勇于敢为；长通于方，左右具宜。先生之于为人，可谓成矣。然而公不见信于人，私不见助于友。跋前踬后，动辄得咎。暂为御史，遂窜南夷。三年博士，冗不见治。命与仇谋，取败几时。冬暖而儿号寒，年丰而妻啼饥。头童齿豁，竟死何裨？不知虑此，而反教人为？”

先生曰：“吁！子来前。夫大木为宗，细木为桷，欂栌、侏儒，椳、闑、扂、楔，各得其宜，施以成室者，匠氏之工也。玉札、丹砂，赤箭、青芝，牛溲、马勃，败鼓之皮，俱收并蓄，待用无遗者，医师之良也。登明选公，杂进巧拙，纡馀为妍，卓荦为杰，较短量长，惟器是适者，宰相之方也。昔者孟轲好辨，孔道以明，辙环天下，卒老于行；荀卿守正，大论是弘，逃谗于楚，废死兰陵。是二儒者，吐辞为经，举足为法，绝类离伦，优入圣域，其遇于世何如也？今先生学虽勤而不繇其统，言虽多而不要其中，文虽奇而不济于用，行虽修而不显于众；犹且月费俸钱，岁縻廪粟，子不知耕，妇不知织，乘马从徒，安坐而食，踵常途之促促，窥陈编以盗窃。然而圣主不加诛，宰臣不见斥，兹非其幸与？动而得谤，名亦随之。投闲置散，乃分之宜。若夫商财贿之有无，计班资之崇庳，忘己量之所称，指前人之瑕疵，是所谓诘匠氏之不以杙为楹，而訾医师以昌阳引年，欲进其豨苓也。”

韩退之送穷文 ○○

元和六年正月乙丑晦，主人使奴星，结柳作车，缚草为船，载糗舆粻，牛系轭下，引帆上樯，三揖穷鬼而告之曰：“闻子行有日矣，鄙人不敢问所涂。窃具船与车，备载糗粻。日吉时良，利行四方。子饭一盂，子啜一觞，携朋挈俦，去故就新。驾尘彍风，与电争先。子无底滞之尤，我有资送之恩。子等有意于行乎？”

屏息潜听，如闻音声，若啸若啼，砉欻嘎嘤。毛发尽竖，竦肩缩颈。疑有而无，久乃可明。若有言者曰：“吾与子居，四十年馀。子在孩提，吾不子愚。子学子耕，求官与名，惟子是从，不变于初。门神户灵，我叱我呵，包羞诡随，志不在他。子迁南荒，热烁湿蒸，我非其乡，百鬼欺陵。太学四年，朝齑暮盐，惟我保汝，人皆汝嫌。自初及终，未始背汝。心无异谋，口绝行语。于何听闻，云我当去？是必夫子信谗，有间于予也。我鬼非人，安用车船？鼻齅臭香，糗粻可捐。单独一身，谁为朋俦？子苟备知，可数已不？子能尽言，可谓圣智。情状既露，敢不回避？”

主人应之曰：“子以吾为真不知也耶？子之朋俦，非六非四，在十去五，满七除二。各有主张，私立名字，捩手覆羹，转喉触讳。凡所以使吾面目可憎，语言无味者，皆子之志也。其名曰智穷：矫矫亢亢，恶圆喜方；羞为奸欺，不忍害伤。其次名曰学穷：傲数与名，摘抉杳微；高挹群言，执神之机。又其次曰文穷：不专一能，怪怪奇奇；不可时施，只以自嬉。又其次曰命穷：影与形殊，面丑心妍；利居众后，责在人先。又其次曰交穷：磨肌戛骨，吐出心肝；企足以待，置我仇冤。凡此五鬼，为吾五患。饥我寒我，兴讹造讪。能使我迷，人莫能间。朝悔其行，暮已复然。蝇营狗苟，驱去复还。”

言未毕，五鬼相与张眼吐舌，跳踉偃仆，抵掌顿脚，失笑相顾。徐谓主人曰：“子知我名，凡我所为，驱我令去，小黠大痴。人生一世，其久几何？吾立子名，百世不磨。小人君子，其心不同，惟乖于时，乃与天通。携持琬琰，易一羊皮，饫于肥甘，慕彼糠糜。天下知子，谁过于予？虽遭斥逐，不忍子疏。谓予不信，请质《诗》、《书》。”

主人于是垂头丧气，上手称谢，烧车与船，延之上座。

韩退之释言 ○

元和元年六月十日，愈自江陵法曹，诏拜国子博士，始进见今相国郑公。公赐之坐，且曰："吾见子某诗，吾时在翰林，职亲而地禁，不敢相闻。今为我写子诗书为一通以来。"愈再拜谢，退录诗书若干篇，择日时以献。

于后之数月，有来谓愈者曰："子献相国诗书乎？"曰"然"。曰："有为谗于相国之座者曰：'韩愈曰："相国征余文，余不敢匿，相国岂知我哉！"'子其慎之！"愈应之曰："愈为御史，得罪德宗朝，同迁于南者，凡三人，独愈为先收用，相国之赐大矣。百官之进见相国者，或立语以退；而愈辱赐坐语，相国之礼过矣。四海九州之人，自百官已下，欲以其业彻相国左右者多矣，皆惮而莫之敢，独愈辱先索，相国之知至矣。赐之大，礼之过，知之至，是三者，于敌以下受之，宜以何报？况在天子之宰乎？人莫不自知，凡适于用之谓才，堪其事之谓力，愈于二者，虽日勉焉而不迨。束带执笏，立士大夫之行，不见斥以不肖，幸矣，其何敢敖于言乎？夫敖虽凶德，必有恃而敢行。愈之族亲鲜少，无扳联之势于今，不善交人，无相先相死之友于朝，无宿资蓄货以钓声势，弱于才而腐于力，不能奔走乘机抵巇以要权利，夫何恃而敖？若夫狂惑丧心之人，蹈河而入火，妄言而骂詈者，则有之矣；而愈人知其无是疾也，虽有谗者百人，相国将不信之矣，愈何惧而慎与？"

既累月，有来谓愈曰：“有谗子于翰林舍人李公与裴公者，子其慎与！”愈曰：“二公者，吾君朝夕访焉，以为政于天下，而阶太平之治，居则与天子为心膂，出则与天子为股肱。四海九州之人，自百官已下，其孰不愿忠而望赐？愈也不狂不愚，不蹈河而入火，病风而妄骂，不当有如谗者之说也。虽有谗者百人，二公将不信之矣，愈何惧而慎？”

既以语应客，夜归私自尤曰：“咄市有虎，而曾参杀人，谗者之效也。《诗》曰：‘取彼谗人，投畀豺虎。豺虎不食，投畀有北。有北不受，投畀有昊。’伤于谗，疾而甚之之辞也。又曰：‘乱之初生，僭始既涵。乱之又生，君子信谗。’始疑而终信之之谓也。孔子曰：‘远佞人。’夫佞人不能远，则有时而信之矣。今我恃直而不戒，祸其至哉！”徐又自解之曰：“市有虎，听者庸也；曾参杀人，以爱惑聪也。《巷伯》之伤，乱世是逢也。今三贤方与天子谋所以施政于天下，而阶太平之治，听聪而视明，公正而敦大。夫聪明则视听不惑，公正则不迩谗邪，敦大则有以容而思。彼谗人者，孰敢进而为谗哉？虽进而为之，亦莫之听矣，我何惧而慎？”

既累月，上命李公相。客谓愈曰：“子前被言于一相，今李公又相，子其危哉！”愈曰：“前之谤我于宰相者，翰林不知也；后之谤我于翰林者，宰相不知也。今二公合处而会言，若及愈，必曰：‘韩愈亦人耳，彼敖宰相，又敖翰林，其将何求？必不然。’吾乃今知免矣。”既而谗言果不行。

苏子瞻前赤壁赋 ○○○

壬戌之秋，七月既望，苏子与客泛舟，游于赤壁之下。清风徐来，水波不兴。举酒属客，诵《明月》之诗，歌《窈窕》之章。少焉月出于东山之上，徘徊于斗、牛之间。白露横江，水光接天。纵一苇之所如，凌万顷之茫然。浩浩乎如冯虚御风而不知其所止，飘飘乎如遗世独立羽化而登仙。

于是饮酒乐甚，扣舷而歌之。歌曰："桂棹兮兰桨，击空明兮溯流光。渺渺兮予怀，望美人兮天一方。"客有吹洞箫者，倚歌而和之。其声呜呜然，如怨如慕，如泣如诉，馀音袅袅，不绝如缕，舞幽壑之潜蛟，泣孤舟之嫠妇。

苏子愀然正襟危坐而问客曰："何为其然也？"客曰："'月明星稀，乌鹊南飞'，此非曹孟德之诗乎？西望夏口，东望武昌，山川相缪，郁乎苍苍，此非孟德之困于周郎者乎？方其破荆州，下江陵，顺流而东也，舳舻千里，旌旗蔽空，酾酒临江，横槊赋诗，固一世之雄也，而今安在哉？况吾与子，渔樵于江渚之上，侣鱼虾而友麋鹿，驾一叶之扁舟，举匏尊以相属。寄蜉蝣于天地，渺沧海之一粟。哀吾生之须臾，羡长江之无穷。挟飞仙以遨游，抱明月而长终。知不可乎骤得，托遗响于悲风。"

苏子曰："客亦知夫水与月乎？逝者如斯，而未尝往也；盈虚者如彼，而卒莫消长也。盖将自其变者而观之，则天地曾不能以一瞬；自其不变者而观之，则物与我皆无尽也,而又何羡乎?且夫天地之间,物各有主,苟非吾之所有,虽一毫而莫取。惟江上之清风,与山间之明月,耳得之而为声,目遇之而成色,取之无禁,用之不竭,是造物者之无尽藏也,而吾与子之所共食。”

客喜而笑,洗盏更酌,肴核既尽,杯盘狼籍。相与枕藉乎舟中,不知东方之既白。

苏子瞻后赤壁赋 ○○○

是岁十月之望,步自雪堂,将归于临皋。二客从予过黄泥之阪。霜露既降,木叶尽脱,人影在地,仰见明月。顾而乐之,行歌相答。已而叹曰:“有客无酒,有酒无肴。月白风清,如此良夜何?”客曰:“今者薄暮,举网得鱼,巨口细鳞,状如松江之鲈。顾安所得酒乎?”归而谋诸妇。妇曰:“我有斗酒,藏之久矣,以待子不时之需。”

于是携酒与鱼,复游于赤壁之下。江流有声,断岸千尺,山高月小,水落石出。曾日月之几何,而江山不可复识矣。予乃摄衣而上,履巉岩,披蒙茸,踞虎豹,登虬龙,攀栖鹘之危巢,俯冯夷之幽宫。盖二客不能从焉。划然长啸,草木震动,山鸣谷应,风起水涌。予亦悄然而悲,肃然而恐,凛乎其不可留也。反而登舟,放乎中流,听其所止而休焉。时夜将半,四顾寂寥。适有孤鹤,横江东来,翅如车轮,玄裳缟衣,戛然长鸣,掠余舟而西也。

须臾客去,予亦就睡。梦一道士,羽衣翩跹,过临皋之下，揖余而言曰："赤壁之游乐乎？"问其姓名，俯而不答。呜呼噫嘻！我知之矣。畴昔之夜，飞鸣而过我者，非子也耶？道士顾笑，余亦惊悟。开户视之，不见其处。

古文辞类纂七十二终

哀祭类一

古文辞类纂七十三

屈原九歌　○○○

东皇太一

吉日兮辰良，穆将愉兮上皇。抚长剑兮玉珥，璆锵鸣兮琳琅。瑶席兮玉镇，盍将把兮琼芳。蕙肴烝兮兰藉，奠桂酒兮椒浆。扬枹兮拊鼓，疏缓节兮安歌，陈竽瑟兮浩倡。灵偃蹇兮姣服，芳菲菲兮满堂。五音纷兮繁会，君欣欣兮乐康。

云中君

浴兰汤兮沐芳，华采衣兮若英。灵连蜷兮既留，烂昭昭兮未央。謇将憺兮寿宫，与日月兮齐光。龙驾兮帝服，聊翱游兮周章。灵皇皇兮既降，猋远举兮云中。览冀州兮有馀，横四海兮焉穷？思夫君兮太息，极劳心兮忡忡。

湘君

君不行兮夷犹，蹇谁留兮中洲？美要眇兮宜修，沛吾乘兮桂舟。令沅湘兮无波，使江水兮安流。望夫君兮未来，吹参差兮谁思？

驾飞龙兮北征，邅吾道兮洞庭。薜荔拍兮蕙绸，荃桡兮兰旌。望涔阳兮极浦，横大江兮扬灵。扬灵兮未极，女婵媛兮为余太息。横流涕兮潺湲，隐思君兮陫侧。

桂棹兮兰枻，斫冰兮积雪。采薜荔兮水中，搴芙蓉兮木末。心不同兮媒劳，恩不甚兮轻绝。石濑兮浅浅，飞龙兮翩翩。交不忠兮怨长，期不信兮，告予以不闲。

朝骋骛兮江皋，夕弭节兮北渚。鸟次兮屋上，水周兮堂下。

捐余玦兮江中，遗余佩兮澧浦。采芳洲兮杜若，将以遗兮下女。时不可兮再得，聊逍遥兮容与！

湘夫人

帝子降兮北渚，目眇眇兮愁予。袅袅兮秋风，洞庭波兮木叶下。登白蘋兮骋望，与佳期兮夕张。鸟何萃兮蘋中，罾何为兮木上？沅有芷兮澧有兰，思公子兮未敢言。慌惚兮远望，观流水兮潺湲。

麋何为兮庭中？蛟何为兮水裔？朝驰余马兮江皋，夕济兮西澨。闻佳人兮召予，将腾驾兮偕逝。

筑室兮水中，葺之兮荷盖。荪壁兮紫坛，播芳椒兮成堂。桂栋兮兰橑，辛夷楣兮药房。罔薜荔兮为帷，擗蕙櫋兮既张。白玉兮为镇，疏石兰兮为芳。芷葺兮荷屋，缭之兮杜蘅。合百草兮实庭，建芳馨兮庑门。九疑缤兮并迎，灵之来兮如云。

捐余袂兮江中，遗余褋兮澧浦。搴汀州兮杜若，将以遗兮远者。时不可兮骤得，聊逍遥兮容与！

大司命

广开兮天门，纷吾乘兮玄云。令飘风兮先驱，使涷雨兮洒尘。君回翔兮以下，逾空桑兮从女。纷总总兮九州，何寿夭兮在予！高飞兮安翔，乘清气兮御阴阳。吾与君兮齐速，导帝之兮九坑。

灵衣兮披披，玉佩兮陆离。壹阴兮壹阳，众莫知兮余所为。

折疏麻兮瑶华，将以遗兮离居。老冉冉兮既极，不浸近兮愈疏。乘龙兮辚辚，高驰兮冲天。结桂枝兮延伫，羌愈思兮愁人。愁人兮奈何，愿若今兮无亏。固人命兮有当，孰离合兮可为？

少司命

秋兰兮蘪芜，罗生兮堂下。绿叶兮素华，芳菲菲兮袭予。夫人兮自有美子，荃何以兮愁苦。

秋兰兮青青，绿叶兮紫茎。满堂兮美人，忽独与余兮目成。人不言兮出不辞，乘回风兮载云旗。悲莫悲兮生别离，乐莫乐兮新相知。荷衣兮蕙带，儵而来兮忽而逝。夕宿兮帝郊，君谁须兮云之际？

与女沐兮咸池，晞女发兮阳之阿。望美人兮未来，临风怳兮浩歌。孔盖兮翠旍，登九天兮抚彗星。竦长剑兮拥幼艾，荃独宜兮为民正。

东君

暾将出兮东方，照吾槛兮扶桑。抚余马兮安驱，夜皎皎兮既明。驾龙辀兮乘雷，载云旗兮委蛇。长太息兮将上，心低徊兮顾怀。羌声色兮娱人，观者憺兮忘归。

絙瑟兮交鼓，萧钟兮瑶簴，鸣篪兮吹竽，思灵保兮贤姱。翾飞兮翠曾，展诗兮会舞，应律兮合节，灵之来兮蔽日。

青云衣兮白霓裳，举长矢兮射天狼。操余弧兮反沦降，援北斗兮酌桂浆。撰余辔兮高驼翔，杳冥冥兮以东行。

河伯

与女游兮九河，冲风起兮横波。乘水车兮荷盖，驾两龙兮骖螭。登昆仑兮四望，心飞扬兮浩荡。日将莫兮怅忘归，惟极浦兮寤怀。鱼鳞屋兮龙堂，紫贝阙兮朱宫，灵何为兮水中？

乘白鼋兮逐文鱼，与女游兮河之渚，流澌纷兮将来下。子交手兮东行，送美人兮南浦。波滔滔兮来迎，鱼邻邻兮媵予。

山鬼

若有人兮山之阿，被薜荔兮带女萝。既含睇兮又宜笑，子慕予兮善窈窕。

乘赤豹兮从文狸，辛夷车兮结桂旗。被石兰兮带杜蘅，折芳馨兮遗所思。余处幽篁兮终不见天，路险难兮独后来。

表独立兮山之上，云容容兮而在下。杳冥冥兮羌昼晦，东风飘兮神灵雨。留灵修兮憺忘归，岁既晏兮孰华予。

采三秀兮于山间，石磊磊兮葛蔓蔓。怨公子兮怅忘归，君思我兮不得闲。山中人兮芳杜若，饮石泉兮荫松柏，君思我兮然疑作。雷填填兮雨冥冥，猿啾啾兮狖夜鸣。风飒飒兮木萧萧，思公子兮徒离忧。

国殇

操吴戈兮被犀甲，车错毂兮短兵接。旌蔽日兮敌若云，矢交坠兮士争先。陵余陈兮躐余行，左骖殪兮右刃伤。霾两轮兮絷四马，援玉枹兮击鸣鼓。天时怼兮威灵怒，严杀尽兮弃原野。

出不入兮往不反，平原忽兮路超远。带长剑兮挟秦弓，首虽离兮心不惩。诚既勇兮又以武，终刚强兮不可陵。身既死兮神以灵，魂魄毅兮为鬼雄！

礼魂

成礼兮会鼓，传芭兮代舞，姱女倡兮容与。春兰兮秋菊，长无绝兮终古！

宋玉招魂 ○○○

朕幼清以廉洁兮，身服义而未沬。主此盛德兮，牵于俗而芜秽。上无所考此盛德兮，长离殃而愁苦。

帝告巫阳曰："有人在下，我欲辅之。魂魄离散，汝筮予之！"巫阳对曰："掌梦，上帝其命难从！""若必筮予之，恐后谢之不能复用巫阳焉。"

乃下招曰：魂兮归来！去君之恒干，何为乎四方些？舍君之乐处，而离彼不祥些。

魂兮归来！东方不可以托些。长人千仞，惟魂是索些。十日代出，流金铄石些。彼皆习之，魂往必释些。归来归来！不可以托些。

魂兮归来！南方不可以止些。雕题黑齿，得人肉以祀，以其骨为醢些。蝮蛇蓁蓁，封狐千里些。雄虺九首，往来倏忽，吞人以益其心些。归来归来！不可久淫些。

魂兮归来！西方之害，流沙千里些。旋入雷渊，靡散而不可止些。幸而得脱，其外旷宇些。赤蚁若象，玄蜂若壶些。五谷不生，丛菅是食些。其土烂人，求水无所得些。彷徉无所倚，广大无所极些。归来归来！恐自遗贼些。

魂兮归来！北方不可以止些。增冰峨峨，飞雪千里些。归来归来！不可以久些。

魂兮归来！君无上天些。虎豹九关，啄害下人些。一夫九首，拔木九千些。豺狼从目，往来侁侁些。悬人以嬉，投之深渊些。致命于帝，然后得瞑些。归来归来！往恐危身些。

魂兮归来！君无下此幽都些。土伯九约，其角觺觺些。敦脄血拇，逐人駓駓些。参目虎首，其身若牛些。此皆甘人。归来归来！恐自遗灾些。

魂兮归来！入修门些。工祝招君，背行先些。秦篝齐缕，郑绵络些。招具该备，永啸呼些。魂兮归来！反故居些。天地四方，多贼奸些。像设君室，静闲安些。高堂邃宇，槛层轩些。层台累榭，临高山些。网户朱缀，刻方连些。冬有突夏，夏室寒些。川谷径复，流潺湲些。光风转蕙，泛崇兰些。经堂入奥，朱尘筵些。砥室翠翘，挂曲琼些。翡翠珠被，烂齐光些。蒻阿拂壁，罗帱张些。纂组绮缟，结奇璜些。室中之观，多珍怪些。兰膏明烛，华容备些。二八侍宿，射递代些。九侯淑女，多迅众些。盛鬋不同制，实满宫些。容态好比，顺弥代些。弱颜固植，謇其有意些。姱容修态，絙洞房些。蛾眉曼睩，目腾光些。靡颜腻理，遗视矊些。离榭修幕，侍君之闲些。翡帷翠帱，饰高堂些。红壁沙版，玄玉之梁些。仰观刻桷，画龙蛇些。坐堂伏槛，临曲池些。芙蓉始发，杂芰荷些。紫茎屏风，文缘波些。文异豹饰，侍陂陁些。轩辌既低，步骑罗些。兰薄户树，琼木篱些。魂兮归来！何远为些？

室家遂宗，食多方些。稻粢穱麦，挐黄粱些。大苦咸酸，辛甘行些。肥牛之腱，臑若芳些。和酸若苦，陈吴羹些。臑鳖炮羔，有柘浆些。鹄酸臇凫，煎鸿鸧些。露鸡臛蠵，厉而不爽些。粔籹蜜饵，有餦餭些。瑶浆蜜勺，实羽觞些。挫糟冻饮，酎清凉些。华酌既陈，有琼浆些。归来反故室，敬而无妨些。

肴羞未通，女乐罗些。陈钟按鼓，造新歌些。《涉江》、《采菱》，发《扬荷》些。美人既醉，朱颜酡些。娭光眇视，目曾波些。被文服纤，丽而不奇些。长发曼鬋，艳陆离些。二八齐容，起郑舞些。衽若交竿，抚案下些。竽瑟狂会，填鸣鼓些。宫庭震惊，发《激楚》些。吴歈蔡讴，奏大吕些。士女杂坐，乱而不分些。放陈组缨，班其相纷些。郑、卫妖玩，来杂陈些，《激楚》之结，独秀先牲。菎蔽象棋，有六博些。分曹并进，遒相迫些。成枭而牟，呼五白些。晋制犀比，费白日些。铿钟摇虡，揳梓瑟些。娱酒不废，沈日夜些。兰膏明烛，华镫错些。结撰至思，兰芳假些。人有所极，同心赋些。酎饮既尽欢，乐先故些。魂兮归来！反故居些。

乱曰：献岁发春兮，汩吾南征。菉蘋齐叶兮白芷生。路贯庐江兮左长薄，倚沼畦瀛兮遥望博。青骊结驷兮齐千乘，悬火延起兮玄颜烝。步及骤处兮诱骋先，抑骛若通兮，引车右还。与王趋梦兮课后先，君王亲发兮惮青兕。朱明承夜兮，时不可淹，皋兰被径兮斯路渐。湛湛江水兮上有枫，目极千里兮伤春心。魂兮归来哀江南！

景差大招　○

青春爰谢，白日昭只。春气奋发，万物遽只。冥陵浃行，魂无逃只。魂魄归徕！无远遥只。

魂乎归徕！无东无西，无南无北只。东有大海，溺水浟浟只。螭龙并流，上下悠悠只。雾雨淫淫，白皓胶只。魂乎无东！汤谷寂寥只。魂乎无南！南有炎火千里，蝮蛇蜒只。山林险隘，虎豹蜿只。鰅鳙短狐，王虺骞只。魂乎无南！蜮伤躬只。魂乎无西！西方流沙，漭洋洋只。豕首纵目，被发鬤只。长爪踞牙，诶笑狂只。魂乎无西！多害伤只。魂乎无北！北有寒山，逴龙赩只。代水不可涉，深不可测只。天白颢颢，寒凝凝只。魂乎无往！盈北极只。

魂魄归徕！闲以静只。自恣荆楚，安以定只。逞志究欲，心意安只。穷身永乐，年寿延只。魂乎归徕！乐不可言只。五谷六仞，设菰粱只。鼎臑盈望，和致芳只。内鸧鸽鹄，味豺羹只。魂乎归徕！恣所尝只。鲜蠵甘鸡，和楚酪只。醢豚苦狗，脍苴莼只。吴酸蒿蒌，不沾薄只。魂乎归徕！恣所择只。炙鸹烝凫，煔鹑陈只。煎鰿膗雀，遽爽存只。魂乎归徕！丽以先只。四酎并孰，不涩嗌只。清馨冻饮，不歠役只。姜坞先生云：《诗》“禾役穟穟”，毛《传》云：役，列也。不歠役，言虽不及饮，而皆陈列于前也。吴醴白蘗，和楚沥只。魂乎归徕！不遽惕只。

代、秦、郑、卫，鸣竽张只。伏戏《驾辩》，楚《劳商》只。

讴和《扬阿》，赵箫倡只。魂乎归徕！定空桑只。二八接武，投诗赋只。叩钟调磬，娱人乱只。四上竞气，极声变只。魂乎归徕！听歌撰只。

朱唇皓齿，嫭以姱只。比德好闲，习以都只。丰肉微骨，调以娱只。魂乎归徕！安以舒只。嫮目宜笑，蛾眉曼只。容则秀雅，稚朱颜只。魂乎归徕！静以安只。姱修滂浩，丽以佳只。曾颊倚耳，曲眉规只。滂心绰态，姣丽施只。小腰秀颈，若鲜卑只。魂乎归徕！思怨移只。易中利心，以动作只。粉白黛黑，施芳泽只。长袂拂面，善留客只。魂乎归徕！以娱昔只。青色直眉，美目婳只。靥辅奇牙，宜笑嘕只。丰肉微骨，体便娟只。魂乎归徕！恣所便只。

夏屋广大，沙堂秀只。南房小坛，观绝溜只。曲屋步櫩，宜扰畜只。腾驾步游，猎春囿只。琼毂错衡，英华假只。茝兰桂树，郁弥路只。魂乎归徕！恣志处只。孔雀盈园，畜鸾皇只。鹍鸿群晨，杂鹙鸧只。鸿鹄代游，曼鹔鷞只。魂乎归徕！凤皇翔只。曼泽怡面，血气盛只。永宜厥身，保寿命只。室家盈廷，爵禄盛只。魂乎归徕！居室定只。

接径千里，出若云只。三圭重侯，听类神只。姜坞先生云：出若云，言其车骑从官之盛。《庄子·让王》延之以三旌之位，司马彪本作“三珪”，云诸侯三卿执珪。察笃夭隐，孤寡存只。魂乎归徕！正始昆只。田邑千畛，人阜昌只。美冒众流，德泽章只。先威后文，善美明只。魂乎归徕！赏罚当只。名声若日，照四海只。德誉配天，万民理只。北至幽陵，南交阯只。西薄羊肠，东穷海只。魂乎归徕！尚贤士只。发政献行，禁苛暴只。举杰压陛，姜坞先生云：俊杰光辅，本朝殿陛之间，如待以镇压。诛讥罢只。直、赢在位，近禹麾只。姜坞先生云：《吕览·求士》篇，禹治水，得陶、化益、直窥、横革、之交。《荀子·成相》“得益、皋陶、横革、直成为辅”。《战国策》“禹有五丞”。此直、赢即五丞之二也。豪杰执政，流泽施只。魂乎归徕！国家为只，雄雄赫赫，天德明只。三公穆穆，登降堂只。诸侯毕极，立九卿只。昭质既设，大侯张只。执弓挟矢，揖辞让只。魂乎归徕！尚三王只。

贾生吊屈原赋

恭承嘉惠兮，俟罪长沙。仄闻屈原兮，自沈汨罗。造托湘流兮，敬吊先生。遭世罔极兮，乃陨厥身。乌虖哀哉兮，逢时不祥。鸾凤伏窜兮，鸱枭翱翔。阘茸尊显兮，谗谀得志；贤圣逆曳兮，方正倒植。世谓随、夷溷兮，谓跖、蹻廉；莫邪为顿兮，铅刀为铦。于嗟默默兮，生之无故。斡弃周鼎兮，而宝康瓠。腾驾罢牛兮骖蹇驴，骥垂两耳兮服盐车。章甫荐屦兮，渐不可久。嗟苦先生兮，独离此咎！

谇曰：已矣，国其莫我知，独堙郁其谁语？凤漂漂其高逝兮，夫固自缩而远去。袭九渊之神龙兮，沕深潜以自珍。弥融爚以隐处兮，夫岂从皑与蛭螾？所贵圣人之神德兮，远浊世而自藏。使骐骥可得系羁兮，岂云异夫犬羊！般纷纷其离此尤兮，亦夫子之辜也！瞝九州而相君兮，何必怀此都也？凤皇翔于千仞之上兮，览德辉焉下之。见细德之险微兮，摇增翮而去之。彼寻常之污渎兮，岂能容吞舟之鱼！横江湖之鳣鲸兮，固将制于蝼蚁。

汉武帝悼李夫人赋

美连娟以修嫮兮，命樔绝而不长。饰新宫以延贮兮，泯不归乎故乡。惨郁郁其芜秽兮，隐处幽而怀伤。释舆马于山椒兮，奄修夜之不阳。秋气憯以凄泪兮，桂枝落而销亡。神茕茕以遥思兮，精浮游而出畺。托沈阴以圹久兮，惜蕃华之未央。念穷极之不还兮，惟幼眇之相羊。函菱荴以俟风兮，芳杂袭以弥章。的容与以猗靡兮，缥飘姚虖愈庄。燕淫衍而抚楹兮，连流视而娥扬。既激感而心逐兮，包红颜而弗明。欢接狎以离别兮，宵寤梦之芒芒。忽迁化而不反兮，魂放逸以飞扬。何灵魂之纷纷兮，哀裴回以踌躇？势路日以远兮，遂荒忽而辞去。超兮西征，屑兮不见。浸淫敞克，寂兮无音。思若流波，怛兮在心。

乱曰：佳侠函光，陨朱荣兮。嫉妒阘茸，将安程兮？方时隆盛，年夭伤兮。弟子增欷，洿沫怅兮。悲愁于邑，喧不可止兮。向不虚应，亦云已兮。嫶妍太息，叹稚子兮。㦖栗不言，倚所恃兮。仁者不誓，岂约亲兮？既往不来，申以信兮。去彼昭昭，就冥冥兮。既下新宫，不复故庭兮。呜呼哀哉！想魂灵兮。

古文辞类纂七十三终

哀祭类二

古文辞类篹七十四

韩退之祭田横墓文

贞元十一年九月，愈如东京，道出田横墓下，感横义高能得士，因取酒以祭，为文而吊之。其辞曰：

事有旷百世而相感者，余不自知其何心。非今世之所稀，孰为使余歔欷而不可禁？余既博观乎天下，曷有庶几乎夫子之所为？死者不复生，嗟余去此其从谁？当秦氏之败乱，得一士而可王。何五百人之扰扰，而不能脱夫子于剑铓？抑所宝者非贤，亦天命之有常？昔阙里之多士，孔圣亦云其遑遑。苟余行之不迷，虽颠沛其何伤！自古死者皆一，夫子至今有耿光。跽陈辞而荐酒，魂仿佛而来享。此是公少作，故犹取屈子成句。

韩退之潮州祭神文五首录一　○

维年月日，潮州刺史韩愈，谨以清酌腶修之奠，祈于大湖神之灵曰：

稻既穟矣而雨，不得熟以获也；蚕起且眠矣而雨，不得老以簇也。岁且尽矣，稻不可以复种，而蚕不可以复育也。农夫桑妇，将无以应赋税继衣食也。非神之不爱人，刺史失所职也。百姓何罪，使至极也？神聪明而端一，听不可滥以惑也。刺史不仁，可坐以罪；惟彼无辜，惠以福也。划劙云阴，卷月日也。幸身有衣，口得食，给神役也。充上之须，脱刑辟也。选牲为酒，以报灵德也。吹击管鼓，侑香洁也。拜庭跪坐，如法式也。不信当治，疾殃殛也。神其尚飨！

韩退之祭张员外文 ○○○

维年月日，彰义军行军司马守太子右庶子兼御史中丞韩愈，谨遣某乙，以庶羞清酌之奠，祭于亡友故河南县令张十二员外之灵：

贞元十九，君为御史，余以无能，同诏并跱。君德浑刚，标高揭己，有不吾如，唾犹泥滓。余戆而狂，年未三纪，乘气加人，无挟自恃。彼婉娈者，实惮吾曹，侧肩帖耳，有舌如刀。

我落阳山，以尹鼯猱，君飘临武，山林之牢。岁弊寒凶，雪虐风饕，颠于马下，我泗君咷。夜息南山，同卧一席，守隶防夫，抵顶交跖。洞庭漫汗，黏天无壁，风涛相豗，中作霹雳，追程盲进，帆船箭激。南上湘水，屈氏所沈，二妃行迷，泪踪染林。山哀浦思，鸟兽叫音，余唱君和，百篇在吟。

君止于县，我又南逾，把觞相饮，后期有无。期宿界上，一夕相语，自别几时，遽变寒暑，枕臂攲眠，加余以股。仆来告言，虎入厩处，无敢惊逐，以我𩦎去。君云是物，不骏于乘，虎取而往，来寅其征。我预在此，与君俱膺，猛兽果信，恶祷而凭？

余出岭中，君俟州下，偕掾江陵，非余望者。郴山奇变，其水清写，泊沙倚石，有遌无舍。衡阳放酒，熊咆虎嗥，不存令章，罚筹猬毛。委舟湘流，往观南岳，云壁潭潭，穹林攸擢。避风太湖，七日鹿角，钩登大鲇，怒颊豕狗，脔盘炙酒，群奴馀啄。走官阶下，首下尻高，下马伏涂，从事是遭。

余征博士，君以使已，相见京师，过愿之始。分教东生，君掾雍首，两都相望，于别何有？解手背面，遂十一年，君出我入，如相避然。生阔死休，吞不复宣。

刑官属郎，引章讦夺。权臣不爱，南康是斡。明条谨狱，氓獠户歌，用迁澧浦，为人受瘥。还家东都，起令河南，屈拜后生，愤所不堪。屡以正免，身伸事蹇，竟死不升，孰劝为善？

丞相南讨，余辱司马，议兵大梁，走出洛下。哭不凭棺，奠不亲斝，不抚其子，葬不送野。望君伤怀，有陨如泻。铭君之绩，纳石壤中，爰及祖考，纪德事功。外著后世，鬼神与通，君其奚憾？不余鉴衷。呜呼哀哉！尚飨！茅鹿门云：公之奇崛，战斗鬼神处，令人神眩。姜坞先生云：凄丽处独以健倔出之，层见叠耸，而笔力坚净，他人无此也。

韩退之祭柳子厚文 ○○

维年月日，韩愈谨以清酌庶羞之奠，祭于亡友柳子厚之灵：

嗟嗟子厚，而至然耶？自古莫不然，我又何嗟！人之生世，如梦一觉，其间利害，竟亦何校！当其梦时，有乐有悲，及其既觉，岂足追维？

凡物之生，不愿为材，牺樽青黄，乃木之灾。子之中弃，天脱馽羁，玉珮琼琚，大放厥辞。富贵无能，磨灭谁纪？子之自著，表表愈伟。不善为斫，血指汗颜，巧匠旁观，缩手袖间。子之文章，而不用世，乃令吾徒，掌帝之制。子之视人，自以无前，一斥不复，群飞刺天。

嗟嗟子厚，今也则亡。临绝之音，一何琅琅！遍告诸友，以寄厥子，不鄙谓余，亦托以死。凡今之交，观势厚薄，余岂可保，能承子托？非我知子，子实命我，犹有鬼神，宁敢遗堕？念子永归，无复来期，设祭棺前，矢心以辞。呜呼哀哉！尚飨！

韩退之祭侯主簿文 ○○

维年月日，吏部侍郎韩愈，谨遣男殿中省进马佶，致祭于亡友故国子主簿侯君之灵：

呜呼！惟子文学，今谁过之？子于道义，困不舍遗。我狎我爱，人莫与夷，自始及今，二纪于兹。我或为文，笔俾子持，唱我和我，问我以疑。我钓我游，莫不我随，我寝我休，莫尔之私。朋友昆弟，情敬异施，惟我于子，无适不宜。弃我而死，嗟我之衰，相好满目，少年之时。日月云亡，今其有谁！谁不富贵，而子为羁。我无利权，虽怨曷为？

子之方葬，我方斋祠，哭送不可，谁知我悲？呜呼哀哉！尚飨！

韩退之祭薛助教文 ○

维元和四年，岁次己丑，后三月二十一日景寅，朝议郎守国子博士韩愈，太学助教侯继，谨以清酌之奠，祭于亡友国子助教薛君之灵：

呜呼！吾徒学而不见施设，禄又不足以活身，天于此时，夺其友人。同官太学，日得相因，奈何永违，只隔数晨！笑语为别，恸哭来门。藏棺蔽帷，欲见无缘，皎皎眉目，在人目前。酌以告诚，庶几有神。呜呼哀哉！尚飨！

韩退之祭虞部张员外文 ○

维年月日，愈等谨以清酌庶羞之奠，谨敬祭于亡友张十三员外之灵：

呜呼！往在贞元，俱从宾荐，司我明试，时维邦彦。各以文售，幸皆少年，群游旅宿，其欢甚焉。出言无尤，有获同喜，他年诸人，莫有能比。

倏忽逮今，二十馀岁，存皆衰白，半亦辞世。外缠公事，内迫家私，中宵兴叹，无复昔时。如何今者，又失夫子，懿德柔声，永绝心耳。

庐亲之墓，终丧乃归，阳喑避职，妻子不知。分司宪台，风纪由振，遂迁司虞，以播华问。不能老寿，孰究其因？托嗣于宗，天维不仁。酒食备设，灵其降止，论德叙情，以视诸诔。尚飨！

韩退之祭穆员外文 ○

呜呼！建中之初，予居于嵩，携扶北奔，避盗来攻。晨及洛师，相遇一时，顾我如故，眷然顾之。子有令闻，我来自山，子之畯明，我钝而顽。道既云异，谁从知我？我思其厚，不知其可。

于后八年，君从杜侯，我时在洛，亦应其招。留守无事，多君子僚，罔有疑忌，惟其嬉游。草生之春，鸟鸣之朝，我辔在手，君扬其镳。君居于室，我既来即，或以啸歌，或以偃侧。诲余以义，复我以诚，终日以语，无非德声。

主人信谗，有惑其下，杀人无罪，诬以成过。入救不从，反以为祸。赫赫有闻，王命三司，察我于狱，相从系缧。曲生何乐，直死何悲！上怀主人，内闵其私，进退之难，君处之宜。

既释于囚，我来徐州，道之悠悠，思君为忧。我如京师，君居父丧，哭泣而拜，言词不通。我归自西，君反吉服，晤言无他，往复其昔。不日而违，重我心恻。

自后闻君，母丧是丁，痛毒之怀，六年以并。孰云孝子，而殒厥灵！今我之至，入门失声。酒肉在前，君胡不餐？升君之堂，不与我言。呜呼死矣，何日来还！

韩退之祭房君文　○

维某年月日，愈谨遣旧吏皇甫悦，以酒肉之馈，展祭于五官蜀客之柩前：

呜呼！君乃至于此，吾复何言！若有鬼神，吾未死，无以妻子为念。呜呼！君其能闻吾此言否？尚飨！

韩退之独孤申叔哀辞　○○

众万之生，谁非天耶？明昭昏蒙，谁使然耶？行何为而怒，居何故而怜耶？胡喜厚其所可薄，而恒不足于贤耶？将下民之好恶，与彼苍悬耶？抑苍茫无端，而暂寓其间耶？死者无知，吾为子恸而已矣，如有知也，子其自知之矣。

濯濯其英，晔晔其光。如闻其声，如见其容。呜呼远矣，何日而忘！

韩退之欧阳生哀辞有序　○○

欧阳詹，世居闽越。自詹以上，皆为闽越官，至州佐、县令者，累累有焉。闽越地肥衍，有山泉禽鱼之乐，虽有长材秀民，通文书吏事与上国齿者，未尝肯出仕。

今上初，故宰相常衮，为福建诸州观察使，治其地。衮以文辞进，有名于时，又作大官，临莅其民。乡县小民，有能诵书作文辞者，衮亲与之为客主之礼，观游宴飨，必召与之。时未几皆化翕然。詹于时独秀出，衮加敬爱，诸生皆推服。闽越之人举进士，由詹始。

建中、贞元间，余就食江南，未接人事，往往闻詹名闾巷间，詹之称于江南也久。贞元三年，余始至京师，举进士，闻詹名尤甚。八年春，遂与詹文辞同考试登第，始相识。自后詹归闽中，余或在京师他处，不见詹久者，惟詹归闽中时为然，其他时与詹离，率不历岁移时则必合，合必两忘其所趋，久然后去。故余与詹相知为深。

詹事父母尽孝道，仁于妻子，于朋友义以诚。气醇以方，容貌嶷嶷然。其燕私善谑以和，其文章切深喜往复，善自道。读其书，知其于慈孝最隆也。十五年冬，余以徐州从事，朝正于京师，詹为国子监四门助教，将率其徒伏阙下，举余为博士，会监有狱，不果上。观其心有益于余，将忘其身之贱而为之也。呜呼！詹今其死矣！

詹，闽越人也。父母老矣，舍朝夕之养以来京师，其心将以有得于是而归为父母荣也，虽其父母之心亦皆然。詹在侧，虽无离忧，其志不乐也；詹在京师，虽有离忧，其志乐也。若詹者，所谓以志养志者与？詹虽未得位，其名声流于人人，其德行信于朋友，虽詹与其父母，皆可无憾也。詹之事业文章，李翱既为之传，故作哀辞以舒余哀，以传于后，以遗其父母，而解其悲哀，以卒詹志云。

求仕与友兮，远违其乡。父母之命兮，子奉以行。友则既获兮，禄实不丰。以志为养兮，何有牛羊？事实既修兮，名誉又光。父母忻忻兮，常若在旁。命虽云短兮，其存者长。终要必死兮，愿不永伤。友朋亲视兮，药物甚良。饮食孔时兮，所欲无妨。寿命不齐兮，人道之常。在侧与远兮，非有不同。山川阻深兮，魂魄流行。祀祭则及兮，勿谓不通。哭泣无益兮，抑哀自强。推生知死兮，以慰孝诚。呜呼哀哉兮，是亦难忘！

李习之祭韩侍郎文 ○

呜呼！孔氏云远，杨、墨恣行，孟轲拒之，乃坏于成。戎风混华，异学魁横，兄常辨之，孔道益明。建武以还，文卑质丧，气萎体败，剽剥不让。俪花斗叶，颠倒相上。及兄之为，思动鬼神，拨去其华，得其本根。开合怪骇，驱涛涌云，包刘越嬴，并武同殷。六经之风，绝而复新，学者有归，大变于文。

兄之仕宦，罔辞于艰，疏奏辄斥，去而复迁。升黜不改，正言亟闻。贞元十二，兄在汴州，我游自徐，始得兄交。视我无能，待予以友，讲文析道，为益之厚。二十九年，不知其久。兄以疾休，我病卧室，三来视我，笑语穷日。何荒不耕？会之以一。人心乐生，皆恶言凶。兄之在病，则齐其终，顺化以尽，靡惑于中。别我千万，意如不穷。

临丧大号，决裂肝胸。老聃言寿，死而不亡，兄名之垂，星斗之光。我撰兄行，下于太常，声殚天地，谁云不长？丧车来东，我刺庐江，君命有严，不见兄丧。遣使奠斝，百酸搅肠，音容若在，曷日而忘？呜呼哀哉！尚享！

古文辞类篹七十四终

哀祭类三

古文辞类篹七十五

欧阳永叔祭资政范公文 ○○

呜呼公乎！学古居今，持方入员，丘、轲之艰，其道则然。公曰彼恶，谓公好讦；公曰彼善，谓公树朋；公所勇为，谓公躁进；公有退让，谓公近名。谗人之言，其何可听！先事而斥，群讥众排；有事而思，虽仇谓材。毁不吾伤，誉不吾喜，进退有仪，夷行险止。

呜呼公乎！举世之善，谁非公徒？谗人岂多，公志不舒。善不胜恶，岂其然乎？成难毁易，理又然欤？

呜呼公乎！欲坏其栋，先摧桷榱；倾巢破鷇，披折旁枝。害一损百，人谁不罹？谁为党论，是不仁哉！

呜呼公乎！易名谥行，君子之荣。生也何毁，没也何称？好死恶生，殆非人情。岂其生有所嫉，而死无所争？自公云亡，谤不待辨，愈久愈明，由今可见。始屈终伸，公其无恨！写怀平生，寓此薄奠。

欧阳永叔祭尹师鲁文 ○○

嗟乎师鲁！辨足以穷万物，而不能当一狱吏；志可以狭四海，而无所措其一身。穷山之崖，野水之滨，猿猱之窟，麋鹿之群，犹不能容于其间兮，遂即万鬼而为邻。嗟乎师鲁！世之恶子之多，未必若爱子者之众，而其穷而至此兮，得非命在乎天而不在乎人？

方其奔颠斥逐，困厄艰屯，举世皆冤，而语言未尝以自及，以穷至死，而妻子不见其悲忻。用舍进退，屈伸语默，夫何能然？乃学之力。至其握手为诀，隐几待终，颜色不变，笑言从容，死生之间，既已能通于性命，忧患之至，宜其不累于心胸。自子云逝，善人宜哀，子能自达，余又何悲！惟其师友之益，平生之旧，情之难忘，言不可究。

嗟乎师鲁！自古有死，皆归无物，惟圣与贤，虽埋不没；尤于文章，焯若星日。子之所为，后世师法，虽嗣子尚幼，未足以付予，而世人藏之，庶可无于坠失。

子于众人，最爱余文，寓辞千里，侑此一尊，冀以慰子，闻乎不闻？尚飨！

欧阳永叔祭石曼卿文 ○

呜呼曼卿！生而为英，死而为灵。其同乎万物生死，而复归于无物者，暂聚之形；不与万物共尽，而卓然其不朽者,后世之名。此自古圣贤莫不皆然,而著在简册者,昭如日星。

呜呼曼卿!吾不见子久矣,犹能仿佛子之平生。其轩昂磊落,突兀峥嵘,而埋藏于地下者,宜其不化为朽壤,而为金玉之精。不然,生长松之千尺,产灵芝而九茎。奈何荒烟野蔓,荆棘纵横,风凄露下,走磷飞萤。但见牧童樵叟,歌吟而上下,与夫惊禽骇兽,悲鸣踯躅而咿嘤。今固如此,更千秋而万岁兮,安知其不穴藏狐貉与鼯鼪?此自古圣贤亦皆然兮,独不见夫累累乎旷野与荒城!

呜呼曼卿!盛衰之理,吾固知其如此,而感念畴昔,悲凉凄怆,不觉临风而陨涕者,有愧乎太上之忘情。尚享!

欧阳永叔祭苏子美文

哀哀子美!命止斯耶?小人之幸,君子之嗟!子之心胸,蟠屈龙蛇,风云变化,雨雹交加,忽然挥斧,霹雳轰车。人有遭之,心惊胆落,震仆如麻。须臾霁止,而四顾百里,山川草木,开发萌芽。子于文章,雄豪放肆,有如此者,吁可怪邪!

嗟乎世人,知此而已。贪悦其外,不窥其内。欲知子心,穷达之际。金石虽坚,尚可破坏,子于穷达,始终仁义。惟人不知,乃穷至此。蕴而不见,遽以没地,独留文章,照耀后世。嗟世之愚,掩抑毁伤,譬如磨鉴,不灭愈光。一世之短,万世之长,其间得失,不待较量。哀哀子美,来举予觞。尚飨！

欧阳永叔祭梅圣俞文 ○

昔始见子，伊川之上，予仕方初，子年亦壮。读书饮酒，握手相欢，谭辨锋出，贤豪满前。谓言仕宦，所至皆然，但当行乐，何有忧患？

子去河南，余贬山峡，三十年间，乖离会合。晚被选擢，滥官朝廷，荐子学舍，吟哦六经。余才过分，可愧非荣，子虽穷厄，日有声名。予狷而刚，中遭多难，气血先耗，发须早变。子心宽易，在险如夷，年实加我，其颜不衰。谓子仁人，自宜多寿，予譬膏火，煎熬岂久？事今反此，理固难知，况于富贵，又可必期？

念昔河南，同时一辈，零落之馀，惟予子在。子又去我，今存兀然，凡今之游，皆莫余先。纪行琢辞，子宜予责，送终恤孤，则有众力，惟声与泪，独出予臆。

苏子瞻祭欧阳文忠公文 ○○

呜呼哀哉！公之生于世，六十有六年。民有父母，国有蓍龟。斯文有传，学者有师。君子有所恃而不恐，小人有所畏而不为。譬如大川乔岳，不见其运动，而功利之及于物者，盖不可以数计而周知。今公之没也，赤子无所仰芘，朝廷无所稽疑。斯文化为异端，而学者至于用夷。君子以为无为为善，而小人沛然自以为得时。譬如深山大泽，龙亡而虎逝，则变怪杂出，舞鳝鳝而号狐狸。

昔其未用也，天下以为病；而其既用也，则又以为迟。及其释位而去也，莫不冀其复用；至其请老而归也，莫不惆怅失望。而犹庶几于万一者，幸公之未衰。孰谓公无复有意于斯世也，奄一去而莫予追？岂厌世溷浊，洁身而逝乎？将民之无禄，而天莫之遗！

昔我先君，怀宝遁世，非公则莫能致。而不肖无状，因缘出入受教于门下者，十有六年于兹。闻公之丧，义当匍匐往吊，而怀禄不去，愧古人以忸怩。缄词千里，以寓一哀而已矣，盖上以为天下恸，而下以哭其私。呜呼哀哉！

苏子瞻祭柳子玉文

猗欤子玉，南国之秀。甚敏而文，声发自幼。从横武库，炳蔚文囿。独以诗鸣，天锡雄咮。元轻白俗，郊寒岛瘦，嘹然一吟，众作卑陋。

凡今卿相，伊昔朋旧，平视青云，可到宁骤。孰云坎轲？白发垂脰，才高绝俗，性疏来诟。谪居穷山，遂侣猩狖，夜衾不絮，朝甑绝馏。慨然怀归，投弃缨绶，潜山之麓，往事神后。道味自饴，世芬莫齅，凡世所欲，有避无就。谓当乘除，并畀之寿，云何不淑，命也谁咎？

顷在钱塘，惠然我觏，相从半岁，日饮醇酎。朝游南屏，暮宿灵鹫，雪窗饥坐，清阕间奏。沙河夜归，霜月如昼，纶巾鹤氅，惊笑吴妇。会合之难，如次组绣，翻然失去，覆水何救？

维子耆老，名德俱茂，嗟我后来，匪友惟媾。子有令子，将大子后，颀然二孙，则谓我舅。念子永归，涕如悬溜，歌此奠诗，一樽往侑。

苏子由代三省祭司马丞相文 ○

呜呼！元丰末命，震惊四方，号令所从，帷幄是望。公来自西，会哭于庭，缙绅咨嗟，复见老成。太任在位，成王在左，曰予茕茕，谁恤予祸？白发苍颜，三世之臣，不留相予，谁左右民？公出于道，民聚而呼，皆曰"吾父"，归欤归欤！公畏莫当，遄返洛师，授之宛邱，实将用之。

公之来思，岌然特立，身如槁木，心如金石。时当宅忧，恭默不言，一二卿士，代天斡旋。事棼如丝，众比如栉，治乱之几，间不容发。公身当之，所恃惟诚，吾民苟安，吾君则宁。以顺得天，以信得人，钼去太甚，复其本原。白叟黄童，织妇耕夫，庶几休焉，日月以须。公乘安舆，入见延和，裕民之言，之死靡他。

将享合宫，百辟咸事，公病于家，卧不时起。明日当斋，公讣暮闻，天以雨泣，都人酸辛。礼成不贺，人识君意，龙衮蝉冠，遂以往襚。

公之初来，民执弓矛，逮公永归，既耕且耰。公虽云亡，其志则存，国有成法，朝有正人。持而守之，有进毋陨，匪以报公，维以报君。天子圣明，神母万年，民不告勤，公志则然。死者复生，信我此言。鸣呼哀哉！尚享！

王介甫祭范颍州文 ○○○

鸣呼我公，一世之师。由初迄终，名节无疵。明肃之盛，身危志殖，瑶华失位，又随以斥。治功亟闻，尹帝之都，闭奸兴良，稚子歌呼。赫赫之家，万首俯趋，独绳其私，以走江湖。士争留公，蹈祸不栗，有危其辞，谒与俱出。风俗之衰，骇正怡邪，蹇蹇我初，人以疑嗟。力行不回，慕者兴起，儒先酋酋，以节相侈。

公之在贬，愈勇为忠，稽前引古，谊不营躬。外更三州，施有馀泽，如酾河江，以灌寻尺。宿赃自解，不以刑加，猾盗涵仁，终老无邪。讲艺弦歌，慕来千里，沟川障泽，田桑有喜。

戎孽猘狂，敢齮我疆，铸印刻符，公屏一方。取将于伍，后常名显，收士至佐，维邦之彦。声之所加，虏不敢濒，以其馀威，走敌完邻。昔也始至，疮痍满道，药之养之，内外完好。既其无为，饮酒笑歌，百城宴眠，吏士委蛇。

上嘉曰材，以副枢密，稽首辞让，至于六七。遂参宰相，厘我典常，扶贤赞杰，乱穴除荒。官更于朝，士变于乡，百治具修，偷惰勉强。彼阏不遂，归侍帝侧，卒屏于外，身屯道塞。谓宜耇老，尚有以为，神乎孰忍，使至于斯！盖公之才，犹不尽试，肆其经纶，功孰与计？

自公之贵，厩库逾空，和其色辞，傲讦以容。化于妇妾，不靡珠玉，翼翼公子，弊绨恶粟。闵死怜穷，惟是之奢，孤女以嫁，男成厥家。孰堙于深？孰锲乎厚？其传其详，以法永久。

硕人今亡，邦国之忧，矧鄙不肖，辱公知尤。承凶万里，不往而留，涕洟驰辞，以赞醪羞。姜坞先生云：虏不敢濒，濒当作嚬。乱穴，穴疑当作冗，乱，治也。鼐疑濒字是，言虏不敢近边也。

王介甫祭欧阳文忠公文 ○

夫事有人力之可致，犹不可期，况乎天理之溟漠，又安可得而推？惟公生有闻于当时，死有传于后世，苟能如此足矣，而亦又何悲！如公器质之深厚，知识之高远，而辅学术之精微，故充于文章，见于议论，豪健俊伟，怪巧瑰琦。其积于中者，浩如江河之停蓄；其发于外者，烂如日星之光辉。其清音幽韵，凄如飘风急雨之骤至；其雄辞闳辨，快如轻车骏马之奔驰。世之学者，无问乎识与不识，而读其文，则其人可知。

呜呼！自公仕宦四十年，上下往复，感世路之崎岖，虽屯邅困踬，窜斥流离，而终不可掩者，以其公议之是非。既压复起，遂显于世，果敢之气，刚正之节，至晚而不衰。方仁宗皇帝临朝之末年，顾念后事，谓如公者，可寄以社稷之安危。及夫发谋决策，从容指顾，立定大计，谓千载而一时。功名成就，不居而去。其出处进退，又庶乎英魄灵气，不随异物腐散，而长在乎箕山之侧，与颍水之湄。然天下之无贤不肖，且犹为涕泣而歔欷，而况朝士大夫，平昔游从，又予心之所向慕而瞻依！

呜呼！盛衰兴废之理，自古如此，而临风想望不能忘情者，念公之不可复见，而其谁与归？

王介甫祭丁元珍学士文 ○

我初闭门，屈首书诗，一出涉世，茫无所知。援挈覆护，免于阽危；雍培浸灌，使有华滋。微吾元珍，我殆弗植，如何弃我，陨命一昔！以忠出恕，以信行仁，至于白首，困厄穷屯。又从挤之，使以踬死，岂伊人尤？天实为此。有磐彼石，可志于邱，虽不属我，我其徂求。请著君德，铭之九幽，以驰我哀，不在醪羞。

王介甫祭王回深甫文 ○○

嗟嗟深甫！真弃我而先乎？孰谓深甫之壮以死，而吾可以长年乎？维吾昔日，执子之手，归言子之所为，实受命于吾母，曰“如此人，乃可与友”。吾母知子，过于予初，终子成德，多吾不如。呜呼天乎！既丧吾母，又夺吾友，虽不即死，吾何能久？搏胸一恸，心摧志朽，泣涕为文，以荐食酒。嗟嗟深甫！子尚知否？

王介甫祭高师雄主簿文 ○○○

我始寄此，与君往还，于是康定，庆历之间。爱我勤我，急我所难。日月一世，疾于跳丸，南北几时，相见悲欢。去岁忧除，追寻陈迹。淮水之上，冶城之侧，握手笑语，有如一昔。屈指数日，待君归舲。安知弥年，乃见哭庭！维君家行，可谓修饬，如其智能，亦岂多得？垂老一命，终于远域，岂惟故人，所为叹惜！抚棺一奠，以告心恻。茅顺甫云：奇崛之文。

王介甫祭曾博士易占文 ○

呜呼！公以罪废，实以不幸，卒困以夭，亦惟其命。命与才违，人实知之，名之不幸，知者为谁？公之闾里，宗亲党友，知公之名，于实无有。呜呼公初，公志如何！孰云不谐，而厄孔多？

地大天穹，有时而毁，星日脱败，山倾谷圮。人居其间，万物一偏，固有穷通，世数之然。至其寿夭，尚何忧喜？要之百年，一蜕以死。方其生时，窘若囚拘，其死以归，混合空虚。以生易死，死者不祈，惟其不见，生者之悲。公今有子，能隆公后，惟彼生者，可无甚悼。嗟理则然，其情难忘，哭泣驰辞，往侑奠觞。

王介甫祭李省副文 ○

呜呼！君谓死者，必先气索而神零，孰谓君气足以薄云汉兮，神昭晰乎日星，而忽陨背乎，不能保百年之康宁？惟君别我，往祠太乙，笑言从容，愈于平日。既至即事，升降孔秩，归鞍在涂，不返其室。讣闻士夫，环视太息，矧我于君，情何可极！具兹醪羞，以告哀恻。

王介甫祭周幾道文 ○○○

初我见君，皆童而帻，意气豪悍，崩山决泽。弱冠相视，隐忧厄穷。貌则侔年，心颓如翁。俯仰悲欢，超然一世，皓发黧馘，分当先弊。孰知君子，讣我称孤？发封涕洟，举屋惊呼。行与世乖，惟君缱绻，吊祸问疾，书犹在眼。序铭于石，以报德音，设辞虽褊，义不愧心。君实爱我，祭其如歆！

王介甫祭束向元道文 ○

呜呼束君！其信然耶？奚仇友朋，奚怨室家？堂堂去之，我始疑嗟。惟昔见君，田子之自，我欲疾走，哭诸田氏。吾縻不赴，田疾不知，今乃独哭，谁同我悲？

始君求仕，士莫敢匹，洪洪其声，硕硕其实。霜落之林，豪鹰俊鹘，万鸟避逃，直摩苍天。踬焉仅仕，后愈以困，洗藏销塞，动辄失分。如羁骏马，以驾柴车，侧身隳首，与蹇同刍。命又不祥，不能中寿，百不一出，孰知其有？

能知君者，世孰予多？学则同游，仕则同科。出作扬官，君实其乡，倾心倒肝，迹斥形忘。君于寿食，我饮鄞水，岂无此朋，念不去彼。既来自东，乃临君丧，闷闷阴宫，梗野榛荒。东门之行，不几日月，孰云于今，万世之别？嗟屯怨穷，闵命不长，世人皆然，君子则亡。予其何言？君尚有知，具此酒食，以陈我悲。

王介甫祭张安国检正文 ○

呜呼！善之不必福，其已久矣，岂今于君，始悼叹其如此！自君丧除，知必顾予。怪久不至，岂其病欤？今也君弟，哭而来赴。天不姑释一士，以为予助。何生之艰，而死之遽！

君始从我，与吾儿游，言动视听，正而不偷。乐于饥寒，惟道之谋。既掾司法，议争谳失，中书大理，再为君屈。遂升宰属，能挠强倔，辨正狱讼，又常精出。岂君刑名，为独穷深？直谅明清，靡所不任，人恍莫知，乃恻我心。君仁至矣，勇施而忘已；君孝至矣，孺慕以至死。能人所难，可谓君子。

呜呼！吾儿逝矣，君又随之，我留在世，其与几时？酒食之哀，侑以言辞。

方灵皋宣左人哀辞

左人与余生同郡，长而客游同方。往还离合，逾二十年，而为泛交。己丑、庚寅间，余频至淮上，左人授徒邗江，道邗数与语，始异之。

其家在龙山，吾邑山水奇胜处也。每语余居此之乐，而自恨近六十，犹栖栖于四方。余久寓金陵，亦倦游思还故里，遂以辛卯正月至其家。左山右湖，皋壤如沐。留连信宿，相期匝岁定居于此。而是冬十月，以《南山集》牵连被逮。时左人适在金陵，急余难，与二三骨月兄弟之友相先后。在诸君子不为异，而余固未敢以望于左人也。

壬辰夏，余系刑部，左人忽入视。问何以来，则他无所为。将归，谓余曰："吾附人舟车不自由，以天之道，子无恙，寻当归，吾终待子龙山之阳矣。"及余邀宽法出狱隶汉军，欲附书报左人，而乡人来言左人死矣，时康熙五十二年也。

龙山地偏而俗淳，居者多寿耉，左人父及伯叔父皆八九十。左人貌魁然，其神凝然，人皆曰当得大年，虽左人亦自谓然，而竟止于此！余与左人相识几三十年，而不相知；相知逾年，而余及于难；又逾年而左人死。虽欲与之异地相望，而久困穷，亦不可得。此恨有终极耶？辞曰：

嗟子精爽之炯然兮，今已阴为野土。闭两心之所期兮，永相望于终古，川原信美而可乐兮，生如避而死归。解人世之纠缠兮，得甘寝其何悲。

方灵皋武季子哀辞

康熙丙申夏，闻武君商平之丧，哭而为墓表，将以归其孤。冬十月，孤洙至京师，曰：“家散矣，父母、大父母、诸兄七丧蔑以葬，为是以来。”叩所学，则经书能背诵矣。授徒某家，冬春间数至，假唐宋诸家古文自缮写。首夏，余出塞，返役，而洙死已浃日矣。始商平有子三人，余皆见其孩提以及成人。长子洛，为邑诸生，卒年二十有四。次子某，年二十有一，将受室而卒。洙其季也。

忆洙五六岁时，余过商平，常偕群儿喧聒左右。少长抱书从其父往来余家。及至京师，则干躯伟然。余方欲迪之学行，以嗣其宗，而遽以羁死。有子始二岁。

商平生故家，而窭艰迫厄，视细民有甚焉。又父母皆笃老，烦急家事，凌杂米盐，无几微辄生瑕衅，然卒能约身隐情以尽其恩，而不愆于义，余每叹其行之难也。而既羸其躬，复札其后嗣。呜呼！世将绝而后乃繁昌者，于古有之矣，其果能然也耶？

洙卒于丁酉十月十日，年二十有一，藁葬京师郭东江宁义冢。余志归其丧，事有待，先以鸣余哀。其辞曰：

嗟尔生兮震愆，罹百忧兮连延。蹇孤游兮局窄，命支离兮为鬼客。天属尽兮茕茕，羌地下兮相从。江之干兮淮之汭，翳先灵兮日延企。魂朝发兮暮可投，异生还兮路阻修。孺子号兮在室，永护呵兮无失！

刘才甫祭史秉中文

呜呼！我居帝里，阒寂寡聊，徐氏之自，得与子交。昵我畏我，谘我道义，六艺之玄，奇章逸字。既我读书，假子之庐，于子焉饭，欢然有馀。或提一觞，远适墟墓，长松之阴，惨怆相顾。问我与子，胡为其然？我不自知，子亦不言。凡今之朋，利名是赖，惟我与子，不营其外。我乖于世，动辄有尤，惟与子处，如疾斯瘳。如何今日，子又我弃！独行茕茕，低颜失气。自子云没，寡妻去帷，皤皤二老，于何其依？子之奇穷，匪我能救，哭泣陈辞，惟心之疚。原注：琅然之言，与退之争长。

刘才甫祭吴文肃公文

呜呼！我初见公，公在内阁，皓发朱颜，笑言磊落。追念平生，朋好游从，欷歔晚遇，石友之功。留我信宿，取酒斟酌，亲布衾裯，权其厚薄。我生盖寡，得此于人，而况公德，齿爵皆尊。公年七十，称觞命坐，落落群贤，其中有我。我谓公健，百岁可望，相见无几，遽哭于堂。呜呼！人之生世，蘧然一梦，惟其令名，一世传颂。死而不死，夫又何悲？为知己痛，哭泣陈辞。原注：亲布衾裯，权其厚薄，令读者皆生感叹。

刘才甫祭舅氏文

维年月日，刘氏甥大櫆，谨以清酌庶羞之奠，致祭于舅氏杨君稚棠先生之灵。

呜呼舅氏！以君之毅然直方长者，而天乃绝其嗣续，使茕茕之孤魄，依于月山之址。櫆不肖，未尝学问，然君独顾之而喜，谓能光刘氏之业者，其在斯人。吾未老耄，庶几犹及见之矣。呜呼！孰知君之忽焉以殁，而不肖之零落无状，今犹若此。尚飨！

古文辞类篹七十五终

附录一　姚惜抱先生年谱

同邑后学　郑福照辑

乾嘉间，姚惜抱先生以硕学醇文为海内倡，数十年来，言古文家法者，大都推桐城姚氏。顾先生非徒文人也，其仕止进退，一审于义而不苟，恬静之操，高亮之节，实足以风范百世。而又皆率其性之所安，初无矫激近名者之所为，其论学宗主程朱之义理，而兼取考证家之长。尝慨当时学者，以专宗汉学为至，攻驳程朱为能，倡于一二专己好名之人，而相率而效者，遂大为学术之害，故力持正论以救之。然心平气冲，粹然德人之言，从其学者，濡染渐多，而风气遂一变。至其论文之旨，则以内充而后发、理得而情当为贵。尝曰：气充而静者，其声闳而不荡；志章而检者，其色耀而不浮。故为学之要，在于涵养而已。声华荣利之事，曾不得以奸乎其中，而宽以期乎岁月之久，则必有以盖乎今而达乎古。由斯观之，先生岂直文人已耶！读其文，固可想见其人，而因其文名之盛，遂以掩其德之醇与学之粹。呜呼！其亦失之未考也已。

先生学行大略，散见国史《文苑传》，及门人所为传状、志表、序跋之中。郑君容甫，少好先生学，惧宗先生者不悉其文行本末，因览诸家文集，及先生家藏手稿，取其有征而足信者，次为《年谱》一书，而于先生出处之概、取舍之宜、论学论文之旨要，尤博考而详载之。俾读先生书者，知其本原之所在。

先生之学，上承望溪方氏之绪，而门人中传其学者，则以吾从兄植之先生为最博且精。往者吾友苏征君厚子辑有《望溪年谱》，已刊行，今容甫撰先生年谱成，又撰次《植之先生年谱》一卷，附其集后。噫！何其勤也！世尝言天下文章在桐城，观是数谱，则诸先生之为法天下，而可传后世者，文章犹其末焉也已！同治六年夏五月，同里后学方宗诚序。

雍正九年辛亥十二月二十日，先生生。生时家谱不载，据先生曾孙声云子时。先生姓姚氏，讳鼐，字姬传，一字梦谷，别号惜抱。安徽安庆府桐城县人。见姚氏家谱及毛岳生所撰墓志铭。始祖字胜三。家谱佚其名。宋末自馀姚迁居桐城大有乡之麻溪，人谓麻溪姚氏，始仕显者，曰明云南布政使右参政旭，伉直敢言，尝上书讼于忠肃冤。参政四世孙自虞为诸生，子之兰为汀州府知府，加按察副使衔，所历海澄县、杭州、汀州二府，民皆为祠以祀。参政、副使仕绩，《明史》皆载入《循吏传》。副使之子孙棐，仕为职方主事。职方子文然，康熙间历官刑部尚书，数论事利害，尽蠲烦苛，表定律令，卒谥端恪。世宗时追论先朝名臣，思其贤，诏特祠，春秋祀焉，是为先生高祖。见本集《长岭阡表》，及家谱、墓志，从孙莹所撰《姚氏先德传》，《桐城县志》。曾祖讳士基，康熙壬子举人，为湖北罗田县知县，有惠政，卒，官民立祠祀。祖讳孔镔，府学增生，早卒，赠编修，累赠朝议大夫。祖母任氏，大理寺少卿讳奕鏊女，贤孝秉节，上奉姑，下教二子。长子翰林院编修讳范，以《诗》古文经学著，学者称姜坞先生；次子赠朝议大夫礼部员外郎讳淑，先生考也。见《长岭阡表》及家谱、《桐城志》。母陈氏，雍正甲辰进士、临海县知县讳皓鉴女。见《节孝陈夫人传》及家谱。弟讦，字君俞，监生候选州吏目。见《弟君俞权厝铭》。鼎字武平，乾隆甲午附榜贡生、候选州判。见家谱。

乾隆元年丙辰，先生年六岁。

三年戊午，先生年八岁。姚氏自馀姚来桐城，始居麻溪南，十世迁居城中。先生曾祖居南门宅，曰树德堂，居四十年，先生生于树德堂。八岁时，宅售于张氏，编修与赠大夫乃徙北门口之宅，曰初复堂。见《先宅记》。

先生少时家贫，体弱多病而嗜学，澹荣利，有超然之志。世父编修博闻强识，诵法先儒，与同里方侍庐泽、叶华南酉、刘海峰大櫆诸先生友善，诸子中独爱先生，每谈必令侍。方先生论学宗朱子，先生少受业焉，尤喜亲海峰。客退，辄肖其衣冠为戏。编修尝问其志，曰：义理、考证、文章，殆阙一不可。编修大悦，卒以经学授先生，而别受古文法于海峰。见从孙莹所撰行状，及本集《刘海峰传》。

十四年己巳，先生年十九岁。按先生补弟子员年月不可考，家谱但云县学附生，不著何岁。据先生曾孙声云在己巳岁。今按文后集《望溪集外文序》云：惟乾隆庚午乡试，一至江宁。是入泮在戊辰以后也。

十五年庚午，先生年二十岁。秋，举江南乡试。见家谱及行状。按乡试名次，传状及家谱俱不载。

主考为番禺庄公有恭、桐乡钮公汝骐。见《贡举考略》。

冬，偕同年张檑亭曾敞如京师，见《祭张少詹文》。同寓佛寺中。见《祭侍潞川文》。

十六年辛未，先生年二十一岁。春试礼部，不第归，时刘海峰先生以经学应举在京师，为序送之，其略曰：姬传甫弱冠而学，已无所不窥，诗赋古文，殆欲压余辈而上之，显名当世，固可前知。又曰：天既赋姬传以不世之才，而姬传又深有志于古人之不朽，其射策甲科，为显官，不足为姬传道。即其区区以文章名于后世，亦非予之所望于姬传。其盛许之如此。见行状及《海峰文集》。按先生六上春官，始成进士，见《祭侍潞川文》。

十七年壬申，先生年二十二岁。春至黟县。见《西园记》。有《贵池道中》、《黟县道中》、《出池州》诸诗。按本集《弟君俞权厝铭》：余二十二岁，授徒四方以为养。此往黟县，或者授经于彼与？又本集《左笔泉时文序》云：某游京师，不第而返，先生招使课其诸子。今按其年月不可考，附记于此。

秋，试礼部不第。按是年八月会试。

十九年甲戌，先生年二十四岁。春，试礼部不第，留京师。

二十年乙亥，先生年二十五岁。居京师。按本集《答朱竹君诗》云：连年摘髭取科第，射策彤庭语惊众。又云：首春上将西出师，蚁穴初开天宇空。又云:落落独为燕市饮,叟叟况对残秋恐。按朱竹君于乾隆十九年登第,两路出师征准夷,在乙亥春。此诗当为乙亥九月在京师作。又《再答竹君诗》云:去年重九天气佳,城角黄花倚风动。精庐偶与故人来,却眺晴云出烟洞。今年重九故人死,浊酒盈尊强谁共?是上年会试后留京师也。又笔记云:江宁张君敉,字立人,甲戌、乙亥,余晤之于京师。

二十二年丁丑,先生年二十七岁。春,试礼部不第。

二十三年戊寅,先生年二十八岁。在京师。灵石何季甄思钧从受业。见《何季甄家传》。

秋游扬州。见《赠程鱼门序》及《酬胡业宏》诗。旋归里,由潜山、宿松、黄梅、九江至南昌,十月归。见诗集。

二十五年庚辰,先生年三十岁。春,试礼部不第,归。八月二十三日,丁赠朝议公艰。见行状及家谱。

二十六年辛巳,先生年三十一岁。授经同里马氏。见《马母左孺人八十寿序》。

二十七年壬午,先生年三十二岁。授经同里马氏。

八月二十五日配张宜人卒。见家谱。按张宜人湖北黄州府通判讳曾翰女,见家谱,其来归年月不可考。

二十八年癸未,先生年三十三岁。春,应礼部试,中式。见行状及家谱。总裁官为金匮秦公蕙田、满洲德公德保、钱唐王公际华。见《贡举考略》。

殿试二甲,授庶吉士。见家谱及行状。按会试、殿试名次,传状及家谱俱不载。

二十九年甲申,先生年三十四岁。春,随世父编修自天津归里。见《左笔泉时文序》。有《游媚笔泉记》,三月上旬作。

三月,游扬州,馆侍潞川庶常朝家,五月杪旋里。见《祭侍潞川文》。按王梦楼以是岁出守临安，本集有《平山堂送王之临安诗》，知游扬州确在是年也。

继配张宜人来归，四川屏山县知县讳曾敏女，原配张宜人之从妹。见《继室张宜人权厝志》及家谱、行状。

冬，如京师。有《过江浦县》、《徐州》、《邳州》、《过汶上吊王彦章》诗。

三十一年丙戌，先生年三十六岁。夏，散馆，改主事，分兵部。见国史本传。

三十二年丁亥，先生年三十七岁，试职兵部。见《沈母王太恭人寿序》。

补礼部仪制司主事。见本传及墓志。

三十三年戊子，先生年三十八岁。秋七月，充山东乡试副考官。见行状。有《游洪恩寺》诗。

九月还京。见诗集。

转祠祭司员外郎。见行状及家谱。

三十五年庚寅，先生年四十岁。充湖南乡试副考官，六月出都。见诗集及行状、墓志。

冬还京。有《定州遇雪》诗。

十月初八日，长子持衡生。见家谱。

三十六年辛卯，先生年四十一岁。春正月八日，世父姜坞先生卒。见家谱。

充恩科会试同考官。见本集及行状、墓志。

先生两主乡试，一为会试同考官，多得气节通经士。涪州周兴岱、昆明钱沣、曲阜孔广森，其最也。见行状及墓志。

擢刑部广东司郎中。见行状。

先生官刑部时，广东巡抚某拟一重辟案不实，堂官与同列无异议，先生核其情，独争执平反之。见吴德旋所撰墓表。

三十八年癸巳，先生年四十三岁。诏开四库全书馆，选一时翰林宿学为纂修官。诸城刘文正公统勋、大兴朱竹君学士筠咸荐先生，以所守官入局，充校办各省送到遗书纂修官。时非翰林为纂修者八人，先生与程鱼门晋芳、任幼植大椿尤称善。见行状及《四库全书提要》。道光十二年，先生从孙莹以先生所修四库书序论八十八首，编为四卷付梓，名《惜抱轩书录》，毛岳生为之序，其中或与提要小异，盖当时总纂官有所损益也。

三十九年甲午，先生年四十四岁。秋，乞病解官。先是，刘文正公以御史荐，已记名矣。按文正以大学士管刑部事。而金坛于文襄敏中当国，雅重先生，欲一出其门，竟不往会。文正薨，先生乃决意去。见行状及墓志。按姜坞先生殁后，先生与伯兄昭宇书曰：本衙门已保送御史，拟将来一得御史，无论能自给与否，决然回家矣。缄口则难此，厚颜妄论则贻忧老母云云。此札墨迹，今藏于其家，据此札及诗集《述怀》作，则先生之怀归志，已非一日，会文正薨，故不俟补御史，遽引退耳。

四库书局之启，由大兴朱竹君学士，见翰林院贮《永乐大典》中多古书，为世所未见，奏请开局重修，欲嘉惠学者。既而奉旨搜求，天下藏书毕出，于是纂修者竞尚新奇，厌薄宋元以来儒者，以为空疏，掊击讪笑，不遗馀力。先生往复辨论，诸公虽无以难，而莫能助也。

将归，大兴翁覃溪学士方纲为序送之，亦知先生不再出矣。临行乞言，先生曰：诸君皆欲读人未见之书，某则愿读人所尝见书耳。见行状。

嘉定钱献之坫以考证名，尤精小学。先生赠之序，其略曰：孔子没而大道微，汉儒承秦灭学之后，始立专门，各抱一经，师弟传受，侪偶怨怒嫉妒，不相通晓。其于圣人之道，若筑墙垣而塞门巷也。久之，通儒渐出，贯穿群经，左右证明，择其长说。及其敝也，杂之以谶纬，乱之以怪僻猥碎，世又讥之。盖魏晋之间，空虚之说兴，以清言为高，以章句为尘垢，放诞颓坏，迄亡天下。然世犹或爱其说辞，不忍废也。自是南北乖分，学术异尚，五百馀年。唐一天下，兼采南北之长，定为义疏，明示统贯，而所取或是或非，未有折衷。宋之时，真儒乃得圣人之旨，群经略有定说。元明守之，著为功令，当明佚君乱政屡作，士大夫维持纲纪，明守节义，使明久而后亡，其宋儒论学之效哉！且夫天地之运，久则必变，是故夏尚忠，商尚质，周尚文，学者之变也。有大儒操其本，以齐其弊，则所尚也，贤于其故，否则不及其故，自汉以来皆然已。明末至今日，学者颇厌功令所载为习闻，又恶陋儒不考古而蔽于近，于是专求古人名物、制度、训诂、书数，以博为量，以窥隙攻难为功，其甚者，欲尽舍程朱。而宗汉之士，枝之猎而去其根，细之搜而遗其钜。夫宁非蔽与？见本集及行状。按诗集有《篆秋草堂歌赠钱献之》作，先生诗集，实依年编次，此诗在二卷末赠朱竹君诗后，赠朱诗有"归校中文"语，乃癸巳秋作。赠钱诗有"长安二月春风来"句，当是甲午春作。又有"挟策那能归下邑"句，似赠别语，此文亦云钱君将归江南，盖与诗同时作，又列于赠程鱼门、陈伯思二序之前，二文皆甲午作，此序确为甲午作无疑。

冬十二月，自京师乘风雪，至山东泰安守辽东朱子颍孝纯署中。除夕与子颍登泰山日观，观日出，作诗文以纪。见本集。

四十年乙未，先生年四十五岁。春正月，自泰安还京。见《游灵岩记》。旋即南归。有《乙未春出都留别同馆诸君》及《汶上舟中》诗。

四十一年丙申，先生年四十六岁。朱子颍为两淮盐运使，兴建梅花书院，延先生主之。见《食旧堂集序》及行状、墓志。秋，至扬州。有《泊采石》、《泥汊阻风》、《宿摄山寺》、《出金陵》诗。

冬十月十七日，次子师古生。见家谱。

四十二年丁酉，先生年四十七岁，在扬州书院。

时四库全书馆凡纂修者皆议叙，向之非翰林为纂修者八人，其六尽改为翰林矣。惟先生乞病归，任幼植亦遭艰居里。大臣列二人名于章奏，而称其劳，请俟其补官更奏。幼植过淮上，邀先生入都。先生以母老谢，幼植独往，然大臣竟不复议改官事。见任幼植墓志。

四十三年戊戌，先生年四十八岁。闰六月一日，继室张宜人卒于扬州书院。秋八月，还里。见《张宜人权厝铭》。

梁阶平相国国治属所亲语先生曰：若出，吾当特荐先生。婉谢之，集中所为《复张君书》也。见行状。按《复张君书》云：始反一年，仲弟先殒，今又丧妇。知为是年作。

四十四年己亥，先生年四十九岁。

撰《古文辞类纂》七十五卷，以尽古今文体之则。秋七月，序之曰：鼐少闻古文法于伯父姜坞先生及同乡刘耕南先生，少究其义，未之深学也。其后游宦数十年，益不得暇，独以幼所闻者置之胸臆而已。乾隆四十年，以疾请归，伯父前卒，不得见矣。刘先生年八十，犹喜谈说，见则必论古文。后又二年，余来扬州，少年或从问古文法。夫文无所谓古今也，惟其当而已。得其当，则六经至于今日，其为道也一。知其所以当，则于古虽远，而于今取法，如衣食之不可释；不知其所以当，而敝弃于时，则存一家之言，以资来者，容有俟焉。于是以所闻习者，编次论说，为《古文辞类纂》。其类十三，曰：论辨类，序跋类，奏议类，书说类，赠序类，诏令类，传状类，碑志类，杂记类，箴铭类，颂赞类，辞赋类，哀祭类。一类内而为用不同者，别之为上下编云。

论辨类者，盖原于古之诸子，各以所学著书诏后世。孔、孟之道与文，至矣。自老、庄以降，道有是非，文有工拙。今悉以子家不录，录自贾生始。盖退之著论，取于六经、《孟子》，子厚取于韩非、贾生，明允杂以苏、张之流，子瞻兼及于《庄子》。学之至善者，神合焉；善而不至者，貌存焉。惜乎子厚之才，可以为其至而不及至者，年为之也。

序跋类者，昔前圣作《易》，孔子为作《系辞》、《说卦》、《文言》、《序卦》、《杂卦》之传，以推论本原，广大其义。《诗》、《书》皆有序,而《仪礼》篇后有记,皆儒者所为。其馀诸子,或自序其意,或弟子作之,《庄子·天下篇》、《荀子》末篇皆是也。余撰次古文辞,不载史传,以不可胜录也。惟载太史公、欧阳永叔表志叙论数首,序之最工者也。向、歆奏校书各有序,世不尽传,传者或伪,今存子政《战国策序》一篇,著其概。其后目录之序,子固独优矣。

奏议类者,盖唐、虞、三代圣贤陈说其君之辞,《尚书》具之矣。周衰,列国臣子为国谋者,谊忠而辞美,皆本谟、诰之遗,学者多诵之。其载《春秋》内外传者不录,录自战国以下。汉以来有表、奏、疏、议、上书、封事之异名,其实一类。惟对策虽亦臣下告君之辞,而其体少别,故置之下编。两苏应制举时所进时务策,又以附对策之后。

书说类者,昔周公之告召公,有《君奭》之篇。春秋之世,列国士大夫或面相告语,或为书相遗,其义一也。战国说士说其时主,当委质为臣,则入之奏议;其已去国,或说异国之君,则入此编。

赠序类者,老子曰:"君子赠人以言。"颜渊、子路之相违,则以言相赠处。梁王觞诸侯于范台,鲁君择言而进,所以致敬爱、陈忠告之谊也。唐初赠人,始以序名,作者亦众。至于昌黎,乃得古人之意,其文冠绝前后作者。苏明允之考名序,故苏氏讳序,或曰引,或曰说。今悉依其体,编之于此。

诏令类者，原于《尚书》之誓、诰。周之衰也，文诰犹存。昭王制，肃强侯，所以悦人心而胜于三军之众，犹有赖焉。秦最无道，而辞则伟。汉至文、景，意与辞俱美矣，后世无以逮之。光武以降，人主虽有善意，而辞气何其衰薄也？檄令皆谕下之辞，韩退之《鳄鱼文》，檄令类也，故悉傅之。

传状类者，虽原于史氏，而义不同。刘先生云："古之为达官名人传者，史官职之。文士作传，凡为圬者、种树之流而已。其人既稍显，即不当为之传，为之行状，上史氏而已。"余谓先生之言是也。虽然，古之国史立传，不甚拘品位，所纪事犹详。又实录书人臣卒，必撮序其平生贤否。今实录不纪臣下之事，史馆凡仕非赐谥及死事者，不得为传。乾隆四十年定一品官乃赐谥，然则史之传者，亦无几矣。余录古传状之文，并纪兹义，使后之文士得择之。昌黎《毛颖传》，嬉戏之文，其体传也，故亦附焉。

碑志类者，其体本于《诗》，歌颂功德，其用施于金石。周之时有石鼓刻文，秦刻石于巡狩所经过，汉人作碑文，又加以序。序之体，盖秦刻琅邪具之矣。茅顺甫讥韩文公碑序异史迁，此非知言。金石之文，自与史家异体，如文公作文，岂必以效司马氏为工耶？志者，识也。或立石墓上，或埋之圹中，古人皆曰志。为之铭者，所以识之之辞也。然恐人观之不详，故又为序。世或以石立墓上，曰碑，曰表，埋乃曰志。及分志、铭二之，独呼前序曰志者，皆失其义。盖自欧阳公不能辨矣。墓志文录者尤多，今别为下编。

杂记类者，亦碑文之属。碑主于称颂功德，记则所纪大小事殊，取义各异，故有作序与铭诗全用碑文体者，又有为纪事而不以刻石者。柳子厚纪事小文，或谓之序，然实记之类也。

箴铭类者，三代以来有其体矣。圣贤所以自戒警之义，其辞尤质，而意尤深。若张子作《西铭》，岂独其理之美耶？其文固未易几也。

颂赞类者，亦《诗·颂》之流，而不必施之金石者也。

辞赋类者，风、雅之变体也，楚人最工为之，盖非独屈子而已。余尝谓《渔父》及《楚人以弋说襄王》、《宋玉对王问遗行》皆设辞，无事实，皆辞赋类耳。太史公、刘子政不辨，而以事载之，盖非是。辞赋固当有韵，然古人亦有无韵者，以义在托讽，亦谓之赋耳。汉世校书，有《辞赋略》，其所列者甚当。昭明太子《文选》，分体碎杂，其立名多可笑者，后之编集者，或不知其陋而仍之。余今编辞赋，一以汉《略》为法。古文不取六朝人，恶其靡也。独辞赋则晋宋人犹有古人韵格存焉。惟齐梁以下，则辞益俳而气益卑，故不录耳。

哀祭类者，《诗》有《颂》，风有《黄鸟》、《二子乘舟》，皆其原也。楚人之辞至工，后世惟退之、介甫而已。

凡文之体类十三，而所以为文者八，曰：神，理，气，味，格，律，声，色。神、理、气、味者，文之精也；格、律、声、色者，文之粗也。然苟舍其粗，则精者亦胡以寓焉？学者之于古人，必始而遇其粗，中而遇其精，终则御其精者而遗其粗者。文士之效法古人，莫善于退之，尽变古人之形貌，虽有摹拟，不可得而寻其迹也。其他虽工于学古，而迹不能忘，扬子云、柳子厚，于斯盖尤甚焉，以其形貌之过于似古人也，而遽摈之，谓不足与于文章之事，则过矣。然遂谓非学者之一病，则不可也。见《古文辞类纂·序目》及《姚氏先德传》。是书后兴县康中丞绍镛刻诸粤东。道光四年，门人吴启昌以先生于是书应时更定，没而后已，康刻所据乃十馀年前本，其后增删改窜甚多，乃以定本重刊于金陵。姚椿《书〈古文辞类纂〉后》云：尝请于先生，谓其中弃取，有未尽人能解者，先生谓是固有意，其弃者大抵为有俗气，其取者则以广文之体格，使有所取法。

四十五年庚子，先生年五十岁。主讲安庆敬敷书院。自庚子至丁未，主讲敬敷书院，凡八年。

二月，为门下士孔检讨广森作《仪郑堂记》，曰：六艺自周时儒者有说，孔子作《易传》，左丘明传《春秋》，子夏传《礼·丧服》，《礼》后有记，儒者颇裒取其文，其后《礼》或亡，而记存，又杂以诸子所著书，是为《礼记》。《诗》、《书》皆口说，然《尔雅》亦其传之流也。当孔子时，弟子善言德行者固无几，而明于文章制度者，其徒犹多。及遭秦焚书，汉始收辑，文章制度举疑莫能明，然而儒者说之，不可以已也。汉儒家别派分，各为专门，及其末造，郑君康成总集其全，综贯绳合，负闳洽之才，通群经之滞，义虽时有拘牵附会，然大体精密，出汉经师之上。又多存旧说，不掩前长，不覆己短，观郑君之辞，以推其志，岂非君子之徒笃于慕圣、有孔氏之遗风者与？郑君起青州，弟子传其学，既大著，王肃驳难郑义，欲争其名，伪作古书，曲傅私说，学者由是习为轻薄，流至南北朝，世乱而学益坏。自郑、王异术，而风俗人心之厚薄以分。嗟夫！世之说经者，不蕲明圣学、诏天下，而顾欲为己名，其必王肃之徒者与？曲阜孔君㧑约，博学工为词章，天下方诵以为善，㧑约顾不自足，作堂于其居，名之曰“仪郑”，自庶几于康成。遗书告余为之记，㧑约之志，可谓善矣！昔者圣门颜闵无书，有书传者或无名，盖古学者为己而已。以㧑约之才，志学不怠，又知足知古人之善，不将去其华而取其实，扩其道而涵其艺，究其业而遗其名，岂特词章无足矜哉？虽说经精善，犹未也。以孔子之裔，传孔子之学，世之望于㧑约者益远矣。虽古有贤如康成者，吾谓其犹未足以限吾㧑约也。见本集。

冬选隆、万、天、崇及国朝人四书文二百五十一首，授敬敷书院诸生课读，以钦定四书文为主，而增益后来名家及小题文，其序略曰：读四书文者，欲知行文体格，及因题立义、因义遣辞之法，故无取乎多。若夫行气说理、造句设色，一皆求之于古人。徒读四书文，则终身不能过人也。伏读圣谕有云：先正名家之法，置而不讲；经史子集之书，束而不观。今学者之病，岂不在此？夫日课鄙陋滥恶，世之谓墨卷者，积至千篇，必须千日。千日之功，费于无用，科名得失，初不在此，徒自蕺塞心胸，暗蔽知慧而已。陈紫澜宫詹生平止读震川稿，及伯思户部、仲思检讨，亦皆未尝知所谓墨卷者，其父子亦何尝不掇取科名？假令前辈如方百川、王耘渠诸君，舍其所学而读墨卷，亦终于诸生而已，何也？命为之也。独其文之佳恶，则非命之所主，是在有志者为之尔。见《敬敷书院课读四书文序目》。

四十八年癸卯，先生年五十三岁。夏六月，作《老子章义序》。见本集。

五十年乙巳，先生年五十五岁。秋九月二十四日，侧室梁氏生子执雉。见家谱。

五十二年丁未，先生年五十七岁。秋八月五日，丁陈太恭人艰。见家谱。

是年先生与伯兄亭人昭宇奉编修及伯母张太宜人，合葬长岭祖墓侧，又葬继室张宜人于编修张太宜人冢右。见《长岭阡表》。

五十三年戊申，先生年五十八岁。主讲歙县紫阳书院。见歙胡孝廉墓志。秋初归里。见与汪稼门尺牍。与马鲁成尺牍云：去岁已坚辞安庆书院，而抚藩为商，不欲其闲居，荐主紫阳书院，将来拟就之，少助买山赀耳。

长子持衡补郡庠生。见家谱及与马鲁成尺牍。

五十五年庚戌，先生年六十岁。主讲江宁钟山书院。见《程绵庄文集序》。自庚戌至嘉庆庚申，主钟山书院十一年。

五十六年辛亥，先生年六十一岁。春，合葬赠朝议公及陈太恭人于桐城北乡孔城八角亭北。家谱未载何岁，今据与马鲁成尺牍及与孔信夫子广廉尺牍。

五十七年壬子，先生年六十二岁。夏四月，作《左传补注序》。见本集。

秋，长子持衡举江南乡试。见家谱。

门人新城陈用光校刻先生文集十卷，先生以内有须删订者，不欲传播，属勿更印。见与秦小岘书及与陈石士尺牍。

六十年乙卯，先生年六十五岁。修族谱，依古世表之法，率横列，而注历职、生卒、妻子于其下，欲其文简而易检也。见族谱序及与马鲁成尺牍。

嘉庆元年丙辰，先生年六十六岁。秋八月，门人朱则泊、则涧，以先生所著《九经说》十二卷锓板于旌德。见《九经说陶定申跋》。

秦小岘观察致书，称先生学问文章。先生复书，其略曰：某尝谓天下学问之事，有义理、文章、考证三者之分，异趋而同，为不可废。一途之中，歧分而为众家，遂至于百十家同一家矣。而人之才性偏胜，所取之径域，又有能有不能焉，凡执其所能为，而毗其所不为者，皆陋也。必兼收之，乃足为善。某夙以是望世之君子，今亦以是上陈之于阁下而已。见本集。按此文叙及胡雒君举孝廉方正事。据丁巳岁与雒君尺牍云：闻给顶带，部议已至。此文则云孝廉之举，不得亦无恨。知确为丙辰作也。

二年丁巳，先生年六十七岁。《九经说》刻成。见与陈石士尺牍。

江宁诸生为刻《三传国语补注》。见与胡雒君尺牍。

与翁覃溪书曰：某昔在馆中，见宋元人所注经，卷帙甚大，而其间足存之解，或仅一二条而已，以为何须为是繁耶。故愚见有所论，但专记之，如是历年所记，每经多者数十条，少则数条而已。谓之私说，不敢谓之注。至于三传，较诸经稍轻，乃名之“补注”，分成两书。今年诸门徒遂取以刊板，某固知其不免谬妄，今各以一部上呈，不知亦堪以一二条之当见取者乎？见尺牍。

自定诗集十卷付梓，次年夏刻成。见与陈石士尺牍。按诗集初名得五楼稿，见海峰丁亥岁与先生手札。

三年戊午，先生年六十八岁。春二月，以所选五七言《今体诗钞》付梓于金陵，其序曰：天下之是非，有不可得而淆也。而人以己意决之，则不能不淆。其不淆者，必其当于人心之公意者也。人心之公意，虽具于人人，而当其始，无一人发之，则人人之公意不见，苟发之，而同者会矣。论诗如渔洋之《古诗钞》，可谓当人心之公者也。吾惜其论止古体，而不及今体，至今日而为今体者纷纭歧出，多趋讹谬，风雅之道日衰，从吾游者，或请为补渔洋之阙编。因取唐以来诗人之作，采录论之，分为二集十八卷，以尽渔洋之遗志。虽然，渔洋有渔洋之意，吾有吾之意。吾观渔洋所取舍，亦时有不尽当吾心者。要其大体雅正，足以维持诗学，导启后进，则亦足矣。其小小异同嗜好之情，虽公者不能无偏也。今吾亦自奋室中之说，前未必尽合于渔洋，后未必尽当于学者。然而存古人之正轨，以正雅祛邪，则吾说有必不可易者。世之君子，其亦以揽其大者求之。声病之学,肇于齐梁,以是相沿,遂成律体。南北朝迄隋,诸诗人警句,率以俪偶调谐,正可谓之律耳。阮亭五言古诗中既已录之,今不更载,所载断自唐人陈拾遗、杜修文、沈宋、曲江,此为开元以前之杰,钞初唐五言今体诗一卷。盛唐人诗固无体不妙,而尤以五言律为最。此体中又当以王孟为最,以禅家妙悟论诗者,正在此耳,钞王孟诗一卷。常建以下十五人又一卷。盛唐人禅也,太白则仙也。于律体中,以飞动票姚之势,运旷远奇逸之思,此独成一境者,钞太白诗一卷。杜公今体四十字中,包涵万象,不可谓少;数十韵百韵中,运掉变化,如龙蛇穿贯,往复如一线,不觉其多。读五言至此,始无馀憾。余往昔见蒙叟笺于其长律,转折意绪,都不能了,颇多谬说,故详为诠释之,钞杜诗二卷。中唐大历诸贤,尤刻意于五律,其体实宗王孟,气则弱矣,而韵犹存。贞元以下又失其韵,其有警拔,盖亦希矣。今钞韦苏州以下二十一人为一卷,刘梦得以下十二人为一卷。晚唐之才固愈衰,然五律有望见前人妙境者,转贤于长庆诸公,此不可以时代限也。元微之首推子美长律,然与香山皆以多为贵,精警缺焉,余尽不取。惟玉溪生乃略有杜公遗响耳,今钞晚唐,以玉溪为冠,合十八人共一卷。夫文以气为主,七言今体,句引字赊,尤贵气健。如齐梁人,古色古韵,夫岂不贵?然气则蹶矣。杨升庵专取为极则,此其所以病也。初唐诸君,正以能变六朝为佳。至卢家少妇一章，高振唐音，远包古韵，此是神到之作，当取冠一朝矣，钞初唐七言今体诗一卷。右丞七律，能备三十二相，而意兴超远，有虽对荣观，燕处超然之意，宜独冠盛唐诸公。于鳞以东川配之，此一人私好，非公论也，钞盛唐诗一卷。杜公七律，含天地之元气，包古今之正变，不可以律缚，亦不可以盛唐限者，钞杜诗一卷。大历十子以随州为最，其馀诸贤，亦各有风调，至于长庆、香山，以流易之体，极富赡之思，非独俗士夺魄，亦使胜流倾心，然滑俗之病，遂至滥恶，后皆以太傅为藉口矣！非慎取之，何以维雅正哉？钞中唐诗一卷。玉溪生虽晚出，而才力实为卓绝，七律佳者，几欲远追拾遗，其次者犹足近掩刘白，第以矫敝滑易，用思太过，而僻晦之敝又生，要不可不谓之诗中豪杰士矣，钞玉溪诗一卷，附温诗数首，然于玉溪为陪台，非可与并立也。唐末诗人，才力既异于前，而习俗所移，又难振拔，故杰出益少，然亦未尝无佳句也，钞晚唐五代诗一卷。西昆诸公之拟玉溪，但学其隶事耳，殊滞于句下，都成死语。其馀宋初诸贤，亦皆域于许浑、韦庄辈境内。欧公诗学昌黎，故于七律不甚留意，荆公则颇留意矣，然亦未造殊妙。今自宋初至荆公兄弟，共为一卷。东坡天才有不可思议处，其七律只用梦得、香山格调，妙处岂刘白所能望哉！山谷刻意少陵，虽不能到，然其兀傲磊落之气，足与古今作俗诗者澡濯胸胃，导启性灵，钞苏黄诗一卷，苏门诸贤附焉。放翁激发忠愤，横极才力，上法子美，下揽子瞻，裁制既富，变境亦多，其七律固为南渡后一人，其馀如简斋、茶山、诚斋诸贤，虽有盛名，实无超诣。今为略采一二，逮于宋末，并附放翁之后，钞南宋诗一卷。见《今体诗钞》序目及与陈石士尺牍。

秋八月半后，携长子持衡游吴中，遂至西湖，作古今体诗四十馀首。九月杪，还江宁。见与陈石士尺牍。

四年己未，先生年六十九岁。补刻诗集五卷，十卷之半。见与陈石士尺牍。

五年庚申，先生年七十岁。冬，江宁诸生合为镌刻文集十六卷。见与陈石士尺牍。

六年辛酉，先生年七十一岁。先生以年衰，畏涉江涛，改主敬敷书院，二月至皖。见与陈石士尺牍。自辛酉至甲子，主敬敷书院四年。

七年壬戌，先生年七十二岁。冬十一月，赴六安州，为修志书。见与陈石士尺牍。

十年乙丑，先生年七十五岁。移主钟山书院。先生已至皖矣，四月，铁冶亭制军铁保遣人固邀至金陵。先生因有买宅居金陵之意。见《跋天发神谶刻文》及与陈石士尺牍。自乙丑至乙亥，主讲钟山书院十一年。

十一年丙寅，先生年七十六岁。刻法帖题跋一卷。先生自谓所论书理，有胜前贤处。见与陈石士尺牍。

十三年戊辰，先生年七十八岁。长子持衡大挑，得知县，改近发江苏。见家谱及与陈石士尺牍。

《今体诗钞》刊行后，先生复加删订。十月，绩溪程邦瑞校付剞劂。见《今体诗钞》程跋。

十四年己巳，先生年七十九岁。《九经说》刻成后，先生复有所论，增益旧文，合得十七卷。冬，门人陶定申为补锓于江宁。见《九经说》陶跋。

十五年庚午，先生年八十岁。秋，乡试，与阳湖赵瓯北兵备翼重赴鹿鸣宴。诏加四品衔。先生神明如五六十时，行不撰杖，兵备年亦八十二，观者以为盛。见行状。长子景衡，持衡改名。署仪征县知县。见与周希甫尺牍。

冬十二月十八日，作《程绵庄文集序》，其略曰：孔子之道一而已。孔子没，而门弟子各以性之所近，为师传之真，有舛异交争者矣。况后世不及孔子之门，而求遗言以自奋于圣绪坠绝之后者，与其互相是非，固亦其理。然而天下之风，必有所宗，论继孔孟之统，后世君子，必归于程朱者，非谓朝廷之功令不敢违也，以程朱生平行己立身，固无愧于圣门，而其论说所阐发，上当于圣人之旨，下合乎天下之公心者，为大且多，使后贤果能笃信，遵而守之，为无病也。其他与程朱立异者，纵于学者有所得焉，而亦不免贤智者之过。其下则肆焉，为邪说，以自饰其不肖者而已。今观绵庄之立言，可谓好学深思、博闻强识者矣。而顾惜其好非议程朱，盖其始厌恶科举之学，而疑世之尊程朱者，皆束于功令，未必果当于道。及其久，意见益偏，不复能深思熟玩于程朱之言，而其辞遂流于蔽陷之过，而不自知。近世如休宁戴东原，其才本超越乎流俗，而及其为论之僻，则过有甚于流俗者。绵庄所见，大抵有似东原。后有得绵庄书而观之，必有能取其所当取者。见后集。

十六年辛未，先生年八十一岁。江宁太守吕某延先生为修府志。见与陈石士尺牍。

门人陈用光校刻《庄子章义》于湖北。见程瀚《庄子章义跋》。

十八年癸酉，先生年八十三岁。长子景衡署江都县知县。见与陈石士尺牍。

十九年甲戌，先生年八十四岁。在书院，犹与诸生讲论不倦，耳目聪明，齿牙未豁，著读之暇，惟静坐为主，行步轻健如飞，见者以为神仙中人。见从孙莹《识小录》。按先生主讲江宁、安庆书院，岁常以二三月往，冬间旋里，间留书院度岁，兹不详具。

是年里中大旱，邑令阳湖吕某忽出示征收钱粮，民情惶骇。先生致书皖抚胡果泉侍郎克家，极言灾重，亩不可征，并致书吕令言之，事乃得寝。其书略曰：今年敝邑遭此大荒，侧闻阁下敕令邑中巨户出谷平粜，以苏穷民，此善政所被，虽出严令，而人心悦服，夫何有异说也？至于饥岁官赈，在事理为常，而司库非充，灾处甚广，筹饷甚难，亦不得不姑减灾歉分数以为权宜之说。然遂谓可以征赋上供，则必不可。计邑中沿江沿湖圩田固为有收者，然此等据地不多，恐不能及一县地十分之一，且有无错杂，极难于履勘。阁下或于报灾之中，指名所在乡保，剔出此十分之一；或并此统归一例为灾田，固在仁明，酌行其可。盖邑中丰收之年，此田往往被潦，以其少也，难于剔出求免，亦只归统报也。至于此外阖境灾黎,虽有田亩,而糜粥不充,蠲缓所不待言。苟复事征求,恐其患不知所底计。今阁下必已尽举民瘼,申告上宪,而某桑梓之情,复渎台览,区区鄙怀,实为浅陋,所望谅恕而已。按此札原稿,先生曾孙声藏于家,陈刻尺牍未之载,其致胡中丞札稿,则乱后已佚矣。

二十年乙亥,先生年八十五岁。长子景衡题补泰兴县知县。见与陈石士尺牍。

先是先生居江宁久,喜登摄山,尝有卜居意,未决,迁延不果归。七月微疾,九月十三日,卒于江宁书院,门人共治其丧。见行状墓志。

二十四年,同前配宜人合葬桐城南乡大杨树湾铁门。见家谱及墓志。

先生貌清而癯,而神采秀越,风仪闲远,与人言,终日不忤,而义所不可,则确乎不易其所守。见本传及行状。性仁爱,虽贫乏,乐赡姻族。邑两大祲,既书列荒政缓急,又出赀以倡。见墓志。先生为学,博集汉儒之长,而折衷于宋。见本传。自少及耄,未尝废学,虽宴处,常静坐终日,无惰容。有来问,则竭意告之,喜导人善,汲引才隽,如恐不及。以是人益乐就而悦服,虽学术异趣者,亦忘争焉。南康谢蕴山方伯,语人曰:姚先生如醴泉芝草,使人见之,尘俗都尽。青浦王兰泉侍郎,集海内人诗,至先生,曰:姬传蔼然孝弟,践履醇笃,有儒者气象。礼恭亲王薨,遗教"必得姚某为家传"。德化陈东浦方伯,未卒前一岁,属先生曰:某死,必得先生文以志吾墓。新城鲁絜非,以文章名江右,始学于闽中朱梅崖先生，于当世少所推许，独心折先生，以为不及。乃渡江就访，使诸甥受业。其为世推重如此。见行状及《姚氏先德传》。先生之受经学于编修也，编修之学，以博为量，而取义必精，于书无所不窥，论辨条记甚多，而不肯撰述。编修既没，先生欲修辑遗说，编纂成书，而不就，仿《日知录》例，成经史各一卷，曰《援鹑堂笔记》，以授侄孙莹，使卒其业，且戒之曰：纂辑笔记，此即著书，不可苟作。大约欲少而精，不欲多而芜。近人著书，以多为贵，此但取欺俗人耳，吾阅之，乃无有也。见行状。自康熙朝，方侍郎苞力讲求古文义法，天下始知宗尚归氏熙甫，以上追司马子长、韩退之。刘海峰学博继之，天下以为古文之传在桐城，先生亲问法于海峰，然自以所得为文，又不尽用海峰法。见行状及李兆洛所撰传。其论文根极于性命，而探源于经训。至其浅深之际，有古人所未尝言，独抉其微而发其蕴。见本传。纡徐卓荦，撙节隐括，托于笔墨者，净洁而精微，如道人德士，接对之久，使人自深。盖学博论文主品藻，侍郎论文主义法，先生后出，尤以识胜。知有以取其长，济其偏，止其敝。见门人方东树书墓志后。论者以为辞迈于方氏，而理深于刘氏焉。见本传。诗从明七子入，而以融会唐宋之体为宗旨，所选今体诗，见者皆以为精当。见本传。先生于当代公卿，不为过誉，作《江上攀辕图记》，但美孙文靖厚于故交。作《王文端神道碑》，数十年宰相一事不书。见门人管同《因寄轩文集》。

及为袁简斋作墓志，有疑之者，先生曰：随园虽不免有遗行，其文采风流有可取，亦何害于作志？第不得述其恶转以为美耳。见与陈石士尺牍及陈用光所撰行状。书逼董元宰，苍逸时欲过之。见吴撰墓表。即率尔笔札，皆有儒者游艺气象。见毛岳生《休复居文集》。主讲席者四十年，谆谆以诲迪后进为事。见本传。所至士以受业先生为幸，或越千里从学。见行状。平生诲人，辄以争名为戒，见《书录毛岳生序》。以谦慎韬晦为要，见与刘明东书。尝言为文必本诸躬行，屡以己身缺然为憾。见姚椿《晚学斋文集》。门弟子知名甚众，其尤著者，上元管同、梅曾亮，同邑方东树、刘开，而歙县鲍桂星，新城陈用光，江宁邓廷桢，最为显达。至私淑称弟子者，则宜兴吴德旋，宝山毛岳生，华亭姚椿，同邑张聪咸，皆以文学著述称名。见《姚氏先德传》。生平所修，《庐州府志》，据与陈石士尺牍，《庐州志》惟沿革一门出先生手。《六安州志》，《江宁府志》官书别刻外，文后集十卷，诗后集一卷，笔记八卷，未及刊而卒。姚椿以刻资属梅曾亮，于道光元年刊行。见行状及笔记梅曾亮跋。

道光十年，皖抚题请入祀乡贤祠。见家谱及《姚氏先德传》。

前配张宜人生一女，适张元辑。继配张宜人，生二子：景衡，师古。二女：长适张通理，次适潘玉。侧室梁氏生一子执雉，以执雉后从兄羲轮。景衡字庚甫，生一子诵。师古字籀君，生一子宝同。执雉字彦耿，生一子酉。见家谱。曾孙以下未备考焉。

文目编年

乾隆庚辰年三十《副都统朱公墓志铭》

壬午《圣驾南巡赋》

甲申《游媚笔泉记》见本集《左笔泉时文序》

丁亥《送右庶子毕公为巩秦阶道序》、《四川川北道按察副使鹿公墓志铭》

戊子《山东乡试策问五首》

己丑《赠武义大夫贵州提标右营游击何君墓志铭》

庚寅《湖南乡试策问五首》

年二十至四十《左仲郛浮渡诗序》、《吴荀叔杉亭集序》、《高常德诗集序》

壬辰年四十二《张仲絜时文序》

癸巳《赠孔㧑约假归序》、《内阁学士张公墓志铭》

甲午《赠钱献之序》、《赠程鱼门序》、《赠陈伯思序》、《郑大纯墓表》、《罗太孺人墓表》、《光禄大夫刑部尚书赠太傅钱文端公墓志铭》、《晴雪楼记》

乙未《登泰山记》、《游灵岩记》、《泰山道里记序》见与陈石士尺牍、《游双溪记》、《观披雪瀑记》

丙申《亡弟君俞权厝铭》、《祭林编修蕃文》据孔㧑约《林编修诔》，林君卒于丙申九月。

丁酉《刘海峰先生八十寿序》按海峰《祭张闲中文》云：昔在康熙之辛丑初，托子以交契，愧学业之未成。年甫臻于廿四。据此，则丁酉年八十也。《宋双忠祠碑文》、《荆条河朱氏先墓表》、《原任少詹事张君权厝铭》、《翰林院庶吉士侍君权厝铭》、

《祭张少詹曾敞文》、《祭侍潞川文》

戊戌《继室张宜人权厝铭》、《复张君书》

己亥《宝扇楼后记》、《祭海峰先生文》按县志云四十四年卒，年八十二。本集海峰传作八十三，误。

庚子《汉庐江九江二郡沿革表》、《仪郑堂记》

年四十至五十《食旧堂集序》、《郑太孺人六十寿序》据孔㧑约《林编修诔》，此为林编修澍蕃母作。《萧孝子祠堂碑文》、《左众郛权厝铭》

年三十至五十《张冠琼遗文序》、《何孺人节孝诗跋后》、《答翁学士书》、《复孔㧑约论禘祭文》、《送龚友南归序》

辛丑年五十一《旌表贞节大姊六十寿序》据张氏谱、《祭朱竹君学士文》据《疑年录》。

癸卯《老子章义序》、《明赠太常卿山东左布政使张公祠碑文》

丁未《丹徒王氏秀山阡表》

戊申《章母黄太恭人墓志铭》

庚戌《香岩诗稿序》、《陈约堂六十寿序》见与陈石士尺牍、《陶慕庭八十寿序》、《随园雅集图后记》

年五十至六十《代州道后冯氏世谱序》、《书夫子庙堂碑后》、《复曹云路书》在安庆书院作、《复鲁絜非书》、《赠承德郎刑部主事郑君墓志铭》

辛亥年六十一《兵部侍郎巡抚贵州陈公墓志铭》、《张贞女传》、《江上攀辕图记》据《小仓山房诗集》。

壬子《左传补注序》、《晚香堂集序》、《方坳堂会试硃卷跋尾》见与谢蕴山尺牍、《十一世祖南安嘉禾诗卷跋》、《河南孟县知县新城鲁君墓表》、《疏生墓碣》、《汪玉飞墓志铭》

癸丑《敦拙堂诗集序》刊本题云五十八年四月序、《金焦同游图记》

甲寅《海愚诗钞序》、《谢蕴山诗集序》据文内"子颖遗集,某方为之序,而先生集亦适来"云云,此文盖与海愚诗序同时作、《乡党文择雅序》刊本题五十九年六月序、《梅二如古文题辞》、《伍母陈孺人六十寿序》、《建昌新城陈母扬太夫人墓志铭》据与陈石士尺牍,此文实壬子岁作,而叙葬期为甲寅岁,且叙及癸丑年事,当是刻集时有所增益也。

乙卯《族谱序》、《刘念台先生淮南赋跋尾》、《家铁松中丞七十寿序》、《汇香七叔父八十寿序》、《陈东浦方伯七十寿序》据本集陈方伯墓志、《陕西道监察御史兴化任君墓志铭》按与马鲁成尺牍云:顷为任子田作墓志,颇自喜,惜乏人为写寄之。吾于十月内当归家,其时陈石士来访吾也。又《喜陈石士至舍诗》云:初冬言趋家,霜风陨门柳。又云:怀此三改岁,述别自癸丑。今夏寄书说,定当访衰叟。据此知为乙卯作也。《夏县知县新城鲁君墓志铭》见《喜陈石士至舍诗》、《鲍君墓志铭》按与鲍双五尺牍云:为令祖大人撰墓志已成,今以稿寄观衡儿,去秋自太原至汾,今当自汾州入京矣。又甲寅夏与陈石士尺牍云:今令衡儿往山西,投两通家觅一馆,亦为来春会试资也。据此则为鲍作墓志,及与双五札,皆当在乙卯岁也。

嘉庆丙辰《复秦小岘书》

丁巳《重修石湖范文穆公祠记》、《方正学祠重修建记》、《陈氏藏书楼记》见与陈石士尺牍。

戊午《礼笺序》、《小学考序》，《复东浦方伯书》按诗集于是年镌板，此文云诗集已刻成。而陈方伯卒于己未正月，故知为是年作、《蒋生墓碣》、《袁随园君墓志铭》、《郭君墓志铭》、《陈孺人权厝志》、《常熟归氏宗祠碑记》、《岘亭记》

己未《孙文介公殿试卷跋尾》、《王禹卿七十寿序》据本集王君墓志。

庚申《左笔泉先生时文序》、《陈约堂七十寿序》见与陈石士尺牍。

年六十至七十《西魏书序》、《荷塘诗集序》、《张宗道地理全书解序》、《停云堂遗文序》、《徐六阶时文序》、《恬庵遗稿序》、《述庵文钞序》、《选择正宗序》、《与许孝廉庆宗书》、《答袁简斋书》、《再复简斋书》、《再复简斋书》、《答鲁宾之书》、《方晞原传》、《印松亭家传》、《节孝陈夫人传》、《方染露传》、《严冬友墓志铭》、《孔信夫墓志铭》、《广州府澳门同知赠中宪大夫翰林院讲张君墓志铭》、《江苏布政使德化陈公墓志铭》、《方待庐先生墓志铭》、《奉政大夫江南候补府同知仁和严君墓志铭》、《歙胡孝廉墓志铭》、《高淳邢君墓志铭》、《江苏布政使方公墓志铭》、《记江宁李氏五节妇事》、《西园记》、《袁香亭画册记》、《少邑尹张君画罗汉记》据《桐城志》，张烜浙江鄞县人，乾隆五十五、六年间为桐城县丞、《吴塘别墅记》、《孙忠愍公祠记》

年五十至七十《书考工记图后》、《复蒋松如书》、《复孝廉书》、《书制军六十寿序》、《朱竹君先生传》、《程养斋暨子心之家传》、《张逸园家传》此文叙逸园次子鸿恩为延平知府，据张氏谱，鸿恩于乙巳岁至延平。此文盖乙巳后作。

辛酉年七十一《陈仰韩时文序》按文前集于庚申付梓，辛酉刻成，此文在前集序跋卷末，文内有生见余于江宁，从余游十二年之语。按先生庚戌至江宁，距辛酉恰十二年，文当为是岁作、《吴伯知八十寿序》

壬戌《节母张孺人传》此文壬戌作，今乃在前集，当是刻成后补入也、《庐州府志序》刊本题云七年十月序、《安徽巡抚荆公墓志铭》、《中宪大夫云南临安府知府丹徒王君墓志铭》、《万松桥记》按此文既云七年九月桥成，又云六年八月记，当有误字。

癸亥《南园诗存序》据南园集刊本、《姚休那先生墓表》

甲子《朝议大夫户部四川司员外郎吴君墓志铭》、《新城陈君墓志铭》见与陈石士尺牍、《中宪大夫杭嘉湖道长沙周君墓志铭》见与周希甫尺牍。

乙丑《复姚春木书》、《吴石湖家传》、《修职郎砀山县教谕瞿君墓表》、《中宪大夫松太兵备道章君墓志铭》、《顺天府南路同知张君墓志铭》、《孙母许太恭人墓志铭》

丙寅《马仪颛夫妇双寿序》、《礼恭亲王家传》见与吴敦如尺牍及与陈石士尺牍、《石屏罗君墓表》、《婺源洪氏节母江孺人墓表》、《苏献之墓志铭》、《浮梁知县黄君墓志铭》、《节孝堂记》、《宁国府重修北楼记》

丁卯《吴礼部诗集序》、《夏南芷编年诗序》、《潘孝子赞》、《赠光禄寺少卿宁化伊君墓志铭》、《封文林郎巫山县知县金坛段君墓志铭》、《中议大夫太仆寺卿戴公墓志

铭》、《资政大光禄寺卿宁化伊公墓志铭》、《姚氏长岭阡表》

戊辰《礼终集要序》、《梅湖诗集序》、《吴孝妇传题后》、《吏部左侍郎谭公神道碑文》见与陈石士尺牍、《张母鞠太恭人墓志铭》、《重修境主庙记》、《游故崇正书院记》、《先宅记》

己巳《方恪敏公诗后集序》、《赠中宪大夫湖广道兼管河南道监察御史孟公墓表》见与孟兰舟尺牍、《礼部员外郎怀宁汪君墓志铭》、《安庆府重修儒学记》代

庚午《晋乘蒐略序》、《望溪先生集外文序》、《程绵庄文集序》、《马母左孺人八十寿序》见桐城马氏谱、《印庚实传》、《朝议大夫临安府知府江君墓志铭》、《赠朝议大夫户部郎中福建台湾县知县陶君墓志铭》、《中宪大夫陈州府知府陈君墓志铭》见与陈石士尺牍。

辛未年八十一《跋方望溪先生与鄂张两相国书稿后》、《方母吴太夫人寿序》、《伍母马孺人六十寿序》、《通奉大夫四川布政使姚公墓志铭》、《晋镇南大将军于湖甘敬侯墓重修记》

壬申《赠奉直大夫翰林院编修邓君墓志铭》、《周青原墓志铭》、《朱海愚运使家人图记》

癸酉《疑年录序》、《新修宿迁县志序》、《博山知县武君墓表》、《赠中宪大夫武陵赵君墓表》、《方母吴太夫人墓表》

甲戌《种松堂记》、《馀霞阁记》、《祭方葆岩文》

乙亥《稼门集序》、《跋史阁部书后》见与吴敦如尺牍、《赠奉政大夫刑部郎中南康县儒学教谕鄱阳胡君墓志铭》、《实心藏铭》

年七十一至八十五《何季甄家传》此文在前集，然当为辛酉后作、《尚书辨伪序》、《滇系序》、《河渠纪闻序》、《方氏文忠房支谱序》、《重雕程贞白先生遗稿序》见与陈石士尺牍、《朱二亭诗集序》、《石鼓砚斋文钞序》、《蒋澄川诗集序》、《陶山四书义序》、《跋吴天发神谶刻文》、《张花农诗题辞》、《左兰城诗题辞》、《与王铁夫书》、《复刘明东书》、《答苏园公书》、《复汪孟慈书》、《许春池学博五十寿序》、《沈母王太恭人七十寿序》、《吴殿麟传》、《方恪敏公家传》、《邹母包太夫人家传》、《程朴亭家传》、《周梅圃君家传》据与周希甫尺牍，此文作于墓志后、《宁化三贤像赞》、《光禄大夫东阁大学士王文端公神道碑文》、《中宪大夫保正清河道朱公墓表》、《臧和贵墓表》、《广西巡抚谢公墓志铭》、《通奉大夫广东布政使许公墓志铭》、《赠文林郎镇安县知县婺源黄君墓志铭》、《光禄少卿沈君墓志铭》、《诰赠中宪大夫刑部员外郎泸溪县教谕府君墓志铭》、《举人议叙知县长洲彭君墓志铭》、《中宪大夫顺德府知府王君墓志铭》、《吉州知州喻君墓志铭》、《知县衔管石碑场盐课大使事师君墓志铭》、《中宪大夫开归陈许兵备道加按察使衔彭公墓志铭》、《王母潘恭人墓志铭》、《太子少保兵部尚书总督江南河道提督军务兼右副都御史徐公墓志

铭》、《中议大夫两广盐运使司盐运使萧山陈公墓志铭》、《奉政大夫顺天府南路同知归安沈君墓志铭》、《甘氏享堂记》

年岁未详文目《范蠡论》、《伍子胥论》、《翰林论》、《李斯论》、《贾生明申商论》、《晏子不受邶殿论》、《议兵》、《郡县考》、《项羽王九郡考》、《庄子章义序》、《包氏谱序》、《医方捷诀序》、《孝经刊误书后》、《辨逸周书》、《读司马法六韬》、《辨贾谊新书》、《读孙子》、《书货殖传后》、《辨郑语》、《跋夏承碑》、《复汪进士辉祖书》、《复休宁程南书》、《孙母张宜人八十寿序》、《钟孝女传》、《陈谨斋家传》、《淮南盐运通判张君墓志铭》、《记萧山汪氏两节妇事》、《快雨堂记》以上前集、《五岳说》、《胡玉斋双湖两先生易解序》、《句容裴氏族谱序》、《高淳港口李氏族谱序》、《跋盐铁论》、《跋列子》、《跋许氏说文》、《跋颜鲁公与郭仆射论坐位帖》、《跋王子敬辞令帖》、《跋圣教序》、《跋褚书圣教序》、《跋颜鲁公送刘太冲序》、《跋褚书阴符经》、《跋李北海麓山寺碑》、《书朱子语略后》、《复钦君善书》、《复吴仲伦书》、《黄征君传》、《刘海峰先生传》、《太常寺卿莱阳赵公遗像赞》、《中议大夫通政司副使婺源王君墓志铭》、《抱犊山人李君墓志铭》以上后集。

金陵张鸿茂锓

惜抱先生于濬昌曾祖为从兄弟。先生亲受业于吾高祖姜坞府君,而先大夫又受业门墙。濬昌生晚,距先生没,不相及者几二十年。过庭之际,粗闻懿德文章,尝欲为先生循年编事。顾惭谫陋,不敢撰述。闻郑君容甫有是编,顷以公干过安庆,乃得受而读之。于先生生平,颇具搜摭之力,因亟速其付梓,俾世之诵法先生者,于品诣之所在,与功力之次第,皆如烛之明、数之计,而濬昌亦藉以抒十馀年未酬之隐。谨书其后,以志庆幸。同治戊辰孟春,濬昌谨跋。

(收入《乾嘉名儒年谱》第七册,北京图书馆出版社古籍影印编辑室辑,北京图书馆出版社,二〇〇六年)

附录二 姚鼐传记资料

姚鼐传

姚鼐，字姬传，桐城人，刑部尚书文然玄孙。乾隆二十八年进士，选庶吉士，改礼部主事。历充山东、湖南乡试考官，会试同考官，所得多知名士。四库馆开，充纂修官。书成，以御史记名，乞养归。

鼐工为古文。康熙间，侍郎方苞名重一时，同邑刘大櫆继之。鼐世父范与大櫆善，鼐本所闻于家庭师友间者，益以自得，所为文高简深古，尤近欧阳修、曾巩。其论文根极于道德，而探原于经训。至其浅深之际，有古人所未尝言，鼐独抉其微，发其蕴，论者以为辞迈于方，理深于刘。三人皆籍桐城，世传以为桐城派。

鼐清约寡欲，接人极和蔼，无贵贱皆乐与尽欢；而义所不可，则确乎不易其所守。世言学品兼备，推鼐无异词。尝仿王士祯《五七言古体诗选》为《今体诗选》，论者以为精当云。自告归后，主讲江南紫阳、钟山书院四十馀年，以诲迪后进为务。嘉庆十五年,重赴鹿鸣,加四品衔。二十年,卒,年八十有五。所著有《九经说》十七卷,《老子》、《庄子章义》,《惜抱轩文集》二十卷、《诗集》二十卷,《三传补注》三卷,《法帖题跋》二卷,《笔记》四卷。

子景衡,举人,知县。有隽才,鼐故工书,景衡学其笔法,能乱真。

——《清史稿·文苑二》

朝议大夫刑部郎中加四品衔从祖惜抱先生行状

[清]姚莹

曾祖讳士基,康熙举人,湖北罗田县知县。

祖讳孔锳,皇赠文林郎翰林院编修,晋赠朝议大夫。

考讳淑,皇赠朝议大夫礼部员外郎。

嘉庆二十年九月,惜抱先生卒于江宁钟山书院。从孙莹在京师,闻之哀怆涕泣,戚友咸唁,乃卜日设奠于都城之西,为之主而哭之。越日,先生之门人前江南道监察御史翰林院编修陈君用光语莹曰:吾师以德行文章,为后学师表者四十馀年,所当上之史馆,其生平出处,言行之大,缀而状之,弟子之责也。子于先生属最亲,曷条其略?莹无似,不能有所撰述,以表先生,副侍御之属。谨以所知对。

先生名鼐,字姬传,世为桐城姚氏,先刑部尚书端恪公之元孙也。先生少时家贫,体弱多病,而嗜学澹荣利,有超然之志。先曾祖编修姜坞府君，先生世父也，博闻强识，诵法先儒，与同里方苎川、叶华南、刘海峰诸先生友善。诸子中独爱先生，每谈必令侍。方先生论学宗朱子，先生少受业焉。尤喜亲海峰，客退，辄肖其衣冠谈笑为戏。编修公尝问其志，曰：义理，考证，文章，殆阙一不可。编修公大悦，卒以经学授先生，而别受古文法于海峰。乾隆十五年，举于乡，会试罢归，学益力，疏食或不给，意泊如也。二十五年，丁赠朝议公艰。越三年，中礼部试，殿试二甲进士，授庶吉士，散馆改礼部仪制司主事。三十三年，充山东副考官，还擢员外郎。逾年，再充湖南副考官。明年，充恩科会试同考官，改擢刑部广东司郎中。

四库馆启，选一时翰林宿学为纂修官，诸城刘文正公、大兴朱竹君学士咸荐先生，以所守官入局。时非翰林为纂修者八人，先生及程鱼门、任幼植尤称善。金坛于文襄公雅重先生，欲一出其门，竟不往。书竣，当议迁官，文正公以御史荐，已记名矣，未授而公薨，先生乃决意去，遂乞养归里，乾隆三十九年也。

先是，馆局之启，由大兴朱竹君学士见翰林院贮《永乐大典》中多古书，为世所未见，告之于文襄，奏请开局重修，欲嘉惠学者。既而奉旨搜求，天下藏书毕出，于是纂修者竞尚新奇，厌薄宋元以来儒者，以为空疏，掊击讪笑之，不遗馀力。先生往复辨论，诸公虽无以难，而莫能助也。将归，大兴翁覃溪学士为叙送之，亦知先生不再出矣。临行乞言，先生曰：诸君皆欲读人未见之书，某则愿读人所常见书耳。梁阶平相国属所亲语先生曰:若出,吾当特荐。先生婉谢之,集中所为《复张君书》也。

先生以为国家方盛时,书籍之富,远轶前代,而先儒洛闽以来义理之学,尤为维持世道人心之大,不可诬也。顾学不博不可以述古,言无文不足以行远。世之孤生徒抱俗儒讲说,举汉唐以来传注屏弃不观,斯固可厌。陋而矫之者,乃专以考订训诂制度为实学,于身心性命之说,则斥为空疏无据。其文章之士,又喜逞才气,放蔑礼法,以讲学为迂拙,是皆不免于偏蔽。思所以正之,则必破门户,敦实践,倡明道义,维持雅正,乃著《九经说》以通义理、考订之郵,选《古文辞类篹》以尽古今文体之变,选五七言诗以明振雅袪邪之旨。

嘉定钱献之以考证名,尤精小学,先生赠之序曰:孔子没而大道微。汉儒承秦灭学之后,始立专门,各抱一经,师弟传受,侪偶怨怒嫉妒,不相通晓,其于圣人之道,犹筑墙垣而塞门巷也。久之,通儒渐出,贯穿群经,左右证明,择其长说。及其蔽也,杂之以谶纬,乱之以怪僻猥碎,世又讥之。盖魏晋之间,空虚之谈兴,以清言为高,以章句为尘垢,放诞颓坏,迄亡天下。然世或爱其说辞,不忍废也。自是南北乖分,学术异尚,五百馀年。唐一天下,兼采南北之长,定为义疏,明示统贯,而所取或是或非,未有折衷。宋之时,真儒乃得圣人之旨,群经略有定说。元明守之,著为功令。当明,佚君乱政屡作,士大夫维持纲纪,明守节义,使明久而后亡,其宋儒论学之效哉!且夫天地之运,久则必变，是故夏尚忠，商尚质，周尚文，学者之变也。有大儒操其本而齐其蔽，则所尚也贤于其故，否则不及其故，自汉以来皆然矣。明末至今日，学者颇厌功令所载为习闻，又恶陋儒不考古而蔽于近，于是专求古人名物、制度、训诂、书数，以博为量，以窥隙攻难为功，其甚者欲尽舍朱程，而宗汉之士，枝之猎而去其根，细之搜而遗其钜，夫宁非蔽欤？

又与鲁宾之论文曰：易曰"吉人之辞寡"。夫内充而后发者，其言理得而情当；理得而情当，千万言不可废，犹之其寡矣。气充而静者，其声闳而不荡；志章以检者，其色耀而不浮。邃而通者，义理也。杂以辨者，典章名物，凡天地之所有也，闳闳乎聚之于锱铢，夷怿以善虚志，若婴儿之柔，若鸡伏卵，其专于一，内候其节而时发焉。夫天地之间莫非文也，故文之至者，通于造化之自然，然而骤以几乎合之，则愈离。今足下为学之要，在于涵养而已，声华荣利之事，曾不得以奸乎其中，而宽以期乎岁月之久，其必有以异乎今而达乎古也。

既还江南，辽东朱子颖为两淮运使，延先生主讲梅花书院。久之，书绂庭尚书总督两江，延主钟山书院。自是扬州则梅花，徽州则紫阳，安庆则敬敷，主讲席者四十年。所至士以受业先生为幸，或越千里从学，四方贤隽，自达官以至学人士，过先生所在，必求见焉。钱唐袁子才词章盛一时，晚居江宁，先生故有旧，数与往还。子才好毁宋儒，先生与之书曰：儒者生程朱之后，得程朱而明孔孟之旨，程朱犹吾父师也。然程朱言或有失,吾岂必曲从之哉?程朱亦岂不欲后人论而正之哉?正之可也,正之而诋毁之、讪笑之,是诋毁父师也。且其人生平不能为程朱之所行,而其意乃欲与程朱争名,安得不为天之所恶乎?

先生貌清而癯,而神采秀越,风仪闲远,与人言,终日不忤,而不可以鄙私干。自少及耄,未尝废学。虽宴处,常静坐终日,无惰容。有来问,则竭意告之,喜导人善,汲引才俊,如恐不及,以是人益乐就而悦服。虽学术与先生异趣者,见之必亲。南康谢蕴山方伯见先生,退而叹曰:姚先生如醴泉芝草,使人见之,尘俗都尽。青浦王兰泉侍郎晚岁家居,集海内人诗,至先生,曰:姬传蔼然孝弟,践履纯笃,有儒者气象。其见重如此。礼恭亲王薨,遗教"必得姚某为家传"。德化陈东浦方伯未卒前一岁,属先生曰:某死,必得先生文以志吾墓。新城鲁絜非以文章名江右,始学于闽中朱梅崖先生。梅崖于当世文少所推许,独心折先生,以为不及。鲁乃度江就访,使诸甥受业。

自康熙朝方望溪侍郎以文章称海内,上接震川,为文章正轨。刘海峰继之益振,天下无异词矣。先生亲问法于海峰,海峰赠序盛许之。然先生自以所得为文,又不尽用海峰法,故世谓望溪文质,恒以理胜;海峰以才胜,学或不及;先生乃理文兼至。方、刘皆桐城人也,故世言文章者称桐城云。

嘉庆十一年,复主钟山书院。十五年,值乡试,与阳湖赵瓯北兵备重赴鹿鸣宴,诏加四品衔。先生年八十矣,神明如五六十时，行不撰杖，兵备年亦八十二，观者以为盛。先是，先生居江宁久，喜登摄山，尝有卜居意，未决，迁延不果归。二十年七月微疾，九月一夕，卒于院中，年八十五。门人共治其丧。

生平所修四库书及《庐州府志》、《江宁府志》、《六安州志》官书别刻外，自著《九经说》十九卷、《三传补注》三卷、《老子章义》一卷、《庄子章义》十卷、《惜抱轩文集》十六卷、文后集十二卷、诗集十卷、书录四卷、法帖题跋一卷、笔记十卷、《古文辞类纂》四十八卷、五七言《今体诗钞》十六卷，门人为镂版行世。

先生两主乡试，一为会试同考官，所得士多。涪州周兴岱、昆明钱御史澧、曲阜孔检讨广森，其最也。门人守其经学，为诗、古文者十数辈，皆知名。尤爱洁行潜志之士。上元汪兆虹，志高而行芳，学必以程朱为法，年二十六卒，先生深惜之，为志其墓，谓"真能希古贤人而异乎世之学者，生也"。先生之受经学于编修姜坞府君也，编修之学，以博为量，而取义必精，于书无所不窥，论辨条记甚多，而不肯撰述。编修公已殁，先生欲修辑遗说，编纂成书而不就，仿《日知录》例，成经、史各一卷，曰《援鹑堂笔记》，以授莹，使卒其业，且戒之曰：纂辑笔记，此即著书，不可苟作，大约欲少而精，不欲多而芜。近人著书以多为贵，此但取欺俗人耳，吾阅之乃无有也。莹受教，未及成书而先生殁矣。

先生原配张宜人，故黄州府同知讳某公女，生一女而卒。继娶宜人之从妹，故四川屏山县知县讳曾敏公女，生二子二女：长景衡，乾隆五十七年举人，江苏泰兴县知县；次师古。长女嫁张元辑，次嫁张通理，三适潘玉。侧室梁氏，生一子执雉，以执雉后从兄羲轮。乾隆十八年举人，广西南宁府同知，编修仲子也。

十一月从孙莹谨状。

——《东溟文集》卷六

姚惜抱先生墓表

[清]吴德旋

德旋年二十馀，慕古人为文，而不知所以为之之法。侧闻今天下为古文者，惟桐城姚惜抱先生，学有原本而得其正，然无由一置身其侧亲承指授，以为恨。后得先生《古文辞类纂》读之，而憬然悟，谓今而后治古文者可以不迷于向往矣！阳湖恽子居，好持高论，于辞赋古文，必曰周秦两汉。至其论学，未尝不推先生为海内一人也。

先生讳鼐，字姬传，号梦谷，一号惜抱，世桐城人。曾祖讳士基，罗田县知县。祖讳孔锳，以子范贵，赠翰林院编修。考讳淑，以先生贵，赠刑部广东司郎中。妣某氏，封宜人。先生少学文于同邑刘才甫。才甫为序赠之，期以王文成公之学，由是知名于时。乾隆十五年庚午本省乡试，中式举人。二十八年癸未会试，中式进士，改翰林院庶吉士。三十一年丙戌散馆，以主事用，分兵部，寻补礼部仪制司。

三十三年戊子，充山东乡试副考官，迁礼部祠祭司员外郎。三十五年庚寅，充湖南乡试副考官。三十六年辛卯，充会试同考官，迁刑部广东司郎中，充四库全书馆纂修官，记名御史。年馀，乞病归。自是历主讲梅花、敬敷、紫阳、钟山各书院，凡四十馀年。嘉庆十五年庚午，重赴鹿鸣宴，钦加四品顶戴。二十年九月十三日卒，春秋八十有五。群弟子祀之钟山书院。道光十二年十月，崇祀乡贤祠。配张氏，某官某之女；继配张氏，某官某之女，并封宜人。子三人：景衡、师古、雉。孙四人，曾孙二人。

先生外和而内介，义所不可，确然不易其所守。官刑部时，广东巡抚某拟一重辟案不实，堂官与同列无异议。先生核其情，独争执平反之。乾隆、嘉庆之际，天下争尚汉学，诋程朱为空疏无用，先生毅然起而正其非，以为论继孔孟之统，后世君子必归程朱，士之欲与程朱立异者，纵于学有得焉，犹不免为贤知之过。其下则肆焉，为邪说以自饰其不肖者而已。於戏！若先生者，谓非独立不惧之君子也哉？

先生于学无所遗，而尤工为文。其文高洁深古，出自司马子长、韩退之，而才敛于法，气蕴于味，断然自成一家之文也。诗从明七子入，卒之兼体唐宋，模写之迹不存焉。书逼董元宰，苍逸时欲过之，所著有《九经说》十七卷，《三传补注》三卷，文集二十卷，诗集二十卷，笔记四卷，法帖题跋二卷，尺牍十卷，并刊行于世。德旋既读先生《古文辞类纂》，稍知为文之法。其后获见先生于钟山，而请益焉。先生以禅喻文,谓须得法外意。德旋闻之,而若有证也,而先生亦深许德旋为可与言文。然今德旋年且老矣,业不加进,惭负先生,尚何言哉!尝窃以谓立言之士,自元明以来,才学兼擅,未有盛于先生也。虽然,吾能言之,畴克听之,先生将有待也耶?抑无待也耶?固无待也,而若仍不能无待。嗟乎!其又可慨也已。

先生以某年月日,葬某所,时未有为之铭者。今先生之从孙莹,以先生行状及《崇祀乡贤录》视德旋,乃择其尤要者,次为文,刻之外碑。先生既殁而言立,足以垂世行远,无所藉于德旋之文,夫亦用是以志仰止之忱而已矣。

道光十二年十一月,门下后学宜兴吴德旋撰。

——《初月楼文续钞》卷八

姚先生墓志铭

[清]毛岳生

先生桐城姚氏,讳鼐,字姬传,又字惜抱。元末迁自馀姚,始仕显者曰明右参政公旭,伉直敢言,尝上书讼于忠肃公冤。数传为国初刑部尚书端恪公文然,数论事利害,尽蠲烦苛,表定律令,是为先生高祖。曾祖士基,湖北罗田县知县,有惠政,卒,官民立祠祀。祖孔锳,赠编修,晋朝议大夫。考淑,赠礼部员外郎,皆砥节贞确。妣陈氏,封恭人。

先生德器简亮,勤学闳邃,甫冠,材行已焯。乾隆十五年,举于乡。久之,成进士,选庶吉士,散馆改主事,分兵部，寻补礼部仪制司，再迁至刑部广东司郎中，后充山东、湖南副考官，又一充会试同考官。既乞归，用重赴鹿鸣宴，加四品衔。先生官刑部，平反重辟。为考官，名得气节通经士。四库馆启，诸城刘文正公、大兴朱学士筠，荐以所守官充纂修。时太夫人年益高，先生亟归养，而于文襄敏中当国，欲先生一出其门，不可，遽引疾去。书成，多改迁官者，先生先已举御史中选，大臣亦属所亲讽之出，卒辞谢，以学教授东南，逾四十年。嘉庆二十年九月十三日，卒于江宁钟山书院，春秋八十五。越四年，十一月某日，葬桐城南乡大杨树湾铁门。

先生之学，不务表襮，根极性命，穷于道奥。昔儒硕究明德业，末流舛歧，乃益烦妄暗鄙。学者厌薄，窥隙掊击，援据浩博，日哗众追诟。先生愍然引为己忧，综贯奥赜，隐摧角距，体履诚笃，守危导微。为文章，深醇精洁，达于古今，通变用舍，务黜险诐钘乱，正人心学术。先生既殁，其道益昌，几遏绝浸盛，功孰与并。然当论述蜂起，自天文、舆地、书数、训诂、杂家，博钜毛发，罔弗穷殚，智夺义屈，匪或而尊，而独不訹不挠，行轨言辟，抑亦伟已。性仁爱，虽贫乏，乐赡姻族。邑两大祲，既书列荒政缓急，又出赀以倡。宾接后进，色怡气凝。教弟子，必先行谊，故士出辄端悫有文。所著经说、诗文、《三传补注》、《老庄章义》、《古文词类纂》、书录、题跋、杂记、诗钞，共一百五十二卷，俱刊。

再娶皆张氏，侧室梁氏。子女六人：长景衡，举人，江苏泰兴县知县；次师古、执雉，执雉监生。执雉后从兄。女适望族。孙三，诵、宝同、潢。曾孙声。前夫人生一女，侧室生执雉。后夫人不合祔，别葬长岭先茔。先生世父编修君范，问学沈淹，善考核、传记，为世经师，又多闻师友贤者说文章要指。先生幼习其传，用日恢耀。先生从孙莹，编修君曾孙也，才智瑰异，克纂序。官江东，与岳生善。岳生又学于先生，粗识仪则，始葬，仅志岁月，莹曰：是不可无文词。乃追刻铭，藏于庙。辞曰：

维德有勇，孔圣所臧。既绍而开，形阒奚亡？匪虚是扩，匪赜是崇。性为之防，学为之墉。爰蕝爰浚，勿坎勿陂。已窆钻石，式丽牲词。

——《休复居文集》卷五

祭故郎中姚姬传先生文

[清]毛岳生

维嘉庆二十年，岁次乙亥，八月癸丑朔，十七日己巳，宝山毛岳生，谨以清酌庶羞之奠，昭祭于桐城姚先生之灵。呜呼！孔孟道明，由辟杨墨。训诂不坊，程朱理塞。匪训诂咎，破碎是职。艺与道分，遂生蟊螣。绍述勿衰，士兴宏德。既博而醇，隐餍忮刻。讲学弊滋，嵬琐矜愎。今务溺心，行隳博识。维公仁孝，内外完夷。既休既耀，校书彤墀。上相偶忤，引疾而驰。颇惜篇目，未序其词。六艺奥衍，测若骊离。由章句显，达义理微。苟得其意，道皆可施。名物器数，毛发弗治。视汉儒硕，不差累锱。文章芜败，俳优淫哇。厥后繁赜，纷若泥沙。深造润泽，内明无瑕。渊充辉美，道德之华。雄伟或逊，理则幽遐。彼侈庬辈，诋实狂且。刻镂枝叶，疏说虫鱼。穷老诳谲，其谥其虚。道高文峻，视皆蠢愚。而独廉让，敬以为郛。诲人为学，毋倍先儒。精粗弗察，是直贩夫。缨黻虽慎，亦准栎樗。奇宝盈箧，尚袭礧礌。昔甫握笔，交讪里闾。妄希返朴，不责而孚。词谢瑰丽，古雅是誉。惟叹国器，公智则诬。有友姚子，往学于公。闻公愉怿，吾道以东。数诱椎鄙，钻砺是同。流离瘴海，精耗志蒙。益治律令，弗崇术业，衒鬻世需，冀赡饥乏。思一二年，归耕蓬荜。庶近善轨，辨穷文质。略窥理奥，并辞给夺。是譬知味，气形能别。乃承凶问，久詹练日。岂独感伤，南行靡及。学昭百世，龄逾八十。易箦而安，其何涕泣？所深悲者，辉暧斗衡。慨彼风雨，仰止如盲。溪毛既洁，潦水既清，虽奠之薄，而心则诚。蛮陬云远，其来伊馨。呜呼尚飨！

——《休复居文集》卷六

姚姬传先生七十寿序

[清]陈用光

昔夫子以四教，而文居其首。弟子之以文学称者，有游、夏诸子，而叔孙穆子论三不朽，其一则立言是也。夫文者，学之始事也。及其言既立，则宣畅义理，启牖后世，遂为学之终事焉。天地有自然之文，日月星辰、风雨露雷、山川云物皆是也。人效能于天地，亦必有其自然之文。故善为文者，读其文，如与天地之情状相寓；其不善者，天地之气不降于其心，而堙郁暗昧，其文乃无由以著。盖涵泳圣涯，而禔躬纯粹，乃能由其心得而推衍圣贤先得之理者，载道之原也。研究文事，而铿锵陶冶，乃能得其中声，而发见天地自然之文者，修辞之要也。自两汉至唐宋诸君子，其所为文，千馀年尊之如一日者，胥是道也。自明以来，惟归震川氏足当不朽之目。及我朝，而方望溪、刘海峰接踵而兴，二先生皆桐城人也。姬传先生为二先生同乡后辈，而海峰于先生为父执，居乡时过从论文，至熟也。先生又承其世父姜坞先生之传，推而大之，所以尽载道章身之事者，其功既周而赅焉。故望溪、海峰没后，而先生遂为海内之钜望者数十年。望溪理胜于辞，海峰辞胜于理，若先生理于辞兼胜，以视震川，犹有过焉。海峰既称之，使望溪得见先生之文，其所推服当何如？惜乎其不及见也。

且当望溪时，士犹尊宋学，虽有一二聪明才辨之士，或以宋儒为诟病，然其流犹未盛。讫今日而出主入奴，显相排斥，乃逸乃谚，标汉学以相夸者，不啻晋人之清言矣。先生独推尊宋儒以相救正，虽海内学者，未必尽相信从，然宋儒之所以有功于圣门者，赖先生而益明。则先生之说，虽不显于今日，亦必盛于他时。使望溪生于今日，推阐文以载道之旨，有不以先生为中流之砥柱者乎？用光从先生，所以期之者甚至，顾才力浅薄，乃毫未有以称也。昔曾子固、苏子瞻为欧阳文忠之门人，而非其素常受业者。李翱、张籍虽受文于昌黎，而以视曾、苏之欧阳，其业则不逮矣。先生，今之韩子、欧阳子也，用光虽尝慕曾、苏之遗风，而以视习之、文昌之所业，自顾犹多惶恧焉。今年为先生七十初度，用光以事拘缀陈州，未能亲诣桐城，登堂奉一觞以相祝，辄述其素所闻于先生之论文旨者如此。先生如不以用光之辞为务张乎其外，其必有以许之矣。

——《太乙舟文集》卷七

姚先生行状

［清］陈用光

曾祖士基，康熙壬子科举人，湖北罗田县知县。

祖孔锳，邑增生，赠翰林院编修。

父淑，赠礼部仪制司员外郎。

先生讳鼐，字姬传，一字梦谷。尝颜其所居曰“惜抱轩”，学者称之曰惜抱先生。先世自馀姚迁桐城，遂世为桐城人。自明以来，代有名德，入国朝，刑部尚书端恪公文然，先生之高祖也。先生以乾隆庚午举于乡，癸未成进士，改庶吉士，丁父忧，归服阕。散馆改兵部主事，年馀，移补礼部仪制司。戊子，为山东乡试副考官，还擢仪制司员外，记名御史。庚寅，为湖南乡试副考官。辛卯，为会试同考官，擢刑部广东司郎中。四库全书馆启，以大臣荐，征为纂修官。年馀，乞病归。自是主讲于江南，为梅花、紫阳、敬敷、钟山书院山长者四十馀年。嘉庆庚午，以督抚奏，重赴鹿鸣宴，诏加四品衔。乙亥九月十三日，以疾卒于钟山书院，距生于雍正九年十二月二十日，享年八十有五。

自康熙年间，方侍郎以经学古文名天下，同邑刘海峰继之，天下言古文者，咸称桐城矣。先生世父姜坞编修与海峰故友善也，先生涵揉见闻，益以自得，刊落枝叶，独见本根。其论学以程朱为宗，其为文与司马、韩、欧诸君子有相遇以天者。自其官京师，时有所作，必归于扶树道教，讲明正学。若集中《赠钱献之序》是也。及既归，益务治经，所著经说，发挥义理，辅以考证，而一行以古文法。居扬州时，与歙吴殿麟定同居梅花书院，尝以所作视殿麟，殿麟以为不可，即窜易至数四，必得当乃止。殿麟，海峰弟子也。殿麟尝语用光曰：先生虚怀善取，虽才不己若者，苟其言当，必从之。于为文尚如是，于为学可知也。故退居四十馀年，学日以盛，望日以重，其初学者尚未知信从，及既老，而依慕之者弥众，咸以为词迈于望溪，而理深于海峰。盖天下之公言，非从游者阿好之私言也。

先生色夷而气清，接人极和蔼，无贵贱皆乐与尽欢，而义所不可，则确乎不能易其所守。当纂修四库书时，于文襄闻先生名，欲招致之门下，卒谢不往。及既归，使人讽起之，终不行。集中《复张君书》是也。当居钟山书院时，袁简斋以诗号召后进，先生与异趋，而往来无间。简斋尝以其门人某属先生，为许以执贽居门下，先生坚辞之。及简斋殁，人多毁之者。或且规先生，谓不当为作志，先生曰：余康熙间为朱锡鬯、毛大可作志，君许之乎？曰：是固宜也。先生曰:随园正朱、毛一例耳。其文彩风流有可取,亦何害于作志乎? 盖先生存心之厚多如此。先生既岁主讲书院,所得束修及门生羔雁、故旧赠遗,以资宗族知交之贫者,随手辄尽,毫发不为私蓄计。及晚岁,始以千金购田于江浦,盖欲为移居江宁计也,然终亦斥去。迨既卒,乃无以为归资也。先生当疾革时,遗书示儿子云:人生必死,吾年八十有五,死何憾哉! 吾棺不得过七十金,绵不得过十六斤,凡亲友来助丧事者,便饭而已,不得用鼓乐,诸事称此。汝兄弟不得以财帛之事而生芥蒂,毋忘孝友。呜呼! 观先生此书,其不数郑康成之戒子益恩矣。

先生论学,既兼治汉宋,而一以程朱为宗,其诲示学者,恳切周至,不惮繁举。尝谓说经古今自有真是非,勿循一时人之好尚。如近年海内诸贤所持汉学,与明以来讲章,诸君何以大相过哉? 夫汉儒之学非不佳也,而今之为汉学,乃不佳,偏徇而不论理之是非,琐碎而不识事之大小,哓哓聒聒,道听涂说,正使人厌恶耳。且读书者欲有益于吾身心也,程子以记史书为玩物丧志,若今之为汉学者,以搜残举碎,人所少见者为功,其为玩物,不弥甚耶? 又曰:凡为经学者,所贵此心闳通明澈,不受障蔽。为汉学者,不深则不能入,深则障蔽生矣。呜呼! 以先生之论,合观于先生之制行,其于义利之辨,可谓审之明而守之笃矣。先生论文,举海峰之说,而更详著之。尝编次论说,为《古文辞类纂》,其类十三,曰:论辨类,序跋类,奏疏类,书说类,赠序类,诏令类,传状类,碑志类,杂记类,箴铭类,颂赞类，辞赋类，哀祭类。一类内而为用不同者，别之为上下编。曰：凡文之体类十三，而所以为文者八，神、理、气、味、格、律、声、色。神理气味者，文之精也；格律声色者，文之粗也。然苟舍其粗，则精者亦胡以寓焉？学者之于古人，必始而遇其粗，中而遇其精，终则御其精而遗其粗。文士之效法古人，莫善于退之，尽变古人形貌，虽有摹拟，不可寻而得其迹。其他虽工于学古，而迹不能忘。扬子云、柳子厚于斯尤甚焉，以其形貌之过于似古人也，而遽摈之，谓不足于文章之事，则过矣。然遂谓非学者之一病，则不可也。其论诗以为，如渔洋之诗钞，可谓当人心之公者也。然其论止古体，而不及今体。至今日而为今体者纷纭歧出，多趋伪谬，风雅之道日衰，因取唐以来诗人之作，讫于南宋，采录用之，为五七言《今体诗钞》二集十八卷，已刊行。其《古文辞类纂》卷帙多，尚未刊行，然自明以来言古文者，莫详于先生云。

先生始娶张孺人，前卒，生一女，适张元辑，前卒。继娶张宜人，生子二：景衡，壬子举人，戊辰大挑知县，今补泰兴县；师古，监生。女二：长适张通理，次适潘玉。侧室梁氏生子一，雉，业儒。孙四：晟、芳赐，景衡出；诵，师古出；楢，雉出。女孙三，曾孙一，声。曾女孙一，俱幼。

用光自庚戌岁谒先生于钟山书院，及癸丑受业于钟山者八阅月。自后岁以书问请业，辱先生所以期望之者甚至，而迄今无所成就。今闻先生之丧，盖失所依归，有甚于他门弟子者矣。先生居家孝友，睦姻任恤之详，用光所不及知者。致书与景衡兄弟，俟其详列而编次之。兹先以先生平日为学为文之大旨，所习闻而略知之者，论次之如右，以待国史之采择。

嘉庆乙亥嘉平月受业新城陈用光谨状。

——《太乙舟文集》卷三

桐城姚氏姜坞惜抱两先生传

［清］李兆洛

姜坞先生讳范，字南青，国初名臣刑部尚书文然曾孙也。少孤励学，中乾隆七年进士，授编修，充武英殿经史馆校刊官，兼三礼馆、文献通考馆纂修官。十五年京察一等，以病免归，主讲席于问津书院者八年。三十一年正月八日卒，年七十。先生之学，严于慎独，宴处无惰容，出门无妄交。任恤里党，视人犹己。接物和易，诱进后学，如恐不及。众流之学无不赅贯，藏书数千卷，丹黄遍焉。有所论正，辄书之简端，多发前贤所未发。或劝之著书，笑而不言。殁六十年，曾孙莹编辑遗论，为《援鹑堂笔记》四十卷，诗七卷，文六卷。

惜抱先生讳鼐，字姬传，姜坞先生弟淑之子。乾隆二十八年进士，以庶常散礼部仪制司主事。三十三年，充山东副考官。三十五年，充湖南副考官。明年，充会试同考官。升刑部广东司郎中，充四库全书馆纂修官，寻乞病归。主讲席于钟山、敬敷、紫阳、梅花各书院四十馀年。嘉庆二十年九月十三日卒,年八十五。

桐城当康熙、雍正间,方学士苞力讲求古文义法,天下始知宗尚归氏熙甫,以上追司马子长、韩退之,卓然为古文导师。刘上舍大櫆复继起相应和,天下以为古文之传在桐城。姜坞先生与善,尽得学士绪论。先生本所闻于家庭师友间者,而益充以浩博无涘之学,养之以从容中道之气,遂以自成一家,为后进典型。病时俗舍程朱而宗汉,以为枝之猎而去其根,细之搜而遗其钜,时时为学者重言之。故其修道据德,实允迪之,品诣敦峻,无纤毫颣,亦其文之所以粹美也。所著《九经说》十七卷,文集二十卷,诗集二十卷,《三传补注》三卷,法帖题跋二卷,笔记四卷,学者循是以求,亦可以见先生体用之一焉。

李兆洛曰:君子所尚,躬行而已。躬行而知行之难,然后其心坦以谧,其气潜以温,其识宏以淳,而其言自不得不讱。凡为言者,皆宜如是也,而况读圣贤之遗经,寻求其义类,以自抒其所得者哉!明之时,学者不能行程朱之言;今之时,不屑言程朱之言,而并蔑程朱之行。一袭取以为名,一旁驰以求胜,大抵不足于内焉耳。姜坞先生渊诣极理,而欿然不肯著书以自襮;惜抱先生清明在躬,蓄云泄雨,文章为光岳于天下。两先生之躬行同也,故不言文而其言立,片语破惑,单义树鹄,有若蓍蔡,其发而为文,则明晰黑白,流示孚尹,穆然和顺于道德也。读先生遗书,求得行事始末,恨不得在弟子之列,故私录其概,时观省焉。

——《养一斋文集》卷十五

公祭姚姬传先生文

[清]管同

呜乎！人之名字，死而弗彰。纵迈期颐，岂曰修长。独公生则为师于一时，死则为师于百世，是身没而常不朽，而谁谓公亡？盖公之于学，幼而已嗜，耄而靡忘，上究孔孟，旁参老庄，百氏之书，诸家之作，皆内咀含其精蕴，而外沈浸其辞章。是以诠经注子，纂言述事，刻峭简切，和适齐庄，澹泊乎若元酒之絪蕴，希夷乎若古琴之抑扬。浏然而来，若幽泉之出于深涧；摽然而逝，若轻云之漾于大荒。近代文士，曰刘、曰方，及公自桐城再起，遂乃轶二子而继韩、欧阳。呜乎！当公年少筮仕，官至部郎，历资以进，当得御史，而道且大行。会有权要，欲荐公，令出我门下，公以故毅然弃官以去，而四十馀年，依山泽以徜徉，盖宁使吾才韬晦不见，而不使吾身被污玷以毫芒。然则公于恶人，盖几乎视若将浼，而系马千驷不顾，得伯夷、伊尹之遗芳，使天下皆如公难进易退，则贪廉懦立，世且平康。惜乎一退不起，不获以其身陶风范俗，今之人遂第以文辞相重，而百世以下，又孰能得公之蕴藏？然海内无贤不肖，当公之存，考道问业，犹知所归，一旦公逝，士于何望？窃恐夫畸说间正，诐言汩真，而他日之后生小子，瞀瞀乎无复知文章之奥、道德之光。呜乎！公于死生，视若昼夜，虽某等辱知深厚，亦岂敢过悲以怛化，而抚棺号恸，惨戚而不能自已者，念老成之雕零殆尽，而内有馀伤。呜乎哀哉！尚飨。

——《因寄轩文初集》卷十

书姚惜抱先生崇祀乡贤录后

[清]黄承吉

道光癸巳二月，汪君孟慈以姚惜抱先生《崇祀乡贤录》垂示，属缀一辞。先生学行，具载《录》中，不赘论。惟忆少时与先生觏接一事。岁壬子，偕家秋平丈、李君滨石赴试省会。时先生司钟山书院讲席，秋平为其曩时主吾郡讲院肄业弟子，往谒焉。先生谘以同舍之人，以予及滨石对，问年，则甫弱冠，叩所学，则秋平推挹过甚。翼日先生来，予两人适外出。翼日复来，曰：昨日之至，以答旧识。今此之造，以缔新知黄、李二君，所见殆副于所闻矣。于是明日返谒，道远，行綦惫，途中三人相与叹伯乐之仆仆以顾枥群者，若此其不惮烦也。予与滨石同齿，秋平长三十馀岁，先生长且四十馀，顾乃恳款若是。至讲院，巽迪移晷，至不忍别，后遂未复值。数载前，感忆旧游，有怀先生暨王兰泉先生诗，都为一目，所以连类属者。予己未会试，由运道归，遇兰泉先生于卫河，时偕行方君又辉，舣谒之。询同舟人，又辉对如秋平对先生状。兰泉先生辄欲过舻，先施予闻，乃亟诣见。于是剧谈，奖借一如金陵谒先生时。是以思企之篇，比附合作。

呜呼！回首生平，若两公高风，耆宿中安可复觌？今予年且骎及，而末殖荒汩，无以塞先辈之望。计两先生畴昔之倾筐属箧者，非受眷逆旅之毛公，仍货得雁门之太守也，岂不愧哉！若先生行成可师，文美足式，其表著乡物，斯可以无愧矣。《录》中首列令叔姜坞先生者，与先生同日并荣俎豆，予非熟悉，唯景慕而已，亦未敢加论云。

——《梦陔堂文集》卷八

书惜抱先生墓志后

[清]方东树

先生之葬也，其家仅埋石志生卒姓氏而已。树慨先生名在海内，而当时名卿学士无铭辞，于事义为阙，屡欲表其墓，辄以愚陋，不足以尽知先生之所至，嫌于僭而自止。道光十三年，来常州，见先生从孙莹所作行状，及先生门人新城陈用光、宜兴吴德旋、宝山毛岳生，并武进李君兆洛各所为志传文，其于先生志业行事，扬搉发明，灿然无遗，于是始喟然叹曰：乃今而后，可辍笔矣！而莹及毛君固谓树：子终必为一文，以卒子之志。乃举愚意所欲言者，系而书于后曰：

古今学术之传，有众著于天下人之公论者，有独具于一二人之私识者。私识之中，又有其深且切者，则各以其所见言之，以继夫不传之绪而已。夫唐以前，无专为古文之学者。宋以前，无专揭古文为号者。盖文无古今，随事以适当时之用而已。然其至者，乃并载道与德以出之，三代秦汉之书可见也。顾其始也，判精粗于事与道；其末也，乃区美恶于体与辞；又其降也，乃辨是非于义与法。噫！论文而及于体与辞、义与法，抑末矣，而后世至且执为绝业专家，旷百年而不一觏其人焉，岂非以其义法之是非、辞体之美恶，即为事与道显晦之所寄，而不可昧而杂、冒而托耶？文章者，道之器；体与辞者，文章之质。范其质，使肥瘠修短合度，欲有妍而无媸也，则存乎义与法。自明临海朱右伯贤定选唐宋韩柳欧曾苏王六家文，其后茅氏坤析苏氏而三之，号曰"八家"，五百年来，海内学者奉为准绳，无敢异论，往往以奇才异资，穷毕生之功，极精敏勤苦，踊跃万方，冀得继于其后，而卒莫能与之并，盖其难也！近世论者谓八家后，于明推归太仆震川，于国朝推方侍郎望溪、刘学博海峰，以及先生而三焉。夫以唐宋到今，数百年之远，其间以古文名者，何止数十百人？而区区独举八家，已为隘矣。而于八家后，又独举桐城三人焉，非惟取世讥笑恶怒，抑真似邻于陋且妄者，然而有可信而不惑者，则所谓众著于天下人之公论也。侍郎之文，静重博厚，极天下之物赜而无不持载，泰山岩岩，鲁邦所瞻，拟诸形容，象地之德焉，是深于学者也。学博之文，日丽春敷，风云变态，言尽矣，而观者犹若浩浩然不可穷，拟诸形容，象太空之无际焉，是优于才者也。先生之文，纡馀卓荦，樽节檃括，托于笔墨者，净洁而精微，譬如道人德士，接对之久，使人自深。是皆能各以其面目自见于天下后世，于以追配乎古作者而无忝也。学博论文主品藻，侍郎论文主义法，要之，不知品藻，则其讲于义法也悫。不解义法，则其貌夫品藻也，滑耀而浮。先生后出，尤以识胜，知有以取其长、济其偏、止其敝，此所以配为三家，如鼎足之不可废一。凡若此者，皆学者所共见，所谓天下之公言也。虽然，天下之学，其名既著，固久而愈耀，远而不磨，要其甘苦微妙之心，则与其人俱亡焉。此斫轮者所以亟悟夫齐桓也。今东南学者，多好言古文，而盛推桐城三家。于三家之中，又喜称姚氏，有非姚氏之说莫之从。呜呼！可谓盛矣。而吾独以为人知姚氏之文之美，未有能得微妙深苦之心也。不得其心，则其于知也终未尽。夫学者欲学古人之文，必先在精诵沉潜、反覆讽玩之深且久，暗通其气于运思置词迎拒措注之会，然后其自为之，以成其辞也，自然严而法、达而臧。不则心与古不相习，则往往高下短长龃龉而不合，此虽致功浅末之务，非为文之本，然古人所以名当世而垂为后世法，其毕生得力、深苦微妙，而不能以语人者，实在于此。今为文者多而精诵者少，以轻心掉之，以外铄速化期之，无惑乎其不逮古人也。诸君志传所以论先生之文者至矣，树特以其私识者浅言之，俾学者省观焉，以助开其所入云。

——《仪卫轩文集》卷六

附录三　诸家序跋

题康刻古文辞类纂

［清］管同

《古文辞类纂》七十四卷，兴县康抚军刻于粤东。道光三年，其侄婿黄修存印以见赠。先师于是书，随时订正，盖临终犹未卒业。是刻所据，乃二十馀年前本，其后增删改窜亦多矣。又其款式批点，多校书者以意为之，不尽出先师手。予见稿本，知如是。呜乎！书行世须待暮年，又须躬自雠校。人为之，不能尽如己意也。虽然，有大力而嗜古好文者，世鲜其人，则康公为不可及矣夫！

——《因寄轩文二集》卷二

重刻古文辞类纂序代

［清］管同

桐城姚惜抱先生，撰有《古文辞类纂》七十四卷。先生晚年，启昌任为刊刻，请其本而录藏焉。未几，先生捐馆舍，启昌亦以家事卒卒，未及为也。后数年，兴县康抚军刻诸粤东，其本遂流布海内。启昌得之，以校所录藏，其间乃不能无乖异。盖先生于是书，应时更定，没而后已。康公所见，犹是十馀年前之本，故不同也。

夫文辞之纂，始自昭明，而《文苑英华》等集次之，其中率皆六代、隋、唐骈丽绮靡之作，知文章者，盖摈弃焉。南宋以后，吕伯恭、真希元诸公，稍取正大，而所集殊隘。迄于有明，唐应德、茅顺甫文字之见，实胜前人，然所选或止为科目文章之计。自兹以降，盖无论矣。且夫无离朱之明，则不能穷青黑；无夔、旷之聪，则不能正宫羽；无孔、孟之贤圣，则不能差等舜、武，品题夷、惠。文辞者，道之馀；纂文辞者，抑教之末也。顾非才足于素，学溢于中，见之明而知之确，则亦何以通古今，穷正变，论昔人，而毫厘无失也哉？逞私臆而言之，陋而不可为也；执一得而言之，狭而不足为也。自梁以来，纂文辞者日众，而至今讫无善本，其以是也夫？先生气节道德，海内所知，兹不具论。其文格则授之刘学博，而学博得之方侍郎。然先生才高而学识深远，所独得者，方、刘不能逮也。蚤休官，庞耋嗜学不倦，是以所纂文辞，上自秦、汉，下迄于今，搜之也博，择之也精，考之也明，论之也的。使夫读者，若入山以采金玉，而土石有必分；若入海以探珠玑，而泥沙靡不辨。呜乎，至矣！无以加矣！纂文辞者，至是而止矣。启昌于先生，既不敢负已诺，又重惜康公用意之勤，而所见未备，遂捐金数百，取乡所录藏本，与同门管异之、梅伯言同事雠校，阅二年而书成。是本也，旧无方、刘之作，而别本有之，今依别本仍刻入者，先生命也。本旧有批抹圈点，近乎时文，康公本已刻入，今悉去之，亦先生命也。

道光四年秋八月谨序。

——《因寄轩文二集》卷二

古文辞类纂书后

［清］姚椿

始惜翁先生为此书成，门弟子多写其目，或录副去。椿从游也后，奉讳归过江宁，始从先生请观原本，其中少数卷，云失去未补也。后从他处得观，录其评语。岁辛巳，见黄逢孙于明州，时自广东归，有康中丞新刊此书，所见与原本不异。闻中丞刊此，盖有为。自世竞言汉儒，置古文之学不讲，其或为之者，又多犯桐城方侍郎所言诸病，轨于法者盖鲜。虽文之道不尽是，然以言文，则几乎备矣。蒙尝请于先生，谓其中弃取，有未尽人能解者。先生谓是固有意，其弃者大抵为有俗气，其取者则以广文之体格，使有所取法。又欲商去桐城二家文字，以为人或诋为乡曲之私言。其点识颇系偶然，不欲存，然以此观前辈用心，固无不可。

先生作《九经说》，措辞简而说理粹，论名物度数，使人易晓，于儒家最胜，自唐以后说经家无之。盖平生于训诂词章，皆以义理为归墟，故不使少驳杂也。又言为文必本诸躬行，屡以己身缺然为愧，其不自满假之心，愚诚蒙昧无识，疑较诸退之、永叔诸君子，抑有进焉。生程朱之后，理学明而将晦，独以身当绝续之交，本末轻重，较然明白，根据实是，文而又儒，群讪众诮，白首无悔。为其难者，先生一人而已。

先生之文虽行于世，而学未大显。门弟子达者，或不能尽用其绪言，其穷约自守，又或才力浅薄，不足有所兴起，然则斯道之传，其终晦乎！椿之不敏，不足以与于斯，特以旧闻有宜述者，故为别白言之，以俟当世君子论正其说。

——《通艺阁文集》卷五

自记所藏古文辞类纂旧本

［清］朱琦

是书余得之京师，旧有金陵吴氏启昌记，刻于道光五年八月，较康氏兰皋刻本为备，盖姚先生晚年定本也。

自桐城方望溪侍郎以义法为文，刘耕南学博继之，而先生又以所闻授门人管异之、梅伯言，及康、吴诸子，为《古文辞类纂》七十五卷，其为类十三，曰论辨，曰序跋，曰奏议，曰书说，曰赠序，曰诏令，曰传状，曰碑志，曰杂记，曰箴铭，曰赞颂，曰词赋，曰哀祭，一类内而为用不同，又别之为上下篇。先生尝云：文无所谓古今也，惟其当而已。知其所以当，则于古虽远，而于今取法，如衣食之不可释。又曰:神、理、气、味者,文之精也;格、律、声、色者,文之粗也。苟舍其粗,则精者胡以寓?学者之于古人,必始而遇其粗,中而遇其精,终则御其精而遗其粗者。先生每类自为之说,分隶简首,自明去取之意甚当。而于先秦两汉,自唐宋诸家,以及本朝,尤究极端委,综核正变,故曰学而至者神合焉,学而不至者貌存焉。学者守是,犹工之有绳墨,法家之有律令也,无可疑者。惟碑志类云:志铭不分为二,不得呼前志为序。南雷《金石文例》颇主此说。琦谓古有有志而无铭者,亦有有铭而别属他人为志者,似志、铭亦当有别。古人于叙事之文,恒曰"志"。志者,誌也,不独铭墓。若谓前志不可呼为序,必别书"有序"二字,此则昌黎亦不尽然,非欧公不能辨也。又先生于唐以后所取稍隘,虽李习之仅录《复性书》下篇,其他存者盖鲜矣。而于方、刘之作,所收甚多,岂侈其师门耶?

同时业古文者,有无锡秦小岘,武进张皋文,于桐城为近,而新城陈硕士最笃信师说,其学初求之鲁山木,又有朱梅崖、恽子居亦好为文,声名藉甚。山木喜称说梅崖,而材稍确;子居材肆矣,间入伪体,故至今言文必曰桐城。先生弟子今存者梅伯言农部。伯言文与异之上下,而劲悍或过异之,惜早逝。伯言居师久,文益老而峻,吾党多从之游,四方求碑版者走集其门。先是吾乡吕先生以文倡粤中,自浙罢官,讲于秀峰十年。先生自言得之吴仲伦,仲伦亦私淑姚先生者。是时同里诸君如王定甫、龙翰臣、彭子穆、唐子实辈,益知讲学,及在京又皆昵伯言,为文字饮,日夕讲摩。当是时,海内英俊皆知求姚先生遗书读之,然独吾乡嗜之者多。伯言尝笑谓琦曰:文章其萃于岭西乎?未几,琦假归。后二年,伯言亦移疾返江南。自余归里,连岁寇乱,出入兵间,不暇伏案,但忆梅先生语,太息而已。家中旧书,时有散佚,爰取是编紬绎之,略为疏辨,并次论当世作者,而于卷尾私识之。曰次之义法,与其体类,是编备矣!至求其所以当遗其粗而御其精,如古人所谓文者,则更有事在,而此其迹也。吾同年生郑献甫论文有云:有立乎其先,有充乎其中,有馀乎其外,吾又有取焉。

姚先生名鼐,字姬传。吕先生名璜,自号月沧,因以名集,晚更号南郭老民云。咸丰三年正月既望,琦谨记。

——《怡志堂文初编》卷六

跋古文辞类纂

[清]钱泰吉

道光丁亥夏日,初至海昌,前东防同知阳湖吕幼心先生荣已罢官,以公事留,余得游其父子间。承次饴二兄抱安赠此,十馀年来,时时翻阅。辛秋日重装,因记。

吴仲伦初至余斋,与铭恕论文事曰:"曾见古文辞类纂乎?"曰:"见之。"仲伦喜谓余曰:"是不愧君家子弟矣!"盖余案头日置是编,儿曹常见余讽诵,故有以答客问耳。其中精蕴,余固未能窥,况若曹耶?然文章体裁,亦略能知之。今仲伦云逝,客来问古文辞者,实鲜其人。书此志感。

癸卯长至后九日。

——《甘泉乡人稿》卷六

校刊古文辞类纂序代

［清］萧穆

桐城姚姬传先生所为《古文辞类篹》，早已行世，海内学者多有其书矣。顾先生于此书，初篹于乾隆四十四年，时主讲扬州梅花书院。乾嘉之间学者所见，大抵皆传钞之本。至嘉庆季年，先生门人兴县康中丞绍镛始刊于粤东。道光五年，江宁吴处士启昌复刊于金陵。然康氏所刊，乃先生乾隆间订本，后二三十年，先生又时加审订，详为评注，而圈点亦与康本互有异同。盖先生之学，与年俱进，晚年造诣益深，其衡鉴古人文字尤精且密矣。然吴氏刊本，系先生晚年主讲钟山书院时所授，且命付梓时去其圈点。道光以来，外省重刊，大抵据康氏之本，而吴氏本仅同治间楚南杨氏校刊家塾，不甚行世。而外间学者虽多读此书，容有未知康刊为先生中年订本，吴刊为先生晚年定本，又未知先生命名《古文辞类篹》，“篹”字本《汉书·艺文志》。康氏不明“篹”字所由来，误刊为“古文辞类纂”，至今“古文辞类纂”之名大著，鲜有知为“篹”字本义者已。又耳食之徒，以康本字句时有脱讹，不如吴本经姚先生高第弟子梅伯言、管异之、刘殊庭诸君雠校之精。然康氏刊本，实出先生高弟李申耆，其学识亦不在梅、管诸君之下，且李君又实司校刊之役者也。承渊少读此书，先后得康、吴两本，互为校勘，乃知各有脱讹，均未精善，所谓齐则失矣，而楚亦未为得也。不知为姚先生原本所据，尚非各种精本，未及详勘，抑亦诸君子承校刊此两书，均不免以轻心掉之者也？

二十年来，承渊凡见宋元以后、康熙以前各书旧椠，有关此书校勘者，随时用硃墨笔注于上下方，积久颇觉近完美。又桐城老辈，如方望溪侍郎代果亲王所为《古文约选》，刘海峰学博所为《唐宋八家文约选》，均用圈点，学者称之。姚先生承方、刘二公之业，亦尝示学者前辈批点可资启发，即所篹此书，不但评注数有增加，而圈点亦随时厘订，惜往年无由得见耳。顷与先生乡人兰陵逸叟相往还，偶谈此书，逸叟即出行笥所录姚先生晚年圈点本见示。大喜过望，询所由来，乃得诸其乡苏厚子征君惇元，征君即得诸姚先生少子耿甫上舍雉家藏原本而录之者也。

承渊早岁浮家，久离乡土，念吾滁州僻处江淮之间，四方书贾，足迹罕至，乡塾所读，不过俗行《古文析义》、《观止》等本，不足启发后学神智，乃假逸叟读本，录其圈点于所校本上，付诸手民，刊于家塾，庶几吾滁可家有其书，不为俗本所囿矣。至刊板，改从毛氏汲古阁所刊古书格式，字画尤力求精审。又康刻本于姚先生所录汉文，时用《汉书》古字，今考姚先生所录汉文，其例不一，有以己意参用《史记》、《文选》及司马公《资治通鉴》、真西山《文章正宗》等书字句者，今亦酌为变通：凡一文参用各本者，则均用通行宋字；惟单据《汉书》所载本文，则仍遵用《汉书》本字，以存其真。惟姚先生定本虽有圈点，而无句读，承渊伏念穷乡晚进所读古文，不惟藉前人圈点获知古人精义所在，即句读尤未可以轻忽。句读不明，精义何有？昔班氏《汉书》初出，当时如大儒马融，至执贽于曹昭，请授句读；韩昌黎《上兵部李侍郎书》，亦有“究穷于经传史记百家之说，沈潜乎训义，反覆乎句读”之论。我朝乾隆三年冬，诏刊《十三经》、《二十一史》，时方侍郎苞曾上《重刊经史事宜札子》，中一条有“旧刻经史，俱无句读，盖以诸经注疏及《史记》、前后《汉书》辞义古奥，疑似难定故也。因此纂辑引用者，多有破句。臣等伏念，必熟思详考，务期句读分明，使学者开卷了然，乃有禆益”云云。意至美也，法至善也，惜当时竟未全行。今姚先生所纂此书，既精且博。论者以汉唐以前文字句法古奥，多有难明，承渊以为唐宋以来洋洋大篇，句读亦未易全晓，矧穷乡晚进，读书不多，顿见此书，旨义未通，不免以破句相授，贻误来学，匪为浅鲜。今承渊窃取方公之义，每读一篇，精思博考，句点分明，虽未必一一有合古人，而大要固已无失。昔颜秘监之注《汉书》，胡景参之注《资治通鉴》，间有破句，有失班、马两书本旨者。以二公之学识通博，精神措注，尚未能全编贯通，毫发无憾，而况后人学识精神如承渊者，远出二公之下者哉！惟有不偏执己见，勤学好问，一有会悟，随时改正，务求有洽于心而已。又承渊所读，间有句读与前人稍异，及近代名公偶有句读能补前人所疏忽者，且有删改康、吴原书字句，恐滋后人所疑者，容当别为札记一编，附于本书之后，不过使穷乡晚进增广见闻，便于诵习而已，非敢云能补姚先生之所不逮也。第康、吴之本，校刊虽未精善，而两序均能发明姚先生所纂大旨，今仍附录之，俾读者详悉，而承渊更不敢再赞一辞焉。

光绪二十七年，岁在辛丑，正月元日。

——《敬孚类稿》卷二

记校勘古文辞类纂后

［清］吴汝纶

姚选《古文辞》，旧有康、吴二刻，而吴本特胜，惜元板久毁，好是书者，将谋付石印。余既为是正讹夺，遂遍考古今文史同异，记其荦荦大者，间复兼纠康本违失，俾览者慎择焉。姚《选》特入辞赋门，最得韩公论文尊扬、马本意；而楚辞至为难读，因颇发其旨趣著于编，用质后君子。学问之道之益于世者博矣，独沾沾为此，殆《尔雅》注虫鱼者比也。虽然，欲治文事者，傥亦有取于斯？

古文辞类纂标注序乙卯

马其昶

萧县徐君又铮既去官，则大肆力于文。取《古文辞类纂》读之，苦无以发其意也，因集录归、方，以逮近世梅、曾、张、吴诸家之说，覃思而熟复之，又将刊以饷同志，属予序焉。

古者左史记言，右史记事。文字之用万端，要不外事、言二者而已。由是二者推衍而析其类，则名目繁多，至不可胜纪。总集《昭明文选》最著，其分类多未当理。李汉亲业韩门，其编昌黎集，出入亦不无可议者。自吾乡姚先生书出，义例至精审矣。姚《选》分十三类，曾文正公更约为三门十一类，曰论著，曰告语，曰记载，与姚说小别大同。学者诚准此二家以辨文体，晰如也。审同异，别部居，可以形迹求也。若夫古人之精神意趣寓于文字中者，固未可猝遇，读之久，而吾之心与古人之心冥契焉，则往往有神解独到，非世所云云也，故姚《选》平注至简。昌黎论文，务去陈言，凡一词一义为人人意中所有，皆陈言也。陈言为文家所忌，即何容取常人意中之语，以平议古人至精深奥之赜之文乎？此姚氏之所惧也。悬九级之台于众间，蹑其一级，则所见视平地有加焉。累而上之，级愈崇，则其见愈广。块坐一室之中，而冥度其上，无当也。天高气肃，目际无垠，据其巅述其所尝睹，则思揽其胜者踵至矣。夫文字之见，随所触感，各肖其性识才学，以出其浅深高下不同之致，奚啻九级之台乎？姚氏之书所以足重者，以其鉴别精，析类严，而品藻当也。今又铮集录诸家之说以辅益之，自来论文精语，未有过此。诸家者，其为说虽多，与姚氏之旨曾无少异，何则？其渊源同也。述所目睹以导先于人，又铮之为此，诚善矣哉！抑又铮以干济才，时方多难，不尽瘁国事，乃区区勤儒生之业，吾又且为世惜也。王晋卿曰：作者于姚氏之学,资之甚深,故津津言之,皆抒其所自得,其夷犹跌宕之妙,尤令人挹之不尽。

——《抱润轩文集》卷四